外 国 文 学 名 著 丛 书

一千零一夜

纳 训 / 译

"外国文学名著丛书"编委会

人民文学出版社
PEOPLE'S LITERATURE PUBLISHING HOUSE

أَلْفُ لَيْلَةٍ وَلَيْلَةٍ

根据开罗前进学术出版社 1907 年仿布拉格本所印行的版本,并参照贝鲁特天主教出版社 1928 年版本译出。上述两种版本大同小异,译文对照两本,择善而从。

图书在版编目(CIP)数据

一千零一夜/纳训译.—北京:人民文学出版社,2021(2025.2 重印)
(外国文学名著丛书)
ISBN 978-7-02-016209-3

Ⅰ.①一… Ⅱ.①纳… Ⅲ.①民间故事—作品集—阿拉伯半岛地区 Ⅳ.①I371.73

中国版本图书馆 CIP 数据核字(2020)第 063116 号

责任编辑　张欣宜
装帧设计　刘　静
责任印制　王重艺

出版发行　人民文学出版社
社　　址　北京市朝内大街 166 号
邮政编码　100705

印　　刷　河北新华第一印刷有限责任公司
经　　销　全国新华书店等

字　　数　425 千字
开　　本　850 毫米×1168 毫米　1/32
印　　张　16.5　插页 3
印　　数　11001—14000
版　　次　1994 年 5 月北京第 1 版
印　　次　2025 年 2 月第 4 次印刷

书　　号　978-7-02-016209-3
定　　价　59.00 元

如有印装质量问题,请与本社图书销售中心调换。电话:010-65233595

《渔翁的故事》插图

出版说明

　　人民文学出版社自一九五一年成立起,就承担起向中国读者介绍优秀外国文学作品的重任。一九五八年,中宣部指示中国科学院文学研究所筹组编委会,组织朱光潜、冯至、戈宝权、叶水夫等三十余位外国文学权威专家,编选三套丛书——"马克思主义文艺理论丛书""外国古典文艺理论丛书""外国古典文学名著丛书"。

　　人民文学出版社与中国科学院文学研究所,根据"一流的原著、一流的译本、一流的译者"的原则进行翻译和出版工作。一九六四年,中国社会科学院外国文学研究所成立,是中国外国文学的最高研究机构。一九七八年,"外国古典文学名著丛书"更名为"外国文学名著丛书",至二〇〇〇年完成。这是新中国第一套系统介绍外国文学作品的大型丛书,是外国文学名著翻译的奠基性工程,其作品之多、质量之精、跨度之大,至今仍是中国外国文学出版史上之最,体现了中国外国文学研究界、翻译界和出版界的最高水平。

　　历经半个多世纪,"外国文学名著丛书"在中国读者中依然以系统性、权威性与普及性著称,但由于时代久远,许多图书在市场上已难见踪影,甚至成为收藏对象,稀缺品种更是一书难求。在中国读者阅读力持续增强的二十一世纪,在世界文明交流互鉴空前频繁的新时代,为满足人民日益增长的美好生活的需要,人民文学出版社决定再度与中国社会科学院外国文学研究所合作,以"网罗经典,格高意远,本色传承"为出发点,优中选优,推陈出新,出版新版"外国文学名著丛书"。

值此新版"外国文学名著丛书"面世之际,人民文学出版社与中国社会科学院外国文学研究所谨向为本丛书做出卓越贡献的翻译家们和热爱外国文学名著的广大读者致以崇高敬意!

"外国文学名著丛书"编委会
二〇一九年三月

编委会名单

(以姓氏笔画为序)

1958—1966

卞之琳	戈宝权	叶水夫	包文棣	冯 至	田德望
朱光潜	孙家晋	孙绳武	陈占元	杨季康	杨周翰
杨宪益	李健吾	罗大冈	金克木	郑效洵	季羡林
闻家驷	钱学熙	钱锺书	楼适夷	蒯斯曛	蔡 仪

1978—2001

卞之琳	巴 金	戈宝权	叶水夫	包文棣	卢永福
冯 至	田德望	叶麟鎏	朱光潜	朱 虹	孙家晋
孙绳武	陈占元	张 羽	陈冰夷	杨季康	杨周翰
杨宪益	李健吾	陈 燊	罗大冈	金克木	郑效洵
季羡林	姚 见	骆兆添	闻家驷	赵家璧	秦顺新
钱锺书	绿 原	蒋 路	董衡巽	楼适夷	蒯斯曛
蔡 仪					

2019—

王焕生	刘文飞	任吉生	刘 建	许金龙	李永平
陈众议	肖丽媛	吴岳添	陆建德	赵白生	高 兴
秦顺新	聂震宁	臧永清			

目　次

译 本 序

　　《一千零一夜》是一部卷帙浩繁、优美动人的阿拉伯民间故事集。它好似用离奇突兀的情节、神奇瑰异的想象绣织出的一幅宏伟辉煌、绚丽多彩的画卷。在世界文学史上，很难找到哪部文学作品能像它传播那样广，影响那样深，以至于家喻户晓、妇孺皆知。俄国大文豪高尔基曾说过："在民间文学的宏伟巨著中，《一千零一夜》是最壮丽的一座纪念碑。这些故事极其完美地表现了劳动人民的意愿——陶醉于'美妙诱人的虚构'，流畅自如的语句，表现了东方民族——阿拉伯人、波斯人、印度人——美丽幻想所具有的力量。"我国著名作家叶圣陶先生也说："《一千零一夜》仿佛一座宝山，你走了进去，总会发现你所喜欢的宝贝。虽然故事是一个长故事，但是我们若截头去尾，单单取中间包蕴着最小的一个故事来看，也觉得完整美妙，足以满意，这譬如一池澄净的水，酌取一勺，一样会尝到甘美的清味。"

　　《一千零一夜》的书名是来自其主线故事：相传古代有一个萨桑国，国王山鲁亚尔发现王后不忠，一怒之下，除将她及与其私通的奴仆杀死外，还存心向所有的女人报复：每娶一个处女，枕宿一夜之后便将其杀掉再娶。如此三年，全国一片恐慌。聪慧、美丽的宰相女儿山鲁佐德为使姊妹们不再惨遭虐杀,毅然挺身而出,让父亲将自己送进宫去。她请国王允许将其妹敦娅佐德召进宫,以求死别。其妹按照事先约定,要求姐姐讲个故事以消遣一夜。于是山鲁佐德便征得国王同意,开始讲起故事。翌晨天刚亮,那引人入胜的故事却正值精彩之处,留下悬念。国王受好奇心驱使,想知道故事结局,只好免山鲁佐德一死,让她第二夜接着讲。就这样,故事接故事,故事套故事,每到夜尽天亮时,正是故事兴味正浓处,"欲知后事如何,且听下回分解",一直讲了一千零一夜。其间,山鲁佐德还为国王生了孩子。最后,国王受到那些神奇迷人的故事感化,幡然悔悟,弃恶从善,决心与聪明、美丽的山鲁佐德白头偕老。

这部鸿篇巨制的民间故事集并非一时一地一人所作,它实际上是古代东方,特别是阿拉伯地区的民间说唱艺人与文人学士历经几世纪共同创作的结果。

阿拉伯阿拔斯朝建国初期,即公元八世纪中叶到九世纪中叶,有长达百年的"翻译运动",大批外文书籍被译成阿拉伯文。据阿拉伯学者迈斯欧迪在《黄金草原》一书中称:"在从波斯、印度、罗马文翻译过来并传到我们手中的群书中,有《希扎尔·艾夫萨乃》一书,由波斯文译为阿拉伯文的意思就是'一千个故事'。故事一词的波斯文就叫'艾夫萨乃'。人们称这部书叫'一千零一夜'。"另一位阿拉伯学者伊本·奈迪姆在《索引》一书中则说:"最早将故事编撰成书,并将其保存于文库(其中有些是动物寓言)的是古代的波斯人……这些故事在萨桑王朝时期数量更多,面也更广。阿拉伯人将它们译成了阿拉伯文。一些善于言词、长于修辞的人们把它们拿过来,进行修饰润色,并按其类似内容进行整理。在这类内容方面的第一本书就是《希扎尔·艾夫萨乃》。"伊本·奈迪姆并随之加以评论道："事实是——如蒙天佑——最早在夜晚进行夜谈的是亚历山大。他有一伙人逗他笑,向他讲故事。他这样做倒不是为了取乐,而是为了记下,作为镜鉴。此后,国王也都因此而利用《希扎尔·艾夫萨乃》一书。全书有一千页,却不到二百个故事。因为一个故事也许要讲几夜。我曾分几次读完全书。事实上,这是一本粗俗无聊的书。"

从上述引文中,我们不难看出,《一千零一夜》的雏形译自波斯的名为《希扎尔·艾夫萨乃》一书。将《一千零一夜》的故事串联起来的主线(引子)故事的基本情节连同这个故事的女主人公山鲁佐德的名字都来自这本书。学者们又多认为,波斯的《希扎尔·艾夫萨乃》可能来源于印度。

《希扎尔·艾夫萨乃》原书已佚,原貌已不得而知。但显而易见,它与现在所见的《一千零一夜》大不相同。因为它在当时还只是一只"丑小鸭"——"粗俗、无聊",远没有成为羽翼丰满、令人赞叹的"天鹅"。事实上,《希扎尔·艾夫萨乃》只是为日后的《一千零一夜》提供了一个主线故事,一个伸缩性很大的故事框架——山鲁佐德为国王讲了一千或一千零一夜的故事。

据学者考证,《一千零一夜》定型于公元一五一七至一五三五年之间的埃及。从八九世纪《希扎尔·艾夫萨乃》的译出,即《一千零一夜》中的一些故事开始在阿拉伯人中间流传,到十六世纪定型,这七八世纪就是《一千零一夜》由"丑小鸭"变"天鹅"的成长过程,即成书过程。而在定型成书前,"它是一些故事集。编写出来不是为了阅读,也不是为了保存于图书馆的,而是一种散乱的故事集子。将它们写下来的目的在于要通过讲述它以娱乐公众。几百年间,说书人带着这本书的各自抄本,可以随意抻长,随意增删。直到后来的时代,人们用赞赏的目光来看待这些故事,于是要么通过印刷,要么通过图书馆对那些抄本进行保存,这些故事便被限定下来。"即可以认为,在十六世纪《一千零一夜》定型前的各种手抄本,实际上多是说书人备忘的"底本"。

《一千零一夜》除了主要源自《希扎尔·艾夫萨乃》的印度、波斯故事外,还有两大组成部分:一是出自阿拔斯朝的伊拉克;一是出自马木鲁克朝的埃及。

阿拉伯人自古就有讲故事的传统。到阿拔斯朝,随着阿拉伯帝国的形成稳定,政治军事的强盛,经济文化的发展,特别是商业的发达,促进了城市的昌盛和市民阶层的成长,于是以说书、讲故事为主要形式的市井文学便应运而生。《一千零一夜》正是这种市井文学的代表作。

阿拔斯朝灭亡后,马木鲁克朝的埃及实际上成了当时阿拉伯的经济文化中心。自阿拔斯朝后期开始出现的文学作品向文野两个方向发展的趋势,在这一时期显得益甚。那些以雕词凿句、浮文巧语为特色的所谓高雅诗文很难为普通百姓所接受,倒是民间艺人的说唱——市井文学使以商人为主的市民感到更为亲切。马木鲁克王朝的统治者原是突厥、塞加西亚等异族人。他们由于自己的文化修养和语言水平较低,自然也更喜欢通俗的市井文学。而且,由于埃及所处的地理位置,以及当时它的政治、经济、文化地位,使兴起于阿拔斯朝初期伊拉克的市井文学,在马木鲁克王朝的埃及再次繁荣。《一千零一夜》在此时此地又注入新的血液,而最后定型,也就不难理解了。

《一千零一夜》的成书定型过程，实际上是说书人在《希扎尔·艾夫萨乃》这一粗俗、松散的底本上，在内容方面不断增加、扩充，使其更加丰富多彩，在艺术性方面不断修饰、润色，使其臻于完美的过程。这一过程是由文人学士和民间艺人共同完成的。其方式、方法大约有三种：一是将现成的书面故事塞进或糅进这本故事集中；二是将一些民间口头流传的传说、故事加工、整理出来，补进书中；三是将书中原有的故事修补、抻长。

值得注意的是《一千零一夜》发源、流传、成书、定型过程的空间与时间。须知，《一千零一夜》的故事集中产生于印度、波斯、伊拉克、埃及。这些地区有人类最古老的文明——古埃及文明、两河流域文明、古印度文明和古波斯文明的积淀，而且由于伊斯兰初期的开疆拓域、阿拉伯帝国的建立，通过战争、占领、混居、通婚、商业贸易、作品的译介……阿拉伯、印度、波斯、希腊-罗马、希伯来、柏柏尔……乃至中国等各国、各民族的文化，以及印度教、袄教、犹太教、基督教等各种宗教文化，都在这一空间、这一时间，相互撞击而融会于阿拉伯-伊斯兰文化中。

《一千零一夜》中的故事既然产生于不同的民族、地区，就难免带有不同的胎痣，可供识别。如印度成分的故事多为故事套故事的框架式结构，即树状结构，在"节外生枝"时，多以"那是怎么回事儿？"的问句导引出另一个故事。有关动物的寓言故事也多半来源于印度，这可能与印度教-佛教关于轮回转世投胎的信仰有关。源于波斯的故事多是一些有关风流才子聪明、机智的单篇故事。有关阿拔斯朝的伊拉克和马木鲁克朝的埃及故事则有着较浓厚的地方色彩与时代特征，表现出当地的风土人情。

《一千零一夜》全书包括有大小近三百个故事。其中有神话传说、爱情传奇、寓言童话、宫廷奇闻、名人逸事、冒险奇遇……不一而足。故事发生的时间自开天辟地直到成书当时;故事发生的空间是阳世阴间、山南海北、宇宙太空、世界各地,更多的则是巴格达、巴士拉、开罗、大马士革……阿拉伯的都会、名城,无所不包。故事的主人公则是上自仙魔精灵、帝王将相、王子公主、才子佳人,下至商贾、僧侣、工匠、渔翁……应有尽有。这些故事或直接或间接地反映了中古时期阿拉伯的社会风貌、价值观念;贯穿于全书的主旋律是真善美与假恶丑的斗争。

《一千零一夜》既然是一部民间故事集,很多故事就很自然地站在人民群众的立场上,爱憎鲜明地描述了百姓的苦难和不幸;表达了人民对现实生活的不满与控诉;歌颂了劳苦大众的勤劳、勇敢、聪明、善良的美德,他们忠于爱情,不畏强暴,不怕艰险,疾恶如仇,执着地追求幸福、正义,憧憬美好的生活。与此同时,很多故事也揭露了统治阶级的荒淫、残暴、穷奢极欲;斥责了社会的黑暗不公;嘲笑了上层权贵的昏聩、贪婪。书中在每一场善与恶、美与丑、正义与黑暗的斗争中,总是让前者战胜了后者,从而鲜明地表达了劳动群众的感情与倾向。

由于说书艺人不仅在民间市井中讲述故事,有时也要进入王宫、官府中为君王、权贵们说书消遣,又由于很多平民百姓往往把改变丑恶现实的希望寄托于"明君""清官"身上,因此,我们也会看到一些描述哈里发微服私访、惩恶扬善的故事,起到了粉饰太平、美化统治者的作用。

《一千零一夜》一书既然是中古时期世界各种文化,尤其是东方各民族文化相互撞击、融会的产物,我们从中自然不难看到古埃及、两河流域、印度—佛教、波斯—祆教、希伯来—犹太教、希腊-罗马—基督教……诸种文化的影响。当时中国文化通过丝绸之路与香料之路(亦称"海上丝绸之路")对阿拉伯世界的影响,从书中亦可看到。如很多故事都提到中国和中国人,其中有些著名的故事(如《驼背的故事》《阿拉丁和神灯的故事》等)还以中国为主人公活动的舞台。

虽然如此,但不能认为《一千零一夜》是一盘集各民族、宗教故事的"大杂烩"。这是因为它实际上一方面是伴随阿拉伯-伊斯兰文化形成的产物,另一方面又是反映这一文化的镜子。它在对外来故事的取舍、消化过程中,是以阿拉伯民族和伊斯兰教的道德价值观念为准则的。

当然,书中也有一些对违背伊斯兰教戒律事物的描述。如有些故事写到了人们纵酒狂饮的场面;原书中亦有一些感官刺激的色情场面描写,致使埃及宗教界曾于一九八五年通过由其控制的礼教法庭指控《一千零一夜》为淫书,勒令对其禁售、查收、销毁,并对出版商课以罚款。应当指出,那些有关酒色的描述,正是当时社会现实的反映。作为市井文学,为吸引听众,有些色情的描述和词语,也不难理解。还应看到,文学本来就是"人学",《一千零一夜》的人文思想的反映,可以认为是欧洲文艺复兴运动所提倡的人文主义的先声。

《一千零一夜》作为一部民间故事集,一部世界名著,其艺术特色也是非常突出的。

该书一个重要特点在于它在结构上采取了大故事套小故事,小故事中又套更小的故事的框架式结构,亦称树状结构或连串插入式结构。这种结构源于古代的印度,其最大的优点就在于使当年的说书艺人和后来整理、编写全书的文人有相当大的自由,可把不同时代、地点流传的,以不同时间、空间为背景的故事编织在一起,机动灵活,变幻莫测。

亦幻亦真,浪漫主义与现实主义相结合,是《一千零一夜》艺术手法的一大特色。时而,大胆的夸张、非凡的想象,带领我们走进一个个奇妙的神话世界;时而,真实的描写、细致的刻画又把我们领进中古阿拉伯现实生活中,许多故事似一幅幅色彩绚丽的风俗画,真实地勾勒出中古时期阿拉伯的风土人情。不管是幻想的虚构,还是真实的写照,都反映或折射出中古阿拉伯人民的现实生活和他们美好的愿望。

《一千零一夜》的另一个特点就是运用了鲜明的对比方法。在一个个故事中,把代表真善美的人物与代表假恶丑的势力进行强烈的对照,使人物形象、性格特征和思想意识显得更加突出。从中我们可以看到故事的创作者们爱憎分明,褒贬清楚,体现了人民大众传统的惩恶扬善的美学观。

作为民间文学的代表作,《一千零一夜》在语言上亦有其特色:文白相间,散韵结合,诗文并茂,相得益彰。书中穿插、引用了大量的诗句、格言、谚语、成语、警句;叙事、写景、状物时,语言通俗流畅,词汇丰富,善用比喻,富有浓郁的生活气息。但同时它也具有民间创作的一些通病:有些描写、比喻显得程式化,如提到女人的美丽,往往都是把她们比喻成月亮、羚羊……犹如中国民间文学一提到美女就用"闭月羞花""沉鱼落雁""倾国倾城"……来形容一样,有时让人感到单调、刻板;有些语言也还不够精练,显得粗俗。

《一千零一夜》在自公元八九世纪至十六世纪的流传、成书过程中,形成了各种手抄本。至今发现的手抄本多为残篇。这些手抄本虽然基本框架故事相同,但其中所包括故事篇什的数量、内容或次序却都不尽相同。阿拉伯原文的《一千零一夜》一八一八年于印度的加尔各答首次印行,称"加尔各答头版本",不过它仍是一个残本,只有约二百夜的故事。一八三三年,出版了"加尔各答再版本",那是据来自埃及的一部内容完整的手抄本印行的。一八三五年依据这一版本于开罗出版的"布拉哥版"被认为是阿拉伯原文的善本。一八八八至一八九〇年于贝鲁特出版的"萨里哈尼神父版"的《一千零一夜》则是据"布拉哥再版本"删改的"洁本",删去的主要是一些迎合小市民口味的色情描写和淫词秽语。现在出版的各种阿拉伯文本子和外文译本,多是依据这两种版本。其实,这两种版本虽是按"夜"分的,全书共有一千零一夜的故事,但从某种意义上讲,也并不全,因为法国东方学者佐登堡①据一个巴格达手抄本于一八八八年在巴黎发表的《阿拉丁与神灯》的故事,和另一东方学者麦克唐纳据他自己发现的一个手抄本而于一九一〇年发表的《阿里巴巴与四十大盗》的故事,都没包括在内。

《一千零一夜》"这部故事是在西方各国最普及的阿拉伯文学作品,甚至比在穆斯林东方本地还要普及些"②。

一七〇四至一七一七年间,法国人加朗首次在西方翻译出版了《一千零一夜》。这一译本虽说是依据四册来自叙利亚阿勒颇的手抄本,但译文并不忠实于原文,很多故事是加朗

---

① 埃尔曼·佐登堡(1836—1894),法国东方学者,阿拉伯语言文学学者。
② 希提:《阿拉伯通史》上册,马坚译,商务印书馆,1979年版,第479页。

在听了一个来自阿勒颇的名叫哈纳的天主教马龙派的教徒口述后,根据笔记再创作的。加朗是个颇具讲故事天才的人,他在翻译过程中,对原著进行了大量的增删、改写,以迎合欧洲人的口味。这一译本一出,立即在西方掀起了一股"东方热"。整个十八世纪和十九世纪初,依据加朗的译本,《一千零一夜》被重译成欧洲几乎全部文字。自阿拉伯原文的"加尔各答再版本"和"布拉哥版本"于十九世纪三十年代问世后,英国的东方学者们开始努力从阿拉伯原文直接翻译。其中最著名的是莱恩于一八三九至一八四一年出版的译本。

但《一千零一夜》的许多故事早在中世纪就通过当时属于阿拉伯帝国版图的安达卢西亚、西西里岛,通过十字军东侵和其他接触与交流的途径,传到了西方,而对西方的文化、文学乃至欧洲的文艺复兴运动产生过巨大的影响。如意大利薄伽丘的《十日谈》(1348—1353),英国乔叟的《坎特伯雷故事集》(1387—1400),学者们多认为,这两本书的框架式的结构、许多故事的题材内容及其体现的人文主义思想,都反映出《一千零一夜》的影响。再如法国拉封丹的《寓言诗》(1668—1694)、西班牙塞万提斯的《堂吉诃德》(1605—1615)、英国莎士比亚的《终成眷属》(1603)、斯威夫特的寓言小说《格列佛游记》(1726)、德国莱辛的诗剧《智者纳旦》(1779),直至美国朗费罗的叙事诗集《路畔旅舍的故事》(1863)等名著,都在取材、写法和风格上,或多或少地受到《一千零一夜》直接或间接的影响。近现代和当代的西方著名作家、诗人,如伏尔泰、歌德、普希金、安徒生、爱伦·坡、卡夫卡、杜伦马特、加西亚·马尔克斯……几乎没有哪一个没读过这部神奇美妙的故事集,被其吸引,受其影响的。从西欧的文艺复兴、浪漫主义的兴起,直到拉美魔幻现实主义的出现,《一千零一夜》在其中的影响和作用可谓大矣!

从阿拉伯文译成中文的工作虽早在十九世纪就已开始,但当时多是出自宗教的目的,翻译了《古兰经》部分章节和蒲绥里的《天方诗经》等。中国读者最早认识的纯阿拉伯文学著作应是《一千零一夜》(《天方夜谭》)。

我国最早有关《一千零一夜》的介绍,见于林则徐在鸦片战争期间编辑的《四洲志》,其中在谈及阿拉伯的文化成就时,写道:"……本国人复又著辑,论种类、论仇敌、论攻击、论游览、论女人,以至小说等书。近有小说《一千零一夜》,词虽粗俗,亦不能谓之无诗才。"①

在我国,开译《一千零一夜》故事之先河者是周桂笙。一九○○年,他在《采风报》上发表了《一千零一夜》中《国王山鲁亚尔及其兄弟的故事》和《渔者》两篇译文。一九○三年,上海清华书局出版了他的《新庵谐译初编》,凡二卷,其第一卷为《一千零一夜》中的故事。

《一千零一夜》又称《天方夜谭》。最早用这一译名的是严复,同时以《天方夜谭》为译名,将《一千零一夜》介绍给我国读者的还有奚若。他于1906年在商务印书馆出版了其所译的《天方夜谭》一书,共四册,包括五十个故事。该书曾多次再版,流传颇广,影响甚大。

无论是严复还是奚若,他们所读或据以翻译的都是莱恩的英译本。英译本既称"*The Arabian Entertainments*"②,汉译

① 李长林:《清末中国对〈一千零一夜〉的译介》,《国外文学》,1998 年第 4 期,第 121 页。
② 直译为《阿拉伯夜晚趣谈录》。

文又是文言文，那么《天方夜谭》这一译名无疑还是很贴切的。因为在中国(尤其是明清学者写的)古籍中，"天方"就是指中国穆斯林"西向拜天"，即朝向真主礼拜的那个方向、那片地方，即阿拉伯地区，阿拉伯世界。"夜谭"即"夜谈"，当然是指书中的所有故事都是山鲁佐德在那"一千零一夜"中谈的。

在二十世纪初或清朝末年最早将《一千零一夜》的故事介绍到中国的翻译前辈中，还应提到：钱楷译的于一九〇三年五月文明书局出版的《航海述奇》①；周作人署名"萍云女士"所译的一九〇四年八月苏州《女子世界》刊登的《侠女奴》②，并于一九〇五年出了单行本。

据统计，从二十世纪初到二十世纪末，一百年间，在我国，《一千零一夜》(《天方夜谭》)故事的各种译本或有关它的书林林总总竟达四五百种，是外国文学作品中汉译版本最多的一部著作。鉴于《一千零一夜》在世界文学史上的地位，鉴于它是译介到我国最早的外国文学作品之一，又是译本种类最多的外国文学作品，它对我国近现代文学及作家们的影响是不言而喻的。

总体看来，解放前，我国对阿拉伯文学的译介少得可怜，而且多是由英文或它种文字译出。解放后，二十世纪五十年代末、六十年代初，阿拉伯各国人民的反帝国主义、反殖民主义的民族解放运动风起云涌，如火如荼。为了配合当时中东政治形势的发展，当时在我国出现了介绍阿拉伯文学的第一

---

① 即《辛伯达航海旅行的故事》。
② 即《阿里巴巴和四十大盗的故事》。

次高潮。但译作多半是从俄文转译的。直接从阿拉伯文译成中文的则是凤毛麟角。纳训先生所译的《一千零一夜》正是其中的代表。

纳训（1911—1989），原名光政，字鉴恒，回族，经名努尔·穆罕默德，出生于云南省通海县纳家营的一个贫苦农民家庭，是著名政治家、元朝云南省平章政事赛典赤·瞻思丁的后裔。纳训先生自幼勤奋好学，尊师重道。一九三四年由其母校昆明明德中学选派，负笈至埃及艾兹哈尔大学深造。

纳训在中学时代就酷爱文学，曾广泛涉猎古今中外文学名著。在国外留学期间，纳训便立志将《一千零一夜》全书翻译成中文。他从《一千零一夜》中选译出五册，每册十万至十二万字，共约五十余万字，一九三九年托人带回国内交给上海商务印书馆，袭用《天方夜谭》为书名，于一九四〇年二月至一九四一年十一月相继出版。一九五四年八月，纳训先生应邀参加了在京召开的全国文学翻译工作者会议。接受了人民文学出版社要他重译《一千零一夜》之约请。于是他新译《一千零一夜》三卷选集，共八十余万字，于一九五七至一九五八年间出版，一时风靡全国，深受欢迎。

一九八二年七月至一九八四年十一月，由纳训先生翻译的我国第一部《一千零一夜》全译本终于出齐，实现了纳训先生的平生夙愿。"纳译本对原作进行了'体制改革'，将以'夜'排序变为以故事顺序编排，删去相关套语，并增编了比原作多几倍的故事标题。在今天看来，这一举措也许应该说得失参半——多级编目使读者对故事，特别是大故事所套小故事一目了然，却没有使读者领略到原作的风貌。但这毕竟是译者的创意,因为在世界上各种语言的《一千零一夜》的全译本中,纳译本的这种编排是独一无二的。"①

如今,《一千零一夜》(《天方夜谭》)的中文译本已多达几百种,仅是全译本也有多种。但我们永远不该忘记纳训先生和他所译的《一千零一夜》。因为"纳训解放后翻译的《一千零一夜》,除去刊物上发表的零篇和选入各种'集子'的译文不算,单独出版发行的至少有二十一种,三十六册。这在《一千零一夜》于世界各国的传播过程中是十分罕见的。纳训《一千零一夜》版本之多,印数之大,受众之广,影响之深,堪称中国第一"②。

是为序。

仲 跻 昆

二〇一三年十二月

① 葛铁鹰:《天方书话——纵谈阿拉伯文学在中国》,首都师范大学出版社,2007 年版,第 248 页。
② 葛铁鹰:《天方书话——纵谈阿拉伯文学在中国》,首都师范大学出版社,2007 年版,第 278 页。

国王山鲁亚尔及其兄弟的故事

相传,古代印度和中国之间有一个海岛,岛上有一个萨桑国,国王养着庞大的军队和成群的奴仆。他有两个儿子,都是英勇的骑士,大儿子山鲁亚尔比小儿子沙宰曼更英勇。山鲁亚尔继承王位,掌握政权,为人公正,博得庶民的拥护爱戴。沙宰曼被封为撒马尔罕的国王。兄弟二人各在自己的国中治理国事,大公无私地对待百姓;二十年以来,国家不断地繁荣富强,他们与民同乐,过着幸福的生活。

国王山鲁亚尔想念弟弟,派宰相前往撒马尔罕去迎接沙宰曼。宰相领命,便动身起程,平安来到撒马尔罕。他进见沙宰曼,转达国王的问候,告诉他国王想念他,希望他去看他。

沙宰曼答应回去,随即准备好旅行用的帐篷、骆驼、骡子、仆从等等,并委托他的宰相代理国政,动身出发。走了不远,他忽然想起把礼物忘在宫中,便转回去取。他回到宫中,看见王后正跟乐师坐在一起弹唱、嬉戏。他一见这种情景,顿时眼前变黑了。他说道:"我还未离开京城,便发生了这种事情,我要是去哥哥那里住久了,这邪恶的家伙不知会闹到什么地步呢!"于是拔出佩剑,杀了王后和乐师,匆匆离开王宫,传令出发。他率领人马,跋山涉水,继续向萨桑国进发。

快到京城了,沙宰曼派人前去报信。山鲁亚尔出城迎接,

1

见到弟弟,彼此寒暄,十分高兴,并为弟弟装饰城郭,款待他,陪他起坐谈心。

沙宰曼想着妻子的行为,心里闷闷不乐,因此面容憔悴,身体消瘦。山鲁亚尔看见弟弟的这种情况,以为是离愁的缘故,因此不大在意,也不过问。有一天山鲁亚尔对沙宰曼说:"弟弟,我觉得你面容憔悴,身体消瘦,这是什么缘故?"

"哥哥啊!我内心感觉痛苦呀。"他不肯把自己的遭遇告诉他。

"我希望你和我一块儿上山打猎,借此消愁解闷。"

沙宰曼不愿意去,山鲁亚尔便一个人率领人马往山中打猎去了。沙宰曼一个人留在宫中。他居住的那幢宫殿的拱廊,面对着御花园。那天他凭窗眺望,见宫门开处,二十个宫女和二十个奴仆鱼贯走进花园,王后也在他们队伍中,打扮得格外美丽。他们慢步走到喷水池前面坐下,又吃又喝,唱歌跳舞,一直玩到日落。

沙宰曼看到这样情景,心里想道:"我的患难比起这个来,实在不算什么!"他的苦恼因此烟消云散了。继而他想:"哥哥要比我不幸多了!"于是他开始吃喝,恢复了常态。

山鲁亚尔打猎归来,和弟弟握手言欢,看见他的情况好转,满面红光,食欲比过去旺盛,因而问道:"弟弟,从前你脸色苍白憔悴,现在却红光满面,恢复了正常状态,这是什么缘故?请你告诉我吧。"

"我为什么脸色苍白、憔悴,我可以告诉你;至于恢复健康的原因,这不便说,请原谅我。"

"好的,你就把你憔悴、消瘦的原因先告诉我吧。"

"哥哥啊!当你派宰相去接我的时候,我准备好一切,离开京城出发。行在途中,我想起送给你的一串挂珠,还在宫中,忘了携带,就回宫去取。我回到宫中,看见王后跟乐师坐在一起嬉戏弹唱,于是抽出宝剑杀了这两个坏种,然后才启程来到你这儿。可是我一直想着这件事,由此影响了健康,显得如此憔悴消瘦。至于恢复健康的原因,这不便说,请原谅我。"

"指真主起誓,你怎么恢复健康的,一定得告诉我。"

沙宰曼把他看见的情景全部讲出来,山鲁亚尔听了,对弟弟说:"我要亲眼看一看。"

"你率领人马出去打猎,然后悄悄回来,躲在我屋里窥探。你亲眼看看那种行为,就明白真相了。"

国王山鲁亚尔立刻下令出猎,率领人马,去到郊外宿营。他住在帐篷里,吩咐侍从:"别人不许进来。"随即悄悄转回宫去,躲在沙宰曼屋里。他坐在窗前等了一会儿,便看见王后和宫女、奴仆们姗姗走进花园,在一起嬉戏歌舞,直到日偏;他看见的情景,跟沙宰曼说的一样。国王山鲁亚尔看了,气得昏头昏脑,几乎发狂。他一气之下,决心出走,对沙宰曼说:"兄弟,宫中发生这种事情,咱们没有脸面再当国王了。来吧!咱们抛下王国,出去旅行,随心所欲地周游各地,看一看人间谁有咱们这样的遭遇?若是没有,那么咱们活着还不如死掉呢。"

沙宰曼欣然同意,于是弟兄二人相约着悄悄地从后门溜出王宫,连续跋涉了几昼夜,到达一片濒临大海的草原上。他们坐在一棵大树下乘凉,喝泉水解渴。约莫过了一小时,他们突然发现海中风浪大作,波涛汹涌澎湃,接着一根黑柱直升到高空。见到此景,他俩吓得魂不附体,赶忙攀到树上躲起来,偷看将要发生的事情。一会儿海里冒出一个体格粗壮、脑袋庞大、肩膀宽阔的妖魔,顶着一个箱子,走出大海,来到陆上,一直走到山鲁亚尔弟兄藏身的那棵大树下面坐下来,然后打开箱子,从里面取出一个匣子,随手打开它,只见从里面走出一个非常窈窕美丽的女郎,笑容满面,犹如一轮灿烂的太阳,恰如诗人所说:

> 她的光辉照亮黑夜,
>
> 灿烂的白昼便随之出现。
>
> 她洒下辉煌的光泽,
>
> 给花草树木涂上金色。
>
> 当她除去面纱抛头露面,
>
> 太阳便从她的神色中吸收更多光线。
>
> 她从揭开的帷幕中一旦出现,
>
> 宇宙万物便侧身向她下跪。
>
> 当她电光似的目光稍微闪烁一会儿,
>
> 泪水便暴雨般流个不止。

魔鬼望着女郎嬉皮笑脸地说:"自由自在的小娘子,我要休息一会儿,让我睡一觉吧。"于是他躺下,枕着女郎的膝盖睡着了。

女郎抬头看见躲在树上的两个国王,便把魔鬼的头托起来挪到地上,然后一骨碌爬起来,站在树下,打着手势叫他俩下来,示意不用害怕。他俩说道:"指真主起誓,求你宽容,别叫我们下去吧。"

"指真主起誓,你们快下来吧!否则,我叫醒魔鬼,让他狠狠地杀死你们。"

山鲁亚尔和沙宰曼在女郎的威胁下,怕得要死,只得从树上下来。女郎挨到他俩面前,吩咐道:"过来,痛痛快快地跟我交欢吧!否则,我叫醒魔鬼,让他整治你们。"

山鲁亚尔听了女郎的吩咐,吓得要死,对沙宰曼说:"兄弟,你照她的吩咐去做吧。"

"不,我要等你做过之后才做呢。"沙宰曼踟蹰不前。弟兄俩互相挤眉弄眼谁也不肯跟女郎苟合。

"你们眉来眼去地在做什么?"女郎生气了,"你们再不来同我交欢,我马上叫醒魔鬼狠狠地治你们。"

为不遭魔鬼的伤害,山鲁亚尔和沙宰曼弟兄俩不得不按照女郎的吩咐,勉强同她交欢苟合。女郎得到满足之后,让山鲁亚尔和沙宰曼坐在一旁,她从衣袋中掏出一个袋子,从里面取出一串戒指,总计五百七十个。她拿戒指给他俩看,并指着戒指问道:"你们知道这是从哪儿来的吗?"

"不知道。"

"这些戒指都是它们的主人在这个魔鬼睡觉、疏忽的时候跟我交欢后送我的。现在该轮到你们俩送我戒指了。"

山鲁亚尔和沙宰曼不得不按女郎的要求,赶忙把手上的戒指摘下来递给她。

女郎收下戒指说:"这个魔鬼,原是在我新婚之夜,把我抢来据为己有的。他把我藏在匣子里,再把匣子装在箱子中,用七把锁锁上,放在波涛汹涌的海底下。这是因为他知道我们妇女要干什么事,准要干到底,什么都阻挡不住。正如诗人所说:

别信赖妇女,
不可信任她们的诺言。

她们的喜怒哀乐，

和她们的肉体紧密相关。

她们的爱情是虚伪的爱情，

衣服里包藏的全是阴险。

对妇女的阴谋诡计一定要防备，

须从约瑟夫的经历中吸取教训。

莫非你不知道老祖宗亚当的结局，

就是因为她们才被撵出乐园！"

山鲁亚尔和沙宰曼听了女郎一席坦率的话，感到无比惊异，彼此悄悄地说："这个魔鬼，他作为一个神通广大的魑魅，还不免受到妇女的欺骗，而且他受的骗，比咱们受的有过之无不及。如此说来，这倒是一桩足以令咱们解气的事情呢。"于是弟兄二人欣然向女郎告辞，即刻动身回家。他们跋涉了几昼夜，最后平安回到家乡，进入王宫，杀了淫荡的王后和奸险的宫女、奴仆。从此山鲁亚尔讨厌妇女，存心报复，每天娶个女子来过一夜，次日便杀掉再娶，持续了三个年头。百姓受这种威胁，十分恐怖，纷纷带着女儿逃走。可是国王照例迫令宰相替他寻找女子，供他虐杀。当时的妇女，不是死于国王刀下，便是逃之夭夭，城中十室九空。这一天宰相找遍民间，得不到一个女子，只得满腔恐惧、忧愁苦恼地转回相府。

宰相有两个女儿，大的名叫山鲁佐德，小的名叫敦娅佐德。山鲁佐德知书识礼，读过许多历史书籍，熟悉古代帝王的传记和各民族的史实。据说她收藏的文学历史书籍，数以千计。那天宰相闷闷不乐地回到家中，她便对宰相说："爸爸！您为何愁眉不展，如此忧愁苦闷？古人说得好：

告诉忧愁苦闷的人吧，

　　患难不是永恒的。

　　像欢乐消逝那样，

　　患难也要消亡。”

　　宰相听了女儿的劝慰，把国王派给他的任务告诉了她。山鲁佐德听了说道：“父亲，指真主起誓，把我嫁给国王好了。我进宫后，或许可以跟他一块儿生活下去；我要牺牲自己，拯救千千万万的女子呢。”

　　“我儿，指真主起誓，你千万不可冒险。”

　　“以目前的情况来说，不这样做是不行的。”

　　“你如果这样固执，恐怕水牛和毛驴在农夫手中的遭遇，会在你身上重演的。”

　　“父亲，水牛和毛驴的遭遇怎么样？请您告诉我吧。”

水牛和毛驴的故事

　　从前有个商人，他不但有经营生意的本钱，而且懂得鸟兽的语言。他和妻子儿女住在一个小乡村里，家中养着一匹毛驴和一头水牛。有一天，水牛跑到毛驴的厩里，看见毛驴全身洗刷得干干净净，躺着休息，非常安闲，槽中还有铡细的草和煮熟的糠供它享受。主人有时因事骑它出去跑一趟，不一会儿也就转回来了。因此水牛很羡慕它。一天，水牛和毛驴彼此谈心，它们谈话的内容，却被主人听见了。当时水牛对毛驴说：“恭喜了！你终日清闲，有主人的关怀照顾，并且吃铡细的草料。主人有时虽然役使你，但总不外骑你出去走一趟便转回来了。至于我嘛，却终日劳碌，从早到晚，不是去田里耕种,就是在家里推磨。"

"农夫把你牵到田里给你上轭的时候,你别接受,只管蹦跳。"毛驴给水牛出了个主意,"要是他打你,你只管躺倒,或者站起来乱跳。要是他牵你回家,给你草料,你别吃,装出疲弱的样子。你只要在一两天或三天之内拒绝饮食,就可以摆脱劳役,过安闲日子了。"

当天夜里农夫给水牛送草料,它只吃了一点点。次日清晨,农夫去牵牛耕田,看见牛疲惫无力,因而产生慈悲心肠,叹道:"这是因为昨天的工作过重了!"于是前去报告商人,说道:"报告主人,水牛昨夜通宵不食不饮,如今半死不活地躺在厩里,不能干活了。"

主人心里早已明白其中底细,就对他说:"去吧,把毛驴牵去代水牛耕地好了。"

毛驴整整耕作了一天,到傍晚才回来。水牛对它的德行表示感激,因为蒙它代耕,自己才能够整整地休息一天。可是毛驴却不理会,心中百般懊恼。次日清晨,农夫照旧牵着毛驴去田里继续耕作;到傍晚毛驴回来,磨破了肩头,疲惫得有气无力。水牛见了,又可怜又感激,不停地夸赞它。毛驴叹道:"我辛勤地干到底,这不是白吃苦吗!"继而它对水牛说:"我要对你进一句忠言,因为主人说了:水牛倘若再不起来,就要把它送给屠夫去宰掉,割碎它的皮肉。我正为这件事替你担忧呢。我已对你进了忠告,你自己想办法维护你的安全吧。"

水牛听了毛驴的忠告,非常感激,勉为其难地说道:"我要恢复常态了。"于是它满口大吃大嚼,直到吃饱。

毛驴和水牛的谈话,同样给商人听见了。次日清晨,商人和老婆一块儿去驴厩,碰到农夫牵水牛去耕田。水牛一见主人,便精神抖擞,甩着尾巴,显出快活的神情。商人见了这种情形,不禁哈哈大笑,笑得抑制不住自己,几乎倒在地上。他的老婆莫名其妙,问道:"你笑什么呢?"

"我发现一桩秘密,但是不能对人讲。因为这是鸟兽说的,此中秘密一旦泄漏,我的性命就完了。"

"你的性命完不完,这我不管。你为什么笑,得把理由告诉我不可。"

"我因为怕死,所以不能泄露秘密。"

"你笑,一定是奚落我。"

老婆一再坚持、纠缠,商人受不住了,终于屈服下来。他打发儿子去邀请法官和证人,要当众写下遗嘱。他宁可牺牲自己的生命,也不让老婆受委屈;因为她是叔父的女儿,也是孩子们的母亲,他又非常宠爱她,何况他自己已经是活了一百二十岁的老头了。当时他请来亲戚朋友和邻居,向他们说明自己的情况:他只要把鸟兽的语言一泄露,生命就得告终。到场的亲友都劝他的妻子,对她说:

"指真主起誓,你放弃这个要求吧,免得牺牲了孩子们的父亲——你的丈夫。"

"我不放弃;不管他死不死,非让他把秘密告诉我不可。"

她始终坚持,弄得亲友们面面相觑,无话可说。这时商人站起来,离开亲友,前去沐浴,预备回来泄密而死。他家里养着一条狗、一只雄鸡和五十只母鸡。他经过鸡棚时,听到那条看家狗用责备的口吻对雄鸡说:"主人预备死了,你还高兴什么?"

"告诉我这是怎么一回事?"雄鸡问。

狗把主人家中发生的事情说了一遍。雄鸡听了,说道:

"指真主起誓,主人的脑筋真是简单。我自己拥有五十个妻子,我喜欢谁,就同谁亲近。我们的主人总共只有一个老婆,就无法管束她了!他为什么不折几条桑树枝,把她关在房里痛打一顿,即使不把她打死,也得叫她忏悔认错,不敢再有所要挟!"

商人把鸡和狗的谈话全都听在心里。

宰相讲了水牛和毛驴的故事,接着对女儿山鲁佐德说道:"如果你再固执,我就像商人对付老婆那样地对付你。"

"他怎样对付她呀?"

他就折了些桑树枝,拿去藏在房里,然后对他老婆说:"来吧,让我把秘密告诉你,然后死在房中,别让人看见我。"老婆进了房,商人把房门一关,拿出桑树枝,不住地往她身上抽打。一顿好打,打得她几乎丧了命,她这才认错,说道:"我忏悔了!饶恕我吧!"她跪了下去,不住地吻丈夫的手脚。商人饶恕了她,于是夫妻俩从房中出来,和好如初。亲戚朋友也为他们的和好而欢喜,大家怀着愉快的心情各自回去。

山鲁佐德听了宰相的叙述,说道:"父亲,话虽如此说,但目前的事是人命攸关的,所以我坚持原意,请您送我进宫去吧。"宰相无法制止,不得已,只好预备送女儿进宫,完成国王给他的使命。

临走的时候,山鲁佐德对敦娅佐德说:"妹妹,我进宫后,就打发人来接你。你到我面前的时候,对我这样说:'姐姐,请讲个故事给我听,让我们快快乐乐地消遣一夜吧。'那时候我便趁机会给你讲故事。若是真主意愿,那么我所讲的故事也许能救人活命呢。"

宰相从从容容地把自己的女儿送进宫去,献给国王。国王见了,非常喜欢,问道:"我所需求的,你给我带来了吗?"

"是的,已经带来了。"

山鲁佐德一见国王,便悲哀哭泣。国王问道:"你为什么伤心?"

"主上,我有个妹妹,希望和她再见一面,做最后的话别。"

国王派人去宰相家迎接敦娅佐德。敦娅佐德来到宫中,看见姐姐,高高兴兴地拥抱着她,一块儿坐在床脚下谈笑起来。她说道:"姐姐,指真主起誓,今天晚上,请你给我讲个故事,让我们快快活活地消遣一夜吧。"

"只要德高望重的国王许可,我自己是非常愿意讲的。"

国王原是情绪不宁,无法入睡,听着敦娅佐德姊妹的谈话,引起了他听故事的兴趣,便欣然允诺。于是在这一千零一夜的第一夜,山鲁佐德开始讲述下面的故事——

商人和魔鬼的故事

从前有个富商,拥有雄厚的资本,经商的地区很广。有一天,他骑马离开家乡,往别的地方去做买卖。旅途中天气十分炎热,他便走进道旁的园子里,坐在一棵大树下面乘凉,并伸手把鞍袋中的枣子掏出来充饥。他吃了枣子,随手把枣核一掷,忽然间,在他面前出现一个高大魁梧、手持利剑的魔鬼,开口说道:"站起来!让我像你杀我儿子那样把你杀了吧。"

"我怎么杀了你的儿子呢?"

"你掷枣核的时候,我儿子凑巧从这里经过,枣核打中他的胸部,立刻把他打死了。"

"我们是属于真主的,我们都要归宿到真主御前去,全无办法!只盼伟大的真主拯救了。即使是我杀了他,这也只算是误杀,恳求你饶恕我吧。"

"不行,非报复不可。"魔鬼伸出爪子,抓住商人,把他按在地上,举剑要杀。商人悲哀哭泣着说:"我把自己的一切托靠真主了!"接着吟道:

> 时代分为两天:
> 这一天是安全,
> 另一天却充满恐怖。
> 生活有两面:

这一面是幸福，

那一面却是痛苦。

对那些被命运嘲弄的人说吧：

被命运捉弄的总是卓越显贵的人。

难道你不曾见过暴风吗？

它刮起来的时候，

被摧毁的是高大的树木。

难道你不曾见过海洋？

波涛中漂浮的净是腐尸，

珍珠却潜伏在海底深处。

命运的手尽管捉弄我们，

经常把灾难带给我们，

然而，空中数不尽的星辰，

也只是太阳月亮有亏有蚀；

大地上多少葱郁和枯萎的树林，

遭劫的只是结果子的佳木。

你对幸运的时日猜测得正确，

而对命运带来的祸患却顾虑不足。

商人吟罢，魔鬼喝道："你少说几句吧！指真主起誓，我非杀你不可。"

"魔王，你要知道，我家中有财产，有妻室儿女，还有债务未了，典当的东西未赎，因此求你放我回去，让我把各项事务办理妥当。我向你发誓，待来年元旦，我一定回到这里，任你处置我。我的话一句也不假，有真主可以证明。"

魔鬼相信商人，果然放了他。商人回到家中，赶忙清理各项债务，清点典当的各种东西，对妻室儿女讲明一切情况，并写下遗嘱,安安静静地和家人一块儿过生活。到了新年元旦,他便沐浴熏香,把寿衣夹在腋下,勉为其难地辞别家人和亲友、邻居,在他们的哭泣送别下,一直来到道旁的园子里,孤单寂寞地坐在树下,想着自己的境遇而悲哀哭泣。这时候,忽然来了一个老人,带着一只锁着链子的羚羊。他走到商人面前,问候一声,说道:"这是鬼神盘踞出没的地方,你为什么一个人孤单单地坐在这里?"商人把遇鬼的经过从头对他叙述一遍。老人听了非常惊奇,说道:"老弟哟!指真主起誓,你的这笔债负得真够繁重,你的这种境遇也太离奇古怪了,要是把它记录下来,对于后人倒是前车之鉴呢。"于是他在商人身边坐下,接着说道:"老弟哟!指真主起誓,我不离开你,要跟你在一起,亲眼看看这个魔鬼怎么对待你。"

老人和商人坐在一起闲谈,商人感到一阵阵的忧虑、恐怖,情绪正紧张、混乱的时候,忽然又来了一个老人,带着两条黑色猎犬。他走近他们,问候一声,说道:"这是鬼神出没的地方,二位为什么坐在这里?"他们两个人便把遇鬼的始末从头说了一遍。那老人刚在他们身旁坐下,接着又来了一个老人,带着一匹花斑骡子。他来到他们面前,打个招呼,然后问他们为什么坐在这里。他们便把商人遇鬼的事从头到尾对他说了一遍,于是他也陪他们一块儿坐下。第三个老人刚坐定,旷野中突然刮起一阵狂风,卷来满天的沙石。一会儿沙石消逝,一个巨魔便在他们的眼前出现。他的巨掌握着一柄出鞘的宝剑,灯笼似的眼睛冒着火花;他伸出魔爪,一把抓住商人,嚷道:"站起来!我要像你杀我的爱子那样杀死你。"

商人悲哀哭泣,三位老人也忍不住流下了同情的眼泪。他们一齐站了起来,其中羚羊的主人挺身往前,吻了魔鬼的手,说道:"神王魔爷的领袖,我打算对你讲一讲我和这只羚羊的故事,你要是认为这故事离奇古怪,请看我的情面,把商人的罪过免掉三分之一吧。"

"行,老头儿,你讲吧。你的故事如果真是奇怪,我看你的情面,免他三分之一的罪过好了。"

第一个老人和羚羊的故事

这只羚羊,她原是我叔父的女儿,她和我之间有着血统的关系。在她还是少女的时候,我便娶她为妻。我们结婚后,过了三十年的夫妻生活,却没有生育子女,我才另娶一妾,生下一个男孩。这孩子眉清目秀,像太阳一样漂亮可爱。我认真抚育,待他年满十五岁的那年,我携带许多商品出外经商。我叔父的女儿——这只羚羊,她幼年时学过魔术,因此,她就趁我不在,用魔法把我的儿子变成一头小牛,把他母亲变成一头黄牛,一并交给牧人,送往牧场饲养。这当中经过了一段漫长的岁月,我旅行归来,追问小妾和儿子的下落。她说:"你的小妾死了,你的儿子逃亡在外,至今不知下落。"从此我就终日伤心饮泣,整整熬了一个年头。到了宰牲节的时候,我叫人到牧场里,命令牧人拣头肥胖的黄牛供我做宰牲之用。牧人果然牵来一头肥壮的母牛,原来它是我那个中了魔法的小妾。当时我卷起袖子,拿刀去宰,却见那黄牛淌着眼泪,哞哞地狂叫不已。我觉得奇怪,站在一旁冷眼观看,不忍心宰它,就对牧人说:"去,给我另牵一头来。"当时我叔父的这个女儿嚷道:"牧场里没有比这头再好再肥的了,还是宰掉它吧。"我走过去要宰,黄牛又狂叫起来,我便吩咐牧人去宰。牧人宰了那头母牛,剥开皮一看,不见肌肉和脂肪,却全是皮毛和骨头。这时候我虽然懊悔,但是已不济事,便把那堆皮毛和骨头送给牧人,教他另选一头肥壮的小牛来。这回他可把我儿子给带来了。那头小牛一见我,挣断了绳索,奔到我面前,恋恋不舍地依附我,淌着眼泪,哞哞地叫个不止。我不忍心宰它,便对牧人说:"留下这头小牛,给我另牵一头黄牛来。"当时我叔父的女儿——这只羚羊又嚷起来:"今天是隆重的节日,必须宰一头顶好的牛,还是宰了这头小牛吧,我们牧场里没有比这头小牛更肥更好的了。"

"刚才我依你宰了那头黄牛,结果怎么样?根本没有一点好的,大家都失望了,我自己也懊悔到极点。这次我可不能听你的话再宰这头小牛了。"

"指真主起誓,今天这样隆重的节日,非宰它不可。要是不宰它,你就不算是我的丈夫,我也不是你的妻室了。"

她说出这么强硬的话,我不知道她是什么居心,于是拿起屠刀,走到小牛面前——

山鲁佐德讲到这里,已经天亮,就不再讲下去了。敦娅佐德说道:"姐姐,你讲的这个故事多么美丽!多么甜蜜!多么有趣啊!""要是主上开恩,"山鲁佐德说,"让我活下去,那么来夜我要给你们讲的故事,比这个更有趣呢。"国王听了两姊妹的谈话,想道:"指真主起誓,我暂且不杀她,等她讲完下面的故事以后再说。"他们就这样讲了一夜。清晨,国王临朝视政,宰相挟着寿衣进宫,准备去收拾女儿的尸首。他见国王埋头理政,发号施令,直到傍晚,却不见把寻找女子的命令吩咐下来,觉得非常惊奇。当天夜里,国王进后宫去安息。敦娅佐德对山鲁佐德说道:"姐姐,请你继续把商人和魔鬼的故事讲给我们听吧。""如果主上许可,"山鲁佐德说,"我是非常愿意讲的。"国王听了,说道:"好的,你讲吧。"于是山鲁佐德就继续讲了下去:

我要宰那头小牛,但是不忍心下手,便吩咐牧人:"把这头小牛牵去,跟其他的牛一块儿饲养吧。"当时的各种情况,我叔父的女儿——这只羚羊,她是亲眼看见的,她并且屡次撺掇:"这头小牛肥得很,宰掉它吧。"我可是不忍心宰,还是叫牧人把它带走了。

次日,我在家中,正感到闷闷不乐,牧人忽然来到,对我说:"老爷,有件事报告你;这件事不但会使你高兴快乐,而且对我也是再好不过的。""什么事?你说吧。"我吩咐他。他说:"老爷,我有个女儿,她幼时跟一个与我们同居的老太婆学过魔术。昨天我奉你的命把那头小牛牵回去,我的女儿一见它,便捂着脸失声痛哭,接着又狂笑起来。她说:'父亲,你不重视我的尊严,这才把生人带来见我呀!'我问她:'生人在哪儿?你怎么哭一会儿又笑起来呢?'她说:'你带来的这头小牛,它原是我们主人的儿子,因为中了魔法,才变成小牛的。他的大娘在他母子身上施了魔法,这是使我发笑的原因;至于我伤心痛哭,那是为了可怜他的母亲。为什么他的父亲要宰了她呢?'我听了女儿的话,十分惊奇,所以今朝天刚亮,便赶来向你报告。"

我听了牧人的报告,欣喜若狂,如痴如醉,立刻随牧人到他家中。他的女儿迎接我,吻我的手。那头小牛也走过来,恋恋不舍地依附我。我问她:"你所说的这头小牛的遭遇,都是事实吗?"她说:"不错,老爷,它是你的儿子,你的心肝呀!"我说:"小姑娘,你若解救了他,我便把牧场中在你父亲管理下的牲畜和财物,全部送给你。"她微笑着说:"老爷,我没有贪财的念头,我只是提出两个条件:第一,把我许配给他做妻子;第二,让我把魔法施在你妻子身上,把她锁起来;因为她作恶成性,必须这样,我才放心得下。"我说:"你提出的两个条件,我全同意。除此之外,凡是你父亲替我管理的那些牲畜和财物,也全都送给你。至于我的妻子,你即使杀了她也是合法的。"

牧人的女儿得到我的同意,便用一个碗,装满水,念了咒语,把水洒在小牛身上。她边洒边说:"你要是有生以来就是小牛,那就不必变化;如果你是中了魔法,那么凭着真主的允许,你快恢复原状吧。"她说罢,小牛果然摇身变成了人。这时候我坐下来,把儿子搂在怀里,说道:"指真主起誓,儿啊,你的大娘是怎样危害你们母子的?告诉我吧。"他就把前后的事情从头说了一遍。我说:"儿啊,这是真主差人来解救你,恢复你应有的权利哪。"于是我把牧人的女儿娶为儿媳妇,让她用魔法把我的老婆变成这只羚羊。她当时说:"这是美丽可爱的形象,不是惹人讨厌的毒蛇猛兽。"

我的儿媳妇在家里生活了一段时期,便瞑目去世。她死后,我的儿子便旅行到印度,那就是与你发生纠葛的这位商人的家乡。我带着这只羚羊,从一个地方旅行到另一个地方,离乡背井,在外流浪,探听我儿子的消息。我就在这样的情况下,被命运驱使到这里,看见商人坐在树下伤心哭泣。这便是我的故事。

魔鬼听了第一个老人和羚羊的故事,说道:"这个故事奇怪得很,看在你的情面上,免了他三分之一的罪过好了。"

这时候第二个老人——两条猎犬的主人,趁机向前,对魔鬼说道:"我给你讲一讲我自己和两个哥哥——这两条猎犬的故事吧,如果你认为离奇古怪,求你看我的情面,把商人的罪过免掉三分之一吧。"魔鬼道:"你的故事如果真是奇怪的,我就答应你的请求。"

第二个老人和猎犬的故事

这两条猎犬原来是我的哥哥,我是他俩的弟弟。我们的父亲死后,给我们弟兄三人留下三千金币的遗产,每人各得一千金币。我拿分得的遗产做本钱,开了一个铺子经营生意,两个哥哥也各开一个铺子过活。可是没有多久,我的大哥——这两条猎犬之一,以一千金币的代价卖掉他的铺子和货物,另外收集一些商品,往外乡经商去了。在他离开我们整整一年之后,有一天我的铺子门前忽然出现一个乞丐,我对他说:"愿真主开解你。"他哭哭啼啼地说:"你已经不认识我了!"我仔细把他打量一下,这才认出他是我的哥哥。我起身迎接他,领他回家去,问他别后的情况。他说:"用不着谈了,反正钱弄光了,情况已经不堪回首。"我带他去澡堂沐浴,拿自己的衣服给他穿,留他在家里住。后来我结算账目,除一千金币的本钱外,赚了一千金币利润。于是我把一千金币的利润分给他一半,嘱咐道:"这些钱给你,拿去好生经营,别再往外跑了。"他欢天喜地,果然又开了一个铺子。

过了不久,我二哥——这两条猎犬之一,又卖了他的铺子和货物，攒了一笔资金，要往外面去经商；我竭力劝止，他不肯听，终于带了货物，跟伙伴们一块儿走了。一年以后，他也像大哥那样狼狈不堪地归来。我对他说："哥哥，我不是劝过你，叫你别往外跑吗？"他哭哭啼啼地说："弟弟，这是前生注定的，如今我褴褛不堪，穷得一个子儿也没有了。"

我带他去澡堂沐浴，拿自己的新衣服给他穿，供他吃喝，对他说："哥哥，我每年年初要把账目清理结算一次，今年结算所获的利润，你我弟兄两个人平分好了。"于是我清理结算一番，结果赚得两千金币，我感激和赞美真主，自己留下一千金币，把其余一千金币给了二哥做本钱开铺子谋生。

过了一晌，两位哥哥约着来见我，怂恿我跟他俩一块出去经营。我不肯去，说道："你俩出去跑了一趟，究竟赚得了什么呢？难道我去就会赚钱吗？"我不听他俩的话，还是在铺中各自做自己的买卖。可是从那回起，每当年头，两个哥哥总要怂恿我到外面去经商，我却始终不理会。之后，一直过了六年，我才答应他俩的要求，同意和他俩一块儿出去。我说道："哥哥，现在我同意和你俩出外经营生意，不过我要看看你俩有多少本钱。"

我真想象不到，原来他俩两手空空，什么也没有。由于他俩游手好闲，吃喝嫖赌，无所不为，把仅有的一点本钱挥霍得一干二净。我默然无语，埋头清理自己的账目，将现金和存货一并结算，共有六千金币。我感到非常的高兴快乐。当时我把钱分为两份，挖了一个地洞，埋下三千金币，以备万一途中发生不测，碰到哥哥们那样的遭遇时，可以回来取出再开铺子谋生。至于其余的三千金币，我摆出来开诚布公地对他俩说："这里有三千金币，我们带在身边，作为出外经商的本钱。"他俩赞成我的意见。于是我就分给他俩每人一千金币,自己同样留下一千金币,彼此分头去采购需要带出去销售的各种货物,积极准备动身起程。

我们一切预备妥当,这才雇了一只船,载上货物,乘风破浪,在海洋中航行。一天,二天,继续航行了一个月,来到一座城市,卸下货物,运往城中,以一本十利的价格出售。卖完货物,我们收拾行装,预备起程时,在海滨碰见一个衣服褴褛的女人。她吻了我的手,说道:"先生,你要做好事,救人危难吗?让我报答你吧。"我说:"是的,不管你报答不报答,我是乐意做好事、救人危难的。"她说:"先生,把我娶为你的妻室,带我到你家里去吧。我以身许你,望你对我施恩。如果你是乐善好施的人,我自然会报答你的;千万别让我的窘况欺骗你吧。"

她的话感动了我,使我产生了怜悯心肠。我便带她上船,给她好衣服穿,替她铺下安适的床铺,而且格外敬重她。在归途中,我的两个哥哥眼望我的钱财而眼红嫉妒,暗中设计要谋害我,夺取我的钱财。他俩说道:"我们杀了弟弟,他的财物全都是我们的了。"他们两个人鬼鬼祟祟商量好,在魔鬼的怂恿下,终于趁我熟睡的时候,悄悄地把我妻和我抬出来,抛在海中。

我的妻从梦中惊醒,摇身变为一个仙人,把我救起来,送到岛上,随即匆匆而去。次日清晨,她回到岛上,说道:"我是你的奴婢,我是凭着真主的许可把你从海中救出来,送到这里来的。你要知道,我是个仙女,对你一见倾心,发生了纯洁的爱情;我是信仰真主与穆圣的。当初我化成那个褴褛的模样来见你,咱们结为夫妻。你的两个哥哥谋害你,我救了你的生命。我痛恨你的两个哥哥,非杀死他俩不可。"

我听了她的叙述,感到惊奇。我感谢她,说道:"至于杀害我的两个哥哥,这可不必。"于是我把自己和两个哥哥的情况,从头到尾详详细细讲给她听。她知道我的情况以后,说道:"今天夜里我飞到船上去,把船撞沉,让他们两个人淹死在海里。"我苦苦哀求,说道:"指真主起誓,你别这样做,古人说得好:'作恶者的坏行为,尽够惩治他自己了。'总之,顾念他们是我的同胞手足吧。"她说:"指真主起誓,此害非除不可。"

她带着我飞到我自己家中,我把埋藏在地里的钱刨出来,拜望了亲戚朋友,并买了货物,仍然开铺子做买卖。

吃晚饭的时候,我关锁铺子,回去吃饭,发现家里拴着这两条猎犬。它们一见我便站了起来,流着眼泪,恋恋不舍地依附我。我刚发觉,我的妻子便对我说:"这两个就是你的哥哥。"我问:"是谁把他俩弄成这个样子的?"她说:"是我把他俩送到我姐姐那里,她把他俩弄成这个样子的。必须过十年以后,他俩才能恢复原状。"

从当时到现在,已经整整十个年头了。今天我带这两条猎犬去找她,以便恢复他俩的原状。到了此地,遇见这位商人,谈到他的遭遇,我便留下来,打算看看你们之间的结局。这便是我和两条猎犬的故事。

魔鬼听了第二个老人的故事,说道:"你的故事奇怪得很,看在你的情面上,免掉他三分之一的罪过好了。"

这时候,第三个老人——骡子的主人上前对魔鬼说道:"魔王,我讲一个比这两位老人讲的更离奇古怪的故事给你听,求你看在我的情面上,把商人剩下的罪过免了吧。"魔鬼说:"可以的,你讲吧。"

第三个老人和骡子的故事

这匹骡子原来是我的妻室。我因事旅行在外,一年以后才回到家中。这期间,她行为放荡,已经变成一个淫妇。她一见我,便急忙拿来一壶水,念了咒语,把水洒在我身上,说道:"让这个人变成一条狗吧。"随着她的咒语,我立刻变成了狗,被她撵出大门。从此我流落在街头,无家可归。有一次我走进一家肉店去啃骨头,屠户见了,把我收留下来,带回家去。可是他的女儿一见我,便捂着脸说:"父亲,你把一个男人带到家中来了。"屠户说:"男人在哪儿?"她说:"这条狗就是被他老婆施过魔法的一个男人,我能够解救他呢。"屠户说:"指真主起誓,儿啊,你救救他吧。"

屠户的女儿取来一壶水,念了咒语,把水洒在我身上,说道:"从这个形状恢复你的原样吧。"我果然恢复了人形。当时我吻她的手,表示感谢,说道:"我求你把魔法像她施在我身上那样地施在我妻子身上吧。"于是她给我一些水,说道:"等她睡觉的时候,把水洒在她身上,你要她变成什么东西,随便说吧,她会照你的愿望变化的。"

我把水带在身边,回到家中,看见老婆已经睡熟,便把水向她身上一洒,说道:"从这个形状变成一匹骡子吧。"她立刻就变成骡子。魔王,她就是你老人家亲眼看见的这匹骡子呀。

第三个老人讲了骡子的故事,魔鬼觉得很奇怪,回头对骡子说:"真是这样吗?"骡子点点头,表示说:"是的,指真主起誓,这真是我的故事和遭遇。"魔鬼觉得稀奇古怪,并且受了感动,就对老人说:"我看在你的情面上,免除他剩下的罪过了;现在把他交给你们,你们带走他吧。"

商人走到三位老人面前,感谢他们,老人们也庆贺商人再生之喜。大家互相拜别,各自归去。商人回到家中,和妻室儿女团聚,继续过活,直至白发千古。

山鲁佐德讲完这个故事,天已大亮。敦娅佐德说道:"姐姐,你的故事多美丽,多甜蜜,多有趣呀!"山鲁佐德说道:"要是主上开恩,让我活下去,那么来夜我要给你们讲的故事比这个更精彩,更有趣呢。"国王听了两姊妹的谈话,想道:"故事奇怪着哪,我暂且不杀她,等她讲了以后再说吧。"清晨国王临朝,文武百官朝拜毕,他便在宝座上发号施令,埋头处理国家大事。到了晚上,他回后宫安息。敦娅佐德对山鲁佐德说道:"姐姐,请你继续讲故事给我们听吧。"山鲁佐德回道:"好,我非常愿意。"于是她开始讲下面的故事:①

---

① 山鲁佐德就这样连续讲了一千零一夜,共讲了大小故事近两百个。国王受到感化,改变了原来的做法,把她留下来,她也为国王生了一个儿子。这本故事集由此命名为《一千零一夜》。——编者注

渔翁的故事

　　从前有个上了年纪的渔翁，每天靠打鱼谋生，家里除老婆外，还有三个儿女，一家五口，全靠他打鱼供养，因此景况萧条，生活困难。他虽然以打鱼为业，可是每天照例只打四网，便心满意足，不肯多打。一天正午，他来到海滨，放下鱼笼，卷起袖子，下到水中布置一番，便把网撒在海里，等了一会，然后收网。当时他感到鱼网很沉重，再使劲也收不起来；没奈何，只好回到岸上，打下一根木桩，把网绳系在桩上，然后脱了衣服，潜入海底，努力挣扎一番，最后终于把鱼网弄起来了。这时候，他欢天喜地地回到岸上，穿好衣服，然后仔细打量，只见网里躺着一匹死驴，鱼网也给撕破了。他看见这种情景，感到苦闷，叹道："毫无办法，只盼伟大的真主援助了。获得这样的衣食，真是奇怪的现象呢！"于是吟道：

　　　　黑夜里在死亡线上奔波的人呀，
　　　　你别过分辛勤，
　　　　因为衣食不是专靠劳动换来的。
　　　　难道你不曾看见，
　　　　在星辰交辉的海空下面，
　　　　渔夫直立在汹涌的海滨，
　　　　并涉到水里，

定睛凝视网头，

任波涛冲刷他的脸面？

夜里他守着挂在铁钩上的大鱼，

愉快地酣睡一夜，

次日清晨，

大鱼却被通宵不受寒风侵袭的人买去。

主宰呀，

我赞美你！

你给这个人享受，

叫那个人向隅；

你叫这个人辛勤打鱼，

让那个人坐享其成。

　　渔翁吟罢，自怨自艾地说道："再打一次吧，若是真主意愿，我必然会得到报酬的。"随即吟道：

你若因窘迫而感到痛苦，

便该披上一件慈祥的忍耐衣服，

这才是宽畅的襟度。

千万别向人们诉苦，

因为这是向残忍者控诉仁德之主。

　　渔翁把东西整理一番，拧掉网上的水，带到水中，边说凭着真主的大名边把网撒在海中，紧紧地拉着绳索，待网落在海底好一会，这才动手收网。这次仿佛比头次更重，他以为已经捕到大鱼，便系起网绳，脱掉衣服，潜入海底，费尽辛苦把网弄上来，摆在岸上一看，里面却是一个灌满泥沙的瓦缸。这使他感到无限的苦恼、绝望，凄然吟道：

暴怒的命运哟！

适可而止吧。

若是不肯止住，

那么请你温和些。

我出来奔走营生，

发觉衣食的来源已经断绝。

许多粗鲁、愚昧之徒，

飞黄腾达、直上青云，

生活在金牛星座之间。

几许知书识礼的人物，

却埋名隐姓、一文不名，

辗转在沟渠里呻吟。

　　渔翁扔了瓦缸,清洗鱼网,拧掉水,祈祷一番,第三次涉到水中,撒下网,紧紧地拉着网绳,待网儿落入水中多时,这才动手收网;可是这次打起来的,却全是破骨片、碎玻璃和各种各样的贝壳,这使他愤恨到极点,忍不住伤心哭泣,吟道:

这便是衣食,

它不受你的约束,

也不让你有生存的地步。

学问不会给你衣服蔽体,

书法不能供你饮食果腹。

衣食是规划过的,

中间没有机会可图。

像大地那样:

其中有肥沃的良田,

此外便是不毛的瘠地。
命运抬举下流无耻之徒，
它的灾害却专向学者身上降落。
死神呀，
你来吧！
鹰隼沉沦，鸭子飞腾的时候，
人生应该受到诅咒。
我注定做贫困的学者，
迈步走向穷途末路，
这没有可以惊奇之处。
一只鸟儿翱翔、盘旋，
从东边飞到西头；
另一只没有移动脚步，
却享受丰衣足食的生活。

他抬头望着天空，说道："我主，每天我照例只打四网鱼，这您是知道的。今天我打过三网了，可是没有打到一尾鱼儿。我主，最后这次求您把衣食赏给我吧。"于是他喊着真主的大名，把网撒在海中，等它落到水底好一会儿，这才动手收网，可是再也拉不动，网儿好像和海底结在一起似的。他叹道："毫无办法，只盼真主救援了。"于是吟道：

呸，你这个世道！
如果长此下去，
让我们老在灾难中叫苦、呻吟，
这就该受到诅咒。
在这样的时代里，

一个人纵然平安度过清晨，

夜里便得饮痛苦之杯。

过去当人们问：

"世间谁最享福"的时候，

我自己总是被人指着回答：

"就是这位"的。

　　渔翁脱了衣服，潜到水里，努力奋斗一番，把鱼网从海底弄出来，打开一看，发现里面有个胆形的黄铜瓶，瓶口用锡封着，锡上打着苏莱曼·本·达伍德①的印章。渔翁望着胆瓶，喜笑颜开地说道："这个瓶儿拿到市上，可以卖十个金币呢。"他抱着胆瓶摇了一摇，感到很沉重，里面似乎装满东西。他自言自语地说道："你瞧！这个瓶里到底装的什么东西？我要打开看个清楚，然后再拿去卖。"于是抽出插在身边的小刀，慢慢撬去瓶口上的锡块，然后把瓶放倒，按着摇了几摇，以便把里面的东西倒出来。可是当时却没有什么东西，因此渔翁感到十分惊奇。

　　息了一会儿，瓶中冒出一股青烟，飘飘荡荡地升到空中，继而弥漫在大地上，逐渐凝成一团，最后变为一个魔鬼，披头散发，巍峨高耸地站在渔翁面前；堡垒似的头颅，铁叉似的手臂，桅杆似的脚杆，山洞似的大嘴，石头似的牙齿，喇叭似的鼻孔，灯笼似的眼睛，奇形怪状，非常凶恶丑陋。渔翁看见这个魔鬼的形状，全身发抖，牙齿打战，吓得口干舌燥，呆呆地不知如何应付。一会儿，他听见魔鬼说道："真主是唯一的主宰，苏莱曼是他的使徒。真主的使者呀！以后我不敢违背你的命

_____

①　大卫的儿子所罗门。

令了，你别杀我吧。”

“你这个叛徒！你说苏莱曼是真主的使徒吗？”渔翁问，“苏莱曼已经过世一千八百年了，我们这是在苏莱曼之后的末尾时代呢。你的历史和情况如何？你为什么钻到瓶子里去？告诉我。”

“真主是唯一的主宰！渔翁，让我给你报个喜讯吧。”

“你打算给我报什么喜讯？”

“给你报个我马上要狠狠地杀死你的喜讯。”

“我把你从海里打捞出来，弄到陆地上，又把你从胆瓶中释放出来，救了你的生命。你为什么要杀我？我犯了什么应杀的罪过？”

“告诉我吧，你希望怎样死法？希望我用什么方法处你死刑？”

“我犯了什么罪过，你要给我这样的报酬？”

“渔翁，你听一听我的故事，这就明白了。”

“说吧，简单点儿，我的魂都快被吓掉了。”

“渔翁，你要知道，我是个邪恶异端的天神，无恶不作，曾与大圣苏莱曼·本·达伍德作对，违背他的教化，因而触怒了他，所以他派宰相艾萨福·本·白尔海亚来讨伐，把我捉去交他发落。当时大圣苏莱曼劝我皈依正道，服从他的教化。可是我不肯，于是他吩咐拿这个胆瓶来，把我禁锢在里面，用锡封了口，盖上印，然后命令神们把我抬到海滨，投进海里。

“我在海中过第一个世纪的时候，私下想道：‘谁要是在这个世纪解救我，我必须报答他，使他终身荣华富贵。’一百年过去了，可是没有人来救我。到第二个世纪开始的时候，我说道：‘谁要是在这个世纪解救我，我必须报答他，替他开发地下的宝藏。'可是没有人来救我。到第三个世纪开始的时候,我说道:'谁要是在这个世纪解救我,我必须报答他,满足他的三种愿望。'可是整整过了四百年,始终没有人来救我。于是我非常生气,自语道:'谁要是现在来解救我,我要杀死他,不过让他有选择死法的余地。'渔翁,你现在解救了我,因此我才让你自己选择死的方法呢。"

"多奇怪啊! 我却在这个日子来解救你了,请你饶恕我吧。你不杀我,真主会宽恕你的。你不危害我,真主会帮助你战胜你的仇人呢。"

"我非杀你不可;告诉我吧:你希望怎么死法?"

"我救了你的生命,请你就看这点情面,饶了我吧。"

"正因为你救了我,我才要杀你哩。"

"魔爷,我好心对待你,难道你就以怨报德吗? 这样说来,古人的话一定是正确的了:

> 我们对他们做了好事情,
> 他们却用相反的行为给予报酬。
> 指我自己的生命起誓,
> 这是娼妓们的行为。
> 对非其人而行善者,
> 他的结局就是土狼给保护者的报酬。"

"别多说了! 反正你是非死不可的。"

渔翁心里想:"他是个魔鬼,而我是堂堂的人类。真主既然赋予我完备的理智,我就非用计谋对付他不可。我的计谋和理智,必然会压倒他的诡计和妖气。"于是他对魔鬼说:"你决心要杀我吗?"

"不错。"

"指刻在大圣苏莱曼戒指上的真主的大名起誓，我来问你一件事情，你必须对我说实话。"

魔鬼一听真主的大名，惊慌失措，战栗不已，说道："好的，你问吧，说简单些。"

"当初你是住在这个胆瓶里的；然而这个胆瓶，照道理说它既容纳不了你的一只手，更容纳不了你的一条腿，怎么能容纳你这样庞大的整个身体呢？"

"你不相信当初我是住在这个瓶里吗？"

"我没有亲眼看见，这是绝对不能相信的。"

这时候魔鬼就摇身变为青烟，逐渐缩成一缕，慢慢地钻进胆瓶。渔翁等到青烟全都进入瓶中，就迅速拾起盖印的锡封，把瓶口塞起来，然后大声说："告诉我吧，魔鬼，你希望怎么死法？现在我决心把你投到海里，并且要在这里盖间房子住下，不让人们在这里打鱼。我要告诉人们，这里有个魔鬼，谁把他从海里打捞出来，就必须自己选择死亡的方法，被他杀害。"

魔鬼听了渔翁的话，见自己的身体禁锢在瓶中，要脱身而出，却被苏莱曼的印章挡住，不能恢复自由。他这才知道自己受了渔翁的骗，因此说道："渔翁，先前我是跟你开玩笑的。"

"肮脏下流无耻的魔鬼！你这是说谎呀。"渔翁把胆瓶挪近岸边，预备扔到海里去。

"不，我不敢说谎。"魔鬼表示谦和，尽说好话；继而问道："渔翁，你打算怎么处置我？"

"我要把你投到海中。如果说你在海里曾经住过一千八百年，那么这回我非叫你住到世界末日不可。我不是对你说过，你不杀我，真主会宽恕你；你不危害我，真主会帮助你战胜你的仇人吗？你却不听我的劝告，非背信弃义不可。如今真主叫你落在我手里，我就用不着跟你讲信义了。"

"饶了我吧，让我好好地报答你。"

"该驱逐的魔鬼哟！你是说谎欺骗我呀。我碰到你这个家伙，跟杜班医师碰到郁南国王是同样倒霉的事呢。"

"那是怎么一回事呀？"

"你听着，我讲给你听吧。"于是渔翁开始讲《国王和医师的故事》。

国王和医师的故事

相传古代罗马法里斯城的国王叫郁南，非常有钱，兵马很多，受到了藩属的拥戴，威震遐迩，赫赫不可一世。但美中不足，国王患病，遍身疥疮，吃药、搽膏都不管用，太医和一般医生束手无策，没法治疗这种病症。这时候，有一位叫杜班的年迈的大医师来到法里斯城中行医。他懂各国文字，举凡希腊、波斯、罗马、阿拉伯、叙利亚等国的书籍都博览钻研，对医学、天文、哲学也有很高的造诣，深知各种植物的性能，善于配制各种药剂。

杜班医师到城中刚住定，就听到国王患病的消息，并知道医生、学者们无法治疗的情况，便决心给国王医病，即刻动手准备一切，通宵达旦，整整忙了一夜。次日清晨他换上一身最华丽的衣服，到王宫求见国王郁南。他跪下吻了地面，用最美妙吉利的言辞赞颂、祝福了一番，然后自我介绍说："国王陛下，据说政躬有恙，医生束手无策，无法治疗，因此，在下不辞冒昧，前来给陛下治疗。我的疗法是：既不吃药，也不搽药膏，便可使陛下的疾病痊愈。"

国王听了医师的谈话，大为惊奇，说道："你如何治疗？指真主起誓！你若医好我的病，我要重赏你，使你和你的子孙后代过富裕生活，凡是你需求的，我都满足你，并把你当亲信、知心朋友看待。"于是赏医师一袭衣服，非常敬重他，再一次问道："你将用不吃药不搽药膏的方法医治我的病吗？"

"不错，我将用一种不使你的肉体感受痛苦的方法治好你的病。"

国王感到十分惊奇，说道："大夫，你说的这种治疗方法，什么时候可以用？请赶快动手给我治疗吧。"

"听明白了，遵命就是，明天就开始吧。"

杜班医师应诺着告辞国王，回到寓所，把书籍、药材、器皿拿出来，安置妥帖，然后专心配制药剂，并预备一根曲棍，掏空它，将药剂装在里面，再装上柄，然后精制一个圆球，作为给国王治病的全套工具。

第二天，杜班医师带着治病工具到了宫中，跪在国王面前，吻了地面，恳求国王骑马去校场中做打球的游戏。

国王在文武官员和卫队的簇拥下，到了校场，刚坐定，杜班医师就赶到了。他把拐杖和圆球呈献给国王，嘱咐道："这是我替陛下治病的工具。请主上握着这根拐杖的柄，拿它在场中打球玩，以便主上的手心和身体出汗时，杖中的药通过手心，渗透到身体内部，然后回宫洗个澡，睡一觉，疾病就痊愈了。"

国王接过拐杖，握着杖柄，跨上坐骑，把球朝前一抛，随即策马打球。他紧握拐杖，卖力地连续打球，直累得汗流浃背，气喘吁吁。这时候杜班医师料到装在杖中的药剂，已经通过国王的手心,渗透到身体内部,起到治疗作用了,便让他立刻回宫去洗澡休息。

国王回到宫中预备洗澡、睡觉。他稍微休息一会儿,随即出宫前往婢仆们为他收拾、布置得清静、整洁的澡堂中,痛痛快快地洗了一个澡,换了一身新衣服,然后骑马回宫,倒在床上,安安逸逸地睡熟了。

杜班医师把国王安排停当,自己便回寓所,安闲地过了一宿。次日清晨,他进宫求见,跪在国王面前吻了地面,吟道:

> 荣誉的地位突然上升到没有限度,
>
> 因为你允许它呼你为慈父。
>
> 你的面颜放出强烈的光泽,
>
> 抹掉了灾难带来的阴暗颜色。
>
> 你向来容光焕发、笑逐颜开,
>
> 为的是不让我们看见时代的愁眉、蹙额。
>
> 你给我们的恩赏、施舍,
>
> 恰如云雨向丘陵洒下福泽。
>
> 你不惜钱财寻求崇高的德行,
>
> 终于达到至高无上的目的。

国王听了杜班医师的赞美诗,非常高兴,站起来拥抱他,让他坐在身边,赏他一袭华丽的衣服,并摆出筵席,陪他吃喝,表示衷心感谢。这是因为国王洗过澡,酣睡一觉醒来,感到轻松愉快,遍体光滑如白银,疗疮的踪影都不见了。他心旷神怡,兴致勃勃地即早登殿,接受文武百官的朝拜,并热情地接待杜班医师,陪他吃喝,促膝谈心,彼此情投意合地在一起欢度了一天。傍晚,国王除送杜班衣服、礼物之外,又赏赐二千金,这才派御马送他回寓所。

郁南国王非常钦佩杜班医师的医术,自言自语地说:"这位大夫从我的体外给我医病,既不吃药,也不抹药膏,终于把我的病治好了。指上帝起誓,这当中是有深奥的哲理呢。这样的人物,应该受到馈赠、尊敬呢。我应当把他作为我终身最亲信的同伴呢。"

郁南国王的疾病痊愈,身体恢复健康,满心欢喜,因而安安逸逸、舒舒服服地又酣睡了一夜。次日清晨,国王兴高采烈地入朝视政,文武百官站在两旁朝拜毕,国王念念不忘杜班医师,便派人去邀请他。

杜班医师应邀进宫,来到国王面前,跪下去吻了地面。国王站起来迎接杜班,让他坐在自己身旁,问他好,赏他衣服、礼物,陪他吃喝、谈心,彼此感情融洽,直到傍晚,国王又赏赐他五套衣服和一千金才分手。杜班医师怀着感谢的心情满载而归。

郁南国王病体痊愈的第三天清晨,他情绪饱满地临朝视政,在文武百官的朝拜、赞颂、拥戴下,精神格外振奋。这时候,群臣中有个形貌丑陋、性情乖戾、为人吝啬、嫉妒心重的大臣出来作对。这是因为他眼看国王亲近、厚赏杜班医师,便产生嫉妒心,存心不良,想害杜班。他走到国王面前,跪下去吻了地面,然后说:"主上尽做好事,施舍范围很广,我对这种做法有不同意见,想借此机会进几句忠言。因为我若隐藏自己的见解,默不作声,就不是忠臣了。如果主上许可,我就陈述自己的意见。"

国王听了他的话,感到惊诧,问道:"你有什么忠言要进的?"

"大王陛下,古人说得好:'不考虑后果者,非俊杰也。'这句话是有道理的。关于陛下恩赏自己的敌人、优待危害国家的奸细这件事,在我看来是失常而欠妥的。的确,陛下优待、尊重、亲近这个人,已经达到无以复加的地步了。这便是我替陛下引以为忧的缘故。"

国王骇然震惊,面色突变,问道:"你瞎说什么?你指的是谁?"

"主上若在睡梦中,就请醒来吧。我指的是那个叫杜班的医师呀。"

"你这个该死的家伙!杜班是我的朋友。在我心目中,他是最可敬爱的人。因为他给我一根拐杖,让我握着打了一场球,就把我所患的不治之疾治好了。像他这样一位高明的医师,当今之世,东西各国都是找不到的,你却出此谰言辱没他。从今日起,我将任用他,要给他规定一个月薪一千金的职位。即使我跟他平分江山,这个代价比起他的功劳来,也是微不足道的。你以此无耻谰言诽谤杜班医师,显然是嫉妒心在作祟。因为你嫉妒他,所以存心杀害他,其结果只会让我像桑第巴德杀害猎鹰那样懊丧不置罢了。"

"恳求大王恕罪,并请告知臣下:那是怎么一回事情。"

"好的,你听我讲吧。"郁南国王便讲了《桑第巴德和猎鹰的故事》。

桑第巴德和猎鹰的故事

相传古代波斯帝王中,有一个叫桑第巴德的国王,为人达观,好交游、狩猎。他饲养着一只猎鹰,爱如珍宝,白天黑夜跟它待在一起，出猎时更是离不开它，特意为它铸造了一个金碗，挂在它的脖子上，供它饮水吃食之用。

有一天，猎务大臣前来谒见国王，奏道："启禀主上：今天天气晴朗，正是打猎的好时机。请动身上山出猎吧。"

国王欣然接受大臣的提议，即刻下令准备一切，然后带着猎鹰和狩猎的队伍到了山中。刚划定猎区范围，分兵把守指定的防线，林中便蹦出一只羚羊。国王一见，大为欢喜，决心要把它猎到手，因下令军中："放走羚羊者，死罪。"于是人人小心，个个谨慎，一起压缩防线，逐渐向羚羊靠近。羚羊被迫乱窜，突然蹦到国王跟前，蹲坐在地上，两只前脚放在胸前，好像要向国王叩头致敬似的。这时候，国王向它一低头，羚羊趁机一蹦，从国王的头上跳出猎区，向旷野逃去了。

国王举目环顾左右，见士兵挤眉弄眼地窃窃私语，便问猎务大臣："士兵们在说什么？"

"他们说主上曾下令说'放走羚羊者，死罪'。"

"指我的头颅起誓，我去追，一定把它猎获。"国王说着果然策马跟踪追去，一直追到山坡上。羚羊挣扎着企图窜入岩洞，幸亏猎鹰迎头赶上，用翅膀把它打得头晕眼花。国王即时赶到，抽出腰中的短棒，一棍打翻羚羊，然后下马，把它宰了，剥掉皮，挂在鞍头上，预备带回营地。

当时天气炎热，人马俱渴，可是在荒无人烟的地方，找不到水解渴。正当左右为难的时候，国王无意间看见附近的一棵树上流下奶油似的液汁，便从猎鹰脖上取下金碗，拿到树下，让液汁流到碗中，积满一碗，摆在地上，准备喝它解渴。但在他身边的猎鹰却突然张翅一打，顿时把碗中的液汁打翻在地。国王又积了一碗，他以为猎鹰口渴，便把碗摆在它面前，供它解渴,但想不到又被它打翻。国王心情沮丧,没奈何,只得忍气又积了一碗液汁,摆在马前,供它解渴,猎鹰却又张翅把碗打翻。国王很生气,怒不可遏,骂道:"你这该倒霉的讨厌家伙!你不喝水,也不让我和马喝,真是该死!"他一怒之下,抽出宝剑,断然割断猎鹰的两只翅膀。这时候,猎鹰哆嗦着抬头向上观看,好像暗示国王说:"你看那树顶上的东西吧!"

国王抬头一看,见树干上攀缘着一条巨蛇,正在那里吐毒液。他非常吃惊,万分懊悔不该错怪猎鹰而割它的翅膀。他痛定思痛,没奈何,只得带着猎获的羚羊和伤残的猎鹰,垂头丧气地回到猎区,进入帐篷,把羚羊交给厨师,吩咐道:"拿去烧烤吧!"然后他捧着可怜的猎鹰,颓然坐下,眼睁睁地望着它喘息着,流着眼泪死去。

国王见心爱的猎鹰被自己亲手杀死,感到百般懊丧,忍不住痛哭流涕,唉声叹道:"猎鹰救了我的性命,它自己却死在我手里。这该是多么悲惨、痛心的事呀!"

郁南国王讲完了《桑第巴德和猎鹰的故事》,他的大臣听后说道:"大王陛下,我向陛下进忠言,这有什么不对呢?我对杜班医师的看法,有什么错处呢?其实,我的一言一行,全是出自一片忠诚,一方面是关心陛下的安全,另一方面是让陛下明了事实的真相。陛下若采纳我的劝告,就会成功胜利。否则,后果是不堪设想的,会蹈欺骗某王子的那个大臣的覆辙呢。"

"那是怎么一回事?告诉我吧。"郁南国王急于要知道大臣的遭遇。

于是大臣便讲了《王子和食人鬼的故事》。

王子和食人鬼的故事

相传古代的某国王,膝下只有一个独生子,因此向来重视他的教育和成长。王子非常喜欢打猎。国王派一个大臣专门陪伴、侍奉他,随时不离他的左右。有一天,王子在大臣的陪同下上山打猎。他们在山中碰到一头野兽,大臣不顾王子的安危,一股劲地鼓励他:"别放过这头野兽,赶快追去。"

王子跟踪追捕野兽,一步不放,跑到很远的地方,野兽突然不见了。王子也迷失方向,不辨归路,正徘徊歧途,茫然不知所措的时候,突然看见一个女郎在路边伤心哭泣。他觉得奇怪,便问女郎:"喂!你是谁?干吗在此哭泣?"

"我是印度国王的女儿。在旅途中,因为打瞌睡,不知不觉间从牲口上跌下来,当时昏迷不省,后来就失群离散,跟旅伴们分开了。"

王子听了女郎的叙述,同情她的境遇,便拉她上马,让她骑在自己身后,带她离开荒山野林。路经一处废墟地带时,女郎对王子说:"我的主人,请等一等,让我下马吧,我要便溺呢。"

王子扶女郎下马,让她进废墟去便溺,但是过了好一阵却不见她出来。王子嫌她太慢,不耐久等,便悄然进废墟去踏看。结果却见女郎原形毕露,原来她是个食人鬼,正在对小妖怪们说:"孩儿们,今天娘给你们弄到一个肥胖的青年人。""娘!"小妖怪们说,"快拿来给我们饱肚子吧。"

王子听了食人鬼母子们的谈话,相信自己非死不可了,吓得浑身发抖,张皇失措地走出废墟。食人鬼回到王子身边,见他惊慌失措,颤抖不已,便问他:"你怎么了?你害怕什么呢?"

"有一个仇视我的坏人,凶恶、可怕极了。"

"你不是说你是王子吗?"

"是的,我是王子,这没有错。"

"王子有的是钱。你怎么不赏他钱,收买他呢?"

"他不要钱,只要我的命。这便是他凶恶、可怕的地方。因此,我是受莫大冤枉、委屈的人哪。"

"照你的说法,你既是受冤枉、委屈的人,那么,向真主求援吧!他会保护你不受伤害的。"

王子抬头仰望天空,虔诚地祈祷道:"有求必应的、替被迫害者消灾灭患的主宰呀!求您替我制伏仇敌,让我摆脱他的危害吧。主啊!您是万能的。"

食人鬼听了王子的祈祷,非常害怕,便悄然隐遁了。

王子摆脱食人鬼的危害,感到快慰,欣然策马回到宫中。他把大臣叫他追捕野兽而迷途,以及中途碰到食人鬼的经过,向国王详细叙述了一遍。国王听了非常生气,立刻下令处大臣死刑。

大臣讲了《王子和食人鬼的故事》,接着向郁南国王进他所谓的忠言,说道:"主上越是信任、放心杜班医师,他越容易危害陛下;陛下越是优待、亲近杜班医师,他谋害陛下的机会就越多。难道陛下不曾看见:他既然拿一根拐杖给陛下握着,就能治好陛下的病,那么,他拿什么东西给陛下握着就能致陛下死命,这不是不可能的事吧?这对他来说是轻而易举的事呢。"

"爱卿,你说得对,你的估计有可能成为事实。"郁南国王接受大臣的忠言了,"这个医师,也许是来谋害我的一个奸细。他既然拿拐杖给我握着便治好我的病,那么,他可能拿什么东西给我一闻就能致我死命。情况既然如此,你说吧,爱卿!该怎么对付他呢?"

"马上派人传他进宫,宣布他的死刑,处决完事。所谓先下手为强嘛。杀死他,杜绝后患,从此高枕无忧,可保天下太平。"

"不错,爱卿说得有理。"郁南国王采纳大臣的建议,即刻下令,召杜班医师进宫。

杜班医师怀着欢乐的心情应邀进宫,但茫然不知等待他的是吉还是凶,其情如诗人所说:

> 不要畏惧命运,
> 把一切交给掌握财富者去决定。
> 命运注定的事件自然应时而实现,
> 对一切事变须保持镇静。

他洋洋得意,匆忙奔到郁南国王面前,跪下去吻了地面,然后吟道:

一

> 若说我不曾尽到感谢的义务,
> 请问那诗歌、散文究竟为谁而作?
> 当我还未启齿请赏之际,
> 你毫不踌躇即刻慷慨施予,

我怎能不公开赞美暗中感谢？
恩惠沉甸甸地压着我的肩臂，
但是它减轻我内心的忧虑，
我将把这种恩惠终身牢记。

二

愿你抛弃忧愁、顾虑，
把一切委托给命运。
对目前的美好际遇应该欢欣、快慰，
过去的事件尽可一概置之脑后。
兴许这件事情目前令人灰心丧气，
说不定将来会演变出美满的结局。
上帝做他要做的事情，
你千万别盲目反对。

三

把一切交给明智的主宰去主持，
让心胸摆脱身外的一切获得休息。
须知事物不可能按你的要求进行，
上帝的意志才能决定一切。

四

达观些，
不必过分忧虑。
把苦恼全都忘记，
因为它善于侵蚀理性。

计划不替卑微的奴婢谋利，

你只该为来世间永恒的享受勤修苦练。

杜班医师吟罢，郁南国王对他说："我召你进宫，你知道是为什么吗？"

"我不知道。未来的事，只有上帝知道。"

"我召见你，是要处你死刑呢。"

"主上，干吗要处我死刑呢？"杜班感到无比惊奇、恐怖，"我到底犯了什么罪过呢？"

"据说你是个奸细。你到这儿来的目的是要杀害我。喏！现在不待你下毒手危害我，我可先发制人而致你死命了。"国王说罢，大声呼唤刽子手，吩咐他："砍掉这个奸细的头，消除祸患，免得咱们受他的害。"

"饶我一命吧！上帝会延长您的寿命呢。"杜班向国王求饶，"别杀我吧！上帝会保佑您呢。"

"不杀死你，我是放心不下的。因为你拿拐杖给我握着便治好我的疾病，你自然会用什么东西给我一闻就要我的命呢。这就是我不放心的地方。"

"大王陛下，难道这就是陛下给我的报酬吗？显然陛下是以怨报德呀。"

"非杀你不可，没有宽容的余地。"

杜班医师听了国王斩钉截铁的回话，证实国王决心要杀他，没有幸免的希望了，沮丧到极点。他忍不住伤心哭泣起来，百般懊悔当初不该给不知好歹的郁南国王治病。

刽子手遵循命令，走到杜班医师面前，拿布条蒙住他的眼睛，然后抽出宝剑，摆出执法的架势，向国王请示："请下命令吧！"

杜班医师绝望到极点,哭哭啼啼地向国王求饶:"饶我一命吧!上帝会延长陛下的寿命呢。别杀我吧,上帝会保佑陛下呢。"他说罢凄然吟道:

> 我忠诚老实,
> 结果一败涂地。
> 他们作孽、欺骗,
> 却步步胜利。
> 我被忠实蒙蔽,
> 它导致我进入毁灭的屋宇。
> 今后若能苟全性命,
> 我绝口不提有关忠实的事情。
> 如果我一旦死去,
> 古往今来的忠实者都应受到诅咒。

杜班医师吟罢,对国王说:"难道这是我应得的报酬吗?那么陛下给我的报酬跟鳄鱼的报酬是一样的了。"

"鳄鱼是怎么给报酬的?"国王急于要知道鳄鱼的故事。

"在这样的情况下,我是不能谈鳄鱼的故事的。指上帝起誓,饶我一命吧!上帝会延长陛下的寿命呢。"杜班医师边哀求边痛哭流涕。

郁南国王的一个亲信大臣眼看杜班医师的无辜,觉得可怜,便站起来替他讲情:"主上,请看臣面,饶恕这位医师吧。在我们看来,他没犯什么罪过,倒是陛下所患的不治之疾,太医和一般医生都束手无策,却被他一手给治好了。"

"我要杀这个医师的原因,你们可不知道。"国王对在座的群臣说,"因为让他活着,我就要受他的危害,这是不可避免的事。因为他拿一根拐杖给我握着便治好我的疾病，他自然也会拿什么东西给我一闻便弄死我呢。我认为他是受人贿赂而来谋害我的。显然他是一个奸细，为谋害我才到这儿来的，所以非处他死刑不可。杀掉他，我的生命才安全呢。"

郁南国王断然拒绝大臣的讲情，杜班医师知道国王要杀他的决心很坚定，没有活命的希望，便剀切地说："大王陛下，如果陛下非杀我不可，那么恳求你稍缓一步，让我回家去准备一下后事，同家人和亲友见一面，嘱咐他们替我料理善后，并处理一下我的医学书籍。那些书籍中有一册非常特殊的珍本，我打算拿它作礼品献给陛下，保存在库藏里，留作纪念。"

"那册珍本记载着什么内容？"国王对杜班医师的珍本书籍很感兴趣。

"该书的内容很丰富，有一部分是关于机密事物的。待砍掉我的头时，陛下打开书，翻到第三页，然后从左边那页的开头阅读三行，我的头就能同陛下谈话，并回答陛下提出的各种问题。"

郁南国王听了杜班医师的谈话，感到十分惊异，心情非常兴奋，欣然问道："大夫，我砍掉你的头，它还能说话吗？"

"不错，还能说话。"

"这桩事真奇怪！"国王感叹着，即时派监视人随杜班医师回家去料理他的身后。

杜班医师回到家中，在一天之内，赶着办完各种应办的事情。

次日清晨，杜班医师随监视人从容返回王宫，见文武朝臣和卫队济济一堂，拥挤不堪，整个朝廷热闹得像百花盛开的一座花园。杜班医师手持一册古籍和一个盛着药粉的瓶子，走到郁南国王面前,安然坐下,说道:"给我拿个盘子来!"

人们按照杜班医师的吩咐,给他拿来一个盘子。于是他把瓶里的药粉倾入盘中,随手摊平它,然后对国王说:"大王陛下,请陛下拿着这本书,暂别翻阅,待砍下我的头来,将它摆在盘中,按在药粉上,待血停止时,陛下打开书本,从头读下去好了。"

郁南国王手持古籍,下令执法砍头。刽子手站起来,走到杜班医师面前,手起刀落,一刀砍掉他的脑袋,随即把它摆在盘中,按在药粉上,血便停止,接着杜班医师的头颅就睁开眼睛,望着国王说:"大王陛下,请打开书本读下去吧。"

国王打开书本一看,见书页粘在一起,便将指尖伸入口内,蘸口液来翻书;每翻一页蘸一次,直翻到第六页,都不见字迹,觉得奇怪,问道:"杜班医师,书中怎么一个字也没有?"

"陛下继续翻着看下去吧!"

郁南国王果然边翻边看,连续翻了三页之后,霎时间感到头晕目眩,全身战栗,摇摇欲坠。这是因为那册所谓的珍贵古籍曾毒化过,毒素已散布到国王体内,使他支持不住,狂叫着说:"我中毒了!"

杜班医师眼看郁南国王的情状,耳闻他的叫声,坦然吟道:

> 他们掌权,统治黎民,
> 一味追求延长专政期限。
> 可惜天不遂人愿,
> 刹那间政权变成缥缈的泡影。
> 倘若他们公正、廉明,
> 庶民必然感激涕零。

然而他们暴虐成性，作恶不息，

所以应遭残疾、瘟疫的惩罚。

今晨刚从甜梦中惊醒，

现实的情况便向他们吟诵：

"这个结局，原是来自那个原因，

千万别责怪、埋怨命运。"

杜班医师的吟诵声刚停止，郁南国王便颓然一跟头栽倒，顿时气绝身死。

渔翁讲完了《国王和医师的故事》之后，接着责备魔鬼："该死的魔鬼！你要知道：假若郁南国王让杜班活着，那么真主一定会让国王生存下去的。可是国王不饶杜班而杀了他，所以真主才处国王死刑哩。你呢，该死的魔鬼呀！假若你不存心危害我，真主一定会饶恕你的，可是你口口声声要危害我，所以我才要把你闷死在胆瓶中，抛到大海里。"

"渔翁，指真主起誓，你别这样做吧。我固然作了孽，还求你饶恕我，别因为我的行为而责备我，因为你是善良的人类嘛。古人说得好：'以怨报德的人哟！作恶者的坏行为，尽够惩治他自己了。'如此说来，求你不要像艾玛迈对耳帖凯①那样对待我吧。"

"艾玛迈是怎样对待耳帖凯的？"

"我被禁锢在瓶里，不是叙谈的时候；求你放了我，我再告诉你吧。"

"你留着别说好了。我非把你投入海里不可，教你一辈

---

① 这个故事已失传。

子没有出头的日子,因为当初我向你苦苦哀求,低声下气地求你可怜我,你却一味要杀我。我没有犯该死的罪过,也不曾冒犯你,相反的,我对你行过好,把你解放出来,救了你的生命。你却不知好歹,以怨报德,因此我知道你的本质是坏透了的。你要知道:我不仅要把你投在海里,而且还要把你怎样对待我的情况告诉世人,教他们有所警惕,以便他们打捞着你的时候,立刻把你投在海里,让你一辈子留在海中,遭受种种痛苦,直到世界末日。"

"渔翁,放了我吧,现在正是你讲义气的好机会呢。我向你赌咒,今后我绝不再伤害你,而且还要给你一件东西作为媒介,使你发财致富。"

渔翁接受魔鬼的要求,彼此约定:渔翁释放魔鬼,魔鬼不危害渔翁,而且要好生对待他。经魔鬼指真主的大名发过誓,渔翁才相信他,便打开瓶口。这时候,一股青烟从瓶中冒了出来,飘飘荡荡地升到空中,逐渐汇集起来,变成一个狰狞的魔鬼,一脚把胆瓶踢到海中。

渔翁见魔鬼把胆瓶踢到海中,认为自己非受害不可,暗自叹道:"这不是好兆头呀!"继而他鼓着勇气说:"魔爷,真主说过:'你们应该践约,因为约言将来是要受审查的。'你同我有约在先,发誓不欺骗我。你不违约,真主就不惩罚你。因为真主对人是审慎、宽容而不疏忽大意的。现在我像医师杜班对国王郁南所说那样对你说吧:'让我活下去吧,真主会延长你的生命呢。'"

魔鬼哈哈大笑一阵,随即拔脚向前走,说道:"渔翁,跟我来吧。"

四色鱼的故事

　　渔翁虽然跟在魔鬼后面，可是他却不相信自己能够脱险。他们一直向前，经过郊区，越过山岭，来到一处宽阔的山谷，便发现眼前有一个水清见底的湖泊。魔鬼涉到湖中，对渔翁说："随我来吧。"待渔翁也涉到湖中，魔鬼才站定，吩咐他张网打鱼。渔翁低头一看，只见白、红、蓝、黄色的四种鱼儿在水中游来游去，不觉大吃一惊。于是取下网，张开撒在湖中，一网打得四尾，每种颜色各一尾。渔翁看着网中的鱼，感到十分高兴。魔鬼对他说："渔翁，你回去的时候，把鱼送到宫中，献给国王，他会把使你发财致富的东西赏赐你的。指真主起誓，现在我没有别的方法报答你，请原谅吧。我在海中待了一千八百年，今天才得见天日。今后你每天只消来湖中打一网鱼就够了，不要贪心。现在我把你托付给真主了。"魔鬼说罢，一顿足，地面裂开，便陷进去不见了。

　　渔翁带着四尾鱼回城，在归途中老是想着跟魔鬼打交道的经过，感到惊奇。他回到家中，取个钵盂，装满水，把鱼养在钵中。鱼儿得水，活跃起来，在钵中游来游去。尔后他按照魔鬼的吩咐，顶着钵盂，送鱼进宫。到了宫中，把鱼献给国王。国王看了渔翁进贡的四尾鱼，非常惊奇，因为这种形状和品种的鱼，他生平还是头一次看见。他吩咐宰相："把这几尾鱼交给女厨师去烹调。"原来宫中有个善于烹调的女奴，是三天前希腊国王当礼物送来服侍国王的，国王还不知道她的本领，因而送鱼给她煎制，以便试验她的技能。

　　宰相奉命把鱼带到厨房，交给女厨师，说道："主上说，他老人家不伤心的时候是不掉眼泪的。今天有人把四尾鱼送来献给他，希望你用卓越的技巧烹饪出来，让我们高兴愉快地享受吧。"宰相吩咐完毕，匆匆回到国王面前。国王命令他赏渔翁四十个金币。宰相遵命赏赐渔翁。渔翁得了赏钱，欣喜万分，踉跄奔到家中，快乐得一会儿坐下，一会儿站起，蹦蹦跳跳地以为自己是在梦中。他用赏钱给家人买了生活必需的各种东西，当天夜里，欢喜快乐地过了一夜。

宫中的那个女厨师遵循命令，即刻动手，把鱼剖洗干净，架上煎锅，然后把鱼放在锅中去煎。她刚煎了一面，再翻过来煎另一面的时候，厨房的墙壁突然裂开，里面出来一个窈窕美丽的妙龄女郎，身披一条蓝绢混织的围巾，耳下垂着耳环，腕上戴着手镯，指上戴着珍贵的宝石戒指，手中握着一根藤杖。她把藤杖戳在煎锅里，说道："鱼啊！你还坚守旧约吗？"女厨师眼看着这种情景，吓得昏了过去。在女郎第二次第三次重复了她的问话以后，煎锅里的鱼儿都抬起头来，清清楚楚地回答道："是的，是的。"接着吟道：

你若反目，

我们也反目；

你若践约，

我们也践约；

你若舍弃誓约，

我们也奉陪着。

鱼儿吟罢，女郎用藤杖掀翻煎锅，走进原来的地方，接着厨房的墙壁便合拢，恢复原状。这时候，女厨师慢慢苏醒过来，看见四尾鱼全都烧焦，枯如木炭，大吃一惊，叹道："第一次上阵,还未交锋,枪杆就先折断了。"她叹息着又昏了过去。这时候,宰相突然来到厨房,见女厨师昏迷不省人事,便用脚踢一踢她。女厨师苏醒过来,悲哀哭泣,把发生的事详细地告诉宰相。宰相听了,感到惊奇,说道:"这真是一桩奇怪的事情呢。"于是立刻派人把渔翁唤来,大声喝道:"渔翁!把你上次拿来的那种鱼儿给我再拿四尾来。"

渔翁去到湖中,一网打了同样的四尾鱼,诚惶诚恐地送进宫去,献给宰相。宰相把鱼拿到厨房里,交给女厨师,说道:"你来当着我的面煎吧,让我亲眼看看这种怪事。"女厨师把鱼剖洗干净,架上煎锅,把鱼放在锅里。刚开始煎的时候,墙壁忽然裂开,那个女郎便出现在他们面前,还是第一次的那种打扮,手中握着藤杖。她把藤杖戳在煎锅里,说道:"鱼啊!你还坚守旧约吗?"随着女郎的声音,锅里的鱼都抬起头来,吟道:

你若反目,
我们也反目;
你若践约,
我们也践约;
你若舍弃誓约,
我们也奉陪着。

女郎听罢,用杖掀翻煎锅,走进原来的地方,墙壁便合拢,恢复原状。宰相自言自语地说道:"这桩事情不可隐瞒下去,必须报告国王。"于是赶忙去见国王,把亲眼看见的事情报告一番。国王听了,说道:"我非亲眼看一看不可。"随即派人去唤渔翁,限三天的期限,命他照过去送来的那种鱼儿再送四尾进宫。渔翁诚惶诚恐地往湖中去,打了四尾鱼,及时送到宫中。国王吩咐赏渔翁四百金币,才向宰相说:"来,你亲自在我面前煎鱼吧。""明白了,遵命就是。"宰相回答着,即刻拿来煎锅,洗了鱼,放在锅中。他把煎锅架在火上,刚开始煎的时候,墙壁突然裂开,里面出来一个彪形黑奴,像一头牦牛,又像是翁定族①的遗民。他手中握着一根绿树枝,粗声粗气地问道:"鱼啊! 鱼啊! 你坚守旧约吗?"随着黑奴的吼声,锅中的鱼都抬起头来,回道:"是呀,是呀,我们是践约的。"随即吟道:

> 你若反目,
>
> 我们也反目;
>
> 你若践约,
>
> 我们也践约;
>
> 你若舍弃誓约,
>
> 我们也奉陪着。

黑奴走过去,举起树枝,掀翻煎锅,随即从原路归去。国王仔细打量,见鱼儿都被烧焦,变得枯如木炭,不禁骇然震惊,说道:"这样的事不可缄默不问,这种鱼必然有它特殊的情况。"于是他下令传渔翁进宫,问道:"该死的渔翁,这种鱼你是从哪里打来的?"

"从城外山谷中的一个湖泊里打来的。"

"由这里去有多少路程?"国王瞪眼看着渔翁。

"启禀主上,约莫半小时的路程。"

---

① 古代阿拉伯民族的一支,以身材高大著称。

国王听了渔翁的话,感到惊奇。他急于要知道其中的实况,便传令部下,即刻整装出发。于是率领人马,浩浩荡荡地开出城去,渔翁在前面领路。他们经过郊区,爬过山岭,一直来到广阔的山谷中,看见那个水清彻底、四面被群山围绕,里面有红、白、黄、蓝色鱼的湖泊,人人都感到惊奇,因为这样的山色湖光是他们生平未见过的。国王且惊且喜,站在湖旁,对左右的随从和兵士说:“你们中间有谁见过这个湖泊吗?”“没有,主上! 我们生平从未见过。”人们齐声回答。接着国王又问那些年纪较大的人,他们也都说:“我们有生以来还没见过这个地方的湖泊呢。”国王说:“指真主起誓,我要把湖和鱼的来历弄个清楚明白,才肯回城视事。”于是吩咐部下,依山扎营,并对那位精明强干、博学多智、经验丰富的宰相说:“今天夜里我打算一个人静悄悄地躲在帐中,仔细研究湖和鱼的来历。我命令你坐在帐外,凡是来见我的,无论公侯将相,或侍从仆役,一律不许进帐。告诉他们,国王欠安,不能接见,可千万别把我的意图告诉任何人。”

　　宰相听从命令,小心翼翼地守在帐外。国王卸了朝服,佩上宝剑,悄然离开营帐,趁黑夜爬上高山,向前迈进。他一直跋涉到天明,继而冒着炎热的天气,不顾疲劳,继续走了一昼夜。次日又走了一昼夜,到天亮时,才发现远方有一线黑影。他十分高兴,说道:“也许我能遇到一个可以把湖和鱼的来历告诉我的人吧。”他走近一看,原来是一座黑石建筑的宫殿,两扇大门,一闭一开。国王高高兴兴地站在门前,轻轻地敲门,却不见有人答应。他第二次第三次再敲,仍然没有人答应。他又猛烈地敲了一会儿,还是没有人答应。他想:“毫无疑问,这一定是一所空房。”于是鼓起勇气,闯进大门,来到廊下,高声喊道:"住在屋里的人啊!我是一个异乡人,路过这里,你们有什么食物,可以给我充饥吗?"他一连喊了三四遍,还是听不到有人答应。他鼓起更大的勇气,抖擞精神,由廊下一直闯到堂屋里。屋里虽然不见人影,可是却布置得井然有序,一切陈设都是丝绸的,非常富丽,铺着闪光的地毯,挂着绣花的帷幕。一个宽敞的院落,被四间矗立的拱形大厅环抱着;院中有石凳和喷水池,池边蹲着四个红金狮子,口里喷出珍珠般的清水。院中养着鸣禽,空中张着金网,防止群鸟飞遁。国王看了这种景象,却没有一个人来和他谈这旷野中的山岳、湖泊、四色鱼和宫殿的来历,感到无限的惊奇和苦闷。没奈何,他颓然在门前坐下,低头沉思。这时候,他突然听到一声哀怨的悲叹,继而伤感地吟道:

> 我隐藏起你那里见到的一切,
> 它却甘心暴露自己。
> 瞌睡从我眼边逝去,
> 换来了失眠。
> 命运哟!
> 你不必对我怜惜,
> 也别叫我的灵魂再在困顿和危险之间苟延。
> 你们不是怜惜人群中的英俊,
> 因为他在情场中一败涂地,
> 变为卑劣、懦怯。
> 你们也不是爱慕人民中的富豪,
> 因为他已经一文不名,
> 穷无立锥之地。
> 我们原是望风而来趋附你们的,

然而厄运降临的时节，

眼睛随之而失明。

骑士有什么办法呢，

当与敌人相遇，

挽弓欲射之际，

弓弦已先断裂！

青年人被愤恨重重包围的时候，

叫他从厄运手中逃往哪里去躲避？

听了吟诵声，国王立刻站了起来，探头一看，见大厅门上挂着帘幕，便伸手掀起帘幕，发现一个青年坐在幕后一张一尺多高的床上。他是一个眉清目秀、满面红光、口舌伶俐、身段标致的青年，正是：

乌发粉面的标致青年，

白天黑夜在人前出现。

你们不可否认他腮上的黑痣，

因为每一朵秋牡丹都有一粒黑子呢。

国王一见青年，欣喜若狂，向他问好。那个青年端坐着，身穿一件埃及式的金线绣花锦袍，头戴珍珠王冠，只是眉目间挂满愁云。他彬彬有礼地回问国王，接着说道："我有痼疾，不能起身迎接你，请原谅我吧。"

"青年人，你别客气，现在我是你的客人了。为了一桩重要的事情我才到你这儿来的。我要你把这里的湖泊、四色鱼和这座宫殿的来历告诉我，并且让我知道，为什么你一个人住在这里？为什么这样悲哀痛苦？"

青年人听了国王的话，眼泪簌簌地从腮上流下，忍不住伤

感起来,吟道:

> 对睡梦沉沉的人说吧,
>
> 命运的主宰叫多少人倒下去,
>
> 叫多少人又站起来。
>
> 你若是酣睡未醒,
>
> 真主的眼睛却一直是睁着的。
>
> 天空豁然晴朗了,
>
> 究竟是因为何人?
>
> 它霎时晦暝下去,
>
> 又是为了谁呢?

青年吟罢,感伤地叹了一口气,接着又吟道:

> 把一切托付给人类的主宰,
>
> 从此撇开愁恨,
>
> 按下追溯的念头。
>
> 已经逝去的事情,
>
> 别追问:"为什么这样演变?"
>
> 因为命运是一切演变的根源。

国王感到奇怪,问道:"青年人,你为什么伤心哭泣?"

"我的情况如此,怎么能不伤心呢!"他撩起衣服,让国王看他的下身。

原来那青年的身体,从腰到脚这一截已经化为石头,只是从头到腰的一截还有知觉。国王看了青年的情况,忧心如焚,垂头丧气,长吁短叹一阵,然后说道:"青年人,你把一重新愁加在我的旧愁上了。我原是为了打听四色鱼的来历才到这儿来的,可是现在除了打听鱼的究竟之外,又要了解你的情况了。毫无办法,只盼伟大的真主援助了。青年人,快快把你的境遇告诉我吧。"

"你听着,我告诉你吧。"

"我的耳目早已准备好了,你说吧。"

"我自己和四色鱼有着一段离奇古怪的遭遇呢,如果把它记录下来,对于后人倒是很好的训诫哩。"

"这是怎么一回事呀?"

着魔王子的故事

先生,你要知道,先父是这个国家的国王,叫麦哈穆德,是这个黑岛的主人。黑岛的四周被群山重重围绕。先父执政七十年死后,我继承王位,娶了叔父的女儿为妻,彼此情投意合,相亲相爱。她尤其敬爱我,爱到我不在她面前就不思饮食的程度。这样的恩爱生活,继续保持下去,整整过了五个年头。有一天趁她去澡堂沐浴的时候,我吩咐厨师迅速准备晚餐,待她回来时一同享用。当时我在这座宫里休息,吩咐两个宫女分别坐在床头床尾侍候。由于我妻不在我的身边,我的情绪不宁,倒在床上,辗转不能入睡,只是闭目躺着不动。当时两个宫女以为我睡熟了,便闲谈起来。我听见坐在床头的那个宫女说:"麦斯欧德,我们的主人可怜极了!他跟我们这个弄魔法的太太一起过活,这真是糟蹋他的青春呀。"

"是啊,愿真主惩罚这个邪恶的女人!"坐在床尾的宫女说,"像我们主人这样青春年少,实在不该娶这样一个女人为妻。"

"我们的主人昏庸极了,他一点不管束她。"

"该死的你呀！如果主人知道她的情况还能不过问吗？她是背着主人在胡闹的呀。她把麻醉剂放在主人每天睡前喝的酒里，让主人喝了昏迷过去，不知道她到哪里去，做些什么事，也不知道她从哪里回来。她自己衣冠楚楚，收拾打扮起来，溜到外面去，串到清晨回来，焚香在主人鼻前一熏，主人才清醒过来呢。"

听了宫女的谈话，我心里十分着急，气得脸色发青。傍晚，我妻由澡堂沐浴回来，便摆出饭菜，一块儿吃喝。饭后我们坐着闲谈了约莫一小时，这才照往日的习惯预备睡觉。当时我妻吩咐仆人给我拿来睡前喝的酒，并亲手把酒送给我。我把酒接在手里，暗暗地倒掉，然后装作已经像往日那样喝了，倒在床上，拉被盖着，仿佛已经入睡。当时我听见我妻自言自语地说道："睡你的觉吧，再不要起来了，我讨厌你，尤其讨厌你的形象，我跟你过厌倦了，我不知道几时真主才来收拾你的灵魂，叫你快快死去。"她说罢，从从容容地换上最华丽的衣服，涂脂抹粉，馨香扑鼻地打扮起来，拿了我的宝剑，开门出去了。

我立刻起床，跟踪追了出去。我见她出了宫门，经过大街小巷，去到城门下，口中念念有词地不知说了些什么，铁锁便掉了下来，同时城门也就开了，她便溜出城去。我悄悄地紧跟在她后面，一直来到一个土墩处。那里有一座堡垒，当中有一间砖砌的圆顶屋子。我追进去，趴在圆屋顶上监视她的行动。原来她是来会住在屋中的一个黑奴的。这个黑奴的上下唇合在一起，突了出来，穿着污秽潮湿的衣服，躺在甘蔗叶上。

我妻在黑奴面前跪下吻了地面，他才抬起头来，骂道："你这个该死的家伙，为什么耽搁到这时候才来？"

"我的主人哟！你不知道吗，我是和我的堂兄结过婚的人呀！不过我讨厌他的形象，不愿意跟他在一块儿过活。我要是不考虑你的安全，一定会在日出之前捣毁他的城市，叫猫头鹰和乌鸦在里面叫嚣，叫狐狼成群结队地在里面盘踞，并且还要把城中的石头全都搬到哥夫山①后面去的。"

"你这个该死的家伙，你是不是在说谎欺骗我呀。指黑人的英雄起誓，我们黑人的胆气和你们白人是不同的。从今天起，你如果要耽搁到这个时候才来，那我就不要跟你来往了。你这个白人中最肮脏、下贱、可鄙的家伙，你是随意在玩弄我呀。"

我亲眼看了这种情景，听了他们的谈话，气得昏头昏脑，整个宇宙在我眼前都变黑暗了，我的灵魂也不知哪里去了。当时我妻一直站在黑奴面前哭泣，卑躬屈节地苦苦哀求："我的主人哟！要是你恼恨我，那还有谁怜恤我呢？要是你遗弃我，还有谁收容我呢？"她悲哀哭泣着，直到黑人饶恕了她，才欢跃起来，说道："我的主人哟！你这里有什么给我吃的吗？""你去打开那个铜盆吧，"黑人说，"里面有煮熟了的老鼠骨头，你拿出来啃吧。那个土罐里还有剩汤，你拿来喝吧。"我妻听从黑人的指示，啃了骨头，喝了残汤，然后洗手漱口。

我看了老婆的卑鄙下流行为，肯定她是一个邪恶家伙，气得几乎毁灭了自己。我蹑手蹑脚地从圆屋顶上溜下来，走进屋去，拿起妻子带去的那把宝剑，迅速抽出来，决心杀死他俩。我一剑砍在黑奴脖上，认为一定会把他砍死。

当我砍黑奴的时候，本来是打算砍断他的大静脉和大动

① 传说是环绕地球的大山。

脉的,可结果只砍破了他的皮肉和喉管。他粗鲁地喘着气,我认为他的性命完结了。老婆趁我砍黑奴的时候,逃跑了。我把宝剑插在鞘中,匆匆回城,来到宫中,倒身躺在床上睡觉。清晨,我妻把我唤醒。我一看,见她剪了头发,穿着丧服,对我说:"哥哥啊! 我这样做,你别责备我吧;因为消息传来,说我母亲已病逝,父亲战死疆场,两个兄弟,一个被蝎螫身死,另一个也因噎丧命。遭了这样悲惨的事件,我应该哀悼守孝呢。""我不反对你,"我平心静气地对她说,"你喜欢怎样办就怎样办吧。"

从此她终日悲哀哭泣,埋头守孝。过了一年以后,她对我说:"我打算在宫中建筑一间寝陵似的圆顶屋,取名为'哀悼'室,预备一个人静悄悄地躲在里面守孝。""你打算怎么办,"我对她说,"便怎么办吧。"于是她果然在宫中建起一间圆顶的哀悼室,里面砌着坟墓,看去就像一座陵寝。之后,她把那个黑奴搬到哀悼室中养病。那黑奴虽然还活着,其实已经成为一个不中用的残废者。因为他自从被我砍了一剑之后,只能喝些汤水,病弱得不能开口说话,早晚就要咽气了。可是我妻却早早晚晚去看他,哭哭啼啼地安慰他,早送汤,晚送水,不辞辛苦地服侍他。我一直宽容她,不去追究,让她在这种情况下又过了一年。有一天,我趁她不提防的时候,来到哀悼室,见她悲哀哭泣,说道:"我心房里的花朵呀! 你干吗离开我?干吗不肯见我的面? 我的灵魂呀! 我的知心呀! 跟我谈一谈心头的话吧。"说罢,接着吟道:

> 你远走之后,
>
> 我自己已不存在人世之间;
>
> 因为除你之外,

我的心不再喜欢其他的一切。
你去任何地方，
都要带着我的灵魂和骨片。
一旦在某地住定，
就把我的骨片埋在你的身边。
你站在坟前呼唤的时候，
听了回声，
这骨片发出的呻吟，
便和你的声音前后呼应。

她吟罢，哭了一会儿，继续吟道：

康乐的日子，
是在你面前享受荣幸的时候。
死亡的日子，
是你和我离别的时候。
我在恐怖中过夜，
经常受到死亡的威胁。
据我的估计：
和你紧密地联系在一起，
这当中的乐趣比安全还甜蜜。

息了一会儿，她又吟道：

如果我享尽人间的艳福，
拥有整个宇宙，
波斯王的国土也是属于我的；
那么当我的眼睛看不见你的时候，
这一切的享受，

在我看来，

它不比一只蚊子的翅膀更值钱。

待她吟罢，哭毕，我才对她说："妹妹！你终日悲哀哭泣，到现在应该是悲哀够了吧；要是再悲哀哭泣下去，你的眼泪也是淌不尽的。悲哀哭泣是没有什么好处的。""你别阻挠我！"她说，"你如果要干预我的事情，我只好自杀了。"

从那回以后，我默默不语，抱着放任的态度，让她穿着丧服又悲哀哭泣了一年。到了第三年，我对于在我眼前发生的一直拖延下来的这桩痛苦事件，感到无限的愤恨。有一天，我走进哀悼室，看见我妻坐在坟前，长吁短叹地说道："我的主人哟！好久我没听你说一句话了。我的主人哟！你怎么不回答我呢？"说罢，接着吟道：

坟呀，

坟呀，

他的英俊消逝了吗？

或者是那灿烂的景象磨灭了你的光泽？

坟呀，

你不是天，也不是地，

为什么太阳和月亮会聚集在里面？

她和黑奴的谈话和她吟的赞美诗，使我怒火烧心，愤恨有增无减，因而慨然问道："唉！你要悲哀哭泣到什么地步呀？"我继而吟道：

坟呀，

坟呀，

他的黑色消灭了吗？

或者是那肮脏的景象磨灭了你的光泽？

坟呀，

你不是池沼，也不是锅釜，

为什么炭灰和渣滓会聚集在里面？

听了我的诅咒诗，我妻一骨碌站起来，说道："该死的你呀！原来是你给我干了这桩坏事，砍伤我的情人，摧残他的青春，叫他三年来在不死不活的境况中受苦受难呀。"

"不错，这桩事是我做的。"我说着，拔出宝剑，握在手里，走过去准备杀她。

我妻听了我的话，见我决心要杀她，便笑起来，说道："滚开！要重演过去的事，好不容易啊！要死人复生，多困难呀！用这种手段对付我的人，我能够制服他；我心里因他而燃起的怒火还未熄灭，火焰还熊熊地燃烧着呢。"于是她站着喃喃地念了我不懂得的咒语，最后说道："凭着我的法术，你的下半截身体变成石头吧！"随着她的咒骂，我的下身果然变成了石头。从那时候起，我站不起来，睡不下去，既不是断了气的死人，也不是行动自由的活人。我的下身化石以后，整个城市，包括街道、庭园，也都中了她的魔法。城中原来住着伊斯兰、基督、犹太和祆教等四种宗教的信徒。他们着魔之后，全都变成了鱼类；伊斯兰教徒变成白鱼，祆教徒变成红鱼，基督教徒变成蓝鱼，犹太教徒变成黄鱼。原来的四个岛屿着魔后，变成了四座山岭，围绕着湖泊。从此之后，她尽量虐待我，每天打我一百棍，把我打得皮破血流，然后在我身上披一块毛巾，再把这件华丽的衣服穿在外面。

着魔王子谈了他的经历和遭遇，忍不住伤心哭泣，吟道：

主宰呀，

你的判决和规定，

我全都甘心忍受，

只要这里面包含着你的意愿。

他们暴虐、作恶，

任意侵害、掠夺，

也许凭着忍耐我们可以换取天堂的一角。

这一切的遭遇，

使我束手无策，

寸步难行，

最后只剩穆罕默德是我唯一的救星。

青年吟罢，国王抬头望他一眼，说道："青年人，你给我道破此中秘密之后，无形中在我的旧愁上加了一重新愁了。不过，青年人，告诉我吧，她在哪里？受伤的黑奴所栖息的坟墓在什么地方？"

"黑奴睡在哀悼室中的坟墓里，至于我的妻室，她住在间壁的这间大厅里。她每天日出时到这儿来，脱掉我的衣服，打我一百棍，打得我痛哭流涕，声嘶力竭，不能动弹时，才往哀悼室去侍奉黑奴，给他端汤送水。明天一清早，她就要到这儿来的。"

"指真主起誓，青年人，我一定要替你做一桩功德无量而永垂不朽的好事呢。"

国王陪着青年谈话，直到夜里才休息睡觉。次日黎明前，国王起床，脱掉衣服，光着身子，带起宝剑，一直去到哀悼室中，看见里面摆着灯、烛、香料和药膏等物。他走过去，一剑砍死黑奴，把他的尸首掬出来扔在宫中的一眼井里，然后回到室内,拿黑奴的衣服裹在身上,手中握着宝剑,倒身睡了下去。

过了约莫一小时,那个该死的妖婆来了。她先脱了丈夫的衣服,痛打一顿,打得他苦苦哀求,说道:"妹妹哟!这够我受用了。妹妹哟!求你可怜我吧。""你有没有可怜我?你有没有为我而谅解我的情人?"她反问着继续痛打,直到她自己感到精疲手酸,打得他皮破血流,才给他披上毛巾,把锦袍罩在外面。之后,她径直去哀悼室,手中端着一杯酒,一碗汤,前去侍奉黑奴。她来到哀悼室里,走到坟前,哭着说道:"主人哟!你回答我呀,有什么心事,对我讲吧。"继而吟道:

> 我流了足够的眼泪,
> 可不知此中的阻塞几时才能开禁?
> 如果说是嫉妒者从中作祟,
> 这惨状应该使他感到满意;
> 其实是你自己存心拖延聚首的日期。

她吟罢,痛哭流涕,说道:"我的主人,你说吧,有什么话,只管告诉我。"国王压低嗓子,模仿黑奴的口吻说道:"唉哟!唉哟!毫无办法,只望伟大的真主援救了。"她听见黑奴开始说话,欣喜若狂,大叫一声,昏迷不省人事。息了一会儿,她苏醒过来,说道:"主人哟!你说得对。"这时,国王用更微弱的声音说:"讨厌的家伙,你不配对我说这样的话。"

"这是为什么呢?"

"因为你天天拷打你的丈夫,他哭泣求救的声音扰乱着我,使我通宵不能睡觉;他的祈祷和咒骂使我感到不安,心绪不宁;倘若不是为了这个,我的健康早就恢复了,同时也就是为了这些缘故,我才不理你呢。"

"既然如此,凭着你的许可,我饶恕他吧。"

"你饶了他,让我们安静下来吧。"

"听明白了,遵命就是。"她说着站起来,赶忙走进宫去,取个碗,装满水,念了咒语,碗中的水便咕嘟咕嘟地沸腾起来。她把水洒在她丈夫的身上,说道:"如果你是因为我的法术和阴谋而变成这个形状的,那么凭着我说话的效力,你从这个形状恢复你的原形吧。"她说罢,霎时间青年果然恢复了健康,立刻站了起来,心中感到无限的快慰。"滚出去吧,"她骂道,"以后不准你再到这里来,否则我就杀掉你。"待青年离开宫殿之后,她才从从容容地来到哀悼室中,对黑奴说:"出来吧,我的主人,让我看看你,为你的健康而快乐吧。"

"你到底干了什么呢?"国王把声音压低到最微弱的程度说,"你这样医治我,只是治标,不是根本的办法呀。"

"我亲爱的人哟!什么才是根本的办法呢?"

"你这个该死的讨厌的家伙!岛国里的居民还处在患难中,每天夜静更深的时候,湖中的鱼都抬起头来祈祷求救,并且咒骂我们,这就是我不能恢复健康的原因。去吧,你快去解救它们,再来牵我出去吧;现在我的健康逐渐恢复过来了。"

"指真主起誓,主人呀!拿我的头和眼作保证,我马上去解救他们。"当时她认为真是黑奴在跟她说话,因而高兴快乐,立刻动身,欢欣鼓舞地跑到湖滨,伸手掬起一捧水,喃喃地念了咒语,湖中的鱼便活跃起来,霎时恢复了原状,变为人类。从此开了魔禁,黎民得到解救,河山城镇顿然恢复旧观。人们买的买,卖的卖,农工商贾马上兴旺繁荣起来。这时候妖妇匆匆回到哀悼室,说道:"把你那双慈祥的手伸出来,让我牵你出去吧。"

"靠近我些。"国王低声说着,迅速抽出宝剑,猛然一剑刺穿她的胸口,接着又在她腰上砍了一剑,终于把她劈为两截,结果了她的性命。国王走出哀悼室,去到宫外,跟着魔的青年王子见面言欢,祝他脱难之喜。青年王子吻了国王的手,表示衷心感谢。国王对他说:"你愿意在本国住下呢,还是随我往敝国去?"

"主上,您知道我们两国之间的距离吗?"

"两天半的路程吧。"

"主上,您如果还在睡觉,这该清醒过来了。其实从这儿往贵国去,即使一个健行者,也需要整整地走一个年头呢。您到这儿来只走了两天半,这是因为敝国受了魔禁的缘故。主上,今后我自己再也不愿离开陛下了。"

"赞美真主,他把你当恩惠赏赐我。现在你是我的儿子了,因为我生平还没有过儿子呢。"于是两个人拥抱起来,欣喜若狂。继而他们去到宫中,青年王子吩咐他的侍臣替他准备行李。侍臣遵从命令,赶忙料理,在十天内,把国王在旅途中需要的一切全部准备齐全。青年王子这才怀着依依不舍的情绪,选择五十名精壮的侍从,并携带许多珍贵物品,与老王一块儿动身。他们在旅途中不分昼夜地跋涉,整整行了一个年头,最后平安来到老王国中,派人往京城报讯。

国王平安归来的消息传到宫中,人们正在绝望之时,不禁喜出望外。宰相立刻率领人马出城迎接,跪在国王面前,庆祝凯旋。国王在宰相和人马的簇拥下回到宫中,坐在宝座上,然后对宰相叙述青年王子的遭遇。宰相听了,非常同情青年王子,并祝他脱难之喜。之后,国王吩咐设宴款待青年王子和侍从,并赏赐群臣。

国王回国之后，重理国事，把政务处置得有条有理，一切恢复了旧观，于是他吩咐宰相："去把从前献鱼给我们的那个渔翁请来见我。"宰相奉命，找到那个因他而使一个国家的人民得到解救的渔翁，带他进宫，谒见国王。国王重赏渔翁，并打听他的家庭情况，问他有无子嗣。渔翁报告国王，说他有妻室和一子二女。国王派人把他全家接进宫去，选择他的大女儿为王后，把二女儿配给青年王子为妻，并委他的儿子为司库官。同时国王还委派宰相去做黑岛国的国王，吩咐同来的五十名侍从护送，前往青年王子的祖国去上任，并颁给许多礼物，带去赏赐黑岛国的官吏。宰相奉命，吻了国王的手，立刻动身，前去上任。

从此渔翁一跃而为国丈，他的儿子当了司库官，两个女儿做了王后，一家人在宫中享尽荣华富贵，过舒适的幸福生活，直至白发千古。

辛伯达航海旅行的故事

　　古代哈里发哈伦·拉希德执政时期,巴格达城中住着一个叫辛伯达的脚夫,以搬运糊口,境况窘迫,生活十分贫困。有一天天气炎热,担子很重,累得他大汗直流,疲劳不堪。当时他从一家富商门前经过,便放下担子,坐在门前宽大、清洁的石阶上休息、乘凉。

　　辛伯达刚坐下去,蓦然闻到屋里散发出来一股芬芳香味,并听见不绝如缕的丝竹管弦和婉转的歌唱声。他侧耳细听,辨别出那美妙的音乐声中,还有金丝雀、夜莺、山乌、斑鸠、鹧鸪等鸣禽的歌唱声。这种五花八门的声音,激动着他的心弦,他一时兴奋得抑制不住自己,情不自禁地悄悄走到门前,伸长脖子向里面窥探。只见里面是一座非常宽大的庭园,富丽堂皇,婢仆成群,那种豪华气象,俨然是王侯的宫室、门第。微风送来丰盛菜肴香喷喷的气味,他品味着这诱人的香味,忍不住馋涎欲滴。最后他举头望着天空,喃喃地叹道:"我主!你是创造宇宙的、给人衣食的主宰,你愿意给谁,便毫不计较地给谁丰富的衣食。我主!求你饶恕我的过失,接受我的忏悔。我主!你是万能的,为所欲为的,因此没有人能抗拒你的判决和权力。我主!赞美你,你愿意谁富贵,就让谁富贵;你愿意谁贫穷,就让谁贫穷;你愿意谁高尚,就让谁高尚;你愿意谁卑贱,就让谁卑贱。我主!你是唯一的主宰;你多么伟大!多么权威!调度多么周全!奴婢中你愿意谁获得享受,就让谁尽量享受恩惠,就像这所房子的主人一样,穿丝绸、吃美味,享尽人间的荣华富贵。总之,你掌握着人们的命运,使他们中有的奔波、贫困,有的舒适、清闲,有的享乐、幸运,有的像我一样,终日劳碌、卑贱。"继而他凄然吟道:

> 人世间有多少可怜人,
>
> 没有立足的地方,
>
> 只能寄人篱下偷享余荫。
>
> 我是他们中的一员,
>
> 疲于奔命,
>
> 终日出卖劳力,
>
> 生活越来越曲折。
>
> 压在肩上的重担,
>
> 总是有增无减。
>
> 别人幸福、悠闲,
>
> 无忧无虑,
>
> 从来不曾像我这样生活过一天。
>
> 他们丰衣足食,
>
> 荣华富贵,
>
> 一辈子享乐到底。
>
> 谁都是父精母血,
>
> 我和他都是一体,
>
> 本质上并无差别;
>
> 可是彼此间却隔着一条鸿沟,
>
> 有如酒、醋之别。

我倒不是胡言乱语，

只因你是法官，

希望你公公道道地判决。

脚夫辛伯达吟罢，挑起担子，正要离去的时候，屋里出来一个容貌清秀、体态端正、衣冠华丽的年轻仆人，一把拉住他的手，说道："我们主人请你，有话对你说；随我进来吧。"

脚夫打算拒绝，不愿进去，但是无法推却，便放下担子，交给守门的，然后随仆人进去。只见这座房子巍峨堂皇，富丽无比，洋溢着愉快、庄严的气氛。席上坐着的，似乎都是达官贵人；席间摆着各种各样的果品、美酒和山珍海味。各种花卉的馨香，混着食品的美味，令人陶醉，令人愉快。乐师艺人手持乐器，顺序坐着，准备演奏绝技，大显身手。坐在首席上的是一位须眉皆白的老人，容貌清癯，举止端庄、严肃，一望而知是个养尊处优的享福人。脚夫辛伯达看到这种情景，惊得目瞪口呆，私下想道："指真主起誓，这是一座乐园，或者是帝王的宫殿。"于是他毕恭毕敬地问候、祝福他们，并跪下去吻了地面，然后谦逊地低头站在一旁。

主人请他坐在自己身边，亲切地和他谈话，表示欢迎，拿顶好的饮食招待他。脚夫辛伯达念过真主的大名，然后吃喝。他吃饱喝够之后，这才说道："赞美真主，我吃饱了！"于是站起来洗了手，然后恭敬地谢谢主人。主人对他说："我们欢迎你，愿你事事如意，大吉大利。你叫什么名字？是做什么的？"

"我叫辛伯达，是靠搬运糊口的。"

主人听了，微微一笑，说道："你和我同名同姓，我叫航海家辛伯达。不过刚才你在门前吟的那首诗，希望你给我重吟一遍。"

脚夫辛伯达一时感觉惭愧,非常尴尬,恧然回道:"指真主起誓,因为我疲惫、劳苦、穷困,这才教人寡廉鲜耻,胡言乱语;求主人原谅、饶恕吧。"

"现在你成为我的弟兄手足了,不必害羞,尽管吟吧。因为我听了你在门前吟的那首诗,觉得十分有趣。"

脚夫辛伯达听从主人吩咐,把他的感叹诗重吟一遍。主人听了,既钦佩而又感动。对他说:"脚夫,你要知道:我的生活中有着一段离奇古怪的经历。我将对你叙述我在获得今日这个地位和享受这种幸福生活之前的各种遭遇,因为我今天的幸福生活和你所见的这个地位,是从千辛万难,惊险困苦的奋斗中得来的。我曾经过七次航海旅行,在旅途中每次遭遇到的颠危,都是惊心动魄,别人想象不到的。总而言之,一切都是生前注定了的;生前注定的事是无法逃避的。"

第一次航海旅行

家父原是生意人,他的买卖很兴旺,拥有无数财产,生平乐善好施,在当时是有数的富商兼慈善家。他过世时,我还年幼。他留下的遗产中,有现款、房屋田产、货物等,数目很多。我成年后,自己管理财产,过享乐生活。我吃山珍海味,穿绫罗绸缎,住高楼大厦,结交酒肉朋友、纨绔子弟,挥金如土,浪费无度。当时我以为我的财产够我生平之用,毫不在意,一直过着挥霍、豪华的生活。

后来我发现自己昏聩,这才恍然觉悟,可是为时已晚,自己的环境、情况,早已今非昔比,钱财也全都花光了。我自顾子然一身，两手空空，满腔愁闷、恐怖，眼看就要陷于绝境。这时候我忽然想起先父所谈关于大圣苏莱曼的遗训："三件事比其他的三件较好：死日比生日好，活狗比死狮好，坟墓比穷困好。"于是我振作起来，收检余存的家具、衣物和田产，全部拍卖，总共获得三千金币，作为旅费，决心做长途旅行，到远方去经营生意。

主意打定了，我便收拾准备，买了货物和需要的行李，决心由海路出发。于是我和其他的商人一起去巴士拉，乘船出发，在海中航行了几昼夜，经过许多岛屿。每到一个地方，我们都从事买卖，有时以物易物，海上生活倒很快乐有趣。

有一天路过一个小岛，景致非常美丽、可爱，像乐园一般，因此船长吩咐靠岸停泊，抛下铁锚，架上跳板。旅客们都舍舟登陆，有的搬锅碗去烧火煮饭，有的从事洗涤，有的去各处欣赏风景。大家吃喝的吃喝，玩耍的玩耍，正在欢欣快乐，流连忘返的时候，船长忽然高声喊道："旅客们！为了安全起见，你们赶快上船来吧。为了保全生命，你们扔掉什物，立刻回到船上来吧。你们要知道：这不是岛，而是漂在水上的一尾大鱼。因为日子久了，它身上堆满沙土，所以长出草木，形成岛屿的样子。你们在它身上生火煮饭，它感到热气，已经动起来了。它一沉下海底，你们会被淹死的。你们扔掉东西，赶快上船来吧。"

旅客听了船长的呼唤，争先恐后，扔掉什物，急急忙忙向船奔去。他们有的赶到船上，有的还来不及上船，那所谓小岛已经摇动起来，接着沉了下去，小岛上的人们全都淹没在海里。

我自己也是淹没在海里的人。正当危急存亡、快要淹死

74

的时候,幸蒙真主保佑,我发现身旁漂着一个旅客遗弃的大木托盘,便伸手抓着托盘,伏在上面,两脚左右摆动,像桨一般,努力和波涛搏斗,希望漂到船边,能够得救。可是船长不顾被淹的旅客,张帆扬长而去。我望着船身渐渐远去,失望到了极点,确信自己非葬身鱼腹不可了。

在这样的情况下,我在海中任凭风吹浪打,整整漂流了一天一夜。次日被风浪推到一个荒岛上,我抓着垂在水面上的树枝,爬上岸去,两脚被鱼咬得皮破血流。当时我疲弱、疼痛得不能动弹,好像立刻就要气绝身死,因此我倒在地上,昏迷不省人事。在这样的昏迷状态中,直至次日太阳出来,才慢慢地苏醒过来;可是两脚又肿又痛,不能行动,只能慢慢匍匐着爬行。

岛上有各种各样的野果,还有清泉。我摘野果充饥,喝泉水解渴,安安静静地休息了几天,待精神慢慢恢复过来,体力逐渐增强,可以自由行动了,才打算寻找出路。于是我折根树枝当拐杖拄着,在海滨漫游,观看各种奇异、美丽的景象。

我继续沿海滨漫步。有一天,在很远的地方,出现一个隐约可见的影子,我以为那是野兽,或者是海中的动物。于是我怀着好奇心向那方向走过去,仔细一看,原来是一匹高大的骏马,被人拴在海滨。我走过去,它长嘶一声,吓我一跳。我正打算退走,不想有人从地洞里钻了出来,大吼一声,走到我面前,问道:"你是谁?你从哪儿来?你到这儿来做什么?"

"我是旅客,乘船到海外经营生意,中途遇险,我和其他一部分旅客落在海中,幸而抓住一个大木盘,在波涛中漂流了一天一夜,才被风浪推到这儿来的。"

听了我的叙述,他伸手拉着我,说道:"跟我来吧。"于是领我去到地窖里，走进一个大厅，让我坐下，拿饮食招待我。当时我饿得要命，狼吞虎咽，饱餐了一顿。继而他询问我的身世、经历，我便把自己的遭遇从头到尾，详细叙述一遍，他听了非常惊奇。我又说："指真主起誓，我的情况和遭遇已经告诉你了，请你别见怪。现在希望你告诉我：你是谁？为什么住在地洞里的这间大厅里？你把那匹马儿拴在海滨是什么意思？"

"我们是替国王麦希尔嘉养马的人，分散在岛中的每个地区。每当月明时候，我们选择高大、健壮的牝马，把它拴在海滨，然后躲到这个地窖里，静观动静。过一些时候，海马嗅到牝马的气味，跑出海面来引诱牝马，要带它到海里去。可是牝马被拴着，无法逃脱，于是它们相对长嘶，继而踢打、交尾。我们闻声跑出去，大声一吼，吓跑海马；从此牝马受孕，杂交生出来的小马，每匹值一库银子，小马生得美丽无比。现在已是海马登陆的时候，若真主愿意，我带你去见国王麦希尔嘉，让你参观我们的国土。你要知道，这里荒无人烟，倘若遇不到我们，你一定孤单、寂寞，甚至牺牲了性命还无人知道。我们不期而遇，这是你的生命有救、可以转回家乡的原因呢。"

我祝福他，谢谢他的好意。彼此正在谈话之际，有匹海马来到岸上，长嘶一声，跳到牝马面前，要带走它；接着它们踢打起来，牝马惊叫不止。养马的闻声拿起宝剑、铁盾，跑出地窖，大声呼唤他的伙伴："海马登陆了，大伙快出来吧！"

他边喊边敲铁盾，于是许多人应声而出，手持武器，从四面八方跑了出来，喊声震野，把水牛般的海马吓跑了。

霎时间，那些管马的每人牵着一匹骏马，来到我们面前。他们看见我和他们的伙伴在一起，便问我的情况。我把自己的经历叙述一遍，博得他们的同情，于是他们都走近我，席地坐下，铺开一块布单，拿出饮食，大伙围着吃喝。吃完以后跨马动身，我也骑着一匹马，随他们继续向前迈进，从郊外去到城中，走进王宫。他们先向国王麦希尔嘉报告、请示，得了国王允许，这才带我进去。我毕恭毕敬地向国王祝福、致敬。他欢迎我，尊敬我，问我的情况。我把自己的经历、见闻，从头叙述了一遍。他听了感到惊奇，说道："孩子！指真主起誓，你安然脱险了。你要不是长寿的人，这是很难摆脱那种灾难的。赞美真主，你算是脱离危险了。"于是他优待我，尊敬我，好言安慰我，留我在宫中任职，做管理港口、登记过往船只的工作。

从此我在宫中服务，勤勤恳恳，小心谨慎地做事，博得国王的赏识、器重，给我华丽的衣服穿，经常陪随国王，并参与国事，替庶民谋福利。就这样我留在那儿，过了很长的一段时间。那时候我每到海滨，经常向商旅和航海的人打听去巴格达的方向，也希望有人上那儿去，我可以和他同路回家。可是始终没有人知道去巴格达怎么走，也没有谁要上巴格达去，我大失所望，郁郁不乐，过了很长的时期。有一天，我进宫谒见国王麦希尔嘉，在宫中碰到一帮印度人，就向前问候他们。他们热情地回答我，和我谈话，问我的国籍。

我打听他们的乡土，据说他们是不同的民族，有的属于沙喀尔人，是个良善的民族，性格敦厚，不虐待亏枉别人；有的属婆罗门，这个民族不喝酒，环境好，生活富裕，相貌漂亮，情感丰富，善于饲养家畜。他们告诉我，在印度共有七十二种民族；我听了感到十分惊奇。

国王麦希尔嘉的管辖区内，有个叫科彼鲁的小岛，通宵达旦，可以听到鼓锣之声。当地的人和旅行家告诉我们，岛上的居民全是精明强干的。在那里的海中我看见过二十丈长的大鱼，也看见过猫头鹰鱼。此外还有许多形形色色、奇奇怪怪的事物，要详细说，话就长啦。

我在那里照例不间断地拄着拐杖，在海滨巡视游览。有一天，我看见一只大船向岸边驶来，船中旅客很多。船拢岸后，船长吩咐落帆停泊，架上跳板，水手们搬出货物，经我的手登记下来。我问船长："船中还有其他货物没有？"

"有，先生；船里还有一部分货物；不过它的主人在别的岛上遇险落海淹死啦，因此他的货物由我们代为保管。我们打算卖掉他的货物，把钱带回巴格达去，还给他的家属。"

"货物的主人叫什么名字？"

"他叫航海家辛伯达，已经淹死啦。"

听了船长的回答，我仔细一看，立刻就认出他来了，抑制不住失声大喊起来，说道："船长哪！你要知道，我就是你所说的那些货物的主人呀！我就是那天跟旅客们一起去岛上的那个航海家辛伯达啊！当时我们在这条大鱼的身上，当它动的时候，你大声呼唤，叫我们赶快上船；可是有的赶上船去，有的赶不上去，就都落到海里。我自己也是落在海里的一个。幸而真主保佑我，让我抓住旅客遗弃的一个大木托盘，伏在上面，被风浪推到这个岛上，碰着替国王麦希尔嘉养马的人，带我去见国王，我对国王叙述了自己的身世、遭遇，蒙国王赏识、优待，派我管理港口。我任劳任怨，忠心耿耿，博得国王信任。你船里的那些货物，它是我的财产呀！"

"毫无办法，只望伟大的真主拯救了！这么说，从此人间没有忠实、信义的人啦。"

"船长！你听了我的话，为什么这样大惊小怪呢？"

"这是因为你听得货主淹死,才来假冒,企图夺取货物的。这是不义的事。我们明明亲眼看见货主和其他许多旅客同时落海遇难,谁也不曾脱险,你怎么能冒称是货主呢?"

"船长,请你听一听我的故事,明白我的情况,这就证明我不是说谎;因为说谎骗人,那是坏人的行为。"

于是我对船长详细叙述从巴格达出发,直至岛上遇难的经过,所有货物的种类,以及旅途中我和他之间的交往。这样一来,船长和商人们才承认我,证实我不是说谎骗人。大家喜笑颜开,祝我安全脱险之喜,说道:"凭着真主起誓,我们一直没有相信你会安全脱险,这是真主使你再生啦。"于是他把货物赔给我;没有一点损失,都原封不动,写着我的名字。我打开货物,选择几种最名贵而值钱的,叫水手带着随我进宫,作为礼物,献给国王,告诉他我所乘的那只商船来到港口,我的货物全都带来,并把一部分货物送给国王作礼物。国王感到十分惊奇,证明我过去所说的全都是事实,因而越发爱我,非常地尊敬我,也回赠我许多礼物。

我卖掉自己的货物,赚了一笔巨款,然后收购当地的土特产,装满船舱,待船快要启航,才去谒见国王,感谢他对我的恩情,求他准我起程回乡。国王慨然允许,并送我许多土特产。于是我辞别国王,随商人们重过旅行生活。孤舟在茫茫的大海中,不分昼夜地继续向前航行,最后顺利、安全地回到巴士拉。我能够安全回到家乡,感到无限的高兴、快乐。我在巴士拉逗留、休息几天,然后携带货物,满载而归;到了巴格达,许多亲戚朋友都来看我。

我用做买卖赚得的钱,制备家具什物,购买婢仆车马,广置田地产业。我在短时期内成家立业,拥有的财产,比先父遗留给我的财产不知增加了多少倍。从此我广交朋友,经常和文人学士往来,终日追求享受,生活比从前更舒适、优越。过去的艰难困苦,旅途中的颠危,全都忘得一干二净。这是我第一次航海旅行的经历;若真主愿意,明天再谈第二次航海旅行的情况吧。

航海家辛伯达谈了第一次航海旅行的经过,招待脚夫辛伯达和朋友共进晚餐,并吩咐仆人取来一百金币,送给脚夫辛伯达,说道:"今天蒙你光临,给我们带来慰藉了。"

脚夫辛伯达谢了航海家辛伯达,带着他送的金币告辞回家。一路上他思索着自己的遭遇和别人的经历,感到非常惊奇、诧异。

当天夜里,脚夫辛伯达安安逸逸地一觉睡到次日清晨,这才践约去到航海家辛伯达家中,备受主人欢迎、尊敬,主人请他坐在自己身边,待其余的亲友陆续到齐,才招待他们吃喝。继而在轻松、愉快的气氛中,航海家辛伯达开始叙述第二次航海旅行的经过:

第二次航海旅行

你们要知道,弟兄们,像昨天我告诉你们的那样,我旅行归来,过着非常安逸、快乐的幸福生活。可是有一天我突然起了一个出去旅行的念头,很想去海外游览各地的风土人情,并经营生意,赚一笔大钱回来过好日子。于是我拿出许多存款,收购适于外销的货物,包扎、捆绑起来,运往海滨。恰巧那儿停着一只新船,张着顶好的帆篷,旅客很多,船中的粮食也很充足,正准备开航。

我把行李、货物搬到船中,跟商人、旅客们一起出发。当时天气晴朗,航行也很顺利;继续不断地从这个海湾到另一个港口,从这个岛屿到另一个海国。每到一个地方,我们都上岸去经营,跟当地的商贩和官吏们打交道;大家买的买,卖的卖,交换的交换,一路上,生意买卖始终没有中断过。

有一天,我们路过一个异常美丽的岛屿,岛上有茂密的森林,丰富的野果,灿烂的花卉,歌唱的雀鸟,潺潺的河渠,只是美中不足,那儿没有人居住。船长把船驶到岸边,商人和旅客都上岸去参观游览,大家赞美真主创造宇宙的画工之妙。我身边带着食物,一个人找到林中一处清泉流泻的地方坐下,从从容容一面吃一面欣赏景物。那时天高气爽,凉风扑面,环境清幽,不知不觉我就在大自然的怀抱中睡去了。

在这幽静而弥漫着芬芳气味的林荫下面,我一觉醒来,举目不见一个人影。原来商船已经带着商人和旅客们开走了,只剩下我一个人被扔在岛上。我转着头左右前后观望,不见一个人类,也不见一个神影,内心恐怖到极点。我忧愁、苦恼、绝望,几乎吓破了胆。当时我孤单单一个人流落在荒岛上,没有食物可以充饥,身体疲惫不堪,彷徨、迷惘,对生存已经绝望,不禁自言自语地叹道:"瓦罐不是每次都打不破的。头次虽然幸免,被人带出迷津,这回还想有人带我到有人烟的地方去,那是谈何容易的事呀!"

我忍不住伤心、流泪,陷入彷徨、迷惘的境地,埋怨自己的行为;尤其对于好生待在自己家中,吃好的、穿好的,有的是金银财宝,却不愿意过快乐幸福的生活,偏要离乡背井,到海外来奔波,自找苦头的行为非常懊悔、痛恨。同时对于第一次航海旅行,遇到极大的危险,差一点牺牲了性命,这回却又离开巴格达,重过海洋生活的行径更是懊悔不及。我气得疯疯癫癫,茫然不知所措,慨然叹道:"我们是属于真主的,我们都要归宿到真主御前去。"

我惴惴不安,惶惶然不能安静地待在一个地方,于是毫无目的地、东张西望地走着。后来我爬到一棵大树上眺望,只见长空万里,海天相接,底下出现了森林,飞鸟和碛沙。我仔细观察一会儿,发现有一个庞大的白色影子,于是急忙溜下树来,向那方向走去。我一直不停地走到那个地方,一看,原来是一幢巍峨高耸的白色圆顶建筑。我走过去,沿着周围兜了一个圈子,却不见它的大门。这座建筑那么光滑、圆润,致使我无法攀登上去。我数着脚步,又绕了一周,估计它的圆周,共长五十大步。当时已经是太阳西偏时候,我思索着急于要到屋里去栖息。就在这个时候,太阳突然不见了,大地一时黑暗起来;当时正是夏令时节,我以为是空中起了乌云,才会发生这样的现象。我感到惊奇、恐怖,抬头仔细观看,只见一只身躯庞大、翅膀又宽又长的大鸟,正在空中翱翔。原来是它的躯体遮住了阳光,才造成大地上的黑暗。这种景象,使我更加惊奇、恐怖。

我恍然想起从前旅行的人对我讲过的一个故事:据说在某些海岛上,有一种身体庞大、被称为神鹰的野鸟,常常攫取大象喂养雏鸟。于是这就证明我所看见的那幢白色圆顶建筑,原来是个神鹰蛋,不禁惊佩真主的造化之妙。这时候那只神鹰慢慢落了下来,两脚向后伸直,缩起翅膀,庞然孵在蛋上。

我赶快行动起来,解下缠头,折叠起来,搓成一条索子,缚住自己的腰,再牢牢地把身体绑在神鹰腿上,私下想道:"这只神鹰也许会把我带到有人烟的地方去,那就比待在荒岛上好多了。"那天夜里,我一直清醒着,不敢睡熟,怕睡梦中神鹰突然起飞,提防不及。

次日清晨,神鹰站了起来,伸长脖子狂叫一声,展开翅膀,带着我一直飞向空中,越飞越高,我简直觉得已经接近天边了。继而它慢慢降下,最后落到一处高原地带。我怀着恐怖心情,急忙解开缠头,离开神鹰腿;自己虽然得救,可是心惊胆战,神志迷离,茫然不知所措。

神鹰从地上抓起了什么东西,继续飞向空中;我仔细端详,原来它抓着了一条又粗又长的大蛇,我望着它感到十分惊恐。我边走着边看,才知道自己已置身在极高的地带,脚下是深深的空谷,四面是高不见顶的悬崖,无法攀缘上去。我埋怨自己不该冒险,自言自语地叹道:"但愿我没有多此一举,仍然住在岛上;这个地方太荒凉,岛上不像有各种野果充饥,有河水解渴。我的命运不好,刚刚脱险,接着又落在更严重的灾难中。毫无办法,只望伟大的真主拯救了。"

我鼓起勇气,振作精神,走到山谷里,发现那儿遍地都是人们用来给金属、瓷器钻孔用的性质最坚硬最名贵的钻石。同时那儿也是蟒蛇丛生盘踞的地方。那些蟒蛇像枣椰树一般粗大,大得可以一口吞下一只大象。它们白天都潜伏在洞中,不敢出来,怕神鹰飞来捕杀,只是夜间出现。我身临其境,懊丧不置,自言自语地叹道:"指着真主起誓,我这是自找其死呀。"

太阳落山,黑夜降临的时候,我怕蟒蛇,忘了吃喝,哆嗦着徘徊谷中,寻找栖身的地方。继而发现附近有个山洞,入口比较狭小。我钻进洞去,推过旁边的一块大石堵住洞口,安然躲在洞中，自言自语地说道："我躲进洞中来，这回生命可有保障了。待明天出去，再找生路吧。"可是我回头一看，只见一条大蛇孵着蛋卧在洞中，我这一惊非同小可，吓得全身发抖，像栽了一个跟头，茫然不知所措。没奈何，只好把自身交给命运，提心吊胆，整夜醒着，不敢睡觉。

好不容易熬了一夜，等到天亮，我推开洞口的大石，跑了出来，在山谷中行走。可是因为熬夜，兼之饥渴交迫，我只觉得头重脚轻，好像醉汉一般，走投无路，一颠一簸；正在徘徊观望的时候，突然间从空中落下一头被宰的牲畜。我仔细观看，不见一个人影，顿时感到十分惊奇。

我想起从前生意人和旅行家曾经对我讲过的一个传说：据说出产钻石的地方，都是极深的山谷，人们无法下去采集。钻石商人却想出办法，用宰了的羊，剥掉皮，扔到山谷中，待沾满钻石的血淋淋的羊肉被山中庞大的兀鹰攫着飞向山顶，快要啄食的时候，他们便叫喊着奔去，赶走兀鹰，收拾沾在肉上的钻石，然后扔掉羊肉喂鹰，带走钻石。据说除了用这个方法，商人们是无法获得钻石的。

我看见那只被宰的大羊，想起前人的传说，就赶紧行动起来，收集许多钻石，装在口袋、缠头、衣服、鞋子中，然后仰卧下去，拖羊盖在自己身上，用缠头把自己绑在羊身上。一会儿落下一只兀鹰，攫着被宰的羊飞腾起来，一直落到山顶，它正要啄食羊肉，忽然崖后发出叫喊和敲木板的声响，兀鹰闻声高飞远逃，我就赶快解掉缠头，从地上爬了起来，染得遍身血迹。接着那个出声叫喊的商人迅速赶到，见我站在羊前，吓得哆嗦着不敢开口说话。他翻着羊看看它身上没有什么，气得哭喊起来，说道："多失望哪！毫无办法，只望真主援救了。哪儿来的这个魔鬼？愿真主帮我们驱逐它。"他垂头丧气，懊丧地拍着手，叹道："伤心哉！这是怎么一回事呀？"我走过去，站在他面前。他愕然问道："你是谁？你为什么到这儿来？"

"你别害怕，我也是人类中的一个好人。我原是做生意买卖的，有着稀奇古怪的经历和遭遇；我到这个荒山深谷中来的原因，也是非常离奇、古怪的。你别怕，我这儿有许许多多钻石，我要满足你的心愿给你许多宝石，使你心满意足。我身边的每颗钻石，比你能得到的还要好。你可不必忧愁、失望。"

商人表示感激，祝福我，亲切地和我谈话。其他到山中杀羊取钻石的商人们，见我和他们的伙伴谈话，也都前来问候我、祝福我，邀我和他们住在一起。我对他们叙述了各种遭遇和流落到山谷中的始末，并且给那个商人许多钻石，作为他损失的抵偿。商人十分喜欢、快乐，祝福我，表示无上的感激，说道："指真主起誓，这是真主让你再生了。以往凡是到这儿来的人，没有一个能幸免的，这次你算是例外了。赞美真主，是他保佑你，使你平安脱险的呀。"

我平安脱险，离开蟒蛇丛生的谷地，来到有人烟的地带，感到无限的欢欣、快慰。我跟商人们一起，安安逸逸地过了一夜。次日，随他们动身下山，隐约看见谷间的蟒蛇，感到不寒而栗。我们继续不停地跋涉，最后到达一处宽阔的原野，长满了高大的樟脑树，每棵树的树荫下，可以供一百个人乘凉，要取樟脑，只消在树干上凿个洞，液汁便从洞中流出，即是樟脑。液汁流尽，大树枯萎，便慢慢地变成木头。

那原野上的丛林中，有一种野兽叫犀牛。犀牛在树林中生活，跟我们家乡牧场上的黄牛、水牛一样；不过犀牛的身体比牛高大，头上长着独角，有十尺长。据旅行家说，犀牛能触死大象，把它顶在头上，毫不困难地漫山遍野乱跑。后来象身上的脂肪被阳光溶解，流到犀牛眼中，犀牛因而失明，不辨方向，躺在河边，无法行动，往往被神鹰攫去喂养雏鹰。此外，那儿还有野牛和其他各种各样的野兽，种类之多，数不胜数。我从一个城市旅行到另一个城市，拿钻石调换货物，运到各地贩卖，赚了许多金钱。

我经过长期旅行，跑过许多城镇，最后漫游归来，先到巴士拉，逗留了几天，然后满载着钻石、金钱、货物，平安回到巴格达，和家人亲朋见面欢聚。我送礼物给他们，并广施博济，救济孤苦无告的穷苦人。我自己依然吃山珍海味，穿绫罗绸缎，住高楼大厦，广为交际，生活舒适安逸，享尽人间的幸福；过去的种种惊险、颠危的遭遇，全然忘得一干二净。消息传了出去，人们不辞跋涉，远道前来看我。我对他们叙述旅途中的见闻经历和遭遇；人们听了，谁都感觉惊奇，都祝贺我脱险之喜。

航海家辛伯达讲了第二次航海旅行的经过，然后接着说道："若真主愿意，明天再讲第三次航海旅行的经历给你们听。"于是他吩咐摆出筵席，招待亲友和脚夫辛伯达共进晚餐，并送给辛伯达一百金币。

脚夫辛伯达对航海家辛伯达接济他的慷慨行为，怀着惊诧、感激的心情，带着钱回到自己家中，专心替他祈祷、求福。

次日清晨，脚夫辛伯达做完晨祷，践约到航海家辛伯达家中，向他请安、问好。航海家辛伯达请他坐在自己身边，等其余的亲友到齐，才摆出筵席欢宴他们。他让大家吃饱、喝足，

一个个精神焕发、心情愉快。他开始叙述第三次航海旅行的
经历：

第三次航海旅行

弟兄们，请听我讲第三次航海旅行的经历吧，这是最惊险
不过的。我第二次旅行归来，赚了许多钱，如昨天对你们所说
的那样。我能够平安脱险，这已经够欢喜快慰的了，而且真主
还把我挥霍完了的钱财，全都补偿给我，使我越发感到高兴。
从此我住在巴格达城中，极其安乐、舒适、愉快地过了一个时
期。后来我心中又产生一个到海外去经营生意，参观游览各
地风光的念头；古人说得好，人性是贪得无厌的。于是我收购
许多适于外销的货物，准备好行李，毅然离开巴格达，径直到
巴士拉去。到了海滨，那儿停着一只大船，坐满商人、旅客，他
们都是正人君子，忠实可靠的人。

我搭上那只大船，和旅客们一起，继续不停地在海洋中航
行，从一个海洋到另一个海洋，从一个岛屿到另一个岛屿，从
一个城市到另一个城市；所经之地，我们都欢欣鼓舞地上岸去
参观游览，经营买卖。有一天，船正在海中破浪而行，船长站
在甲板上看着海景，忽然一声狂叫起来，不住地批自己的面
颊，拔嘴上的胡须，撕身上的衣服，疯疯癫癫，情况非常突兀。
我们忙着安慰他，问道："船长，这是怎么一回事情？"

"旅客们！你们要知道，风浪冲击着我们，把船吹到危险
地带，现在已经接近猿人山了。这山里的人，跟猴子一样；从
这儿经过的，谁都不能幸免。因此我觉得我们全都完了，非死
在这儿不可了。"

船长刚说完,猿人便出现;漫山遍野,多如飞蝗,从四面八方赶来包围我们。它们数目太多,太凶猛,令人一见生畏。我们不敢驱逐它们,也不敢抵抗,怕它们杀害我们,抢劫我们的财货和粮食。它们是一种最丑恶的野兽,头发好像狮鬃,形状可怕,眼黄面黑,身材短小。我们谁也不懂它们的语言,也不了解它们的情况。

　　一霎时,猿人爬到船上,咬断铁缆和帆索,船身逐渐倾斜,终于搁浅,旅客和商人全都变成俘虏,被赶到岛上。船中的货物和钱财被抢一空,大船也被搬走。最后它们一哄而散,不知去向。

　　我们困在荒岛上,饥渴交迫,只好采摘野果充饥,舀来河水解渴。后来有人发现岛中有一幢建筑物,立刻趋前观看。原来这是一幢结构非常坚固的高楼,门墙高耸,两扇紫檀门敞开着,门内的院落非常宽大,周围门窗林立,厅堂里摆着高大的凳子,各种烹调器皿挂在炉灶上,周围堆着无数的人骨头,只是屋中却静悄悄地没有一个人影。

　　看了这种情景,我们感到无限惊奇;大家在屋里坐了一会儿,不见什么动静,便一个个躺在地上呼呼地睡着了,从早晨一直睡到日落,才由梦中醒来。这时候地面忽然震动起来,空中出现隆隆的响声,接着从楼上下来一个庞大的黑色巨人,个子高大得像枣椰树一般。他有一双火把似的眼睛,一口猪齿般的牙齿,一张井口样的大嘴,一片驼唇般垂在胸前的下唇,两只毡子般摆在肩上的耳朵,一副狮爪般的指甲。看见这个怪物,我们感到万分恐怖,一个个吓得魂不附体。

　　这个巨人走到大厅里,在高凳子上坐了一会儿,随即走到我们面前,伸手把我抓起来,放在手中仔细观看。我在他手中显得很小,他一口就能把我吃掉。他不住地端详我,仿佛屠户揣摩牛羊的肥瘦一样。因为我屡次旅行、奔波,操劳过度,身体羸弱,骨多肉少,不合标准,因而他扔掉我,抓起另一个同伴,也像对付我那样,仔细审察、揣摩,然后扔下。他继续不断地把我们一个个都观察过,然而都不如他意。最后他看见船长;他是我们中最健壮、最肥胖的人,他肩膀很宽,力气很大,因此很合他的意。他得了船长,像屠户获得肥胖的牲畜一样,喜不自胜。他把他摔在地上,踩着脖子一扭,扭断他的脖子,取下一把长铁叉,把船长的尸体串在叉上,燃着烈火,翻转着烧熟,摆在面前,像人们吃鸡鸭那样慢慢地撕着吃。吃毕,把骨头扔在一旁,坐了一会儿,便躺在高凳上睡熟了。一会儿,鼾声大作,像被宰的牲畜那样呼喘着,整整酣睡到次日清晨才从梦中醒来,蹒跚着扬长而去。

我们料定他去远了,彼此才开口说话,忍不住悲哀、哭泣,大家埋怨道:"但愿我们落在海中淹死,或者被猿人吃掉,总比叫怪物拿去烧烤好些。指真主起誓,这是最残酷的死亡;我们无法逃出这个地方,非一个个都死了不可。毫无办法,只望伟大的真主拯救了。"

我们鼓起勇气,走到屋外,打算找个躲避的地方,或者找条逃走的道路,免得叫怪物拿去烧吃。可是从早到晚,走遍各处,一直没有找到一处可以躲避的地方,黑夜里只好冒着生命的危险,惶恐万状地回到那幢屋子里,暂时栖息。我们刚坐定,脚下的地面就震动起来,接着那个黑巨人来到,按顺序把我们一个个抓起来,像上次那样仔细观察,最后找到一个满意的,像昨日对付船长那样,把他扭死,烧熟,饱吃一顿,然后躺在凳上睡觉,鼾声如雷,一直睡到天明,然后起身扬长而去。

巨人走后，我们大家围在一起商讨对策。当时有人说："指真主起誓，这是最残酷的杀害；我们还不如自己跳到海中淹死，总比被人拿去烧烤强些。"继而有人说："我们受他威胁、迫害，要不要大家想个办法杀死他，消除祸患，免得大家终日忧愁、恐怖。"最后我向同伴们建议说："弟兄们请听，如果非杀他不可，那么先让我们搬些木板和木头来，大家动手做成一个筏子，然后设法杀掉他。那时候我们乘筏随波漂流而去，或者暂时留在这儿，等有船只由此经过，我们再乘船回去也不迟。要是杀不了他，我们也可以乘筏逃走，即使落在海里淹死，也避免受人杀害、烧烤。如能安全脱险，那是我们的幸运，否则我们就等死吧。"

"指真主起誓，这是最正确不过的主意，我们都同意了。"同伴们齐声说。

我们一起动手，把木板、木头搬到屋外，做成一张筏子，系在海滨，并运些粮食摆在筏上；一切准备妥帖，才悄然回到屋中。夜里，我们脚下的地面又震动起来，接着那个巨人来到，状如饿狗，把我们一个个仔细观察一番，选了一个比较肥胖的，照前两次那样杀死、烧吃，然后躺在凳上，鼾声如雷地睡熟了。

趁他酣睡着，我们拿了两把铁叉，放在烈火中烧红，紧紧地握着，抬到巨人面前，对准他的两只眼睛，集中大家的力量，一齐戳了进去，终于戳瞎了他的两眼。他狂叫一声，如晴天霹雳，吓得我们心惊胆战。他挣扎着爬起来，摸索着来捉我们。我们惊慌失措，东逃西跑，战战兢兢，大失所望，相信非死不可的了。可是他没有捉着我们，摸索着走出大门，叫吼着去了。他的吼声，不仅山鸣谷应，而且震撼了大地。

巨人去了一会儿，带来两个更高大、更丑恶的同类。我们都被那种凶恶、残暴的形状吓得目瞪口呆，大家没命地奔到海滨，乘上筏子，离开海岸。可是那两个巨人手中握着大石，跟踪追来，把石头对准我们一掷，结果同伴中落海的、被砸死的很多，死亡惨重，最后只剩我自己和其余两个同伴幸免。

我和死里逃生的两个同伴乘着筏子，漂在海中，被风浪推到另一个海岛上。我们感到前途有了一线希望，喜不自胜，不停地跋涉，希望找到一条出路。我们走得精疲力竭，狼狈不堪，到夜里就躺在地上睡觉。可是刚睡了一会儿，便惊醒过来，只见一条又粗又长的大蟒前来袭击、包围我们，结果一个同伴被它吞了；当时我们听见他的骨骼在蟒腹中碎断的响声，情况非常凄惨。我们既悲伤同伴的惨死，又感到自身的危险，惊恐万状，不禁悲从中来，自言自语地叹道："指真主起誓，我们正欣幸摆脱了巨人的危害，却想不到又遇到这种灾难；而且每次的灾难，总比前次更离奇、可怕。毫无办法，只望真主拯救了。指真主起誓，我们已经摆脱了巨人的杀害，也不曾落海淹死，可是目前的这种倒霉灾害，能有什么办法可以避免呢？"

我们在岛中跋涉，继续向前迈进，途中摘野果充饥，喝河水解渴。傍晚来到一棵大树下，便爬上树去过夜。我一直爬到树顶，躲在枝叶中睡觉。然而事出意料之外，当天夜里，突然出现一条大蟒，摆着头东张西望地慢慢爬到我们附近，接着攀到我们栖息的那棵大树上，我那唯一的同伴，首当其冲，被它一口吞到肩膀。我眼睁睁看着，听见他的骨骼碎断的响声。最后大蟒把他整个咽进肚中，这才转了下去，蜿蜒地扬长而去。

我躲在树顶上，整整过了一夜，直到次日清晨，才溜下树来。当时由于过度忧愁、恐怖，吓得我神魂颠倒，痴痴呆呆，如同死人一般；心灰意懒，不想再活下去，打算投海自杀，摆脱人间苦难。然而人性总是贪生怕死的；当时我虽然疲劳不堪，不能继续跋涉，可是为了保全生命，还是找到几块宽木头，一块横绑在脚上，一块绑在头上，此外，身体的前后左右也同样各绑上一块；于是我整个身体被木头紧紧地包围着，俨然像置身于木笼之中。这样一来，我才安然躺在地上休息。当天夜里，那条大蟒照样来到大树下面，一直游到我面前。可有木头保护我，它无法吞我，只得绕着我兜圈子。我眼睁睁望着它，吓得魂不附体。那条大蟒一会儿离开我，一会儿又来到我面前；来来往往，从日落一直闹到日出，始终吃不到我，这才愤然失望而去。

我解掉绑在身上的木头，站起来，在荒岛中奔波跋涉，一直去到海滨，朝前一望，看见有船漂在老远的海中。我折了一条大树枝，举起来一边摇摆，一边大声呼唤。船中人听了喊声，说道："我们非去看看不可，那儿一定有人。"于是把船驶到岸边，把我带上船去。他们问我的情况，我把自己的经历和遇险的遭遇从头到尾，详细叙述了一遍。他们听了感到十分惊奇、诧异，拿他们的衣服给我穿，预备饮食给我吃。我吃饱喝足，死里逃生，精神顿时焕发起来，感到无限兴奋、快慰，衷心赞美真主，感谢他使我安然脱险的无上恩惠。我九死一生，经受磨炼，意志也坚强起来，过去的一切，好像都是梦中的事。

我们继续向前，一路顺风地在海中航行，去到一个叫萨拉希塔的岛上停泊。商人们携带货物，上岸去做生意买卖。当时船长看我一眼，说道："我来告诉你，你背井离乡，人很穷，据你说你曾遭遇到许多惊险颠危,我有意接济你,好让你借此回到老家去,以后你会感激我、祝福我的呢。"

"好的,我祝福你就是。"

"你要知道:先前有个旅客跟我们同行,但是此人中途失踪,去向不明,不知他是死是活,至今没有消息。我有意把他的货物托你拿去销售,往后由利润中酬劳你一部分,其余的交由我们保管,带回巴格达,打听他的家属,还给他们。你是否愿意接受这个委托,像商人们那样,把货物带往市中销售?"

"听明白了,遵命就是,这是你的好意。"

我当面赞美、感谢一番。接着他吩咐水手搬出货物,交付给我。船中记账的人问道:"船长,水手们搬走的这批货物,该记在谁的账上?"

"记在那个落到海中、生死不明、名叫航海家辛伯达的账上吧。我托这个外乡人把他的货物带去销售,往后由利润中酬劳他一部分,其余的我们带往巴格达、赔还物主,如果找不到他本人,那就还给他的家属吧。"

"说得对,你的主意很好。"

我听见船长提到我的名字,私下想道:"指真主起誓,我就是航海家辛伯达。"于是我抑制着激情,镇静地对船长说:"我的主人呀,你托我代销的这些货物,它的主人的情况如何? 你能告诉我吗?"

"他的情况我不大清楚;不过他是巴格达人,名叫航海家辛伯达。有一次我们路经一个荒岛,在那儿淹死了几个旅客,他也是当日失散的人,至今没有得到他的消息。"

我狂叫一声,说道:"船长哪! 告诉你吧:我就是航海家辛伯达,我还活着,没有淹死。是这样的,当日我和旅客们一块上岸去，身边带着食物，一个人找了一处幽静的地方坐下吃喝，感到十分舒适轻松，不知不觉就睡熟了。后来我一觉醒来，不见一个人影，船也开走了，只有我一个被扔在荒岛上。后来我流落到钻石山，跟采集钻石的商人们碰在一起，告诉他们我睡在荒岛上被你们遗弃和在旅途中的种种遭遇。钻石商人们都认识我是航海家辛伯达；这些货物都是我自己的啊。"

旅客们听了我的话，都围拢过来，有的相信我，有的不承认我。可巧其中有一个听我提到钻石山，一骨碌爬起来，走到我面前，说道："大家听我说吧，从前我告诉你们在钻石山我和同伴们宰羊抛到谷中采集钻石，我自己那只羊身上附着人回到山顶的奇怪事件，你们一个个都不相信，还讥笑我，说我撒谎。现在事实证明，当日附在我那只羊身上的就是这个人；他给过我许多无价的钻石，补偿我的损失。我曾陪他一块旅行到巴士拉，然后分手，各自回家；当时他对我们说他叫航海家辛伯达。告诉你们吧：现在他出现在这儿，无非是要你们相信从前我对你们说的全都是事实。这些货物是他本人的，在钻石山他和我们见面时，曾经提到这桩事情；事实证明他是诚实可靠的。"

船长听了商人的话，走到我面前，呆呆地看我一阵，问道："你的货物有什么记号？"我把货物的种类、特征以及从巴士拉搭船以后和他的交往、接触叙述了一遍，他这才相信我是航海家辛伯达；于是他热烈地拥抱我，问候我，祝福我，说道："指真主起誓，朋友啊，你的遭遇实在离奇古怪。赞美真主，是他叫我们碰头见面的，是他归还你的货物的啊。"

货物回到我手里，可以赚一笔大钱，我感到高兴、快乐，庆幸自己平安脱险，收回财物。我随即跟商人们一起进城去做买卖,继而旅行到塞乃德经营。在那里的海中,我看见许许多多说不完数不尽的奇怪事物;有黄牛形、驴子形的鱼类,还有在海里孵卵的水鸟,生活在水中一辈子不着陆地。

我们继续不停地航行,一路风平浪静,最后回到家乡,和家人、亲友见面言欢。大家见我安全归来,喜出望外。从此我广施博济,救济鳏寡孤独无依无靠的穷苦人,供他们饭吃,给他们衣穿,并经常召集亲友聚饮;我自己穿绫罗绸缎,吃山珍海味,住高楼大厦,寻求舒适、幸福的生活,把过去旅途中惊险、颠危的遭遇,忘记得干干净净。

航海家辛伯达讲了第三次航海旅行的经历,接着说道:"若是真主愿意,明天我讲第四次航海旅行的情况给你们听,那是比这一次更惊险的。"于是他照例吩咐仆人取一百金币,送给脚夫辛伯达,并摆开筵席,欢宴亲戚朋友。大家吃饱喝足,才尽欢而散。

脚夫辛伯达带着赏钱,怀着惊奇的心情告辞,回到家中过夜。次日清晨,他做完晨祷,践约来到航海家辛伯达家中,备受欢迎,主人请他坐下,等其余的亲友到齐,才摆出筵席,欢宴宾客。大家吃饱喝足了,主人便开始叙述第四次航海旅行的经历:

第四次航海旅行

告诉你们吧,朋友们:我第三次航海旅行归来,和家人亲友见面言欢,过着比从前更舒服、更快乐的幸福生活,终日逍遥寻乐,开怀聚饮,过去旅途中惊险颠危的遭遇,一股脑儿忘得干干净净，因此经不起肮脏的欲望的怂恿、诱惑，总是念念不忘旅行生涯，渴望着和各种各样的人群结交，经营生意买卖，赚他一笔大钱。于是我打定主意，收购许多适于外销的名贵货物，包扎、捆绑妥当，数量比往日还多，带到巴士拉，和当地的富商巨贾一起乘船出发。

船在海中破浪航行，继续不停地从一海到另一海，从一岛到另一岛，直至有一天暴风突起，波涛汹涌，船长吩咐立刻抛锚停船，避免发生意外。当时我们虔心祈祷，向真主呼吁、求救。可是飓风越刮越凶，吹破了船帆，折断了桅杆，最后全舟覆没，人、货和钱财全都沉入海中。我挣扎着游了半天，正当精疲力竭，情况危急，快要淹死的时候，忽然抓着一块浮在水面的破船板，同一部分未被淹死的旅客一起伏在木板上，任风浪吹打，随波逐流，在海中漂流了一天一夜。

次日，我们被飓风和汹涌的波涛吹打到一处沙滩上，大伙饥寒交迫，被过度的恐怖和疲劳弄得死气沉沉，不像人样。幸而岛上长着茂盛的植物，我们采些野草充饥，维持余生。大家躺在海滨睡觉，至次日太阳出来时才从梦中醒来。于是我们相率沿海滨试探着向前走，左右观望着，无意间发现远方隐约出现建筑物的影子，便急急忙忙奔到那幢屋子门前。突然屋中出来一群裸体大汉，一言不发，逮住我们，带到他们国王面前。国王叫我们坐下，吩咐摆出一桌我们从来没见过，也不知道叫什么的饮食招待我们。同伴们饥不择食，大嚼特嚼起来，只是我自己胃口不开，没有参加吃喝——我向来吃得不多，这是真主的巧妙安排，所以我能活到现在。

同伴们吃了那些饮食，一个个神志不清，痴痴呆呆，跟疯人一样，越吃越想吃，情况全都变了。继而人家又拿椰子油灌了他们一通,并涂抹他们的身体。他们喝了椰子油后,呆若木鸡,甚至眼珠也不能活动,而食欲却异乎寻常地更加旺盛。看到这种情景,我非常痛心,同时又怕那些裸体大汉如法炮制我,心中感到万分忧愁苦闷。

我仔细打量、观察,知道他们是一伙拜火教徒,他们的国王叫欧凡勒。到那个地区被他们看见的人,都被他们逮到国王面前,给那种饮食吃,拿椰子油灌他,并涂他的身体,扩大他的肠胃,让他能多吃多饮,丧失理智,不能思索,痴痴呆呆地变得像骆驼一样;于是继续增加那种饮食和椰子油的数量,把他喂得既粗大,又肥胖,然后杀了供国王享受。他们是习惯于吃生人肉的。

我看了这种情形,感到十分忧愁、苦闷。同伴们已经变成丧失理智的愚人,任人摆布,被当作牲畜那样地赶出去牧放。我自己过度忧愁、饥饿,疲弱不堪,骨瘦如柴,皮肉都干贴在骨头上,变得不成人形,因此引不起他们的重视和注意,扔在一旁不管,逐渐就把我忘记了。于是我悄悄地溜走,离开那个地方,急急忙忙向前奔跑。我走了一阵,忽然发现一个裸体大汉坐在一个高丘上,仔细打量,原来就是看管、牧放我们的同伴和其他许多俘虏的那个牧人。他一看见我,知道我还有理智,不像同伴们那样中了毒,于是远远地指示我,说道:“你向后转,朝右边走,可以找到出路。”

我按照牧人的指示,向后一转,发现右面一条大路,于是立刻冲过去,继续跋涉;有时快跑,怕人来追赶,有时慢行,养养力气,一直到离开那个牧人的视线,彼此都看不见了,我才放心。可是这时候太阳已经落山,天黑下来,我停下来休息,躺在地上打算睡他一觉;但是因为过度恐惧、饥饿和疲劳,再也睡不着。半夜里,我鼓起勇气,动身出发,继续不停地一直走到天明。这时我饥肠辘辘,疲惫不堪,只好采野果充饥,维持残生,并继续向前走,整天整夜奔波、跋涉,每当饥渴,便采野果充饥,如此整整行了七昼夜。到了第八天,见远方隐约出现人影,便迎着走过去;我不息地奔波,临近日落西山,才到达目的地。但因头两次吃过亏,我只好提心吊胆,远远地站着仔细打量,原来这些人是在那里采胡椒的。

我慢步走了过去。他们一见我,立刻跑过来,围着我问道:"你是谁?你是从哪儿来的?"

"告诉你们吧,我是个可怜人……"我随即把自己的身世和各种残酷的遭遇全都告诉了他们。

"指真主起誓,这是奇怪的事情。你是怎么逃脱他们的?为什么敢从那个地方经过?他们人数很多,漫山遍野,好吃人肉,落在他们手里的,谁也不能幸免,人们从来不敢从他们那个地方经过的。"

我把自己的遭遇,同伴们被俘,以及吃他们饮食的经过,从头到尾详细叙述了一遍。他们听了感觉惊奇、诧异,安慰我,祝福我,让我跟他们在一起,拿咸的食物给我充饥,休息了一点多钟,然后带我上船,去到他们居住的岛上,并领我去见他们的国王。

我祝福国王,向他致敬,博得他的欢迎、尊敬,国王关怀地询问我的情况。我把自己的身世、经历和从离开巴格达之后旅途中各种惊险、颠危的遭遇,详细叙述一遍。国王和在座的朝臣听了,感到十分惊诧。国王让我坐下,吩咐侍从拿饮食招待我。我吃饱喝足,洗过手,感谢、赞美真主一番,然后出去参观、游览。

这是一座经济繁荣、人烟稠密的城市,粮食货物应有尽有,做生意买卖的,来来往往,络绎不绝。我能去那座城市,感到高兴快乐,怡然自得,和当地人在一起,感到无限的快慰;兼之我备受国王尊敬、器重,地位比一般大人物都高。我见他们的大官小员,普遍都骑着没有马鞍的骡马,觉得很奇怪。有一天,我对国王说:"主上,你们骑马为什么不用马鞍?马鞍不但舒适、安逸,而且能使人精神焕发呢。"

"马鞍是什么?这种东西我们从来没见过,也没骑过。"

"主上允许我替陛下制造一具,让陛下亲自骑用,试验它的作用吗?"

"好的,你替我做一具吧。"

"请给我预备一些木料吧。"

国王吩咐侍从给我预备各种需要的材料,并找来一个聪明的木匠。由我指导着教他制成鞍架,覆以皮革,配上皮的绊胸、肚带,并用棉布制成鞍褥,再找个铁匠来,教他打成一副铁镫,用丝带系在鞍上;于是牵来一匹御用的骏马,架上鞍辔,牵去谒见国王。国王一见,十分欢喜、满意,非常感激我,亲自骑着试了一回,感觉格外的舒服、愉快,因此重重地赏赐了我。

宰相看见我替国王制造的马鞍,非常羡慕,叫我也替他制造一具;我果然同样替他制造了一具。从此风气传开,朝臣和大小官员纷纷要我替他们制造马鞍。我答应他们的要求,教木匠制鞍架,教铁匠打铁镫,制造了大批马鞍,卖给大小官员和其他各行人等,赚了许多钱财,备受人们的欢迎、爱戴;在国王、朝臣和绅商士庶中享有很高的地位。我洋洋得意,过着欢欣快乐的生活。有一天,国王对我说:"你要知道:你已经成为我们所敬仰、爱戴的人物,已经是我们中间的一员,因此我们不能离开你，也不让你离开这个地方了。现在我有话对你说，希望你听从我，不要违背我吧。"

"主上要我做什么，我是不敢违背命令的，因为陛下对我的关怀、照顾无微不至，我实在感激不尽；赞美真主，我已经成为陛下的奴婢了。"

"我预备把一个廉洁、美丽、活泼而很有钱的女郎匹配给你为妻子，让你在此落户，住在宫中，和我生活在一起。希望你听从我，别违背我。"

听了国王的谈话，我觉得害羞，默然低头不语。他问道："孩子，你怎么不说话？"

"事情在陛下手中，主上认为怎么办好，就怎么办吧。"

国王吩咐侍从，立刻请来法官、证人，写下婚书，当面把一个高尚、廉洁、美丽、田产地业很多、非常富有的女郎匹配给我为妻，并给我一幢富丽堂皇的宫殿居住，派婢仆侍候我，按月发给薪俸。我过着最舒适、最安逸的幸福生活；过去的各种惊险、颠危的遭遇，忘得一干二净。我暗自想道："等我回家的时候，把她带走吧。生前注定了的事，一定要实现的；而且未来的变化，也是无法理解的。"我和妻子生活在一起，我爱她，她也爱我，彼此感情融洽，相敬如宾，过着极其甜蜜、快乐的生活，经过了漫长的时日。有一天，跟我最要好的一个邻居家里遭丧，他的妻子死了，我去慰问他，见他愁眉苦脸，心事重重，情景异常凄惨、狼狈。我劝慰他说："你好生保重自己，不必为夫人之死而过于悲哀；愿真主补偿你的损失，并增加你的禄位、寿岁。"

"朋友啊！"他十分悲恸地说，"我仅剩一天的生命了，怎么还能再娶？真主怎么还能补偿我的损失呢？"

"弟兄,你冷静些;你的身体非常健康,别给你的灵魂报死讯吧。"

"朋友,指你的生命起誓,明天你就失去我了,从此一辈子再也看不见我了。"

"这是怎么一回事呀?"

"今天人们殡葬我妻子的时候,就要把我和她一起埋葬;这是我们地方上的风俗习惯:妻子死了,她的丈夫就得陪葬;同样的,丈夫死了,他的妻子也得陪葬;因此,一对夫妻,死了一个,其余的一个也就无从享受生活的滋味了啊。"

"指真主起誓,这种习惯丑恶得很,谁也忍受不了的。"

正当我和邻居这样说话的时候,许多本地人陆续赶到,慰问丧主,并预备丧葬。他们拿来一个木匣,把死人装在里面,带着那个男人,大家送他们到城外近海的一座高山上,揭起一块大石,把死者扔进一个深井般的坑洞里,然后拿粗索系着死者的丈夫,把他也放进洞去,同时放下一罐水、七个面饼供他吃喝。他在坑洞中解掉索子,上面的人就把索子抽出,照原样推大石盖上洞口,这才相率回家。

参加了那次葬礼后,我自言自语地叹道:"指真主起誓,这种死法痛苦极了!"于是我进宫谒见国王,说道:"主上,你们这个地方为什么要拿活人陪葬呢?"

"你要知道,这是我们的风俗习惯,丈夫死了,我们拿他的妻子陪葬;同样,妻子死了,我们拿她的丈夫陪葬;叫他们活在一起,死在一块儿,夫妇之间,永不分离,这是老祖先遗留下来的风俗习惯嘛。"

"像我这样的异乡人,如果妻子在此地死了,你们同样也拿他去陪葬吗?"

"是要拿他去陪葬的，一切照我们的风俗习惯处理，如你所见的那样。"

跟国王谈话之后，我被恐怖笼罩着，忧愁苦恼，吓得肝胆俱裂，神志迷离，唯恐妻子先死，把我拿去陪葬。继而我自解自叹，说道："生前注定了的事情，谁能知道呢？也许我会死在妻子之前吧。"于是我勉强工作，不想这些事情。可是没有多久，妻子害病，几天工夫，便瞑目长逝。许多本地人都来慰问我，慰问她的家属，国王也照他们的风俗习惯来慰问我。接着他们找来装殓的人，洗她的尸体，给她穿起最华丽的衣服，戴上最名贵的珍珠宝贝首饰，然后装在木匣中，一直抬到城外近海的山上，揭起坑洞上的大石，把她的尸体扔进洞去，大家就围拢来和我话别。当时我大声疾呼，说道："我是异乡人，我不愿遵循你们的风俗习惯……"可是他们不听不闻，不顾我的呼吁、哀求，大家抓着我，强迫着把我绑起来，同样放上一罐水、七个面饼，一起放进洞去，说道："解掉索子吧。"我不愿解，他们就把索子一扔，盖上大石，各自归去。

这是在山麓下面的一个大坑洞，里面堆积着无数的尸骸，弥漫着恶臭的气味。当时我只会埋怨自己，自言自语地说道："指真主起誓，这一切的灾难都是我应该遭受的，为什么我要在这儿结婚安家呢？毫无办法，只盼伟大的真主拯救了。可不是吗？我刚摆脱一种灾难，接着又落在更厉害的灾难中，永久没有安全的时候。指真主起誓，这是最冤枉的死法，还不如淹在海里，或者前几次死在山中，倒比给人拿来活埋好得多。"我不息地自怨自叹，睡在死人骨头上，向真主求救、呼吁，同时我渴望着死亡，可是一下子又死不了。

过了一些时候，我饥渴极了，挣扎着坐起来摸索着拿起面饼啃了几口,喝了几口凉水,试探着起身走动。我发现这是一个非常空旷的大山洞,里面堆积着无数尸体和腐朽的枯骨。我在远离那些臭尸的地方,安排了一处栖息的处所。那个期间,我每天或几天才吃喝一点饮食,唯恐死前就绝粮。可是无论怎样节省,饮食终是有限的。

我在绝望的、伸手不见五指的坟墓里过了几天,正当我忧愁苦闷,想着有限的一点点饮食吃完之后该怎么办的时候,头上的洞口突然发出剧烈的震动、轰响,接着一线曙光透进洞里。我一怔,说道:"瞧!发生了什么事情了?"我定睛一看,见一群人站在洞口。接着他们放下一具男尸和一个哭哭啼啼的女人,同时也放下了饮食。当时那个女人看不见我,我却把她看得清清楚楚。

送葬的人盖上洞口,各自归去之后,我拾起一根死人的腿骨,站起来,悄悄地走到那个女人面前,按着她的头一骨头打倒她,接连又打了两下,结果了她的性命。她满身细软,戴着名贵的珠宝首饰。我夺了她的饮食,藏在我栖身的地方,俭省节用地每天吃喝只够维持残生的一点点,免得消耗完了,自己饥渴而死。

我在坑洞中住了很久,每当外面有人死亡、举行丧葬,便杀死陪葬的,夺取他的饮食,维持自己的残生。直至有一天,我从梦中醒来,发现附近有响动之声,觉得恐怖、惊奇,想道:"这到底是什么?"于是我站起来,拿着一根死人腿骨,走到那个地方去查看。原来那是一个野兽,听了我的脚步声,便溜走了。我跟踪追赶一阵,忽然眼前出现一点似星的光线,忽隐忽现。我迎着那道微小的光线走过去,走得越近,那光线的范围也逐渐扩大,事实证明这是通往外面的一个裂口。我想道:

"这个坑洞里难免还有其他的出口，这也许是另外一个裂口。"我仔细考虑一会儿，鼓起勇气来到光线前面，看清楚这是野兽刨开、钻进坑洞来吃死人的一个山洞。

我发现了这个山洞，我的灵魂、情绪顿时安定、平静下来，相信自己已经死里得生，恍然如在梦中。我奋斗、挣扎着爬出洞口，出现在海滨的一座高山上。这座山被汪洋大海隔在城市与海岛之间，是一个人迹不可逾越的地带。我无限的快慰，勇气十足，衷心感谢、赞美真主。末了我钻进洞去，回到坑洞里，收拾剩余的饮食，换一身死人衣服穿在身上，并收集许多陪葬者穿戴的珍珠、宝石、金银等名贵首饰，包裹在死人的寿衣里，拿出来摆在山上。我每天都由洞口钻进坑洞去，收集那些陪葬的宝贵物品，来来往往，过了很长一段时期。末了我坐在海滨，等待过往船只，以便呼吁、求救。

有一天，我照例坐在海滨，考虑出路问题，忽然发现波涛汹涌的海上，有一只船破浪从这里经过。我把一件死人的白衣服系在一根树枝上，高举起来，沿着海岸一面走一面摇摆，并大声呼唤。船中人闻声把船驶向海滨，放下一只小艇，水手们一直划到我面前，问道："你是谁？为什么待在这儿？这个地方向来没有人迹，你怎么上这儿来的？"

"我是个生意人，不幸中途遇险，全舟覆没，我身边带着一些物件，伏在一块木板上，漂在波涛中，幸而真主护佑，最后就流到这儿来了。"

他们把我从坑洞中收集来的那些财物一起搬进小艇，并带我上大船去见船长。船长问我："你怎么到这儿来的？这座高山后面还有一座大城市，我生平在这个海中航行，屡次从这山下经过，除了飞禽野兽，向来不见一个人影；你是怎么到这儿来的?"

"我是个生意人,乘一只大船到海外经营生意;可是中途遇险,全舟覆没,我自己抢救得这点财物,攀伏在一块破船板上,被风浪推到海滨得救。于是我眼巴巴地等候着,希望有船只从这儿经过,救救我。"

当时我怕旅客中有那个城市里的居民,因而关于我在那个城市里的经历和被人活埋的遭遇,一字不提,不让他们知道。我拿出一些财物送给船长,说道:"你是我的救命恩人,这点礼物送给你,表示我的谢意。"

他不肯接受,说道:"我们不接受任何人的礼物;凡是落在海里或者被困在荒岛上的人,我们见了,总要援救,带他同行,供给饮食;没有衣穿的,我们给他衣服穿。到了班德尔,我们还要送给他一些礼物,使他能够生活。我们做这些好事,全是看真主的情面,不要报酬的。"

我感谢船长,替他祷告、祈福。之后,我随他们在海中航行,从一海到另一海,从一岛到另一岛,继续不停地航行。在旅途中,每当想起被埋在坑洞中的情况,我便胆战心惊,不寒而栗;想到遇船得救,安全脱险,便喜不自胜,感到无限的快乐。

最后我安全到达巴士拉,在那儿逗留几天,然后动身转回巴格达,和家人亲友见面言欢。大家见我平安归来,高高兴兴地庆祝我。我把财物收藏起来,从此广施博济,救济鳏寡孤独,送他们衣穿,给他们饭吃。我开始过从前的那种豪华享乐生活,经常和亲友聚饮,尽情地吃喝玩耍,过着无拘无束的享乐生活。这是我第四次航海旅行最奇怪的经历。

航海家辛伯达讲了第四次航海旅行的经历,接着对脚夫辛伯达说:"弟兄,照例在我这儿吃晚饭吧。明天你来,我讲第五次航海旅行的情况给你听,那是再惊奇不过的。"于是他吩咐侍从取一百金币送给他,并摆出筵席,欢宴亲友。

　　脚夫辛伯达和宾客们听了航海旅行的经历,都觉得惊奇、诧异,认为比过去的几次更惊险。饭后大家告辞。脚夫辛伯达怀着愉快心情,回到家中,舒舒服服地过了一夜。

　　次日清晨,脚夫辛伯达从梦中醒来,盥洗、晨祷完毕,践约去到航海家辛伯达家中,向他致敬。主人迎接着让他坐在身边,待其余的亲友到齐,便摆席欢宴他们,让大家吃饱喝足,人人感到欢喜快乐的时候,就开始讲第五次航海旅行的经历:

第五次航海旅行

　　弟兄们,你们要知道,我第四次航海旅行归来,赚了许多钱财,因此尽量吃喝、享受,沉浸在嬉戏、寻乐的生活中,过去旅途中的各种惊险、颠危的遭遇,忘得一干二净。后来时过境迁,经不起欲望怂恿,老想往海外去经营、游览;最后终于打定主意,振奋起来,收购适于外销的名贵货物,包捆成驮,带到巴士拉,见海滨停着一只新造的大船,设备非常齐全,我看了感到惊羡,出钱收买下来,雇了一个船长和一批水手,并安置使唤人员,载上自己的货物,开航出发。当时人人高兴快乐,喜气洋洋,显出前途光明、生意兴隆的气象。我们继续不停地航行,从一岛到另一岛,从一海到另一海,在各城市中参观游览,经营生意买卖。直至有一天路经一个荒无人烟的大岛,那儿只有一座白色圆顶建筑物,便停泊前去参观、游览。我知道这座所谓圆顶建筑物,原来是个庞大的神鹰蛋,可是先前商人们不明白,拿石头砸破它,流出许多液汁,里面的一个雏鹰,也被他们扯出来宰掉,割下许多鹰肉。当时我在船中,有个旅客对我说:"来吧,我的主人,来看看那个被你指为圆顶建筑物的大蛋吧。"我走去参观,见商人们砸破神鹰蛋,吓了一跳,喊道:"你们不可这样蛮干,这会招致神鹰的报复,砸坏我们的船只,那就糟糕了。"

他们不听我劝告,一味蛮干。正当他们在胡作非为的时候,太阳忽然不见了,霎时间大地黑暗起来,空中弥漫着层层乌云。我们抬头观看,才知是神鹰的翅膀挡住了阳光,形成大地的黑暗。原来神鹰飞回来,见自己的蛋被人打破,出声一叫,雌鹰闻声赶到;两只神鹰盘旋在空中,叫声如雷震耳。我吩咐船长水手们:"赶快开船,趁大祸还未临头,我们快找安全的出路吧。"于是商人们争先恐后地奔到船上,船长和水手们立刻张帆启行,离开那个荒岛。

船行甚速,打算尽快离开那个地区,免遭意外。可是刚行了不远,两只神鹰已跟踪追来,每只爪中抓着一块大石,飞到我们头上,对准砸了下来。幸而船长招架得好,一转舵,大石落在船侧的海中,击起如山的波涛,差一点把船簸沉在海里。继而雌鹰也抛下它爪中那块比较小的石头,击中船舵,砸碎船尾,全舟覆没,旅客和货物全都淹在海里。我挣扎着企图死里逃生,总算蒙真主护佑,抓住一块破船板,浮在海面上,被风浪推到荒岛上。当时我疲惫得只剩最后的一口气;过度的饥渴恐怖,使我显得非常凄惨、狼狈,差一点就要气绝身死。我躺在海滨,直至精神逐渐恢复,心情安定下来,才起身慢慢走动。我发现这个荒岛仿佛是一座乐园,长着茂密的树林,流着潺潺的河水,飞着歌唱的雀鸟,树上结着累累的果实,遍地开满各种花卉。我摘野果充饥,喝河水解渴,因而能够维持生命,衷心赞美、感谢真主。

我过度疲劳、恐怖,好像受伤的人,流落在荒岛上,终日不见一个人影。天黑了,我躺在地上睡觉。次日清晨,我醒来走到林中的一条小溪旁,看见那儿坐着一个老人,相貌威严,穿着树叶做的裤子。我想:"这个老人也许是淹在海里的那些旅客中的一个,他流落到这儿来了。"我走过去问候他。他不言语,只是比个手势,表示回答。我问他:"老人家,你为什么坐在这儿?"他摇摇头,表示忧愁、苦恼,比着手势,要我背他到另一条河边去。我私下想道:"就对此人行个好,背他到那边去吧;这样做,对我也许会有好报应。"于是我毅然把他捎起来,带他去到他指示的地方,说道:"老人家,你慢慢地下来吧。"但是他不下来,反而用两条腿紧紧地夹住我的脖子。我低头见他的两只脚粗黑得像水牛蹄子,大吃一惊,打算把他从肩上摔下来,可是他夹得太紧,致使我连气都喘不过来,头晕眼花,倒在地上,昏迷不省人事,像死人一样。

他放松两腿,按着我的背和肩膀乱打,打得我痛得要命,支持不住,只好挣扎着爬起来,忍着痛苦、疲劳,让他骑在脖子上,供他役使,服从他的指示,穿进树林,摘最好的果子给他享受。我稍微迟缓些,他就对我拳打脚踢,比鞭笞更加残酷、疼痛。他继续不停地役使我,让我带他上他要去的地方,把我当俘虏看待,稍微疏忽大意,或是走得慢些,都要挨打。他终日骑在我的脖子上,大小便也拉在我身上。他要睡觉就夹紧两条腿,扼住我的脖子;但是他只是随便睡一会儿,便打我起来供他驱使。我简直无法反抗他的残暴行为,十分懊悔当初不该可怜他,更不该捎上了他。

在这种情况下,我疲于奔命,非常疲劳、痛苦,私下叹道:"我对此人行好,他却虐待我,指真主起誓,从今以后,我这一辈子不敢再做好事了。"我受不了他的虐待,悲观绝望,打算死了完事。我受着这种折磨,忍气吞声地过了好些日子。有一天,我捎他去到一处生长南瓜的地方,其中有许多南瓜已经干了。我选个顶大的,在顶上挖个洞,弃掉瓜瓤,带到葡萄树下,摘些葡萄装在里面,盖上洞口,放在太阳光下晒了几天,酿成葡萄酒,每天喝几口,借以解除那个魔鬼给我的苦痛。我每喝醉一次,总是精神焕发,觉得轻松愉快。有一天,我照例喝酒解闷,他指着问道:"这是什么?"

"这是一种强心提神的好饮料。"

当时我已有几分醉意,异常兴奋,捎着他在树林中走,高兴快乐,拍着掌边唱边跳。他见我欢喜快乐的神情,比个手势,要我递瓜给他喝。我害怕他,不敢违拗命令,只得把南瓜递给他。他接过去一口气喝完瓜中的葡萄酒,把南瓜扔在地上,砸得粉碎。他喝了酒很兴奋,醉眼蒙眬地摇摆起来,接着酩酊大醉,身上的肌肉疲弱、松弛下来,不能支持自己,逐渐向一边倾倒。我察觉他醉了,已经进入睡眠状态,失去神志,便伸手使劲扯开他紧扼在我脖子上的那两条粗腿,把他扔在地上。那时我还不相信自己已经获得自由,已经摆脱了这种灾害。

我怕他苏醒过来伤害我,就从树林中找来一块大石头,抱起来照准他的脑袋一砸,砸得它血肉混成一片,结果了他的性命。这个坏家伙,愿真主不要怜悯他。从此我自由自在,轻松愉快地生活在荒岛上,摘野果充饥,喝河水解渴,经常在海滨徘徊、观望,等候船只从那儿经过,希望自己可以得救。那时候,我想着自己的身世和各种遭遇,自言自语地说:"瞧吧,是真主叫我平安活着,让我慢一步回到老家去和家人亲友团圆聚首的啊。"

在荒无人烟的孤岛上,我渺茫地期待着。过了好几天,有一天,终于看见有一只船破浪驶来,停在海滨,旅客们舍舟登陆,来到岛上。我趁机迎上去和他们见面,立刻被他们围住了,询问我的情况,问我是怎么到岛上来的。我对他们叙述自己的经历和遭遇,他们觉得惊奇、诧异,说道:"骑在你脖子上的那个家伙叫海老人,被他骑着的人,谁也无法逃命;你算是例外了。赞美真主,是他叫你安全脱险的啊。"于是他们拿饮食给我吃,送衣服给我穿,并带我同行。

孤舟在茫茫大海中航行了几昼夜,来到一座屋宇高大的城市,名叫猴子城,那里每幢屋子的门窗都面临大海。据说每当夜里,城中的人就离开自己的家,乘船在海上过夜,怕猴子下山来侵扰他们。我被好奇心驱使,进城去参观游览。待我倦游归来,回到海滨,船已经开走了。我懊悔不该进城去玩,感到忧愁、苦闷,想着前次碰到猴子的经过和同伴们的遭遇,坐在海滨伤心哭泣,望洋兴叹。当时有个本地人走到我面前,对我说:"先生,你好像是外乡人。"

"不错,我是个可怜的异乡人。我原是乘船到海外来经营生意的,路过此地,进城去参观游览,待我倦游归来,船却开走了。"

"来吧,跟我们一块儿乘船到海中过夜去;夜里你如果留在城中,猴子会来伤害你呢。"

"听明白了,遵命就是。"我回答着一骨碌爬起来,和他们同船去到距海岸约莫一英里远的海中,过了一夜。次日清晨,划船靠岸,各自归去。他们天天夜里如此,已经成为相沿的习俗。夜里如果留在城中过夜,就会被猴子弄死;因为岛上猴子很多,白天偷城外果园中的果子吃,躲在山中睡觉,夜里成群结队窜进城来作祟,逢人便杀。我在猴子城中所碰到的最奇怪的事,是那天夜里我和他们同船过夜的一个人对我说:"先生,你是外乡人,你在城中有工作做吗?"

"不,指真主起誓,我没有工作可做,我也不会做什么。我原是个生意人,本钱很多,好施舍,自备一只大船,满载钱财货物,开往海外,经营生意买卖,可是中途遇险,全舟覆没,我自己幸蒙真主护佑,抓住一块破船板,因而得救。"

那个本地人听了我的话,给我拿来一个布口袋,说道:"给你这个布袋,带着它跟人们出城捡石头去。来吧,我陪你去见他们,把你托付给他们。他们怎么办,你就跟他们学。这样一来,也许你会有一些收入,可以帮助你回老家去。"于是他带我去城外,捡满一袋石头,等了一会儿,便有人从城中出来。他带我去见他们,说道:"这是一个外乡人,你们带他去,教他收集的方法,让他做点事,维持生活,你们行了这个好,将来你们会有好报应的呢。"

"听明白了,遵命就是。"他们回答着表示欢迎,带我同行。他们和我一样,每人身边带着一袋石头,继续不停地去到一处非常广阔的山谷里,谷间长着高不可攀的大树,群居着无数的猴子;它们一见我们便爬上树去躲避。同伴们拿出袋中的石头,不断地向树上的猴子抛去,猴子们模仿他们的动作,摘下树上的果子还击。我仔细一看猴子扔下来的果子,原来是椰子。

看了伙伴们的办法,我就选择一棵最高的爬满猴子的大树,拿出袋中的石头,接二连三地投到树上。猴子便摘树上的椰子扔下来。我袋中的石头还没投完,地上已经堆满椰子。我拾满一袋,伙伴们也都收集够了,大家才满载而归。我找到介绍我认识伙伴们的那个朋友,把拾回去的椰子给他,并衷心感谢他的好意。他对我说:"这个你拿去贩卖,赚得的钱,留着自己使用吧。"他又给我他屋中一间小房的钥匙,嘱咐道:"卖剩的椰子可以放在里面。以后你每天像今天这样,跟他们一块儿出去收集,拾回来的椰子,好坏须要分开;卖得的钱,留着开支,并好生储蓄起来,慢慢积少成多,将来你回家时可以作为旅费。"

　　"谢谢你的好意,愿真主回赐你。"

　　我听从他的指示,每天拾一袋石头,跟伙伴们去谷中收集椰子。在他们的带领下,寻找果子多的树林,每天拾回一袋椰子,继续拾了好些日子。在那漫长的日子里,我储备了大批椰子,而且卖了许多,赚得一笔巨款,于是买了许多心爱的物品,处境越来越优越,觉得我所到之地都走运,事事都顺利、如意。

　　有一天我来到海滨,见一只商船向猴子城驶来,在海滨停泊;商人们下船,带着货物进城去经营,收买椰子和其他的货物。我跑去见房东,告诉他我要搭船回家的消息。他说:"你自己做主吧。"得了他的同意,我感谢他,告辞出来,去到船上,找船长接洽,然后把椰子和其他的物品搬到船上,于是离开猴子城,重过海洋生活。

　　我们在旅途中继续航行,从一岛到另一岛,从一海到另一海,凡是经过的城市,都停泊游览,经营生意买卖。我贩卖椰子,有时就拿椰子交换货物。从买卖中赚得的利润,除了补偿我的损失外还有剩余。

有一天，我们路经一岛，那里盛产丁香和胡椒。据旅客说，他们看见每束胡椒上有个大叶子，保护胡椒不受日晒雨淋；每当雨止日落，叶子便倾在胡椒侧面。我趁机会拿椰子换了许多胡椒和丁香带在身边。继而我们经过出产檀香的古玛里小岛和一个面积有五百里地、盛产檀香的大岛，那里的人无恶不作，好饮酒，没有信仰，不知忏悔、祈祷。我们又从盛产珍珠的地区经过，我给潜水的人一些椰子，说道："凭我的运气，替我捞一回吧。"

他们潜入海底，捞起许多名贵的大珠子，说道："先生啊，指真主起誓，这是你的好运气啊。"我收下珠子，喜不自胜。我随旅伴们继续航行，蒙真主护佑，安然到达巴士拉，稍微逗留几天，然后满载而归，回到巴格达，和家人亲朋见面言欢。他们都很欢喜快乐，为我平安归来而欢呼祝福。

我把钱财货物储藏起来，然后广施博济，救济鳏寡孤独，送礼物给亲戚朋友，经常招他们聚饮。总计我此次的收入，比损失在海中的数目增加了四倍。此后我恢复了过去那种吃喝、游玩的享乐生活；旅途中惊险、颠危的遭遇，早已一股脑儿忘得干干净净。

航海家辛伯达讲了第五次航海旅行的经历，接着说道："这就是我第五次航海旅行中最惊险的情况；现在请大家吃饭吧。"饭后，他吩咐侍从取一百金币，送给脚夫辛伯达。

脚夫辛伯达带着赏钱，怀着惊奇的心情回到自己家中过夜。次日清晨，他做完晨祷，践约到航海家辛伯达家中，向他致敬。主人让他坐下，陪他谈话，等其余的亲友到齐，便摆出筵席欢宴他们；等他们吃饱喝足，精神焕发，心情开朗的时候，便开始叙述第六次航海旅行的经历：

第六次航海旅行

弟兄们，你们要知道，我第五次航海旅行归来，感到无比欢喜、快慰，终日欢宴、嬉戏、寻乐，忘了旅途中各种艰难困苦的遭遇。直至有一天，我正在高兴快乐、得意忘形的时候，家里忽然来了一伙客商，风尘仆仆，显出快乐得意的心情。我望着他们，触景生情，想起我旅行归来和家人亲朋见面时的乐趣，又引起我出去旅行、经营生意的念头。于是我打定主意，收购许多适于外销的名贵货物，包扎起来，带到巴士拉。那里正好有只大船载满货物和旅客，预备启程，我便搭船和他们一起出发。

我们不停地航行，从一个地方到另一个地方，从一个城市到另一个城市，从事经营买卖，参观各地风土人情，享受旅途生活的乐趣。直至有一天，大船行至中途，船长突然一声狂叫，摔掉缠头，扯着胡须，批着面颊，不住地悲哀哭泣。他的行为惹得人人忧愁苦闷。大家惊慌失措，围着问他："船长，这是怎么一回事？"

"告诉你们吧，旅客们：我们走错航线，误入迷途，已经来到一个不知名的大海中。如果真主不挽救我们，这就非牺牲不可了。来吧，大家诚心诚意地祈祷，求真主拯救我们吧！"

船长说着爬到桅杆上，预备卸帆。可是飓风越刮越紧，吹折了风篷；波涛打碎了船舵；无舵之舟随波漂向一座高山附近。船长溜下桅杆，叹道："毫无办法，只望伟大的真主拯救了！人力是不能挽回命运的；指真主起誓，我们落在大难中了，谁也不能幸免的。"当时我们都绝望了，大家悲哀哭泣，预备葬身鱼腹，彼此做最后话别。接着，大船碰在礁石上，撞得粉碎，旅客和货物，全部落在海中。人们有的淹死，有的攀缘着爬到山上。我自己也是爬到山上的一个。而那座所谓的高山，原来是个荒岛，海滨堆积着无数的破船和多得骇人听闻的财物，证明那个地方经常发生意外；这些财物都是沉船中被风浪推到岸上的。

同船的难友们散布在荒岛上，由于过分恐怖，眼望着海滨堆积如山的财物，神经有些失常，举止言谈，好像疯人一般。我来到最高处，漫步走着，发现岛中有一条潺潺的河流，从一座山肚子里淌出来，流向对面的一座山肚子里。河床中和附近的地区，出产珠宝玉石和各种名贵的矿石，光辉灿烂，数目之多，有如沙土。那里还出产名贵的沉香和龙涎香。龙涎泉像蜡一般，遇热溶解，流到海滨，泛出馨香气味，常被鳁鲸吞食；它在鳁鲸腹中起过变化，再从鳁鲸口中吐出来，凝结成块，浮在水上，变了颜色、形状，最后漂到岸边，被识货的旅客、商人收起来，可以卖大价钱。那里的龙涎泉发源于崇山峻岭中，没有人能够攀缘上去。

我们流落在荒岛上，睁着惊奇的眼睛，仔细观察大自然的各种现象，感叹真主创造的奥妙。那时候，我们为了自身的安全，经常感到恐怖、迷惘。我们在海滨找了些粮食，储藏起来，每天或每两天吃一点，唯恐粮食断绝而饿死在荒岛上。难友中每天都有人死亡。每死一人，我们便洗涤他的尸体，拿衣服或从海滨捡来的布帛装殓埋葬。后来死亡的人越来越多，活着的所剩无几，而且都患腹痛之症，疲弱不堪。后来一个跟一个都死完了,只剩下我一个孤人活在荒岛上。当时粮食快要吃完,我顾影自怜,忍不住悲哀哭泣,叹道:"但愿我先死掉,让伙伴们装殓、埋葬我,那该有多好啊! 毫无办法,只望伟大的真主拯救了。"

过了几天,我感到再没有生存下去的余地,便动手刨个深坑,自言自语地说道:"到了不能动弹,死期临头的时候,我就睡在这儿的坑里死去,让风吹来沙土,掩埋我的尸体,免得死后抛尸露骨。"当时我懊丧不已,埋怨自己无知,埋怨自己经过五次危险还要别乡离井,作长途旅行;而且旅途中的遭遇,总是一次比一次惊险;到了危急存亡,绝望无救的时候,我才醒悟、忏悔,决心不再航海旅行;兼之我的生活很富裕,并不需要我出来奔波、跋涉;我的财产很多,尽够我挥霍、享受,一辈子也花不完的;这不是我自找罪受吗? 后来我多方思索考虑,想道:"指真主起誓,这条河流一定有它的起源和尽头,一定会流向有人烟的地方去。正确的办法是我来造只能容我一人坐的小船,放在河中,坐着顺流而去。若能通行无阻,凭真主的意愿,或许可以脱身得救;如果此路不通,纵然死在河里,也比坐在这儿等死强多了。"于是我马上行动起来,辛辛苦苦地收集一些沉香木,齐齐整整地摆在河边,拿从破船中找来的绳索捆扎起来,并在上面铺几块齐整的船板,紧密地牢固地绑在一起,左右各置一块小木板当桨使用,造成一只比河床更窄的小船。我收集许多珠宝、玉石、钱财和龙涎香,满满装了一船,剩余的一点粮食也带在身边,慨然吟道:

　　　去吧,
　　　离开危险地区,
　　　勇往直前,

宁可撇下屋宇，

让建筑者凭吊、哀怜。

宇宙间到处有你栖身之地，

可是你的身体只有一具。

别为一夜天的事变而忧心，

任何灾难总有个尽头。

该在此地殒命的人，

他不会葬身在另一个地区。

不要差人去处理重要事情，

因为除了自身别无可靠的人。

　　我把小船推到河中，坐在里面，顺水而流；行了一程，进入山洞中，继续向前流着，里面一片漆黑。后来流到一处狭窄地方，船身碰着河岸，上面的石崖又擦着我的头顶。当时我要转回去，已经没有办法了；因此我埋怨自己的鲁莽，叹道："要是此地更窄些，小船通不过，又无法转回去，那不是要困死在这里吗？"没办法，我只得紧紧地把嘴脸贴在船上，听天由命地顺水流着，在黑暗中，不辨日夜，提心吊胆，万分忧愁、恐怖。在山洞里，有时经过宽敞地方，有时经过窄狭地点，始终被黑暗笼罩着；我感到疲劳，不知不觉便呼呼地睡熟了。不知经过些什么地带，过了多少时候，我才蒙眬醒来；睁眼一看，眼前一片光明，自己已置身在一处广阔地方，小船系在河边，周围站着很多印度和埃塞俄比亚人。他们见我醒来，都和我谈话。我不懂他们的语言，无法回答，老觉得自己是在梦中。后来有人走到我面前，操着阿拉伯话对我说："我们的弟兄呀！你好吗？你是做什么的？你从哪儿来？你上这儿来做什么？那边向来没有人到这儿来的；山那边到底是什么地方？"

"你们是做什么的？这是什么地方?"我问他们。

"弟兄，我们是庄稼人，在这儿耕种田地；我们见你睡在这只小船里，便拉住它，系在岸上，等你慢慢醒过来。告诉我们吧，你怎么上这儿来的?"

"指真主起誓，我的弟兄哟！我饿了，请先给我点东西吃，然后有话再说吧。"

他们立刻给我拿来食物；我狼吞虎咽，饱餐一顿，慢慢有了精神，情绪逐渐安定下来。我想着能够平安到了有人烟的地方，心中无限高兴、快乐，衷心感谢、赞美真主。我把自己的遭遇、渡河的艰难困苦，从头到尾，详细叙述一遍。他们听了，说道："我们必须带他去见国王，让他自己报告各种情况。"于是他们携带我的财物，领我进王宫谒见国王。

国王问候我，欢迎我，打听我的情况，我把自己的身世和遭遇，从头到尾全部告诉他。国王感到十分惊奇，祝我脱险之喜。我把带在船中的珠宝、玉石和龙涎香拿一部分送给国王，博得他的尊敬，把我当上宾招待。从此我就在王宫里，和达官贵人们生活在一起。

我的消息传播出去，许多本地人和外乡人都进宫来看我，打听我的家乡情况；同时我也从他们口中了解各地的风土人情。有一天，国王问我巴格达的情况和哈里发的行政制度。我就把哈里发的德政叙述了一遍，博得他的称羡；他说道："指真主起誓，哈里发的作为是英明的，他的政治是受民众拥护爱戴的；我自己无限地羡慕、崇拜他，我要准备一份礼物，托你带去送给他。"

"听明白了，遵命就是。我一定把陛下的礼物送到哈里发御前，并告诉他陛下的德政。"

我在王宫里住了很久,备受尊敬,过着舒适、幸福的生活。有一天,我听说有生意人准备船只,要往巴士拉经营生意的消息,因此想道:"我最好跟商人们一起回到老家去。"于是我急急忙忙谒见国王,吻他的手,告诉他我思乡心切,打算跟商人们一起乘船回家。国王说:"你自己决定吧。跟你生活在一起我们是有慰藉的;你要是愿意住在这儿,我们是竭诚欢迎的。"

　　"指真主起誓,主上,我已经湮在陛下的恩惠里,这是没齿难忘的。不过我思乡心切,恳求陛下准我回家,同家人见面,共享天伦之乐。"

　　国王知道我去志坚决,便召集那帮要往海外去经营生意的商人,把我托付给他们,替我备办行李,代我支付旅费,并托我带一份名贵礼物送给哈里发哈伦·拉希德。我向国王和其他相识的朋友告辞,随商人们乘船启行。一路风平浪静,继续不停地航行,从一海到另一海,从一岛到另一岛,终于安全地到达巴士拉。

　　我在巴士拉逗留几天,从容收拾准备,然后携带财物回到巴格达。我先进宫去呈献礼物,然后回到自己家中,和家人见面言欢,把财物收藏起来,并接待亲戚朋友,送给他们礼物,继而广施博济,救济穷苦大众。过了几天,哈里发召我进宫,打听那份礼物的来历。我对他说:"指真主起誓,那个地方叫什么和上那儿去的路线怎么走,我全不知道。只因当时我们所乘的船遇险,我流落到一个荒岛上;为寻找出路,我才造了一只小船,放在河里,乘着顺水漂流……"我把旅途中的遭遇,如何流到有人烟的城市得救,在城中生活的情况,以及受托送礼的经过说了一遍。哈里发听了,十分惊讶,格外敬重我,嘱咐史官把我的事迹记录下来,存在库中,作为史料,留给后人阅读。从此我住在巴格达城中,恢复先前的豪华、享乐生活,终日吃喝、寻乐、嬉戏,把旅途中惊险、颠危的遭遇,一股脑儿忘得干干净净。

航海家辛伯达讲了第六次航海旅行的经过,接着说道:"弟兄们!这是我第六次航海旅行的经过,若是真主愿意,明天我给你们讲第七次航海旅行的情况吧,那是再惊险不过的。"于是他吩咐摆出筵席,欢宴宾客,并送脚夫辛伯达一百金币。

饭后,亲友尽欢而散。脚夫辛伯达带着赏钱,怀着惊奇心情,回家过夜。

次日晨祷毕,脚夫辛伯达践约去到航海家辛伯达家中,和其他的宾客一起吃喝。饭后,航海家辛伯达开始谈第七次航海旅行的经历:

第七次航海旅行

你们要知道,弟兄们:我第六次航海旅行归来,赚了许多钱财,恢复了先前的豪华、享乐生活,终日吃喝、寻乐、嬉戏,醉生梦死,挥霍无度,安安逸逸地过了一晌之后,我又不安于现状,一心向往异地风光,憧憬着航海旅行、海外经商、参观各地风土人情的乐趣。于是我打定主意,预备许多名贵货物,包扎起来,带到巴士拉。那里有只大船正在准备启航,已经载满货物和客商。我就搭上那只大船,和商人们在一起,感到无限的快慰。

船在海中航行,天气晴和,风平浪静,一帆风顺地到达中国境界。当时我们谈着生意,享受旅行的乐趣,大家正在十分高兴快乐的时候,突然间飓风迎着船头刮来,接着大雨倾盆而下。我们怕货物被淋湿,一面用毡子、麻袋遮盖、抢救,一面悲哀祈祷,恳求真主救援、保佑。船长自告奋勇,束起腰带,爬到桅杆上,左右前后仔细观察一番,然后回到舱面,望着我们悲观失望地批自己的面颊,拔自己的胡须。我们觉得惊奇,问道:"船长,发生什么事了?"

"你们要知道:船被大风吹到海洋的极远处了,大家虔心诚意地祈祷,求真主拯救,各自准备善后吧!"他嘱咐着,打开箱子,取出一个布袋,从里面掏出一些沙土,用水混湿,待了一会儿,凑到鼻前闻一闻,再从箱子里取出一本小书,打开读了一读,说道:"你们要知道,旅客们:这本小书里记载着奇怪的事情,它证明凡是流落到这个地区来的人,一定要遭死难,谁都不能幸免;因为这里是神圣居住的地方,大圣苏莱曼·本·达伍德便是葬在此地的。这里有无比庞大的鲸鱼,凡是经过此地的船只,没有不被鲸鱼吞掉的。"

听了船长的谈话,我们感到十分惊恐。他刚说完,船就颠簸起来,忽然腾向空中,随即落到海面,接着霹雳似的声音轰响起来,吓得我们失魂落魄,大家相信眼前就要葬身鱼腹。一霎时,海中出现一条大山似的鲸鱼,吓得我们目瞪口呆,大家哭哭啼啼、毫无主意地等着死亡。这时候,海中又出现一条更大得可怕的鲸鱼。我们号啕痛哭,面面相觑,互做最后话别,预备葬身鱼腹。接着又出现更大更凶的第三条鲸鱼。于是孤舟被三条凶猛的大鲸鱼包围、袭击,整个船里的人、货很快就要被鲸鱼吞掉。当时我们过分恐惧,一个个吓得完全瘫痪、麻木。正在危急存亡的时候,暴风突起,波涛汹涌,孤舟触礁,砸得粉碎,人、货全都落在海里。

我赶快脱掉衣服,只穿一件衬衫,和波涛搏斗,游了一会儿,抓着一块破船板,依附着在水中沉浮,任波涛摆布、戏弄。我处在危急、恐怖、饥渴交迫的环境中,只会埋怨自己,叹道:"航海家辛伯达哟! 你屡次遭难、遇险,却不知忏悔,不肯打消航海旅行的念头;即使忏悔,你也不是真心诚意的。你纵然家有万贯,却也得忍受这些遭遇,因为这都是对你贪得无厌、咎由自取的惩罚啊。"

后来我的理智慢慢恢复过来,自言自语地说:"经历了这次经验教训,我彻底觉悟,诚心忏悔,终身再不想,也再不提航海旅行的事了。"我继续祈祷,向真主苦苦哀求;同时回想着过去那种安逸、快乐、嬉戏、游玩的享乐生活而伤感。我在这种情况下,一天、两天地挨过去,最后漂流到一处海滨。我爬上去一看,原来是一个大岛,上面长着森林,流着河水。于是我摘野果充饥,喝河水解渴,生活有了着落,慢慢恢复了精神,情绪安定,心胸开朗,意志也坚强起来。

我流落在荒岛上,走动着寻找出路。后来我发现一条大河,水流甚急,因而触景生情,想起前次做船的经历,想道:"我必须像前次那样给自己做只小船,也许我能因此而脱险。要是能够脱险、得救,目的就算达到,那么从此诚心忏悔,改过自新,毕生再不航海旅行了。倘若此路不通,中途失败,那么干脆死掉,摆脱人世间的痛苦,这也是好的。"于是我立刻动手,收集一些木头,找来一些细枝和干草,搓成索子,牢固地绑成一只小船。我望着它说:"此行如果成功,那就是真主在冥冥中援助了。"我把船推到河中,坐在里面,顺水漂流。

我坐在小船里不停地漂流着,越流越远;一天,两天,三天,不住地向前奔流。我睡在船中,三天没吃一点食物,只喝河水解渴。由于过度的饥饿、疲劳、恐怖,弄得我活像一只瘟鸡。后来流到一座高山面前,要从山洞中穿过。我怕洞里像前次那样窄狭而发生危险,打算停下来,跳到岸上;但是水流太急,来不及停下,就被冲进山洞。我相信非死不可了,叹道:"毫无办法,指望伟大的真主拯救了。"

　　幸而流了不久,便出洞到了一处开阔地带,眼前闪出一望无际的洼地,河水一直向下冲流,疾风骤雨般发出隆隆如雷的响声。小船在急流中颠簸、摇摆着,我怕跌在河里,提心吊胆,紧紧抓着木头不敢动弹。船被急流冲击,越流越速,我无法控制,又不可能跳上岸去,情况万分危急。最后,我被冲到一座建筑美丽、人烟稠密的大城市附近。岸上的人见我坐在船中,被急流冲击着直往下流,赶忙投出绳索和渔网,把我救到岸上。由于过度饥饿、恐怖和睡眠不足,我刚到岸上,便死人般倒了下去。幸而他们急救,我才慢慢苏醒过来。他们之中有个非常慈良的老人,格外关怀、照顾我,脱下他的衣服给我穿,带我进城去澡堂里沐浴、熏香,喝香甜的兴奋饮料,并带我到他家中,在客室里招待我,给我预备丰盛的饭菜。我吃饱喝足之后,婢仆又端热水给我漱口洗手,拿丝帕给我擦手。接着那位长者收拾一间侧室,供我居住,吩咐婢仆好生伺候我。我被他家当上宾招待,饮食很多,起居非常舒适。过了三天,我的精神逐渐恢复过来,情绪既安定,心胸也开朗,健康全都复原。第四天,那位长者来看我,对我说:"孩子,你给我们慰藉了;赞美真主,是他使你安全脱险的啊。现在你要不要随我往市场去走一走,卖掉你的货物,然后收买别的东西?"

我被他问得莫名其妙,缄默不语,私下想道:"我哪儿来的货物呢? 他说此话到底是什么意思?"继而长者又对我说:"孩子,你别犹豫、顾虑了,来吧,我们一起上市场去看看,如果有人收买你的货物,所出之价,又合你的心意,就卖掉它;假若出不上价,就把货物暂且收存在我的贮藏室里,等行情上涨时再卖不迟。"

我考虑一会儿,私下想道:"顺从着他,前去看看那到底是什么货物吧!"于是我对他说:"听明白了,遵命就是。老伯,你所做的事都是有福分的,应该事事听从你的指示才对。"

我随长者来到市中,见我乘来的那只小船已经被他们拆开,那些木头原来都是檀香木,摆在那里托人售卖。开盘后,商人们争相竞买,价格增到一千金币之后,就稳住了。长者回头对我说:"你听着,孩子:这是目前的行情,这样的价格你愿意脱手吗? 或者还是暂且忍耐一时,让我替你收存在贮藏室里,等价格上涨时候再卖?"

"老伯,请你决定好了;你要怎么办就怎么办吧。"

"孩子,这些檀香木我多出一百金币,你愿意卖给我吗?"

"好的,这就卖给你好了。"

长者吩咐仆人把檀香木搬回家去,收存在贮藏室里。我陪他回到家中,坐在一起。他把金币兑给我,并借给我一个钱袋,把钱盛在袋中,拿把铁锁锁起来,然后把钥匙交给我。过了一些时候,长者对我说:"孩子,我要跟你商量一件事情,希望你顺从我的意思。"

"什么事? 老伯,你说吧。"

"你要知道:我已经年满花甲,膝下没有子嗣,只有一个年轻女儿，人倒生得美丽、活泼，手中还有不少的积蓄；我打算把她许配给你为妻，让你们生活在一起。往后我自己的财产和在商界的职位全都由你继承。"

我缄默着无法答复。长者接着说："孩子，我提议的这桩事情，你顺从我吧；我这是要你好啊。你要是依从我，我就把女儿许配给你为妻，你就像我的亲生儿子一样跟我们生活在一起，我手中的现款和房地产业全都留给你。往后你要做生意买卖，或者要回家乡去都可以，谁也不阻拦你。反正财产在你手里，要怎么办，你自由选择好了。"

"指真主起誓，老伯，你好像是我的生身之父。我遭过无数惊险、颠危，吃过不少苦头，至今什么主意、见识都没有了。这桩事由你决定，你愿意怎么办就怎么办吧。"

长者打发仆人请来法官和证人，写下婚书，把女儿给我为妻，并备办丰富的筵席、喜果，邀请宾客参加婚礼。洞房花烛之夜，新娘打扮得非常标致、漂亮，有倾城倾国之色。她的首饰，都是金玉、珍珠、宝石做的，式样繁多，随便哪一件都值几万金，而且有些东西还是无价之宝。我们彼此一见钟情，夫妻间结下深厚的爱情。从此我们在一起过甜蜜、幸福的生活，彼此的身心都有了寄托。

后来老岳父害病死了，我把他的尸体装殓、安葬，正式继承他的遗产；财物由我支配，婢仆听我使唤，商人们还选我担任他原来的领导职务。他是商界中年纪最长最有威望的，任何生意买卖，必须让他知道、批准，才能成交。他过世后，商人们选我继承他的职位，因此我经常和城里的人碰头见面。交往的机会一多，我便发现他们的秘密，见他们的生理每月都有一次反常变化。那是每当月初，人们身上都长出两只翅膀，能飞起来,在空中遨游,城里只剩妇孺之辈。我不明白此中道理,犹疑不决,私下想道:"待下月初,我找他们中的一人谈谈,了解一下他们的情况,也许他们会带我一起去遨游呢。"我耐心等到月初,见他们的颜色和生理发生变化时,便找到其中的一人,和他交谈,说道:"指真主起誓,带我跟你们去一趟,再带我回来吧。"

"不,这是不可能的事。"他断然拒绝。

我纠缠着苦苦哀求,才得到允许。我不让家里人知道,骑在他肩上,随他们飞到天空,越飞越高,高到可以听见天神赞颂真主的声音。我感到惊奇羡慕,便随口说:"赞美真主!感谢真主!"

我刚说完,空中便出现火焰,差一点烧到他们身上。他们迅速逃避,一霎时落到一座高山顶上。他们都埋怨我,恼恨我,撇下我一哄而散,让我一个人留在荒山上。当时我埋怨自己,叹道:"活该我倒霉,刚从一种灾难中脱险得救,接着又跌在更严重的灾难中了。毫无办法,只望伟大的真主拯救了。"

我在山中徘徊,走投无路,相信此身将葬送在荒山里,正感觉忧愁苦闷的时候,眼前突然出现两个月儿般美丽可爱的孩子,每人拄着一根金杖。我迎过去,打个招呼,说道:"指真主起誓,请告诉我,你们是谁?是做什么的?"

"我们是膜拜真主的虔诚信徒。"他们说着,给我一根金杖,随即从容归去。我拄着金杖,边走,边回忆两个孩子的行为,觉得奇怪。不知不觉间,前面出现一条大蟒,嘴里衔着一个男人。那个男人被蟒吞到肚脐,生命危在旦夕,尖声呼喊求救,说道:"谁救我的性命,愿真主解除他的灾难。"我闻声跑过去,举起手中的金杖,一下打中蟒头,救了他的命。他走到我面前,十分感激,说道:"你是我的救命恩人,从此我不离开你,愿意终身陪伴你。"

"很好,我欢迎你。"我回答着和他在一起。一会儿,迎面过来一群人。我仔细打量,发现先前掮我遨游天空的那个家伙也在他们之中。我走过去,向他道歉,好言安慰他,说道:"朋友!你应该这样对待朋友吗?"

"为了你赞颂真主,我们这才受打击的啊。"

"我不了解其中情况,请原谅我,下次我再不敢开口了。"

他允许带我回城,但提出一个条件,不许我赞颂真主。后来他掮起我,一直飞到城中。我妻迎接我,祝我安全归来,并嘱咐我:"以后你别跟他们出去,别和他们往来。这班人是魔鬼、邪神的伙伴,他们没有信仰,不会感谢、赞美真主。"

"从前你父亲跟他们结交往来,这是什么道理?"

"先父不属于他们这一派,也不干他们那一套。先父既已过世,我想你可以卖掉他的产业和货物,带着银钱转回老家去。我既已父母双亡,对这个城市也没有留恋的必要了;你就带我一起去吧。"

我听从妻子的嘱咐,陆续卖掉岳丈遗留下来的货物,并准备一切,等到有人旅行时,好随他起身回家。后来城中有人预备航海旅行,要去远方经营生意,可是没有现成的船只,只好收买木材,自己制成一只大船。我付给他们一笔旅费,带着财物和妻室,撇下房地产业,动身启航,离开那个城市。孤舟在茫茫大海中,从一岛到另一岛,从一海到另一海,沿途风平浪静,诸事顺利,终于一帆风顺地到达巴士拉。

我在巴士拉没有逗留,搭船继续航行,一直回到巴格达,和久别的家人、亲友重逢聚首。他们屈指一算,从我第七次航海旅行起至归来时,已历时二十七年。在那漫长的时期中,他们不知我的生死,一直怀着绝望心情。我突然归来,和他们见面言欢,叙述旅途中的情况和遭遇。他们听了,惊恐万状,都为我平安归来,十分欢喜、快慰。

我把携带回来的财物收藏起来,然后诚心诚意地忏悔一番,从此决心不再航海旅行,息下经营买卖的念头。我回忆起我历年在外奔波、冒险,九死一生,多蒙真主保佑,能够平安回到家中,和家人共叙天伦之乐,享受安静的田园生活,以终余年,这都是真主的恩赏,因此我衷心感谢不尽。

航海家辛伯达谈了第七次航海旅行的情况,接着对脚夫辛伯达说:"你这位陆地上的辛伯达先生,对于我的经历、遭遇和生平事业,现在该清楚了吧!"

"指真主起誓,我误解你,千万请你原谅。"

航海家辛伯达乐善好施,始终保持慷慨好客的习惯,经常设宴招待亲友,和他们在一起吃喝、谈笑、寻乐、嬉戏,过舒服、愉快的享乐生活,直至白发千古。

阿里巴巴和四十大盗的故事

高西睦和阿里巴巴

相传古代波斯国的某城市里住着两兄弟。哥哥叫高西睦，弟弟叫阿里巴巴。他俩在父亲死后便分家，各自分居，各谋生活，但是他俩所继承的遗产很有限，分家后不久，钱财便花光了，生计日益困难。为了解决起码的穿衣吃饭问题，两弟兄不得不吃苦耐劳，为自己的前程奔波。

后来高西睦跟一个富商的女儿结婚，得到岳父的垂青，接受一部分产业，走上做生意的道路。他开铺子经营买卖，生意兴隆，发展很快，不但铺中货物充裕，而且仓库里堆满贵重物资，还把积蓄的金银埋藏起来。他过着舒适、享福生活，名声很大，成为全城知名的富商、巨贾。

阿里巴巴的老婆是穷苦人家的女儿，夫妻过着贫苦生活，全部家当除一间破屋外，还有三匹毛驴。阿里巴巴靠卖柴为生。每天赶着三匹毛驴去丛林中砍柴，然后驮到集市上去卖，以此维持生活。

在森林中

有一天,阿里巴巴照例赶着三匹毛驴上山砍柴。他砍了枯树枝和干木柴,收集起来,捆绑成驮子,让毛驴驮着,正准备下山的时候,突然发现一股烟尘,从右边直向上空飞扬,迅速地朝他这边移动过来,而且越来越近。他仔细观察,才知道原来是一支马队,直奔而来。眼看这样的情景,他猛吃一惊,恐怕碰到了一伙歹徒,会被他们杀死,毛驴也会被抢走,因此非常恐怖,拔脚逃跑。但是由于那帮人马越来越近,他感到已来不及逃出森林,只得把驮着柴火的毛驴赶到丛林的小道里,自己爬到一棵大树上躲避。那棵大树生长在一个非常高大的石头旁边。他藏在枝叶茂密的树干上,可以看清楚下面的一切,而下面的人却看不见他。这时候,那帮人马已经跑到那棵树旁,在大石头前面一齐下马。看样子他们个个年轻、勇敢、活泼、伶俐。阿里巴巴仔细打量,从他们的举止、模样认为他们是一伙拦路强盗,显然是刚刚抢劫了结队成行的商旅,把钱财、物资带到这儿分赃,或者准备妥善收藏起来。阿里巴巴心里这样想着,看清楚他们总共是四十人。

他们在树下拴好马,取下沉甸甸的鞍袋,显然里面装着金子银子。其中有个头目模样的人,也背着沉重的鞍袋,从丛林中一直来到那个大石头跟前,便喃喃地说道:"开门吧,芝麻芝麻!"随着那个头目的喊声,大石头面前立刻敞开一道宽阔的大门,强盗们鱼贯而入,头目走在最后。他刚进入洞内,大门便自动关闭起来。

强盗在洞中,阿里巴巴始终躲在树上暗中窥探,不敢下树,唯恐他们突然从洞中出来,落入他们手中,遭到杀害。最后,他决心偷一匹马骑着,赶着自己的毛驴溜回城去。可是他刚要下树的时候,山洞的门突然开了,强盗的头目首先走出洞来,站在门前,望着喽啰们,清点人数,然后念咒语,说道:"关门吧,芝麻芝麻!"随着他的喊声,洞门果然自动关起来了。

开门吧,芝麻芝麻!

经过头目清点、检查一番,喽啰们便走到各自的马前,把鞍袋往马鞍上一放,接着一个个纵身上马,跟随头目,一哄扬长而去。阿里巴巴仍然待在树上,观察他们的行动,一直等他们去得无影无踪之后,过了好一阵,才敢下树。当初他所以踟蹰不前,是顾虑到他们中或许会有人因事骤然回来而被发现。接着他暗自说:"我要试验一下这句魔语的作用,在我的吩咐下,看这个洞门能否开关。"于是他大声喊道:"开门吧,芝麻芝麻!"他的喊声刚落,洞门立刻开了。他走了进去,举目一看,那是一个有穹顶的大山洞,洞顶很高,从洞顶上的通气孔透进光线,有如点灯照明一样。当初,他以为这是一个强盗的巢穴,除了一片阴暗,不会有其他的东西。可出乎意料,洞里堆满财物,使他目瞪口呆。一堆堆齐顶的丝绸、锦缎和绣花衣服,一堆堆彩色毡毯,还有多得无法数清的金币银币,有的散堆在地上,有的盛在皮袋中。存有这么多的金钱、货物,阿里巴巴深信这不是一年、两年的积蓄,肯定是强盗们代代经营、掠夺所积起来的东西。

阿里巴巴进入山洞,洞门便自动关闭起来,但他无所顾虑,满不在乎,因为他已记住那句开门的魔术暗语,所以不怕出不了洞。同时,他对洞里的那些东西并不感兴趣,他觉得迫切需要的是金钱。因此,他根据毛驴的运载能力,打算弄他几袋金币,捆在柴火里面,让驴子驮回去。这样,人们就看不见钱袋,他仍然是靠打柴过日子的樵夫。

阿里巴巴按计划准备妥当,然后说:"关门吧,芝麻芝麻!"随着他的喊声,洞门就关闭起来。因为这句魔术暗语,起着不同的作用。例如每次有人进入洞内,洞门便自动关闭。反之,每逢有人走出洞外,就必须说:"关门吧,芝麻芝麻!"洞门才应声关闭。

泄露秘密

阿里巴巴赶着驮着金钱的毛驴快速返回城中,回到自己家里,急忙关起院门,卸下驮子,解开柴火,把一袋金币搬进房内,摆在老婆面前。她一看,见袋中装满金币,怀疑阿里巴巴抢劫路人,做了坏事,所以开口骂他,责备他不该见利忘义,不该随便去做坏事。

"我可不是强盗。我向来只做你乐意的、对我们生活有利的事情。"阿里巴巴声辩几句,然后把在山中的见闻和他的所作所为,告诉老婆,并把金币从皮袋中倒了出来,摆在她面前。

阿里巴巴的老婆听了,大为欢喜,她的视线被灿烂的金币刺得眼花缭乱。这时候,她一屁股坐下来,只顾数那些金币。阿里巴巴说:"哟!傻家伙呀!你这么数下去,什么时候才数得完呢?还不如让我挖个地洞,把这些金币埋藏起来,别叫人知道其中的秘密吧。"

"你的想法很对头,就这样去做吧。我可是要量一量这些金币,到底有多少钱,心中才有个数。"

"你为这件事高兴是应该的,但是要注意,千万不能对人说呀。"

阿里巴巴的老婆急急忙忙跑到高西睦家中借量器,碰巧高西睦不在家,便对他老婆说:"嫂子,请把你家的量器借我用一下吧。"

"你需要大斗呢,还是需要小升?"

"不要大斗,借给我小升好了。"

"等一下,我给你去拿吧。"高西睦的老婆答应了,她却暗中在升内的底部,贴上一点蜜蜡,以便借此了解阿里巴巴的老婆借升去量什么东西,因此她相信无论她量什么,总会粘一点在蜜蜡上。高西睦的老婆想利用这样的机会来满足她的好奇心。

阿里巴巴的老婆却不知她的诡计,拿着升子回到家中,开始用升子量金币,阿里巴巴仍不停地挖洞。待她的金币量完,阿里巴巴的地洞也挖好了,于是夫妻俩一齐动手,把金币搬进地洞,然后小心翼翼地盖上土,埋藏起来,再把地面弄平。

阿里巴巴的老婆量过金币,升底的蜜蜡上粘着一枚金币,她却没有察觉。于是这个好心肠的女人把升子还给她嫂子。高西睦的老婆一见升内蜜蜡上的金币,顿时产生羡慕和嫉妒的心情,最后自言自语地说:"啊呀! 他们借我的升去量金币了。"她想像阿里巴巴这样一个穷光蛋,怎么用升斗去量金币,因此非常惊奇。

高西睦威逼阿里巴巴

　　高西睦的老婆对这件事猜测、思考了好长时间,总是念念不忘。直到日暮,高西睦倦游归来,她就迫不及待地对他说:"你这个人呀! 向来以为你自己是富商巨贾,是最有钱财的人了。可你睁眼看一看吧,你兄弟阿里巴巴跟你比起来,他像王公一样富足呢。他的财物比你多得多,他堆积的金币多到需要斗量。而你的金币只要数一数就知数目了。"

　　"你是从哪儿知道这个的?"高西睦将信将疑地反问一句。

　　高西睦的老婆把阿里巴巴的老婆前来借升还升的经过,以及自己发现粘在升内的一枚金币等有关的事情,一五一十说了一遍,然后把那枚铸有古帝王姓名、年号等标记的金币拿给他看。

　　高西睦知道这件事的始末,也产生了羡慕、猜疑的心情,从而产生贪婪、妄想的念头,因此整夜辗转不能入梦。次日天刚亮他就起床,出去找阿里巴巴,说道:"兄弟啊! 你表面装得很穷,很可怜,其实你是埋头财主呢。你积蓄了无数的金钱,数目之多,已经达到非斗量不可了。"

　　"你这是说的什么话呀? 我一点也不明白。你要把话说清楚些。"

　　"我所说的,你很清楚。你用不着装出一副傻相来欺骗我。"高西睦怒气冲冲地把那枚金币拿给他看,"像这样的金币,你有成千上万,这不过是粘在升底里被我老婆看见的一枚罢了。"

阿里巴巴恍然大悟,原来他收藏金币这件事,被高西睦和他老婆知道了,暗想:"对这件事再保密看来是不可能了,索性说穿它算了,可是这会招致不幸和灾难。"处在这样的情况下,他感到左右为难。没奈何,最后,他终于被迫把强盗们和山洞中的财宝等事,毫无保留地讲给他哥哥听。

　　高西睦听了,声色俱厉地说:"你必须把你看见储存金币那个山洞的地点,确切地告诉我,同样要把开、关洞门那两句魔术暗语对我讲清楚。现在我先警告你:如果你不肯老老实实地把全部事实告诉我,我就上县衙门去告发你,让县官没收你的金钱,并把你抓去坐牢,结果你会落得人财两空。"

　　阿里巴巴果然把山洞的地点和开、关的暗语,一点不漏地讲了一遍。高西睦聚精会神地听着,把一切细节都牢记心头。

高西睦在山洞中

　　第二天天刚亮,高西睦赶着雇来的十匹骡子,来到山中,按照阿里巴巴的叙述,找到阿里巴巴藏身的那棵大树底下,找到了匪窟,眼看那情景和阿里巴巴所说的差不多,相信自己已经来到目的地,于是高声喊道:"开门吧,芝麻芝麻!"

　　随着高西睦的喊声,洞门豁然开启,眼前出现一道宽阔的大门。高西睦走进山洞,见里面堆积着金银财宝和各种珍贵财物。他进洞刚站定,洞门便自动关起来。他仔细观看这些财物,眼前这么多的金银财宝,令他赞不绝口,使他感到眼花缭乱,心神迷离。他抖擞精神,敛了足够十匹骡子驮运的金币,装在袋中,一袋袋挪到门前,预备搬出洞外,让十匹骡子驮回家去。但是出乎意料,事与愿违。当时他竟忘记了那句开门暗语,却大喊:"开门吧,大麦大麦!"洞门依然紧闭。这一来,他慌了。他想着一口气喊出属于豆麦谷物之类的各种名称,只是"芝麻"这个名称,怎么也想不起来了。他感到苦恼,而且恐怖,只是不停地在洞中打转,对摆在门后预备带走的金币也不感兴趣了。他困在洞中,坐立不安,慌张窘迫到了极点。刚才还使他心花怒放,无比欢欣的那些财宝,现在却成了招致祸患、苦恼的根源了。

高西睦之死

由于高西睦过度的贪婪和嫉妒招致了严重的灾难,不仅葬送了一切希望,而且连生命也难保。他困在山洞已经到了上天无路、入地无门的绝境了。

那天半夜,强盗们抢劫归来,老远便看见在宝库附近有一群牲口,由于不知道这些牲口往这里驮什么,觉得奇怪。由于高西睦用绳子把骡子的腿互相绊在一起,使它们散不开,便一起进入丛林去找嫩草吃。强盗们以为这是一群走失的骡子,所以没在意,也没有起什么疑心,但觉得奇怪,这些骡子为什么走失得离城镇这么远。

强盗的头目带着喽啰来到山洞前,大家下马,说了那句暗语,洞门便应声而开。高西睦在洞中早已听到马蹄的嘚嘚声,从远到近,知道强盗们回来了。他感到生命难保,一下子吓瘫了。他抱着一线侥幸的心情,鼓足勇气,趁洞门开启的时候,猛冲出来,期望死里逃生。可是他的脱逃却被枪剑挡住,首先碰到的是强盗头子。他一枪把高西睦刺倒,他身边的一个喽啰立刻抽出宝剑,把高西睦拦腰一剑砍为两截,结果了他的性命。

强盗们冲入山洞,进行检查,把高西睦装在袋中,堆在门内预备带走的一袋袋金币搬回老地方,按原样放好,而且发现金钱被人拿走过。发生这事之后,强盗们并不在意被阿里巴巴搬走的金钱,而是对有外人闯进洞里,感到意外。因为这是个天险的地方,山高路远,地势峻峭,很难越过重重险阻而攀缘到这里,尤其是不知道开关洞门那句暗语,谁都休想闯进洞来。考虑到这些问题,他们把怒气都出在高西睦身上,大家七手八脚地肢解他的尸体,砍成四块,分别挂在门内,左右两侧各挂两块,以此作为警告,让敢于来到这里的人,明白这样的下场。他们做完惩罚手续,走出洞外,把洞门关闭妥当,然后跨马扬长而去。

高西睦的尸首

当天深夜,高西睦还没回家,他老婆惴惴不安,急躁、忧虑的心情与时俱增。她跑到阿里巴巴家里去诉苦,说道:"兄弟,高西睦从早出去,到现在还没回来。他的行踪你是明白的,因此我很担心,就怕发生什么不测的事,那就糟了。"

阿里巴巴也预料到,高西睦不能按时回家可能发生了什么不幸的事。他内心虽然也不安,但仍然用好言安慰高西睦的老婆:"嫂嫂,或许高西睦为了小心谨慎,避免外人知道他的行踪,绕道回城,可能耽搁他回来的时间。我想过些时候,他会回来的。"

高西睦的老婆听了略有慰藉,抱着一线希望回到家中,耐心地等待丈夫。但是已是半夜三更,仍不见人。她神魂不定,紧张、恐怖到了极点,终于忍不住放声痛哭。但是为了怕邻居知道其中秘密,只得压低嗓音,暗自悲泣,并责怪自己,悔恨着说:"干吗我硬把阿里巴巴的秘密泄露给他,引起他的羡慕和嫉妒? 显然这是招灾引祸的根源,是自找罪受呀。"

高西睦的老婆心情烦躁,如坐针毡,好不容易才熬到天亮,又急急忙忙跑到阿里巴巴家中,恳求他务必出去寻找他哥哥。

阿里巴巴安慰嫂嫂一番,然后赶着三匹毛驴,去山中找哥哥。到那个大石头附近,一眼看到洒在地上的斑斑鲜血,却不见他哥哥和十匹骡子的踪影。看这种情况,显然凶多吉少,感到不寒而栗。他挨到石前,说道:"开门吧,芝麻芝麻!"洞门便应声而开。他跨进山洞,看见高西睦的尸首,两块挂在右侧,两块挂在左侧。阿里巴巴惊恐万状,但是不得不硬着头皮收拾哥哥的尸首,把它卷为两捆,拿柴棒包在外面,再绑成一个驮子,预备用一匹毛驴驮运。同时他还装了几袋金币,像绑尸体那样,小心用柴棒掩盖起来,绑成两个驮子,预备用另两匹毛驴驮运。他把这一切搞妥当了,才用暗语把洞门关上,然后小心谨慎地赶毛驴下山。他非常小心地把尸首和金币运到家中。

阿里巴巴把驮金币的两匹毛驴牵到自己家里,交给老婆,吩咐她把金币埋起来,关于高西睦的情况,却只字不提。接着他把运载尸首的那匹毛驴牵往高西睦的住宅。高西睦的使女马尔基娜闻声前来开门,阿里巴巴牵着毛驴进入庭院。

阿里巴巴把高西睦的尸首从驴背上卸了下来,然后对使女说:"马尔基娜,你赶快给老爷准备善后,埋葬他的尸首吧。现在我先去给嫂子报告噩耗,然后就来帮你的忙。"这时,高西睦的老婆从窗户里看见阿里巴巴，说道："阿里巴巴，关于我丈夫的情况怎么样？看你愁眉苦脸的样子，就知事情不妙。快说吧，到底发生什么事了？"

阿里巴巴把高西睦的遭遇和怎样把他的尸首偷运回来的经过，从头到尾对嫂子说了一遍。

埋葬高西睦

阿里巴巴详细叙述这件事的始末之后，接着说道："嫂子，该发生的事已经出现了。这件事固然惨痛，但是我们应该严格保守秘密，我们的生命财产才有保障呢。"

高西睦的老婆知道丈夫惨遭杀害，哭哭啼啼地对阿里巴巴说："我丈夫的命运活该如此，既是前生注定，就没有什么可埋怨的了。现在为了你的安全，对这件事，我答应严格保守秘密好了。"

"真主所判决的事，是无可挽回的，应该逆来顺受，现在你耐心休息吧。待守孀期限届满，我便娶你为妾，你会生活得愉快幸福的。内人为人仁慈，心地善良，你不必顾虑，她不会嫉妒，也不会惹你生气的。"

"只要你感到高兴愉快，就这么办吧。"她说着忍不住又号啕痛哭起来。

阿里巴巴因为哥哥的死也伤心流泪。他离开嫂嫂，回到女仆马尔基娜身边，跟她商量埋葬哥哥的事。讨论了具体办法，然后牵着毛驴回家了。

阿里巴巴一走，马尔基娜立刻到一家药铺里，装出若无其事的样子，向老板打听，垂危的病人吃这种药是否有效。

"谁卧病不起要服这种药呢?"老板向马尔基娜反问一句。

"我家老爷高西睦害病,差一点死了。几天来,他既不能说话,也不吃饮食,所以我们对他的生命几乎失望了。"她回答着把药买回家去。

第二天,马尔基娜又上药铺去买另一剂效用很强的草药。她装出忧愁苦闷的神情,唉声叹气地叨叨:"我担心他连吃药的力气都没有了,恐怕我回不到家,他就咽气了。"

在马尔基娜奔走的同时,阿里巴巴也做好一切准备。他待在家中,只等高西睦家里发出悲哀、哭泣的信号时,好以忧愁苦痛的面貌前去帮忙治丧。

第三天一清早,马尔基娜戴上面纱,到裁缝铺去找高明的老裁缝巴巴·穆斯塔发。她给他一枚金币,说道:"用一块布蒙住你的眼睛,然后跟我上我家去一趟吧。"

巴巴·穆斯塔发不肯这样做。马尔基娜又拿一枚金币塞在他的手里,并再恳求他去一趟。

巴巴·穆斯塔发贪图小恩小惠,终于答应这个要求,拿手巾蒙住自己的眼睛,让马尔基娜牵着他的手,进入高西睦停尸的黑房里。这时马尔基娜才解掉蒙眼的手巾,吩咐他把高西睦的尸首按原样拼在一起,缝合起来,并扔一匹布在尸体上,说道:"你先把尸首赶快缝合起来,然后比着死人身材的长短,给他缝一套寿衣。待你做完这些事,我还要给你一份工钱呢。"

巴巴·穆斯塔发按照马尔基娜的吩咐,果然把尸首缝合起来,寿衣也做了。马尔基娜感到满意,又给巴巴·穆斯塔发一枚金币,再一次蒙住他的眼睛,然后领着他,把他送回裁缝铺。

马尔基娜急急忙忙回到家中,在阿里巴巴的协助下,用热水洗涤高西睦的尸体,并拿寿衣装殓起来,摆在干净的地方,把埋葬前应做的事都准备妥当,然后去到清真寺中,向教长报丧,说丧主等候他前去送葬,请他给死者祷告。

教长应邀随马尔基娜来到丧主家中,替死者祷告,举行仪式,然后由四人抬着尸匣离家,送往祖茔埋葬。一般亲戚邻居也按习惯前来参加送葬。马尔基娜在送葬行列的前面。她披头散发,捶着胸膛,号啕痛哭。阿里巴巴和其他亲友跟在后面,一个个露出悲哀伤心的神情,直送到墓地,埋葬完毕,才各自归去。

高西睦的老婆待在家中,悲哀哭泣。城中的妇女到她家里去吊问,大家同情她,安慰她,劝她不要太悲哀。

阿里巴巴为哥哥的死,躲在家里,居丧守制,表示哀悼。

由于马尔基娜和阿里巴巴善于应付,计划得当,所以高西睦死亡的真相,除他二人和高西睦的老婆之外,城中其他的人,谁都不知其中底细。

四十天的孝期过了,阿里巴巴拿他的财产的四分之一作聘礼,公开娶他的嫂嫂为妾,并指使高西睦的大儿子继承他父亲的遗产,把关闭的铺子重开起来,继续买卖。因为这个侄子,长期跟一个富商经营生意,耳濡目染,学到一些本领,在生意场中很有建树。

巴巴·穆斯塔发和强盗

有一天,强盗们照例返回山中,进入巢穴,发现高西睦的尸首不见了。经过仔细查看，还发现许多金币也没有了，大家对发生这样的事件，感到非常诧异，不知所措。匪首说："现在咱们应该认真追查这件事了，否则，历年所积蓄的这些财物，将会一点一点被偷完的。"

匪徒们一致同意匪首的看法和说法，谁都认为被他们砍死的人是懂得开关洞门的暗语的。那个搬走尸首并盗窃许多金币的人，也是懂得这句暗语的，所以他们必须千方百计追究这件事情，一定要把那人查出来，才能杜绝后患。他们经过多方商量，决定派一个机警的人，伪装成外地商人，到城中大街小巷去活动，目的在于探听城中最近谁家死了人，居住在什么地方。这样就会找到线索，也就找到了他们所要捉拿的人。

"让我进城去探听消息吧。"一个匪徒自告奋勇地说，"我很快就能把情况打听清楚，如果完不成任务，就治我死罪好了。"

匪首同意这个匪徒的要求。他经过化装，当天夜里溜到城中，潜伏起来。第二天清晨就开始活动，见街上的铺子还关闭着，只是裁缝巴巴·穆斯塔发的铺子例外，他正在做针线活。匪徒怀着好奇的心情向他问好，并说："天才蒙蒙亮，你怎么就开始做针线活啦？"

"我看你是外乡人吧。别看我这把年纪，我的眼力好得很。昨天，我坐在一间黑房里，把一具尸首给缝合起来了。"

匪徒听了谈话，想道："通过一鳞半爪，我就可以摸到线索。"他接着对裁缝说："我想你这不是同我开玩笑吧。你的意思是说你给一个死人缝了寿衣吧，也就是说缝寿衣是你的专业吧。"

"这件事跟你没有多大关系，你不必多问。"

这时候,匪徒把一枚金币塞在裁缝手中,说道:"我并不想发现什么秘密。我也是一个忠厚的人,是会保守秘密的。而我所要知道的是,昨天你替谁家做零活? 你能把那个地方告诉我,或者带我上那儿去一趟吗?"

裁缝手里拿着金币,不便拒绝,照实说道:"上那家人家去的道路,我不知道。当时,一个女仆用手帕把我眼睛蒙住,领着我来到一所住宅中,进入一间黑房里,解掉我眼上的手帕,吩咐我先把一具被砍成几块的尸首缝合起来,并替它做了一套寿衣。我缝完后,那女仆又拿手帕蒙住我的眼睛,再领我出来,把我送到先前蒙我眼睛的那个地方。因为这样,你所要知道的那所住宅,我是无法告诉你的。"

"虽然你不知道那所住宅坐落在什么地方,但是你能带我上女仆蒙你眼睛那个地方去。到了那里,我便像女仆那样用手帕蒙住你的眼睛,然后领着你朝前走,这就可能碰巧走到那所住宅的门前。只要你帮忙做这件好事,这儿还有一枚金币,是给你的报酬。"匪徒又拿一枚金币给裁缝。

巴巴·穆斯塔发把两枚金币装在衣袋里,随即离开铺子,带匪徒去到马尔基娜蒙他眼睛那个地方,让匪徒拿手帕蒙住他的眼睛领着他走。巴巴·穆斯塔发原是头脑清楚、感觉灵敏的人,在匪徒带领下,一会儿便进入马尔基娜带他经过的那条胡同里。他边走边揣测,并计算着一步一步向前移动。他走着走着,突然停下脚步,说道:"前次我跟那个女仆就是走到此为止的。"

这时候,巴巴·穆斯塔发和匪徒已经站在高西睦的住宅门前,如今是他弟弟阿里巴巴住在里面了。

马尔基娜的智慧

匪徒找到高西睦的住宅,便用白粉笔在大门上画了一个记号,免得下次来报复时找错门路。他满心欢喜,即刻解掉巴巴·穆斯塔发眼上的手帕,说道:"巴巴·穆斯塔发,你帮了我大忙,很感激,愿伟大的真主恩赏你的好意。现在请你告诉我,是谁住在这所屋子里?"

"说实在的,我一点也不知道。这里的情况我不熟悉。"

匪徒知道从裁缝口中无法再打听到更多的消息,于是再三感谢裁缝,打发他回去。他自己则急急忙忙赶回山洞,报告消息去了。

裁缝和匪徒走了不多一会儿,马尔基娜因事外出,刚跨出大门,无意间看见门上那个白色记号,不禁大吃一惊。她沉思一会儿,料到是敌人作为识别的标记,意在谋害主人。于是她也用粉笔在所有邻居的大门上画了同样的记号。她严守秘密,连男主人、女主人都不让知道这件事。

匪徒回到山中,向匪首和伙伴们报告寻找线索的经过。于是匪首和其他匪徒,一个个溜到城中,要对盗窃财物的人进行报复。那个在阿里巴巴的大门上做过记号的匪徒,一直在匪首身边,作为向导,直接带他来到阿里巴巴的住宅门前,指着大门说:"嗳!我们所寻找的人,就住在这所屋子里。"

匪首看了那里的左右房子,每家的大门上,都画着同样的一个记号,觉得奇怪,说道:"这里的房屋,每家的大门上都有记号,而你所说的到底是哪家呀?"

带路的匪徒顿时糊涂起来,不知所云。他发誓说:"的确我是在这所屋子的大门上做过记号的,但我不知那些门上的记号是从哪儿来的,同样我也不敢肯定哪个记号是我画的。"

匪首回到市中,对匪徒们说:"我们算是白辛苦一场了,我们要找的那所房子没找到,现在咱们暂且回山,往后再来吧。"

匪徒们陆续返回山洞,匪首重罚那个被指为虚报情况的匪徒,当众把他拘禁起来,并说:"你们中谁再到城中去探消息? 如能把盗窃财物的人抓到手,我就加倍赏赐他。"

在匪首的号召下,当时有个匪徒说:"我准备前去探听,我相信我能满足你的愿望。"

匪首同意派他去完成使命。在命运的指引下,这个匪徒首先去裁缝铺里见到巴巴·穆斯塔发,按照前一个的做法赠送金币,买通裁缝,在他的指引下来到阿里巴巴的住宅门前,在阿里巴巴屋子的门柱上,用红粉笔画了一个记号,以区别那个白色记号,这才赶忙返回山洞,向匪首报告。他得意、自负地说道:"报告主人,我已经找到那所房子,并在门柱上打了记号。这记号可以把它同邻近的住宅区别开来,我一眼就可以认出它。"

马尔基娜出入时,又发现门柱上有个红色记号。她经过深思熟虑,以防不测,便即刻在邻近人家的门柱上也画了同样的记号。她做了这件事,仍然严守秘密。

马尔基娜和强盗们

匪首派进城中的第二个差役很快找到阿里巴巴的住宅,完成任务。可是事出意外,情况和第一次差不多。当匪徒们进城去报复的时候，发现每家住宅的门柱上都有一个红色记号，这样又把他们弄糊涂了。他们一个个垂头丧气，返回山洞，匪首怒不可遏，大发雷霆，把第二个差役又拘禁起来。他自言自语说："两个差役都失败了，而且又受到了惩罚。我看我的部下，不会有人再去探听这件事的底细了。现在我必须亲自出马，去寻找那个坏蛋的住处。"

匪首打定主意，单枪匹马到了城中，照例走裁缝巴巴·穆斯塔发的门路。为这件事，匪徒们曾在他身上花了不少金币。匪首在巴巴·穆斯塔发的帮助下，顺利地来到阿里巴巴的住宅前。他吸取前两次的教训，不做表面的记号，只是把那住宅坐落的地点和四周的景象记在心里。他马上赶回山洞，对匪徒们说："那个地点我全都认清，已记在我心里，下次去找准保没问题。现在你们给我买十九匹骡子和一大皮袋菜油，以及形状、体积一致的瓦瓮三十八个，我有用处。这些东西备齐之后，我便武装你们，让你们每人都潜伏在一个瓮中。除我和两名拘押人员，你们总共是三十七人，另外的一个瓮用来装油，再把这些瓮绑成驮子，用十九匹骡子驮着，每骡驮两瓮，我自己扮成卖油商人，赶牲口运油进城，趁天黑时去那个坏蛋的住宅门前，求他容我在他家暂住一宿。待我住定之后，再找机会放你们出来，趁天黑一起动手，活活地杀死他。先结果他的性命，然后进行搜查，夺回被盗窃的财物，用骡子驮回来。这样咱们的目的就达到了。"

匪首的计划，博得匪徒们的拥护，一个个怀着喜悦的心情，按命令行事，分头前去购买骡子、皮囊、瓦瓮等物。经过三天的奔波，把所需要的东西备齐了，并在瓦瓮的外表涂上一些油腻。他们在匪首的指挥下，拿菜油灌满一个大瓮，其余的三十七个,由全副武装的匪徒分别藏在里面,绑成十九个驮子,用十九匹骡子驮运。匪首本人穿着商人的服装,伪装为卖油商,赶着骡子,大模大样地运油进城,天黑时赶到阿里巴巴的住宅门外。

当时房主阿里巴巴刚吃过晚饭,正在屋前散步,来回走动着。匪首趁机走近他,向他请安问好,说道:"我是从外地贩油进城来做买卖的,好多次到这儿来经营过。可是这回到晚了,一时找不到适当的住处,不知怎么办,恳求你大发慈悲,让我在你院落中暂住一夜,好把货物卸下来,让牲口休息休息,再喂喂它们一些饲料。"

阿里巴巴那次躲在大树上时,曾听匪首说过话,并且看到他进山洞,现在却因他伪装成商人,就认不出来了,所以答应他的要求,慨然同意他在这里过夜。他指定一间空闲的堆房,作堆货物及关牲口之用,并吩咐一个仆人预备饲料和水,还吩咐女仆马尔基娜:"我家来了一位客人,今晚在此过夜。你得忙一阵子,赶快给他预备晚饭,并给他铺好床。"

匪首忙卸下驮子,搬到堆房中,顺序摆起来,把骡子也牵进去,给牲口提水拿饲料。他本人受到主人的殷勤招待。阿里巴巴唤女仆马尔基娜到客人面前吩咐道:"你要好生招待客人,不要大意。客人需要的东西,都要供应,明天一早我上澡堂沐浴,你预备一套干净的白衣服,让仆人阿卜杜拉给我送来,我沐浴后好穿。此外,你要熬锅肉汤,等我回来喝。"

"听明白了,一定按老爷吩咐的去做。"

阿里巴巴说完之后进寝室休息去了。匪首吃过晚饭,随即上堆房照料牲口。他趁夜阑人静、阿里巴巴全家安息的机会,压低嗓音,告诉躲在瓮中的匪徒们:"今晚半夜,你们听到我的喊声，就迅速钻出来。"匪首交代之后，走出堆房，在马尔基娜的指引下，穿过厨房，来到为他准备的寝室里。马尔基娜放下手中的油灯说："还需要什么吗？你只管吩咐，让我去办好了。"

"不需要什么了。"匪首说，等马尔基娜走了，才灭灯上床。

马尔基娜根据主人的命令，取出一套干净的白衣服，交给仆人阿卜杜拉，以便拿给主人沐后穿用。继而她给主人烧肉汤，拿瓦罐摆在炉上，把炉火吹得旺旺的。过了一会儿，她需要看一看罐里的油汤，但油尽灯灭，一时没油可添，感到左右为难。仆人阿卜杜拉眼看马尔基娜着急为难的神情，便前来解围，说道："你何必着慌，那边堆房中一瓮瓮的菜油多的是，还愁没有你用的油？你要多少可以随便去取。"仆人阿卜杜拉待在堂屋里休息，没有去睡觉，为的是要伺候主人去澡堂沐浴。

马尔基娜怀着感激阿卜杜拉的心情，拿着油壶去堆房中，见摆着成排的油瓮。她刚去到排头的那个瓮前，藏在瓮中的匪徒听见脚步声，认为是匪首来唤他们，便轻声问道："现在该是我们出去报复的时候了吗？"

马尔基娜突然听见这说话的声音，吓得倒退一步，但由于她智慧、勇敢、敢作敢为、临机应变，便回答道："还不到时候呢。"她暗自说："原来这些瓮中装的不是菜油，看来里面装的东西有点名堂。这个贩油商人存心不良，也许对主人打什么坏主意，要施展什么阴谋诡计。慈悲的真主啊！求你保佑，别让咱们上他的圈套吧。"当她挨到第二个瓮前，仍然压低嗓音，把"现在还不到时候呢"这句话重说一遍。就这样一个挨一个地顺序从头说到尾。她暗自说："赞美真主！咱主人相信这个家伙是卖油商，看来他是个匪首，只等他一声号令，匪徒们便跳出来抢劫、杀人。"当她挨到最末那个瓮前，发现里面装的却是菜油，便灌了一壶，拿到厨房，给灯添上油，然后再回到堆房中，从那个瓮中弄来了一大锅油，架起柴火，直把油烧开了，这才拿到堆房中，顺序给每个瓮里浇进一瓢沸油，使藏在瓮中的匪徒逃不了，个个被烫死，让每个瓮中只剩下一具死尸。

马尔基娜凭她那过人的智慧和巧妙的办法，悄悄地做完这桩惊天动地的事，屋里的人却没有一个知道。她自己高兴地回到厨房，关起门继续给阿里巴巴烧肉汤。

马尔基娜待在厨房中还不到一小时，匪首从梦中醒来，打开窗户，见室外一片黑暗，寂静无声，便拍手发出暗号，叫匪徒们出来行动。但是没有回声，毫无动静。息了一会儿，他再拍手，并出声呼唤，仍无反应。他第三次拍手，呼唤，还是得不到回答。他慌了，赶忙走出卧室，奔到堆房中，心想："或许他们都睡熟了，但此刻正是行动的时候，我必须赶快唤醒他们。"他走到最近的那个油瓮前，立刻嗅到一股熏鼻的热油气味，感到非常震惊，伸手一摸，觉得烫手。他一个个摸了过去，发现全部油瓮的情况都是一样。这时候，他明白他的一伙人都死了，对自身的安全也恐惧起来。于是他逾墙跳到后花园，怀着满腔愤怒和绝望的心情，逃之夭夭。

马尔基娜待在厨房里，窥探匪首的动静，但不见他从堆房中出来，想是逾墙逃跑了，因为大门是上了双锁的。不过想到其余的匪徒，还一个个静静地躺在瓮中，聪明智慧的马尔基娜，便安心去睡觉了。

离天亮还有两小时的时候,阿里巴巴起床前往澡堂沐浴。他对当夜家中发生的极为危险的事情却一无所知,因为机智的马尔基娜没有去惊动他,也没料到事情如此容易应付。原来她认为如果先向主人报告她的计划然后动手,就可能失去先下手为强的机会,势必要吃强盗的亏。

阿里巴巴从澡堂归来已是日上三竿的时候,他见油瓮还原封不动地摆在堆房中,感到惊奇,嘀咕道:"这位卖油的客人是怎么搞的!这个时候还不把油驮到市上去销售?"

马尔基娜向阿里巴巴报告事件的经过

阿里巴巴因不见油商赶早去做买卖,便向马尔基娜打听,马尔基娜说:"全能的真主增加老爷的福寿,要让老爷活一百三十岁呢!至于那个商人的罪恶行为,待一会儿我讲给你听。"她引阿里巴巴走进堆房,关了房门,然后指着一个油瓮说:"请老爷看吧,到底里面装的是油呢,还是别的东西?"

阿里巴巴仔细一看,里面躺着一个男人,吓得大叫,回头就跑。马尔基娜即刻安慰他:"别害怕!这人没有能力危害你,他已经死了。"阿里巴巴听了才安静下来,说道:"马尔基娜,咱们遭了大祸刚安定下来,怎么这个卑鄙家伙也来找咱们的麻烦呢?"

"感谢伟大的真主!这当中的情节,我会详细报告老爷的。可是说话要小声,免得被邻居听见,给咱们带来麻烦。现在请老爷查看这些瓮里装的什么东西,从头到尾,每个都看一看吧。"

阿里巴巴果然按顺序看了一遍,发现每个瓮中躺着一个武装齐备的男人,幸亏都被沸油烫死了。这一惊把他吓得哑巴似的说不出话来。过了一会儿,他逐渐恢复常态,才问道:"那个贩油商人哪儿去了?"

"关于他的情况,我也要详细说一说。那个家伙并不是生意人,而是个为非作歹的刺客。他满口甜言蜜语,骨子里却要你的命。他过去的所作所为和这回所发生的事,我必须详细汇报。不过现在老爷才从澡堂归来,为了健康,先喝些肉汤再说吧。"她侍候阿里巴巴回到屋里,立刻送上饮食。

阿里巴巴吃喝完毕,对马尔基娜说:"我急于要知道这桩奇案的始末,你说吧,好让我这颗心安定下来。"

"老爷,昨晚你吩咐我烧肉汤之后,就进卧室安歇去了。我遵命先取出一套干净的白衣服,交给跟班的阿卜杜拉,然后进厨房生火,把锅摆在炉上煮着肉汤。过了一会儿,待汤煮开,我要点灯,去撇锅里的沫儿。可是家里的油用完了,我把要油点灯的事告诉阿卜杜拉。他给我出个点子,教我上堆房中的油瓮里弄些来用。我刚走近第一个油瓮时,便突然听到瓮中小声说话的声音:'是我们出来行动的时候了吗?'我大吃一惊,断定这是贩油商搞的什么阴谋,他让人躲藏在瓮中要准备伤害老爷。于是我便回答说:'还不到时候呢。'等我走到第二个瓮前,又听见同样的问话声,我便作了同样的回答,对所有瓮中的人都照样应付了。到这时我才明白,原来他们专心等待匪首发出暗号,就出来行凶。而他们的总头目便是被老爷当客人招待在自己家里的那个所谓的贩油商。只为取得你对他的信任,才能叫他的人来杀害你,抢劫你的财物。但是我不给他机会,他的目的才没有实现。这是因为我发现最后那个瓮中装的果真是菜油,我便灌了一壶,拿到厨房点着灯，然后到堆房弄来一大锅油，架起柴火，把油烧开，按顺序在每个瓮中灌进一些沸油，把躲藏在里面的匪徒，一个个都烫死了，我才回厨房，灭掉灯，站在窗前，瞧着将发生的事变，看看那个假扮商人的举动。不多一会儿，匪首来了，接连几次发出暗号，却没得到回答。他离开卧室，上堆房去查看，见匪徒都完蛋了，便趁黑夜潜逃。但他是从哪儿逃跑的，我可不清楚。我想显然他是逾墙跳到后花园出去的，因为大门是两把锁锁着的，逃不出去。这样我才放心去睡觉哩。"

"刚才我报告的是昨晚发生之事的全部经过。"马尔基娜接着说，"此外在几天前，我对这件事就略微感觉到了。我抑制着自己，不敢报告老爷，怕万一事情传开，叫邻居知道，现在不得不让老爷知道了。情况是这样：有一天我回家时，见咱家大门上有个白粉笔画的记号。当时我虽然不知道是谁画的，有什么用处，但是我意识到那是仇人搞的，存心危害老爷，所以我在邻居的每家大门上，都画上一模一样的记号，使坏人不容易分辨出来。现在看来，画的记号和昨夜的事情，肯定是以此作为报复的标记，避免走错门路。按四十个强盗的数目计算，其中两个人下落不明，这当中的实际情况，我还不知道，因此不得不提防他们。而剩余的三个匪徒中，主要的是他们的头子逃跑了，人还活着。老爷必须格外注意，加倍提防，否则会遭他们的毒手，他不会轻易放过的。为此，我当全力保护老爷的生命财产不受损害，所有的奴婢们都是勤勤恳恳为老爷效劳的。"

阿里巴巴听了非常快慰，说道："你的这个建议，我很满意，你的勇敢果断行为，我这一辈子也忘不了。告诉我吧：我该怎样赏赐你。"

"这是我应该尽的义务。我看目前最重要的事情是,赶快把那些死人埋了,不要让秘密泄露出去。"

阿里巴巴按马尔基娜的指点,亲自带仆人阿卜杜拉到后花园,在一棵树旁,挖了一个大坑,卸下尸体上的武器,再把三十七具尸首掩埋起来,把地面弄平,显得跟先前一模一样,同时还把油瓮和其他什物全都收藏起来。接着阿里巴巴打发阿卜杜拉每次牵一两匹骡子往集市分批卖掉。这件大事算是暗中处理掉了。不过阿里巴巴并未因此安心,因为他考虑到匪首和两个匪徒还活着,一定会再来报仇,所以他小心谨慎地行事,保护自身,对消灭匪徒的经过和从山洞中获得财物的情况,一向守口如瓶,从来不透露一句。

匪 首 之 死

匪首留得一条性命,悄悄逃回山洞。他满腔愤怒,无限苦恼,弄得精神失常,像疯子一样。他想到那些损失了的财物和人马,就下决心报复,一定要杀掉阿里巴巴才解恨。否则,山洞中的财物,会被他全部盗走,因为他是懂得开洞门的暗语的人。为此他决心一人进城去经营生意,作为复仇的手段,以便收拾阿里巴巴之后,再另起炉灶,重新组织人马,继续过劫掠生活,好把前辈传下来的杀人越货的事业一代代相传下去。

匪首打定主意,倒身睡觉。次日,天刚亮他便起床,像前次那样,把自己乔装打扮一番,然后进城在一家客栈住下。他暗自嘀咕:"毫无疑问,一下子杀害这么多人命的案件,县官定要过问,阿里巴巴一定会被捕受审,他的住处一定会被毁,他的财产一定会被查抄,城里人对这样惊天动地的事,一定是人人都知道的。"于是他向客栈的门房打听消息："最近城中发生什么奇怪的事情了吗？"

门房把所见所闻的事，全都告诉匪首。他听了既奇怪又失望，因为门房所谈的消息，没有一件是跟他有关系的，这才使他明白阿里巴巴是个机警聪明人。他不但拿走山洞中的一批钱财，而且还害了这么多人命，他自身却安然无恙。由此匪首联想到自身的安危问题，认为必须充分运用自己的智慧，提高警惕，才不至于落在敌人手中遭到毁灭。因此他在市中租了一间铺子，从山洞中搬来一些上好货物，摆设起来，从此待在铺子里，改名为盖哈瓦吉·哈桑，然后装模作样做起生意来。

说来凑巧，匪首盖哈瓦吉·哈桑的铺子对面，正是已故高西睦的铺子所在地，现在由他的儿子，也就是阿里巴巴的侄子继续经营。匪首以盖哈瓦吉·哈桑的名字开始出面活动，很快就跟附近各商号的老板认识，结下交情。他待人接物既大方又谦恭，尤其对高西睦的儿子格外亲近、诚恳，和这个漂亮、衣着整齐的小伙子来往密切，经常一起聊天，一谈便是几小时。

过了几天，阿里巴巴到铺子里去看侄子。他是照例每隔几天就去看他一次的。这事叫匪首知道了。匪首一见阿里巴巴就认出了他。有一天早晨，匪首向小伙子打听阿里巴巴的情况："告诉你吧，不久前到你铺子中来的那位客人，他是谁呀？"

"他是我的叔父，是我父亲的同胞兄弟。"

这之后，匪首对阿里巴巴的侄子表示格外热情，给他许多好处，作为掩蔽他的阴谋诡计的手段。有时还请他做客，招待他吃喝。

过了一些日子,阿里巴巴的侄子考虑到应酬问题,应当邀请盖哈瓦吉·哈桑吃顿饭才好,才符合礼尚往来的道理。但感到自己的住处狭小,接待客人不太方便,跟盖哈瓦吉·哈桑那样考究的排场比起来,未免显得寒酸。于是他去请教他的叔父阿里巴巴。

阿里巴巴对侄子说:"你的想法倒也对头,应该请那位朋友来做客,像他邀请你、招待你那样。明天是礼拜五休息日,像其他生意人那样停止营业,去约盖哈瓦吉·哈桑上公园里去走走,呼吸些新鲜空气。等你们倦游回家时,不让盖哈瓦吉·哈桑知道,顺便带他到我这儿来。这里我会吩咐马尔基娜预备一桌丰盛的筵席款待他,你就不用操心,一切由我办理好了。"

第二天,阿里巴巴的侄子按叔父的指示,果然邀约盖哈瓦吉·哈桑一起上公园去玩,回家时,就顺便引盖哈瓦吉·哈桑走进他叔父住宅所在那条胡同里,一直来到门前。他一边敲门,一边对盖哈瓦吉·哈桑说:"我的朋友!告诉你吧:这是我家的第二所住宅。你的为人和你优待我的情况,我叔父都听说了,所以他非常乐意见你一面。因此你跟我一块儿进屋里去,看一看他,这将使我更高兴,更感激哩。"

盖哈瓦吉·哈桑听了感到欢喜,因为这样他就可以进入仇人的屋子和接近房主人,报仇的愿望能够很快实现。但是他表面却佯装踌躇的样子,一再表示推辞。这时候,屋内的仆人已经把大门打开。阿里巴巴的侄子拉着勉强被说服的朋友之手,一起走进屋去。房主阿里巴巴谦恭而礼貌地迎接并问候盖哈瓦吉·哈桑:"我的客人啊!蒙你优待我的侄子,我感激不尽。我知道你非常关心他,爱护他,简直超过了我本人。"

"你的侄子为人不错,我跟他一接触,他的举止言谈留给我深刻的印象,我很喜欢他。他年纪虽小,可是禀赋很高,聪明过人,前途是无限量的。"盖哈瓦吉·哈桑说了这么一些恭维和应酬的话。

这样,他们宾主就一问一答地攀谈起来,显得既客气又亲切,谈得很投机。过了一会儿,盖哈瓦吉·哈桑说:"主人啊!现在向你告辞,我该回家了。若是真主意愿,过些时候,再来拜望你。"

阿里巴巴不让他走:"我的朋友,你上哪儿去?我存心招待你,留你吃饭呢。吃过饭再回去吧。我们的饭菜即使不像你家里吃的那样可口,也得求你接受我的请求,大家借此热闹热闹吧。"

"主人啊!承你厚待,实在感激不尽。不过有个特殊原因,不得不求你原谅,还是让我走吧。"

"客人啊!请你告诉我,你好像心事重重,感到烦躁,这到底是为什么呢?"

"是这样,近来我吃药治病,为了根治疾病,大夫嘱咐我,凡是带盐的菜肴都不能吃。"

"如果是这个缘故,那不碍事,我的邀请会蒙你赏脸的。现在厨娘正预备烹调,我吩咐她做无盐的菜肴招待你好了,请你等一等,一会儿就来。"阿里巴巴说着去到厨房,吩咐马尔基娜,做菜不要放盐。

马尔基娜正在预备饭菜,突然听到这个吩咐,非常惊奇,问道:"这位要吃无盐菜肴的人是谁?"

"你问他干吗？只管照我的话去做就是了。"

"好的，一切照你的意思去办。"但马尔基娜对提出这个要求的人，始终抱着好奇的心情，很想看他一眼。

马尔基娜把菜肴都办齐了，帮助仆人阿卜杜拉摆桌椅，趁机看看客人。当她一眼看到盖哈瓦吉·哈桑时，便立刻认出他来了，虽然他的衣着已装扮成外地商人模样。当马尔基娜仔细打量时，发觉他的罩袍下面藏着一把短剑，"原来如此啊！"她忍不住暗自嘀咕，"这个恶棍之所以要吃无盐的菜肴，道理就在这里，目的在于找机会谋害我的主人，因为主人是他的死敌呗。这里我得先发制人，必须在他得机会逞凶之前就除掉他。"

马尔基娜拿一张白桌布铺在桌上，端上饭菜，趁主人陪客人吃喝之际，从容地回到厨房，仔细考虑对付匪首的办法。

阿里巴巴和盖哈瓦吉·哈桑尽情享受，细嚼慢咽地吃喝完毕，马尔基娜和阿卜杜拉便忙着收拾杯盘碗盏，并端出糕点待客。马尔基娜还把鲜果、干果盛在盘中，让阿卜杜拉用托盘端到堂上，她自己拿了一个小三脚茶几放在主人和客人身旁，并把三个酒杯和一瓶醇酒摆在茶几上，供主人和客人自斟自饮。一切布置妥当，马尔基娜和阿卜杜拉才退下，好像吃饭去了。

这时候，匪首盖哈瓦吉·哈桑觉得这是理想时刻，顿时高兴起来，暗自说："这是报仇雪恨的好机会，我只要拿这短剑狠狠地一刀戳进去，就可以结果这个家伙的性命，然后从后花园溜走。他侄子是不敢阻止的，即使他有勇气同我对抗，我只动一个手指或一个脚趾，就足以致他死命。不过还要稍等一下，待那两个婢仆吃完饭回到厨房休息时，再动手也不迟。"

马尔基娜沉住气,暗中监视着匪首的举止,边猜想他的心意,边想道:"对这个恶棍来说,决不让他有逞凶的机会。我不仅要他的阴谋诡计落空,而且还要结果他的性命。"这个忠实可靠的马尔基娜赶快脱掉衣服,换上一身舞衣似的服装,头上缠一块鲜艳的头巾,脸上罩一方昂贵的面纱,腰上束一块织锦围腰,围腰下面挂着一把柄上镶嵌金银宝石的匕首。她这样打扮之后,吩咐阿卜杜拉:"带上手鼓,咱俩一块上客厅去,为尊敬老爷的客人去表演吧。"

阿卜杜拉听从马尔基娜的指使,果然带上手鼓,跟她来到客厅。阿卜杜拉把手鼓一敲,马尔基娜便翩翩起舞。两个婢仆表演了一会儿,便停下休息,准备集中精神,继续表演。阿里巴巴很感兴趣,任他俩随意表演,并吩咐道:"现在你们歌舞起来,演一些更精彩的节目,供客人欣赏,让他高兴愉快吧。"

"我的东道主啊!蒙你如此盛情款待,我感到愉快极了。"盖哈瓦吉·哈桑表示衷心感谢。

在主人的鼓励和客人的赞赏下,一对婢仆兴致勃勃,劲头越来越大。阿卜杜拉把手鼓一敲,马尔基娜大显身手,她那轻盈步子和袅娜舞姿,给主人和客人以极欢乐的感受。正当他们看得出神的时候,马尔基娜突然抽出匕首,捏在左手里,从这边旋转到另一边,做出优美的姿势。这时候,她把锐利的匕首紧贴在胸前,霎时停顿下去,右手把阿卜杜拉的手鼓拿过来,继续旋转着,按喜庆场合的惯例,向在座的人乞讨赏钱。她首先停在主人阿里巴巴面前,主人把一枚金币扔在手鼓中,他的侄子也同样扔进一枚金币。盖哈瓦吉·哈桑眼看马尔基娜舞近他时,便掏出钱包,预备给赏钱。这时马尔基娜鼓足勇气,刹那间,把匕首对准盖哈瓦吉·哈桑的心窝,猛刺进去,立刻结果了他的性命。

阿里巴巴大吃一惊,怒吼道:"你这是干什么呀?我这一生可叫你毁掉了!"

"不对,"马尔基娜理直气壮地说,"我的主人啊!我刺死这个家伙,是救你的命呢。如果你不相信,请解开他的外衣,便可发现他包藏的祸心了。"

阿里巴巴一搜索,发现他贴身佩着的短剑,一时吓得目瞪口呆,哑口无言。

"这个卑鄙的家伙是你的死敌。"马尔基娜说,"请你回忆一下,他正是那个所谓贩油商人,也就是那伙强盗的头子。他说不吃盐,这说明他贼心不死,存心谋害你。开头你说他不吃有盐的菜肴时,就引起我的怀疑。当我第一眼看到他时,便知道他不怀好意,是存心要害你的。赞美伟大的真主!我的猜想和顾虑跟事实是相符合的。"

阿里巴巴感谢马尔基娜,重重地赏赐她,说道:"瞧吧!你先后两次从匪头手中救了我的命,我应该报答你救命之恩。"于是他伸手指着马尔基娜的脖子说:"现在我释放你,恢复你的自由,你成为自由民了。为了报酬你的忠诚老实,我为你主持婚事,把你配给我的侄子,使你们成为恩爱夫妻。"

阿里巴巴向马尔基娜表白心愿之后,回头吩咐侄子:"你照我的话去做,必然会兴旺发达起来的。马尔基娜是一个本领高强、性格忠实、可靠的女人。如今你看一看躺在地上这个所谓的盖哈瓦吉·哈桑吧,他跟你结交往来,其目的不过是借此寻找机会谋害我。而马尔基娜这个姑娘呀,凭她的智慧机灵,替我们除了一害,使我们转危为安了。"

阿里巴巴高兴地看到侄子接受他的建议，愿与马尔基娜结为夫妻，于是阿里巴巴带侄子、马尔基娜和阿卜杜拉，大家同心协力，忙着处理这桩祸事。他们彻夜不眠，小心谨慎地暗中秘密行动，把匪首的尸体挪到后花园，挖个地洞，埋在地下，这件事才算告一段落。从此，他们一个个守口如瓶，始终没让外人知道这件事情的真实情况。

故事的结束

阿里巴巴既然建议自己的侄子同马尔基娜结婚，为了表示对他俩的关怀，他就亲自主持其事。经过准备，一切就绪之后，他就选择吉日为侄子举行隆重的结婚典礼，大设筵席，盛宴宾客，并按当时的豪华排场，跳各式各样的舞蹈，奏各种时兴、流行的乐曲。亲戚、朋友、邻居纷纷来参加婚宴，热烈庆祝，一片欢乐，热闹空前。

阿里巴巴的隐患除掉，从此他安心经营生意，过着安居乐业的生活。他的时运越来越好，前景无限光明、灿烂，眼前展现出广阔天地。

他对匪徒怀有戒心，为谨慎起见，阿里巴巴自从把他哥哥高西睦的尸首偷运回来之后，就息了念头，再也不上山洞去了。直到消灭匪徒和匪首之后，又经过一段时间，他才在一天早晨，骑马进山。他小心地向周围看看，没有发现人迹，心中有了把握。他鼓足勇气，走近山洞，下了马，把马拴在树上，挨至洞前，说了暗语："开门吧，芝麻芝麻！"情况跟过去完全一样，洞门果然应声而开。阿里巴巴走进山洞，看到那些金银、财物依然原封不动地堆积在里面。看了这情况，他深信所有的强盗都完蛋了。他认为除自己外，没有一个人知道个中的秘密。他根据马所能驮的重量，装了一鞍袋金币，运回家中。

后来，阿里巴巴把山中宝库的秘密告诉了他的儿子和孙子们，并教他们开、关和进出山洞的方式方法，让他们代代相传，继续享受宝库中的财富。就这样，阿里巴巴及其子孙后代，一直过着极其富裕的生活，成为这座城市中最富豪的人家。

当初，阿里巴巴原是穷得无立锥之地，靠砍柴为生的一个穷汉，有幸发现山中的宝藏，便一步登天，财富、名誉、地位一直上升到至高无上的地步。

阿拉丁和神灯的故事

淘气的阿拉丁

相传古时候,在中国的都城中,有一个以缝纫为职业的手艺人,名叫穆斯塔发。他处境不好,是个穷人,膝下只有一个独生子,名叫阿拉丁。

阿拉丁生性乖张,从小不爱学好,是个小淘气鬼。

阿拉丁年满十岁时,他父亲一心一意要教他学缝纫,以便将来继承他的工作,以此谋生度日。这是因为穆斯塔发向来生计窘迫,没有多余的钱供儿子上学读书,也不可能让他去做生意,或者去当徒工,学一身本领。归根结底,他只能把儿子留在铺中,由自己教他缝纫。

但是阿拉丁贪玩成性,总是跑出去找本地区那些贫穷、调皮孩子们游玩鬼混,没有一天能安心地待在铺中。他抓紧一切机会,只要父亲一离开铺子,例如因应付债主等事出去时,他就立刻跑去找调皮、捣蛋的那些小伙伴,一起去逛公园,玩游戏。这种情况,对阿拉丁来说,已是家常便饭,习以为常,劝导鞭打对他都不管用。因为他既不听父母的话,甘愿继承父亲的职业,也不肯学经营买卖的本领,所以他的前途实在不堪设想。

裁缝穆斯塔发眼看儿子这种不争气的行为，大失所望，悲愤交集，终于忧郁成疾，不久便一命呜呼。阿拉丁不但不因父亲之死改变他那懒惰邪癖的性格，而且依然如故，继续过浪荡生活。他母亲看到自己的老伴已死，儿子又不成器，深感前途茫茫，半点希望也没有，所以迫不得已，索性把裁缝铺和里面的什物，全都卖掉，然后以纺线为业，借此谋生糊口，并养活不务正业的淘气儿子。这时候，阿拉丁觉得父亲死了，自己不再受到严格的约束和管教，所以就更加放荡不羁，越发懒散堕落，除了吃饭时候，总是不在家里。而他那可怜不幸的母亲，仅靠一双手纺线，养活儿子，一直到他年满十五岁。

非洲的魔法师

阿拉丁十五岁那年，恰巧发生了这样一桩事情：有一天，正当阿拉丁照常跟本地区那些调皮懒惰的朋友们在一起玩耍的时候，被一个外地的修道士看中了。那个所谓的修道士是从非洲远道而来的，是摩洛哥的摩尔族人。此人专搞魔法，精通此术，并且长于占星学。对于这类邪门歪道，他孜孜不倦地钻研，精益求精，终于成为一个名副其实的魔法师。当时他站在一边，若有所思地打量这群孩子们。他发现了阿拉丁，仔细盯着他，细心观察、研究他的相貌和其他孩子们的情况。经过一番观察、思考之后，魔法师暗自说道："真的，这就是我所需要的那个孩子，为了寻找他，我不惜离乡背井从老远的地方来到这儿。"于是他拉其中的一个孩子到一旁，向他打听阿拉丁，问道："他是谁的儿子？"

魔法师从那个孩子口中知道阿拉丁的情况,就走近他。魔法师走到阿拉丁身边,把他拉到一旁,说道:"我的孩子,也许你是裁缝穆斯塔发的儿子吧?"

"不错,老爷。不过我父亲早就死了。"

魔法师听了这个消息,一下子扑向阿拉丁,搂着他的脖子,边吻他,边挥泪。

阿拉丁看到这个外地人大哭,感到十分诧异,问道:"老爷,你哭什么呢?你从哪儿知道我的父亲呀?"

"我的孩子,"魔法师用颤抖的音调说,"你已经告诉了我你父亲逝世的消息,我怎么能不哭呢?因为你父亲是我的异父兄弟。我长期在外流浪,如今从老远的外地归来,带着喜悦心情,怀着满腔期望,想和他聚首见面,好借此消除多年以来郁结在心中的忧愁。可是得到的是他逝世的噩耗。不过人的血统关系是抹不掉的,你在这群儿童中,我一眼就看出你是我的侄子了。因为你具备着你父亲的血缘关系,尽管我跟你父亲分别时,他还没有结婚。"

魔法师借着提到往事的机会,装出一往情深的、无限悲哀的神情,继续说道:"我亲爱的侄子阿拉丁啊!你父亲之死,使我大失所望,我所期待同兄弟见面言欢的那种喜悦,现在已烟消云散了。尤其是在我长期流浪他乡,弟兄手足多年不见面的情况下,我一心一意盼望在我去世之前,能见他一面,可是路途遥远,难偿我的夙愿。生离死别给我带来痛苦,这是人生无法避免的事,因为生死有定,一切都是老天爷所注定的。"他说着再一次把阿拉丁紧紧地搂在怀里,表示亲热,并大声说道:"亲爱的侄子啊!从今以后,我只能从你身上得到安慰了,你父亲在我心目中的地位,由你取代了,因为你是他的子嗣,是他的后代嘛。所谓'留下子嗣的人,虽死犹生',就是这个意思。"

魔法师这样说着,伸手掏出钱袋,拿十枚金币递给阿拉丁,问道:"亲爱的侄子,你和你母亲住在什么地方?"

阿拉丁马上带魔法师回家,并把他家的住处指给他看。魔法师一面走一面嘱咐说:"亲爱的侄子,你把这些钱交给你母亲,并替我向她问好,让她知道你的伯父已经从外乡回来了。待明天早晨,我上你家去拜望她,问候她,并借机会看一看我弟弟生前的住处和他死后葬身的地方。"

阿拉丁吻了魔法师的手背,然后分手。他怀着愉快心情,打破他那非吃饭时不归家的习惯,一口气跑到家中,找到母亲,欢天喜地地大声说:"娘,我给你报喜讯来了,我那个多年流浪在外地的伯父回来了,刚才他嘱咐我问候你呢。"

"儿啊!我想你是在嘲弄我吧。你所说的这个伯父,他是谁?你这一辈子哪儿来一个伯父呢?"

"娘,这是怎么说的!如果说我没有伯父,也没有别的亲戚,那么我父亲的这个哥哥,他是哪儿来的呢?真的,他不仅拥抱我,吻我,而且还流着眼泪打发我来问候你呢。"

"儿啊!据我所知,你原是有一个伯父的,但他早已去世了,打那以后,我就不知你还有别的伯父了。"

阿拉丁听了母亲的话,将信将疑,茫然不知所以。

魔法师看中阿拉丁,跟他接触后分手,好不容易过了一夜。次日清早,他急急忙忙出去寻找阿拉丁,因为不见这个孩子的面,他惴惴不安,心绪不宁。他东张西望不停地朝前走,一直来到阿拉丁游玩的地方,见他正同那些淘气的孩子们在一起,便赶快挨过去,把他拉在身边,热情地拥抱他,亲切地吻他,然后递给他两枚金币,说道:"你快回家去告诉你母亲,说我要去你家吃晚饭,把两枚金币交给她,让她预备饭菜吧。不过在这之前,你要带我再去看一看上你家去的那条路线。"

"好,跟我来。"阿拉丁欣然应诺,带魔法师朝回家的路上走,边走边指给他看,直到家门前,二人才分手。

阿拉丁一口气跑到家中,把两枚金币递给母亲,说道:"娘,今天伯父要上我家来吃晚饭,这是他给你做饭菜的钱。"

阿拉丁的母亲很高兴,到市上买了烹调需要的各种食物,并向邻居借来杯盘碗盏,然后精心地开始烹调工作。待饭菜预备妥当,是吃饭的时候了,她才对阿拉丁说:"儿啊!饭菜都做好了,就怕你伯父不知道咱家的住处,所以你须出去接接他才对。"

"听明白了。"阿拉丁听了母亲的话,正要出去接伯父,突然听见敲门声。他赶忙出去,开门一看,见魔法师和另一个携带酒和糕点水果的仆人站在门口,阿拉丁喜形于色地迎接了他们。

魔法师带着仆人进了屋,让仆人放下礼物,把他打发走了,然后向阿拉丁的母亲哭哭啼啼地寒暄一番,他问道:"我兄弟生前,经常在哪儿起坐?"

阿拉丁的母亲指摆着一条长椅子的地方,魔法师便挨过去,伏在地上,边吻地板边喃喃地祈祷,接着痛哭流涕地诉说:"我的兄弟,我的眼珠哟!和你生离死别,连最后见一面的愿望都不能实现,这是我的命运太坏的缘故呀!"他埋怨着抽噎着哭个不止,伤感得差一点昏晕过去。

阿拉丁的母亲眼看这种情景,被他所表现的那种有声有色的情感所迷惑,确信他真是阿拉丁的伯父,由于感动,不由自主地挨了过去,把他从地板上扶了起来,说道:"你即使哭断了气,实际上也没有什么好处。"她用好言安慰他,请他坐下,并殷勤招待他。

魔法师坐在席前,受到宾客的款待,身心感到舒适、自在,便同阿拉丁的母亲攀谈起来,说道:"弟媳啊!你从来没有见过我,在我兄弟生前,关于我的情况你一点也不知道,这是不足为奇的。其中的原因是:四十年前我离开这座城市,开始过流浪生活。我经过印度、信德,进入埃及境内,在壮丽宏伟的城市中,停留过长时间,那是被称为世间奇观之一的一个好地方。最后我旅行到遥远的非洲西部,在摩洛哥境内定居下来,一住就是三十年。

"有一天,我一个人孤单单地坐在家里,突然心血来潮,一时间想起家乡祖国,想起我的骨肉兄弟,随着这些联想,我想念家乡,渴望骨肉团聚,这种想法越来越厉害,简直到了无可抑制的境地。我顾影自怜,想到我这个远离家乡祖国的人,情不自禁地哭了。后来,经过一番琢磨,我的渴望终于促使我下决心回老家去一趟。我以为回到家乡,便可以同我兄弟重新见面。于是我对自己说:'你这个人呀!离乡背井,像游牧的阿拉伯人一样过着流浪生活,到底要过多久啊?而你只有一个骨肉兄弟,应该立刻起程回老家去,在你去世之前,跟兄弟再见一面。因为世态变动无常,它给人带来的苦难,谁能料想得到呢?现在不早做归计,将来势必身死异地,那时候懊悔就来不及了,就遗恨无穷了。兼之你算是得天独厚,现在手边还算富裕,就该想到兄弟的窘迫情况,多帮助、接济他才对。'我想到这里,一骨碌爬起来,积极准备行装。那天恰巧是礼拜五休息日,我就动身。旅途上经历千辛万苦,吃尽各种苦头,全靠老天爷保佑,总算回到家乡来了。昨天我在街上溜达,无意间碰见侄子阿拉丁跟一些孩子在一起玩耍。由于天然的血缘关系,一见他,我的心就不由自主地被他吸引过去。我感到他就是我那唯一的亲侄子,因此在同他见面的一刹那,我身上的疲劳和内心的苦恼,顿时忘却干净,高兴得差一点飞起来。但是当他提到我的兄弟已经逝世的噩耗时,我悲哀、痛苦,忍不住流泪痛哭。当时我那种极端悲痛的情景,也许阿拉丁对你讲过了。

"在极度痛苦之中,我唯一可以得到慰藉的,只有阿拉丁的形貌了,因为他是我兄弟遗留下来的后代啊。对我兄弟来说,他既然留下这个子嗣,那就虽死犹生了。"

魔法师强调了这几句话,随即把视线转移到阿拉丁身上。因为他看到自己的谈话,已打动了阿拉丁的母亲,她伤心流泪了。魔法师安慰她,旨在借此阻止她再提起丈夫生前的事情,以便顺利地实现他的欺骗计划。于是他问阿拉丁:"我的孩子,你是做哪种行业的?在谋生方面,学到什么本领?告诉我吧,你学会一种手艺解决你母子二人的衣食问题了吗?"

阿拉丁无言可答,一时羞得低下了头。这时候,他母亲迫不及待地说道:"事实可不是你想象的这样。指天发誓,他呀,是个不懂事的孩子。像他这样粗野的孩子,我可是从来没见过。他整天游手好闲,消磨时间,跟那些顽皮无赖的孩子混在一起,使他父亲悲愤成疾,忧郁死去。现在我自己的境遇也非常悲惨,终日劳苦,从事纺线,一双手白天黑夜不离纺纱杆,每天靠这赚几个面饼,母子二人得以糊口。阿拉丁每天除吃饭时间,他从来不归家见我的面。说真的,我正打算把门锁起来,不让他进家,由他自己去找生活出路,养活他自己。因为我是个老婆子,精力衰退,劳动越来越困难了,要维持过去的局面也不容易了。"

魔法师听了阿拉丁母亲出自内心的话,装出一副同情的样子,对阿拉丁说:"我的孩子,你向来行为不端,放荡不羁,这到底是什么缘故呢?这种行为,对你来说,实在是丢脸的事。我的孩子,你是个年轻人,出身于诚实正直的人家,却让你母亲这样年老体衰的人辛勤劳动养活你,你说,这不是一件很可耻的事吗?现在你已渐渐长大,对自己的生活应该有个打算,应该循规蹈矩、按部就班地去经营生意才对。我的孩子,你睁眼看看周围的一切吧。在咱们这座城市里,各式各样手艺的师傅都有,而且人数很多。你可以从各种行业中,随便挑选一种你喜欢的去学,我愿意大力支持你。等你出师时,我的孩子,你便可自立谋生了。原来你父亲的缝纫手艺,如果你不太喜欢,就可以选择你认为理想的手艺去学,你看怎么样?我的孩子,告诉我吧,我做伯父的当全力帮助你。"

魔法师费尽心机讲了一通之后,见阿拉丁还是无动于衷,默不作声,觉得这个孩子生性懒惰,只想过浪荡生活,于是又对他说:"我的孩子,我所说的这些话,你懂得而能接受吗?如果你不喜欢学手艺,那么我可以替你开个铺子,准备各种昂贵、豪华的货物,让你去经营生意,在名商大贾中出人头地,掌握交易场中贱买贵卖的赚钱本领,慢慢你就闻名于全城了。"

阿拉丁听了伯父的谈话后很高兴,对可以成为名商巨贾很感兴趣,简直喜出望外,因为他知道名商巨贾穿的是丝罗绸缎,既漂亮,又华丽。他抬头望着魔法师抿嘴一笑,然后满意地低下头。

魔法师冷静观察一会儿,见阿拉丁露出笑容,知道他乐意搞生意，所以趁势引诱他说："我的孩子，你既然愿意做生意，这证明你是有志做一些大事的，我就替你开设一个铺子，让你成为商界中有名誉有地位的人物吧。明天，我带你上市场，先给你买一套合身的专门为富商巨贾所制备的衣服，然后再为你进行开设铺子的事，以此实现我的诺言。"

当初，阿拉丁的母亲对这个自称为丈夫的哥哥的摩洛哥人，抱怀疑态度。自从听了他答应为自己的儿子出本钱办货物，开铺子，心中的疑虑便消失了。她已经相信，认为他确是自己丈夫的亲哥哥，否则，一个外地人是绝不会为自己的儿子做这种好事的。于是她教导儿子回头走正路，抛弃私心杂念，立志做规规矩矩的人，尤其要以能干的伯父为榜样，把他当父亲来看待，好好听他的话，并教导他要把以往跟那些游手好闲的顽皮孩子在一起所消磨掉的时光补回来。

阿拉丁的母亲对儿子说了这番教训的话以后起身去摆餐桌，端来饭菜，并请魔法师坐首席，母子二人陪他一起吃晚饭。魔法师边吃喝，边跟阿拉丁谈关于做生意的事。他的谈话使阿拉丁听得出神，弄得他通宵不想睡觉。

魔法师津津有味地大嚼起来，开怀畅饮，喝得醉眼蒙眬，天快黑了，才起身告辞。临行，他再一次嘱咐说，明天早晨来带阿拉丁去买商人们穿用的衣服，按计划行事。

次日清晨，阿拉丁的母亲听到急促的敲门声，一开门就见魔法师站在门前。他不肯进屋，只说要带阿拉丁上市场去买东西。阿拉丁欣然来到伯父面前，问候他，吻他的手背。魔法师拉着阿拉丁一块儿来到市场，进入一家服装商店，说要买套华丽的衣服。老板拿出各式各样的上等服装供他挑选。他指着那些衣服对阿拉丁说："我的孩子，你喜欢什么式样的，自己挑吧。”

阿拉丁听了伯父的话,十分欢喜,于是挑了一套最心爱的衣服。魔法师掏钱付了衣款,然后带阿拉丁上澡堂去洗澡。阿拉丁穿上新衣服,欢欢喜喜地吻伯父的手背,表示十分感谢他。于是伯侄俩坐下,一块儿喝果子汁。

离开澡堂,魔法师不辞劳累,又带阿拉丁去逛集市,指交易场中形形色色的情景给他看,对他说:“我的孩子,你要准备跟这些人结识往来,多熟悉他们,尤其要多接触一般的生意人,向他们学习买卖的本领,从而丰富交易的经验。要看到目前他们所进行的这种行业,将来便是你自己的职业。”

逛过集市,魔法师带阿拉丁去逛城中的名胜古迹,参观大寺院中的幽雅别致的景致。带他去上馆子,吃银盘盛着的可口菜肴,两人大吃大喝了一顿。

吃过午饭,魔法师带阿拉丁到娱乐场所去寻乐,并游览古帝王的宫殿和富丽堂皇的大建筑物以及屋中丰富多彩的陈设,借此打开他的眼界,使他感到格外欢喜快乐。

最后,魔法师带阿拉丁到他住宿的专为外地商人开设的那家大旅馆,邀约各行各业的生意人和他见面,大伙在一起吃晚饭,当众宣称阿拉丁是他的侄子。

客商们吃饱喝足,尽欢而散已是天黑时候,魔法师才送阿拉丁回家。

阿拉丁的母亲见儿子身穿漂亮服装,俨然是商人的模样,不禁喜出望外,乐得热泪盈眶。由于虚伪的乱攀亲戚关系的魔法师对阿拉丁无微不至地关怀,并给以施舍,致使她感激万分,激动地致谢说:“好兄长,你对这个孩子如此关怀,做这么多好事,我的感激心情是千言万语说不完的,你的恩情我是终生难忘的。"

"弟媳啊！这不过是我的一点心意罢了，值不得一提，因为这个孩子等于我的亲生儿子。替兄弟抚养、教育他的子嗣，对我来说，是责无旁贷、义不容辞的。弟媳不必为此过意不去。"

"求上天保佑，赏哥哥长命百岁！今后，阿拉丁这个孩子，在你的庇护下，就有希望过好日子了。往后他会听你的话，按你的指示行事的。"

"弟媳啊！阿拉丁出身于善良家庭，快要长大成人了。求上天保佑！但愿他能步他父亲的后尘，立志规规矩矩地做人，以慰他父亲在天之灵，从而弟媳盼子成龙的心也就有了寄托。明天恰巧是礼拜五休息日，商界停业，不能去进行开设铺子的事，实在抱歉得很。必须过了休息日，各行各业才开市照常营业。因此，我打算明天一早就到这儿来，带阿拉丁去城外逛公园、名胜，那是他至今还没去过的地方。在那里，他可以同那些去游玩的富商名流见面，互相交谈结识，这对他来说是有好处的。"魔法师嘱咐完毕，告辞回旅馆安歇去了。

阿拉丁在一天之内穿上了新衣服，又进澡堂，吃馆子，游集市、名胜，并跟许多商人见面，他的高兴、快乐情形是难以形容的。想到明天一早他的伯父就来带他出城去游玩，更是兴奋，整夜睁着眼睛，等待天亮。

第二天清晨，魔法师果然按时来到阿拉丁的家门前。阿拉丁一听敲门声，一骨碌从床上爬起来，开门迎接伯父。魔法师一见阿拉丁，便紧紧地拥抱他，亲切地吻他，握着他的手说道："侄子啊！今天我要带你去的地方，那儿的景致很优美，是你生平没见过的。"他说些逗趣的话，激发他的愉快兴奋情绪。就这样两个人说说笑笑离家走出城门,进入公园消遣寻乐。魔法师为使阿拉丁格外喜欢快乐,带着他漫步参观游览,喋喋不休地说这里景致优美,那里楼台、亭榭巍峨。每逢走到一个亭榭或一座高楼、一幢宫殿前,他俩总要仔细欣赏一番,魔法师总是不止一次对阿拉丁说:"侄子,你对这个感兴趣吗?觉得快乐吗?"

阿拉丁面对那些生平没见过的奇迹般的景色和宏伟的建筑,快活得眉飞色舞。他俩不停地慢步走着,在大自然中寻乐。他们走得很累,最后进入一座美丽的花园。那里空气新鲜,景色秀丽,使人感到心旷神怡。里面有清澈的溪流,围绕着万紫千红的花丛,弯弯曲曲地湍流;还有以金子般的黄铜铸成的狮子,口中喷出清泉,令人看得神往。他俩愉快地面对池塘坐下来休息,有说有笑,如同亲密的父子。魔法师解下腰带,打开盛食物干果的袋子,对阿拉丁说:"我的侄子,也许你饿了,快来吃点饮食吧。你爱吃什么就吃什么好了。"

那时阿拉丁的确很饿,便狼吞虎咽地吃起来,魔法师也陪着吃。他俩一面吃一面休息,感到十分舒适,满心欢乐。

魔法师看阿拉丁吃喝、休息得差不多了,便开口说:"侄子,你歇息得好吧,现在咱们该起身了,继续向前再走一程,一直达到这次旅行的最终目的地吧。"

阿拉丁听了伯父的话就站了起来,随魔法师慢步向前,从一座花园走到另一座花园,继续不停地走着,越走越远,把所有的园林一概甩在背后,最后来到一座巍峨的童山脚下。

阿拉丁这个孩子,年纪不算太小,却从来没离开过城郭,到目前为止,也从来没像今天这样走这么多的路,因此他有些难色,向魔法师诉苦:"伯父,咱们要上哪儿去呀?咱们离开那些庭园,一直来到这个老远的、荒芜寂寞的地方。如果要走的路程还很远,我可是太累走不动了,我支持不住快要倒下去了。前面没有其他花园可以游览,倒不如趁早离开这里,快转回家去吧。"

"不,我的孩子,咱们还不能回去,咱们并没走错路,逛花园并不是最终的目的。因为咱们去谋求的事,绝非一般帝王的事业可以同它相提并论的,拿你所见所闻的事跟它比较起来,那是微不足道的。所以你得鼓起勇气,勇往直前地走下去。感谢老天爷! 因为你已经长大了。"魔法师讲了这个道理,接着又说了些温存的话安慰阿拉丁,并讲一些奇怪的故事给他听,借此消除他因走路而感受的疲劳。魔法师利用这种骗术,带着阿拉丁一直往前走到他的目的地。这便是这个西非魔法师不辞远道跋涉,而从日落处的西方,奔到日出处的中国的最终目的。

神　灯

魔法师非常高兴,带着阿拉丁来到目的地,对他说:"侄子,这就是咱们要来的目的地。现在你暂且坐下休息吧。待一会儿,我将指最奇妙的事物给你看。这样的事物人世间是没有谁见过的。你将欣赏的这种奇妙景象,前人是想象不到的,谁也没享受过。不过休息后,要给我捡些碎木片、干树枝放在一起,让我点火燃烧,再告诉你其中的各种迹象。这样一来,咱们的目的就达到了。"

阿拉丁听了魔法师的吩咐,渴望看到伯父所要做的事情,把疲劳忘得干干净净。阿拉丁休息了一会儿,然后站起来,按魔法师的吩咐,开始捡碎木片和干树枝,直到听见伯父呼唤他时,才带着木片、树枝到魔法师面前。

魔法师把木片、树枝点燃起来,并从胸前的衣袋中掏出一个别致的小匣子,顺手打开,从里面取出些乳香,撒在火焰中,对着冒出来的青烟低声念起咒语来。他念些什么,阿拉丁一句也听不懂。但在浓烟的笼罩下,大地突然震动起来,地面在霹雳巨响中一下子裂开了。

阿拉丁眼看这种恐怖景象,大吃一惊,只想拔脚逃避灾难。魔法师看出他的举止行为,怒不可遏,愤恨到极点。因为没有这个孩子在场,他的全盘计划势必失败,他一心所要盗窃的地下秘密宝藏,除了阿拉丁,别人是不能开启的。所以他一发觉阿拉丁要逃跑,便举起手来,狠狠地一巴掌打在他的头上,打得他晕头转向,痛得昏倒在地。

当阿拉丁慢慢苏醒过来,蒙蒙眬眬地见魔法师站在他身边,忍不住伤心地哭泣起来,说道:"伯父,我到底犯了什么过错,要受到这样的处罚呀?"

"我的孩子,我是一心一意要培植你成人的,你怎么可以反抗我呢!"魔法师装出一副慈祥怜爱的样子,安慰阿拉丁,"我既是你的伯父,就等于是你的生身父亲,因此,凡是我吩咐你的事,你必须照办。如今我忙着要让你看一件奇妙的事物,当你看到的时候,会很快忘掉你的疲劳的。"

这时候,那裂开的地方逐渐显露出一块长方形的云石,当中系着一个铜环。魔法师面对云石,马上取泥沙占卜一番,然后转向阿拉丁,说道:"我的孩子,我要吩咐你的事,如果你全做到,那么,你肯定会一下子变成比一般帝王还富有的人物呢,就是因为这个缘故,我才动手打你呀。因为在这个地方的地底下，埋藏着一个宝库，里面的宝物是用你的名义贮存起来的，要不要开启它，这是事先有规定的，必须由你来决定。刚才我为开启宝库，已经祈祷过了。我的孩子，现在你要好生注意，听我告诉你，那块石板下面就是宝藏的所在。你过来，握着石板当中的那个铜环，把石板揭起来，因为除你之外，世间的任何人都弄不动它。你揭开石板，就得走进去，因为这个特殊、奇异的宝藏，原是为你而保存下来的。不过里面的情形，你必须听我解释，照我所说的去做，切不可疏忽大意。这一切，我的孩子，都是为你自身的利益和幸福着想的。宝藏中的宝物很多，质量很好，帝王们所聚敛的财富都比不上。再就是你还要记住：这个宝藏既是你的，同样也是我的。"

阿拉丁听了魔法师的这番话，顿时把他感到的疲劳、挨打的疼痛和伤心流泪这类倒霉的遭遇都忘了。他哑口无言，头昏眼花，呆呆地望着魔法师。同时，一想到命运将使他成为富人，便感到非常高兴。于是真诚地对魔法师说："伯父，你觉得该怎么办好，就吩咐吧，我会按照你的话去做的。"

"侄子，你在我的心中，比我亲生的儿子还亲呢。因为你是我兄弟的儿子，除你之外，我没有其他的亲人了。说实在的，我的孩子，你也是我的继承人哪。"他这样说着，痛吻阿拉丁一回，接着说道："我这么劳累奔波，到底为谁？老实说，我的孩子，我做这一切完全是为你呀。到头来，我会把你抚育成一个最富豪、最伟大的人物的。至于我吩咐你的，你必须全部照办，不可违拗我的命令。现在你快过来，按我说的办法，握着铜环，把石板揭开吧。"

"伯父，那石板实在太重，我毕竟年纪小，一个人弄不动，你得给我添把力，咱俩一起动手揭吧。"

"我的侄子,如果我动手帮助你,就糟糕了,事情就失败了。我刚才告诉你,这个宝藏除你之外,别人是不能去碰它的,你只要握着铜环一掀,就会把石板掀开。不过当你掀的时候,要不停地叫你自己的姓名,同时也要叫你父母的姓名,这样石板就容易掀开,你也不会感觉沉重、吃力。"

阿拉丁按照伯父的指使,毅然鼓起勇气,紧一紧腰带,走到石板面前,伸手握着铜环,然后边喊他自己和父母的名字,边揭石板。出乎意料,竟毫不费劲地一下子就揭开了。他一看,原来石板所盖的是一个地道口,有十二级台阶通向地下。

这时候,魔法师赶忙指挥阿拉丁,说道:"阿拉丁,集中注意力,按照我的吩咐去做。现在你跨进洞口,小心谨慎地沿台阶走下去。到了底层,那里有四间房子,每间房中摆着四个黄金或白银坛子,坛中装的全是无价珠宝。你要当心,千万不可动它,也别让自己的衣边擦着坛子和墙壁。你只管继续向前走,一会儿也别停留,否则你难免要遭殃,会变成一个黑石头。你一直走进第四间房子时,会发现屋中有另一道关着的房门。你要像揭石板时那样,喊着你自己和你父母的名字去开它,这样便可进入一座花园。园中的果树结满金碧辉煌的各种果实。你沿当中的通道向前走去,大约五十步远的地方,有一间富丽堂皇的大厅。大厅的天花板上挂着一盏油灯,厅中还有一架计三十级台阶的梯子。你沿梯子上去,取下油灯,倒掉灯中的油,然后把它装在胸前的衣袋里带回来。那盏油灯不会伤人,你不用害怕。你出来时,花园中树上的果实,你喜欢什么样的,可以随便摘一些带回来。这是因为那盏灯一旦掌握在你手中,整个宝藏中的宝物便全归你所有了。"魔法师嘱咐毕,从手上脱下一个戒指,替阿拉丁戴在食指上,接着说道:

"我的孩子，告诉你吧，这个戒指将保护你不受任何危害和恐怖的威胁，所以你不用顾虑，但是你要牢牢记住我所嘱咐你的一切。为实现开启宝藏的目的，你勒紧腰带，鼓足勇气，快下去吧。不用害怕，如今你已长大成人，不再是小孩子了。过一会儿，我的孩子，你将赢得巨大的财富，一跃成为世界上最富有的人物呢。"

阿拉丁遵照魔法师的命令，进入地洞，按照他的指示走下台阶，进入地道，小心谨慎地通过摆着金银坛子的那四间房子，来到花园，然后沿着通道向前，一直进入那间富丽堂皇的大厅，爬上梯子，取下吊在天花板上的那盏油灯，吹灭它，倒掉灯中的油，把它装进胸前的衣袋里，然后走下梯子，退出大厅，回到花园中。

现在，阿拉丁不像进来时那样紧张害怕了，而是从容不迫地漫步园中，欣赏园里的美妙景物。他听见雀鸟婉转清脆的鸣声，看到树枝上结满灿烂的宝石果子，红黄绿白各色都有。每棵树木长得各有特点，结出的果实，也各不相同。那果实发出灿烂耀眼的光芒。那光芒能使午前的太阳变得暗淡失色。尤其特别的是，每颗宝石果子的体积之大，不是帝王们拥有的宝石所能比拟的，因为他们的最大宝石，最多也只不过有这里的一半大。

阿拉丁在园中尽情欣赏那些使人感到惊奇迷惑的奇树异景，并仔细观察、思索，看到这里的树木所结的硕大名贵的珠宝玉石果子，应有尽有，比如绿刚玉、红宝石、尖晶石、翡翠、珍珠等。面对这种瑰丽景色，真令人眼花缭乱，惊叹不止。阿拉丁毕竟还是个孩子，没见过世面，不懂事，缺乏经验阅历，对这样珍贵的珠宝玉石没有识别能力，也不知道其价值。在他看来,这里面的珠宝玉石,不过是玻璃一类的料品罢了。但他知道这不是一般的水果,为不能像葡萄、无花果和其他水果那样可吃而感到遗憾,因此他把这些东西当玻璃制品来收集,各种果实都摘一些,装在衣袋里,暗自说:"我要摘些玻璃果实,带回家去玩。"他摘了不少,除装满每个衣袋外,还解下围巾来包,然后缠在腰间,准备带回家去作装饰品用。他只把这些东西作料器看待,根本没有别的打算。

由于阿拉丁对他那魔法师的伯父已怀有畏惧的心情,便匆匆离开花园,赶快走出迷人的宝藏。他循着进来时的路线,一口气跑到地道口。他经过那四间房子时,本来可以收集金银坛中的一部分宝物,但是他连看都没看一眼。而当他走上台阶,到达最上一级时,觉得这一级比其余的都高,不容易跨上去。因为他孤零零一个人,身上带的珠宝果实太多,爬不上去,所以他要求魔法师帮助他:"伯父,伸出手来,把我拉出去吧。"

"我的孩子,快把油灯递给我,减轻你的负担,它似乎要把你给压倒了。"

"不,伯父啊!这盏灯并不重,它压不倒我。你伸出手来,帮我一下,把我拉出去,我再把油灯从衣袋里掏给你好了。"

这个非洲魔法师,不辞远道奔波跋涉,从老远的摩洛哥来到中国,他唯一的希望就是要盗窃神灯,所以坚持要阿拉丁立刻把神灯递给他。由于阿拉丁先把灯装在胸前的衣袋里,后来又装进不少珠宝果实,把衣袋装得胀鼓鼓的,已经插不进手指去掏灯。其实阿拉丁是善良的,没有什么坏念头,一心只想走出地道口,就把神灯交给他伯父。可是魔法师不了解这个意思,而是固执地非把神灯弄到手不可。当他再三向阿拉丁索取而无结果时,便怒不可遏地咒骂吵嚷起来。魔法师眼看自己的希望和目的不能实现时,他心一横,索性念起咒语,把乳香往火中一撒,恶狠狠地施出报复的绝招。由于咒语的魔力,他身边的那块石板就动荡起来,慢慢滑到地道口上,恢复了原来的模样,成为地道口的盖子,阿拉丁就这样被埋在宝藏的地道中。

这个魔法师,原是个外邦人,根本不是阿拉丁的伯父。可是他善于自我吹嘘,炫耀自己,更会弄虚作假,招摇撞骗,一心想利用阿拉丁这个孩子,弄到神灯,就可以发财致富。最后这个该死的家伙,施出毒辣手段,把阿拉丁埋在地道中,并用沙土将石板掩盖起来,存心把他活活地饿死。

原来这个魔法师是非洲西部地区土生土长的摩尔人,从小就醉心于巫术。他埋头钻研,对每种玄虚道学,都认真进行实验。随着这种邪门歪道的传播,非洲西部的某些城镇居民受到影响,经常发生混乱现象。而这个魔法师继续攻读古籍,吸收各种流派的口授心传,因此他在这方面的阅历日益丰富,终于成为巫术界的能手。他经过四十年的钻研,对咒文的识别和拼写造诣很深,简直到了顶峰。

有一天,魔法师凭魔力的激励,从魔籍中知道中国有一座叫卡拉斯城的郊区某山脚下有一个巨大的宝藏,财富异常丰富,绝非帝王们所聚敛的财宝可以比拟,而宝物中最奇妙的是一盏神灯。谁拥有那盏神灯,便成为不可战胜的万能者,无论地位、财富、权力各方面谁也不能同他比高低、争长短;人世间最权威最强大的帝王,其威力跟神灯的魔力比较,不过是沧海之一粟。

魔法师根据他的巫术知识,深知那个宝藏,只能在出生于当地某贫民家,名叫阿拉丁的一个孩子到场,才能开启。于是他仔细研究开启宝藏的步骤,希望进行顺利,不会遇到困难。最后他收拾行装,动身做中国之行,在连续跋涉的漫长旅途中,他不停留,不耽搁,终于来到中国,找到阿拉丁,对他施行欺骗手法。魔法师按照计划做了一切,以为能够获得神灯,成为神灯的主人。可是事实出乎意料,他的企图、尝试、希望和目的终于受到挫折;他的奔走、跋涉等于浪费精力和时间,一切成为泡影。因此,他绝望、生气,决心置阿拉丁于死地。于是他施展魔法,把阿拉丁埋在地道里,让他慢慢死去。他认为采取这个措施,阿拉丁就出不了地道,神灯也就不可能被带出地洞。希望破灭了,他痛苦、懊丧到了极点。他像做了一个梦,垂头丧气地离开中国,返回非洲老家去了。

　　阿拉丁被埋在地道中,大声呼唤魔法师,求他伸手拉他一把,让他上去。但是不管怎么呼喊、哀求,却始终得不到回答。这时候,阿拉丁逐渐醒悟了,慢慢领悟到魔法师对他施行的奸计,断定他并不是自己的伯父,而是一个惯于撒谎骗人的妖道。他感到出不去了,恐怕也活不成了。他非常苦恼,忍不住伤心地哭起来。他没办法,只得沿台阶走了下去,指望老天爷给他一条出路,减轻自己的痛苦。到了底层,他挪动身子,一会儿向右,一会儿向左,但除了一片黑暗,其他什么都看不见。这是因为魔法师用魔法将宝藏中的各道门路全都关起来了,阿拉丁所走过的通道全堵死了,甚至花园门也不例外。阿拉丁打算去花园里走走,想找到一点希望,但是通往花园的门也被堵死,生路已经断绝。他抑制不住悲哀情绪,哭得声嘶力竭。后来,他无可奈何地转身回到地道的台阶上,绝望地坐下来等死。

幸亏天无绝人之路。原来在阿拉丁还未遇险被困的时候，老天爷已给他安排好一条转危为安的出路。这是当非洲魔法师吩咐阿拉丁进宝藏的地道口时，曾把一个戒指当礼物送给他戴在食指上，作为护身符，还对他说："你进去不论遇到什么艰难险阻，这个戒指能使你避免一切祸害，同时还能增加你的胆量和勇气。这样，你就会变危为安了。"这一切原是老天爷在冥冥中借魔法师的手和嘴来保护阿拉丁的生命，是为他摆脱危害而做的巧妙安排。

当阿拉丁困在地道里，处于绝境，生命危在旦夕的时候，他想着自己的悲惨境遇，呼天抢地也不管用，因此气得不由自主地直搓手。他的举动表明他内心非常悲哀、痛苦，然而他却没想到，在搓手时，无意间擦着食指上的戒指，这时有一个高高的巨神出现在他跟前，声音洪亮地说道："禀告主人：奴婢奉命赶到你跟前来了，有什么事要做，只管吩咐，因为我是这个戒指的仆人，谁拥有这个戒指，我便听谁使唤。"

阿拉丁听到说话声，看站在他面前的这个魁梧的巨神，形貌跟传说中所罗门大帝时代的妖魔一模一样。面前出现这么可怕的巨神，他被吓得浑身发抖。幸而巨神又对他说："你需要什么？只管告诉我。说实在的，我是你的仆人了。因为戴在你手指上的这个戒指，它原是我的主人。现在你既然拥有它，我就该听从你的命令。"

阿拉丁再一次听了巨神的解释，神色才逐渐恢复，心情也慢慢平静下来。他想起魔法师给他戴戒指时嘱咐的话，心中就有了数，马上有了勇气，高兴地说："戒指的仆人啊！我要你把我带到地面上去。"

阿拉丁刚说完这句话,大地突然裂开,他一下子又回到地面上来,站在宝藏的入口处。由于他待在黑暗的地道中已整整三天,一下子不适应白昼的阳光,不能睁眼看东西,只好试着把眼皮慢慢微睁微闭,直到眼球对光线的适应能力恢复过来,才睁眼观看周围的各种事物。他感到心情舒畅,可又觉得奇怪,他仔细看看,当初魔法师所开启的地下宝藏的门道已经无影无踪,门道周围的地面平平坦坦,和原来一样,什么痕迹都没有,他茫然不知自己待在什么地方。后来经过一番思索、观察,他终于明白:原来此地就是当初魔法师焚香、念咒语的那个地方,他这才恍然大悟,原来自己并没离开原来的老地方。他转身放眼望去,发现较远的地方,就是他曾逛过的公园和建筑物,他隐约地认出那些景象和所走过的道路。他九死一生,摆脱死亡,重新回到大地上,对老天爷给予的恩遇感激不尽。他眼前出现了光明,就高高兴兴地离开那里,一个人迈开大步朝城里走去。沿途的情景,依然跟来时一样,并不陌生。他一口气回到城中,穿过大街小巷,一直回到家中,来到母亲跟前。由于死里逃生欢喜过度,也由于受到的恐怖、苦痛太多和饥渴的时间太长,他终于支持不住,昏倒在地,不省人事。

　　阿拉丁的母亲,从儿子离家的那天起,便惴惴不安,终日长吁短叹,悲哀哭泣,过着以泪洗面的苦难日子。当看见阿拉丁归来时,她喜出望外,乐不可支,却想不到儿子突然昏倒。她非常惊慌、害怕,赶忙起身急救。她先拿水洒在他脸上,然后,从邻居那儿找来香料熏他,直到把他救活。

　　阿拉丁慢慢苏醒过来,有气无力地向他母亲要吃的:"娘,我整整三天没吃喝了。"

他母亲赶忙把食物递给儿子，说道："儿啊！你坐起来，吃些东西，慢慢恢复精力。待你吃饱，休息一会儿，然后把你的情况和遭遇讲给我听。现在你别说话了，因为你太疲倦了。"

阿拉丁听了母亲的话，坐起来吃喝，心情逐渐开朗起来。他躺下静静休息了一会儿，精力慢慢恢复过来，便对母亲说："娘，我满腹痛苦、冤屈要向你诉说。那个该死的讨厌家伙，存心要把我害死。他的种种阴谋诡计，原来都是事先安排好的。那个曾口口声声说他是我的伯父的坏蛋，我亲眼看见他的凶恶面目，亲身尝到他的毒辣手段，我差一点死在他手里。如果不是老天爷保佑，咱母子都要上当。当初他露出的那副慈祥怜爱的面孔和口口声声要替我谋幸福的花言巧语，全是骗人的。其实，他是个恶毒的、弄虚作假、靠妖法招摇撞骗的伪君子。我看他比世界上的任何妖魔鬼怪都该死。娘，这个坏家伙的一切罪恶，我要详细讲给你听，让你看一看这个恶棍如何用他自己的手戳穿他许下为我谋幸福的诺言，看一看他折磨我的凶残行为，然后让你仔细想一想：他表面上露出对我慈祥怜爱的面孔，骨子里却狠毒得要我的命。他这一套是什么意思呢？其实他口是心非，阴一套，阳一套，无非是为了要我的命，好让他的阴谋得逞，达到发财致富的目的。"于是阿拉丁把他的遭遇：如何随魔法师逛名胜古迹，如何被带往宝藏所在地的童山脚下，魔法师怎样点火焚香，如何祈祷、念咒语等开启宝藏的经过，从头到尾，边哭边谈，最后说道："随着魔法师喃喃的咒语声和香烟的飘腾，突然一声霹雳，山崩地裂，顿时黑暗笼罩大地，隆隆的雷鸣声滚动不止。我心中充满恐怖，吓得发抖。眼看那种危险景象，打算赶快逃离那个地方。

可是魔法师看透了我的心,他破口大骂我,一巴掌把我打得昏死过去,不准我逃跑。因为那个地下宝藏,必须由我到场才能开启,而且只有我能够进去,魔法师本人是进不去的。所以他骂我打我之后,又转过脸来说好话安慰我,说什么他能指引我进入那个人们醉心的宝藏中去取宝。首先,他从自己手指上脱下一个戒指,戴在我的食指上,作为保护我的护身符,然后指使我跨进地道口,沿台阶走下去,直到底层,再穿过四间房子,房子里装满金银财宝,多得无法估计。该死的魔法师一再嘱咐不许动那些财宝。后来我去到一座美丽可爱的果园中,里面长着高大的果树,树枝上结满五光十色的玻璃般的果实,放出灿烂的色彩,看去使人眼花缭乱。最后我来到挂着一盏油灯的大厅,按照魔法师的指使,把那盏灯取了下来,吹灭它,倒掉灯中的油。”阿拉丁说到这里,随即从胸前的衣袋中,掏出神灯,并把他从果园中收集的几袋珠宝玉石,拿给他母亲看。那些东西虽然无比名贵,是一般帝王所没有的,但是阿拉丁却不知其底细,满以为不过是玻璃这一类的玩意儿。

“娘,”阿拉丁继续叙述下去,“我带着灯和收集的东西,转身退出,回到地道口时,由于携带的东西过重,压得我不能抬腿跨上最高那级台阶,所以我就喊那个该死的伯父,求他拉我一把。可是那个万恶的家伙不肯帮助我,只对我说:‘先把灯递给我吧。’因为灯装在衣袋里,上面填满了玻璃果实,伸不进手去掏灯,我只好对他说:‘伯父,现在掏灯不方便,待我上去,再拿灯给你。’而他唯一所需要的是这盏灯,他原是想从我手中把灯夺过去,然后下毒手杀害我,把我埋在地道里。我所说的这一切,便是我的遭遇和经过。”阿拉丁追述时不忘魔法师的阴险毒辣行径,忍不住怒火中烧,说道:“我所依靠的这个所谓的伯父,原是笑里藏刀、十恶不赦的大魔法师!"

阿拉丁的母亲听了儿子的叙述,知道魔法师要害他的始末,气愤地说道:"不错,我的孩子,他的确是专搞异端邪说,利用法术来害人的恶魔。幸亏老天爷保佑,你才没被他害死。这个坏蛋,当初我真把他当作你的伯父了。"

由于阿拉丁在地道中整整三天三夜没睡觉,他困倦得直打盹,急需休息。母亲理解儿子的心情,就让他去睡觉。

阿拉丁疲劳过度,睡得很香甜,一觉睡到第二天中午才醒过来。他一睁眼就向他母亲要东西吃。他母亲说:"儿啊!我没有什么可供你吃的了,因为家里的食物,昨天叫你吃光了。你暂且耐心等一会儿,待我把纺好的一点棉纱拿到市上去卖,再给你买吃的。"

"娘,你纺的纱还是留下来,暂时别卖它。倒不如把我带回的那盏灯拿给我,我把它拿去卖掉,用卖灯的钱买吃的。我相信油灯总比纱值钱些。"

阿拉丁的母亲同意儿子的意见,拿起灯,觉得灯很脏,就对阿拉丁说:"儿啊!灯拿来了,可是很脏,如果洗擦一下,弄干净些,就会多卖几个钱。"于是她抓了一把沙土,刚擦了一下,一个巨神便出现在他面前。那巨神的形貌非常可怕,又高又大,简直像个凶神恶煞的恶魔。他粗声粗气地对阿拉丁的母亲说:"我应声来了,你要我做什么?只管说吧。我是你的仆人,也是这盏灯的主人的仆人,是按照你的命令行事的。而且不单是我自己如此,甚至于这神灯的其他的奴婢们,也都是一律遵循你的吩咐的。"

阿拉丁的母亲一见这个可怕的形象,吓得发抖,一句话也没说出口,就昏迷不省人事了。阿拉丁一见他母亲这种情形,赶忙跑过来,把灯拿在自己手里,从容地和灯神交谈起来。因为他经历过类似的情况,当他困在地道中,急得搓手时,突然碰到手指上的戒指,戒指之神便出现在他面前。当时的情形就是这样的。由于有了这个经验,所以他并不害怕,对眼前的巨神说:"灯神啊!我饿了,你弄些可口的食物给我充饥吧。"

灯神听了阿拉丁的吩咐,转眼就不见了。一会儿灯神便端来一席丰盛的饭菜,摆在一个精致名贵的银托盘中,总共十二种美味可口的菜肴,盛在金碟里。其他还有雪白的面饼和透明的醇酒,装在金杯和革制的酒瓶中。灯神摆好饭菜就匆匆隐去。

阿拉丁急忙抢救母亲,拿水洒在她脸上,用香熏她的鼻子,待她慢慢苏醒过来,说道:"娘,起来吃点东西吧,老天爷可怜咱们了。"

阿拉丁的母亲看到那么讲究的银托盘、金杯碟和热气腾腾的丰富菜肴,十分惊奇、诧异,问道:"儿啊!是谁如此宽宏大量、慈悲为怀地关照我们,给我们食物,减轻我们的痛苦?对这种好心人,我们应向他表示衷心感谢。我看,恐怕是皇帝听说我们太穷,生活太苦,所以产生慈悲心肠,才送这桌筵席来赏赐我们的吧。"

"娘,现在别谈这些,咱母子都快饿死了,快来一块儿吃吧。"他把母亲扶到席前,陪她一起吃喝。由于长期挨饿,如今得到这样的好饭菜,母子便吃起来,食欲格外旺盛,饭量也比平时增加。这一方面是饥饿过度的缘故,另一方面是这样的珍馐美味,显然来自帝王富贵人家,是他母子生平没见过、没吃过的。尤其对那讲究的食具,更不知来自何处,价值多少。

阿拉丁母子吃饱喝足，还剩下一些饭菜，除留作晚饭外，还够第二天食用。母子俩洗过手，然后坐下来谈心。母亲看儿子一眼，说道："儿啊！告诉我吧：那个自称仆人的巨神，他是怎么对待你的？感谢老天爷！他可怜咱们，恩赏咱们美好充足的饮食，往后不会再饿肚子了，你不用在我面前再叫苦了。"

　　阿拉丁回答母亲的问话，把她见灯神惊恐过度而昏倒时，他跟灯神打交道的经过，从头到尾叙述一遍。她听了，感到十分诧异，说道："那是千真万确的，因为鬼神出现在人类面前是常有的事，不过我自己生平没碰过。儿啊！我看这个巨神便是把你从地下宝藏中救出来的那个吧？"

　　"娘，可不是这个。在你面前出现的巨神，他是神灯的仆从。"

　　"儿啊！你是凭什么这样肯定的？"

　　"因为这个巨神的形貌跟那个不一样。那个是戒指的仆从。而你所看到的这个，是你拿在手中那盏神灯的仆从。"

　　"对，对，那个在我眼前一现身就不见了，差一点吓死我。该诅咒的家伙，他和这盏灯是连在一起的。"

　　"不错，他是属于神灯的。"阿拉丁同意他母亲的看法。

　　"儿啊！凭我养育你的恩情，我求你把这盏灯和这个戒指扔掉吧。因为把灯和戒指留在身边，这只会给咱们招引灾祸，我不愿看到类似的事情再发生。况且跟妖魔鬼怪交往，是犯禁行为。先贤圣人所告诫我们的，是要小心谨慎，免得发生不测的祸事。"

　　"娘，你所说的，照理我应当完全同意。不过从实际有利方面着想，我是不肯舍弃神灯和戒指的。理由是：当咱们饿肚子的时候,仆从为咱们所做的好事,你老人家是亲眼看到的。再说那个魔法师,他派我进宝藏去,并不为了获得黄金白银。那四间地下室,全都堆满了金银,他却不要,而他一再嘱咐我的,只是把神灯取给他,其他东西魔法师都不要。这是他深思熟虑、仔细研究过的,他深知这盏灯的价值,只不过还未证实它的作用罢了。他忍受种种艰难困苦,不辞辛苦跋涉,离开家乡,老远地旅行到咱们这儿来,所追求的就是这盏神灯。因此,当他没有从我手中捞到它而绝望时,就索性把我给埋在地道中。这说明,这盏灯是得之不易的,咱们必须留下它,并且好生保护它,丝毫不能泄露它的秘密。今后咱们是要靠它过生活的,它会使咱们富裕起来的。至于说到这个戒指,咱们也必须重视它,保全它,我要随时戴在手指上。要是没有这个戒指,我不会活着回到你身边,一定死在地下宝藏的地道中了。正因为这样,我怎么可以把这个戒指脱下来呢?万一时运不好,突然发生什么意外,或者一旦灾难临头,如果戒指不在身边,它就不能解救我,不过考虑到你的想法和顾虑,我只好把灯收藏起来。从今以后,不让类似的事情再在你眼前发生,免得你受惊。这就可以两全其美了。"

阿拉丁的母亲听了儿子的解释,明白其中的真实情形,非常高兴,心悦诚服地说:"儿啊! 你觉得怎么好就怎么做吧,娘不阻拦你。我只希望不再看见仆从的形貌和那恐怖的情景就行了。"

阿拉丁母子的生活初步安定下来,靠灯神拿来的饮食过日子,一桌筵席,两人享受了两天才吃完。第三天没有食物了,阿拉丁拿一个盘子往集市变卖,却不知盘子是纯金的。

阿拉丁在集市里,碰到一个卑鄙、讨厌的犹太人,鬼头鬼脑地纠缠着要买那个盘子。他把阿拉丁带到僻静的地方,一再仔细估量,最后确信盘子是纯金的名贵物品,所以决心收买。但是他不知道阿拉丁对盘子的看法,认为他是一个毛孩子,根本不懂得这些。于是直截了当地对阿拉丁说:"我的小主人,这个盘子你打算卖多少钱?"

"值多少钱,你自然是知道的。"阿拉丁简单地回答犹太人。

阿拉丁的回答,似乎是行家的口吻,犹太人便在还价方面暗中盘算,只打算花几个小钱买盘子,他怕阿拉丁真懂盘子的价值,势必要讨大价,便犹豫不定地说:"这孩子对生意买卖可能是外行,不一定知道盘子的价值。"他思索着从衣袋里掏出一枚金币。阿拉丁看到他手中的金币,感到满意,立即把金币拿到手,然后转身匆匆走了。犹太人一眼看穿阿拉丁的无知和幼稚,相信只要几角或一块钱便可买到盘子。

阿拉丁卖了盘子,毫不耽搁地去到面包店,买了面饼,急忙回到家中,把面饼和剩余的钱交给母亲。"娘,还需要什么?你自己去买吧。"

阿拉丁的母亲果然去到集市,买来日常必需的食物,同儿子一块过生活,日子就这么一天一天好过起来。几天后,卖盘子的钱花光了,阿拉丁又拿一个卖给那个该诅咒的犹太人。每个金盘一枚金币,这该是便宜的了,可是犹太人仍不满意,还想从中打折扣。不过第一次的价钱既然一枚金币,现在不给这个数目,唯恐这个孩子另找主顾,那就失去这种便宜生意,所以仍然照付一枚金币的价钱。

阿拉丁靠卖盘子过生活,日复一日,月复一月,终于把十二个金盘卖光,只剩那个银托盘还摆在家中。因为那个银托盘又大又重，不便带往集市，所以索性带犹太商人到家中来看货，以十二枚金币的价钱卖掉它。

阿拉丁母子过着丰衣足食的生活，需要什么就买什么，直到手中的钱花光了，阿拉丁才把神灯拿出来，擦了一下，灯神便像先前那样出现在他面前。"说吧，我的主人！你要我做什么呢？"

"我饿了。你像前次那样送一桌饭菜来给我吃吧。"

灯神应声隐去。转瞬间，果然像前次那样满足他的愿望，即刻端来一个大托盘，盘中摆着十二个更精致的盘子，盘里盛满各式各样的菜肴，另外还有面饼和几瓶醇酒。

阿拉丁擦灯索取食物，是趁他母亲外出的时候，免得她看见灯神受惊。过了一会儿，他母亲回到家中，看见大托盘中摆着的各种好菜，嗅到香味，心里感到喜欢，同时又觉得害怕。阿拉丁察觉到这种情景，说道："娘，你来看一看这盏灯的好处吧。当初你责怪我，教我扔掉它。现在你明白它的可贵的地方了吧。"

"儿啊！但愿老天爷多多赐福灯神，但是我本人却不愿见他出现在我面前。"

阿拉丁和母亲坐在托盘面前，尽量吃饱喝足，然后把剩余的饮食收存起来，留待明天食用。

阿拉丁母子过着舒适的生活，直把灯神送来的饮食吃完之后，他才把一个盘子塞在衣服下面，溜出去找那个犹太人，要把盘子卖给他。可是说来遇巧，他打一家古老的珠宝店门前经过时，被一个正直的珠宝商看见，便对他说："我的孩子，你是做什么的？我屡次见你从这儿经过，总是和一个犹太人打交道，跟他做买卖，彼此成了老主顾。我想你现在又去找那个犹太人吧,好像有什么东西要卖给他似的。告诉你吧,我的孩子,那个犹太人原是个该诅咒的坏家伙,经常弄虚作假,贱买贵卖,从中渔利,使很多好人吃亏上当。你多次和他打交道,显然已经上他的当了。我的孩子,如果你有什么东西要卖,不妨拿给我看看。你别害怕,值多少钱,我会按公道价钱购买,不至于叫你吃亏。"

阿拉丁听了珠宝商的话,果然把盘子掏出来。商人接过去仔细打量,并在秤上称过重量,这才问道:"这个盘子跟你卖给犹太人的那些是一套吗?"

"不错,都是同一类的。"

"他给你多少钱呢?"

"一枚金币。"

古玩店的老板听了回答,大吃一惊,骂道:"这个该死的犹太人,用一枚金币的代价收买一个金盘,这样欺骗孩童,真不怕天打雷劈!"接着他对阿拉丁说:"我的孩子,那个诡计多端无恶不作的犹太人,他欺负你了。这种盘子是纯金的,我称过重量,估计它的价值最少该卖七十金币。如果你愿意,就以这个价格卖给我吧。"他说罢,数了七十枚金币兑给阿拉丁。

阿拉丁听了古玩店老板这么一说,才知那个犹太歹徒十分恶毒,明白自己上了当,非常懊丧。同时,他对古玩店老板的公道和正直,出自衷心的感激,高兴地收下老板付给的金币,告辞归去。

阿拉丁靠卖金盘所得的钱过日子,卖一个金盘所得的钱花完了,又卖一个。他有的是盘子,所以继续不断地拿去卖给古玩店,所有的钱除生活开支外,还有剩余,所以金钱越积越多,情况和境遇日益好转,可是他母子都不随便挥霍浪费,仍然过节俭的生活,保持中等阶级的生活水平,钱该花不该花都有分寸。现在阿拉丁像个成年人,少年时代那种调皮捣蛋的作风已大大改变,不再同那些不三不四、游手好闲的坏人交往。他开始选择正直诚实的人做朋友,经常同生意场中的大小商人接触,往来频繁,向他们打听经营的诀窍,并学习投资求利的本领。他还经常接近珠宝商和做金银首饰的生意人,观看他们铺中的名贵珠宝玉石,留心他们经营生意的方式方法。他把一切记在心里。他通过社交,经验和阅历逐步增长了,终于弄清楚他从花园中摘来的那几袋果实,并不是玻璃或料器的东西,而是名贵稀罕的珠宝。同时,他感到自己是比帝王还富有的有钱人了。他暗自估量,认为他自己现有的珠宝,跟古玩店中的比起来,数量虽然只有四分之一,但是质量却很高。再说古玩店中体积最大的珠宝,只比得上自己的最小的。

白狄伦·布杜鲁公主

阿拉丁利用每天去市场,跟生意人打交道、讲交情的办法,获得他们的好感,因而熟悉行情,能识别商品的好坏贵贱,学会了买卖的基本知识,一心一意想在生意场中出人头地。

有一天,阿拉丁衣服穿得整整齐齐,照常去市场活动,正走在大街上,听到一个当差的大声对老百姓说,"奉尊严伟大的皇上之命,晓谕绅商庶民:今日因白狄伦·布杜鲁公主前往澡堂沐浴熏香,命令城中商贾停业、居民闭户一天。这期间禁止居民外出,违者死罪。"阿拉丁听了皇宫传出的禁令,不禁引起他的极大兴趣,一心要看皇帝的女儿白狄伦·布杜鲁一眼。他暗自想道:"朝中大官小员都赞赏公主美丽可爱,我太想看到她了。"

阿拉丁为了想看白狄伦·布杜鲁公主一眼,决定也上澡堂去,躲在穿堂后面,以便在白狄伦·布杜鲁公主一进澡堂大门,就能看见她。他打定主意,毅然赶到澡堂,躲在穿堂后面,耐心等候白狄伦·布杜鲁公主的到来。

白狄伦·布杜鲁公主通过主要街道,兜了一个圈子,借参观游览,寻求欢乐,最后在奴婢的簇拥下,姗姗来到澡堂。她一进大门,便取下面纱,迈着轻盈的步子,一直向前。这时候,在阿拉丁眼中便出现了一个窈窕活泼的美女。她的面孔像灿烂的珍珠,眼睛像明亮的太阳,配着两道弯弯的眉毛和一口洁白牙齿。她的美丽可爱,简直像仙女下凡。阿拉丁暗自称赞:"都说公主美丽,确实名不虚传。"

阿拉丁对白狄伦·布杜鲁公主一见钟情。他的心弦受到撞击,从此公主的形影总是萦绕在他的脑子里,弄得他神魂颠倒的。他回到家中,变成一个呆头呆脑的痴人。他母亲跟他说话,他不回答,她说的话对他没有反应。

次日清晨,母亲陪他一起吃早饭,照常跟他交谈,说道:"儿啊!你碰到了什么事?告诉我,你干吗苦恼?你受了什么刺激?怎么突然变成这个样子。"

过去阿拉丁总认为天下的妇女都像他母亲那样平凡,没有什么可称道的地方。虽然他经常听别人说,皇帝的女儿白狄伦·布杜鲁公主是个绝世美人,具有迷人的魅力,但是他并不真正懂得所谓"美丽""爱情"是什么。从那天他亲眼看到美丽的公主以后,就一头栽到爱情里,弄得精神恍惚,不思茶饭,一下子变得前后判若两人。因此,当他母亲一再问他苦恼的原因时,他不耐烦地摇摇头说:"你别管我!"

做母亲的总是爱子心切,安慰他,心疼他,要他跟自己一块儿吃饭。阿拉丁很勉强地听从母亲的安排,但对饭菜没有兴趣,难得下咽。后来,他索性躺在床上,夜里经常通宵失眠。这种反常现象,一直延续下去。他母亲感到困惑,弄得毫无办法,不知到底发生了什么事。她认为儿子是病了,就挨近他,说道:"儿啊!要是你身上哪里疼痛,或感觉什么地方不舒服,只管对我说,我去请大夫给你治疗。现在有个阿拉伯大夫到咱们城中来行医,皇上曾召他进宫去治病,外面都传说他对脉理很有研究。如果你真是害病,那么让我去请他来瞧瞧吧。"

阿拉丁一听要去请医生来替他治病,便一本正经地说道:"娘,我很健康,一点毛病也没有。因为从前我认为天下的妇女都像你这样,是一个模样的,没有多少区别。我的这种看法,直到最近才突然改变。这是因为皇帝的女儿白狄伦·布杜鲁公主上澡堂去沐浴熏香,我有机会见她一眼的缘故。"于是他把那天碰到的事,从头到尾细说一遍,最后他说:"那个差官宣布禁令时说,'今天白狄伦·布杜鲁公主去澡堂沐浴熏香,故禁令商店开门营业,也不准各色人等出门看热闹。'这个禁令想必你也听到了。尽管宣布了禁令,我可是有幸,趁公主一进澡堂大门卸下面纱的时候就见了她一眼。公主的美丽可爱是绝无仅有的。我一见就情不自禁地钟情于她。我的仰慕爱恋是难以形容的,因而苦恼、不安也就随之而来。我决心追求她,想尽办法把她娶到手,否则我的心安定不下来。为此,我打算请求皇帝把白狄伦·布杜鲁公主嫁给我。"

阿拉丁的母亲不赞成儿子的这种想法,觉得他的想法太天真、太幼稚,说道:"儿啊!指天发誓,在我看来,你已经失掉理智了,应该赶快恢复常态才对。你不要像着了魔似的那样狂妄吧。"

"不,我的老母亲！我并没丧失理智,更不是狂人。你刚才说的,丝毫不能改变我的想法和打算。我只有把我心爱的美丽的白狄伦·布杜鲁公主娶到手,才能安静下来。现在我正打算向公主的父亲大皇帝去求亲呢。"

"儿啊！指我的生命起誓,你别这样说吧,免得招人笑话,别人会说你疯了。你千万别再谈这种无聊的话。试问,像这样的事,有谁进行过？让谁去见皇帝？真的,我不能理解。假使你行得通的话,那么,对威严的大皇帝至少也得安排媒人去谒见他,经由媒人代为提出请求,说亲的愿望才可能实现。"

"娘,有了你,我还需要去求谁替我提亲呢？对我来说,还有谁比你更亲密、更可靠的吗？我的婚事,由你替我去说就行了。"

"儿啊！你说什么呀？莫非我像你一样也失掉理智了吗？你快放弃这个念头吧,今后再不要把这种事搁在心上了。我的孩子,不要忘记你是裁缝的儿子。你父亲是这座城中裁缝行里最穷苦的人,我当然也是缺吃少穿的孤苦贫民。咱们一家人这么穷苦,怎么敢娶皇帝的女儿做儿媳妇呢？皇帝当然只愿同帝王将相们结亲,即使去求亲的是官宦人家,如果品级和地位太悬殊,皇帝也不会把公主嫁给那班少爷公子。只有门当户对,皇帝才不至于反对。"

阿拉丁耐心地听母亲说完,便说:"娘,你说的这些道理,我都明白。我是穷苦人家的孩子,这我清楚,但是你所说的可不能改变我的主意。正因为我是你的儿子,而你又真心实意地爱护我,所以我才把希望寄托在你身上,求你同意我的意见,并促成我的愿望。如果你不肯这样做,我就等于毁灭在你手中了。如果我不能同心爱的人结婚,那只有死路一条了。娘,无论怎么说,我总是你的儿子呀。"

阿拉丁的母亲听了儿子发自内心的话,产生了同情怜悯心情,忍不住伤心地哭了,说道:"儿啊!你说得对,我是你的母亲,除了你,我没有别的骨肉。我愿意替你说一门亲事,使你感到满意。不过我所顾虑的是:如果我向跟咱们景况相似的人家提亲,人家首先要问你有多少财产,靠经商或是做手艺来养家糊口等问题时,这叫我怎样回答呢?我的孩子,对普通人家所提的问题,我都穷于应付,叫我有什么勇气向大皇帝去求亲呢?他为人十分高傲,对左右的人,都是看不上眼的,这种情况你应该心中有数。再说,哪个女子甘心嫁给裁缝的儿子做老婆呢?何况我明明知道去向皇帝求亲,不但自讨没趣,而且会惹怒皇帝,会招致杀身之祸。儿啊,这事既然与我的性命攸关,我怎么能去冒生命的危险呢?我有什么办法向公主求婚同皇帝接近呢?就算我能进入皇宫,去到皇帝面前,我怎么开口呢?可能皇帝会把我当作狂妇逮捕起来。就算皇帝赏脸接见我,我能给威风凛凛的皇帝奉献什么礼物呢?我的孩子,皇帝即使为人宽大温和,对一般有正当理由去仰仗他,求他怜悯、护佑的人,也许不随便拒绝,会慷慨允诺。不过,他的恩惠和赏赐,终归只会落到应该享受者的头上,比如在战场上为他勇敢作战的人,或者老百姓中对国家有贡献的人。可是你呢?我的孩子,你在皇帝面前,在万民眼中,你到底立了什么功劳而能博得他的赏赐呢?再说,你所追求的恩惠,对咱们这种身份地位的人来说,是巴望不到的,皇帝是不会让你的希望实现的。因为凡是攀缘皇帝,仰他恩赏的人,必须带着帝王喜爱的礼物去见他,才能实现愿望。因此,我早就向你提出告诫。你既然拿不出适合皇帝享受的贡礼,又何必冒风险去向公主求婚呢?"

"娘,你讲的道理和对我的提醒,全是正确的,值得我好好考虑,我一定牢记在心。但是,我的娘哟!我钟情于白狄伦·布杜鲁公主,整个心房被爱情占据了,因此,必须把她娶到手,才能安下心来。至于礼物,却鼓起我向皇帝求亲的勇气了。尽管你说没有可献奉的礼物,其实不是这样的,我不但有礼物,而且有最适合做贡礼的礼品呢。这种礼物是帝王所没有的,也是宫中的珍宝所不能媲美的。娘,告诉你吧:当初我从地下宝藏中带回来的、曾被我当作料货的那些东西,都是无价之宝。即使最小的一颗宝石,也是皇帝所有的珠宝不能比拟的。近来我经常同珠宝商往来,学到一些知识,知道我装在袋中的那些宝石,全是顶名贵的。这足以宽慰你,你尽管放心好了。记得我家有个钵盂,请母亲找出来,我把宝石装在里面,让你拿去当礼物献给皇帝,这样,你就可以替我在皇帝面前求亲了。我相信凭这样的珍贵礼物,母亲就好办了。如果你不愿为我娶白狄伦·布杜鲁公主而奔走,那叫我怎么活下去呢!别以为这些昂贵的宝石算不了什么。你要相信我,这是经过多次同珠宝商来往,我逐渐熟悉市上的行情和价格才认识到的。据行家的鉴定和估计,目前市中的珠宝,最好的拿来跟我的比较,其价格只及得的四分之一。所以我敢说,咱们的宝石是再值钱不过的了。娘,求你按我的要求,快去把钵盂给我拿来,我把这些宝石装在里面,咱母子好好欣赏欣赏宝石的灿烂光芒,然后再想办法处置它。"

阿拉丁的母亲去取钵盂，心想："儿子的话我不太相信，待我找出钵盂来，就可以证实了。"她嘀咕着把钵盂搁在阿拉丁面前。

阿拉丁挑选出各式各样的宝石摆在钵盂里，经过安排整理，直至装满。母亲站在旁边耐心观看，被钵盂中反射出来的珠光宝色刺得不住地眨眼，强烈的光芒闪电般闪烁着，把她的心神弄糊涂了。她仍怀疑这是不是无价之宝，不过她想儿子所说一般帝王也没有类似这种珍宝也许是事实。

"娘，盛在钵中的礼物是最名贵的，它将使你受到皇帝的尊敬，受到他热忱的接待。现在请你不要再推卸，振作起来，捧着这钵宝石，快往皇宫去吧。"

"儿啊！真的，这礼物确是非常值钱的，是宝中之宝。按你的说法是绝无仅有的，无法媲美的。但是谁敢去见皇帝替你向他的女儿白狄伦·布杜鲁公主求婚呢？如果皇帝问我：'你是来做什么的？'我可不敢说：'我要你的女儿做儿媳妇。'因为在皇帝面前，我的舌头像被绳子捆绑着，不听我使唤的。就算老天爷帮助，我即使鼓足勇气，大胆地对他说：'我希望我的儿子阿拉丁娶你的女儿白狄伦·布杜鲁为妻，而同你结下姻亲的关系'时，毫无疑问，宫中的人肯定会说我是疯人，一定会鄙视我，杀害我，所以我不能去冒生命的危险。因为这不仅给我个人带来悲惨的遭遇，而且会使你受苦受难的。儿啊！为了关心你，促使你的理想实现，不管结果如何，我必须鼓足勇气，赶往皇宫。假使皇帝能接见我，问到这些礼物的价值以及献礼的目的，说明你要娶公主为妻的愿望时，按一般的习惯他要打听你的职业、地位、收入和品质，对这些问题，我该怎么回答呢？"

"娘,皇帝的注意力会被光芒夺目的宝物吸引住,他欣赏宝物都来不及,不会有工夫去想别的事情,因而你的顾虑是多余的。现在你只管把珍贵的礼物送到皇帝面前,然后替我向他的女儿白狄伦·布杜鲁公主求婚,别把事情想象得太困难。你早就知道,我的这盏神灯,它会供给咱们生活需要的各种东西。无论我需要多少,只消一开口,它会如数供应的。现在我所考虑的问题是:必须研究一下,万一皇帝果然按你的想象打听我的情况时,应该怎样回答他才好。"

当天夜里,阿拉丁母子一夜没睡,共同商量、研究怎样办好这桩事情,直到次日清晨。母亲精神很好,显得容光焕发,因为她知道神灯的许多好处。她感到格外高兴的是,神灯是有求必应的,能供给她家所需要的一切。

阿拉丁向他母亲讲了神灯的作用之后,看她兴奋、愉快的样子,生怕她同外人聊天时会泄露秘密,故嘱咐她:"娘,神灯是咱家最珍贵最重要的宝贝,你要注意,千万不可让外人知道它的价值和用途。在人前千万不可涉及神灯的秘密,否则神灯会被人偷窃或抢走的。如果真是这样,咱们所享受的这种幸福生活就没有了,我所期待的希望、理想也必然付诸东流。因为咱们的希望和幸福,全是靠这盏神灯得来的。"

"儿啊,这个我知道,你不必顾虑。"她说着用一块最好的帕子,把盛宝石的钵盂包起来,带着上皇宫去了。

她匆匆来到皇宫门前,看见早朝的将相、官吏们络绎不绝。宰相、大臣、官吏、显贵们,一个挨一个地进去,聚集在朝廷上,由宰相率领,向宝座上的皇帝朝拜,行鞠躬礼,然后一个个交叉手臂,贴在胸前,垂头听命,待皇帝示意,他们才各按等级就座。接着便有朝臣上奏,其余的陪皇帝侧耳细听。早朝毕,皇帝进入后宫,其他臣僚才顺序各自退下。

　　阿拉丁的母亲清早离家,一口气跑到皇宫,却没人理睬她,只好一动不动地站在一旁,观望等待。早朝完毕,官吏们离廷办公去了,她才闷闷不乐、无精打采地转回家去。

　　阿拉丁见母亲提着礼物归来,料到她碰到麻烦,但是并不追问缘故。她把礼物放下,把经过叙述一番,然后说道:"儿啊!今天我原是勇气十足,坦然地站在一旁,等待谒见皇帝,向他求亲,也想到过跟皇帝说话时,肯定会神情紧张。不过今天求见的人很多,他们像我一样,都没得机会跟皇帝见面、交谈。儿啊!你应该高兴,不必难过。明天我再上皇宫求见皇帝,替你求亲好了。今天的情况,想必明天不会再发生吧。"

　　阿拉丁听母亲这么说,感到快慰。固然他很爱白狄伦·布杜鲁公主,希望同她很快结婚。可是事情这样不顺利,他不得不抑制感情,耐心等待。

　　次日清晨,阿拉丁的母亲又赶到皇宫,见接待厅的门窗关闭着。她向旁人打听,知道皇帝不是每天都接见老百姓,每周只接见三次。她感到很失望,只得闷闷不乐地转回家,等接待日再去求见。

　　阿拉丁的母亲果然按照皇帝规定接见老百姓的日期前往皇宫,按习惯站在接待厅门外,等待进谒的时刻到来。求见的人很多,厅门一开,只让进去一人,厅门随即闭上,等那人出来,然后再进去一人。由于时间的限制,尽管阿拉丁的母亲每逢接待日都去等候求见,但总是轮不到她就告结束。这样的情况持续了将近一个月。后来在月底的某日,轮到阿拉丁的母亲谒见皇帝了,那已是当天接见的最后时刻。可是她胆怯犹豫,怕在皇帝面前说不出话,就在这时,厅门关上,宣告接见结束。

　　皇帝由宰相陪同,离开接待厅,前往后宫。他发觉阿拉丁的母亲每逢接待日都到场,照例站在接待厅门外,因此,他回头对宰相说:"爱卿,近来这六七次接待日,我见那个老太婆都来求见,老是站在一旁,一动不动,手里提着一包东西,你知道她的情况吗? 她有什么意图呢?"

　　"主上,一般说来,妇女们的头脑不太健全。那个老太婆想必受丈夫的虐待,或许是生家人的气,所以才上这儿来向陛下诉苦叫屈吧。"

　　宰相的回答显然不能令人满意。皇帝说:"看来,她下次还会来求见。到那时,你直接带她来见我。"

　　"听明白了,遵命就是。"宰相回答。

　　阿拉丁的母亲,每次接待日都到场,在厅门前等候。为了替儿子求亲,尽管吃苦头,但她始终抑制着苦恼、厌倦的情绪,为了让儿子的愿望得以实现,她任劳任怨地克服种种困难。这天,她照例等候谒见,皇帝抬头一眼看见她,便对宰相说:"这就是那天我对你提过的老太婆。你把她带来,了解一下她的要求,满足她的愿望吧。"

　　宰相遵命,立刻把阿拉丁的母亲引到皇帝面前。她向皇帝致敬,吻他的指尖,并拿他的指尖摸自己的眉毛,表示无上敬意。接着她祝皇帝万寿无疆,世代荣华富贵,最后拜倒在皇帝脚下,跪着聆听皇帝的吩咐。

　　"老人家,"皇帝开始跟她说话,"每次接待日,我都见你来这里,显然你是有话要说。你需要什么,告诉我吧,我可以满足你的要求。"

　　"是的,对于皇上的恩赏,我是一直盼望着的。今天,我向陛下陈述情况之前,首先恳求陛下对我的安全给予保障,并允许我一个人独自在御前讲明我的希望和目的。"

皇帝急于要知道她的要求,立刻做出一副温和仁慈的样子,答应她的请求,叫左右的侍从离开,只留宰相一人在旁,才回头说:"现在把你的要求告诉我吧。"

"如果我说错了话,恳求陛下饶恕。"

"有什么话,你只管说。老天爷会饶恕你的。"

"主上,我有个儿子,名叫阿拉丁。有一天他在街上,听见宫中的差官传达圣旨说,皇帝的女儿白狄伦·布杜鲁公主前往澡堂沐浴,命令商人停业一天,并禁止市民自由出入家门。我儿子听了这个消息,抑制不住感情,一心盼望看公主一眼,便设法溜进澡堂,躲在大门后面窥探她。因此,当公主一进澡堂,他就看见了她。他满心欢喜,感到无上荣幸。但是,他从见公主那天起,直到现在,生活失常,终日闷闷不乐,日子很不好过。因为他倾心公主,硬要我前来向陛下求亲,希望结为夫妻。由于他过分钟情于公主,我简直没法打消他的幻想。爱情牢固地控制着他的生命,已经到了活不下去的地步。他曾对我说:'娘,你要知道,假使达不到同公主结婚的目的,我就活不下去了。'所以我才冒昧前来求见,恳求宽大仁慈的皇上,体谅我母子的苦衷,饶恕我们犯的罪过吧。"

皇帝听了阿拉丁的母亲的叙述,显出慈祥的面孔,仔细望着她,同时哈哈地笑出声来,接着问道:"你手里拿着什么?那块帕子中包着什么东西?"

阿拉丁的母亲看到皇帝的慈颜和笑脸,认为他显然是强装笑脸,最后难免要怒气冲冲、大发雷霆。她听了皇帝的询问,只好打开帕子,把一个装宝石的钵盂献上。这时候,整个接待厅一下子闪烁着珠光宝气。皇帝看到这些稀罕、名贵、体积特大的宝石，感到十分惊诧，情不自禁地大声说："我有生以来，第一次看见这样的宝石。在我的库藏中，找不出一颗能与这些珠宝相比的。"继而他对宰相说："爱卿，你的观感如何？如此稀奇瑰丽的珠宝，你生平见过没有？"

"主上，像这样名贵的珠宝，我的确没见过。我想陛下库藏中的珠宝，能与这钵盂里最小的宝石媲美的，恐怕也是找不到的。"

"这么说，对进贡这些珠宝的人，应选他做白狄伦·布杜鲁公主的丈夫了，他娶公主为妻是最适合的人了。"

宰相听了皇帝的话，一时张口结舌，答不上来，内心感到痛苦，因为皇帝曾答应将公主嫁给他的儿子做妻子。宰相愣了一会儿，说道："主上，当初承蒙陛下答应将白狄伦·布杜鲁公主嫁给我的儿子，臣不胜光荣，非常感激。臣以为陛下既然有言在先，那么我就冒昧进一言，切望陛下看臣的面，给我儿以三个月的期限，以便我儿筹措一份最名贵的礼物献给陛下，作为娶公主的聘礼。"

皇帝明知这是不可能的事，无论宰相或其他公侯显贵都是绝对办不到的。但出于宽大、仁慈，便接受了宰相的要求，给予三个月的限期。同时，他对阿拉丁的母亲说："回去告诉你的儿子吧，我发誓愿将公主嫁给他；不过现在必须替她预备一份妆奁，以便婚后使用。叫你的儿子要耐心等三个月后，才能举行婚礼。"

阿拉丁的母亲得到皇帝的恳切答复，万分感激，赶忙赞颂皇帝，然后告辞回家。

阿拉丁见母亲眉开眼笑的回来，这显然是吉祥可喜的兆头。他高兴地看到母亲今天没有耽搁就回家来,跟往常迟迟不归的情况大不一样,同时也没有把那包宝石带回来。他问母亲:"娘,多谢老天爷,也许你给我带来好消息了,说不定那些珍贵的宝石起了作用,你受到皇帝的亲切接待了?他是不是向你表示谦恭的态度?是否仔细倾听你的陈述?"

阿拉丁的母亲把她进宫的经过:皇帝如何叫宰相引见她,他对那稀罕、珍贵、硕大、灿烂的宝石所表现出来的惊奇羡慕的神态,以及宰相的观感等,从头到尾,详细叙述一遍,然后说道:"皇帝对我许下诺言,愿将公主嫁给你。不过,我的孩子,当时宰相提醒皇帝,把过去皇帝同他私下商议的一件秘密透露出来,并恳求皇帝履行诺言。之后,皇帝对我许下三月后,替你和公主成亲,这才打发我回家。因此,我担心宰相会从中捣鬼,对这桩婚事进行破坏,从而使皇帝改变主意,那就糟糕了。"

阿拉丁听了母亲的叙述,得知皇帝允许将公主嫁给他,规定三个月后成亲。他听了这个好消息,尽管要等三个月,心里依然充满喜悦,快乐得无法形容,欣然说道:"皇帝既然允许我和公主成亲,三个月的限期固然需要耐心等待,但是,我心中的快乐仍然是无穷的。"他非常感谢母亲,为他奔波操劳,结果收获很大。接着他对母亲说:"娘,指天发誓,今天以前,我简直是躺在坟中,幸亏你把我救出来,让我起死回生了。感谢上天!我现在醒悟了,我肯定人世间没有比我更幸福的人了。"于是他耐心等待,等限期满的那一天,好同白狄伦·布杜鲁公主结婚,成为恩爱夫妻。

公主结婚

　　阿拉丁遵照皇帝的旨意,好不容易才等满了两个月的限期,想不到中途情况发生变化。因为有一天日落时,他母亲上市场去买油,看见铺店都关了门,家家户户张灯结彩,整个城市装饰得焕然一新,官吏骑着高头大马,指挥部队站岗、巡逻,烛光和火炬交相辉映,热闹异常。眼看那种反常的景象她非常惊奇,急忙走进一家油店边买油边向油商打听消息:"大叔,指你的生命起誓,请告诉我:今天人们装饰门面,大街小巷张灯结彩,还有官吏巡逻,士兵站岗,这到底是怎么一回事?"

　　"老大娘,恐怕你不是本城居民,而是外乡人吧?"

　　"不对,我是本城的居民。"

　　"既然如此,怎么连这样一桩大事也不知道呢?告诉你吧:今天晚上是皇帝的女儿白狄伦·布杜鲁公主同宰相的儿子结婚的吉日。现在宰相的儿子正在澡堂沐浴熏香,那些官吏和士兵奉命为他站岗、巡逻,等他沐浴完毕,护送他进宫去同公主见面,举行隆重的婚礼。"

　　阿拉丁的母亲听了油商的话,犹如晴天霹雳,弄得六神无主。她首先想到的是自己的儿子阿拉丁。她深知这个可怜的孩子,从得到皇帝的诺言后,便耐心地、一点钟一点钟地煎熬着,等满三个月才能结婚。现在她茫茫然不知该怎样把这个坏消息告诉儿子。她惊慌失措地回到家里,对阿拉丁说:"儿啊!我要告诉你一个确切的消息,这会给你带来无限的悲哀和痛苦。这对我也是很痛苦的。"

　　"你听到什么了?快说吧。"

"真的,皇帝的诺言全然无用,他把白狄伦·布杜鲁公主许配给宰相的儿子,并且决定今晚在皇宫举行结婚典礼呢。"

"你怎么知道这个消息的?"

阿拉丁的母亲这才把她上街看见的和听到的从头到尾说了一遍。

阿拉丁不禁怒火中烧,苦恼到极点,怎么也想不通,但又不甘心。他镇定下来,终于想到神灯,精神便振奋起来,说道:"娘,指你的生命起誓,别以为宰相的儿子会如愿以偿地把公主娶到手。咱们暂不谈这件事。现在你快去做饭,待吃过饭,我将在寝室里休息一会儿。你放心好了,这件事会有美满的结果的。"

阿拉丁按计划行事,把寝室门关起来,然后取出神灯,用手一擦,灯神便出现在他面前,应声说:"你需要什么,只管吩咐。"

"听我说吧:我曾经向皇帝求亲,要娶他的女儿白狄伦·布杜鲁公主为妻。承蒙皇帝允许,答应三个月后举行婚礼,但是皇帝不守信用,中途变卦,竟把公主嫁给宰相的儿子,今晚在宫中举行婚礼,让新娘新郎初次见面,结成正式夫妻。因此,我吩咐你这位可靠得力的灯神,前往宫中进行监视。待新娘新郎进入洞房上床就寝的时候,你即刻把他俩连床带人一并给我弄到这儿来。这便是我需要你做的一件重要的事情。"

"听明白了,遵命就是。除此之外,如果还有其他的事要做,只管吩咐好了。"

"除了上面所托这件事情之外,目前没有别的事了。"阿拉丁快慰地说。

灯神随着阿拉丁的话音悄然隐退后，阿拉丁才把神灯收藏起来，走出寝室，照常跟他母亲聊天。过了一阵，估计灯神该回来了，便起身进入房内。一会儿，灯神便出现在他面前，并将一对新婚夫妇连同他俩的新床一起搬到他家中来。阿拉丁看了，喜出望外，踌躇满志地吩咐灯神："把那个该受绞刑的家伙，给我从这儿弄出去，暂且关在厕所内，让他在那儿过夜好了。"

灯神马上把那个新郎弄到厕所里，并向他喷出一股寒气，让他哆嗦着狼狈不堪地待在那里，然后回到阿拉丁面前，说道："还有别的事要做吗？告诉我吧。"

"明天早晨你上这儿来，把他俩原样带回宫去。"

"听明白了，遵命就是。"灯神应诺着悄然隐退。

阿拉丁站了起来，几乎不相信这件事会有这样圆满的结果。但是当他见白狄伦·布杜鲁公主躺在他家里，尽管自己为爱她而吃了不少苦头，可是敬重她的心情，依然没有丝毫改变。他说道："美丽的公主啊！别以为我把你弄到这儿来是存心毁坏你的名节吧，绝对不是这样，这是老天爷不允许的。我这样做是为了保护你，防止坏人玩弄你。另一方面，是因为令尊曾许下诺言，愿把你嫁给我的缘故。现在你只管放心，安安静静地休息吧。"

白狄伦·布杜鲁公主看到自己待在这样鄙陋不堪、阴晦暗淡的地方，又听了阿拉丁的谈话，感到惶恐不安，战栗不已，心神恍惚迷离，弄得一句话也说不出来。

阿拉丁从容脱掉外衣，扔在床上，随即倒在公主身旁睡觉。他很规矩，既没有亵渎的心思，也没有放荡的行为，他对破坏公主同宰相的儿子的新婚之夜并不感到可怕。这样的处境,对白狄伦·布杜鲁公主的确太恶劣了,这是她生平仅见的一夜,也是最难度过的一夜。待在厕所里的宰相的儿子,其处境更糟,他慑于灯神的压力,整夜担惊受怕又挨冻。

第二天黎明,灯神遵循主子的指示,不用擦灯召唤,便按时来到阿拉丁面前请示:"我的主人,你有什么事要做,我可以完全办到。"

"去把那个所谓的新郎带到这儿来,然后连同这个所谓的新娘一并送回去吧。"

灯神遵循阿拉丁的命令,转瞬就把这对新婚夫妇送到宫中,放在他俩的洞房里,旁人谁也不知其中底细。但是公主和宰相的儿子察觉自己突然又被送回宫中,彼此面面相觑。由于惊喜过度,双双晕倒,不省人事。

灯神把公主和宰相的儿子安置妥当,悄然归去之后,接着皇帝来看望公主,祝愿女儿新婚之喜。这时,宰相的儿子听见开门声,明知皇帝来到洞房,想下床穿衣服,去迎接岳丈。可是由于昨夜待在厕所里被冻得太厉害,此刻必须捂在被窝里暖和暖和,所以他力不从心,只好躺在床上,动弹不得。

皇帝走到白狄伦·布杜鲁公主面前,亲切地吻她的额头,向她问好,并询问她对婚事满意不满意。结果,只见女儿用愤怒的眼光瞪着他,默不作答。皇帝一再重复问话,而公主始终保持沉默,不肯透露昨夜的内情。迫不得已,皇帝只得离开女儿,匆匆返回寝室,把他和公主之间发生的不愉快情景,告诉了皇后。

皇后怕皇帝生公主的气,从中解释说:"主上,公主的这种态度,对一般刚结婚的妇女来说,是没有什么可奇怪的。她害羞,主上应多多原谅她。过几天她就会恢复常态,谈笑自若了,现在让她保持沉默吧。不过我惦念着她,必须亲自去看一看。"于是她整理一下衣冠,匆匆来到公主的洞房,问她好,吻她的额头。公主无动于衷,默不吭气。因此她暗自说:"毫无疑问,只有发生了意外,她才变成这个样子。"于是她问道:"儿啊!你怎么了?我来看望你,祝愿你,你却不理睬,这到底是怎么回事,能把实情告诉我吗?"

"娘,原谅我吧。"白狄伦·布杜鲁公主抬头望着皇后,"你来看我,给我无上的敬意,我应该恭恭敬敬地迎接你,才算尽到做女儿的本分。现在请听我说一说我的遭遇以及昨夜度过的苦难时刻吧。这并不是我说谎。娘,先是有个来路不明的、我从来不认识的家伙,把我们连床带人一起举了起来,一下子转移到一处阴森、暗淡的地方。"接着公主把昨夜的遭遇:她丈夫如何被带走,只留她一个人孤单寂寞地躺在床上,随后怎样出现另一个青年来代替她丈夫,将衣服摆在她和他之间,然后躺在一旁过夜等等,从头到尾叙述一遍。最后说:"直到今天早晨,那个家伙才把我们连床带人一起搬运回来,摆在洞房中,接着父王便驾临。当时由于我恐惧过度,神魂不定,心绪不宁,有话说不出口,所以没同父王谈话。这是我失礼的地方,惹父王生气了。娘,希望你把我的境遇转告父王,求他原谅、饶恕,并体谅我的混乱心情吧。"

皇后听了白狄伦·布杜鲁公主的叙述,说道:"儿啊!你好生镇静下来。关于发生在你身上的这桩意外的事,如果泄露出去,会惹人议论的,人们会说'皇帝的女儿丧失理智了'。而你不让父王知道这件事的来龙去脉,这做得对。现在你要小心谨慎,我再嘱咐一遍:你要小心谨慎,别让父王知道这桩事的始末。"

"娘,我跟你讲这件事的经过,身体非常健康,神志也很清醒。我不是发疯,所遭遇的全是事实。你若不信,可以问我丈夫。"

"儿啊!你快起来,抛弃心中的种种疑虑、幻象,换上新装,然后前去参加热闹的婚宴。在宴会中你可听美妙的弹唱音乐,可欣赏歌女、艺人的歌舞。儿啊!人们彩饰城郭,备办丰盛筵席,以热烈庆祝婚礼的方式来尊敬你呢。"

皇后吩咐完了,即刻召唤宫中最老练的侍女,替公主梳妆打扮,准备去参加婚宴;然后她赶忙回到皇帝面前,安慰他,说明公主在新婚之夜,因受到梦魇的折磨,身体不大舒适,最后说:"她失敬的地方,你原谅她,别过于严肃认真。"

后来皇后背地里召见宰相的儿子,私下向他打听:"告诉我,白狄伦·布杜鲁公主说的这件事,是真的吗?"

宰相的儿子怕说出实情,会拆散他和公主的婚姻,因而胡扯道:"回禀母后:这事,我可是一点也不知道。"

皇后听了宰相之子的回答,认为这是公主做了一个噩梦,昨夜发生的事,是梦中所见的幻境。于是她放心了,高兴地陪公主出席婚宴。庆祝宴会整整热闹了一天。宴会场中,宾客满座,歌女翩翩起舞,艺人抑扬顿挫地引吭高歌,乐师敲击和吹奏各种乐器,发出铿锵悦耳的声音;这一切交织成一片喜气洋洋的景象,到处充满着快乐的气氛。皇后和宰相父子格外关心公主,一个个自告奋勇,尽情渲染宴会的乐趣,想这样来感染公主,使她触景生情,转忧为喜。为要达到这个目的,他们不辞辛苦,不嫌麻烦,想尽各种办法讨公主的欢心,只要公主感兴趣的事,他们就做。认为这样可以消除公主的烦恼,让她高兴愉快。然而他们的努力却未收到预期的效果。当时白狄伦·布杜鲁公主老是愁眉不展，一动也不动地默然坐着，始终被昨夜发生的事情所困惑。

宰相之子一整夜被关在厕所里受冻，吃的苦头也是一言难尽的。然而他弄虚作假，对昨夜的事情装作满不在乎，好像忘得一干二净，这是有原因的。第一，他怕公开了昨夜的情节，会影响他的婚姻大事，怕崇高的荣誉和人所称羡的身份、地位会受到损害。第二，怕失去为他所钟情的美丽的白狄伦·布杜鲁公主。

当天阿拉丁也出去看热闹，只见从皇宫一直到城里的每个角落的欢乐都是做作出来的，他暗暗发笑。尤其当听见人们对宰相之子发出的赞语、祝愿，他却嗤之以鼻，暗自说："你们这些可怜虫，根本不知道昨夜他的遭遇，所以才这么称赞、羡慕他呢。"

阿拉丁回到家中，若无其事地等待着，直到天黑，是睡觉的时候了，才走进寝室，把神灯拿出来，用手指一擦，灯神便出现在他的面前。于是他吩咐灯神，教他像昨天那样，趁宰相的儿子同公主欢聚之前，就把他俩连床带人一起弄到他家里来。

灯神随即隐退。一会儿他把宰相的儿子和白狄伦·布杜鲁公主夫妇带到阿拉丁家中，并像昨晚那样，把所谓的新郎带到厕所拘禁起来，让他受苦。

阿拉丁眼看灯神完成任务，这才脱下外衣，摆在床铺当中，作为他和公主之间的界线，然后倒在她身旁睡觉。

次日清晨，灯神照例来到阿拉丁面前，按阿拉丁的指示，把宰相的儿子和白狄伦·布杜鲁公主一起送到宫中，照原样摆在他俩的洞房里。

皇帝从梦中醒来，一睁眼就想到他的女儿白狄伦·布杜鲁公主,决定去看她,看她是否恢复常态了。于是他马上下床,整理一下衣冠,匆匆来到公主的洞房门前,呼唤她。

宰相的儿子吃了一夜苦头,冻得要命。他刚被送到新房中,便听见呼唤声,只得挣扎着下床,趁皇帝进入新房之前,随仆人回相府去了。

皇帝掀起新房的挂毯,靠近床,向躺着的女儿问好,亲切地吻她的额角,询问她的情况。结果却见她愁眉苦脸,一声不吭地怒目瞪着他,露出可怜而又可怕的神情。

皇帝眼看那种情景,抑制不住心中的怒火,疑心是发生什么祸事了。他气急败坏地抽出腰刀,厉声说道:"到底发生什么事了? 你再不告诉我,我就宰了你。我好心好意地跟你说话,你却不理睬,这种行为,难道是尊敬我的表示吗? 是我所期待的回敬吗?"

白狄伦·布杜鲁公主看到皇帝手中明晃晃的腰刀和他非常生气的神情,毅然收起胆怯、畏惧心情,将事情和盘托出,说道:"尊敬的父王,请别生我的气,也不必动感情,关于我的事,父王是会知道的,也会让我解释,最终得到原谅。现在请听我说吧。我相信只要讲明过去这两夜里我所受的折磨,你会原谅我的,你慈善的心会可怜我的。我是你的女儿,应该得到这种恩顾。"于是公主把两个夜晚所碰到的一切,从头细说一遍,最后说道:"父王,如果你不相信我所说的,那么请去问我丈夫好了,他会把一切情况都告诉你的。至于他本人被带往什么地方,受到什么待遇,这一切,我一点也不知道。"

皇帝听了公主的话,既生气,又苦恼,气得直掉眼泪。他把腰刀插入鞘内,边吻公主,边说道:"儿啊! 你干吗不把头天夜里发生的事告诉我呢? 如果你早说,我可以保护你,免得第二次又受惊恐和虐待。不过今后不会发生了。现在你起来,抛弃杂念,别再为这事发愁了。今夜,我派人守夜保护你,不让你再受这种折磨了。"

皇帝吩咐完了,离开公主的洞房,匆匆回到寝室,马上召宰相进宫,迫不及待地问道:"爱卿,也许令郎告诉你他和公主所碰到的意外事情了吧!你对这件事是怎么看的?"

"主上,臣下从昨天起还没见到儿子的面呢。"

皇帝只得把公主所遭受的意外折磨,从头叙述一遍,然后说道:"你马上去了解一下令郎在这件事中的实际情况吧,也许公主的心情过于害怕,实际上她可能没有遭受到那么多折磨。但是,我相信公主说的,是确有其事的。"

宰相立即告辞,急忙回到相府,马上派人唤儿子到跟前,把皇帝所谈的情况说了一遍,然后追问究竟,到底是真是假。

在宰相的追问下,他的儿子不敢再弄虚作假,只得老老实实地说:"爹,老天爷不许白狄伦·布杜鲁公主说谎,她说的全都是事实。过去的两夜里,我们应该享受的新婚之夜的快乐,叫那意外的灾难破坏了。我自己的遭遇尤其惨痛,不但不能和新娘同床,而且被禁闭在黑暗可怕发臭的地方,整夜担惊受怕,冻得要死,差一点送了性命。"最后他说:"敬爱的爹爹,恳求你去见皇帝,求他还我自由,解除我和公主的婚约吧。本来么,能娶皇帝的女儿为妻,作为驸马,这的确是再光荣不过的事,尤其我爱公主,甚至可以不惜为她牺牲生命。但是现在我已精疲力竭,像前天和昨天晚上那种苦难日子,我再也受不了了。"

宰相听了儿子的叙述,大失所望,忧愁苦恼到极点。他所以同皇帝联姻,目的在于使儿子成为驸马,使他平步青云,乘龙上天。现在宰相听了儿子的遭遇,深感困惑,不知怎么办好。对他来说,婚约无效,的确是一件痛心的事。儿子结婚,刚刚享受到至高无上的荣誉和前所未有的快慰,所以对儿子说:"儿啊!你暂且忍耐一时,待我们看一看今晚会发生什么再说吧,我们会派守夜人保护你的。要知道你是唯一获得这种高贵品级和地位的人,别人是巴望不得的,你别轻易抛弃它。"宰相嘱咐一番,随即匆匆前往皇宫,据实向皇帝报告,说明白狄伦·布杜鲁公主所说的,都是事实。

"事情既然如此,就不该再拖延下去了。"皇帝斩钉截铁地对宰相说,并马上宣布解除婚约,下令停止庆祝婚典的一切活动。

事情来得这样突然,人们都莫名其妙,尤其对宰相父子那种狼狈可怜相,更感到惊奇。弄得人们纷纷议论,有的说:"突然宣布公主的婚姻无效,这到底是什么缘故呢?"这当中的真实情况,除了追求白狄伦·布杜鲁公主的阿拉丁外,的确谁也不知道,也只有阿拉丁一个人在暗中发笑。

皇帝亲自解除了公主和宰相之子的婚约,但他没有想起他给阿拉丁之母许下的诺言,甚至连细微的迹象都不记得了。阿拉丁只有耐心地等待皇帝给他所规定的期限届满,才能正式同白狄伦·布杜鲁公主结婚。

阿拉丁等到满期的那一天,便让他母亲去见皇帝,恳求履行诺言。他母亲果然按计划行事,大大方方地前往皇宫,等待谒见皇帝。皇帝驾临接待厅,一见阿拉丁的母亲站在厅外,便想起向她许过的诺言,随即回顾身边的宰相,说道:"爱卿,这是曾经给我贡献珍宝的那个老妇人,我们曾对她许下诺言:待三个月的限期到时,便请她进宫来,共同安排公主同她儿子的婚事。现在限期已满,你认为该怎么办呢?"

宰相听了皇帝之言,随即带阿拉丁的母亲进接待厅,谒见皇帝。

阿拉丁的母亲跪下向皇帝请安问好,并祝福他荣华富贵,万寿无疆。

皇帝一时高兴,问她前来要求什么。

阿拉丁的母亲趁机说道:"禀告皇上:你规定的三个月,已经满期,现在是让我儿阿拉丁同白狄伦·布杜鲁公主结婚的时候了。"

皇帝听了阿拉丁母亲的要求,感到震惊、为难,一时不知怎么办才好。他对阿拉丁的母亲的穷酸、卑微的样子,实在看不顺眼,然而前次她带来的那份礼物,却是非常名贵的,其价值之高,远非他的能力可以酬答的。于是他向宰相讨主意:"你有什么办法应付这个局面呢? 我的确有言在先,答应让她的儿子同公主结婚,因此她的要求是有根据的,不过,他们是穷苦贫贱的人,不是殷实富贵人家。"

宰相本来就嫉妒阿拉丁,已经恨死他了。如今儿子的婚姻受挫,他很忧愁苦恼,所以暗自说:"我的儿子没能做驸马,像这样的一个穷小子,怎能娶皇帝的女儿做妻子呢?"于是他心怀恶意,悄悄地向皇帝耳语:"主上,您要摆脱这个坏人并不困难。像他这样没有一技之长默默无闻的人,陛下本来就不该把高贵的公主许配给他。"

"有什么办法呢?"皇帝不明白宰相的意思,"当初我对老太婆许下诺言,而我对子民所说的话,等于彼此间订下的契约,怎能否认诺言而拒绝这门亲事呢?"

"主上,我的建议是:不妨在索取聘礼方面提高条件,首先要他用四十个金沙制成的大盘,盛满像前次献给陛下的那一类名贵宝石,再由四十名白肤色婢女端着,在四十名黑肤色太监护送下,送进宫来,作为娶公主的聘礼;如果他做不到,我们拒绝他,也不算违背诺言。"

皇帝听了宰相出的点子,非常高兴,说道:"爱卿,指天起誓,你的建议很好,解了我的难。这么贵重的聘礼他是弄不到的,这样我们就主动了。"

皇帝和宰相密商妥当以后,对阿拉丁的母亲说:"你去告诉你的儿子吧,我说话是算数的,不过要附加一个条件,就是送的聘礼,要拿四十个纯金盘子,装满四十盘像前次献给我的那种珍贵宝石,由四十名白肤色的婢女捧着,并派四十名黑肤色的太监护卫,一起送进宫来,作为娶公主的彩礼。如果你的儿子能做到这一点,我就把女儿嫁给他做妻子。"

皇帝的要求使阿拉丁的母亲大失所望,在回家途中不停地摇头叹气,暗自说:"我可怜的孩子到哪儿去弄这样的盘子和宝石呢?让他再上那个魔窟似的地下宝藏去取吧,这无论如何是不可能的事。要是把他带回来的那些宝石拿去充数,可是他又从哪儿去找白使女和黑太监呢?"到了家中,她见阿拉丁正等着她,便说:"儿啊!你的能力根本达不到娶白狄伦·布杜鲁公主,难道你还不下决心抛弃你的幻想吗?因为皇帝提出来的那种条件,咱们这样的人家是一辈子也办不到的。"

"你快说一说新的情况吧。"阿拉丁催促他母亲说道。

"儿啊!皇帝这次接见我,依然表现出尊敬我的样子。看来他对咱们是很慈善的,只是那个讨厌的宰相,显然是你的冤家对头。因为当我按照你的意图对皇帝提出要求说:'陛下所规定的限期已满,恳求实践诺言,让白狄伦·布杜鲁公主同我的儿子阿拉丁结婚吧。'皇帝当面征求宰相的意见,他便悄悄地向皇帝耳语。他们嘀咕一阵之后,皇帝才答复我。"于是她把皇帝提出来的条件,重述一遍,然后说:"儿啊!皇帝等待你赶快答复他,可是我认为,咱们没有办法满足他。"

阿拉丁听了忍不住大笑,说道:"娘,你认为这件事太难,断定咱们没有办法回答皇帝;其实不然,母亲只管放心,不必焦虑,我自有办法应付。现在请你先弄点饭吃,再看我如何答复他,包管你满意。当然啰,皇帝的想法跟你的看法是一样的;他所以提出如此苛刻条件,索取聘礼,目的在于拒绝我同他的女儿结婚。我看这份聘礼数量不算大,比我所设想的少得多。总之,你不必忧愁,待我周密计划一番,好让你上皇宫去回话。"

阿拉丁趁母亲上街买东西之机,赶忙回到寝室,取出神灯一擦,灯神便出现在他的面前,说道:"请吩咐吧,我的主人!你要我做什么?"

"我向皇帝求亲,要娶他的女儿白狄伦·布杜鲁公主为妻。他要我用四十个纯金盘子,每个盘子重十磅,盘中要装满珍贵宝石,并指定要咱们从地下宝藏中所获得的那种宝石,由四十名白肤色的女仆端着,在四十名黑肤色的太监护卫下,一起送进宫去,作为娶公主的聘礼。因此,望你把我所需要的这一切赶快备置齐全。"

"是!听明白了。我的主人,你只管放心,一切照办不误。"灯神答应着悄然隐去。

约莫一小时后,灯神再次出现时,带来了阿拉丁所需要的一切,什么都不少。他把人和物全部呈献在阿拉丁面前,说道:"这一切全是遵命照办的,还需要什么,再吩咐好了。"

阿拉丁看了非常高兴,说道:"目前不需要什么了,往后要做什么事,我会告诉你呢。"

一会儿,阿拉丁的母亲从菜市归来,一进门就看见黑人和姑娘们,不禁惊喜交集,大声嚷道:"承蒙老天爷恩赐我儿,这一切全是神灯的功劳哪。"

阿拉丁趁他母亲还没脱披巾便说:"娘,现在正是一个好机会,趁皇帝退朝回后宫之前,赶快把他要的这一切,由你亲身带领婢仆送进宫去,亲手奉献给皇帝本人;这样一来,他就明白了,凡是他要的,我都能办到,即使要的再多些也行;同时他会明白自己被宰相捉弄、欺骗了;再就是让皇帝和宰相都明白,他们君臣俩要为难我,阻挠我,都是徒劳的。"

阿拉丁打开大门,让他母亲带领婢仆们送聘礼进宫。

阿拉丁的母亲走在前面,婢女们顶着金盘,一个个跟在后头,每个婢女身旁伴随着一名太监,大家慢慢地走向皇宫。经过闹市区时,行人都停步,观看那种惊人的、奇迹般的场面,欣赏美丽的婢女们。她们穿戴的那种镶金嵌玉的、价值千金的锦缎衣裙,尤其惹人注目。人们也看到了盛在金盘中的珍贵宝石,虽然有精致的绣花帕子盖着,但是照样放射出比太阳光还强烈的光芒。

阿拉丁的母亲率领婢仆,以整齐的队形和步伐向前走着,一路上,吸引着众多的看热闹的人,人们同声称赞婢女们的美丽可爱。

阿拉丁的母亲带领婢仆进入宫内,宫中的护卫和内侍们,一见这种情景,个个感到惊奇,婢女们的姿色尤其吸引人,简直像下凡的仙女,即使隐士、教徒见了,也会羡慕惊叹不已,就是王公、贵胄、富豪以及他们的子女见了,其感受也不例外。婢女们的华丽服饰和她们顶在头上那金盘中辉煌、灿烂的宝石放射出来的光芒十分强烈,刺得他们无法睁眼细看。

护卫官赶忙向皇帝报告。皇帝听了大为高兴,吩咐即刻引客入见。阿拉丁的母亲率领婢仆们,随护卫官来到接待厅,在皇帝面前一起跪下,同声祝福他世代荣华,万寿无疆。婢女们把顶在头上盛满宝石的金盘拿下来,按顺序摆在皇帝脚下,并揭开盖在盘上的丝帕,然后将两手交叉在胸前,默然退到一旁,规规矩矩地站着听候吩咐。

皇帝眼看婢女们苗条的身段和美丽的容貌,激动得几乎发狂。他打量着金盘中满盈的宝石,五光十色,灿烂炫目,一时被弄得不知所措,呆若木鸡。

皇帝碰到这样意外的事,不知怎样应付,一句话也说不出口。他意识到在这么短暂的时间内,求婚者居然能够收集这样多的宝物,实在有本领。这使他万分惊奇。

皇帝在惊喜交集的心情支配下,欣然接收了聘礼,吩咐婢女将礼品送进后宫,献给白狄伦·布杜鲁公主。阿拉丁的母亲乘机毕恭毕敬地对皇帝说:"启禀主上:我儿阿拉丁呈献的这份薄礼,跟白狄伦·布杜鲁公主那高贵、体面的身份比起来,未免太不相称了。论公主的身价,应该接受比这个多几倍的彩礼呢。"

皇帝听了老太婆的一番谦虚话,回头望宰相一眼,问道:"爱卿,你怎么说呢? 在几个小时之内就能筹措这样一笔财宝,像这样的人难道不该被选为驸马吗?"

宰相此刻比皇帝还惊奇、羡慕,但是他要陷害阿拉丁的嫉妒之心也迅速膨胀起来。因此,当他看到皇帝满足于彩礼,婚姻已成定局时,他不好正面反对,只得含糊其词地说:"这太不合适了。"他以极卑鄙的手段,来破坏阿拉丁和白狄伦·布杜鲁公主的婚姻,大言不惭地说:"主上,宇宙间的珍宝,全都收集起来,也不能买公主的一片指甲。可是主上只看重聘礼,却忘了公主的身价了。"

皇帝心里明白宰相唱出这种高调,是出于过分的嫉妒,因此就没理他,便对阿拉丁的母亲说:"老人家,你回去告诉令郎吧:我收下聘礼,同意让公主做他的妻子,我已决定选他为驸马。你告诉他马上进宫来吧,他已经是我的眷属了。今后我会尽可能地器重他,照顾他。我决定今晚就替他和公主举行结婚仪式。你要照我的吩咐办,教他赶快进宫来,千万别耽搁。"

阿拉丁的母亲非常快乐,欣然告辞出来,在回家的路上,健步如飞,急切地回家祝贺儿子。她想到儿子就要同公主结婚,成为驸马,心里快乐得难以形容。

皇帝把阿拉丁的母亲打发走了,在侍从的护卫下,转回后宫,一直来到白狄伦·布杜鲁公主的闺房中,吩咐婢女们将聘礼拿给公主过目。

白狄伦·布杜鲁公主看了聘礼,感到震惊,高声说:"我觉得,人世间的珍宝,没有一颗能同这些宝石媲美的。"她环顾婢女们,对她们苗条美丽的形貌和伶俐活泼的举止,感到高兴。她知道婢女们和一盘盘的珍宝,都是她的新丈夫送来的聘礼,顿时感到心旷神怡,尽管她曾一度为其前夫宰相的儿子受了挫折而悲伤、苦恼过。婢女们讨人喜欢的容貌和举止,为她增添了乐趣和慰藉。她眉开眼笑,精神焕发,前后判若两人。

皇帝看到公主的忧郁苦恼情绪已烟消云散，心里感到快慰，顾虑也打消了，他高高兴兴地对公主说："儿啊！这些聘礼，你满意吗？你喜欢吗？老实说，我认为今天向你求婚的这个人，比宰相的儿子更适合做你的丈夫。你这门婚事是美满的，日后的夫妻生活肯定是幸福的。"

阿拉丁的母亲心满意足，急忙奔回家中。阿拉丁一见母亲眉开眼笑，满面春风，意识到这是个好兆头，便不由自主地大声说："谢天谢地！但愿娘带来的全都符合我的期望。"

"儿啊！高兴吧，我给你带来好消息了，你的希望即将实现，你尽情欢乐吧。告诉你，你让我送去的聘礼，皇帝赏脸收下了。现在公主已正式成为你的未婚妻，今晚就要举行婚礼，让你同她见面。皇帝亲口对我说，他选你做驸马，不久就正式公布。皇帝还嘱咐我：'叫你儿子赶快进宫来，他已是我的眷属了，往后我会格外关心他，照顾他的。'儿啊！迄今我对你的婚事尽了最大努力，今后如果再发生什么事情，你自己处理吧。"

阿拉丁高兴得跳起来，亲切地吻他母亲的手背，说了很多感谢的话，然后走进寝室，取出神灯一擦，灯神便出现在他面前。他吩咐说："我要你把我带往人世罕见的一座澡堂中去沐浴、熏香，并给我预备一套很讲究的御用衣冠。这套衣冠必须是古今所有的帝王都没见过的。"

灯神回答一声，随即带阿拉丁飞到一座无比富丽堂皇的、连波斯国王也没见过的澡堂里。这座澡堂是用雪花石和红玉髓建成的，金碧辉煌，光彩夺目。大厅的墙壁上镶嵌着各种名贵的宝石，真像人间天堂。澡堂寂静无人，只在阿拉丁到来时，才有一个神仆前来侍候他，替他擦背、冲洗。

阿拉丁沐浴完毕，来到大厅休息，来时所穿的那身衣服已不见，眼前摆着的是一套极其阔气的御用衣冠。这是灯神按他的意图准备的。这时，神仆端出果子汁和混龙涎香的咖啡供他享受。待他吃喝、休息之后，便有一队黑肤色仆人来服侍他，替他穿衣整冠，并用香烟熏沐他，把他打扮得整整齐齐。他容光焕发，一下变成了仪表出众的人物。现在人们再不把他当穷裁缝的儿子看待了，因为他娶皇帝的女儿为妻，成为驸马，跻身于皇亲国戚。

　　阿拉丁穿戴齐全，到回家的时候了，灯神又出现在他面前，随即带他一起飞回家去，说道："我的主人，你还需要什么？告诉我吧。"

　　"不错，还要你给我弄四十八名仆人来做我的卫队，其中二十四人作前卫，走在我前面；二十四人作为后卫，走在我后面。他们的服装必须整齐，装备齐全。他们的佩戴和坐骑的鞍辔必须是稀罕的，为帝王库藏中所没有的。还需要给我备一匹适合波斯国王骑用的高头骏马，鞍辔必须是金银制成并嵌满珠宝玉石的。还要给我预备四万八千枚金币，以便每个侍从携带一千金币。现在是我去见皇帝的时候了，你不要耽搁，快去备办这几件事吧。因为必须这几件事备办齐全，我才能进宫去谒见皇帝呢。此外还要预备十二名美丽的婢女，让她们陪我母亲一道上皇宫去。她们的衣裙、首饰必须是最讲究的，适合皇后穿戴的。"

　　"听明白了。"灯神回答一声，立刻隐去。一会儿，当他再次出现时，便带来阿拉丁所要求的一切。他牵着一匹高头大马，就是闻名于世的阿拉伯马都不能与之媲美。骏马配着金鞍银辔，鞍垫是用顶名贵的锦缎制成的，镶满金片，放射出灿烂夺目的光芒。

　　阿拉丁马上把御用衣服给他母亲穿上,并打发她率领十二名美丽的婢女,排队径直前往皇宫。接着又派一名神仆去打听皇帝的动静,看他在做什么。神仆遵命转瞬就不见了。继而他以同样的速度完成任务归来,说道:"禀告主人:皇帝正等着你呢。"

　　阿拉丁骑上坐骑,卫队分成前后两部分,排着整齐的队伍,浩浩荡荡地护卫他去皇宫。他们的威武、整齐的排场和装束,非常惹人注目,街上的行人都停下来看热闹,他们既惊羡,又赞叹。阿拉丁本人在卫队中显得非常突出。他相貌漂亮,举止大方,使人肃然起敬。他们所经过的地方,卫队一把一把地把金币撒向人群,那种派头和气势,观众一看便知是王孙公子在出巡。阿拉丁所以有今天,全是那盏神灯的功劳。谁要是拥有神灯,谁就会成为荣华富贵的幸运儿。阿拉丁是神灯的主人,他成了富有的人,所以他的慷慨性格,漂亮形貌,庄重态度,受到了人们的夸奖,大家异口同声地称赞他。虽然人们知道阿拉丁出身贫穷,是裁缝的儿子,但是没有谁嫉妒他。相反,人们却说他是时来运转,应该享受他应得的幸福,并替他祈求福寿。

　　皇帝对白狄伦·布杜鲁公主同阿拉丁的婚事非常重视,下令召集文武百官和缙绅耆宿进宫,当他们的面宣布招阿拉丁为驸马,告诉他们白狄伦·布杜鲁公主同他结婚的喜讯,吩咐他们等新郎一到,就一起迎接他,祝福他。文武百官和缙绅耆宿遵照皇帝的圣旨,按自己身份地位的高低,排列在皇宫门前,等候新郎的到来。

　　阿拉丁在威武的卫队护送下,来到皇宫门前,正要下马进宫的时候,那位受皇帝吩咐主持迎宾的贵族,赶忙趋前阻止,说道:"我的主人啊！皇上有令,命你骑马进宫,直至殿前下马。"于是文武朝臣一齐出迎阿拉丁,引他进宫。到了迎宾殿,他们便争先恐后地扶他下马。然后文武朝臣们簇拥着他鱼贯地进入迎宾殿,并请他坐在御用椅上。

这时候皇帝站起来,离开宝座,走近阿拉丁,不但免他下跪、磕头,而且紧紧地拥抱他,吻他,让他在右边坐下,亲密地和他交谈。阿拉丁按皇帝的指示行事,举止、动作、应酬、对答,都极其认真,完全符合官礼。他向皇帝行礼、祝愿,说道:"皇上,我们的主人啊！陛下宽宏大量,允许我和公主白狄伦·布杜鲁结婚,成为夫妻;陛下赏赐的这种恩典,对我来说,是一种至高无上的宠幸。今后,我一定作为一个谦恭、卑顺的奴婢,忠心侍奉陛下,祝愿陛下万寿无疆,国泰民安。陛下恩深如海,赏赐给我的恩惠是无法衡量的,我感激的心情无法表达。现在切望陛下恩上加恩,赏我一块土地,让我替公主建筑一幢适合她居住的宫室,借此表示一下我对她的敬仰爱慕之心。"

皇帝看了阿拉丁的穿戴全是御用服饰,而且容貌昳丽,随身有威武的卫队侍候,非同寻常,因之产生钦佩的心情。同样,阿拉丁的母亲穿戴着极其华丽的衣裙,打扮得像皇后一样,在十二名婢女小心翼翼的簇拥下来宫中参加婚礼。她的穿戴、打扮,皇帝见了非常惊羡。阿拉丁雄辩的口才和他应用的文雅优美的辞藻,也给皇帝留下深刻的印象。对此,不仅皇帝本人觉得惊奇,就是在场的文武朝臣也都钦佩,只有宰相例外;他嫉妒阿拉丁,内心燃烧着愤恨的怒火。皇帝一时乐得抑制不住激情,把阿拉丁紧紧地抱在怀里,边吻边说:"我的孩子,你的举止言谈使我极为高兴,我生平第一次这么激动。"
宰相看到这种情景更加仇恨阿拉丁,他嫉妒之心快要爆炸了。

皇帝亲切地对待阿拉丁,心情高兴,亲自吩咐奏乐,带阿拉丁和朝臣们前往宴会厅。那里宦官、婢仆们已经摆下丰盛的筵席。皇帝让阿拉丁坐在他的右边,其余文武朝臣和缙绅耆宿,则按官阶大小地位高低,顺序入座。在热闹的鼓乐声中,一场阔气的、气派极大的婚宴典礼开始了。

席间,皇帝对阿拉丁十分慈祥亲切,和颜悦色地跟他谈话。阿拉丁有问必答,彬彬有礼,殷勤谦恭。他好像出身于帝王之家,是公子王孙一类的人物,或者从小就生活在宫廷中,熟悉各种礼节。他很健谈,同皇帝、朝臣们谈得头头是道。皇帝听了阿拉丁滔滔不绝的言谈和出口成章的祝词、赞语,感到无限的快慰。

宴会结束,撤了杯盘碗盏,皇帝随即召法官和证婚人,参加订婚仪式,替白狄伦·布杜鲁公主和阿拉丁写结婚证书。证婚的时候,阿拉丁突然离席,朝外走去。皇帝见此行动,立即制止,说道:"我的孩子,你要上哪儿去? 现在正在进行订婚仪式呢,下一步便要举行结婚典礼,一切都准备妥当了。"

"启禀皇上,我决心替白狄伦·布杜鲁公主建一幢适合她那崇高地位和尊贵身份的宫室,以此表示我对她的爱慕和诚意。不完成这桩心愿,我是不同她见面的。不过,靠老天的力量,在陛下的关怀和我自己努力下,宫室是可以在最短期内建成的。当然,为让白狄伦·布杜鲁公主过一辈子幸福的生活,我必须努力去做,现在该是我开始为公主效劳的时候了。为她建筑一幢宫殿,是我义不容辞的事。"

"我的孩子,你自己去踏看吧。"皇帝说,"你认为哪儿最合适,就在哪儿建吧。不过我看皇宫前面那片广阔平坦的空地,倒是一块好基地,如果你认为不错,就在那儿建筑宫殿吧。"

"很好。"阿拉丁说,"在皇宫附近替白狄伦·布杜鲁公主建筑住宅,这正合我意。"他边说边向皇帝告辞,跨上坐骑,在卫队的护卫下,离开皇宫。他的果断言行,博得众人称赞,都说他正直善良,不愧为堂堂的驸马。

阿拉丁回到家中,走进卧室,取出神灯一擦,灯神便出现在他面前,应声说道:"我的主人啊!说吧,你需要什么?"

"现在有一桩紧急、重要的事要你去做,必须尽快完成。我要你在皇宫前面那块广阔的平地上,以最快的速度,为我建筑一幢非常富丽堂皇的宫殿。里面的设备,如家具和贮藏物等要应有尽有,而且必须是名贵的御用之物。"

"是!听明白了。"灯神应诺着悄然隐退。

翌日清晨,灯神出现在阿拉丁面前,说道:"禀告主人,宫殿已经按照你的指示和设想建筑完工了,请随我一块儿去检查吧。"

阿拉丁想去看新建筑的宫室,灯神背着他飞腾起来,一会儿就来到新宫室这里。

阿拉丁举目观看那巍峨壮丽的建筑,感到非常满意。整幢宫室都是用碧玉、雪花石和云石等名贵材料,经过精雕细凿建成的。他随灯神进入宫殿,仔细观看每一部分的装饰和陈设。首先在贮藏室中,他看到了堆积如山的黄金白银和其他各式各样的名贵珠宝,数量之多,质量之好是无法估计的。在餐厅里,他看见餐桌、餐具,如杯盘碗盏刀叉匙筷等食具一概俱全,都是金制的,非常稀罕名贵。在厨房中,他看见了厨师,在他们旁边是所需用的全套炊具,发出金银般灿烂的光芒。在储藏室里,摆满大大小小的箱子、柜子、盒子,箱柜中装着各种御用衣服和名贵的丝绸锦缎衣料,其中织锦、天鹅绒一类的衣料是中国、印度的产品。在一间间布置成套的寝室里,摆着堂皇的卧具、富丽的陈设和稀罕的装饰品。在马房里,饲养着高头骏马,远非一般帝王拥有的骡马可以比拟。在马具室里,摆着华丽的镶珠宝的金鞍子银辔头,墙壁上挂着讲究的、嵌珠玉的马衣、鞍褥等服饰品。这一切都是在一个晚上创造出来的。如此壮丽、宏伟的建筑和丰富多彩的陈设,即使人世间最权威的帝王也办不到,因此阿拉丁感到十分惊诧。除了大量财物之外,在这幢新落成的宫殿中,还有大批供使唤的宦官、奴仆。其中婢女们一个个苗条美丽,十分惹人爱,即使虔诚的圣徒见了,也会神魂颠倒。而在这幢宫殿中最令人惊叹的,是楼上那个有二十四扇格子窗的望景亭。每道窗子都是用各种名贵的宝石组成的。但其中的一扇还未完工,这是为给阿拉丁有机会考验皇帝的能力,故意做这样安排的。

阿拉丁仔细查看整幢宫殿,感到快慰。他看了灯神一眼,说道:"还有一件事要你去做,先前我忘了告诉你了。"

"说吧,我的主人!还需要什么呢?"

"还需要一张混金丝编织的、质量最佳的、又宽又长的织锦地毯,好把它从我的新屋一直铺到皇宫,以便白狄伦·布杜鲁公主从皇宫到这儿来时,从地毯上走过,免得她的尊足踩着地面。"

灯神应诺着悄悄隐去,转瞬间再次出现在阿拉丁面前,说道:"我的主人,你所吩咐的事,已经办妥了。"于是灯神带阿拉丁走出宫殿,指铺在两宫之间令人惊叹的地毯给他看,博得他的赏识,这才送他回家。

当天清晨,皇帝从梦中醒来,披衣下床,推开窗子,朝外一望,只见皇宫对面,出现一幢宏伟壮丽的宫殿。他揉一揉自己的眼睛,睁得大大地仔细观察,证实映入他眼帘中的,确是一幢非常富丽堂皇的大建筑物。而当他看到铺在两座宫殿之间那床稀罕的地毯时,简直惊得目瞪口呆,还有那宫殿的门房、仆役的装束打扮,俨然跟皇宫里的婢仆无异,显示出庄重、严肃的景象。

这天清晨,宰相进宫早朝,看见皇宫对面骤然出现的崭新大厦和铺在两宫之间的讲究地毯,感到茫然,万分惊诧。他匆匆进宫,谒见皇帝,君臣两人便围绕这个不可思议的奇迹谈论起来,他们对这种惹人注目吸引人的景象,感到震惊。君臣异口同声地说道:"老实说,像这样的宫殿,断然不是帝王能够建造的。"皇帝洋洋得意地对宰相说:"现在你该承认阿拉丁够资格做白狄伦·布杜鲁公主的丈夫了吧?他那幢巍峨壮观的宫殿,其富丽堂皇的程度,是人们想象不到的,你亲眼看见了吧?"

宰相对阿拉丁始终怀着嫉妒之心,因此他回答皇帝说:"陛下,这么巍峨富丽的大建筑,只有魔法师才弄得出来;在人世间即使最有钱的大富翁和最有权势的帝王,都不可能在一夜间建成的。"

"你老是啰唆,总爱诽谤阿拉丁,真让我奇怪。是不是你的嫉妒、猜疑之心在作祟。阿拉丁需要一块地基,打算盖一幢宫殿供我女儿居住,我赏赐他那块地基,你是知道的。总之,一个既然能把帝王所没有的名贵珍宝作为聘礼、献给公主的人,他难道不能建筑这样一幢宫殿吗?"

宰相听了,知道皇帝很爱阿拉丁,更激起他的嫉妒和怨恨情绪。他没有其他办法,也不可能明目张胆地对抗年轻的阿拉丁,所以只得忍气吞声,不再吭气。他表面上唯唯诺诺,装出唯命是听,十分依顺的样子,并勉强振作精神,跟随皇帝及文臣武将,在宦官、宫女簇拥下,等待着热烈庆祝白狄伦·布杜鲁公主的婚礼。

这天清晨,阿拉丁从梦中醒来,一睁眼便想到这是他同白狄伦·布杜鲁公主结婚的喜庆吉日,一会儿就要上皇宫去举行庄严隆重的结婚大典,心中感到无限快慰。他一起床,把神灯取出来一擦,灯神便出现在他面前,说道:"我的主人,要做什么事?我等候你的吩咐哪。"

"今天是我结婚的吉日,马上就上皇宫去举行婚礼。现在你快去给我弄一万金币来。"

灯神应声悄悄隐去,转瞬便带来一万金币。于是阿拉丁骑着高头大马,由侍从分前后两班护卫,前往皇宫。一路上,他不停地把金币一把一把地撒向人群,以此显示慷慨豪爽派头,博得人们的称赞和爱戴,无形中他的地位声望显得更高贵更尊严了。

阿拉丁率领侍从浩浩荡荡来到皇宫门前,文武百官赶忙趋前迎接,并立即向皇帝报告驸马莅临的消息。皇帝离开宝座,步出厅外迎接驸马,热烈地拥抱阿拉丁,亲切地吻他,然后牵着他的手一起进入客厅,让他坐在自己身边。于是装饰得焕然一新的皇宫和整座城市便开始欢庆公主的婚姻大典,乐师们吹奏起响亮热闹的乐曲,艺人们一队队翩翩起舞,跳各式各样的舞蹈,歌舞融成一片,到处都是悦耳畅怀的乐声和使人眼花缭乱的舞姿,欢声笑语,响彻云霄,宫内宫外欢声雷动,一直欢乐到正午,皇帝才吩咐摆宴。

宦官遵循命令,指挥婢仆们迅速安排桌椅,端出饭菜,大宴宾客。于是皇帝带阿拉丁、朝中文臣武将以及绅耆、富商、名流鱼贯似的进入宴会厅,各按官阶的大小和地位的高低顺序坐下,然后无拘无束地随便吃喝,开怀畅饮。婚宴席上的肴馔非常丰富,山珍海味应有尽有;应邀赴宴的宾客济济一堂;还有京畿的地方官吏和庶民,不辞跋涉,远道前来庆贺的,看热闹的,络绎不绝;皇宫和阿拉丁新建的壮丽宫殿内外,门庭若市,到处都是欢声笑语;排场之大,欢乐之盛,从皇宫和京城的历史来看,都是空前的。在这一片欢腾中,皇帝的记忆里突然闪现出当初阿拉丁的母亲前来求见时那副褴褛畏缩的样子,以及她儿子得不到准信儿的那种可怜相,前后一比较,感慨就多了。前来看热闹的庶民,在皇宫前流连忘返。尤其对阿拉丁一夜间建成的那幢非常巍峨富丽的新宫殿,大家赞不绝口,惊羡得五体投地,众口同声祝福他,说道:"他得天独厚,少年得志,天官赐福,天长地久,应当世代享受荣华富贵。"

宴会毕,阿拉丁起身向皇帝告辞,然后跨上骏马,在侍从的护卫下,转回他自己的宫殿,以便安排一切,好迎接新娘白狄伦·布杜鲁公主过门。一路上人们欢呼祝福他,众口同声地喊道:"老天爷喜爱你,增加你的荣誉,赏赐你长命百岁!"在欢庆声中,人们越聚越多,欢声也越呼越高,大家追随侍从们,挤得水泄不通。在从皇宫前往新宫殿这段路上,阿拉丁不停地把金币撒给人群,表示感谢。

到达新宫殿门前,阿拉丁下马,步入客厅,坐下休息。侍从排成整齐行列,把手臂交叉着贴在胸前,小心翼翼地伺候他,阵容非常严肃。一会儿,婢仆端来果子汁侍候他。阿拉丁喝了,随即吩咐宫中的奴婢、宦官和各色人等,大家分头准备,届时迎接白狄伦·布杜鲁公主到新宫殿中举行结婚典礼。

过了正午,太阳逐渐西偏,温度慢慢下降,皇帝便吩咐武官、公侯和宰相骑马陪他到宫前的广场,观看骑术、武艺表演。

同样,阿拉丁也带领他的侍卫,骑着一匹比阿拉伯骏马还要好的高头大马,到广场参加表演。他在竞技场中,大显身手,表演他的骑术,同样还拿棕榈木标枪,表演各种高超武艺。

当时,阿拉丁的未婚妻白狄伦·布杜鲁公主坐在闺房的阳台上,穿过格子窗,俯视广场,一眼就看见了阿拉丁的英俊漂亮形貌,抑制不住爱慕的激情,直看得发愣,满意得几乎跳了起来。

参加表演骑术、武艺的人,各显身手,认真表演后,随着铃声各自归队,听候评比。结果阿拉丁的骑术、武艺比谁都好,公认为出类拔萃的优胜者。表演告一段落,皇帝率领亲信臣僚,高高兴兴地回宫。阿拉丁也在侍从的簇拥下,胜利转回新宫殿。

黄昏时候,皇帝的大臣和贵族陪新郎阿拉丁前往皇家澡堂洗澡。阿拉丁沐浴、熏香毕,穿戴华丽衣冠,跨上骏马,同官吏、贵族排成整齐的队伍,浩浩荡荡转回新宫殿。有四个骑兵,手持宝剑,在阿拉丁的前后左右,严加保护。本城和外地的人群,为了欢呼庆贺,抬着蜡烛,敲着铜鼓,吹奏着各式各样的管弦乐器,排队走在前头,直把阿拉丁和陪随他的官吏、贵族引到新宫殿门前。

阿拉丁请陪伴他的官吏、贵族进入客厅,陪他们坐下。婢仆端来果子露和糖浆一类的饮料,招待他们,也款待前来欢呼祝愿的人群。新宫殿内外挤满了人，盛况空前。阿拉丁面对那样的欢腾景象，感到无比快慰，吩咐侍从站在宫殿门前，拿金币撒给他们，表示竭诚感谢。

皇帝观看骑术、武艺表演之后，回到宫中，即刻吩咐皇亲贵戚中的男女老幼，为白狄伦·布杜鲁公主出阁组成送亲班子，先在宫中举行各种传统的礼节和仪式，然后热热闹闹地送公主前往丈夫宫中去行结婚仪式。皇帝最亲信的文臣武官也奉命参加送亲队伍。宫娥彩女和宦官婢仆手持蜡烛走在前头，接着是文武官吏、大公、贵人和他们的妻妾，最后是当初阿拉丁打发她们送聘礼给公主的那四十名婢女。她们每人手中握着一只插在嵌宝石的金蜡台上、散发出樟脑和龙涎香气味的大蜡烛。这个送白狄伦·布杜鲁公主出阁的皇家送亲队伍，浩浩荡荡，走向阿拉丁的宫殿，形成壮观的场面，直把公主送到她丈夫的宫殿，进入楼上的洞房中。妇女们忙着替公主重新梳妆打扮，给她戴上凤冠，穿上霞帔，陪她到堂上行礼，新郎新娘会面，共拜天地，正式匹配成夫妻。这时候阿拉丁的母亲站在新娘身旁，待新郎伸手揭下新娘的面罩，老太太目不转睛地仔细观看，公主确实是绝世佳人。

白狄伦·布杜鲁公主环视周围，见屋内灯火辉煌，一盏盏各式各样的大分枝烛台都是贵金制成的，嵌满了绿宝石、红宝石。她暗自想："从前我以为皇帝的宫室是最富丽堂皇的，可是现在我才知道，这幢宫殿才是独一无二的，它远远超过古今所有帝王的宫殿。我相信波斯帝国各王朝中即使最权威的帝王，在当时他也没有这样的宫殿。同样我相信，即使集中全人类的力量，也是不可能在一个晚上建成这样一幢宫殿的。"除了宫内的装潢陈设之外，整幢宫殿的雄伟壮丽的外观，也使白狄伦·布杜鲁公主赞叹不止。

白狄伦·布杜鲁公主正沉思之时,欢宴送亲队的筵席已经摆开,大家入席吃喝,满堂都是欢声笑语。正当大家开怀畅饮、尽情欢乐时,有八十名手持管弦乐器的歌女来到席间,站在宾客面前,轻举玉指一弹,管弦便发出和谐悦耳的音乐,大家都被优美的音乐所陶醉。白狄伦·布杜鲁公主听了抑扬顿挫的音乐,非常感动,暗自感叹:"这样美妙动听的音乐,我生平还没听过呢。"她索性不吃不喝,聚精会神地欣赏起音乐来。

宴会继续进行,宾客开怀畅饮,音乐和欢笑融成一片,一直热闹到夜阑人静。最后新郎阿拉丁站起来,亲手斟一杯酒,递给新娘。公主接过去,一饮而尽。全场宾客们欢声雷动,大家觉得这是最值得纪念的一夜。这种场面就是赫赫不可一世的亚历山大大帝在世时,也不曾享受过。

阿拉丁和白狄伦·布杜鲁公主待宾客尽欢席散后,才双双并肩进入洞房,共度鱼水之欢。

翌日清晨,阿拉丁刚起床,管库的便给他送来一袭极其华丽、讲究的御用宫服。吃过早点,喝了混龙涎香煮的咖啡,阿拉丁吩咐备马。于是在侍从前呼后拥下,骑马上皇宫去。他刚进入皇宫庭院,宦官便急忙奔进后宫,向皇帝报告阿拉丁莅临的消息。

皇帝听说阿拉丁驾临,即刻起身出迎。他一见阿拉丁,便像对待亲生儿子那样,热烈地拥抱他,亲切地吻他,让他坐在自己右边。阿拉丁刚坐定,便按照宰相、朝臣、大公、贵族们的惯例,开始祝福皇帝,替他祈祷。皇帝喜不自禁,吩咐侍从端出饮食招待驸马。侍从即刻端来菜肴,于是翁婿共进早餐。

吃喝毕,撤去杯盘桌椅,阿拉丁才面向皇帝,说道:"皇上我的主人,今天陛下可否在满朝文臣武将和大公贵族陪同下,前往令爱白狄伦·布杜鲁公主家中,吃一顿午饭?"

"我的孩子,你可真够慷慨大方的。"皇帝高兴地接受了阿拉丁的邀请。

皇帝率领应邀的文武朝臣和大公贵族,同阿拉丁并辔离开皇宫,一直来到阿拉丁为白狄伦·布杜鲁公主建筑的新宫殿里。他举目环顾,欣赏宫殿的建筑,见其结构非常别致、结实,所用的材料全是碧玉、红玉髓等名贵的宝石。如此壮观宏伟的建筑使他看得眼花缭乱,惊奇得难以形容。他回头对宰相说:"你还说什么呢?告诉我你这一辈子到底见过古今哪位最有权势的帝王,用如此丰富的金银、宝石建成如此富丽堂皇的宫殿。"

"皇上,我的主人啊!这固然是一幢富丽堂皇的宫殿,可它不是亚当的子孙中最有权势的帝王所能建造的,即使集中全人类的力量也不可能建造这样的宫殿。不,像这样的建筑物,也是建筑人员无能为力的。因此,臣对陛下说过,类似这样的事物,只有应用魔法、巫术,才会出现的。"

皇帝认为宰相的这通议论,是他出于对阿拉丁仇恨、嫉妒的缘故。朝臣、贵族们认为,这些言谈,是让他们相信人类无法创建出这样辉煌的建筑,只有用魔法、妖术才能建成。因此,皇帝直截了当地对宰相说:"我的宰相哟!你说了这么多话该满足了吧。即使你不再说别的,我也明白你的意思了。"

阿拉丁带着皇帝及其僚属参观宫殿,直把他们引到最高层,来到望景亭前。他们举目眺望,见亭榭的门窗,全是用祖母绿石、红宝石和其他贵重珠宝玉石嵌镶而成,这么美观华丽的景致是世间罕见、没有可比的。这样的景象使皇帝迷离恍惚，好像置身于仙境之中；他乐滋滋的，心中感到无比快慰。他怀着激动的心情，绕着亭榭慢步兜圈子，仔细观赏，陶醉在快乐之中。但是出乎意料，他无意间发现一道窗子还未完工，那原是阿拉丁故意如此安排的。皇帝看这扇窗子不像其他窗子那样完整，便大惊小怪地感叹起来，对阿拉丁说："啊呀！这可糟了，对你来说，这可是美中不足，实在太不妙了。"接着他回头问宰相："这扇窗子还有局部未完工的地方，你知道其中的原因吗？"

"主上，据我猜想，这扇窗子之所以还未完工，是因为陛下催阿拉丁赶办婚事，他没有闲工夫，才来不及完成的。"

阿拉丁趁皇帝同宰相谈话的时候，抽空下楼来到白狄伦·布杜鲁公主房中，告诉她，皇帝驾临。等他再次回到皇帝面前时，皇帝问他："我的孩子，这望景亭的窗子，未完工的部分是什么原因？"

"皇上我的主人，鉴于婚期迫在眉睫，我太忙碌，一时来不及物色巧匠、大师，才留下部分工程未完工。"

"这扇窗子未竣工的地方，我想找人来完成它。"皇帝许下心愿。

"果能如此，不但老天爷会使陛下流芳百世，而且陛下的恩泽，必将在令爱白狄伦·布杜鲁公主宫中永存不朽。"

皇帝决心自己找人来完成那扇窗子的部分工程，他马上下一道命令，召集一批宝石商和五金工匠，并供给必需的金银、宝石和名贵矿石，责成他们全力完成那扇窗子的工程。

白狄伦·布杜鲁公主姗姗前来接待皇帝，眉开眼笑地一直挨到皇帝身边。皇帝看见公主满面春风，热烈地拥抱她，亲切地吻她的额角。他带领僚属,跟随公主,一起下楼,进入餐厅。皇帝坐在为他设置的首席,左右有白狄伦·布杜鲁公主和阿拉丁驸马陪同,朝臣、大公、贵族和内侍的头目,则按顺序坐在另为他们布置的席间,一起共进午餐。皇帝开始吃喝,他觉得菜肴格外芳香,味道特别可口,真是他生平未尝过的。他对烹调的高超技术和豪华的餐具,羡慕到极点。席前,有八十名歌女排队站在宾客前面奏乐助兴。她们轻举玉指弹奏,乐器便发出抑扬顿挫、动人心弦的美妙乐声。皇帝听了演奏,心旷神怡,乐不可支,在极为惬意的时刻里,他抑制不住奔腾澎湃的激情,叹道:"真的,一切事物都不在一般国王和波斯大帝的权力范围之内了。"

皇帝和僚属们一个个无拘无束,大吃丰富的菜肴,直至吃饱喝足,洗过手,才转到客厅休息、谈天,吃各种各样的糖食和水果。在愉快的气氛中,皇帝仍念念不忘宝石商和五金工匠的工作。他站起来亲自去察看,走上最高层,来到工匠跟前,发觉工作进度很慢,离完工还有很长的一段距离,而且他们的技艺,跟原来的工程技术比起来,也太逊色。

宝石商和五金工匠禀告皇帝,说放在小宝库中的宝石已全数搬来供他们使用,但是跟实际需要比较,还很不够。皇帝听了,即刻下令开启宫中的大宝库,取出其中的宝石,按工匠的需要供给,并且说,如果还不够,可以把阿拉丁贡献的那份宝石也拿来使用。

工匠们小心翼翼地从皇宫中取来全部宝石,努力埋头工作。但是出乎意外,工程还没做完一半,宝石就用完了。

为了应急起见,不得已,皇帝下命征用宰相和朝臣们私人的宝石。人们虽然按皇帝的命令来办,可是宝石的数量仍然差得很多。

次日，阿拉丁一早去检查工匠们的工作，发现只完成一半。他一气之下，索性命令他们立刻停工，不要再做下去，并吩咐他们把宝石归还原主。

工匠们按照阿拉丁的指示，赶忙把用上的宝石拆卸下来，归并在一起，分别归还物主。是皇帝的归还皇帝，是宰相、朝臣们的归还本人。工匠们觐见皇帝，报告他们奉阿拉丁的命令停工的经过。皇帝听了，问道："这是什么缘故？干吗不叫你们继续工作下去？为什么要中途停工呢？"

"禀告主上：除了他命令我们将已完成的部分工程拆卸外，其他的事，奴婢们一点也不知道。"

皇帝立刻吩咐侍从备马，跨上坐骑离开皇宫，到阿拉丁的宫殿去，以便亲自了解个中真实情况。

阿拉丁命令宝石商和五金工匠停工，把他们打发走了，才回到自己房中，取出神灯一擦，灯神便出现在他面前，说道："有什么吩咐，你只管说吧。"

"我的希望是，望景亭中那扇未完工的窗子，由你去完成它吧。"

"听明白了，遵命就是。"灯神应诺着悄悄隐退。

一会儿，灯神再次出现在阿拉丁面前，说道："我的主人，你吩咐我做的事，已经做完了。"

阿拉丁高兴地去到最高层的望景亭，见那扇窗子已修理完整，跟其他的窗子一样，毫无差别。当他聚精会神地打量那扇刚完工的窗子时，一个宦官急急忙忙跑到他面前，说道："禀告主人：皇帝骑着御马前来看你，已到院落中了。"

阿拉丁听了，赶忙下楼迎接。皇帝一见阿拉丁便说："我的孩子,你干吗这样做呢?匠人们还没等做完那扇窗子,就打发他们走了,还留下一些活儿,这是什么缘故呢?"

"主人,撇下那扇窗子的部分工程,这是我原定的计划。并不是我无能完成,也不是存心在陛下驾临参观时,使陛下看到一幢有缺点的宫殿。我的目的只是要陛下自己察觉:不是我不能完成它,而是让陛下跟我一起上去,可以亲自看到当中还有缺点,还应该添补一些什么罢了。"

皇帝同阿拉丁交谈之后,再次随阿拉丁进入望景亭,把所有的窗户仔细看了一遍,看到每扇窗子都完整无缺,全都一个模样,挑剔不出丝毫缺点。他骇然震惊,激动得热烈地拥抱阿拉丁,亲切地吻他,说道:"我的孩子,这种非凡独特的技艺,你是从哪儿学来的?你在一晚上所做成的事,宝石商和五金工匠花几个月工夫也完成不了。指天起誓!像你这样能干的人,世上是找不出来的,至于能同你匹敌的对手,那更谈不上了。"

"承蒙主上夸奖,我可不该受此赞扬。但愿老天爷赏赐陛下长命百岁,万寿无疆!"

"指天起誓,我的孩子,你的技艺是百工望尘莫及的,因此,你对所有的赞扬是当之无愧的。"

皇帝和阿拉丁彼此谦虚,互相恭维着一起下楼,来到白狄伦·布杜鲁公主房中。公主赶忙迎接,让父王休息,自己在一旁小心侍候。皇帝眼看公主生活在豪华、宏伟的宫殿中,过着极其安乐、舒适的生活,内心感到无限快慰。他亲热地和女儿交谈一会儿,才高高兴兴地回宫去了。

阿拉丁新婚之后,过着自由自在的安定生活。他每天总要骑马,在侍从们前呼后拥下,去城中走走,借看热闹消遣的机会做好事,沿途总是把金币一把一把撒给街道两旁的人群,用这样的办法广施博济。因此无论本地人或外乡人,无论近处或远方,都称赞他善良、慷慨,博得众人的拥护和爱戴。此外他对一般孤苦无告的穷苦人、修道士、乞丐尤其关怀,亲手给他们很多的施舍、救济。由于他的乐善好施,他的名声越传越远,声誉超过王侯将相。他的交游也日广,公侯将相、大公贵族都成为他的座上客,彼此过往很亲密。

阿拉丁的声誉、地位虽然日益显赫,但他的本来面目未改,始终保持着过去的生活习惯,依然同旧相知交游如初,并坚持骑马,经常驰骋于宫前的广场,参加皇帝主持的骑术比赛。白狄伦·布杜鲁公主活泼伶俐,爱热闹,好嬉戏。她每见阿拉丁骑马的英武姿态和熟练的骑术不但感到高兴,而且越发爱慕。她深切感到老天爷为她所安排的恩遇是很多的。比如当初她一度跟宰相的儿子发生纠缠的时候,便有她的真正的丈夫阿拉丁来保护她,使她免遭蹂躏。这是老天爷无上恩赏的例证。

阿拉丁的声誉越传越远,不仅皇帝、朝臣们爱护和信任他的心情日益增加,而且在一般老百姓的心目中,他已成为伟大非凡的人物,博得朝野的拥护和爱戴。就在这样幸福美满的日子里,突然发生外敌入侵的祸事。皇帝即刻调兵遣将,命令阿拉丁挂帅,率领全副武装的部队,开往前线御敌。阿拉丁遵命,统率部队,马不停蹄,夜以继日地奔赴战场,与强敌对垒。他在战火纷飞的阵地中,身先士卒,奋不顾身,英勇杀敌。战斗越打越激烈,伤亡的将士与时俱增,刀枪剑戟的碰撞声,人吼马嘶的喧闹声融为一片,汇成悲壮惨烈的景象。最后阿拉丁大显身手,冲破敌阵,杀得敌人弃甲曳兵,抱头鼠窜。阿拉丁大获全胜,夺得很多的战利品。

阿拉丁战胜入侵敌人的捷报传来,全城欢腾,为了热烈庆祝胜利,人们张灯结彩,京城被装饰得焕然一新。当他凯旋时,皇帝亲自出城迎接,亲切地拥抱他,吻他,老百姓也争先恐后地出来迎接、庆贺,整个城市都笼罩在节日的欢乐气氛中。

皇帝和阿拉丁翁婿二人,喜气洋洋地并辔进城。在皇帝的陪同下,阿拉丁回到他自己的宫殿中。白狄伦·布杜鲁公主早已等着迎接他,满心欢喜地吻他的额角,殷勤地让他和皇帝休息,并吩咐婢仆端出果汁、糕点,陪他俩吃喝。

阿拉丁歼敌有功,博得朝野的钦佩和爱戴;为了庆贺他凯旋,皇帝发布圣旨,命令全国各城市张灯结彩,欢庆胜利。这样一来,阿拉丁一鸣惊人,扬名天下,上自官吏、部队,下至老百姓都另眼看待他。在众人心目中,都留下"上有天帝,下有阿拉丁"的印象。由于阿拉丁为人慷慨,本来就受人们拥护、爱戴,再加上他高超的骑术,以及捍卫社稷歼灭敌人的功勋,更使人们格外崇敬他。这时他的幸运已达到登峰造极的地步。

非洲魔法师重返中国

非洲魔法师回故乡后,不甘心自己的失败,老是耿耿于怀,想着为谋取神灯所经受的跋涉、劳累而终日悲叹、苦恼。尤其每逢想起快到手的神灯却不翼而飞的情景,深感自己所吃的苦头等于白费精力和时间。他对自己的遭遇,既悲伤又生气。他咒骂阿拉丁违拗命令,给他造成终身遗恨。他有时抑制不住悲愤情绪而狂叫起来,自言自语地说:"那个小杂种死在地道中,我可心满意足了。反正我可以另找机会谋取神灯,它会安然保存在地下宝藏中的。"

非洲魔法师的心中仍然怀有一线希望,决心再次采取行动。有一天,他取出沙盘,仔细检查并做好一切准备,以便卜问阿拉丁的下场和神灯的去向。他摊平沙粒,布成平整的轮廓,并星罗棋布地弄出小点子,才开始占卜,然后将呈现在沙面上的形迹,仔细转移到纸片上,聚精会神地观察、研究,结果却不见什么反应,没达到预期的目的。息了一会儿,他重新布置一番,把盘中沙粒的体形按主要和次要的秩序,更精确地固定下来,再作第二次卜卦,再观察、推算,结果仍不知神灯的去向,使他大失所望,怒火中烧。他为探听阿拉丁的下场,不得不耐着性子继续卜第三卦,知道阿拉丁并未葬身在那个宝藏的地道中,这使他非常惊诧,愤怒到极点。经过仔细观察研究之后,总算把阿拉丁的去向弄清楚了。原来这个小家伙已经溜出地道,还活在人间,而且他为人机警、活跃,已成为神灯的主人。他不由自主地联想到自己的悲惨遭遇。他自怨自艾地说:"为了寻求神灯,我遭逢的艰难困苦和所吃的苦头,是别人忍受不了的。可是那个该死的小杂种,却不劳而获,坐享其成。这到底是谁告诉他神灯的秘密,让他一跃而为世间最有钱的人呢?"

非洲魔法师通过卜卦,知道阿拉丁没有死仍然活着,而且正在享受着神灯给予他的实惠。他咬牙切齿地说:"只有把他置之死地,我才解恨呢。"于是他换用泥盘又占卜一卦,从显露的迹象看,知道阿拉丁不仅富厚,而且已同皇帝的女儿结婚,成为驸马。因此他更加愤怒,气得发抖。为要达到报复和夺取神灯的目的,他振奋起来,准备行装,随即起程,做重返中国之行。

魔法师怀着希望和仇恨的心情,风尘仆仆,经过漫长的旅程,饱经风霜,终于到达中国,进入阿拉丁所居住的京城,在一家旅店里住下。他换了一身衣服,出旅店上大街溜达。他挨到人群里,侧耳细听他们谈话。有的人赞美新建宫殿的宏伟、壮丽,有的人夸赞阿拉丁的慷慨、慈良;有的人推崇其高尚操行,有的欣赏其堂堂仪表。魔法师走进一家茶馆,见人们一群群喝茶谈天,有低头细语的,有高谈阔论的,真是五花八门。魔法师挤到一个正在夸赞阿拉丁的年轻人身旁坐下,插嘴说:"小伙子,你所夸奖的这个人,他是谁呀?"

"老人家,看来你是外乡人,是从远方刚到这儿来的吧。就算是这样,怎么会听不到赫赫有名的阿拉丁的大名呢? 他那幢富丽堂皇的宫殿已经驰名于天下,成为世上的奇迹了。他的荣誉和享受,几乎超过咱们的皇帝了。他这么有名,你一点也没听说吗?"

"我最大的愿望是想亲眼看一看那幢宫殿,劳你的驾,带我去看一看吧?"

"好,我带你去。"年轻人答应了,在前头走,魔法师在后面跟着,一直来到阿拉丁的宫殿跟前。

魔法师仔细打量、观看一番,知道只有神灯才能建起这幢宫殿。他痛苦地暗自嘀咕:"啊! 这个该死的家伙,这个裁缝的儿子,他原是一个连一餐晚饭都挣不到手的穷小子,我非挖个陷阱弄死他不可。如果命运之神暗中帮助我,我就能置他于死地,也能叫他妈重新去摇她的纺车。"魔法师露出一副凄切、悲痛的样子,垂头丧气地回到旅店,心中燃烧着愤怒、嫉妒的火焰。

魔法师取出天文历表和沙盘,卜了一卦,想知道神灯在什么地方。结果他发现神灯在新宫殿里,不在阿拉丁身边,因此喜不自禁,大声说:"现在有办法了,我可以轻而易举地杀死他,并把神灯弄到手。"他打定主意,急急忙忙走出旅店,找到一个铜匠,对他说:"你替我做几盏油灯吧,我愿多给你工钱,只要你赶快把灯做出来就行。"

铜匠同意替魔法师做灯,并且马上动手,夜以继日地埋头工作,果然把灯赶做出来了。

魔法师付了一笔工钱,把灯带回旅店,装在一个篮子里。他提着一篮油灯,走出旅店,串大街,走小巷,过集市。一边高喊道:"呵!谁有旧灯?快拿来换新灯啰!"人们听他这么叫喊,都嘲笑、奚落他:"这人一定是着魔了,不然,他怎么肯拿新灯换旧灯呢?"因此围着他看热闹的人越聚越多,小孩尤其好奇,老是跟在后面嘲弄他,一步也不放松。魔法师本人却若无其事,既不阻拦他们,对侮辱性的言行也不在乎,只是一股劲地朝前走,终于来到阿拉丁的宫殿前。他把叫唤声提得更高,孩子们也跟着放开嗓门大声嚷:"老疯子……"

说来凑巧,当时恰好白狄伦·布杜鲁公主坐在望景亭中眺望景致,突然听见一阵阵叫喊的嘈杂声,便从窗户朝下看,见那种景象很奇怪,不知是怎么一回事,便打发女仆下去了解情况。

女仆立即下楼,走出大门一看,便听见有人在喊:"呵!谁有旧灯?愿意拿来换新灯吗?"同时一群孩子在后面,闹得非常厉害。女仆赶忙回去告诉白狄伦·布杜鲁公主,公主听了,忍不住哈哈大笑起来。于是婢女们七嘴八舌地同公主议论开了。其中有人说:"我相信这人所说的,不一定是真话。"

"公主,我看见咱们主人房中有一盏旧灯。"另一个婢女说,"倒不如咱们拿去换一盏新的吧,这样可以证实一下他说的是真话还是假话。"由于阿拉丁一时疏忽大意,竟忘记把神灯收藏起来,被那个婢女看见了。

关于神灯的特点和价值,白狄伦·布杜鲁公主一点也不知道,她也不知道阿拉丁一步登天而同她结婚,成为皇帝的快婿,当上了驸马,这一切的名利地位,全是这盏神灯所给予的。因此,她同意婢女的建议,说道:"好的,去把你主人房中的那盏旧灯给我拿来。"她之所以这么做,目的仅仅是为了证实那个叫唤者是否真能以旧灯换新灯罢了。

婢女即刻把神灯拿来,递给白狄伦·布杜鲁公主。公主跟其他所有的人对非洲魔法师的狡猾和诡谲,一点也不知道。公主打发一个宦官把旧灯拿下去换新灯。宦官遵命,用神灯同魔法师换了一盏新灯,拿到楼上,小心翼翼地放在公主面前。公主仔细看了换来的果然是一盏全新的灯,对叫唤者如此做法更加不理解,于是她捧腹大笑。

非洲魔法师分辨出换到的旧灯,确是从地下宝藏中取出来的那盏令人心醉的神灯,万分高兴,立刻把它塞在胸前的衣袋里,扔掉作为交易使用的那些剩余的新灯,急忙拔脚溜走,摆脱孩子们,远远离开城市,一直跑到郊外,然后放慢脚步,继续向前,到了荒无人烟一望无际的原野,耐心等到夜幕降临,周围寂静无声的时候,才掏出神灯一擦,灯神随即出现在他面前,说道:"主人,奴婢应声到你面前来了,你要我做什么?只管吩咐吧。"

"我的愿望是",魔法师说,"让你把阿拉丁的那幢宫殿,连同里面所有的一切人和物,全都给我搬到我的家乡非洲去,把它安置在城外的一座花园中。我居住的城市,你是知道的,可别忘了连我本人也一起带走。"

"好的! 你先闭上眼睛,等你再睁眼时,便可看到你自己连同宫殿一起都在你的家乡了。"

果然在转瞬之间,魔法师和阿拉丁的宫殿连同其中的一切,全都被灯神搬到非洲。

阿拉丁被捕

皇帝一向关心、爱护白狄伦·布杜鲁公主,所以每天清晨醒来,首先打开窗户,朝前观望女儿的宫殿。在阿拉丁的宫殿被搬走的第二天清晨,皇帝照常起得很早,开窗朝前看时,却不见阿拉丁的宫殿,只剩空旷、平坦的一块基地,已成为人们往来的通道,连建筑物的一点影子都看不见了。他很吃惊,又非常害怕。他揉一揉眼睛,仔细观察了半天,确准自己没有看错,宫殿的确不在了。他不知这是为什么,宫殿到哪儿去了呢? 他搓着手掌,泪水从腮颊流下,浸湿了络腮胡。由于不知道女儿白狄伦·布杜鲁公主的遭遇和下落,他忍不住痛哭流涕,赶忙叫人召宰相进宫。

宰相谒见皇帝,看到皇帝哭哭啼啼的可怜相,暗自吃惊,说道:"请饶恕我,皇帝陛下! 求老天爷护佑,使陛下免除每件灾祸。今天陛下如此悲痛,这是为什么呢?"

"我想,你还不知道我的遭遇吧?"

"主上,指天起誓,臣一点也不知道。"

"那么,今天你显然是没看见阿拉丁的宫殿啰?"

"主上,臣果真没看到那幢宫殿。想必是关锁着还未开门吧。"

"你既然没看到,那么你站起来,从窗户里往外看一看。你怎么说它关锁着还未开门呢?"

宰相走近窗前,朝外一望,果然什么也没看见,既无宫殿,也无住宅,一时感到茫然,默不作声地回到皇帝面前。皇帝问他:"现在你知道我悲痛的原因了吧?你看还有那幢关锁着的宫殿吗?"

"主上,前些时,臣曾一再提醒陛下,指出那幢宫殿和其他的事物,全是凭魔法、巫术弄出来的。"

皇帝听了,火冒三丈,狂叫起来:"阿拉丁哪儿去了?"

"他上山打猎去了。"宰相不轻不重地回答一句。

皇帝急忙下一道命令,派亲信侍从一齐出发,前去逮捕阿拉丁。

卫队、侍从一齐出动,上山寻找,直至猎区找到了阿拉丁,诚恳地对他说:"阿拉丁,我们的主人啊!求你宽恕,别责怪我们。因为我们是奉皇上的命令来逮捕你的,他叫我们给你戴上枷锁镣铐,把你押进宫去治罪。皇上的命令,我们怎敢违拗呢!"

阿拉丁骤然听了卫士的话,不知其中缘故,大吃一惊,吓得张口结舌,说不出话来。他慢慢镇静下来,望着他们说:"皇帝为什么下圣旨逮捕我,你们知道吗?我相信我自己没有犯罪,我的灵魂是清白的。因为我一没触犯皇帝,二没叛国。"

"我们的主人啊!这当中的缘故,我们一点也不知道。"

阿拉丁滚鞍下马,坦率地对卫士们说:"好吧,既是皇帝的圣旨,你们就按皇帝的吩咐做吧。"

卫士们给阿拉丁戴上枷锁、镣铐,反绑着手臂,押解进城。人们见阿拉丁被捕,觉得奇怪,知道会被皇帝杀头,都替他担惊受怕。由于阿拉丁平时为人慷慨、慈良,一贯同情穷苦人,所以博得他们尊敬爱戴。他被捕的消息一下子传开,人们闻风而出,越集越多。他们流着同情的眼泪,怀着愤怒的心情,大家跟着卫士看他们如何对待阿拉丁。其中有的卫士也同情阿拉丁,打算问皇帝生气的原因,准备替他求情。卫士们把阿拉丁押到宫中,向皇帝报告逮捕的经过。皇帝不问青红皂白,悍然命令砍掉阿拉丁的头。

　　刽子手奉命,赶忙铺下皮垫子,让阿拉丁跪在上面,用布条蒙住他的眼睛,然后抽出宝剑,围着他兜圈子,等皇帝最后的处决令一下,便动手行刑。

　　皇帝处决阿拉丁的命令刚一传出,人们听了,一窝蜂地拥进宫去,堵住各道门路,并派人去见皇帝,陈述他们的意见:"假若阿拉丁稍微受到一点危害,我们即刻夷平你的宫殿,把你和其他的人,通通埋葬在里面。"

　　由于人们对皇帝提出警告,宰相便及时进谏皇帝,奏道:"陛下,你的这道命令会很快毁掉我们的生命。现在宽恕你的女婿,收回成命是最适当的时候了,否则,人们的莽撞行为,就给大家带来灾难了。因为他们爱戴阿拉丁远远超过拥护我们,这当中有很大的差别呢。"

　　皇帝从窗户朝外一望,见庶民都行动起来。人越来越多,来势汹汹,潮涌般势不可挡,颇有推倒宫墙之势。在这种情况下,皇帝有所顾忌,被迫不得不立刻收回成命。于是他一方面吩咐刽子手释放阿拉丁,另一方面赶忙着差役向人群宣布宽恕驸马、恢复他的自由的赦免令,这才使人群的骚动平息下去。

　　阿拉丁死里得生,获得自由,感到十分高兴。他抬头见皇帝坐在宝座上,便走近御前,说道:"主人,承蒙陛下开恩,赏我活命,我永生难忘。现在能否让我明白一下:我到底什么地方触犯了陛下,犯了什么罪过?"

　　"叛贼!"皇帝吼了一声,"你犯了什么罪过,我也说不清楚。"他望宰相一眼,说道:"你带他过去,从窗户里指给他看,再叫他告诉我们,他的宫殿哪儿去了?"

　　宰相遵命照办。阿拉丁朝外一望,见前面一片空旷平地,成为通衢大路,宫殿已经不翼而飞,连痕迹都不存在了。眼看这种景象,他自己也感到震惊,不知道发生什么变故。他恍恍惚惚地回到皇帝面前,听皇帝质问道:"你的宫殿呢?我的女儿哪里去了?公主是我的心肝,我一生就这么一个女儿呀!"

　　"主上,我不知道宫殿和公主的去向,就连发生什么事,我也一无所知。"

　　"阿拉丁,你要知道,我所以饶恕你,只是为了让你赶快去查访这件事的究竟,好把有关我女儿的事打听清楚。只有找到公主,才允许你再来见我。指我的头颅起誓,万一你不把公主给我找回来,我非砍你的头不可。"

　　"是,不过恳求陛下给我一个期限,最好规定为四十天。要是过了限期还找不到公主,要砍要罚那就随陛下的便吧。"

　　"我答应你要求的期限,你可别想逃出我的手心。你即使离开地球逃到天上,我也要把你抓回来。"

　　"皇上,我的主人啊!如限期届满还找不到公主,我会回来自首,让陛下砍头的。"

　　人们看看阿拉丁受到饶恕,恢复了自由,感到无限快慰。

可是阿拉丁本人,因为受了虐待而感到羞耻,嫉妒者的幸灾乐祸,使他在亲戚朋友和人们面前抬不起头来。他离开皇宫,走在大街上,恍恍惚惚地漫游着,对自身的境遇以及所发生的事件,茫然不知所措。他迷迷糊糊地在城中游荡了两天,不知道该怎么去寻找妻子和宫殿。这期间,各种各样的人都同情他,怜悯他,悄悄地送饮食给他充饥度日。

阿拉丁复仇

　　阿拉丁经过两天的徘徊、流浪,索性离开城市,溜到郊外,无目的地走向寂寥、荒凉地区,结果被命运带到一条河边。由于失望过度,感到没有生存的余地,一度产生投河自杀的念头。他站在河岸上,面对滔滔的流水,突然想起当年埋在地道中那种九死一生的遭遇。当时他没丧生,终于闯出来了,现在怎能轻生呢?他恍然如梦初醒,理智慢慢恢复过来。他蹲下去用河水洗脸,刚捧水在手中,左右手开始一搓,便擦着指上的戒指,戒指神突然出现在他面前,说道:"我的主人,奴婢到你跟前来了,要我做什么?请吩咐吧。"

　　阿拉丁一见戒指神,喜得大声吼叫起来,说道:"我要你把我的宫殿和我的妻子白狄伦·布杜鲁公主,以及宫中所有的一切,都给我搬到这儿来。"

　　"主人啊!你要我做的这件事太困难了,我实在无能为力。因为这是灯神职权范围内的事情,我不敢去尝试。"

　　"这件事你既然不能胜任,我不勉强你。不过,最起码的你得把我送到宫殿的所在地。无论宫殿在什么地方,我非去不可。"

"是!"戒指神背着阿拉丁腾入高空,转瞬就把他送到他的宫殿面前。而他落脚的地点,正对着他妻子白狄伦·布杜鲁公主的寝室。当时正是黑夜,伸手不见五指,一眼看去,不容易辨认自己的住室,但是他满腔的忧愁,都消逝了。他确信这是老天爷让他重见妻子,因此,他满怀感激的心情,回想自身的遭遇,在山穷水尽走投无路的危急情况下,戒指神却及时前来救援。显然这是天意,使他有了生存的希望,消除了苦恼。

阿拉丁遭受沉重的打击,苦恼到极点,整整四天没睡觉,此刻他疲惫不堪,当他走到宫殿左边的一棵树下刚坐定就睡着了。

阿拉丁是一个被视为犯了杀头罪的犯人,曾等待过处决,照理是睡不着觉的,但由于太疲倦,一睡就到天亮。当他被树上小鸟啾啾声吵醒时,太阳已经照在他脸上。他伸个懒腰,一骨碌爬起来,走到小河边洗手洗脸,然后合掌祈祷,求老天爷暗中帮助他顺利地救出妻子。他来到宫殿前,仔细打量一番,然后靠墙坐下,想办法闯进宫去跟妻子见面。

白狄伦·布杜鲁公主受了非洲魔法师的欺骗,跌在陷阱中,因为离别丈夫和父亲,感到万分痛苦,吃不下饭,喝不进茶,觉也睡不着,只是日夜悲哀哭泣。她的亲信使女非常可怜她,按时进房问候她,照顾她。恰巧这天清晨,在命运的驱策下,婢女侍候公主时,随手打开窗户,让公主看一看树木、溪流,消遣消遣,获得一些慰藉。她刚打开窗户,就一眼看见阿拉丁坐在屋下。她迫不及待地嚷道:"公主呀,公主! 这是我家主人阿拉丁,他坐在墙脚下呢。"

白狄伦·布杜鲁公主一骨碌站起来,走到窗前一望,果然看见阿拉丁。同时阿拉丁抬头也看见了她,于是两人的目光相遇,彼此问好,顿时乐得几乎飞腾起来。白狄伦·布杜鲁公主对阿拉丁说:"你站起来,打侧门进来吧。那个该死的家伙现在不在屋里。"她立即打发婢女下去给他开门。

阿拉丁来到白狄伦·布杜鲁公主面前,夫妻重逢,互相拥抱、接吻,两人高兴得热泪盈眶。阿拉丁说道:"公主啊! 首先我要问你一件事:当初我把一盏旧油灯摆在我的房间里,你知道它的去向吗?"

公主听了丈夫的询问,长叹一声,说道:"亲爱的,原来就是那盏旧灯使我们遭难的呀。"

"这是怎么一回事?"阿拉丁莫名其妙。

公主把事情的原委从头到尾说了一遍,尤其把旧灯调换新灯的经过说得更详细,最后说:"第二天我发觉我被搬到这里,知道我们彼此难再见面了。那个欺骗我们,用交易办法拿走旧灯的人,他说他干这种勾当,是凭其魔力和那盏旧灯的作用的。他是非洲的摩尔人。现在我们就在他的家乡呢。"

"告诉我吧:这个该死的家伙,他跟你说过什么? 对你抱什么意图? 是怎样对待你的?"

"他每天到这儿跟我见一次面,向我求婚,叫我忘掉你,不要为离开你而苦恼,叫我自重自慰。他还说,我父亲已经杀掉你,说你的父母是穷苦人,你是靠他发财致富的。此外他还说许多好话安慰我。可是我始终悲哀、哭泣,一直没对他说过一句好话。"

"告诉我:他把那盏灯放在什么地方了?"

"他随时把灯带在身边,一刻也不离开它。有一天他问我对你还抱什么念头时,从胸前的衣袋中掏出灯来,让我看了一眼。"

阿拉丁听到这个消息，非常高兴，说道："公主，你注意听我说：我将暂时离开这里，换掉我这套衣服，然后再来见你。当你见我改装时，不要惊奇。望你派个女仆守住侧门，以便给我开门，让我进来，用计谋宰掉这个该死的蠢贼。"他交代完毕，立即溜出宫殿，迈开脚步，不停地朝前走。中途他碰见一个农夫，便对他说："喂！庄户人，把你的衣服脱给我，换穿我的吧。"农夫不懂他的意思，表示拒绝。他不管三七二十一，动手硬把农夫的衣衫脱下来，拿自己的新衣当礼物送给农夫。他穿着农夫的衣服，扮成庄稼人，来到附近的城市，花了两枚金币，从集市里买了一瓶烈性麻醉剂，揣在怀里，然后急急忙忙，一口气奔到宫殿门前，守门的女仆赶忙开门让他进去。

阿拉丁扮成农夫，回到白狄伦·布杜鲁公主面前，说道："听我说吧：你打扮一番，穿上最华丽的衣裙，装成眉开眼笑的样子，显出落落大方、一切都不在乎的神气；待那个该死的摩尔人来看你时，便笑脸相迎，装得非常亲切、热情，陪他一起吃喝；这样一来，他以为你把心爱的丈夫和尊贵的父亲都忘了。总之，你要在他面前用各种方式惹他欢喜，表示对他无比的钟情，并意味深长地举杯大喝一口，以此祝贺他延年益寿、万事顺利。当你满满灌他几杯，趁他漫不经心的时候，拿这瓶麻醉剂滴几点在他杯中，再斟酒给他喝。只要这杯酒一下肚，他就会死人般毫无知觉地倒下去的。"

"要我做这种事，实在很痛苦。但为了摆脱这个坏蛋的玷污、亵渎，我必须这样做。这个该死的家伙，虐待我，折磨我，割断我的亲骨肉。他是罪不容诛、死有余辜的，宰掉他是合理合法的，是他咎由自取的。"

阿拉丁同妻子商量停当,一起吃了一点饮食,便匆匆和她分手,溜出宫殿藏起来。白狄伦·布杜鲁公主随即唤亲信婢女替她梳妆,穿上最华丽的衣裙,打扮得花枝招展,像下凡的仙女一样美丽。这时候,该死的非洲魔法师来了,她便笑容可掬地迎接他。

魔法师见白狄伦·布杜鲁公主梳妆打扮得这么漂亮,一反惯例,用和颜悦色的态度待他,使他喜不自胜,求爱之心和占有欲随之而增大。

白狄伦·布杜鲁公主从容大方,让魔法师坐在自己身边,说道:"亲爱的人儿啊! 如果你愿意,今晚到我这儿来,陪我喝几杯吧。这几天我苦恼极了,过孤单寂寞、度日如年的日子。阿拉丁不会从坟墓中来见我了,我相信你昨天的谈话,家父为我而忧愁痛苦,所以一气之下杀了阿拉丁。如果说我今天改变态度,和以往大不相同,这你别奇怪。我决心以你为友,让你代替阿拉丁,做我的终身伴侣。事到如今,我没有其他可依靠的人,所以望你今晚上这儿来,咱们一块儿吃饭,痛痛快快地干杯,希望你给我尝一尝这里的美酒,据说非洲酒是再好不过的。我这儿有酒,但都是家乡产品。现在我想喝本地的名酒呢。"

魔法师眼看白狄伦·布杜鲁公主钟情于他,她那忧郁、苦闷的愁容,已变得眉开眼笑,因而认为她抛弃原有的念头,不再寄希望于阿拉丁,所以感到高兴,欣然说道:"亲爱的公主,你所希望的和吩咐的,一切都能办到。我家里有一坛本地酿的醇酒,保存得很好,一直埋在地下,已经八年了。现在我回家取酒去,很快便转回来。"

白狄伦·布杜鲁公主善于交际,长于应付,于是她进一步玩弄魔法师,说道:"亲爱的,你别去,免得我孤单寂寞。倒不如打发一个宦官去取,以便你留在我身边,让我从你的言谈中感到慰藉。"

"公主啊!那坛酒埋在什么地方,除我之外,别人是不知道的。我去一会儿就来,不会耽搁的。"魔法师说着走了。

不多一会儿,魔法师果然带着酒回到公主身边。公主表示感激,说道:"亲爱的,你为我不怕麻烦,太辛苦了,我实在过意不去。"

"我的眼珠啊!一点也不麻烦。能侍候你,我是引以为荣的。"

白狄伦·布杜鲁公主和魔法师客气一番,坐在桌前,预备开怀畅饮。白狄伦·布杜鲁公主显出要喝酒的神情。当女仆斟一杯酒给她,同时也斟一杯给魔法师时,她便举杯为祝他长寿,一饮而尽,同样魔法师也举杯为她的长寿干杯。白狄伦·布杜鲁公主显出健谈、雄辩姿态,一面谈情说爱,一面举杯同魔法师对饮。她所以装样作态,旨在使他更加迷恋。魔法师不懂得这是为他张下的一张罗网,却认为白狄伦·布杜鲁公主真的屈服、顺从他了,所以他狂妄、得意的了不得。面对白狄伦·布杜鲁公主的音容笑貌,竟一往情深,飘飘然不知所以,几乎把宇宙间的一切都不放在眼下。

白狄伦·布杜鲁公主始终陪随魔法师吃喝,当他有几分醉意时,公主说:"我们那儿,全国各地有一种风俗习惯,不知你们这儿是否也如此?"

"那是什么样的风俗习惯呀?"

"就是在吃晚饭后,相爱的双方,彼此交换酒杯,各干一杯,表示尽欢的意图。"说罢,她拿起魔法师的酒杯,斟了一杯酒摆在自己面前,并把她自己的杯子递给女仆,让她按事先的布置,斟一杯有麻醉剂的药酒,递给魔法师。白狄伦·布杜鲁公主摇摆着窈窕的身子,显出婀娜的姿态,并握着魔法师的手,娇声娇气地说:"亲爱的,这是你喝过的酒杯,那是我喝过的酒杯,现在咱们交换,各干一杯吧。"她说罢,举杯一饮而尽。

魔法师听了白狄伦·布杜鲁公主的亲密言谈,看了她爽快的喝酒举止,满以为这是一种钟情的表示,他飘飘然以不可一世的亚历山大大帝自居,欣然学着白狄伦·布杜鲁公主的举止,举起她的酒杯,也一口把酒喝了。不想酒一下肚,他便头晕眼花,昏迷不知人事,死人般倒了下去。这时候,女仆们立即奔下楼去,开了侧门让主人阿拉丁走了进来。

阿拉丁急忙奔到楼上,见白狄伦·布杜鲁公主坐在桌旁,已经把非洲魔法师置于死地,因而以满怀感激的心情,热烈地拥抱她,吻她,快乐到无以复加的地步,说道:"公主,你同婢女们暂时退入内室,让我一个人在这儿,以便妥当地处理后事。"

白狄伦·布杜鲁公主立刻和婢女们进入内室。阿拉丁抖擞精神,把房门关锁起来,然后挨到魔法师身边,伸手从他的衣袋里掏出神灯,这才拔出腰刀,结果了魔法师的性命。他马上擦一下神灯,灯神便出现在他面前,说道:"我的主人,你要我做什么?请吩咐吧。"

"我要你把我的宫殿从这个地方搬回中国去,仍然把它摆在皇宫前面的那个老地方。"

"是!"灯神答应着隐退下去。

阿拉丁乘此机会进入内室,搂着白狄伦·布杜鲁公主的脖子,亲切地吻她。夫妻相亲相爱,并肩坐在一起谈心,并吩咐婢仆摆出饮食,安心地吃喝,愉快地交谈,直喝得有几分醉意,才从容上床,安安静静地进入梦乡。

翌日清晨,阿拉丁从梦中醒来,唤醒白狄伦·布杜鲁公主,一起洗脸穿衣;婢女替公主梳妆、佩戴首饰,换穿华丽衣裙,打扮得非常漂亮。同时阿拉丁也穿戴整齐。白狄伦·布杜鲁公主显得格外活泼可爱,因为就要同皇帝见面,简直抑制不住沸腾的欢乐情绪。

皇帝释放阿拉丁之后,对失去白狄伦·布杜鲁公主这件事,始终忧愁苦恼,忐忑不安,心情一直静不下来,每天呆呆地坐着,像妇孺一样悲哀哭泣,因为公主是他的独生女儿,除公主外,没有别的子女了。他每天清晨醒来,总是先打开窗户,望着先前阿拉丁的宫殿所在的方向伤心、哭泣,直哭得无泪可挥,眼皮红肿。当阿拉丁夫妇平安归来的那天早晨,他按老习惯眺望窗外时,却见前面出现一幢高楼大厦。他几乎不相信自己的眼睛,用手背揉了一下,然后怀着惊奇的心情仔细审视,终于看出那确实是他女婿的宫殿。于是他迫不及待地吩咐侍从赶快备马,亲身前去查看。

阿拉丁看见皇帝骑马向他的宫殿跑来,急忙出门迎接。他俩中途相遇,阿拉丁便搀扶岳父走进宫殿。白狄伦·布杜鲁公主听说父王驾临,满腔激情地奔到楼下迎接,父女彼此见面。皇帝将公主搂在怀里,不停地吻她,由于欢喜过度,竟抱头痛哭起来。阿拉丁夫妻共同搀扶皇帝,慢步上楼。到了公主房中,皇帝询问她的情况和遭遇。

白狄伦·布杜鲁公主开始向皇帝叙述她的遭难:"父王啊! 从昨天同我丈夫见面时,我的生命才算得救;是他把我从那个非洲魔法师的魔爪中拯救出来的。那个该死的魔法师，是世间绝无仅有的大坏蛋，没有比他更坏的人了。假若不是我心爱的丈夫赶来营救，那就逃不出那坏蛋的魔爪，你老人家也不会再见我的面了。那时候，眼看我失掉父亲和丈夫，我忧愁苦痛到极点。谢天谢地，阿拉丁把我从恶毒的魔法师手中救出来了，在他的庇护下，我可以安全地活这辈子了。"接着公主把遭难的经过：如何受魔法师以新灯换旧灯的伪装所蒙蔽，如何让婢仆拿旧灯向他换取新灯，如何企图借换灯这件事来证实他的愚蠢行为等等，详细说了一遍，接着说："可是刚做了那些事情的第二天，我和婢仆以及整幢宫殿便全被搬到非洲。从此流落异乡，如坐针毡，度日如年，过着苦难的日子。直至我丈夫赶到那里，同我见面，才想出脱身之计。如果阿拉丁不及时赶去营救，我难免要受那该死的魔法师糟蹋、蹂躏的。"继而公主叙述用药酒灌醉非洲魔法师的经过，最后说："我丈夫终于把我带回来了。至于他怎样带我回来的，我一点也不知道。不过我们总算从非洲转移到这儿来了。"

白狄伦·布杜鲁公主叙述完了，接着阿拉丁把他怎样再次进宫殿去见魔法师死人般醉倒的情景，怎样打发妻子和婢女离开污染的地方躲进内室，怎样从魔法师衣袋中掏出神灯，怎样用腰刀结果坏蛋的性命，怎样命令灯神将宫殿搬回来摆在老地方的经过，详细叙述一遍。最后说道："关于我所谈的这些经历，陛下如果不相信，那么请御驾跟我去看一看非洲魔法师的尸首吧。"

皇帝果然随阿拉丁去看非洲魔法师丧命的地方，并吩咐把死尸搬走，放火烧掉，把骨灰撒在空中。至此，皇帝若有所悟，把阿拉丁紧紧搂在怀里，亲切地吻他，说道："孩子，原谅我吧！在该死的魔法师胡作非为的时候,我几乎害了你的性命。我的孩子,我相信你是能原谅我的。当时我那么对待你,是因为失去可怜的独生女儿,对我来说比失去江山还痛苦呢。父母爱怜子女的心情,你是应该理解的。"

"主上,你老人家给我做出那样的处分,并不违背王法;我也不曾违抗你的命令而犯罪。这中间所发生的灾难和痛苦,全是非洲魔法师那个坏家伙一手弄出来的。"

皇帝听了阿拉丁的解释,欣然如释重负。于是马上下令装饰城郭,大摆筵席,把白狄伦·布杜鲁公主和驸马阿拉丁的平安归来,作为大典庆祝,派人四出传达圣旨。全国各地官民遵循皇帝的命令,大张旗鼓地群起热烈祝贺,整整热闹了一个月。

魔法师的同胞弟兄

阿拉丁报了仇,夺回妻子和宫殿,但他还没有永远地摆脱非洲魔法师的危害。虽然非洲魔法师的尸体被烧毁,骨灰撒在大气中,可是他还有一个更坏的、魔法更精的同胞哥哥。那是一个本领高超,精通各种占卦的大魔法师。古谚说:"一个豆瓣成两瓣",正是他们兄弟的写照。他们分居两个地区,各自玩弄其妖法、邪术,从而利用权术干伤天害理的事,已经到了无法无天的地步。作为弟弟的非洲魔法师恶贯满盈,遭到杀身的下场之后,有一天,这个作为哥哥的大魔法师忽然心血来潮,想起他的弟弟,为要了解其境遇,便取出沙盘,摊平沙粒,打出小点子,然后卜了一卦,根据反映出来的迹象,仔细观察研究之后,知道他寻求的人,已经过世。这噩耗使他无限悲哀、苦恼。为要探听弟弟死亡的情况和葬身的地区,他又卜了一卦,知道弟弟是在中国被杀而丧生,死在一个叫阿拉丁的年轻人手中。

非洲大魔法师明了这个情况之后,急于要替弟弟报仇。他准备了行装,随即动身出发,不辞跋涉,横穿平原、荒野,跨过戈壁、高原,继续跋涉了几个月,才到达中国的京城,也就是杀他弟弟那个凶手居住的城市。他在一家旅馆中租了一间小房间,躲在里面稍事休息,然后走出旅馆,上街溜达,借此识别方向,熟悉路途,以便顺利地替他弟弟报仇雪恨。

有一天,非洲大魔法师进入一家茶馆,那是在闹市中非常讲究的一座茶楼。里面挤满人群,有的打牌,有的下棋,有的听说书,各种娱乐都有,五花八门,热闹得很。他在人丛中坐下,细听别人闲谈。那些人谈到道姑法图美的道德品行,以及她所做的种种奇迹般的事情。他了解到道姑法图美住在城外一个僻静的地方,终日待在简陋的修道室中,埋头修功悟道,每月只进城两次施医。她不但廉洁、虔诚,而且神通广大,治病有妙手回春的功效。她尤其乐意救助不幸的无依无靠的可怜人。

非洲大魔法师听了众人称赞道姑法图美的德行,非常欢喜,暗自说:"我所寻求的,很快就要获得了。谢天谢地!从这个老婆子身上,我的目的很快便可达到了。"于是他跟其中的一人拉起话来:"老伯,刚才听你们几位谈道姑法图美的道行,实在令人钦佩,但不知她是谁?住在什么地方?"

"奇怪,奇怪!"被问的人一声惊叫起来,"你住在我们这座城市里,关于道姑法图美的神奇事迹怎么会不知道呢?可怜的朋友!显然你是外乡人,所以对她那清心寡欲的节操、虔诚廉洁的品性、勤修苦练的道行却一点也没听到。"

"不错,我的主人啊!我是外乡人,昨天夜里刚到这儿,因此听了这样的事感到惊奇,希望你把那位道姑的事迹全都告诉我,让我知道她的住处,以便专程前去拜访她。因为我是幻尘中罹难而有罪在身的人,要去求她救援,替我祈祷,用她的慈航,把我渡出患难的苦海,这就终生有幸,感激不尽了。"

老头子被大魔法师的一席话所感动,顿生慈悲心肠,果然把道姑法图美的道德品行和所作所为,极其详尽地叙述一遍,并告诉他道姑法图美住在丘陵的窑洞中,然后牵着他的手,带他到城外,把去道姑法图美居室的道路指给他看。大魔法师说了许多好听话夸赞老头的为人,对他的好心肠,一再表示衷心感谢。

大魔法师怀着喜悦心情回到旅馆,做了认真的计划,决心从道姑那里替弟弟报仇。第二天一早,他打算上丘陵去窥探道姑法图美的住室。由于命运的支配,当天恰巧是道姑法图美进城施医之日。在出城的路上,他看见人群密集在一起,拥挤得很。他出于好奇心,便走过去看热闹,却发现道姑法图美在人群当中,被人们团团围住。那些人都是患病或身有痼疾的,大家要求她替他们祈祷、治疗。为满足人们的愿望,她有求必应,忙得不可开交。

大魔法师中途遇见道姑法图美,便站在一旁冷眼瞅着,一步也不放松地跟踪她,直跟到她走进窑洞,才满有把握地返回旅馆。他耐心等到日落,然后溜出旅馆,进一家酒馆,喝了一碗酒,才迈步出城,急急忙忙奔到道姑法图美居住的窑洞前,蹑手蹑脚地进入窑洞,见她平坦地仰卧在一张席子上,就纵身跳上床,骑在她身上,随即拔出匕首,叫醒她。

道姑法图美一下子惊醒,睁眼见一个大汉拿着锋利的匕首骑在她身上,好像立刻就要杀她。她感到十分恐怖。大魔法师趁机威胁她:"听我说吧!你若出声叫唤或胆敢说话,我就马上杀死你。现在我让你起来,按我的吩咐去做。"他赌咒说,只要她服从命令,尽力做完所吩咐的事,就不杀她。大魔法师说完,离开道姑法图美身上,站了起来,让她能动弹,能起身。

"把你的衣服脱给我,换上我的衣服吧!"

道姑法图美只好把衣裳脱给魔法师,还把头巾、面纱和披肩都给他。

大魔法师脱下自己的衣服,扔给道姑法图美,并拿她的衣裳、披肩、面纱和头巾穿戴起来,伪装成道姑法图美,然后说:"你必须用油脂一类的化妆品,把我的脸孔抹得跟你的面色差不多。"

道姑法图美按照吩咐,走至修道室的角落,取出一个陶罐,拿油膏给魔法师脸上连涂带抹,把他的面色涂染得跟她自己的十分相似,然后把长念珠戴在他脖子上,又把拐杖递给他,让他拄着,最后拿一面镜子让他照一照,说道:"你看一看,现在你的模样跟我一样了。"

大魔法师从镜子中看到自己跟道姑法图美果然一个样子了,非常满意。可是这个卑鄙的家伙获得所需要的一切之后,居然翻脸不认人。他先向道姑索取一根绳子,然后下毒手捏住她,用绳子勒死了她。他把尸首拖出洞外,扔到深坑里,然后转回窑洞,在里面睡了一宿。

翌日清晨,大魔法师离开道姑法图美的修道室,赶忙进城,来到阿拉丁的宫殿附近,站在一堵墙下。人们见他的装束打扮,认为他是道姑法图美,便朝她走来,有的求她祈祷,有的求她治疗。他模仿道姑法图美的举止动作,装出有求必应的姿态,一会儿摸着这个病人的头替他医病,一会儿念念有词地替那个遭难者祈祷,一时忙得不可开交。人们越聚越多,嘈杂声逐渐扩大,一阵一阵传到阿拉丁的宫殿中。白狄伦·布杜鲁公主听了突如其来的喧哗声,对婢女说:"你出去看看,到底是怎么一回事?"

婢女匆匆出去,看了一眼,随即回到公主面前,说道:"公主,刚才的吵闹声是从那些求道姑法图美给他们祈祷、治病的人群中发出来的。如果你愿意见她的面,我把她带进来,你可以趁机会请她为你祈祷。"

"好的,你去把她带进来吧。很久以前听说她的道行,我就想见她一面,求她替我祈祷,因为她所表现的神通和奇迹,那是有口皆碑,为人们所称道的。"

婢女按白狄伦·布杜鲁公主的指示,把穿着道姑法图美衣服的非洲大魔法师请进宫殿。当他来到白狄伦·布杜鲁公主面前时,便滔滔不绝地讲出一些祈求、祷告的术语祝福她,再加上他那道貌岸然的谦虚庄重形象,竟然使在场的人毫不怀疑他真是道姑法图美本人。

白狄伦·布杜鲁公主赶忙起身迎接,亲切地问候他,让他坐在自己身边,说道:"尊贵的法图美老人家,让你长期同我住在一起,这是我一生的愿望。因为同你在一起,通过你的祈祷,我不仅可以蒙受天恩,而且可以模仿你的方式进行修炼,并以你的虔诚性格和廉洁行为作为范例,以期达到济困扶危的最终目的。"

显然非洲大魔法师的卑劣奸计已经得售,但他要进一步完成其全盘诡计,所以不得不继续欺骗,说道:"公主啊!奴家本是埋头修道的一个可怜老婆子。像我这样的人,只能在荒凉偏僻的地方勤修苦练,是不该来皇家的宫殿中过幸福生活的。"

"法图美老人家,你不必顾虑,我会替你安排一间清静的小屋子,供你居住,让你一个人在里面静静地修炼,谁也不会干扰你。这样,你在我宫里,就比你在修道室更合适了。"

"那好。公主既然打算这样给我安排,那我就同意了。因为帝王子女所说的话,就如圣旨,是不可违拗的。这里我只希望吃饭、喝水和休息都在我自己的卧室里,以此保持我爱寂静的老习惯。我不要求你给我预备丰富可口的饮食,只望每餐打发使女送给我几块面饼和少量凉水,供我充饥就行了。"大魔法师强调要一个人躲在卧室里吃喝的目的,是避免暴露他的真面目。因为同别人在一起用餐,怕掀面纱时,会被同桌的人发现他脸上的络腮胡,那就露出真面目了,他的阴谋诡计就不能得逞了。

"法图美老人家,你放心吧!"白狄伦·布杜鲁公主安慰他,"一切我都按照你的愿望去安排。现在你跟我来,我把准备给你居住的寝室指给你看。"

白狄伦·布杜鲁公主把冒充道姑法图美的大魔法师一直带到一间小巧别致的厢房,指着说:"法图美老人家,这便是我准备给你居住的小房间。以后你一个人住在这里面,让你清静修道,安稳养息,欢度你乐天安命的一生吧。往后我还要以你的大名给这间屋子命名呢。"

白狄伦·布杜鲁公主这种善男信女特有的虔诚言行,尤其她那善良的性格,博得大魔法师的赞赏,因而现身说法地替她祈求、祷告。

白狄伦·布杜鲁公主给这冒充道姑的大魔法师安排了住室后，还带他参观壮丽的宫殿，一直把他引到最高层，来到那有二十四扇宝石窗户的望景亭，指着辉煌富丽的楼阁让他看，并洋洋得意地说道："法图美老人家，这宫中楼台亭阁的结构、装饰，你觉得怎么样？还可以吧？"

"指天起誓，我的女儿啊！宫中楼台亭阁的结构、装饰都非常美观，实在惹人羡慕，我相信能同这幢宫殿媲美的建筑，宇宙间是找不到的。然而美中不足，这当中还缺少一件东西，所以在装潢点缀方面，还不能说是尽善尽美的。"

"法图美老人家，不足的是什么地方？还缺少什么东西？告诉我吧。我相信我们可以弥补，使它尽善尽美。"

"我觉得这里面还缺少一个稀罕、名贵的神鹰蛋，拿它来挂在屋顶的正中央，使屋内锦上添花，使整幢宫殿成为举世无双的人间乐园。"

"神鹰是什么鸟呀？我们上哪儿去找它的蛋呢？"

"公主啊！神鹰是一种很大的飞禽，能把骆驼、大象抓在爪中带去吃掉。这种飞禽，主要是栖息在戈府山中。这幢宫殿的建筑师，他是能找到神鹰蛋的。"

白狄伦·布杜鲁公主带着冒充法图美的大魔法师边参观宫殿，边闲谈，不知不觉已是正午吃中饭的时候，婢仆摆出饭菜，公主请魔法师和她同席。但他不接受邀请，推故断然拒绝。公主不便强求，只得让他回小屋去休息，然后打发婢女送饭菜到他屋里，满足他的愿望。

当天黄昏时候，阿拉丁打猎归来，同妻子见面，彼此寒暄，互相问好。阿拉丁把公主搂在怀里，亲切地吻她，发现她面带愁容,跟平时眉开眼笑的情形大不相同,因而问道:"公主,发生什么事了? 告诉我,你干吗发愁?"

"什么事都没发生。"公主回答,"不过在我看来,咱们这幢宫殿还不算尽善尽美,美中还有不足的地方。我的眼珠阿拉丁哟! 假若在屋顶的正中央,挂上一个神鹰蛋,那么咱们的宫殿便是独一无二、举世无双的了。"

"看来就是因为这么一件小事才使你苦闷吧。其实这件事,在我看来是轻而易举的。你放心、高高兴兴地过你的日子,不必自寻烦恼。今后无论你要什么,只管告诉我,我能满足你的要求。"

阿拉丁宽慰公主一番,然后进入自己的房间,取出神灯一擦,灯神便出现在他面前。

"我要你给我找一个神鹰蛋,把它挂在屋顶的正中央,作装饰点缀之用。"

灯神听了阿拉丁的要求,顿时怒形于色,扯开洪亮、恐怖的嗓言大吼起来,说道:"你这个不知感恩的家伙! 我和神灯的其他奴仆都侍候你,可是你不知满足,为了消遣、娱乐,却要我去取我们王后的蛋来供你夫妇玩耍、取乐。指天起誓! 你夫妇是罪大恶极的人,应该受到严厉惩罚,我即使把你俩弄成齑粉撒在空中,也不足以解我心头之恨。不过由于你夫妇对此事无知,不明白其中真实情形,算是天真无邪,我可以原谅你们。至于真正作孽作怪的,却是那个该死的非洲魔法师的同胞哥哥。因为他勒死道姑法图美,拿她的衣服首饰穿戴起来,伪装成她本人,混到你家中,伺机暗杀你,其目的是要替他弟弟报仇。你的妻子便是受他挑唆,才让你来向我要神鹰蛋呢。"灯神讲明原委,随即悄然隐退。

阿拉丁听了灯神的吼叫和由衷之言,感到头晕目眩,筋肉痉挛,全身发抖,可是他勉强抑制着恐怖心情,慢慢镇静下来。他知道法图美是以善于治病闻名的,所以他装成头痛的模样去见妻子。

白狄伦·布杜鲁公主见丈夫两手托着脑袋呻吟,便问他叫苦的原因。阿拉丁说:"不知为了什么,我的脑袋痛得要命。"她一听丈夫头痛,便打发婢女去请道姑法图美来替他治疗。阿拉丁问道:"谁是法图美呀?"公主这才把道姑法图美对治病的神通本领以及接她来宫中居住的经过,详细告诉阿拉丁。接着伪装为道姑法图美的大魔法师应邀随婢女来到白狄伦·布杜鲁公主的房中。阿拉丁佯作不知内情,立即站起来迎接,把他当作道姑法图美本人那样的尊敬、问候,并吻他的袖口,表示竭诚欢迎,并诚恳地请求他:"法图美老人家啊!我头痛极了,求你大发慈悲,替我祈祷、治疗吧。因为我知道你的脉理很好,经你治疗是手到病除的。"

非洲大魔法师几乎不相信他会听到这样诚恳的赞语,而这个正是他所巴望的。于是他摆出道姑法图美的举止动作,用左手抚摩阿拉丁的脑袋,替他祈祷治病,同时将右手暗中伸进长袍拔出藏在腰间的匕首,以便趁机刺杀他。

阿拉丁心中有数,沉住气,冷眼注视大魔法师的举止动静,待他刚抽匕首时,便先下手为强,以猛不可挡之势,迅速扭住魔法师的手臂,夺过匕首,并一刀扎进大魔法师的心窝,当场结果他的性命。

白狄伦·布杜鲁公主看到阿拉丁的动作,吓得大声吼叫起来,说道:"这位德高望重神圣不可侵犯的道姑,她到底犯了什么过失,你竟这样残暴地杀害她?善良虔诚的道姑法图美,她的道行远近驰名,是众人拥护、爱戴的;你胆敢杀害她,难道不怕受天诛地灭的报应吗?"

"不,"阿拉丁回答,"我没杀害道姑法图美。我所杀的是谋杀道姑法图美的那个凶手。他也是用巫术把你连同我的宫殿一股脑儿搬到非洲的那个魔法师的哥哥。这个该死的坏种窜到咱们这里来,设下阴谋诡计,先下毒手勒死道姑法图美,从而伪装为道姑法图美本人,模仿她的言行,欺骗别人,并处心积虑地找机会谋杀我,以此达到替他弟弟报仇的目的。同样,教唆你向我要神鹰蛋的也是他,因为索取神鹰蛋足以置我于死地嘛。如果你不相信我所说的这些事实,请过来仔细看一看被我杀死的这个人吧。"阿拉丁说罢,伸手扯下摩尔人的面纱。

白狄伦·布杜鲁公主见躺在地上的是个陌生男人,腮帮上长满络腮胡,不禁大吃一惊,如大梦初醒,明白事情的真相,说道:"亲爱的人儿哟!这是我第二次把你推向死亡的边缘了。"

"好公主,这不碍事,你别难过。指你这双幸福、多情的眼睛发誓!凡是你做的事,无论结果如何,我都是乐意承受的。"

白狄伦·布杜鲁公主听了阿拉丁安慰她的话,非常感激,欣然把他紧紧地搂在怀里,边吻边说道:"亲爱的,只因我太爱你而不明白这件事的底细,所以惹出这桩不幸的祸事,我真后悔。而你临危不惧,当机立断,毫无怨言,你的宽大使我感激不尽。从此我更加珍惜你我之间的爱情了。"

阿拉丁听了公主的谈话,也深为感动,同样紧紧地拥抱着她,不停地吻她。夫妻二人互敬互爱,彼此间的了解加深了,夫妻的爱情也日益巩固，同甘共苦地过日子。

这时候皇帝前来看望公主，突然出现在阿拉丁夫妇面前。两口子便将发生的危险事件，从头说了一遍，并指摩尔人的尸体给他看。

皇帝知道祸事的来历，看到摩尔人的尸体，不免心里感到害怕，就按照前次处置非洲魔法师的办法，将其尸体拿去烧毁，并把骨灰撒在空中。

阿拉丁战胜两个强敌，粉碎了非洲魔法师两弟兄的阴谋诡计，摆脱了危害，从此同白狄伦·布杜鲁公主，开始过无忧无虑的快乐幸福生活。几年之后，皇帝逝世，阿拉丁和白狄伦·布杜鲁公主夫妻俩继承帝业，做了皇帝和皇后。他们秉公正直，安邦治国，博得老百姓的拥护、爱戴。在阿拉丁当政的年代里，老百姓过着安居乐业的太平盛世生活。阿拉丁和白狄伦·布杜鲁夫妻彼此相亲相爱，直至白发千古。

乌木马的故事

　　相传古代有个非常有权势的国王,膝下有一男三女。太子生得标致漂亮,如同月儿一般;公主们花枝招展,如花似玉,非常美丽可爱。有一天,国王照例坐在宝座上治理国事,突然有三个哲人进宫来求见。他们中的一个手中拿着金乌鸦,一个手中拿着铜喇叭,一个手中抬着乌木马。国王见了,问道:"这是些什么东西? 它们有什么用途?"

　　金乌鸦的主人向前回道:"这是一只金乌鸦,无论白天黑夜,每过一个钟头,它便振翅长啼,报告时辰。"继而铜喇叭的主人向前回道:"把这支铜喇叭放在城门下面,可以当卫兵使用;遇有敌人临城,它能发出警报,敌人可以唾手被擒。"最后乌木马的主人向前说道:"主上,这匹乌木马,它能带着骑它的人飞向他要去的地方。"

　　国王听了哲人们的叙述,说道:"如此说来,让我试验之后,再赏赐你们吧。"于是先试验金乌鸦,亲眼看见乌鸦的作用,和它主人所说的完全符合;继而试验铜喇叭,它的作用和主人所说的也没有两样。试验的结果,非常满意,国王便对金乌鸦和铜喇叭的主人说:"你们希望我赏你们什么呢? 告诉我吧!"

　　"希望主上把公主匹配给我们做妻室。"

国王应许他们的要求,果然把两个公主分别匹配给两个哲人为妻。当时乌木马的主人向前,跪下去吻了地面,说道:"恳求陛下像赏赐我的朋友那样赏赐我吧。"

"待我试过你的马儿再说。"

当时太子在侧,自告奋勇,对国王说:"父王,让我来骑这匹马儿,亲身试验一回,再来把它的用途报告父王吧。"

"儿啊,你愿意试验它,就去试验好了。"

得了国王的许可,太子一跃骑上乌木马,摇动着两脚,马儿却站着一动也不动。他嚷道:"哲人!你夸口说马儿能带着骑它的人飞跑,可是它怎么一动也不动呀?"

哲人听了太子质问,迅速走过去,指着马身上一颗突出的钉子给他看,说道:"捏着它吧。"太子伸手一捏钉子,马儿便震动起来,带着他向上飞腾,继续不停地升到高空,一直高到看不见地面,他这才惊惶、迷离、懊悔不该轻举妄动,随便试验。他自言自语地说道:"这是哲人阴谋危害我啊!毫无办法,只望伟大的真主拯救了。"

他转着眼睛仔细观察马身,看来看去,终于发现马肩下左右各突出公鸡头似的一颗枢纽。他暗自想道:"除了这两个突出的枢纽外,没有其他别的东西。"于是伸手捏住右面的枢纽,只见马儿飞得更高更快,便立刻撒手。接着试验左面的枢纽,出乎意料,才捏住枢纽,马儿飞行的速度便逐渐减低,慢慢向下降落,致使他的生命有了保障。

经过危险的试验,太子懂得马儿的用途,高兴快乐,欢喜若狂,衷心感谢真主保佑他安全脱险,免于危亡。可是原先马儿飞得太快太高,飞越的路程很远,必须经过很长时间才能落到地面。因此他趁马儿下降的时候,拨着马头,做了一番试验,自由如意地驾驶着,时而向上升,时而向下落。经过一番试验,最后驶近地面,注目一看,已经到达一处从来不曾到过的所在:绿草如茵,树林茂密,河水缓流,一片宽阔的平原中,出现一座巍峨美丽的城市。他眼望着这种情景,失声叹道:"哟!这座城市叫什么名字?但愿我能知道这是什么地方那该有多好啊!"

这时太阳已经西偏,已近傍晚,他驾驶着马儿在暮色中沿城兜着圈子,左右前后打量着,暗自想道:"去城中寄宿一夜,这是再好没有的。暂且过一夜,待明日一早驾马飞回家去,把我的经历和亲眼看见的事物禀告父王。"于是他注意寻找一处对自身和马儿的安全有保障而不被人看见的所在,作为暂时栖息的地方。这时候,他忽然发现城中央有一座高耸入云的宫殿,周围矗立着高大、宽阔的围墙,形式非常牢固、庄严。"这地方好极了!"他赞叹着,伸手扭动枢纽,马儿便慢慢落在那座宫殿的平顶上。

太子跳下马来,赞美真主一番,绕着马儿,仔细打量,自言自语地说道:"指真主起誓,制造这匹马儿的人真算得是个聪明能干的哲人学士;要是真主延长我的寿岁,让我平安转回家园,和父王母后见面言欢,那时节我一定要优待那位哲人学士,加倍赏赐他。"

太子待在屋顶上,饥肠辘辘,渴得要命,因为自从骑马离家之后就一直没有吃喝。他耐心地等着,直到人们睡了,这才自言自语地说道:"这么富丽堂皇的宫殿中,想必不至于没有饮食吧。"于是他撇下马儿,摸索着预备去寻找食物充饥。他找到楼梯,走了下去,见庭院中镶着云石。他眼望着坚固别致的建筑和富丽堂皇的陈设,感到惊羡。可是屋中既无人迹,也没有声响,因而他感到彷徨、迷离,转着恐怖的目光东张西望,不知该向哪儿去找饮食。他自言自语地说道:"算了吧,最好我还是上屋顶去和马儿在一起过夜,明天一早再驾马飞回家去。"正当他站着这样斟酌、打算回屋顶去的一刹那,蓦然发现一线隐约可见的火光,向他站立的地方移动。他仔细打量,看见一个月儿般美丽的绝世佳人,被一群婢女簇拥而来。

这个窈窕美丽的女郎,原来是公主,国王爱她如掌上明珠。国王十分宠爱她,特意给她建筑这座行宫,供她消遣解闷。因此公主每当感觉疲倦或不高兴的时候,便率领婢仆到宫中小住一二日,多则住上几天,借以消愁解闷。那天晚上,她照例带着宫娥彩女们来宫中消遣寻乐,并有一个男仆持剑保护。

到了宫中,她们一齐动手布置,点上香炉,接着一起游戏玩耍。大家正在热热闹闹,玩得高兴快乐的时候,太子趁机袭击,一拳打倒仆人,夺过宝剑,进而追击那些陪随公主的宫娥彩女,把她们赶得东逃西窜,一时混乱起来。其中只有公主从容不迫,挺身说道:"也许你是昨天向我求婚而被父王拒绝的那位太子吧。父王说你相貌奇丑;指真主起誓,父王说这种话,显然是撒谎呀!"

原来印度国的太子曾向公主求婚,因为他相貌奇丑,遭到国王拒绝,所以当事件突然发生的时候,公主疑心太子就是向她求婚遭到拒绝的印度太子。这时候一个宫女在侧说道:"公主,这不是向你求婚的人。那个人的相貌确实非常丑陋,而这个人是标致漂亮的。老实说,向你求婚而遭拒绝的那个人,只够资格做他的仆人。公主,你仔细瞧,这位青年英气勃勃,他不是平常人呀!"

宫女说罢,走到被打的仆人面前,把他唤醒。仆人蒙眬苏醒,惊惶失措,纵身跳将起来,赶快寻找宝剑。宫女对他说:"那个打倒你,抢走你的宝剑的人,正和公主坐在一起谈话呢。"他原是奉国王的命令,负责保卫公主,不让发生意外的。仆人一听宫女的话,就赶快跑进大厅,看见公主果然和太子坐在一起谈话。他走到太子面前,问道:"我的主人,你到底是人还是神?"

"你这个该死的坏奴才!胆敢把波斯国的太子当为鬼神看待吗?我揍死你!"他说着拿起宝剑,"我是驸马,国王已经把公主匹配给我了。"

"我的主人呀!照你说,你既然是人类,贵为太子,那么跟我们公主匹配成夫妻,这是再适宜不过的了。"

仆人急急忙忙离开行宫,撕破身上的衣服,抓灰土撒在头上,哭哭啼啼大喊大叫地跑回王宫去见国王。国王听了哭喊声,惊惶失措,问道:"什么事情?你吓我一跳,赶快告诉我吧,说简单些。"

"主上,快救公主去!她被一个扮成人形,冒充太子的魔鬼缠住了!陛下赶快去驱逐他。"

听了仆人的报告,国王骇然震惊,决心杀死他,喝道:"奴才!你为什么疏忽大意到这步田地,致使魔鬼敢来缠扰公主?"于是他蹒跚奔到行宫,见宫娥彩女们齐齐整整地排班站着,便向她们打听情况,问道:"公主怎么样了?"

"启禀主上,我们陪公主一起到宫里来,不知不觉间,那个月儿般的青年突然跳出来袭击我们;他手里握着明晃晃的宝剑,人倒生得很漂亮,是我们从来没有看见过的。我们问他是干什么的,他造谣说主上已经把公主匹配给他。关于他的事情我们就只知道这一点点,分不清他到底是人还是神。不过他文质彬彬,很有礼貌,不见有什么卑鄙龌龊的行为。"

听了宫女的叙述,国王心中的怒火才算熄灭。继而他见太子和公主坐在一起谈得很亲密,仔细一看,人果然生得漂亮,面如满月,十分可爱。可是他抑止不住为保护公主而产生的愤恨情绪,便不顾一切,抽出宝剑,恶魔般冲进大厅,直逼太子。太子见了,忙问公主:"这是你父亲吗?"

"不错,他就是父王。"

太子跃身起来,紧握着宝剑,霹雳似的咆哮一声,威胁着说要用宝剑挑起国王。国王慑于对方的凶暴,知道年轻人比自己强壮、有力,迫不得已,只好忍气吞声,把宝剑轻轻地插在鞘中,和颜悦色地走近太子,说道:"年轻人,你是人还是神?"

"要不是为了保全你和公主的尊严,我非让你流血不可。我是波斯国的王子,你怎么敢说我是鬼是神?我父亲波斯王有无上的威权,要是他高兴,可以开大兵来,踏平你的河山,消灭你的王国。"

听了太子的谈话,国王心中不免惊惶、恐怖,说道:"照你说,你既是王子,可是为什么不经我的同意便闯进我的宫里来?又为什么造谣说我把公主匹配给你呢?你要知道:许多王孙公子前来向公主求婚,都被我杀掉。谁能保证你不死在我手里呢?我只要开声口,仆从们立刻可以冲进来杀死你,试问有谁能够援救你呢?"

"你的见识如此浅薄,眼光这样短小,这真是令我惊奇而不可理解的地方。莫非你企图把女儿嫁一个比我更好的女婿吗?我问你,比我更健壮、更勇敢、更慷慨、更有权、更有势的人,你生平见过没有?"

"不,指真主起誓,像你这样的人,我从来没有见过。不过你既然要娶我女儿,就该请三媒六证前来正式求婚,我是可以把女儿许配给你为妻的;要是无名无义,偷偷摸摸就想娶走我的女儿,你就是侮辱我,败坏我的门风了。"

"你说得对,很有道理。不过按你刚才夸口的那样,要是命令你的仆从和军队前来杀我,这就是你的耻辱了,同时也是教人对你发生疑惑的原因。现在我有一个建议,希望得到你的同意。"

"什么建议?你说吧!"

"我建议现在你来和我比武,做一次单独的决斗;谁杀掉对方,谁就称霸为王。否则今夜你就离开我,暂且归去;明天再召集兵马、仆从,前来和我比武,决个雌雄。你可以出动多少兵马?告诉我吧!"

"不算仆从,单是正式军队,可以出动四万人马。"

"好吧,明天清晨开出所有的人马,告诉他们:我是来向公主求婚的,以对抗全体官兵为条件;说我夸口能击败他们,而他们却不能制服我。然后让他们和我比武,我要是被他们杀死,则万事皆休,你的秘密也能保全而不会泄露;要是我击败他们,那么像我这样的人,当然最应该被选为驸马了。"

太子夸夸其谈,话里带着夸张、威胁、恫吓的口气。国王听了,认为他的话还是不错,慨然赞同他的意见,于是陪他座谈,继而吩咐侍从通知宰相,教他立刻命令官员,集合全体官兵,武装起来,枕戈待旦,准备和太子比武。

国王和太子对坐谈心,听了太子的谈话,十分钦佩他的谈吐和为人。两人越谈越起劲,不知不觉,已是黎明时候,国王这才起身回宫,吩咐兵马整队出发,准备和太子比武。同时他选择一匹骏马,配上最好的鞍辔,借给太子作为比武时的坐骑。太子却不接受,说道:"主上,我暂且不要骑马,让我先到军中,看看他们的阵容再说吧。"

"你要看,请随便去看好了。"

国王引太子去到阵前,让他看过军队的阵容,和人马的数量,随即当面宣布:"众三军,现在有个青年王子来向公主求婚,我看他人生得挺漂亮,英勇过人,本领很好。他夸口说,他匹马单刀,一个人可以战败你们全体,即使你们有十万之众,在他看来也微不足道。他如此大言不惭,在比武的时候,你们必须好生对付他,把他挑在你们的刀尖上吧。"接着国王回头对太子说:"我的孩子,现在是比武的时候了,如何比法,你自己出去向他们显显你的身手吧。"

"主上,你这么办未免太不公允了;他们都骑在战马上,我却步行,这怎么能和他们对比呢?"

"我曾经给你预备一匹战马,你却不愿意骑它。好吧,你喜欢骑哪匹,你自己选择好了。"

"你的马没有一匹我看得上眼的,我只愿意骑我自己带来的那匹。"

"你的马在哪儿?"

"在你行宫里。"

"在我行宫里的什么地方?"

"在行宫的屋顶上。"

"在屋顶上!这是你失败的第一步了。该死的家伙哟!马怎么能在屋顶上呢?现在,你的虚伪和荒谬全都暴露出来了。"

国王惊奇地回头看了侍从一眼,吩咐道:"你们进宫去,瞧瞧屋顶上有什么东西,赶快给我带了下来。"当时人们感到十分惊奇,面面相觑,纷纷议论,说道:"马儿怎么能从那么高的楼梯上走下来?这真是我们闻所未闻的奇谈哩!"

侍从遵循国王的命令,迅速去到行宫的屋顶上,果然发现一匹无比美好的骏马站在上面,非常雄壮可爱。他们走过去仔细观看,发现是用象牙和乌木制造的,忍不住哈哈大笑,说道:"那个小子所说的,原来是这样的一匹马儿呀。他或许疯了!等着看吧,事情总有水落石出的时候呢,也许他有什么作为也说不定。"于是他们抬起马儿,小心翼翼地把它从屋顶上一直搬到城外,规规矩矩地放在国王面前。人们好奇地涌过来围着观看。马儿的雄壮姿态和新奇美观的鞍辔不仅引起一般人的钦佩赞扬,而且国王本人望着也称羡不已。他问道:"孩子,这就是你的马儿吗?"

"不错,陛下,它的作用一会儿你就可以看到。"

"既然是你的马儿,你拿去骑吧。"

"除非你的士兵远远地离开它,我是不肯骑的。"

国王命令周围的士兵离开太子,退到相距一箭之远的地方,太子这才欣然说道:"主上,现在我要骑我的马儿了。我预备袭击你的兵马,准教他们胆战心惊,吓得东奔西逃,抱头鼠窜。"

"好吧,你想怎么办就怎么办好了。你可别让步,须知我的人马是不会宽容你的。"

太子从从容容一跃跨上乌木马,勒转马头,预备冲锋陷阵。国王的兵马也趁机摆好阵势,准备临阵对敌。大家议论纷纷,有人说:"待这小子进入阵地,咱们拿枪挑起他来。"有人说:"遭殃哪!这么标致漂亮的青年,咱们怎么忍心杀他?"

有人说:"指真主起誓,不经过极大的困难,咱们是不能打败他的。如果他不是精明强干、英勇过人的杰出人物,他不至于这么逞能了。"

太子骑在马上,正襟坐着,在万眼盯着他注视他的时候,伸手开动了升腾的枢纽,马儿便震动蹦跳起来,一会儿,腹中充满空气,便向上升腾,一直飞入云霄。国王看见太子骑着马儿飞到高空,惊惶失措,吓得面无人色,大声叫道:"捉住他,该死的家伙!别让他动手,先抓住他。"

宰相和朝臣们看到这种情景,莫名其妙,赶快安慰国王,说道:"主上,世间难道有人能够赶得上飞鸟吗?此人显然是个大魔术家。幸蒙真主保佑,陛下平安无恙;赞美真主护佑陛下,不曾受那个小子危害。"

看了太子的行动,国王闷闷不乐地转回宫去,走到公主面前,对她讲了比武场上的见闻。他见公主因离开太子而心情十分悲伤苦恼,已经身染重病,卧床不起,医药无效。国王忧心如焚,把女儿搂在怀中,吻她的眉心,说道:"儿啊!真主保佑我们不受那个魔术家的危害,让我们赞美感谢他吧。"他屡次对女儿叙述太子骑马飞向空中的情景,她却听而不闻,终日长吁短叹,痛哭流涕,暗自说道:"指真主起誓,我从此绝食吧!不到和他聚首见面的时候,我绝不吃喝。"国王感到十分忧愁苦闷,但他始终抑制苦恼情绪,温存地好言安慰她;然而他的安慰,却反而增加她对太子的相思和恋念。

太子驾马飞到空中,摆脱了危险;可是他对公主仍然念念不忘,心坎里还存在着一线希望。因为他记得和宫女谈话时,曾问过公主和王国的名字,并且知道这座城市是萨那城,因此他怡然自得,安心地加速马力,一直飞回波斯。他到了京城,在空中绕了几个圈子,就降落在王宫的平顶上,随即下马,匆匆跑进内宫,谒见国王;见国王正因和他分离而感到忧愁苦闷。

国王一见太子,立刻起身,亲切地搂着他,眉飞色舞,欣喜若狂。父子见面之后,太子向国王打听制造乌木马的那个哲人的下落。国王说道:"儿啊,那个坏家伙,愿他一辈子没有好道路可走;他让咱们父子分别离散,我已经把他监禁起来了。"

太子在国王面前替哲人说情,要求恢复他的自由。最后国王释放了他,重加赏赐,当上宾款待;可是国王始终不肯践约把公主许配给他,因此引起他的怨恨,对泄露驾马的秘密这件事尤其懊恼不已,但处在淫威之下,只是敢怒而不敢言。后来国王对太子说:"儿啊,经过这回冒险,以后你别再骑那匹马儿了;你不明白马的真情实况,难免是要受害的。"太子把在萨那城和公主邂逅,以及和国王交谈、斗智的经过对国王叙述一遍;国王说道:"如果国王要杀你,他早就杀掉你了,这不过是你还不到死期罢了。"

太子想念公主,老是忘记不了,无法抑制追求的欲望。于是他偷偷摸摸去到屋顶,跨上乌木马,开动升腾的枢纽,驾着飞腾起来,去萨那城寻找公主。

次日清晨,国王不见太子,十分惊惶,立刻上屋顶去寻找。他一看不见了乌木马,知道他骑马飞走了,顿时感到离愁之苦,百般懊悔当初不把马儿收藏起来,自言自语地说道:"指真主起誓,待这次归来,我可要把马儿收藏起来,不让他骑,免得我为他的安全担心。"他说罢,垂头丧气,长吁短叹,伤心饮泣。

太子驾着马在空中继续不停地飞行，一直飞到萨那城，降落在第一次降落的地方，跳下马儿，蹑手蹑脚地去到公主游息的大厅里，四面一看，却寂然不见一个人影；公主不在那里，宫娥彩女和保护她的仆人也不在那里。他这一惊非同小可，大失所望。于是他摸索着寻找，在宫中转来转去，最后终于找到公主的卧室，见她卧病不起，床前有宫娥彩女侍候。他不顾一切，蓦然闯了进去，问候她们。公主听见他的声音，挣扎着坐起来，对他表示尊敬。他一声喊道："哟！我的人儿呀！这些日子你可把我寂寞够了。"

"不，你才真是使我寂寞的人呢。"

"公主，我和国王之间的纠葛以及他对待我的情况，你觉得怎么样？说真的，要不为看重你，我一定要杀死他，把他作为后人的警戒呢。不过因为你的缘故，我很敬爱他。"

"你为什么扔下我扬长而去？没有你，难道我还有好日子过吗？"

"你顺从我，愿意听我说吗？"

"要说什么，尽管说吧。你无论吩咐我什么，我都依从你，一点也不违背你。"

"那么来吧，随我到我的家乡去。"

"好的，我愿意极了。"

太子听了公主的答复，喜笑颜开，欣喜若狂，握着她的手，对天盟誓，随即带她去到屋顶上，让她骑在自己前面，伸手开动升腾的枢纽，两个人双双飞上天空。当时宫娥彩女惊惶失措，一哄跑进王宫报告消息。国王和王后听了公主出走的消息，赶忙跑出宫门，抬头观看。只见太子和公主骑着乌木马在高空飞行，感到十分惶恐，不自主地哀求道："王子呀！看真主的情面，求你可怜我和我的老伴，别叫我们的女儿离开我们吧。"

太子不顾一切，带着公主逃跑。在旅途中，他怀疑公主是否惜别、懊悔，不愿分别父母，便问道："你不愿离开父母，要我送你回家吗？"

"我的主人，指真主起誓，我不要回去；我愿意跟随你，永远和你生活在一起。"

太子听了公主果断的回答，感到十分欢喜快慰，为了体贴她，免得她感受恐怖疲劳，便减低飞行速度，缓慢地继续向前。在归途中，他们路经一处绿草如茵，清泉潺流的地区，便落在那里休息、吃喝。继而他拿带子绑住公主，加意保卫，避免发生意外，然后轻松愉快地继续起飞，一直回到京城。当时他满心欢喜，认为目的已经达到，并且存心在公主面前显示国王的威风地位，叫她知道他父亲比她父亲更权威，更伟大，因此他不直接回城，而降落在城外国王经常在那儿消遣游息的御花园中，把公主让进屋去，说道："你暂且在这儿休息，我先进城去谒见父王，给你预备宫室，然后差人前来接你，让你亲眼看看我们的威风。"

听了太子的吩咐，公主衷心欢喜，说道："好的，你要怎么办就怎么办吧。"她以为这样一来，她总会在威严、热闹而且非常适合自己身份的仪式下被迎接进城去。

太子撇下公主，匆匆进城入宫，谒见父王。国王见太子平安归来，喜笑颜开，喜出望外，立刻起身迎接。太子说道："父王，我已经把对你说过的那位国王的女儿带来了。我让她暂时住在城外御花园中；现在我前来报告，以便父王准备仪仗，前去迎接她，让她看看陛下的军威和仪仗。"

"好极了,准备迎接她就是。"国王应诺着立刻命令老百姓打扫装饰城郭,吩咐文武大臣和大小官员士兵全都穿戴配备齐全,预备前去迎接公主。太子也郑重其事地忙着搬出宫中历年收集珍藏的首饰、珍珠、宝贝、金玉等装饰品,以及各种彩色的绫罗绸缎和各种富丽堂皇的摆设,布置了一座宫殿,预备给公主居住;他还选择了印度、希腊、埃塞俄比亚等国籍的姑娘充作宫娥彩女。一切预备齐全,才匆匆出城,先赶到御花园中迎接公主。

他到了御花园中,走进公主先前休息的屋子一看,却不见她的踪影;再去看乌木马,也不翼而飞。他这一惊非同小可,失望到极点,气得批自己的面颊,撕身上的衣服,昏头昏脑地在园中打转。过了好一阵,他的神志才逐渐恢复过来,自言自语地说道:"我没有告诉她,她怎么知道马儿的秘密呢?也许是那个造马的哲人无意间在此看见了她,为了报复才把她和马儿一起带走的吧。"于是他找到园丁,向他们打听消息,问道:"你们看见有人进花园来没有?""别的人我们没有看见,"园丁回答,"只是那个哲人来园中采集标本。"他听了园丁的话,证实带走公主的就是那个哲人。

说来也巧。当太子把公主安置在园中回城之后,那个制造乌木马的哲人来到御花园中采集标本,蓦然闻到一股麝香的芬芳香味,那是从公主身上发散出来的。他随着香味找去,在屋前发现他亲手制造的那匹乌木马。他十分高兴,欣喜若狂;因为马儿被驾走之后,他感受过很大的痛苦、绝望。他赶快走过去,仔细检查,发现机件全部完整,没有损坏。他打算立刻骑马逃走,可忽然犹疑起来,暗自想道:"我非看看太子带来的东西不可。"于是他撇下马儿,闯到屋里,看见一个像晴空中的太阳一般美丽的女郎坐在里面。他一见便知道她不是普通人，准是太子领到这儿小住，预备迎接她进城的。于是他灵机一动，忙趋前跪下去吻了地面。公主举目见他生得奇丑，形状令人讨厌，便问道："你是谁？"

"公主，我是太子的差人，奉命前来迎接你，带你上城郭附近的那座花园中去。"

"太子在哪儿？"

"他在国王御前，马上就要来隆重地迎接你了。"

"哟！难道除你之外，太子就没有别的差人可使吗？"

哲人哈哈大笑，说道："公主，别叫我的丑陋欺骗你吧。你若以貌取人，那你就错了。你若像太子了解我那样地认识我，你一定会称赞我的。他利用我的丑陋派我前来接你，这是具有特殊用意的；否则，他宫里有的是婢仆、侍从，成千上万，多得数不清。"他的话打动了公主；她信以为真，毫不怀疑，立刻起身，伸手给他，说道："老伯，我们怎么去？你带牲口来给我骑吗？"

"公主，先前带你到这儿来的那匹乌木马，现在你同样可以骑它嘛。"

"我自己不能驾驶它呀！"

哲人抿着嘴笑了一笑，知道计策已售，已经战胜了她，说道："来吧！我代你驾驶好了。"于是跨上乌木马，让公主骑在后面，用带子紧紧地绑起来，伸手一开升腾的枢纽，马腹中迅速充满空气，随即震动起来，升上天空，继续不停地飞行。公主茫然不知他的诡计，直至飞到高空，已经看不见大地时，她才开口问道："喂！你说太子派你来接我，太子到底在哪儿呢？"

"太子是个卑鄙下流的家伙,愿真主丑化他。"

"你这个该死的奴才!为什么你敢违背主子的命令?"

"他不是我的主子。你知道我是谁吗?"

"除了你对我所说的那些话外,关于你的事情,我一点也不知道。"

"先前我是撒谎欺骗你的。为了我们骑的这匹马儿,我终身感到遗恨,因为这匹马是我亲手制造的,可是被太子抢走了。现在我算是把它夺回来了,并且把你也弄到手里;我可以借此报复,像他烧我的心那样烧一烧他的心了;从今以后,他休想再得到这匹马了。你安心自如,欢喜快乐吧!我会加倍奉承你,比太子待你更好呢。"

"倒霉哪!我上不能侍奉父母,中途又和爱人分离失散!"公主批着自己的面颊,痛哭流涕。

哲人驾着乌木马,一直飞到希腊境内,在一处树林丛生、河渠湍流的平原地带降落。这地方距城市不远;恰巧那天希腊国王率领人马出外打猎消遣,从这儿经过。他一眼看见哲人、公主和他的乌木马,立刻吩咐随从前去逮捕。哲人没有防备被擒,和公主一起押到国王面前。国王见他相貌奇丑难看,又见公主非常标致漂亮,因而问道:"小姐,你和这个老头子是什么关系?""她是我的妻子!"哲人不待公主开口,抢着回答。公主当面否认,说道:"不,主上,指真主起誓,他不是我的丈夫,我不认识他;是他强迫着把我骗到这儿来的。"

听了公主的控诉,国王下令拷打。随从一齐动手,把哲人摔倒,一顿好打,几乎结果了他的性命。之后国王吩咐把他押进牢狱,监禁起来,并把乌木马和公主一起带回宫去,可是他不知道这匹马的用途,也不会驾驶它。

公主失踪后,太子悲哀苦恼,决心出去寻找。于是他换上旅行服装,带着途中需要的银钱什物,抑制着苦恼颓丧心情,踏上征程,作长途旅行。他不辞跋涉之苦,经历许多村庄、城镇,打听公主的下落。一路之上,每到一个地方,便探听乌木马的消息。人们听了乌木马,都感觉新鲜奇怪,谁也不相信他。他却不气馁,不灰心,一直坚持着决心寻找到底。他经过漫长的时日,耗费许多精力,吃了不少苦头,问来问去,始终打听不到半点消息。后来他旅行到萨那城,继续寻找探听,可是不但不见她的踪影,反而看见国王因公主失踪而忧愁苦闷,徒增一重痛苦。没奈何,他毅然离开萨那城,到了希腊,打听公主和乌木马的下落,抱着不达到目的誓不回头的决心。

他在旅店中住宿,看见一伙客商在一起促膝谈心,便靠近他们坐下,听见他们中有人说:"伙伴们,我看见一桩稀奇古怪的事情了。"

"什么事?告诉我们吧。"其余的人问。

"我路过京城时,听到当地的人传出一件奇闻,是这样的:有一天,国王率领人马出去打猎消遣,在郊外树林丛生的地方,发现一个相貌奇丑的老头子,身边带着一个非常标致漂亮的妙龄女郎和一匹形状灵活、结构精巧的乌木马。"

"国王怎么办呢?"

"国王吩咐随从擒住老头子,向女郎打听情况。老头欺骗国王,冒充是女郎的丈夫,可是女郎断然否认,说她不是他的妻室。国王命随从把老头子痛打一顿,然后监禁起来。至于那位女郎和那匹乌木马的下落,这我就不清楚了。"

听了商人的谈话,太子走到他面前,谦逊地和他交谈,向他打听国王的姓名和去京城的方向。他知道后,心情顿时开朗,感到欢欣快慰,胸中的忧郁,霎时烟消云散;当夜他安安逸逸地睡了一夜。

次日清晨,太子动身,踏上旅程,继续不停地跋涉,直赶到京城。可是他准备进城的时候,却被守城的士兵拦住,要带他进宫去,让国王询问他的籍贯、职业和到京城来的原因。这是希腊的习惯,对旅客必须经过审问、登记,才准在城中居留。那天太子赶到京城,为时太晚,国王已经退朝,无从办理居留手续。不得已,守城的士兵只好带他到监狱中,暂时看管一夜。由于他生得标致漂亮,容貌不凡,狱卒不忍心让他在监中受苦,照顾他跟他们一块儿坐在狱门外面,请他和他们一块儿吃喝。饭后大家坐在一起谈心,都围着他说长道短,问道:"你是从哪儿来的?"

"我是从波斯国来的。"

大家听了波斯国这个名称,都哈哈大笑,其中有人说:"小波斯人,关于波斯的传说,我听过许多,懂得不少波斯人的风俗习惯,可是我从来没见过,也没听过比我们狱中那个老波斯人更荒唐无稽的了。"接着又有人说:"像他那样奇丑下流的人,我从来也没见过。"

"何以见得他荒唐无稽呢?"太子问。

"他是国王出猎时在郊外森林中发现而被擒回来的;他冒充哲人方士;当时他身边带着一个美丽的妙龄女郎和一匹无比精致的乌木马。那位美丽的姑娘被接进宫去,受到国王的宠爱,可惜她疯了,国王非常关心她,请医生替她医治,一心要医好她的疾病。那个老波斯人照他的说法如果真是哲人方士,那一定可以医治姑娘的疾病了。那匹乌木马现在还原样保存在国王的库藏中。这个监禁在狱中的波斯老头终日长吁短叹,伤心哭泣,尤其是夜深人静时,吵得我们不能安安静静地睡觉。"

听了狱卒的谈论,太子知道哲人失败悲哀的情况,突然心中产生了一个可以达到目的的念头。后来狱卒们预备睡觉,吩咐他进狱去暂宿一夜,接着便锁上狱门。太子来到狱中,听见那个哲人操着波斯语言叹道:"哟!该死的我,欺骗太子,抢夺姑娘,真是作孽啊!我不肯放弃她,没有达到目的,这都怪我失算;因为我不自量力,一心追求不适于自身享受的事物,这才一败涂地。谁不自量力,妄自追求非分的事物,他一定会蹈我的覆辙呢。"

听见哲人呻吟哭泣,太子在旁问道:"你要到什么时候才止住悲哀哭泣呢?你以为你的遭遇别人没有遭遇过吗?"听了太子的质问,哲人恍然有所领悟,认为他是患难知己,同病相怜;于是把自己的身世和所碰到的苦难对他尽情吐露,企图博得暂时的慰藉。

次日,守城的士兵到狱中去见太子,带他进宫谒见国王,报告昨天他到时已经散朝,无从求见的理由。国王听了问道:"你从哪儿来?叫什么名字?做什么事情?为什么到这儿来?"

"我叫哈尔吉,是波斯人,从事学术工作,精通医学,专门替人医治各种疾病。因此我周游列国,观察各地风土人情,借以增进自己的知识学问。在我游历期间,赶上哪儿有害病的,便替病人治疗。我干的就是这个。"

听了太子的回答,国王感到十分高兴,说道:"尊贵的医生啊!你来得真是时候,我们正需要你呢。"于是对他叙述女郎害病的情况,最后说道:"如果你能医好她的疯病,你要什么我都可以给你。"

"愿真主增加陛下的威望,我愿意尽力医治她的疾病。我恳求陛下告诉我:她几时害的疯病? 她和哲人、马儿是怎样被发现的?"

国王从头到尾叙述当日发现他们的经过,最后说道:"那个哲人现在还关在监狱里呢。"

"他们带来的那匹马儿,陛下是怎么处置它的?"

"我把它原封不动地保存在一座宫殿里。"

太子暗自想道:"既然如此,我打算先看看马儿,在行动之前,必须检查清楚;要是马儿没有发生意外,我便可以一帆风顺地达到目的。万一它的构造受到损坏,我就得另想办法援救公主。"主意打定之后,他回头对国王说:"主上,刚才提到的那匹马儿,我打算先去看一看,也许能从它身上发现医疗疾病的征兆呢。"

"好的,欢迎你去察看。"国王满口应允,立刻起身,牵着太子的手去到藏马的宫中。太子四面观看一番,仔细检查,发现各部分的机件全都完整,毫无损坏,因而十分高兴。他对国王说:"愿真主增加陛下的威望! 现在我该去看女郎,开始替她治病了。若是真主愿意,希望我能医好她的疾病。"继而他建议国王注意保全马儿,然后随国王前往公主养病的地方。到了室内,抬头一看,见她蓬头垢面,摇摇摆摆,癫癫狂狂地吵闹着,胡言乱语地叫嚣着。其实她不是真害病而是装疯,她这样做全是维护自身的一种策略。太子看了这种情形,对她说:"没有关系,这是不碍事的。"于是温存耐心地和她谈话,安慰她,慢慢地让她认出他自己。公主认出了太子,过分喜欢,狂叫一声,晕了过去,不省人事。国王以为她所以狂叫,是因为害怕他的缘故,因此立刻退了出去。太子趁机把嘴凑到她的耳边,悄悄地说道:"在目前这个紧急关头,你多多忍耐,好生保全我们的生命。这时候,我们应该抑制感情,耐心地想出办法来对付这个暴君,逃脱他的羁绊。我将要出去告诉他,说你是着了魔,向他保证医好你的疾病,并提出取下你的镣铐作为医治条件。待他进来,你花言巧语地敷衍他,让他看到你的疾病在我治疗下已经有了起色;这样一来,我们就可以顺利地达到希望和目的了。"

"听明白了,遵命就是。"公主欣然应诺。

太子从容走出病室,喜笑颜开地对国王说:"主上,凭着陛下的福气,我已经替她诊断医治过,刚着手就有成效,算是替陛下救活了一条生命。现在劳驾进去瞧瞧,好言安慰她,让她高兴快乐吧。从此陛下的目的已经达到,我祝贺陛下了。"

国王走进病室,公主一见便起身迎接,跪下去吻了地面。国王欣喜若狂,吩咐婢仆好生服侍她,陪她进澡堂沐浴、熏香,给她预备衣服、首饰。婢仆们遵循命令,大家前去祝福她侍候她,拿宫服和首饰给她穿戴起来,然后侍候她进澡堂沐浴、熏香,把她打扮得花枝招展,如同满月一般美丽可爱。之后,她被宫娥彩女簇拥着来到国王面前,跪下去祝福他。国王十分高兴快乐,对太子说:"这全是你的功劳,上帝为你的医药而恩赏我们了!"

"主上,你如果要她完全恢复健康,旧病不再复发,还有一个一劳永逸的办法呢。那就是请陛下统率文武百官和部队,带着那匹乌木马,一起去到那天陛下出猎碰到他们的地方,让我在那儿把妖魔收来斩掉,不准他再在人世间作祟,就可以保护女郎永久安全无恙了。"

"好极了，就这么办吧。"国王满口应允，随即下令军中，准备全体出发，并吩咐抬出乌木马，然后率领人马，开往郊外，来到捕获哲人的地方。太子指挥人马排队站在一旁，并指定乌木马和公主在一起，立于距国王和队伍隐约可见的地方。一切布置妥帖，便对国王说："恳求陛下准我焚香，恭念咒语，把妖魔收禁起来，不让他再来缠扰女郎。我收了妖魔，跨上马儿，让女郎骑在后面，它便活跃起来，向前行进；待它行到御前，一切手续便算完结。"

国王十分信任太子，满心欢喜，率领人马听他摆布，大家眼睁睁地等着看他收妖。太子趁机跨上乌木马，让公主骑在前面，用带紧束起来，然后伸手开动升腾的枢纽，马儿便升腾起来，越飞越高，扬长遁去。国王和部下等了半天，始终不见他飞回，这才大失所望，懊悔不迭，垂头丧气地带领人马回城，悄然躲在宫中，痛定思痛，越想越懊恼。宰相和朝臣们知道国王因为姑娘被劫而忧愁苦恼，大家约着进宫，竭力安慰劝解，说道："那个抢夺姑娘的家伙，原来是个大魔法师。赞美上帝，他保佑主上摆脱了魔法师的阴谋和危害。"

太子救了公主，驾着乌木马，洋洋得意，开足马力，继续不停地赶路，一直飞回波斯，降落在自己预备的那座宫殿里。他安全地让公主住定，这才进宫，谒见父王母后，祝福一番，然后报告救回公主的消息和经过。国王和王后十分欢喜，吩咐办理筵席，替太子和公主举行婚礼，欢宴宾客和庶民，整整热闹欢庆了一个月。

国王爱子心切，为了避免发生其他意外，毁了乌木马，断绝后患。新婚之后，太子的目的既已达到，十分欢喜，即时预备厚礼并致书萨那国王，报告他和公主结婚和彼此健康的消息。使臣星夜赶到萨那,呈上书信和礼物。国王读了书信,知道公主安然无恙,感到高兴,优待使臣,并预备珍贵礼物,托使臣回送太子。

　　使臣带着礼物回到波斯,报告经过,呈上礼物;太子听了大喜。从此波斯与萨那两国之间书信礼物往来频繁,每年必有报聘,邦交日益亲善。后来波斯国王驾崩,太子登基为王,继承老王遗教,秉公办事,锐意革新,国泰民安,与民同乐,过着升平日子,直至白发千古。

脚夫和巴格达三个女人的故事

古代巴格达城里住着一个孤苦伶仃的脚夫。有一天他来到市场,坐在路旁,靠着篮子等生意。不觉之间,发现一个头戴卯隋里丝面纱、身着细纱衫、腰结飘带、脚穿绣花鞋的妙龄女郎,姗姗来到他面前,看他一眼,用甜蜜、清脆的音调说道:"带着篮子跟我来吧。"

脚夫听了女郎的话,即刻带着篮子就随她走了,嘴里嚷道:"幸运的日子啊!"于是一直随女郎来到一家商店门前。她敲门,出来一个基督教徒。她向他买了一枚金币的橄榄,放在篮子里,吩咐脚夫:"带着跟我来吧。"这时脚夫自言自语地说道:"今天是吉利、幸福的日子哪!"于是把篮子顶在头上,边走边唠叨着,一直来到一家水果店。女郎买了叙利亚苹果、土耳其榅桲、阿曼梅子、哈勒白素馨花、大马士革睡莲、伊格拉蜜胡瓜、埃及柠檬、撒尔他尼橙子,此外还买了桃金娘、指甲花、甘菊、白头翁、紫罗兰、石榴和蔷薇等花果,一齐放在篮子里,吩咐脚夫:"带着走吧。"脚夫顶着篮子随她走到一家肉店。女郎对屠户说:"给我割十磅肉吧。"屠户照她的吩咐割了十磅肉递给她;她兑了钱,把肉包在芭蕉叶中,放在篮里,吩咐脚夫:"带着走吧,脚夫。"

脚夫顶着篮子,随她走到干果铺;她买了阿月浑子仁、葡

293

萄干、杏仁,然后吩咐脚夫:"带着跟我来吧。"脚夫顶着篮子,随她走到糕饼铺。她买了一大盘各种各样的甜食,放在篮子里,吩咐脚夫带着走。这时脚夫对她说:"要是事前你说一声,我一定会牵匹小毛驴来替你驮这些东西哩。"女郎微笑着拍拍他的肩膀,说道:"别啰唆!快走吧。若是真主愿意,你的脚钱是预备好了的,一文也不短少。"于是脚夫跟她去到香水店;她买了玫瑰、睡莲、垂柳等十种香花制成的香水,并买了用麝香、乳香、沉香、龙涎香精制的装在喷瓶中的香水精,以及亚历山大的蜡烛等物,放在篮子里,吩咐脚夫:"带着跟我来吧。"

脚夫顶着篮子,跟女郎走到一所高大、整齐、美观的屋子门前,两扇大门是黑檀镶红金的。女郎站在门前,整一整面纱,然后轻轻地敲门。一会儿,随着敲门的声音,大门开处,出现一个慈祥、窈窕的女郎,说道:"进来吧,胡实卡谢。快让这可怜的脚夫放下篮子吧。"

脚夫随胡实卡谢跨进大门,一块儿走进宽敞的屋里,一看,是一所构造结实、雕刻精致、陈设富丽堂皇的建筑物,里面拱廊、楼台、亭榭应有尽有,门窗上挂着帘幕,院落中的池塘里,水面上浮着小艇。大厅的上方摆着一张镶金玉、挂珠帐的杜松床,床上坐着一位笑容可掬、举止活泼大方的女郎,她似乎是天空闪闪发光的明星,正是:

> 她启齿微笑的时候,
> 像一串均匀的珠玉,
> 像一阵透明的冰雹,
> 也像芬芳的甘菊。
> 她的头发仿佛是漆黑的夜;

她的容颜竟然羞退了晨曦。

这位女主人下床来,慢步走到她的两位姊妹面前,站在大厅中央,说道:"你们怎么站着不动?赶快协助这个可怜的脚夫放下篮子吧。"于是胡实卡谢从前面,管门的女郎从后面,女主人从侧面,姊妹三人同心协力,帮助脚夫卸下篮子,并取出篮中之物,一件一件摆在适当的地方,然后给脚夫两个金币,说道:"你走吧,脚夫。"

脚夫望着三个女郎和那许多馨香扑鼻的花果以及各种各样丰盛的食物,感到万分羡慕、惊异,简直看呆了。这时候女主人问道:"你怎么着?为什么不走?你好像嫌脚钱给少了?"于是回头看她的姊妹一眼,说道:"再给他一枚金币好了。""我不是嫌脚钱少,公主,"脚夫说,"我的脚钱还不值两个银币呢;不过我心里有些想不通,为什么这里只是你们几位女流,却没有一个男性陪伴安慰你们?你们是知道的:一张桌子,必须有四条腿才能摆得起来;可是你们只有三个人呀!诗人说得好:

歌唱演奏的时候,
须有铙钹、琵琶、竖琴和笛子四种乐器;
如同配香的时候,
免不了玫瑰、桃金娘、丁香、百合四类花卉;
如此良夜,
要是没有醇酒、鲜花、歌唱和园地,
那就不能称为齐备。

现在你们只有三个人,这还需要一个聪明、活泼、智慧而能保守秘密的男性陪伴你们呢。"

听了脚夫的一席话,她们感到惊异,望着脚夫笑了一阵,然后说:"谁替我们去找这样的人呢?我们不敢把秘密告诉不守信用的人呀。诗人艾布·努瓦斯说得好:'把自己的秘密泄露出去的人,应该受到烙印的惩罚。'这句话是千真万确的。"脚夫道:"指你们的生活起誓,我是个忠实、敏感、知书、识礼的人,举凡历史书、诗文,无不知晓。正是:

> 人间只有忠信的人,
> 能够保守秘密。
> 秘密在我心房里,
> 好像禁锢在屋子中;
> 屋门不但加上锁,
> 贴上封皮,
> 而且门锁的钥匙已经丢失。"

女郎们听了脚夫朗诵的诗,看了他的举止,说道:"我们不能留你和我们一块儿起坐,除非你接受一个条件,这就是你必须有礼貌,言语行动要庄重严肃,不随便探听与你无关的事情,否则,我们不但要驱逐你,而且要打你呢。"脚夫道:"我用自己的头颅和眼睛向你们保证,甘愿接受这个条件,你们瞧,现在我是等于没有舌头的人了。"

胡实卡谢站了起来,系上围腰,清洗酒罐,澄清醇酒,备办肴馔和蔬菜以及各种必需的食品,满满地摆了一桌,然后请她的姊妹和脚夫围桌坐下。于是她自斟自饮,喝了第三杯,这才开始斟给她的两个姊妹,最后斟给脚夫,说道:"敬你这杯,你痛痛快快地喝吧,这是可以医治疾病的。"脚夫端起酒杯,谢谢她,一饮而尽,吟道:

一

要陪随身世清白、品德高尚的兄弟们，

你才可以痛饮几杯；

因为酒味正像空气，

风刮起来的时候，

经过鲜花，

它带来香甜的气味；

掠过粪堆时，

难免要染上恶臭。

二

血液中的一点一滴，

都在禁饮之列，

喝它的人便是作恶、不义；

只有葡萄的血呀，

它才是例外；

饮它不算是犯禁。

胡实卡谢斟满一杯递给管门的女郎；她谢过她，接过去饮了。继而她斟给女主人，最后斟给脚夫。脚夫谢谢，端起来，边饮边吟道：

拿来吧，

指真主起誓，

满满地斟给我一杯；

因为这是生命的泉源，

请尽情地灌我几杯。

继而他站起来,走到主人面前,吟道:

你奴婢中的一人,

站在门前侍候;

你的慷慨、施舍,

永久铭刻在他的心头。

主人顿时高兴起来,说道:"指真主起誓,我非吻你不可;你安心愉快地继续饮吧。"脚夫果然举杯,津津有味地一饮而尽,随即斟满一杯,递给主人,高声唱道:

我认识清楚了:

她仿佛是光辉灿烂的明灯;

她的光辉,

好像火把中燃烧出来的火焰。

主人接过去,一饮而尽,然后坐下来,陪着她的两个姊妹和脚夫,开怀地吃喝、吟咏、欢笑、歌唱,不断地嬉戏作乐。等到吃饱、喝足、尽欢之后,脚夫才进一步要求女郎们把他收留下来当她们的仆人使唤。

"你要做我们的仆人可以,但是需要服从我们的命令,关于我们的事情,你什么都不能过问。这个条件你能接受吗?"

"是,我能接受。"

"那么你起来,走过去看一看写在那道门上的字条吧。"

脚夫走了过去,看见门上用金墨写着:"别谈与你自身无关的事情,否则你要听到不如意的语言。"他回到席间,对她们说:"你们可以作证,凡是与我自己无关的事情,我绝对不闻不问。"

胡实卡谢站起来,添了酒肴,点上灯烛,于是在灿烂的灯光下,芬芳的龙涎香气氛中,一面喝酒,一面谈古论今。继而洗盏更酌,另换一种娱乐方式,重新摆上新鲜果品,继续吃喝、谈笑、吟唱,一直消遣到夜阑人静。可是好景不长,正当她们陶醉的时候,突然听见敲门的声音。这时候,管门的女郎起身来到门前,问了一番,然后转进去对她的姊妹说:"今夜我们的宴饮就到此结束吧。"

"这是为什么呢?"

"门前来了三个僧人,头发、胡子、眉毛剃得光秃秃的,而且巧得很,都是瞎了左眼的外乡人。他们风尘仆仆,似乎刚到巴格达,初次旅行到此;因为找不到住处,所以前来敲门借宿。他们说:'或许这里的房主人会把马房的钥匙交给我们,让我们在那里面,或者什么空旷的地方暂时过一夜吧。'现在更深夜静,他们是异乡人,当然没有相识的人可以去投宿。姊妹们,他们每个人的模样和面貌都是令人好笑的。"

"让他们进来好了,不过告诉他们,叫他们别谈和他们自己无关的事情,免得听到不如意的语言。"

管门的女郎兴高采烈地跑了出去,把三个僧人引了进来。他们向女郎们问候一声,随即退到后面站着;女郎们站起来迎接,问候他们,请他们坐下。僧人们看看摆满蔬菜、肴馔、鲜果、美酒,点着灯烛,焚着乳香的洁净、雅致的所在,以及彬彬有礼的女郎们,便不约而同地齐声赞道:"指真主起誓,这是个好地方啊!"继而他们回头看见脚夫那副洋洋得意而带着醉意的疲乏样子,仔细打量一番,认为是他们的同道,便说道:"他和我们一样,也是僧人;但不知他是外乡人呢,还是本地人。"脚夫听了他们的谈话,睁大眼睛,瞪着他们说:"你们规规矩矩地坐着吧,别多嘴多舌的!难道你们不曾看见写在门上的字条吗?你们这些穷光蛋,刚到这儿来,就谈论起我们来了!""我们的头颅掌握在你这个穷小子手里,"僧人们说,"因此我们祈求真主保护我们。"

女郎们笑了一笑,站起来在僧人和脚夫之间劝解一番,然后端出饮食招待他们,请他们坐下喝酒,管门的女郎殷勤地替他们斟满杯子。脚夫突然问道:"弟兄们,你们有什么故事或稀奇的见闻讲给我们听吗?"这时候暖意在僧人们的身内蠕动起来,他们感到高兴,便向女郎索取乐器。管门的女郎给他们拿来一面卯隋里铃鼓、一把伊拉克琵琶、一副波斯铙钹。于是他们站了起来,每人操着一种乐器,调了弦,随即演奏歌唱起来。女郎们也兴奋得引吭高歌。正当鼓乐喧天,唱得热烈的时候,突然发现有人敲门,管门的女郎匆匆出去探听消息。

原来那天夜里,哈里发哈伦·拉希德照他的惯例,随身带宰相张尔蕃、掌刑官马师伦,扮成商人模样,去到民间巡查私访。他们从这所屋子门前经过时,听到里面奏乐歌唱的声音,哈里发便对张尔蕃说:"我要进去听唱歌,看一看主人是谁。"

"穆民的领袖啊!这班老百姓,现在喝得酩酊大醉,我们进去恐怕会吃他们的亏呢。"

"非进去不可,你给我想办法吧。"

"听明白了,遵命就是。"张尔蕃回答着,不得已前去敲门。

管门的女郎闻声出来开了大门。张尔蕃迎上去说道:"小姐,我们是陀白勒的生意人,到巴格达已经十天了,住在旅店里。我们卖了货物,今晚应一位商人的邀请,前去赴宴。

饭后我们坐着闲谈了一小时才告辞出来。因为我们是外乡人,黑夜里迷了路,找不到住宿的那个旅店。你们能够行行好,让我们在你们家里借宿一夜,这对你们会有好报酬的。"

管门的女郎一看,见他们穿着长袍,是商人的打扮。于是她转进去,把张尔蕃的谈话说给她的两个姊妹听。她的话博得她俩的同情和怜悯,便对她说:"让他们进来好了。"她出去开门迎接他们。他们见她开门,说道:"凭你们的许可,我们可以进去吗?"

"你们进来好了。"

哈里发、张尔蕃和马师伦一直走进屋里,女郎们站起来迎接,殷勤招待,请他们坐下,说道:"我们衷心欢迎客人们,不过我们需要向几位提出一个条件。"

"什么条件?"

"希望你们在这里别谈与你们自身无关的事情,免得你们听到不如意的语言。"

"好的,我们接受这个条件了。"

于是他们坐下来吃喝、闲谈。哈里发打量三个僧人,发现他们全都瞎了左眼,心中感到奇怪。他打量三个女郎,见她们一个个生得既美丽而又慈祥,这使他越发感到迷惑、惊奇。她们斟酒递给哈里发,说道:"你喝这杯吧。"

"我决心要去圣地朝觐,因此不便再喝酒了。"

管门的女郎知道他不喝酒,马上拿来一条绣花食巾,铺在他面前,给他预备一缸用柳花水加冰和糖制成的果子露,供他解渴。哈里发谢谢她,心里想:"她这样优待我,明早我一定厚赏她。"

他们继续饮的饮,谈的谈,直至大家都有几分醉意的时候,女主人这才站起来,拉着胡实卡谢的手说:"姊妹们,让我们来偿付孽债吧。"

"好的,来吧。"两姊妹回答着,一齐动手收拾,弃了果皮,扫了堂屋,擦了地板,换了乳香,让三位僧人排成一行站在大厅的一边,哈里发、张尔蕃、马师伦也排成一行,站在另一边;接着高声对脚夫说:"你是自己家中的人,干吗这样冷酷无情?难道你是客人不成!"脚夫忙束起腰带,问道:"要我做什么呢?""站在那里等着吧。"她吩咐他道。

这时候胡实卡谢搬来一张椅子,放在堂屋里,继而打开一间密室,然后吩咐脚夫:"你来协助我,把两条黑狗牵出来。"脚夫抬头,看见两条脖上套着链子的黑狗。他听从吩咐,把两条黑狗牵了出来。女主人卷起袖口,拿起鞭子,然后吩咐脚夫:"牵一条过来吧。"脚夫牵狗过去。她就举鞭打在狗头上,把狗打得狂叫不已。她继续不断地鞭打,直至打得手臂酸软,才撇下鞭子,亲昵地把狗搂在怀里,替它拭泪,亲切地吻它的头。继而她又吩咐脚夫:"带走这条,把那条牵过来吧。"

脚夫牵第二条狗过去,她便像打第一条那样地打它。这时候哈里发心里着急,闷闷不乐,再也忍耐不住了。他急于要知道两条黑狗的情况,便扯扯张尔蕃的衣边。张尔蕃回头向他示意,叫他静默。

这时候女主人回头看管门的女郎和胡实卡谢一眼,说道:"起来,执行你们的任务吧。"于是她慢步走了过去,坐在那张镶金银的杜松床上。管门的女郎听从主人的吩咐,走过去,坐在床前的椅上;同时胡实卡谢走进一间密室,拿来一个镶着金片、垂着绿缨的缎匣,站在床前,打开匣子,取出里面的琵琶,调了弦,随即弹着唱道:

请把掳去的睡意还给我的眼睛，

并告诉我它在哪里？

我知道当我同爱情起居的时候，

瞌睡便恼恨我的眼睛。

管门的女郎听了歌唱，便"唉哟！唉哟"地呻吟几声，撕破自己的衣服，倒在地上，昏迷不省人事。胡实卡谢忙取水洒在她脸上，把她救醒，并给她换上一件衣服。

管门的女郎昏倒的时候，哈里发发现她遍体鳞伤，感到十分惊奇，其余的人看了这种情况，同样也感到纳闷，他们莫名其妙，不知这是怎么回事。哈里发对张尔蓄说："你说这个女郎是怎么回事？她身上的伤是哪儿来的？我实在忍不住了，非把这个女郎和这两条黑狗的真实情况调查清楚不可。"

"主上，人家曾经给我们提过条件，叫我们别谈与我们无关的事情，免得我们听到不如意的语言。"

息了一会儿，女主人说道："我的姊妹哟！指真主起誓，你践约再奏一曲吧。"胡实卡谢回道："好的，我愿意极了。"于是拿起琵琶，抱在怀里，轻舒玉指，弹着唱道：

若是我们诉说我们隔得太远，

那我们有什么话可言？

如果我们要表达彼此间的思念，

那该用什么方法？

或者派个使者去解释吧，

不见得他会把彼此的情意清楚地传达。

眼前摆着的是遗恨、忧愁，

泪珠流向腮颊。

离开我的视线而远行的人呀！

你的形影永久寄宿在我的心头。

你可曾知道我的约言，

天长地久，

永不改变？

管门的女郎听了歌唱，说道："指真主起誓，这好极了！"随即大叫一声，倒在地上，第二次昏晕过去。胡实卡谢赶忙洒水在她脸上，把她救醒。接着她对胡实卡谢说道："你践约再演唱一曲吧，现在只剩最后一次演唱了。"胡实卡谢抱起琵琶，弹着唱道：

我流了足够的眼泪，

可不知此中的阻塞几时才能畅遂？

如果说是嫉妒者从中作祟，

这惨状应该使他感到满意；

其实是你自己存心拖延聚首的日期。

管门的女郎听了歌唱，大叫一声，倒在地上，第三次昏晕过去，露出遍体的伤痕。僧人们看了这种情景，感到惊奇难过，说道："早知如此，我们宁可在粪堆上睡一夜，也不要进这屋里来；这种令人痛心的事，把我们给弄糊涂了！"

"这是为了什么呢？"哈里发掉头望着他们问。

"因为这种事情使我们苦恼极了。"

"难道你们不是这间屋子里面的人吗？"

"不，我们看到这种情景，还是第一次呢。"

"跟你们在一起的这一位，他能知道她们的情况吧？"哈里发说着，向脚夫使个眼色，然后向他打听她们的情况。脚夫回道:"我和你们一样,全然不知不晓;我生长在巴格达城中,可是生平不曾到过这里,今天到这里来还是第一次哩。"

"原先我们把你看成是她们家里的人,原来你和我们一样都是陌生人。"僧人们说。

"我们总共是七个男人,"哈里发说,"她们不过是三个女流,再没有第四个人了。现在你们问一问她们的实况吧;要是她们不肯说,我们就强迫她们。"

哈里发的提议,博得大家的同意,其中只有张尔蕃例外。他说:"我可不同意这样做,我们也不应该干涉人家的事;我们在这里是人家的客人,当初人家给我们提出条件,我们已经完全接受,这是大家都清楚的:第一是不过问这些与我们无关的事情。再说,不多一会儿天就亮了,那时候我们各人走自己的路好了。"继而他向哈里发使个眼色,悄悄地对他说:"再等一个钟头天就亮了;明天把她们召进宫去,再打听她们的情况吧。"

哈里发抬起头来,怒形于色地望着张尔蕃,大声叫道:"我急于要知道她们的情况,没法忍耐下去了!你叫僧人去问她们吧。"张尔蕃回道:"我可不愿意这样做。"

于是他们议论纷纷,对于谁先开口去问她们这个问题,意见有分歧。最后他们才一致地说:"叫脚夫去问吧。"这时候女主人问道:"喂!各位客人们,你们为什么忽然骚动起来?这到底为了什么?"女主人发问以后,脚夫毕恭毕敬地站了起来,说道:"我的主人,这些客人们希望你把两条黑狗的故事告诉他们:你为什么鞭挞那两条黑狗,并把它们搂在怀里流泪亲吻?同时他们还要求你把你姊妹的境遇和她身上那些伤痕的来源告诉他们。这便是他们的要求。祝你安宁。"

"他说的是你们要问的问题吗?"女主人问。

"不错。"他们回答,其中只是张尔蕃默然不语。

"指真主起誓,客人们,你们未免过分干扰我们了,我们曾经向你们提出条件,要你们别谈与自身无关的事情,免得听到不如意的语言。我们让你们进来,用饮食招待你们,这还不能满足你们的愿望吗? 可是这倒不能怪你们,应该怪那个放你们进来的人。"她说着把袖口卷了起来,用手掌在地板上拍了三下,喊道:"你们快快出来吧!"随着她的喊声,一间密室的门砰地开了,里面跑出七个奴仆,每人手中都握着明晃晃的宝剑。于是主人吩咐他们:"把这些多嘴多舌的人都给我绑起来! 通通绑在一起。"奴仆遵从主人的吩咐,把他们捆绑起来,然后向主人请示:"主人,我们砍掉他们的脑袋吗?"

"稍微等一会儿,待我问过他们的情况之后再砍不迟。"

"指真主起誓,我的女主人哟!"脚夫哀求,"你千万别因他人的罪过而误杀我。他们犯了错误,有了过失,我可是无罪的呀。指真主起誓,这班僧人到什么地方都能把人烟稠密的城市毁掉,要是他们不来扰乱我们,我们这一夜准是过得挺美满的。"于是怅然吟道:

> 权威者施舍的饶恕,
> 对孤苦无告的人来说,
> 它是多么高尚可贵!
> 指我们友谊的情分起誓,
> 求你别因后来者而误杀先到的人。

主人听了脚夫的吟诵,转怒为喜,嫣然一笑,随即转脸对在座的人说:"不须一个钟头的工夫,你们的生命就完结了;

趁此机会,快把你们的情况告诉我吧。你们如果不是高贵的头目、领袖或行政长官,那一定不敢如此大胆冒险的。"

听了主人的吩咐,哈里发对张尔蕃说:"唉!该死的张尔蕃哟!把我们的情况告诉她吧,免得她误杀我们。在祸患临头之前,对她讲清楚,这是必要的。"

"这是我们罪有应得的惩罚哩!"

"玩笑有玩笑的时候,张尔蕃!"哈里发嚷叫起来,"现在是做正经事的时候哪。"

这时,女主人走到僧人面前,问道:"喂!你们是弟兄手足吧?"

"不,我们不是弟兄,我们是异乡的穷苦人。"

"你生来就瞎了一只眼睛吗?"她问其中的一个僧人。

"不,我这只眼睛是经过奇奇怪怪的遭遇之后才被人挖掉的。我生平的遭遇奇怪得很,如果记录下来,是可以劝诫后人的。"

继而她又问第二个僧人和第三个僧人的情况,所得到的回答,和第一个僧人说的相似。最后他们说:"主人,我们来自不同的地方,每人都出生在帝王之家,不是王子,也是王孙呢。"主人转着眼睛看他们一眼,说道:"你们每个人对我谈一谈自己的经历和到我们家里来的原因,然后摸摸自己的头,各走各的路吧。"

听了主人的吩咐,其中自告奋勇,首先出来说话的是脚夫。他说道:"女主人,我是一个脚夫,这位胡实卡谢小姐雇我替她搬东西。她带我从酒店到肉店,从肉店到水果店,从水果店到干果店,再到糕饼铺、香水铺,最后来到这里,然后跟你们在一起过夜,直到现在。这是我的故事。祝你平安。"

女主人笑一笑,说:"摸摸你自己的头,然后去你的吧。"

"我不去;我要听一听这些朋友们的故事才走呢。"

第一个僧人的故事

我剃了胡须,瞎掉一只眼睛的原因是这样的:先父是个国王,他的弟弟也被分封做了国王。事情说来凑巧,在我出生的那天,同时也是叔父的儿子诞生的日子。过了一些年头,我和叔父的儿子都长大成人。我间或去看望叔父,每去一次,总要跟他们在一起住几个月。有一次我的堂兄弟格外尊敬我,备酒杀羊款待我。等到彼此同桌共饮,喝得有些醉意的时候,他对我说:"哥哥,我有一件重要事请求你,希望得到你的同情和协助。""什么事,你说吧,"我说,"我愿尽力帮助你。"

经我对他赌过咒,他才相信我,于是起身匆匆去了一会儿,随即带来一个穿着华丽衣服、佩着珍贵首饰的女郎,双双地站在我面前,说道:"你带她先往×家坟地去吧。"经他解释以后,我便知道坟地的地点。继而他说:"你带她到那里等我。"

由于我对他发过誓,所以不可能违背他,也不能拒绝他的要求,于是我带那个女人,一直来到坟地。我们在那里刚坐定,堂弟就带着一桶水、一袋石灰、一把锄头赶到。他走到坟地中央的一座古墓前,用锄头掘了坟石,摆在一旁,再刨开土块,掘起约莫一扇小门那么大小的一个铁盖,下面便现出梯级。他回头指着地穴对女郎说:"按照你自己的选择行事吧。"他说罢,那女郎便沿梯级走了下去。之后他看我一眼,说道:"哥哥,待我下去之后,你用铁盖把洞口盖上,并照原样把土块和石头挪来,堆在铁盖之上。再把这个袋中的石灰和那只桶里的水混在一起,照原样涂在墓石之间,别让人看出被掘的痕迹。这样一来,你对我行好就算行到底了。关于这件事情,我整整计划了一个年头,除了真主之外,谁也不知个中的秘密。这就是我要求你替我做的事情。哥哥啊!"他接着说,"愿真主不使你因我而感到寂寞。"说罢,他沿着梯级走下去了。

他下去以后,我拿铁盖把洞口盖上,并把土块、石头放到铁盖上堆砌起来,照他的吩咐恢复古墓的原状,然后头昏脑涨,醉汉般跟跟跄跄回到宫中。当时叔父出猎还未归来。我糊里糊涂地睡了一夜。次日清晨醒来,想起昨天替弟弟做的事情和他的行为,感到十分懊悔;悔恨当初我不该替他做这件事,也不该听从他的吩咐,可是懊悔已不济事。当时我幻想他在睡觉,因而向宫中的人打听他的消息,可是无人告诉我他的下落。我上坟地里去寻找那座古墓,却又茫然分辨不清。我在坟地里打转,一座一座地踏看,从早到晚,始终找不到。我回到宫中,茶饭不思,因为找不到堂弟的踪影,心中着实苦闷。由于过度的忧愁苦恼,我躺在床上,翻来覆去,通宵不能入睡。次日我第二次到坟地里,想着我替弟弟所做的事情,百般懊悔,悔恨当初不该听他的话。我在坟地里转来转去,把所有的坟墓都转遍了,却一直找不到那座坟墓。我这样转悠、寻找,继续过了七天,始终没有结果。我更加忧愁、苦闷,差一点就发疯了。在这种情况下,我除了转回故乡,没有别的办法。

我不再犹豫,立刻动身回国。可是刚到京城,就被城下的一群官吏逮捕,把我捆绑起来。我是太子,他们都是我父亲的臣仆,竟然闹出这样的事件,这使我万分惊奇。继而我对他们的行为,感到无限的恐怖,心想:"难道父亲遭到什么意外了吗?"我向他们追问绑我的原因,他们拒不答复。过了一会儿,那些人中的一个,他原是在宫中伺候我的仆人,对我说:"你父亲时运不好,军队叛变,宰相杀了他,篡夺了帝位。我们就是奉宰相的命令等在这里逮捕你的。"听了父亲的噩耗,我心绪纷乱,差点儿昏死过去。

他们逮捕我,是因为我和宰相之间有着夙怨的缘故。原因是这样的:原来我喜欢射弩,有一天我站在王宫的平台上,见一只鸟儿落在相府的阳台上;我举弩射那只鸟儿,当时宰相正站在阳台上,被弹丸误伤了他的一只眼睛。正是:

一

任命运去做它要做的事情,
它的所作所为尽可置之不提。
别因某一事件过分欢喜或忧虑,
因为任何事件不会永恒不变。

二

命运替我们安排的路线,
我们按步前进。
凡是命运规定要经历的途径,
必须按步实践。
被规定在这里瞑目长逝的生灵,
他不会往另一个区域去安息。

宰相的眼睛被我射瞎了一只,当时他没有什么话敢说,因为先父是国王。但是我和他之间已经结下了宿怨。因此,当

310

我被押到他面前的时候,他便下令处我死刑。我问道:"凭什么罪过你要处我死刑?"

"还有什么罪过比这个更大的?"他指着自己的那只瞎眼说。

"这是我误伤了你呀。"

"如果说你是误伤了我,我却是有意要杀害你了。"

继而他吩咐侍从:"把他押过来吧!"侍从把我押到他面前,他就用手指挖了我的左眼。从那时起,我便瞎了一只眼睛,如你们现在所见的这样。尔后,他给我戴上镣铐,禁锢在一个木箱里,然后吩咐刽子手:"把他带到郊外去,拔出你的宝剑,杀死他,扔给禽兽吃掉。"

刽子手执行命令,把我带到郊外,从木箱里放了出来,准备用带子蒙上我的眼睛,然后杀我。当时我悲哀地哭泣着,刽子手受了感动,流下同情的眼泪。我对着他吟道:

一

我把你们当作坚固的铠甲,

作为抵御箭镞的鞍靶;

然而你们却是敌人向我射出的箭镞。

在危急存亡的关头,

右手需要左手协助的时候,

我对你们怀着莫大的需求。

别向我谈论责备者的事情,

请让开敌人向我进击的路径。

你们即便不愿保护我,

只希望你们静默着,

不要伤害我，
也不要助敌作恶，
请站个中立的地步。

二

许多弟兄们，
被我指为坚固的铠甲，
铠甲虽然坚固，
却披在敌人的身上。
许多弟兄们，
被我称为锐利的箭镞，
箭镞虽然锐利，
却射在我的心头。

那个刽子手，他原来是先父的掌刑官，我们之间彼此还有旧情。听了我的吟诵，他对我说："我的主人哟！我是奉命来行刑的，这叫我怎么办呢？你快逃走吧。今后你不要再到这个地方来，免得你自己受害，而且还要连累我呢。正是：

你若听到威胁的语气，
即刻拔脚逃命，
宁可撇下居室，
让建筑者去凭吊哀怜。
因为宇宙间到处有栖息的地域，
可是你的身躯仅仅只有这一具。
我对那株守陋室者的行径，
感到无限的惊异；

大地上无边的荒地，

他们不肯去经营。

别差使者去处理重要事情，

因为除了自己的本身，

世间找不到忠实的代理人。

狮子的脖子那么壮健，

是不怕劳苦、辛勤锻炼出来的。"

我吻他的手，表示感谢。我真想不到自己还能活命，虽然牺牲了一只眼睛，幸而却保得一条生命。于是我动身起程，离开本国，一直去到叔父国中，把先父的遭遇和我自己被挖掉眼睛的经过对他叙述一遍。他听了痛哭流涕，说道："如今你又把一重新愁加在我的旧愁上了。因为你的弟弟已经失踪，我不知道他的遭遇如何，这么多天以来没有人告诉我他的下落。"他悲伤过度，晕过去了。他的情况使我更加伤心、苦闷。后来叔父准备给我的眼睛敷药，发现我的左眼被挖得像一个空胡桃，便感叹地说："儿啊！你的眼睛是瞎定了，可是这不影响你的生命。"这时候，关于弟弟的事，我不可能再缄默，于是把前后的经过全都告诉他。叔父听了儿子的消息，感到十分高兴，说道："来吧，带我看那座古墓去。"

"叔父，那座古墓我认不清楚了；因为事件发生以后，我曾经几次去到坟地里，走遍各处，可是始终没有把那座古墓辨别出来。"

我带叔父去到坟地中，左右前后仔细打量，最后把那座古墓辨认出来了。我和叔父皆大欢喜，于是走了过去，刨开石土，掀开铁盖，沿梯级走了进去。下了五十级，到达最后一级的时候，我们的眼睛全被里面冒出来的烟雾蒙蔽了。当时叔父叹道："毫无办法,只盼伟大的真主拯救了。"我们继续向前,走到一间室内,见里面储藏着面粉、粮食和其他食用物品。当中摆着一张床,床上挂着帐子。叔父仔细打量,见他的儿子和他带来的那个女郎一起睡在床上,已经变成两具焦炭,像丢在火坑里烧过一样。当时叔父向他脸上吐了一口唾沫,骂道:"瘟猪! 你是该受这种惩罚的呀。这不过是现世的惩罚罢了,来世更厉害的惩罚还等待着你呢。"继而他脱下靴子,打在儿子的尸骸上。他的举止使我惊惧,兼之弟弟和那个女郎的变相,尤其使我悲伤苦恼,因此我对叔父说:"指真主起誓,叔叔,你别生气。如今我的情绪非常混乱;弟弟的遭遇,他和这个女人变相的事件,使我格外忧愁、苦闷;他们的这种情况难道还不够可怜,你还要拿靴子打他吗?"

"侄儿,我的这个儿子,幼年时就爱恋他的妹妹,我严厉禁止他,当时我说:'他俩是小孩子,可以原谅他们。'待他们长大成人的时候,我就把他们分开,不许他接近他的妹妹。我对他说:'对于过去的行为你应该加倍检点,别弄出秽亵丑恶的事情,免得声张出去,会使我们帝王之家遗臭万年的。今后要是再发生什么不正当的行为,我就恼恨你,杀掉你。'从那时起,我毫不放松地把两人隔开;可是他妹妹这个坏东西却同样眷恋着他,离不开他,就这么样任魔鬼怂恿、摆布,助长他们的暧昧行为。他看我防备紧严,才设法掘开这座古墓,储备粮食,趁我去打猎的时候,偷偷摸摸地躲到这里来,如你亲眼所见这样。归根结底,他们难逃真主的法网,终于被焚毁了。而且来世的惩罚,比这个更厉害哩。"他说罢,伤心哭泣,我也陪着他流泪。继而他看我一眼,说道:"他死了,你代替他做我的儿子吧。"

当时我感到宇宙间的各种事物变化无常，一想起宰相杀我父亲，篡夺帝位，挖掉我的眼睛和弟弟的奇怪遭遇等事件，忍不住伤心流泪，叔侄二人相对泣不成声。

我们从坟中出来，盖上铁盖，用土石掩埋起来，恢复了古墓的原状，然后转回宫去。到了宫中，我们刚坐定，便听到鼓声、号角声、笛声、枪刀碰撞声、马嚼铁的铮铮声和马嘶声混成一片；接着马蹄踏起来的灰尘弥漫了天空。我们被这种景象吓得目瞪口呆，茫然不知到底发生了什么事变。经过打听，才有人对我说："篡夺你父亲王位的那个宰相调兵遣将，在阿拉伯人的援助下，带领如沙子一般多的骁勇无敌的兵马，突然偷袭我国。城中的人仓促无备，不能抵抗，已经开城投降了。"

叔父听了噩耗，吓得木然不能动弹。我却仓皇逃避，心里想："我要是落在他手里，一定会被他杀掉。"当时各种忧愁顾虑，集中在我心头；我想到父亲和叔父的遭遇和各种不测的祸患；如果我一露面，城中的人和父亲部下的人谁都知道我，这是自投罗网，会遭他们杀害，因此唯一可以逃生的方法，只有乔装的一途。于是我剃了胡须，换了衣服，离开祖国，逃到这座城市里。我希望有人引我去见哈里发，把我的遭遇和事变报告他，求他主持公道。

我今天夜里来到这座城中，正当走投无路的时候，突然与这位僧人邂逅。我对他说："我是异乡人。"他说："我也是一个外路人。"正在这个时候，我们同道中的这第三位僧人不期而然地遇到了我们。他向我们打招呼，说道："我是异乡人。"我们说："我们两个也是外乡人。"于是我们在黑夜里摸索，结果叫命运把我们引到你们这儿来了。这便是我剃了胡须和挖掉眼珠的原因和经过。

女主人听了第一个僧人的故事,对他说:"摸摸你的头,然后去你的吧。"

"不,我要听一听别人的故事才走呢。"

当时在座的人听了第一个僧人的故事,大家都感到惊奇。哈里发对张尔蕃说:"指真主起誓,像这个僧人这样离奇古怪的遭遇,我生平还是第一次听到的。"

接着第二个僧人站起来,跪在主人面前,吻了地面,然后叙述他的故事:

第二个僧人的故事

我出生时,并不是瞎子。我的遭遇离奇古怪,如果把它记录下来,是可以劝诫后人的。我父亲是国王,我是太子。我从小学习《古兰经》,懂得《古兰经》的七种读法。此外我还跟许多学者学习,精通天文和诗歌、散文,并且埋头钻研各种学术,因此在当代学术界中,我的学识和书法是超群出众的,所以我的名声传遍了各地。

印度国王听了我的名声,派使臣携带贵重礼物,不辞跋涉,来到我国访问,聘我去印度讲学。我父亲特别为我预备六艘大船,准备许多礼物和驼、马,于是我们起程,在海洋中整整航行了一个月。然后我们登陆,牵出驼、马,卸下礼物,装成十驮用骆驼驮着,我和随从骑马向印度前进。我们在旅途中行了不久,旷野中突起飓风,灰尘飞扬,弥漫天空。后来风停尘落,旷野中出现五十个身披铠甲的英勇骑士。我们仔细打量,原来他们是一群阿拉伯的强盗。因为我们人数不多,身边又带着十驮送给印度国王的礼物,所以遭到他们抢劫。在他们的枪刀围攻之下,我对他们说:"我们是朝拜印度国王的使臣,你们不得伤害我们。"

"我们不在他的国土之内,他管不着我们。"他们一边说一边动起枪刀。我的随从死的死,逃的逃,我自己身负重伤,幸而当时强盗忙着抢劫财物,不曾注意我的行动。在逃亡的时候,我想到自己是个高贵享福的人,一旦落魄,惊惶失措,茫然不知怎样应付,也不知到什么地方去找归宿。我在仓促忙乱之间狼狈逃窜,跑到一个山洞中躲藏起来。次日离开山洞,急急忙忙向前逃窜,最后奔波到一座人烟稠密的城市里。那城市显出一片日暖风和的美丽景象:残冬卷着严寒离去了,春天带着玫瑰归来了,香花开放争艳,悠悠的流水和着宛转的鸟语,正是:

> 一座安居乐业的城镇,
> 没有丝毫扰攘的气氛,
> 安宁是它的本来面目。
> 它似乎是一座点缀齐全的乐园,
> 在居民的面前,
> 显出艳丽的姿态。

我到了城里,心中感到无限的快慰。当时我走得筋疲力尽,由于过度的恐怖,我变得面黄肌瘦,狼狈不堪,茫然不知哪里该是我的归宿。我拖着沉重的两腿,经过一间裁缝铺,向裁缝打招呼。裁缝欢迎我,安慰我,问我离乡别井的原因。我把途中遭遇,从头到尾详详细细地叙述一遍。他听了我的经历,不自主地替我担忧起来,说道:"年轻人,你千万别暴露自己,我替你担心着呢。因为我们的国王,是你父亲的仇人,彼此间有宿怨,他会拿你复仇的呢。"继而他给我预备饮食,陪我吃喝,然后坐在一起谈到深夜。他让我在一间侧室里住宿,给我预备被褥和其他物件。我在裁缝家里住了三天之后,他便问我:"你难道不懂得某一种谋生的手艺吗?"

"我是法学家,是读书人,写得一手好字,会计算账目。"

"你的这种技能在我们这个地方用不上。这里的人,除了经商谋利之外,不懂得什么是知识学问。"

"指真主起誓,除了我说过的几种技能之外,别的手艺我是不懂得的。"

"你束起腰带,带着斧头和绳子,到山中去砍柴,暂时维持生活,静候真主的解救吧。你只要不暴露自己,就不会被人杀害。"

他给我买了一把斧头和一根绳子,并领我去见樵夫,把我托付给他们。于是我随樵夫们去山中,砍了一天的柴,把它捆绑起来,用头顶到城里,卖得半枚金币,用一部分维持生活,其余一部分积蓄起来。从此我便过起樵夫的生活,就这样生活了一年。

第二年开始的时候,我照常出去砍柴。有一天我深入山中,发现一片森林,里面干柴很多。其中有棵粗大的枯树,我沿着树根挖掘,刨开土块,无意间斧子碰在一个铜环上。我把泥土全都挪开,仔细一看,发现那铜环钉在一个木盖上。我掀开木盖,下面便出现阶梯。沿阶梯下去,发现前面有门。跨门进去,眼前便出现一幢结构精巧、建筑美观的居室,室中住着一个珍珠般美丽的女郎。我看见那个女郎,便跪下去叩头,表示我对造物主的钦佩,因为他创造了这样的美女。女郎看我一眼,问道:"你是谁？ 是人,还是鬼？"

"我是人。"

"是谁带你到这儿来的？ 我在此住了整整二十五个年头,却从来没有看见一个人影。"

我把自己的遭遇从头到尾叙述一遍。她听了,可怜我的境遇,流下同情的眼泪,说道:"我也要对你谈谈我自己的遭遇。你要知道:我是国王艾菲塔穆斯的女儿,他是艾布奴斯岛的主人。我和叔父的儿子结婚,但不幸新婚之夜,我被魔鬼吉尔基斯夺走。他是莱基穆斯的儿子,莱基穆斯又是伊卜利斯姨母的儿子。他带着我一直飞到这个地方来;从那时起,凡我需要的衣服、首饰、布匹、财物、饮食和各种东西,都由他供给。他每隔十天到这儿来住一夜。他跟我约定,不管什么时候,我需要什么东西,只要伸手一摸写在圆屋顶上的这两行字,他就立刻出现在我面前。四天前他还在这儿,再过六天他就来这儿。你愿不愿在这儿住五天,在他来的头一天离开这儿呢？"我说:"我很愿意。"她听了很高兴,站起来,拉着我的手,跨过一道拱门,来到一间小巧别致的浴室里。她坐在一个褥垫上,叫我坐在她的身旁,拿麝香糖水喂我,并摆出许多水果供我享受。我和她一面吃一面闲谈。她说:"你疲倦了,躺下去睡一会儿吧。"

我安安静静地睡了一觉,所遭遇的颠危全都忘得干干净净。我从梦中醒来,见她安详地替我按摩两腿。继而我和她一块儿吃喝谈笑。她说:"指真主起誓,我孤单单地一个人住在这所地下室里,二十五年以来,没有一个人和我谈话,我寂寞苦闷极了。赞美真主,是他差你到这儿来安慰我呀。"我感谢她对我的热情和款待。我和她在一起,感到无限的快慰,因为我从来还没见过像她那样漂亮的女子。就这样我陪她吃喝谈笑,舒舒服服快快乐乐地过了一夜。

次日,我和她依然情投意合,非常愉快。她问我:"喂!你喜欢喝酒吗?"我回道:"好的,给我酒喝吧。"她去贮藏室里,取来一瓶酒,并摆上蔬菜和肴馔,吟道:

> 倘若知道你们要光临,
> 我们必须洒下心血和眼泪,
> 为欢迎你们且铺下我们的腮颊,
> 让你们从我的眼皮上走过。

我赞美她的才情,谢谢她对我的好意,快乐地陪她饮酒。喝到半酣的时候,我对她说:"来,让我带你出去,摆脱魔鬼的束缚吧。"她笑一笑说:"唉!这谈何容易!不过从今以后每十天之内,其中的一天属于魔鬼享受,剩余的九天都归你占有好了。"这时候我已喝得酩酊大醉,昏头昏脑,一摇一晃地站了起来,坚持着要完全占有她,说道:"现在我要毁掉穹顶上的字迹,让魔鬼到这儿来,我要杀死他。我是惯于斩妖的。"听了我的话,她吓得面无人色,说道:"指真主起誓,你千万不可莽撞,免得做出有害的事情,要注意保卫自己。"随即吟道:

> 离别的马儿争先奔腾的时候,
> 要求分袂的人呀,
> 你尽可能地慢行。
> 因为时日是善于骗人的,
> 结交的终点便是生离、死别。

我不听她的劝止,一脚踢破穹顶,接着宇宙就黑暗起来,在闪闪的电光、隆隆的雷声中,地面震动不已。这时我才清醒过来,问道:"这是怎么一回事?"

"这是魔鬼赶来了。当初我不是警告你,叫你别莽撞吗?指真主起誓,你连累我了,快从原来的地方逃走吧。"

我惊慌失措,拔脚逃跑,忘了鞋子和斧头。我跑到阶梯上,回头一看,见地面裂开,一个面貌狰狞的魔鬼从地里钻了出来,问她:"你干吗这样惊扰我? 你遭到什么灾难了?"

"什么灾难也没有。不过我心中一时烦闷,因而喝酒解闷,可是我喝醉了,头昏眼花,站不住脚,这才碰在穹顶上呢。"

"坏家伙,你扯谎骗我呀!"他摆着头左右观看。他看见我的鞋子和斧头,便指着说:"这是人类使用的东西;到底是谁到这儿来了?"

"我现在才看见这个呢,这好像是你刚才卷进来的吧。"

"你胡说八道!"他骂着脱掉她的衣服,把她的手脚绑在四根木桩上,无情地虐打她,逼她招认。我不忍心听她哭泣、呻吟,怀着恐惧心情,哆嗦着踉踉跄跄地逃了出来,把木盖照原样盖上,并拨土掩埋起来。当时我百般懊悔,不该莽撞。于是想着那美丽多情的女郎受到魔鬼蹂躏,想着她在囚禁二十五年后,因我而遭受虐刑,想着我父亲和他的王位,想着我自己落魄而变为樵夫的经过,感到生活每况愈下,前途茫茫,十分悲观失望,因此忍不住伤心哭泣,吟道:

> 命运带来患难的时候,
> 你应当回忆过去。
> 在一些日子里你看见光明,
> 在一些日子里你碰到颠危,
> 你应当借回忆过去安慰自己。

我急急忙忙离开森林,一直回到裁缝朋友家中。当时他正在等候我,局促不安,如同坐在火锅上,一见我便说:"昨晚我整夜替你担忧,唯恐你在山中碰到野兽或发生意外;赞美真主,现在你平安归来了。"我谢过他的关怀,回到房中,一个人躲在里面,想着山中的经历,埋怨我自己鲁莽多事,平白无故地去踢穹顶而惹出祸事。我正在懊恼不置的时候,裁缝朋友忽然推门进来,对我说:"青年朋友,有个外乡老人带着你的鞋子和斧头来找你。他曾经带着鞋子和斧头去找樵夫们,对他们说,他黎明前听了祈祷声,往清真寺去做礼拜,在途中捡到鞋子和斧头,但不知物主是谁,请他们告诉他。樵夫们知道是你的,便告诉了他。因此他带着鞋子和斧头来找你。他在铺里等候你,你出去谢谢他,收下鞋子和斧头吧。"

　　我听了裁缝的话,一怔,脸色立刻变了,心绪一时混乱起来。这时候,地面突然裂开,由里面钻出一个外乡人。我仔细打量,原来他就是蹂躏女郎的那个魔鬼。他百般拷打女郎,她却不肯招认,于是他拿着鞋子和斧头,说道:"我即是吉尔基斯,伊卜利斯的后代,你等我把鞋子和斧头的主人捉来吧!"为了这个目的,他去访问樵夫,然后找到我的住处。他毫不迟疑,抓住我,飞向空中,越飞越高,最后落下来,钻进我去过的那间地下室里。我慢慢苏醒过来,见女郎仍然被绑着,钉在地上,身上显出斑斑的血迹。魔鬼伸出魔爪抓住她说:"这不是到这儿来的那个人吗?"

　　女郎看我一眼,回道:"我不认识这个人,我这是第一次看见他。"

　　"你为他而受了惩罚,还不肯招认吗?"

　　"我从来没见过他,怎么能说谎呢!真主是不容许说谎的。"

"你既然不认识他,那就用这把宝剑砍掉他的头吧。"

她拿起宝剑,走了过来,站在我面前。我哭哭啼啼地使着眼色向她传情示意,她懂得我的意思,悄悄地说道:"这些祸是你闯出来的。"我暗示着向她说:"现在是你饶恕我的时候呢。"随即吟道:

> 眼睛替我的舌头翻译,
>
> 向她报告我心中的秘密。
>
> 我们相逢的时候,
>
> 热泪夺眶而流。
>
> 我哑然不能说话的时候,
>
> 眼睛代我诉说衷情。
>
> 她举目使个眼色,
>
> 我懂得她的指示。
>
> 我用指头比个手势,
>
> 她明了我的心事。
>
> 我们缄默着让爱情自己叙述,
>
> 因为眉目能满足彼此间的需求。

女郎明白我的旨意,丢下手中的宝剑,说道:"这个人我从来不认识他,他也没有亏待我,我怎么能杀他呢?再说这种事是宗教不许可的。"她说着往后退了几步。魔鬼说道:"你不轻易杀他,也不肯招认,这是同类互相袒护的缘故。"于是他转过头望我一眼,说道:"人呀,你不认识这个女人吗?"

"这个女人是谁?我现在刚看见她呢。"

"拿这把宝剑杀死她,我便放你走,我也相信你是从来不认识她的。"

"好的。"我回答着拿起宝剑,神气十足地走到女郎面前,举起宝剑要杀她的时候,她使个眼色暗示着对我说:"我不曾慢待你,你却要这样对付我吗?"我明白她的意思,使着眼色回答她说:"我牺牲自己替你赎身。"于是吟道:

> 好沉默的人呀!
> 用她的眼睛向情人谈心。
> 多么灵活的秋波,
> 多么美丽的容颜!
> 这个拿眼睑速写,
> 那个用眼球快读。

我心里充满感伤,两眼流出同情的眼泪,丢了手中的宝剑,说道:"严厉而勇猛的魔王呀,一个理智和宗教认识都不健全的妇道人家,她还不肯杀我,而我是一个男子汉,和她素昧平生,怎么忍心杀她呢?纵然粉身碎骨,我也是不干这个的。"

"你们两人是有感情的。"魔鬼说着拿起宝剑,接连砍了四剑,砍断女郎的俩手和俩脚。我眼看那种暴行,相信自己是非死不可的了。当时女郎凝视着我,是离别的最后一瞥了。继而魔鬼一剑砍断她的脖子,结果了她的性命,然后回头瞪我一眼,说道:"人呀,我非杀你不可;你有什么要求,对我说吧。"

"叫我要求什么呢?"

"告诉我吧:你希望我用魔法把你变成个什么东西,狗吗?驴吗?猴子吗?"

"指真主起誓,如果你饶恕我,那么为你饶恕一个没有冒犯你的穆民,真主会饶恕你呢。"我希望得到他的饶恕,百般向他表示谦恭,苦苦哀求。我说:"我是受冤枉的人。"

"你少说废话,马上就要杀你,这不过给你一个选择的机会罢了。"

"魔王,饶恕我吧!这对你来说,是再适宜不过的了。求你像被嫉妒的人饶恕嫉妒者那样饶恕我吧。"

"那是怎么一回事情? 告诉我!"

嫉妒者和被嫉妒者的故事

古代有个德高望重的好人,住在一座城市里,过着舒适幸福的生活。可是他隔壁的一个邻居,对他的幸福生活由羡慕而变为嫉妒。后来嫉妒者的嫉妒心逐渐滋长,越来越厉害,竟然见诸行动,向那好人进行破坏和危害,弄得他自己庸人自扰,不能安适地睡觉,也不能有滋味地吃喝。至于那个德高望重的好人,他的家境却是蒸蒸日上,生活越来越好。后来他为了避免邻居的嫉妒和危害,毅然决然地离乡背井,迁到别个城市去居住。当时他叹息说:"哟! 指真主起誓,为了他,我得离开地面,逃往星球里去了。"

他在城中买了一块空地,新建了房屋,置备了家具什物,并在原来地基上的一眼枯井附近盖了一个小礼拜堂,在里面埋头修道,乐善好施地过舒服安静的生活。一般虔诚可怜的信徒经常和他往来,甚至于有许多人不辞跋涉,从很远的地方去拜望他,和他结交,因此他的名声越传越远。那个原来嫉妒他的邻居听了,也混在人群中到小礼拜堂去看他。他殷勤地接待他们。那个嫉妒者趁机对他说："我老远地跑来看你,是因为有重要话对你说,要给你报个喜讯。你来吧,我们到屋外去。"他信以为真,站起来,牵着嫉妒者的手,慢步边走边谈,一直来到那眼枯井旁边。嫉妒者趁他不提防的时候,猛力一推,把他推下井去。这时候四下无人,谁也不知道,嫉妒者认为已经结果他的性命,拔脚一溜烟走了。

原来那眼枯井是神仙居住的地方。他跌进去的时候,被神仙们接在手里,把他放在一块大石板上,所以他丝毫不曾受伤。当时一个神仙问道:"你们知道这是谁吗?"

"我们不知道。"其余的回答。

"这是从嫉妒者手中逃出来的那位好人呀。他迁到我们城中来居住,建了这座小礼拜堂,在里面修道。他每天对真主的赞颂和朗诵《古兰经》的声音给予我们慰藉。今天他的邻居来看他,用诡计把他推下井来,存心害死他。他的名声已传到宫中去了,国王为公主的事,明天要来拜望他呢。"

"公主怎么着?"

"公主着了魔,这位好人如果知道一个单方,他便可以医治公主的病,其实这个单方是非常容易找到的。"

"她应该吃什么药呢?"

"这位虔诚的信徒养着一只黑猫,它尾巴上有一块一文钱大的白斑。如果从白斑上拔下七根白毛,把它们燃着向公主一熏,她的病可以立刻痊愈,恶魔从此也就不再来纠缠她了。"

他把神仙的谈话听在心里。次日清晨他从井中出来,捉住黑猫,从尾巴的白斑上拔下七根白毛,预备替公主医病。太阳刚从东方升起,国王便率领朝臣和卫队来他家里拜访他。

他毕恭毕敬地迎接国王,慢步走到国王面前,说道:"我可以猜一猜主上驾临寒舍的目的吗?"

"可以的,廉洁的老人,你猜吧。"

"主上驾临寒舍,是要向我询问有关公主的事。"

"对,廉洁的老人,叫你猜中了。"

"请主上派人去把公主接来,若是真主愿意,我马上医好她的疾病。"

国王感到无限的高兴,派侍从把被铐着手脚的公主接来。廉洁的老人让她坐下,用布把她遮盖起来,拿出白毛燃着向她一熏,恶魔被撵走,她的理智逐渐恢复正常,慢慢清醒过来,捂着自己的脸说:"这是什么事情?是谁带我到这儿来的?"国王高兴快乐到极点,吻了公主的眼睛,然后又吻廉洁者的手,继而回头望着朝臣们,问道:"告诉我吧,治好公主的人应该得到什么报酬?"

"他应该娶公主为妻室。"

"不错,你们说得对。"于是国王果然把公主匹配给他。他做了驸马。过了不久,宰相死了,国王征求朝臣的意见,问道:"我们选谁担任宰相的职务?""选驸马担任吧。"群臣齐声回答。结果他果然做了宰相。过了不久,国王驾崩,朝臣们商讨善后,问道:"选谁做我们的国王呢?""选宰相吧。"朝臣齐声回答。结果他由宰相的职位,一跃而成为国王。他励精图治,爱民如子,成为一个英明强干的君王。

有一天,国王乘车出巡,在文武百官和侍卫簇拥下,盛况空前。他忽然看见嫉妒他的那个家伙也在人丛中看热闹,便吩咐宰相:"去把那个人带来见我,可别吓唬他。"宰相遵从命令,把嫉妒者带到国王面前,国王吩咐宰相:"把我库里的钱取一千金币,并预备十驮货物一并赏给他,派人送他回去。"之后,他和和气气地向他话别,对他过去的行为毫不追究。

"魔王,你看那位好人的德行吧。他的邻居当初百般嫉妒他,危害他,破坏他的幸福生活。他被迫迁往别的城市,仍然避免不了迫害,终于被嫉妒者推下井去,存心危害他;他却不记旧仇,对他的邻居不但不报复,而且饶恕他,还赏他金钱货物。"我在魔鬼面前,讲了好人和嫉妒者的故事,无微不至地苦苦哀告,求他饶恕。我吟道:

> 聪明慷慨的人,
> 不愿斤斤计较别人的言行。
> 犯人造下的罪孽,
> 他一向慎重处理。
> 我身上积聚着一切罪行,
> 愿你从美丽的史册中全部勾去。
> 因为希冀上峰原谅者
> 应该饶恕手下的人。

魔鬼听了我的哀求,说道:"别啰唆了! 不必怕我杀你,也别希望我饶恕你;我只是要把魔法施在你身上罢了。"于是他一把抓着我飞往空中。当时我俯视大地,地球像浮在水面上的碗一般。之后,我被带到一座山顶上,魔鬼抓起一把沙土,喃喃地念了咒语,撒在我身上,说道:"从这个形象变成一个猴子吧。"从那时起,我就变成了一个一百岁的猴子。变成丑恶的猴子以后,我想着自己的身世不禁悲哀哭泣;但是没有办法,对这种残酷的遭遇只好逆来顺受,因为我知道不测的祸患是避免不了的。我下到山麓,发现一片一望无际的平原。我在平原中跋涉了一个月,来到茫无边际的海滨。我在那里待了一会儿,突然发现风平浪静的海中漂着一只木船,向岸边驶来。我立刻躲在一个大石后面,等船靠了岸,这才跃身而出,跳到船中。当时一个乘客说:"把那个不吉利的东西撺出去。"另一个人说:"我们杀死它。"第三个说:"拿这把宝剑砍吧。"我紧紧地扯着船长的衣边,淌着眼泪哭泣。船长可怜我,说道:"商人们,这个猴子向我求援,我愿意救护它;今后它在我的保护之下,你们不要逗弄它,也别虐待它。"船长优待我,他说话,我全明白;他要我做什么,我便做什么。我小心谨慎地侍奉他,求得他的爱护。

船在海中风平浪静地航行了五十天,到达一座大城附近停泊,据说城中人口很多。船刚拢岸,国王的钦差大臣到船上向商人们祝贺,说道:"敝国王祝你们一路平安。他吩咐我把这纸卷送到船上,请你们每人在纸上写一行字。这是因为国王的书写大臣过世了,国王赌过咒,必须找书法与他类似的人继承他的职位。"商人们把那张宽一尺长一丈的纸卷接过去,于是凡是会写字的人都写过了。末了,我猴模猴样地走过去,把纸卷夺在手里;他们怕我撕破纸卷,严加制止。我向他们表示我要写字,于是船长说:"你们让它写吧;它要是弄污或损毁了纸卷,我们把它撺走;如果它写得好,我便收它为儿子;因为像它这样聪明的猴子我还从来没见过呢。"于是我执笔蘸墨,用各种字体写了下面的诗:

一

在过去的岁月里,你慷慨的美德曾被记录,

到现在你的恩惠还难尽述。
愿真主不要因为你而使人变成孤苦，
因为你是贫穷人的父母。

二

他的笔把恩惠传遍各处，
他的签署使人们普遍享受幸福。
他的手指好比五道河流，
从他的指头流出的水，可以灌溉各洲。

三

每个文人都要瞑目长逝，
他的翰墨却永远被人保留。
你不可随便挥笔漫写，
必须写下在复活日使你悦目畅怀的东西。

四

离别的消息刚传到我们耳里，
沧桑便给我们批下判语。
让我们去到墨水瓶的口边，
借笔的喉舌倾诉离愁。

五

江山不是某姓的专利品，
否则那第一位君主如今他在哪里？
在一切美好的事业中，你应该从事植林，

因为你被免职的时候树木却屹立不移。

六

当你打开豪华、富丽的墨盒的时候，

让墨汁发挥它慷慨、大度的品性。

可能时你尽量写下美好的品德，

以便你的人格和笔墨辉映生色。

我写完之后，使臣收回纸卷，带到宫中，呈献给国王。国王看了，很赏识我的书法，吩咐使臣们：“你们预备鼓乐，并携带华丽的衣服和骡子去，用盛大的仪式把这位书法家接来见我。”使臣们听了国王的吩咐，一个个抿着嘴笑。国王生气，骂道：“你们这些该死的家伙！是不是因为我吩咐你们这桩事情，你们就奚落我吗？”

“主上，我们的笑是有缘故的。”

“有什么缘故？”

“陛下命我们去接那位书法家，其实这些字并不是人写的，而是跟船长在一起的一个猴子写的。”

“你们说的这个是真的吗？”

“真的，指真主起誓，这是真的。”

国王感到惊奇、兴奋，说道：“我要向船长买下那个猴子。”于是派使臣携带乐器、衣服和骡子去船中迎接我，并嘱咐他们：“你们必须给它穿上这套衣服，让它骑在骡子背上，小心翼翼地把它接进宫来。”

使臣们来到船中，征得船长的同意，给我穿上衣服，让我骑着骡子，带我去王宫。人们大惊小怪，争先恐后地出来看热闹，整个城市都欢腾起来。到了国王面前，我跪下去吻了三次地面。他请我坐,我便长跪在地上。在场的人看了我的礼貌,大伙感到惊奇,国王也觉得非常诧异。

国王屏退侍从,只留一个太监和一个仆童在侧侍候。继而设宴款待我,饭菜非常丰富,有山中蹦跳的走兽,有空中翱翔的飞禽,有笼中好斗的家禽,以及其他山珍海味。国王示意,要我陪他同席。我跪下去吻了地面,然后入座吃喝。饭后我站起来,洗了七次手,然后执笔写一首诗夸赞筵席,博得国王的赏识,他叹道:"多奇怪呀!一个猴子居然写出这样的绝句,还能写这样一笔好字!指真主起誓,这是最奇怪的事情哪。"仆人把盛在玻璃杯中的醇酒献给国王,他喝了一口之后递给我,我接着跪下去吻了地面,一饮而尽,随即执笔写了下面的诗句:

一

他们把我放在火上审讯,
发现我甘受委屈,能够忍受。
因此人们把我端在手里,
让我和王公亲嘴。

二

黎明在召唤黑暗,
请将败德的烈酒灌我一杯。
我原是不辨清浊的,
是酒在杯中,还是杯在酒里?

国王读了我的诗,感到惊奇,说道:"这样的诗要是出自人类之手,那么作者一定是当代超群出众的文豪呢。"继而国王拿来象棋,问道:"你愿意和我对弈吗?"我点头表示愿意。于是我坐下去和国王对弈。下了两局,国王都败在我手下,他大为吃惊。下罢棋,我执笔在棋盘上写了下面的诗:

> 两支军队终日对垒,
>
> 战斗的情况越来越猛烈;
>
> 直到黑夜降临,
>
> 才钻进一床被窝里停战休息。

国王读了诗,感到惊奇、兴奋,心情十分愉快。他吩咐仆童:"去请公主到这儿来。告诉她是我唤她来看这个猴子的。"仆童去了一会儿,带着公主出来。可是她一见我,便把脸遮起来,说道:"父王,为什么唤女儿出来让外人看呢?"

"儿啊,这里除了一个仆童和侍候你的一个太监之外,没有别的外人,我是你的父亲,你为什么把脸遮掩起来呢?"

"这个猴子原来是个年轻的王子,他父亲叫艾夫帖玛罗斯,是艾布奴斯岛的主人。魔鬼吉尔基斯把魔法施在他身上,并杀死自己的老婆——艾菲塔穆斯的女儿。这个猴子原是一位博学聪明的学者,由于着了魔,才变成猴子呢。"

听了公主的话,国王感到惊异,回头看我一眼,问道:"她所说的是事实吗?"我点头表示说:"不错。"于是我忍不住伤心哭泣。国王问公主:"你怎么知道他是着魔了呢?"

"父王,我幼年时代,有个精通魔术的老太婆教我魔术。我仔细研究那种法术,懂得其中的一百七十套法门;其中的几套,我可以借它的威力,把您国中的石头挪到地球之外,把陆地变为海洋,或把人畜变为鱼鳖呢。"

"儿啊,指我的生命起誓,你把这个青年解救出来,以便我委他做我的宰相,他是一个活泼、伶俐、多才多艺的青年呢。"

"好的,我很愿意解救他。"

公主拿一把刀,在地板上画了一个圆圈,并在圈内写了一些咒语和符咒,然后聚精会神地思索、研究,口中念念有词。她念的词句中有的听得清楚,有的令人茫然不知。她念了约莫一点钟,天地便逐渐黑暗起来,接着那个魔鬼就原形毕露地出现在我们面前。他那丫杈似的手、桅杆似的腿、灯笼似的眼睛,可怕极了。公主对他说:"不受欢迎的东西!"于是魔鬼变成了狮子,说道:"你这个奸诈的家伙!我们不是订过互不侵犯的誓约吗?为什么你要违背盟约呢?"

"你这个该死的家伙!你的盟约是靠不住的。"

"那么你招架吧。"

狮子张牙舞爪,向公主扑来。公主心灵手快,迅速拔下一根头发,摇摆着念了咒语,头发立刻变成一把锋利的宝剑。她举剑挥去,狮子被她一剑砍成两截。可是狮子的头刚落地就变成一个蝎子。公主也随着摇身一变,变成一条大蛇,追赶蝎子,激烈地搏斗一场。继而前者变成大鹫,后者变为兀鹰;兀鹰向鹫追逐一阵之后,鹫又变为黑猫,兀鹰变为狼,在宫中斗了约莫一点钟。黑猫招架不住,摇身变成一个大而红的石榴,落在喷水池里;狼跟踪追去,石榴逐渐升到空中,随即落在地上,砸得粉碎,石榴子撒在地上。狼摇身变为雄鸡,啄食石榴子,把石榴子全都啄光,一粒也不剩。这时候雄鸡振翅长啼,摆着嘴向我们示意,我们可不明白它说什么。之后它大叫一声,震耳如雷,好像宫殿已经塌下来,压在我们身上似的。它转着寻找,最后发现有一粒石榴子隐在池边,便奔了过去,预备啄食。但是这粒石榴子落在水中,变为一尾小鱼,游到池底去了。雄鸡立刻变为一尾大鱼,跟踪追了下去。过了一会儿,突然一声咆哮,吓得我们人人发抖;只见魔鬼火把似的窜了出来。它一张口,嘴、鼻和眼里都冒出烟火。随后公主也火球似的出现在他后面,彼此用火对攻,双方的火力在一起燃烧起来,宫中弥漫着火和烟。我们感到恐怖,唯恐被火烧死,想跳进水池里去躲避。当时国王叹道:"毫无办法,只盼伟大的真主拯救了。我们是属于真主的,我们都要归宿到真主御前去。早知如此,我不该叫她解救这个猴子,免得她和这个无敌于鬼神的魔鬼搏斗而遭到莫大的困难。但愿我们没有见到这个猴子,那该有多好啊!它是个不吉利的东西,是有害的家伙。我们从慈悲出发,为人道而解救它,可是自身却受苦受难了。"

我结结巴巴地说不出一句话,也无法安慰他。后来那魔鬼叫器着窜到我们面前,把火焰喷在我们脸上。公主追在后面进攻,我们被双方的火焰包围;但公主的火焰不伤我们,只是魔鬼的火焰烧瞎了我的眼睛,烧焦了国王的脸颊、胡须、嘴唇和牙床。有一股火焰落在太监的胸部,把他活活烧死。那时候我们失望到极点,认为非死不可了。正当危急存亡的时候,突然有股声音喊道:"真主最伟大!真主最伟大!他援助我们克服邪恶了。"随着声音的出现,魔鬼被公主的火焰烧死,霎时变为一堆灰烬。公主来到我们面前,说道:"给我一碗水吧。"于是她端起水,喃喃地念了咒语,把水洒在我身上,说道:"凭真主的权力和他的大名,恢复你的原形吧。"

公主说罢,我的身体一颤动,霎时变成了人,恢复了原形。但是美中不足,我的一只眼睛已被魔鬼的火焰烧瞎。继而公主说:"父王,我快要死了,这是因为我不惯于斩妖的缘故。

倘若他是人，那么我可以很快消灭他。我之所以感受困难，是石榴子散在地上，我啄食的时候，把魔魂寄存在里面的那粒石榴子忘了；我要是啄食了它，魔鬼会立刻被消灭的。但是在命运的安排和操纵下，他再次出现，和我对抗，在地面、空中和水里，跟我作猛烈的搏斗；每当我施出一种法门的时候，他也同样抬出一种法门和我对抗，最后他居然使用火术来对付我。使用火术而不战胜对方的，实在不多；幸而命运照顾我，让我首先把他烧死了。不过我眼下就要死了，我的缺位，真主会给你补上的。"公主说罢，便有一股黑焰烧到她的胸前，逐渐蔓延到脸部。这时候她感伤、流泪，说道："我证实真主是唯一的主宰，穆罕默德是真主的使者。"她说罢，立刻被火烧死，变为一堆灰烬。

我们看着这种情况，感到无限的忧愁和苦恼。我的确不忍心看解救我的那位美丽公主被焚为灰烬，我愿意代替她死。我虽然有这个愿望，可是真主的法令却无法规避。国王见公主被焚为灰烬，气得拔剩余的胡须，打自己的耳光，撕身上的衣服，号啕痛哭；我也效法国王的举动，表示悲哀。当时国王的侍从和朝臣闻声赶到，见国王临近死亡的状态和两堆灰烬，吓得惊慌失措，赶忙围着他进行施救。

国王慢慢苏醒过来，把公主和魔鬼搏斗的经过告诉他们。他们认为祸事惨重，婢仆和群臣，都悲哀哭泣。继而举行丧葬，追悼七天。国王吩咐替公主建筑高大的陵墓，点上辉煌的灯烛，并下令把魔鬼的骨灰撒在空中，随风四散，不让留下一些遗迹。丧葬完毕之后，国王害了重病，卧床不起，几乎丧了性命。

国王整整病了一个月才恢复健康，被烧的胡须也长出来了。他把我叫到床前,对我说:"青年人,你未到我们这儿来的时候,我们的生活一向是过得舒服安静的。但愿我们不曾看见你,那是再好没有的了。我们的情况如今变得如此凄惨,这全是为了你。第一,我牺牲了比男子还强百倍的女儿;第二,被火烧落了我的牙齿,烧死了我的太监。我们为你付出这么大的一笔代价,可是自始至终,我们没有得到你的半点好处。不过真主的这种规定要在你和我们之间实现,这是无法避免的。总之,我的女儿牺牲她自己而解救了你,这是我应当赞美真主的。孩子,现在你走吧,离开我的国土吧。为了你而在我们之间发生的这些事件,尽够我们忍受的了。愿你平平安安地出去,从此别让我再看见你,否则我会处你死刑的。"

我辞别国王,离开宫殿,走投无路,相信是活不下去了,也不知道应该往哪里去。当时往事一件件涌上心头:从强盗手里逃走以后,我跋涉了一个月的路程来到城里遇着裁缝;在山中地下室里与女郎相会,差一点被魔鬼杀害……总之,我一生的境遇,从头到尾,全部涌上心头。最后我赞美真主,叹道:"牺牲了一只眼睛,却留得一条生命。"我出城之前,先进澡堂沐浴,并剃了胡须,换上道袍,从此天天悲哀、哭泣,一心打算往圣地去朝觐,去找最后的归宿。

我翻山越岭,沿途经过许多城镇,最后来到巴格达,心想也许我能够谒见哈里发,向他报告我自己的经历。我是今天晚上进入巴格达的,在大街上碰到这位弟兄徘徊街头。我对他说:"你好,弟兄。"正当我和他谈话的时候,这第二位弟兄突然来到,对我们说:"你们好,弟兄们,我是个异乡人。"我们说:"我们也是异乡人,今晚才到这儿来的。"于是我们三人同行,谁也不知谁的底细。继而我们被命运驱使到你们门前,最后终于来到你们屋里。这便是我剃了胡须,瞎了眼睛的经过和原因。

女主人听了第二个僧人的叙述,说道:"你的故事很奇怪;摸摸你的头,去你的吧。"

"不,"第二个僧人说,"我要听一听这些朋友的故事才走呢。"

接着第三个僧人站起来,向女主人叙述他的故事:

第三个僧人的故事

我的故事和他们两位的不同;比较起来,我的经历和遭遇是最离奇古怪的。因为他们两位的遭遇是命运招致来的,而我剃了胡须、瞎了眼睛的原因,可以说是我自寻烦恼,一手制造出来的。

我原来是一个王子;父亲过世以后,我继承王位,正直无私,公平地对待百姓。那时候我喜欢航海旅行,因为我的国家建立在海岛上,广阔的海洋中散布着许多岛屿。我自己拥有五十艘商船,五十艘救生艇,一百五十艘战舰。为要周游群岛,我预备一个月的粮食,率领人员分乘十艘大船出发。在海中航行了二十天以后,夜里飓风突起,波涛汹涌。我们遇到葬身鱼腹的危险,感到一切都绝望了。当时我说:"既遭此危险,即使不死,也不是好兆头呀!"于是大家虔诚祈祷,求真主救援。飓风继续不断地刮着,船在浪涛中漂荡了一夜,到次日太阳出来时,才风平浪静。我们在附近的岛上停泊登陆,煮饭充饥,休息了两天,然后开航。行了二十天之后,发现海水变了,到了什么地方,船长也莫名其妙,只是感觉诧异。我们对探海的说:"你去观察一番吧。"他爬上桅杆看了一会儿,然后对船长说:"报告船长:在右边的水面上,浮着一尾大鱼;前面的海中,却是一片黑暗,最远的地方时而闪出光芒,时而又暗淡下去。"船长听了报告,甩掉缠头,拔着自己的胡须,说道:"告诉你们吧:我们全都完了,谁都逃不了这个灾难。"他说罢,悲伤哭泣;我们也都为自己的生命而伤心流泪。我对船长说:"船长,探海的看见了什么,你把情况给我们解释一番吧。"

"我的主人哟!你要知道:当飓风突起,波涛汹涌的那天,我们过了一夜,次日风平浪静,在岛上休息两天才继续航行。但是我们迷失了方向,至今行了十一天的航程;现在不顺风,我们无法向目的地航行。明天下午我们就可以到黑石山,又叫磁石山。船被风浪推到山下,那时候船上的每颗钉子都飞上山去,紧紧地贴在山上,船便解体;因为磁石有一种吸铁的特性,因此那座磁石山上的铁是数不清的,从古至今不知在那里损坏了多少过往的船只。据说山上有一幢建在十根粗大柱子上的黄铜圆顶建筑,顶塔上有个铜质的骑士骑在一匹铜马上;骑士手中握着铜箭,胸前挂着一块铅牌,牌上刻着神秘的符咒。其实作怪的就是那个骑士。那个骑士不从铜马上倒了下来,人们的船只是不会安全的。"

船长说罢,痛哭流涕;我们也确信没有挽救的余地,非牺牲不可了。因此人人忙于处理自己的善后,互相告辞,做最后的话别。通宵达旦,谁也不曾睡觉。次日清晨,船在风浪的吹打下,逐渐靠近磁石山。最后到达山麓,受了磁石的吸引,船上的钉子和金属,全都飞上山去,船身渐渐支离破碎。我们落在海中,有的淹死,有的围着破船挣扎。傍晚我们中大多数人都淹死了,少数人虽然脱险,可是随着飓风逆浪,东漂西流,四处漂散,谁也不知谁的去向。我自己幸蒙真主护佑,摆脱危险,这是真主要我活着受苦受难,多过些倒霉日子的缘故。当时我攀伏在一块木板上,被浪涛打到岸边。我爬到岸上,发现一条凿成梯级通往山顶的曲径。

我喊着真主祷告一番,趁风停易行的时候,沿曲径攀缘而上,一直爬到山顶,举目一望,那里除了一幢圆顶的建筑,什么也没有。我能平安去到那里,感到十分快慰。为了感谢真主,我诚心诚意地做了祷告,然后倒身在穹顶下睡觉。在睡梦中听见有人对我说:"海塞布的儿子啊,你睡觉的地方埋着一张铜弓、三支刻有符咒的铅箭;你醒来时,把弓箭刨出来,用它射落屋顶上的骑士,替过往的行人除掉这个祸害吧。因为你向骑士一射,他便跌到海里,它的铜弓也就落在你面前。你拾起铜弓,把它埋在铜马下面。在你这样进行的时候,海水逐渐上涨,直到山顶;这时候另一个铜人划着一只小船来到你面前。你默然乘上小船,它会帮你脱险,十天之后,它能把你送到安全地带;到了那里,便有人等着送你回家。沿途你只要缄默着不念真主的大名,便可一帆风顺了。"

我从梦中醒来,振奋精神,按照梦中听到的指示去做。我找到弓箭向骑士一射,它便跌进海里,它的铜弓落在地上;我拾起铜弓,把它一埋,海水果然上涨,和山顶一般高。我等了一会儿,看见一只小船,从远方向我驶来。我边赞颂真主,边静静地等待。小船驶到我面前时,我见船中有个铜人,胸前挂着一块铅牌,牌上刻着一些符咒。我默然上了小船,被铜人划着向前航行。一天,两天,三天,继续航行了十天之后,发现前面有个海岛。我一时高兴快乐，不自主地喊着真主的大名赞颂起来：“真主是唯一的主宰，真主最伟大……”

当我这么赞颂的时候，小船翻了，我落到海里。幸而我会游泳，在水中和波涛搏斗，从白天到黑夜，弄得臂酸腿痛，疲惫不堪。最后我筋疲力尽，认为非淹死不可了，这才开始忏悔，预备葬身鱼腹。正当危急存亡的时候，忽然飓风骤起，掀起堡垒似的波涛，终于把我推打到海滩上。我撑持着站起来，脱了衣服，拧掉水，晾在地上，然后倒在沙滩上睡觉。

次日清晨，我穿起衣服，正考虑向哪方面去找出路的时候，无意间发现一片树林，便走过去，绕着一看，才知道我已经置身在一个小岛之上，四面围绕着汪洋大海。我望洋兴叹，说道：“嘿！我刚摆脱一重危险，接着又跌到更严重的灾难中了。”我回想自己的境遇，前途茫茫，真令人悲观失望。正当我感觉苦恼，徘徊不知所措的时候，无意间发现一只小船，从远方驶来。我赶忙爬到树上，躲着窥探。那只小船靠岸以后，船里出来十个奴隶。他们携带锄头，来到岛上，挖开地面，掘起一块木板，然后一起回到船中，把运来的馍馍、面粉、奶油、蜂蜜、羊肉和其他生活起居必需的器皿什物搬到地窖里。他们不停地来来往往，上上下下，把船中的物件全都搬完。最后一次，他们搬出最华丽的衣物，并簇拥着一个年长的老人登陆。看模样那是一个饱经风霜的人物，衰老得只剩下一架骨头，已经是风前的残烛了。他被一个活泼而漂亮的少年搀扶着，慢慢地走进洞去。

他们在洞中逗留了约莫一点多钟，老人和奴隶便从地窖里出来，只是不见那个少年。他们盖上木板，并掘土把木板掩盖起来，然后乘船归去。他们走后，我从树上溜下来，去到地窖面前，鼓起勇气，把土刨开，掀开木板一看，发现下面有梯级。我怀着惊奇心情，沿梯级走了下去，原来内部是一间整洁的地下室，陈设都是丝绸细软；那个孩子手持扇子，一个人孤单单地坐在一张高脚椅上，靠在垫子上面，周围弥漫着芬芳的香味。

　　他一见我，脸色吓得发白。我问候他，说道："你安静吧，别害怕。我是一个王子，和你一样，彼此都是人类，不过命运把我驱使到这儿来安慰你的寂寞罢了。你的情况如何？为什么一个人住在地下室里？"当他证实我和他是同类的时候，便感到高兴快乐，恢复了脸色，叫我走近他，说道："弟兄，我的故事奇怪着哪。家父是珠宝商人，他的生意兴隆，手下养着许多仆从，替他到海外经营生意。他的资本雄厚，交易很广，可是美中不足，膝下没有子嗣。有一天夜里他梦见自己要生一个短命儿子，醒来时想着悲哀哭泣。后来我母亲果然怀孕，妊娠期满，便生下我。家父老年得子，喜出望外，于是广施博济，赈救一般孤苦无告的穷人，并大摆筵席，招待亲戚朋友。赴宴的客人中有绅耆、头目、学士、文人和星相家。当时星相家就庆祝诞辰的机会，替我算了命，然后对家父说：'你的儿子活到十五岁那年要遇一次生命的危险。如能平安渡过这道难关，他便可以长命百岁。他遇险的原因是：在死海中有座磁石山，山上有个骑士和一匹铜马，骑士的胸前挂着一块铅牌。几时骑士从马上跌到海中的第五十天，便是你儿子殒命的日期。杀他的是射倒名叫阿基布骑士的一个青年人，他是国王海塞布的儿子。'家父郁郁不乐，百般忧愁苦闷。他费了千辛万苦，孜孜不倦地才把我抚养教育成人，现在我已经十五岁了。可是十天以前家父听得磁石山上的骑士跌到海中的消息，怕我遇害,因此送我到这儿来躲避。据说射倒骑士的确实就是国王海塞布的儿子阿基布。这便是我的故事,也就是我一个人住在地下室里的原因。”

听了他的叙述,我感到惊奇,心里想:“我就是国王海塞布的儿子阿基布,骑士是被我射倒的。但是指真主起誓,我绝对不是伤害他。”继而我对他说:“灾害会远远地离开你,若是真主愿意,你是不会忧愁苦闷的。现在我暂且留在这儿服侍你,安慰你。等过些日子,我随你去见你父亲,求他派仆人送我回我的故乡去。”我陪他坐谈到天黑,这才燃上灯烛,摆出饭菜,一块儿吃喝。饭后,又吃甜食,我和他一面吃,一面谈天,直谈到深夜,待他睡下,替他盖上被,我自己才睡觉。次日清晨我先起床,烧些热水,轻轻地唤醒他,并端水给他洗脸。他对我说:“愿真主多多回报你,青年人。指真主起誓,待我摆脱危险,免除阿基布的危害时,我必须请求家父报答酬谢你。万一不幸,我果然被人杀死,那也希望你平安无恙。”

“不,未来的日子绝不会给你带来灾难。愿真主把我的死期排在你的前面。”

我端出饮食,陪他吃喝,继而焚了乳香,摆上棋盘,在芬芳的气氛中和他对弈。当天除了休息和吃喝的时间外,我和他一直在下棋。到天黑时,我点着灯烛,端出饭菜,陪他一块儿吃喝。饭后,坐着谈到深夜,待他睡下,替他盖上被,我自己才安息。就这样我陪他一天天过下去,彼此之间产生了感情,他在我心中留下非常好的印象,使我忘了一切忧愁苦闷。我想道:“那些星相家说谎骗人,指真主起誓,我决不会杀害他。”我一直侍候他,陪伴他,和他谈心,继续过了三十九天。到了第四十天的晚上,他感到高兴快乐,对我说:“弟兄,赞美真主，他使我免于死难了。这是凭你的福分和光临而实现的，我恳求真主赏你平平安安地转回家去。现在烦你烧些热水给我洗澡吧。"

"好的，我乐意极了。"

我给他烧了许多热水，让他洗澡，帮助他擦背。洗毕，我替他换衣服、铺床铺，让他睡下休息。当时他对我说："弟兄，你剖个西瓜，在里面放些糖，拿来我们吃吧。"我去贮藏室里，拣个好西瓜摆在盘中，端到他面前，问道："主人，这儿没有刀吗？"

"有，在我头上面的搁板上。"

我赶忙爬上去，取了刀，握在手里，然后转身下来。但脚一滑，便跌在他身上，手里的刀凭着命运的驱使，竟刺入他的胸口，他立刻便死了。他死后，我知道是我杀了他，忍不住痛哭流涕，打自己的耳光，撕自己的衣服，叹道："我们是属于真主的，我们都要归宿到真主御前去。这个少年呀，他在星相家所说的危险中安然过了四十天以后，终于死在我手里了。但愿我早日死掉，不给他剖西瓜，这不就无事了吗？无疑的，这是惨痛的灾难啊！我主，这是您安排的吗？如果真是如此，那么您要什么，全都实现出来吧。"

当我确信是我亲手杀死少年时，便离开地下室，沿梯级走了出来，拉拢木板，盖上土，然后抬头眺望。我看见一只小船破浪而来，不觉大吃一惊，想道："他们到这儿来，发现孩子已经被杀，如果知道是我杀了他，毫无疑问，一定要拿我抵命。"于是我爬到树上，隐避在枝叶中。我刚躲好，那群仆人和少年的父亲已经离舟登陆，径直向地下室那个地方走去。他们来到那个地方，刨开土，掀开木板，沿梯级走了进去，发现少年的脸面洗得干干净净,身上穿着洁净的衣服,胸上插着刀僵然躺在床上,便一齐哭喊起来,边打自己的面颊,边不住地悲哀、哭泣;尤其那个老人,晕过去很长的时间。儿子之死,是对老人家的致命打击。

他们用衣服包裹少年的尸骸,盖上一床丝被,把他抬到船中;那位老人随他们刚走出地下室,便跌倒,抓土染污自己的头,打自己的脸,拔自己的胡须,老泪滂沱、气喘吁吁地伤心得昏晕过去。奴仆们拿来被褥,让老人安静地躺着,然后一个个围着他默默地坐下。当时我躲在树上,居高临下,眼看这种惨状,忧愁苦闷到发未白而心先衰的境地。

傍晚,老人慢慢苏醒过来,看见儿子的下场,想着自身的境遇,打着脸面悲哀哭泣一阵,最后竟喘息着气绝身死。奴仆们见主子惨死,惨痛地哭了一阵,然后把他的尸体搬到船中,放在小主人旁边,张帆归去。我从树上溜下来,去到地下室中,看见里面遗物狼藉,想到少年的遭遇,忍不住伤心落泪,吟道:

> 看见他的遗物引起我的悼念,
> 我用热泪洒遍他的故居。
> 恳求操纵离散的权威者,
> 请行行好,准他回来一天。

从此我流落在孤岛上,白天在外面流浪,夜里到地下室过夜,这样的生活,整整过了一月。那个期间,我发现西面的海岸线,由于海水逐渐低落,陆地向外伸展,逐渐突出水面。在一个月的沧桑变化之后,西面的海水差不多退干了。看这种情景,我喜不自胜,相信有出路了。我试探着涉到水中,跨过剩余的沼地,来到对岸的陆地上,发现一堆堆疏松而能陷没驼腿的沙滩。我鼓起勇气,越过沙漠地带,忽然发现遥远的地方闪耀着强烈的火光。我怀着寻求出路的希望,向闪着火光的地方走去,吟道:

> 也许命运会悬崖勒马,
>
> 捎来一些好消息,
>
> 实现我的希冀,满足我的需求,
>
> 在各种演变之后表演一幕喜剧。

我来到火光附近,抬头一看,原来那里矗立着一幢巍峨的宫殿,两扇黄铜大门,在日光照耀下,反射出灿烂的光芒,从远处望去,好像炽烈的火焰。

我看见这幢建筑,喜出望外,便在大门的对面坐下休息。我刚坐定,便有一位老人带着十个衣冠楚楚的青年走来。我一看,见青年们都是瞎了左眼的。他们的形象和眼睛瞎得这般整齐,使我感到十分诧异。

他们见我坐在那里,便向我打招呼,问我的情况。我把自己的遭遇和经历告诉他们。他们听了感到惊奇,带我来到他们屋里。屋中摆着十张床铺,床上的被褥都是蓝色的。在十张床铺中间,摆着一张小床,上面的被褥也是蓝色的。青年们各人坐在自己的床上,那位老人站在中央的小床面前对我说:"请你在我们这儿住下吧,青年人! 不过希望你别问我们的情况和失明的原因。"说罢,他端出饮食分给青年们,同时也给我一份。饭后大家坐着谈天,他们问我的情况,我把自己的境遇对他们叙述,一直谈到深夜。当时青年们对老人说:"时候到了,老人家,把我们的酬劳拿给我们吧。"

"好，我马上拿给你们。"

老人说着，去到一间内室，顶出十个盖着蓝巾的盘子，每个青年分给一盘，并燃了十支蜡烛，每个盘中插一支。继而他取去蓝巾，原来盘中装着沙土、炭渣和锅烟子。青年们卷起袖口，一面抓泥土涂自己的脸面，一面悲哀哭泣，并撕身上的衣服，打自己的脸，捶自己的胸，叹道："这是我们懒惰好奇的结果呀。"他们狂妄地一直闹到黎明时候，老人才给他们预备热水，让他们洗脸，并更换衣服。

看了这种情景，我的理智飞了，一时糊涂起来，满腔的郁结，竟然忘了自己的遭遇，情绪沸腾到无从抑制，非问个水落石出不可。于是我问道："我们快活、疲劳之余，何须来此一套呢？这是疯人的举动嘛！赞美真主，你们是理智完备的人；我问你们，你们的眼睛为什么瞎了？为什么你们要拿泥土污染脸面？我恳切地请求你们回答我。"

"青年人，"他们互相看了一眼说，"别叫你的青春欺骗了你；你还是别过问这些事吧。"

继而老人端出饮食，我陪他们一块儿吃喝。饭后，收拾完毕，大家坐在一起交谈。天黑了，老人点上灯烛，端出饮食。饭毕，大家继续座谈，直到更残夜静，青年们才对老人说："睡觉的时候到了，老人家，把我们的酬劳拿给我们吧。"

老人起身，给他们端来盛满污泥的盘子，他们便跟头夜那样疯狂地行动起来。我跟他们在一起整整待了一个月，他们每天夜里都拿污泥涂脸，然后用水洗净，更换衣服。他们的行为使我感到十分诧异，心中的苦闷日积月累，竟然达到不思茶饭的地步。于是我对他们说："青年们，你们要是不把你们涂脸的原因告诉我，消除我胸中的忧愁苦闷，那我只好向你们告别了。"

"保守我们的秘密，是一桩最重要的事情呢。"他们说。

关于他们的事情，我不知底细，莫名其妙，弄得恍惚迷离，最后我拒绝吃喝了。我对他们说："这到底是怎么一回事？非请你们告诉我不可。"

"这种事对你绝对有害无益；告诉了你，会给你带来痛苦，使你成为一个像我们这样残缺不全的废人呢。"

"你们必须告诉我，否则，让我离开你们，不要再看这种情景了。俗话说得好：'眼不见，则心不烦。'"

之后，他们弄来一只绵羊，宰了它，剥下皮，然后给我一把刀，说道："拿着刀，睡下去，让我们把你缝在羊皮里。因为这样一来，便有一只叫神鹰的大鸟飞来把你攫去，带到一座山顶上。那时候，你用刀割破羊皮钻出来；大鸟见你，吓得落荒而遁。往后你向前约莫行半天路程，便发现一座巍峨的宫殿。你走进去，便可达到目的了。我们也是进了那幢宫殿而变成这样涂脸和失明的。如果要细谈，话就长了；因为我们失明的经过情况，彼此是不同的。"

我乐意那么做，他们就按所说的手续把我缝在羊皮里，结果我被大鸟攫着飞到山顶；我从羊皮里钻出来，向前一直去到那幢宫殿里。宫中有四十个月儿般美丽的姑娘；她们一见我，便齐声说道："欢迎你，竭诚欢迎我们的主人。"随即请我坐在首席，端出饮食，大家一起吃喝。饭后，她们中有五个人起身预备筵席，铺下席子，焚上香火，摆出酒肴、果品，让大家围着享受。饮宴时，她们有的弹琵琶，有的歌唱，有的翩翩起舞，杯盘不停地传递着，大家开怀畅饮。我陶醉在快乐的氛围中，把世间的苦痛忘得一干二净。

我和姑娘们在宫中一块儿过快乐如意的生活;可惜好景不长,新年元旦日,她们一个个都伤心流泪,对我说:"但愿我们不认识你,那该是多好啊! 如果你能接受我们的忠告,这对你是再好没有的。"我觉得奇怪,问道:"这是怎么一回事?"

"我们都是公主,几年以来大家相聚于此,过吃喝享受、逍遥作乐的生活,每当新年我们要离开这里四十天,这是我们的习惯。我们打算嘱咐你一桩事情,只怕我们走后你会违反我们的忠告。这是宫殿的钥匙,我们把它交给你。宫里有四十间宝库,其中的三十九间,你可以进去参观、游览,只是那第四十间宝库,千万不可开启;你必须牢牢记住,否则,会造成我们之间的分别、离散,彼此会永远不能见面的。"

"好的,我不去开它就是。"我接受了她们的忠告。

我们彼此话别之后,她们离开宫殿,各自高飞远走,只剩我一个人孤单单地留在宫中。傍晚时候,我打开第一间宝库,走进去抬头一看,这俨然是一座人间天堂,花园中的绿树枝上结着成熟的果实,鸟儿在枝头歌唱,清泉潺潺地流泻;清新幽雅的景致,使人感觉舒畅。我徘徊在树丛中,闻着花香,听着鸟语,流连忘返。我看见苹果的颜色,红绿相间,闻到榅桲的气味,跟麝香、龙涎香没有区别,正是:

> 榅桲集合人间的美丽,
> 比任何果子都显贵。
> 它的滋味象征快乐,
> 气味犹如麝香,
> 颜色好似金子,
> 形状如满圆的月亮。

还有杏树上的杏子,宝石般灿烂夺目。我欣赏够了,转身走出,把门原封关锁起来。次日,我打开第二间宝藏,走进去,只见一望无际的旷野,长着高大的枣树,淌着曲折的河流,遍地开满了玫瑰、素馨、蔷薇、水仙、罂粟。微风拂过,满天的芬芳,馨香扑鼻,令人陶醉。我欣赏够了,转身出来,把门照旧关锁起来。

第三天我打开第三间宝藏,进去一看,是间宽敞的大厅,地上铺着彩色云石,门窗户壁上装饰着贵重金属和珍珠宝贝,里面挂着檀木雀笼,笼中有夜莺、唱鸽、山乌、雉鸠、金丝雀等各式各样的鸣禽,唱着悦耳的歌曲。我忘记世间的苦恼,沉醉在大厅中,一觉酣睡到天明。之后,我打开第四间宝藏,是一幢宽大的建筑物,分为四室,里面藏着无数的珍珠、蓝宝石、橄榄石、绿翡翠和其他各种名贵的珠宝玉器,琳琅满室,数不胜数,令人惊美、赞叹不已。我自言自语地叹道:"啊,这种名贵的宝物,即使帝王们的库藏中也是没有的。"我感到无限的快乐、兴奋,胸中的忧愁顾虑,已经烟消云散,丝毫都不存在了。我说道:"我是当今的帝王了,这些宝物全都是我的财产了。"

我在宫中不停地走动着,从一间宝库串到另一间宝库,在三十九天之内,除了姑娘们禁止开启的第四十间宝库外,其他三十九间我都进去参观游览过。只是对那第四十间宝库,老是念念不能忘怀。我经不起魔鬼的怂恿,兼之再过一天,便是姑娘们回宫的日期,因此我抑制不住欲望而不能不去开门。

我贸然开门闯进去,首先闻到一股从来不曾闻过的馨香气味,把我熏得昏迷不省人事。过了约莫一小时的工夫,我慢慢苏醒过来,鼓起勇气站起来,抬头一看,见地上铺满了番红花,当中挂着一盏金质灯,火焰辉煌灿烂;旁边摆着两个大香炉,里面的麝香和龙涎香,泛着馨香气味,弥漫了整个屋子。还有一匹夜一般黑的乌骓,两个水晶马槽,一个盛着剥净的胡麻,一个盛着蔷薇水。骏马背上佩着赤金鞍子,头上套着白银辔头。我看着感到惊异,想道:"这匹马儿一定有大用处。"我经不起魔鬼的怂恿,冒昧把它牵出宝库,跃身跨上马背,可是它却不动;我捶它的胸,它还是不动;最后我举鞭一抽,它这才迅雷似的狂嘶一声,张开两翼,飞向空中。它越飞越高,在高空翱翔了一小时后落在山顶上,把我掀倒,甩着尾巴打我的脸,打落我的左眼珠,我便成为独眼。我狼狈逃到山下,找着那十个瞎了左眼的青年。他们对我说:"不欢迎你,也不接待你了。"

"喂! 现在我成为你们的同类了,希望你们收留我,让我跟你们生活在一起,给我一个盘子涂染我的脸面吧。"

"指真主起誓,不许你留在这儿,快滚出去吧。"

我被他们驱逐出来,穷途末路,无计可施,回忆着往事,哭哭啼啼地叹道:"过了这么长的时期,我还是摆脱不了灾难呀!"于是剃了胡须,周游各地。幸蒙真主保佑,今晚安然来到巴格达。我在街上和这两位僧人邂逅相遇,向他们问好,说道:"我是个异乡人。"他们说:"我们也是异乡人。"于是我们三个左眼失明的僧人便聚会在一起。我的女主人呀! 这便是我剃了胡须,瞎了左眼的原因和经过。

听了第三个僧人的故事,女主人对他说:"摸摸你的头,去你的吧。""不,"僧人说,"指真主起誓,我要听一听他们的故事才走呢。"

女主人回头瞅哈里发、张尔蕃和马师伦一眼,说道:"讲你们的故事给我听吧。"张尔蕃站起来,走过去,把来时对管门女郎说过的话重说一遍。女主人听了,说道:"我饶恕你们了,去你们的吧。"

他们告辞出来,一起走进一条狭巷里。哈里发说道:"天还未亮,僧人们! 现在你们打算上哪儿去?"

"指真主起誓,我们的主人,到哪儿去,连我们自己也不知道。"

"来吧,到我们家里暂过一夜吧。"哈里发说完就嘱咐张尔蕃:"现在你领他们去安息,到明天再带他们进宫来记录他们的经历吧。"

张尔蕃遵从命令,带走僧人,哈里发这才回宫休息。由于过分兴奋,他通宵达旦,始终没有睡熟。

次日清晨,哈里发临朝听政,文武百官朝拜之后,他坐在宝座上,吩咐张尔蕃:"去把那家三姊妹、两条黑狗和三个僧人都带来见我。"

张尔蕃遵循命令,立刻把他们带进宫去,吩咐三姊妹退到帷幕后面,对她们说:"昨晚承蒙你们款待,实在感激不尽。现在让我告诉你们吧:那位便是阿拔斯的后裔哈里发哈伦·拉希德;在他面前,你们要老老实实地说真话才对。"

听了张尔蕃提到哈里发的大名,三姊妹中的女主人便诚惶诚恐地匆匆走到哈里发面前,说道:"主上,您请听吧,我一生的经历非常离奇古怪,如果记录下来,是足以劝诫后人的。"

第一个巴格达女人的故事

我的故事离奇古怪得很。这两条黑狗原来是我的姐姐，我们一共是三个同胞姊妹。至于其余的这两位姑娘，一位叫胡实卡谢，另一位就是身上有鳞伤的，都是异母所生的姊妹。先父死后，我们每人继承一份遗产。后来母亲也去世了，遗下三千金币，我们三姊妹，各得一千金。当时，两位姐姐比我年长，因此她俩准备一番，和两个男人结了婚，分别有了家庭，各自料理家务去了。

过了一些时候，两位姐夫预备货物，带着妻室和钱财，撇下我旅行去了。他们去了五年，花完钱财，把两位姐姐抛在异乡不管。五年后，大姐一路乞食归来，穿着肮脏褴褛的衣履，落魄得狼狈不堪，完全不像人样，连我自己都认不出她了。

"你怎么到了这步田地呢?"我认出她以后，问她。

"命运如此，说也无益。"她说。

我让她去澡堂沐浴，给她衣服穿，对她说:"姐姐，你是父亲、母亲的继承人;父母亲遗留给我的那份财产，蒙真主的恩顾，获得了一些利润，因此我的境遇较为优越;你我不是外人，今后你和我在一块儿共同享受好了。"于是我无微不至地照顾她、款待她，姊妹俩在一起快快活活地过了一年。当时我们的生活很舒适，只是对二姐的下落不明，时常惦念她，替她担忧。幸而过了不久，二姐终于也像大姐那样落魄狼狈地归来了。我照顾她，款待她，比对大姐还周到;从此三姊妹团圆聚首，在一块儿过生活。可是过了一些日子，两位姐姐对我说:"妹妹，我们还是要结婚;没有丈夫，我们生活不了。"

"我眼珠般的姐姐呀！结婚到底有什么好处呢？"我说，"如今的世道，好人实在不多，因此我认为你们的想法不太恰当；用不着多说，你们是亲身经历过的了。"

她们不听我的劝告，终于违反我的意思，坚持己见，决心去嫁人。我拿自己的钱给她们每人预备一份妆奁。婚后，两个姐夫跟她们过了不久，玩弄、享受一番，就掳着财物，撇下她俩，不辞而走。她俩穷途末路，没有办法，只好回来找我，向我赔礼，说道："别责备我们吧，妹妹，你虽然年纪比我们轻，但是你的看法却比我们周到；从今以后，我们再也不提结婚的事了。现在请你把我们当使女一样收留下来，给我们衣食过活吧。"

"欢迎你们，亲爱的姐姐。你们两位是我最敬爱不过的人儿呢。"

我接受她们的要求，格外尊重她们；于是姊妹三人重新聚首，在一起过团圆生活，安安静静地过了一年。后来我打算去巴士拉经营生意，预备一只大船，装上货物和旅途中需要的物品，准备航行。当时我对姐姐们说："姐姐，你们愿意留在家中等候我呢，还是愿意跟我一块儿出去旅行？"

"我们愿意跟你一块儿去；我们不能够离开你。"

我把现款分为两份，一份藏在家中，一份带在身边，心里想道："这次旅行，万一途中遇险而能够留得一条生命归来，我就可以拿留在家中的钱维持生活呢。"于是我带着姐姐们上船，开始航海旅行。我们在海中行了几昼夜，船走错了航线，连船长也辨不清楚方向，任船向与目的地相反的方向航行。真实的情况，我们一点也不清楚，不过当时倒也一帆风顺地行了十天。后来探海的爬到桅杆上去观察，喊道："给诸位报喜讯了！"他欢天喜地地溜了下来，说道："我隐约看见一座城市的影子，像一只鸽子一样。"听了消息，大家非常快乐。船继续航行了一小时后，在遥远的地方出现了一座城市。我们问船长："这城市叫什么名字？"

"我不知道，"船长说，"这座城市我还是第一次看见，因为我生平不曾到这里航行过。不过我们既然平平安安地来到这个地方，也只好靠岸登陆，进城去做一趟买卖。如果行情好，大家卖掉货物，城中有什么货色，不管好坏，收它一些。要是不上算，这就不必交易，我们在城中休息两天，预备些粮食，再启程航行好了。"

船靠岸后，船长登陆进城去了。一点钟后，他回到船上，对我们说："去吧，你们进城去看看人类的遭遇，大家虔诚地祈求真主别叫我们遭受这种灾难吧。"

听了船长的吩咐，我们登陆往城中去。走到城门口，看见人们拄着拐杖站在门前。我们走了过去，这才发现他们都变了原质，化为黑石。我们进得城去，见里面的一切，全都化为黑石，任何房屋里都不见一个人影，也没有一缕炊烟。看到这种情景，我们感到惊愕、感叹。我们穿过大街，见铺中的货物和金银财帛，都原封原样地摆在里面。大家觉得快慰，说道："也许我们能从这里找到门路呢。"于是大家分散开来，各走一方，寻找交易的主顾。

我自己一直向前走，慢慢去到一座堡垒中，仔细打量一番，知道那是一所法院。继而我去到王宫里，见里面的陈设全是金的，银的。国王身穿光彩夺目的华丽宫服坐在宝座上，左右有朝臣和宰相陪随。他的宝座镶满珍珠宝贝，星球似的闪着灿烂的光芒，周围站着五十名侍卫，穿着丝绸衣服，手中握着明晃晃的宝剑。那种森严的威风,令人感到恐惧。

我继续向前,来到内宫,见室内门窗上挂着绣花的丝帘,王后睡在床上,身着绣花衣服,头戴珠冠,脖上系着珍珠项链,一切装饰和陈设都保存原状,只是王后本人却化为黑石。

通过寝宫,经过七级石阶,我来到一间镶花砖、铺绒毯的寝室中;里面摆着一张镶珠宝和翡翠的杜松床,床上挂着绣花绸帐,光芒从帐中射了出来。我走过去仔细观看,看见一颗鹅卵大的钻石,陈列在一张小椅上,蜡烛似的闪出光芒;床上的被褥和装饰,全是鲜艳的丝绸制作的。看了这种奢华的场面,我感到无限的惊奇。随后我发现室中燃剩的一支残烛,便想道:"这儿一定有人点了这支蜡烛照明。"于是我继续往里走,一路走一路仔细观看,被种种稀奇古怪的景象吸引着,把自身的事忘得一干二净。

我沉在思索中,越想越渺茫,不知不觉天就黑了。我要离宫回船去,却分辨不清门路,徘徊观望一阵,仍然回到那间有蜡烛的房里,朗诵几节《古兰经》,然后倒在床上,拉被盖着睡觉。我希望好好地安息,可是心神却惴惴不安,始终睡不着。到了半夜,突然听见朗诵《古兰经》的悠扬之声,我欣喜若狂,赶忙向着声音发出的地方寻去,找到一间密室。密室里面挂着灯,燃着烛,铺着礼拜毯,一个眉清目秀的青年人正襟坐在里面,面前摆着一个书台,聚精会神地朗诵《古兰经》。当时我奇怪他怎么一个人安然活着而不曾和城中人一起遭殃。我走进去,问候他。他抬头看我一眼,然后回问我。我对他说:"指你朗诵的这部《古兰经》起誓,我要向你打听这里的情况,请你千万回答我的问题。"

我对他叙述自己的情况,他感到惊奇。我问他关于城市变化的经过,他便对我说:"姊妹,请你稍微等一等。"随即合上《古兰经》,把它装在一个丝袋里,然后让我坐在他身旁。我仔细打量,见他笑容可掬,像满圆的月亮,身材端正标致,性情温和,人品高尚。一见他的形象,我就一千遍地赞叹,对他产生爱慕心情。我催促他:"我的主人呀!快回答我吧。"

"听明白了,遵命就是。"他说,"你要知道:这座城市是先父的京城。他是国王,你曾见他坐在宝座之上,已经化成黑石了。至于睡在帐中那个王后,她是我的母亲。城中的居民原来全都是祆教徒,他们膜拜火、光、影、热和行星绕日的轨道。先父原来没有子嗣,到晚年才生我。在他认真的教育下,一直把我抚养成人。幸而我的命运好,当时宫中有个年迈的保姆,她信的虽然是伊斯兰教,可不敢明目张胆地表示,外观总是跟祆教徒完全一样。由于她忠厚、廉洁,因而先父尊敬而信任她,认为她是一个虔诚的祆教徒。待我长大时,先父把我托付给她,并嘱咐她:'你带他去,好生教育他,把我们祆教的知识灌输给他。你必须好生管教他,不得疏忽大意。'

"那位老保姆,灌输我伊斯兰教的道理,教我沐浴、礼拜,并给我解释《古兰经》的意义。她嘱咐我:'除了真主,你什么都不要崇拜。'待我学会伊斯兰教的道理,她便嘱咐我:'我的孩子,你须保守秘密,别让你父亲知道,免得他杀害你。'

"我听从老保姆的嘱咐,一直保守秘密,坚持下去。过了一些日子,老保姆死了,祆教徒的异端邪说越来越嚣张。有一天,忽然有一阵迅雷似的吼声,远近人们都听到了。那声音说道:'城里的人们!回头是岸,撇掉火,膜拜仁慈的真主吧。'人们听了警告,惊慌失措,奔到宫中,聚集在先父面前,问道:'这股令人听了感到万分恐怖的声音,到底是怎么一回事?

主上，告诉我们吧。'国王回道：'别叫那种声音吓坏你们；你们不可轻信谣传而作践自己的宗教。'

　　"人们遵从先父的嘱咐，依然继续拜火，而且变本加厉地宣传异端邪说。整整过了一年之后，他们第二次听到那股警告的呼声；第三年开始的时候，他们第三次又听到那股声音。三年以来，他们每年听到一次警告，可是他们听而不闻，结果触怒上苍，因此在一天黎明时候，天灾从空中降下来，城中的人畜全部变质，一概化为黑石，满城生灵，只是我一个人免于灾难。自从那天起，我获得信仰自由，就从事礼拜、斋戒，朗诵《古兰经》；至今已习以为常。虽然孤独寂寞，无人做伴，但自己却能乐天安命。"

　　听了青年的一席话，我很受感动，被他吸引住了，说道："青年人，你愿意随我到巴格达去吗？在那儿，你可以同一般学者往来结交，向他们学习各种学术，增加你的学问。你要知道，在你面前的这个女人是发号施令的一家之长，家中婢仆成群，非常富裕，我自己还拥有一艘商船，运载货物到此经营生意。这次萍水相逢，被命运驱使到这儿来，亲眼看见城中的沧桑世变，并和你邂逅相遇，这一切都是前生注定了的。"我竭力怂恿、劝导他，最后他同意跟我同行。

　　那天晚上我在宫中过夜，快乐得竟然不敢相信自己所处的境地。次日清晨，我们去到国库中，挑选易于携带而贵重值钱的财物带在身边，然后离开宫殿，去到城里。我们在街上碰见仆人和船长正在找我，彼此碰头见面，欣喜若狂。我把自己的见闻、青年的故事和城市化石的原因及经过讲给他们听；他们听了惊奇不已。

　　我的两个姐姐——即这两条黑狗，见我和青年在一起，因羡成嫉,怀恨在心,暗中酝酿阴谋诡计。后来我们快快活活地上船去,由于获得了丰富的财物,大家高兴得几乎飞腾起来。我们在船里待到顺风时,才扬帆启程。在归途中,两位姐姐和我们在一起,大家说说笑笑,倒也快乐。当时两位姐姐问我:"妹妹,你打算跟这位漂亮青年做什么呢?"

"我有意选他做我的丈夫。"于是回头对青年说:"先生,有一件事我要跟你商量,你别违反我的意思。待回到我们的家乡巴格达时,我和你正式结婚,配成夫妇,你做我的丈夫,我做你的妻室;这样好吗?"

"听明白了,遵命就是。"青年同意了。继而我对姐姐们说:"我有这位青年就满足了,其他的财物全都属于你二人所有。"

"你处理得太好了。"两位姐姐说。

两位姐姐虽然如此说,可是内心里早已怀着敌意。我们一帆风顺地在海中航行,离开危险地带,进入安全地区,行了没有几天工夫,已经靠近巴士拉,看得见城郭了。可是当天夜里两位姐姐趁我和青年熟睡的时候,悄悄地抬起我的床铺,把我连人带床一齐投在海中,而且把青年也同样抛在海里。那青年不会游泳,淹死在海中了。我自己如果当时和他同时淹死,这倒是我的愿望;然而命运注定我不该死,所以当我落水的时候,发现身边浮着一块木板。于是我伏在木板上,逐渐被波浪打到岸边而得救。我连夜在海岛上摸索着跋涉,清晨发现一条通往陆地的狭窄地峡。

太阳出来了,我脱下衣服,铺在阳光下面晒干,然后朝陆地走去。我继续跋涉,行至还剩两小时的旅程便可到达城市的地方,突然看见一条枣树般粗长的大蛇,左右摇摆着向我奔来。它奔到我面前时,我见它的舌头垂了出来,约莫一虎口长;它身后的沙土,被刮出和它身体同样宽的一条痕迹。在它后面,紧跟着一条细而长的毒蛇,咬着它的尾巴不放。大蛇流着眼泪,垂着舌头,显出恐怖可怜的形状。我看了这种情景,心有所感,发生怜悯心肠,随手拾起一个石头抛过去,打中毒蛇的头,把它打死。这时那条被追的大蛇张开翅膀,向高空飞去。当时我不明白是何道理,坐在那里越想越惊异。由于疲劳过度,我支持不住倒在地上睡着了。约莫一小时后,我醒过来,看见我的脚前坐着一个姑娘,身边带着两条黑狗,她正在替我捏腿。我觉得惭愧,立刻坐起来,问道:"你是谁,姊妹?"

"你把我忘记得好快呀!"她说,"你是我的大恩人,刚才你打死毒蛇,救了我的生命。我是仙类,那条毒蛇是一个邪魔,经常和我作对;没有你的援助,我是不能脱险的。因此当我脱险之后,立刻飞到你姐姐们乘坐的那只船中,把里面的财物搬到你的家里,然后弄沉大船,并用法术施在你的两个姐姐身上,把她们变为两条黑狗。她们怎样危害你的情形我是知道得很清楚的,所以应该这样惩罚她们。至于那个青年,已经淹死,来不及拯救了。"

她说罢,带我和两条黑狗飞到城中,把我们放在屋顶上。我回到屋里,见那些原是在船中的财物,全都堆在屋里,丝毫没有损失。后来她嘱咐我:"指大圣苏莱曼戒指上的文字起誓,从今以后,如果你每天不打每只黑狗三百鞭,我会来把你变成它们的同类呢。""听明白了,遵命就是。"我说。于是从那时起,我便鞭打两条黑狗。我固然可怜她们,但也没有办法,同时她们也明白这不是我的本意而能原谅我。这便是我自己的经历和故事。

哈里发听了第一个女人的故事,感到惊奇。他回头对第二个女人问道:"你呢? 你身上的伤痕是怎么来的呢?"

第二个巴格达女人的故事

我父亲是个富翁。他死后,遗下许多财产。我继承那份遗产,与当代最幸福的一个男子结婚。但不幸,我们之间的夫妻生活才过了一年,他便死了。根据法律的规定,我继承八万金币的遗产,成为当时最幸福的富人,因此我的名声越传越远。当时我花了一万金币置备十套最华丽的服装,每套衣服值一千金币,过着最豪华的幸福生活。

有一天,我家里忽然来了一个奇形怪状的老太婆。她面容憔悴,身材瘦削,白发苍苍,睫毛垂着,眼睛眯着,牙齿缺着,眼角斜着,口水流着,那副蓬头垢面的模样,一眼看去,人不像人,鬼不像鬼。正是:

> 一个老妖妇,
> 魔鬼碰见她,
> 跟她学骗人。
> 凭着狡猾的手段,
> 她能把一千只蹦跳的骡子,
> 用一根蛛丝拴住。

那个老太婆走到我面前,问候一声,然后跪下去,吻一吻地面,说道:"我有一个孤女儿,今天是她结婚的日期。我们是异乡人,城里没有亲戚,因此想着伤心苦恼。我们没有其他的办法,只好前来求夫人可怜我们,劳驾前去参加婚礼,以便其他的妇女听得夫人大驾光临,她们也前来参加;这样一来,我们的缺陷就被您弥补起来了。"她说罢,哭哭啼啼不住地吻我的脚。吟道:

> 你的光临,
> 会给我们带来荣幸,
> 我们必须感谢。
> 你若是不肯光临,
> 我们就找不到替换者,
> 更没有代替的人。

她的言行感动了我,使我产生怜悯之心,说道:"你的话我听清楚了,我答应你,去参加婚礼。"随后我又对她说:"看真主的情面,我要为她行好,把我的衣服首饰送给她,让她高兴高兴。"

老太婆非常欢喜,低下头,不住地吻我的脚,说道:"愿真主报答您,使您快活如意,如同您使我快乐一样。不过现在时候还早,夫人不必忙,稍等一会儿,到晚餐时,我来接您。"她说罢,吻我的手,然后匆匆归去。

老太婆走后,我准备一番,穿戴打扮起来,不一会儿,老太婆也就赶到,说道:"夫人,城中的许多太太小姐都到齐了,我告诉她们您要去参加婚礼,她们非常高兴,都等候您呢。"

我带着女仆,随老太婆前去参加婚礼。走了一阵,进入一条打扫得干干净净、泼过水、散布着香味的巷道,来到一幢用云石砌成圆顶的建筑物前。老太婆向前敲门,我随她进去,经过一道长廊,地下铺着砖,上面张灯结彩;我们一直进入一间大厅,里面摆着精致的陈设,挂着灯,燃着烛,非常富丽堂皇。厅中摆着一张镶珠宝的杜松床,床上挂着绸帐。就在这时候,帐中闪出一个月儿般窈窕美丽的姑娘,正是:

> 她的头发垂在额前,
>
> 如同忧愁的残夜,
>
> 偎依着欢笑的黎明。

那个花枝招展的女郎下得床来,向前迎接我们,说道:"欢迎,欢迎,一千遍地欢迎尊贵高尚的姊妹。"随即吟道:

> 倘若这屋宇知道贵人大驾光临,
>
> 它一定高兴、快慰,
>
> 不但要吻客人踩过的地面,
>
> 还须根据现实的情景高呼:
>
> "欢迎,欢迎!
>
> 竭诚欢迎德高望重的贵宾。"

女郎让我们一块儿坐下,并对我说:"我的姊妹,我有个哥哥,他在宴会场中,几次见你的面;他是个美男子,比我生得漂亮;他衷心爱慕你,因为你不但仁慈、尊贵,据说还是名门闺秀。我哥哥也是我们族中的头目;为了彼此门当户对,所以他爱你,打算跟你举行婚礼,结为夫妻。有媒有证,正式结婚,这不是见不得人的丑事吧?"

我听了女郎的谈话,回顾自己孤单一人,深入人家屋中,面临着威胁,没奈何,只得勉强回道:"听明白了,遵命就是。"女郎听了我的回话,喜形于色,举起两只手一拍,屋门应声而开,走出一个衣冠楚楚、生得眉清目秀的非常漂亮的青年。正是:

他显着美丽的形象出现，

赞美真主塑造他的绝妙技艺；

因为真主在他身上汇集了所有的美丽，

使看见他的人感到彷徨、迷离；

此外美丽本身还在他额角上写道：

"我证明：

世间没有别的美男子，

美男子只有他一人。"

我一见倾心，非常爱他，和他约莫对谈了一小时。之后女郎第二次拍掌，贮藏室的门突然开了，里面出来一个法官和四个证人。他们向我们打个招呼，随即坐下，替我和青年写了婚书，然后从容归去。这时青年回头对我说："这是幸福的一夜啊！"继而他又说："夫人，我向你提出一个条件。"

"什么条件，我的主人？你提吧。"我说。

他站起来，把《古兰经》拿来递给我，说道："向我宣誓说，从今以后你矢志忠心于我，永不变心。"

我听从他的吩咐，果然向他起誓；他感到十分高兴。继而摆出筵席，我们尽情吃喝、享受，从此开始夫妻生活，欢欢喜喜地度过了蜜月。有一天，我打算上街去买衣料，征得丈夫的同意，便收拾打扮起来，带着女仆和那个老太婆去市里，走进老太婆认识的一家商店。她对我说："这个年轻的生意人，他父亲去世以后，给他留下许多财产，因此他的本钱多，货物齐备，你无论要什么东西，他这里应有尽有，而且货色也比别人的好。"继而她对老板说："请你把上好的丝绸拿给我们太太看吧。"

"听明白了，遵命就是。"老板说。

老太婆唠唠叨叨,不息地夸赞商店老板。我对她说:"我们向他买了衣料便回去,何须你这样夸赞他呢?"

老板拿出丝绸,我们选了需要的衣料,然后付款,他却不接受,说道:"今天你们是我的贵宾,这衣料代表我对你们的敬意吧。"我对老太婆说:"他要是不收款,把衣料还他好了。"

"钱我不收你的,衣料送给你,作为吻你一次的报酬吧。"

"求真主保佑,我不干这种坏事。"

他见我断然拒绝,勃然大怒,打我一个耳光,并鲁莽地吻我,弄破了我的腮角。我当场晕倒,被老太婆搂在怀中。待我慢慢苏醒过来,商人却关锁铺门,早已溜走了。当时我血流满面,痛不可支,老太婆也非常着急。她说:"我们回家去吧;到了家里,你装病躺在床上,我替你盖上被,再找药给你敷搽,不消几天工夫,伤口就会好的。"

息了一会儿,我勉强支持着站起来,怀着满腔忧愁,一面思索,一面慢慢地回到家中,装病躺在床上。当天夜里,我丈夫进房来,问道:"你怎么了,我的太太?白天出去遇见什么不如意的事吗?"

"我不舒服,觉得头痛。"

他看我一眼,燃了一支蜡烛,挨到我面前,仔细打量一番,问道:"你腮上的创伤是因何而来的?"

"今天征得你的同意出去买衣料,城中街道窄狭,一个樵夫挤过来,我的面幂①被柴棒拉破,因而腮角也被划破,如你所见的这样。"

"明天我去见省长,要他把城中的樵夫全都绞死。"

---

① 蒙面用的罗、纱等。

"指真主起誓,你千万不要冤枉别人;这是我骑驴子,它蹦跳的时候,我跌在地上被柴棒划破的。"

"明天我去见张尔蕃,告诉他事情的经过,要他把城中赶驴的人全都处死。"

"为了我,你太把人不当人了。我的这种遭遇,其实是命运注定了的。"

"非这样做不可……"

他神气十足地缠着我说长道短,我可心绪不宁,很不耐烦,一时出言不慎,冒犯了他,因而他怀疑我,说道:"你违背誓约!"随即高声一喊,房门开处,出来七个黑奴。他吩咐他们把我从床上拖起来,摔在堂屋里,命他们中的一人握着我的臂膀,坐在我的头上;一个坐在我的膝上,按着我的腿;其中第三人握着明晃晃的宝剑,向主子请示:"主人,要我一剑把她砍成两截,再把她的尸首扔在底格里斯河中去喂鱼吗?这是违约者咎有应得的处罚呢。"当时我丈夫怒不可遏,吟道:

> 有人同我分享爱情的时节,
> 我便约束自己的魂灵,
> 教它舍弃恋爱的念头,
> 保全自身的名誉。
> 我对它说:
> "灵魂呀!
> 你慨然摆脱一切,
> 宁可光明磊落地牺牲自己;
> 因为追求虚伪的爱情,
> 终归是徒劳无益。"

他吟罢,吩咐奴仆:"揍她,萨阿德。"仆人得了命令,一屁股坐在我身上,说道:"太太!你念一念信仰箴言吧;你还有没有遗嘱,对我们说吧,这是你生命的最后一刻了。"

"好奴婢,"我说,"你等一会儿,让我嘱咐你。"

我低头看一看自己,觉得不多一会儿竟变得如此卑贱,忍不住伤心、流泪、号啕痛哭。继而我又抬头看我丈夫一眼,吟道:

> 你抛弃爱情,
> 使我彷徨、留恋,
> 你自己却恬然自娱。
> 你把我弄得忧郁失眠,
> 你自己却尽情酣睡。
> 你的居室建筑在我的心、眼之间,
> 我的心不曾把你忘记,
> 眼泪也不掩饰我对你的留恋。
> 你曾山盟海誓,
> 决心守约到底;
> 可是当你征服我的时节,
> 却表现出欺骗的行为。
> 我的留恋、呻吟得不到你的怜惜,
> 难道你能保证殃祸不会降临?
> 我以真主的名义要求你:
> 若是我一朝命归黄泉,
> 请在我的墓碑上刻下
> "这是爱情的奴隶"一句;
> 说不定一个深知此中滋味的失恋者,

367

> 偶然走过我的坟前，
>
> 会洒下一掬同情的眼泪。

我吟罢，痛哭流涕。我丈夫听了我的吟诵，见我伤心哭泣，他的愤怒有增无减，吟道：

> 我毅然抛弃爱情，
>
> 不是出自我的心愿，
>
> 而是犯罪者的行为，
>
> 使我打消爱情的痴念。
>
> 因为她找别人来跟我共享爱情，
>
> 我的心里容不下这种事情。

听了他的吟诵，我依然伤心哭泣，向他苦苦哀求，想道："让我在他面前认错，说软话吧，也许他能饶恕我。只要他不杀我，即使牺牲所有的财物也不要紧。"于是我向他诉苦，吟道：

> 你若是公正廉明，
>
> 就不该判我死刑；
>
> 然而这当中的处决，
>
> 显然还缺少公平。
>
> 你把爱情的重担放在我个人肩上，
>
> 累得我疲劳不堪，
>
> 连担负一件汗衫的重量也不行。
>
> 灵魂的消灭，
>
> 不足以引起我的怜惜，
>
> 然而你去后，
>
> 叫人怎样认识我的身体，

这倒是使我惶惑的一件事情。

我吟罢,痛哭流涕。我丈夫看我一眼,破口大骂一阵,随即吟道:

> 你舍弃我恋爱别人,
> 割断我们之间的情谊。
> 我抱着容忍的决心,
> 效法你的行径,
> 向你宣布离异。
> 你既然变节,
> 我也可以决裂;
> 这中间的责任,
> 你自己应该负起。

他吟罢,悍然吩咐奴仆:"一刀劈掉她,让我们休息吧。让这样的家伙活着,是没有好处的。"

我吟诗辩论时,自信已无生存的余地,悲观绝望到极点,没奈何只好把自身的一切托付给真主。当时那个老太婆突然赶到,倒身跪在我丈夫的脚下,哭哭啼啼地说道:"孩子,看我抚育你服侍你的情面,饶了她吧;她没有应受这种处罚的过错呀。你还年轻,我怕你会遭到诅咒的报应呢。俗话说得好:'杀人者死。'你应该知道,世间还有谁比我更爱你呢?"

"好,我饶了她。不过定要在她身上留些痕迹,叫她终身无法去掉这些痕迹。"

之后,他吩咐奴仆把我摔倒,按在地上,然后亲手用榅桲棍不住地打在我的胸背和肋巴上,打得我昏晕过去。当时我痛不可支,感到绝望,以为非活活地被打死不可。最后他吩咐奴仆,叫他们在夜里找老太婆带路,把我送回老家去。

奴仆们遵从主子的命令,当天夜里,把我送回老家,抛在地上,然后扬长而去。那晚上,我通宵在昏迷状态中,至次日清晨才苏醒过来。我用药膏敷搽创伤,吃药调理。那个期间,我疲弱不堪,整整卧床四个月,创伤才痊愈,但遍体的伤痕却无法去掉了。

我的健康恢复以后,曾往发生事变、身遭毒打的那所屋子去过一趟,打算看个究竟。可是那幢建筑已经倒塌,变为废墟,小巷也堵塞不能通行,个中的变故,我一点也不知道。我走投无路,这才去找这位异母所生的姐姐,在她屋中看见这两条黑狗。我问候她,详细叙述我的遭遇。她对我说:"妹妹,这个年头,谁免得了不遭患难的?赞美真主,他使你活着归来了。须知人生不过如是而已,逆来顺受吧;环境越是恶劣的时候,我们应该更耐心地等候好的转机。"

姐姐对我叙述她的经历和两条黑狗的遭遇;我们姊妹同病相怜;从那回以后,就躲在家里,规规矩矩地做人,绝口不敢再提婚姻问题。我们姊妹几人,相依为命,一块儿过生活。这位叫胡实卡谢的姑娘,她担任采买的职务,每天出去购买日常生活必需的日用物品。昨天她照例出去采买,由于雇脚夫搬东西和三个僧人突然光临的缘故,我们的情况就有了改变。当时我问明他们的来历,让他们进屋去,当宾客招待,大家在一起吃喝。可是过了不久的工夫,又有三个陀白勒商人接踵而到,说明他们的来意。经过交谈,他们愿意遵守我们提出的条件,这才收容他们,尽东道之谊。然而他们中途违约,不得已我们才根据他们所犯的错误强迫他们叙述他们的经历和遭遇,然后饶恕了他们,把他们打发走了。可是到了今天,我们什么也不明白，莫名其妙地被人带进宫来了。

　　哈里发听了她们的故事，感到惊奇，吩咐朝臣把她们所谈的详细记录下来，作为史料保存。之后，他问第一个女人："把魔法施在你姐姐身上的那个女仙的消息，现在你知道不知道？"

　　"我知道，主上。"她回答，"当时她曾给我一束头发，对我说：'你几时要我，只消燃着一根头发，即使你远在哥夫山后面，我也可以立刻赶到你面前呢。'"

　　"把头发拿来给我吧。"

　　她回去把头发取来，交给哈里发。哈里发收下头发，点火燃着一根，随着烟火的出现，宫廷便震动起来，迅雷似的隆隆之声响个不止。继而一个女仙出现在他们面前，对哈里发说："愿您平安，真主的代理人。"

　　"你好，愿真主怜悯你。"哈里发回答。

　　"主上知道吧：这位女子给我做过一桩好事，这是我无法报答她的。她替我除了我的敌人，救了我的生命，因此当我知道她是被两个姐姐谋害时，便决心替她报复。当初我有意弄死她的两个姐姐，可是怕她生气，这才施用法术，把她们变成两条黑狗。如今主上如果要挽救她俩，那么为了尊重主上的意志，我解救她俩就是。"

　　"你先解救她俩，然后我们再办理那个打得遍体鳞伤的女人的事吧。要是真相揭露出来，有了真凭实据，我一定要替她伸冤报仇。"

　　"主上，让我先解救这两个，然后把虐待她和抢她财物的人告诉您吧。不过，他可是您的一个亲人。"

女仙取一碗水，喃喃地念了咒语，然后洒在两条狗头上，说道："恢复你们原来的人形吧。"霎时间，两条黑狗果然恢复原状，变成人类。继而她对哈里发说："主上，虐待这个女人的不是别人，而是您的儿子艾敏。当初他听得这个女人贤德美丽，因而暗中设计，明媒正娶，跟她结婚。他虽然打她，可是他却无罪，因为结婚时他向她提出条件，她也曾宣誓，对他不怀二心。后来他怀疑她违背誓言，决心要杀她，可是唯恐受到真主的惩罚，所以才毒打她一顿，然后送回家去。"

哈里发听了女神的叙述，明了个中情节，感到十分惊奇，说道："赞美伟大的真主，他借我的手解救了那两个女子，使她们摆脱灾难，并使我知道这个受虐待者的真情。指真主起誓，我一定要做一桩惊人的事情，让后人传为美谈呢。"于是传太子艾敏进宫，亲自问他那个女人的事情。艾敏把过去跟她结婚的经过，照实招供出来。哈里发毫不犹豫，马上召集法官和证人，共聚一堂，随即宣布把三个同胞姊妹匹配给三个自称为王子的僧人为妻室，并任他们为侍臣，住在宫中，按月发给薪俸，供给一切费用；继而又命艾敏跟他的妻子复婚，破镜重圆，另换婚书，赏给许多钱财，建筑一幢堂皇的宫殿供他们夫妇居住。最后，哈里发娶胡实卡谢为妃子，让她住在宫里，派婢仆侍候，过幸福生活，直至白发千古。

洗染匠和理发师的故事

艾比·凯尔和艾比·绥尔

相传古代亚历山大城中有两个手艺人,一个以洗染为职业,叫艾比·凯尔;另一个从事理发,叫艾比·绥尔。他们同住在一条街上,理发店和染坊彼此连在一起,因此两人是近邻,但两个人的性格却大不相同。染匠艾比·凯尔是个无恶不作的大骗子,脸皮比顽石还厚,好像是拿以色列教堂的门限雕成的,在人群中经常做丢脸、出丑的事,却不以为耻。比如有顾客送布帛去洗染,他往往借口要买颜料,先索取工资。工资拿到手,便大吃大喝,并偷偷地卖掉顾客的布帛,任意挥霍,非肉食不吃,非老酒不喝。等到顾客来取衣料,他便哄人家:"明天你早点来,保证你能取到染好的衣料。"他骗走顾客,自言自语地说:"日与日之间,相差何其近啊!"第二天顾客按时来取衣料,他又推故说:"请你明天来吧;昨日我家里有客,我忙着招待客人,没有工夫洗染。请明天一早来取染好的衣料好了。"顾客信以为真,第三天再去,他又推故说:"哦!对不起,昨天夜里老婆分娩,我整日忙忙碌碌,没有工夫动手洗染;无论如何,请明天来,包管你取到衣料。"但人家按时来取衣料时,他又推别的缘故,赌咒发誓地老是骗人。

"你说过多少次明日替我染好衣料了?"顾客生气,质问他,"还我衣料来,我不要洗染了。"

"指真主起誓,老兄! 我惭愧得很。现在我该对你说实话了;凡属损人利己的人,但愿真主重重地惩罚他!"

"告诉我,出什么事了?"

"我花了不少工夫,把你的衣料染得无比美好,晾在绳上,不料被人偷了。到底被谁偷的,连我自己也不清楚。"

在那种情况下,顾客如果是忠厚老实的人,便自认晦气,不跟他理论;反之,要是碰上厉害的主顾,就非跟他辩论、争执不可;但即使告到衙门里,也是得不到什么抵偿的。

染匠艾比·凯尔一直干着招摇撞骗的勾当,恶名远扬。人们都互相告诫,随时提高警惕,不跟他往来,只有不了解情况的人才会受骗。即使在这种情况下,每天都有人跟他发生争吵,因此,他的生意越来越少,入不敷出,无法维持生活。他溜到隔壁艾比·绥尔的理发店中,呆呆地望着染坊大门。如遇生人带衣物来到染坊门前,他便匆匆走出理发店,给人家打招呼:

"喂! 你这个人有什么事?"

"请替我染一染这件衣服吧。"

"你要染成什么颜色,必须请说清楚,否则操这种贱业的人往往会弄错颜色,不仅我自己吃亏、倒霉,还要惹人误会呢。你先付工资,明天来取衣服好了。"他收下衣服,添说一句。

顾客付了工资,转背一走,他便把人家的衣服带上市去卖掉,拿所得的工资和卖衣服的钱买肉食、蔬菜、烟草、水果和其他需要的食品,尽情吃喝、享受。

他经常坐在理发店中等生意,如果发现到染坊门前的顾客是来取衣物的,便不见面,总是躲躲闪闪,不接近人家。他利用这种办法招摇撞骗,一直过了好几个年头。

有一回,染匠艾比·凯尔替一个蛮汉洗染,照例卖了人家的衣服。那蛮汉天天来取衣服,总不见他在铺中,因为他一见来取衣服的顾主,便从艾比·绥尔的理发店中溜之大吉,致使那个蛮汉不胜其烦,最后只好把染匠告到法庭,由法官派差役随蛮汉上染坊去检查。但只见染坊中空空洞洞,除了几个破烂的染缸,再没有什么可以补偿的东西,因此,差役会同街坊上一部分正直的穆斯林封闭了染坊,带走钥匙。临行对街坊邻居们说:"你们告诉他:叫他赔偿这位顾客的衣服,再到法庭来取钥匙好了。"

"这到底是怎么一回事?"艾比·凯尔的染坊被封后,理发师艾比·绥尔问他,"所有送衣料来洗染的人,你都使人家绝望。那个蛮汉的衣服,你究竟把它弄到哪儿去了?"

"我的好邻居,告诉你:他的衣服叫人给偷走了。"

"奇怪得很!任何人送来洗染的衣物都被偷走;难道所有的小偷都是你的仇人?我怀疑你在扯谎。你还是把实情告诉我吧。"

"老实说,我的好邻居,的确没有人偷过我的东西。"

"那么,你把人家的衣物弄到哪儿去了?"

"所有送来洗染的衣物都叫我给卖掉,钱花光了。"

"难道真主许可你去干这种勾当吗?"

"我干这样的事,还不是因为穷嘛。一向生意萧条,我自己本来就穷苦,没有什么可抵垫的。"他把话题扯到生意萧条、没有收入和生计困难的原因上。

"我的手艺并不错,可在这座城市里,我看是没有什么前途的了!"理发师艾比·绥尔也谈起他的窘况,"因为我穷苦,人们都不找我剃头了。弟兄,现在我讨厌干这门手艺了。"

"由于生意萧条,我也懒得干种行业了,"艾比·凯尔说,"呃!老兄,到底是什么使我们留恋这座城市呢?要不要我和你约着离开这儿,旅行到别个地方去,另找出路。反正我们的手艺,出在自己手上,到什么地方都吃得开。我们一离开这儿,便可以呼吸新鲜空气,摆脱这种苦难日子。"

洗染匠艾比·凯尔一直津津有味地谈论旅行的好处,致使理发师艾比·绥尔为之动心,对旅行发生兴趣,欣然吟道:

> 为追求人生最高的享受,
>
> 你离开家园,
>
> 到他乡去奋斗。
>
> 因为旅途中,
>
> 可以摆脱忧虑、随意经营,
>
> 且增广见识,学习礼仪,
>
> 还有机会跟德高望重的人交游。
>
> 如果有人说:
>
> "旅行使骨肉离散、失群,
>
> 并给人带来忧郁、困倦。"
>
> 你回道:
>
> "青年人即使流浪他乡,丧命异地,
>
> 也比在谗言中伤、嫉妒成性的人群中苟延性命更为
>
> 高贵。"

艾比·凯尔和艾比·绥尔在旅途中

艾比·凯尔和艾比·绥尔决心离开亚历山大,往外地去经营的时候,艾比·凯尔对艾比·绥尔说:"老兄,现在我们已经成为弟兄手足了,你我之间没有什么要分彼此的了;我们应该一起朗诵《古兰经》开宗明义第一章,作为我们的誓词:决定今后我们中谁有事情做,必须努力经营,尽量帮助你我两个人之中的失业者;在解决生活问题之后,如果还有剩余的钱,便积蓄起来,待将来回到亚历山大,再公平合理地分享盈利吧。"

"应该如此。"艾比·绥尔同意艾比·凯尔的提议。接着他们同声朗诵《古兰经》开宗明义第一章,决定今后有事做的人,尽力帮助失业的人,彼此同舟共济,努力谋求幸福。艾比·绥尔于是收拾行囊,关锁铺门,把钥匙交给房主,预备动身。至于艾比·凯尔呢,却无牵无挂,撇下那间被官家封闭了的染坊,随艾比·绥尔一同买舟远航。他们刚搭上船,便有生意可做,这也算是艾比·绥尔的好运气;因为船中除船长、水手不计,还有一百二十个旅客,可是他们中一个会剃头的人都没有。因此,当船张帆启碇之后,艾比·绥尔对艾比·凯尔说:"兄弟,在这段海程里,我们需要饮食吃喝,而我们自己携带的粮食有限。我打算出去活动一下,也许有旅客需要剃头,那我就以一个面饼或半块钱,甚至一杯淡水的代价替他们剃头,弄一点食物来度日。"

"那没有关系,你去吧!"艾比·凯尔说,说罢倒身睡他的大觉。

艾比·绥尔抖擞精神，带着剃头工具和碗，肩上搭块破布当手帕，一股劲打旅客丛中走过去。当时旅客中有人喊道："喂！理发师，劳驾给我剃一剃头吧。"他满足旅客的要求，勤脚快手地替旅客剃了头，旅客酬劳他半块钱。他对旅客说："弟兄，我不大需要钱，要是你给我一个面饼在旅途上充饥，那对我的帮助可就大了。因为我还有一个伙伴，我们身边携带的粮食有限，不够两个人吃。"

　　旅客果然给他一个面饼、一块乳酪、一碗淡水。他把饮食带到艾比·凯尔睡觉的地方，说道："你起来吃这个面饼这块乳酪，喝这碗水吧。"艾比·凯尔一骨碌爬起来，一口气吃掉饼、酪，喝干了凉水。

　　艾比·绥尔待他吃饱喝足，这才带着刀、碗，搭上破布，去到舱中旅客丛中兜生意。他替甲旅客剃头，得两个面饼的报酬；替乙旅客剃头，得一块乳酪的报酬。继而旅客中请他剃头的人越来越多。从此每逢有人请他剃头，他便向人提出以两个面饼、半块钱作酬劳。由于他是船中惟一的理发师，供不应求，所以生意兴隆。他从早剃到日落，手边便有三十个面饼、十五块银币的收入。旅客们争着找他，凡他需要的东西，他们都送给他，因此，他收集了许多干酪、菜油、鱼子和其他生活日用物品。

　　他替船长剃头，趁机向他诉苦，说粮食不够吃。船长同情、怜悯他，说道："欢迎你每天带你的伙伴来和我一块儿吃晚饭。跟我们同路，你就不必忧愁、顾虑了。"

　　他带着旅客给他的报酬，回到住处，唤醒艾比·凯尔。艾比·凯尔蒙眬醒来，睁眼见自己面前摆着许多面饼、乳酪、菜油和鱼子，惊讶地问道："你哪儿弄来的这许多食物？"

"这是真主赏赐的衣食哪。"艾比·绥尔说。

艾比·凯尔迫不及待,预备动手吃喝;艾比·绥尔制止他,说道:"弟兄,你暂时别吃;这些个留待以后慢慢享受。你要知道,我替船长剃头,告诉他粮食不够用,他说:'欢迎你每天带你的伙伴来和我一块儿吃晚饭。'所以今天头一顿晚饭我们就得上船长那儿吃去。"

"我晕船,不能走动;让我在这儿随便吃一点,你一个人去陪船长吃吧。"

"那没有关系。"艾比·绥尔说。他刚坐下,便见艾比·凯尔吃喝起来。他像石匠在山中采石那样地把面饼一大块一大块撕下来,塞在嘴里,狼吞虎咽,仿佛几天没吃东西似的,第一口还没咽下,第二口便塞进嘴里,活像一个食人鬼,边嚼,边瞪着手中的食物,鼻孔里喘出粗气,跟饿牛吃草料时的呼喘毫无区别。这当儿,一个船员突然出现在他俩面前,说道:"理发师,船长请你带你的伙伴上他那儿吃晚饭去。"

"你跟我们一起去吗?"艾比·绥尔征求艾比·凯尔的意见。

"我不能够走动呀。"艾比·凯尔断然拒绝。

艾比·绥尔一个人随船员赴约,见船长和同事坐在桌前,席中摆着二十多种菜肴。一见面,船长便问:"你的伙伴呢?"

"他晕船,睡倒了。"

"那不要紧,慢慢他就会习惯的。你请来吃吧,我们等着你呢。"

船长留起一盘烤羊肉,并把其他的菜肴拨一部分在羊肉盘中,然后陪艾比·绥尔吃饱喝足之后,才把留下的那盘菜肴递给艾比·绥尔,说道:"把这盘菜带给你的伙伴去。"

艾比·绥尔收下菜肴,带到住处,见艾比·凯尔像骆驼一样,还在那里嚼着面饼,狼吞虎咽地只顾吃喝。

"我不曾嘱咐你暂时别吃这个吗?"他对艾比·凯尔说,"船长的好处多着呢!我告诉他你晕船,你看他给你送什么来了?"

"给我吧!"

艾比·绥尔把盘子递给他;他接过去,像饿狼捕到小兔,凶禽攫着鸽子,也像快饿死的人突然发现食物,贪婪地吃喝起来。艾比·绥尔让他吃喝,自己回到餐厅,陪船长喝咖啡。喝了咖啡,他回到自己住处,见饭菜已被艾比·凯尔吃得精光,一点也不剩。他只好忍气吞声地替他收拾,把盘子送还船长的听差,然后回到住处睡觉。

在 旅 店 中

第二天,艾比·绥尔照例替旅客剃头,所得的酬劳都交给艾比·凯尔。艾比·凯尔坐享其成,除了便溺,一直睡着不动。每天晚上,艾比·绥尔都从船长处端一盘丰富的饭菜供他吃喝。这样过了二十天,直至船到码头停泊,他俩才离舟登陆。

到了城市里,在旅店中租了一间房间,艾比·凯尔便倒在床上不动。艾比·绥尔忙着布置,买了生活日用品,煮熟饭菜,端到艾比·凯尔面前,唤醒他,一起吃喝。吃饱饭,艾比·凯尔说:"原谅我,我头晕。"说罢,倒身就睡。艾比·绥尔每天带着工具到市上去剃头,辛辛苦苦赚钱维持生活。艾比·凯尔每天尽量大吃大喝之后,倒身就睡。每当艾比·绥尔劝他：“起来，出去溜达溜达，看看城市风光；这城市美极了。”他却说：“原谅我，我头晕。”说罢，倒身就睡。艾比·绥尔不打扰他，也不说话得罪他，任劳任怨地赚钱供养他，一直过了四十天。

到了第四十一天，不幸艾比·绥尔患病，无力支持，便托门房代买食物。在四天内，艾比·凯尔仍然吃饱就睡觉。之后，艾比·绥尔的病势日益沉重，陷于昏迷状态，人事不知。艾比·凯尔没有吃的喝的，饿得要命，迫不得已，只好起床，看有什么可吃的。他搜检艾比·绥尔的衣服，发现袋中的钱包，便掏出来，偷了钱，悄然锁上房门，逃之大吉。

艾比·凯尔觐见国王

艾比·凯尔身穿一套华丽衣服，溜了出去，在城中溜达，见城市无比美丽，城中人都穿白色或蓝色衣服，没有别的颜色。他到一家洗染坊门前，见里面的衣服、布帛全是蓝色。他掏出手帕，递给老板，说道：“请替我染一染这块手帕；该多少工钱，我付给你。”

“染这块手帕，你得花二十块钱。”

“在我们家乡，染这块手帕，花两块钱就行了。”

“那拿到你们家乡去染好了；我们这儿，非二十块钱不染，一个子儿不能少。”

“你能染什么颜色呢？”

“蓝色。”

“替我染成红色吧。”

“我不会染红色。”

"染绿色吧。"

"绿色我也不会染。"

"黄色呢?"

"也不会。"

艾比·凯尔接二连三,一口气数出各种颜色,染匠都不会染,说道:"我们这儿,不多不少,共有四十个染匠。这四十人中谁死了,我们就教他的儿子洗染,让他继承他父亲的职业。没有子嗣的,我们宁缺毋滥,不要补足这个数字。如果死者有两个儿子,我们只教大儿子洗染,要等他死掉,我们才教他弟弟。我们做这种职业,向来很认真;我们只染蓝色,别的颜色我们都不会染。"

"你要知道,我也是一个染匠,我会染各式各样的颜色。现在我打算当你的一个雇工,教你染各种颜色,以便你拿它在全体同行面前去夸耀。"

"我们这行业决不收容外乡人。"

"你另开一间染坊,由我去经营如何?"

"那是绝对办不到的。"

艾比·凯尔离开染坊老板,奔到第二家染坊去找出路;可是他得到的答复,跟第一个染匠说的完全一样。他不服气,鼓着勇气,继续把城中四十家染坊的老板都访问过了,但谁也不肯雇用他,也不聘他当师傅。最后他找到染匠头子,自我介绍。结果染匠头子对他说:"我们这种行业,向来不收外乡人。"

艾比·凯尔非常失望,感到无限愤恨,气得死去活来。他不顾一切,直接跑到王宫里,求见国王,要向国王诉苦。国王接见他。他对国王说:"启禀主上,我是个异乡人,向来从事洗染工作。我找过城中的染匠,打算跟他们合作,可是他们都拒绝我。我会染红色中的玫瑰色、紫色;绿色中的草叶色、阿月浑子色、菜油色、鹦鹉色;黑色中的炭色、眼药色;黄色中的香橙色、柠檬色。"他一口气数出各式各样的颜色,接着说道:"主上,这些颜色,城中的染匠谁都不会染,他们只会染蓝色,可是他们既不聘我做他们的师傅,也不肯雇我做他们的佣工。"

"你说得对;别靠他们,我替你建筑一所染坊,并供给你本钱;谁妨碍你,便把他吊死在他铺前。"国王说着,马上召集建筑师,吩咐道:"你们跟这位大师傅去城中察看,凡是他看中的地方,无论是铺面所在地也好,旅店所在地也好,必须叫原主搬走,替他就地建筑一所染坊。他怎么吩咐你们,你们就怎么办,千万别违背他的命令。"

国王赏艾比·凯尔一套华丽宫服,并给他一千金币,说道:"你拿去使用,等染坊建成以后再说。"同时还赏他一匹鞍辔齐全的骏马和两个奴仆。艾比·凯尔穿上宫服,骑着骏马,身边有奴仆伺候,俨然成为一名官员。

国王替艾比·凯尔建筑染坊

国王优待艾比·凯尔,腾出一间宫室,布置起来,供他住宿。第二天,艾比·凯尔骑马随工程师一起去城中察看,物色建筑基地。他们仔细察看之后,看中一处适中地方,艾比·凯尔指着说:"这地区不错,我很满意。"

工程师把房主叫出来,带到宫中。国王超出房主的愿望,花了一笔大款,买下那块地基,然后大兴土木,鸠工建筑。工人按照艾比·凯尔的指示和愿望,终于建成一所规模无比庄丽的染坊。艾比·凯尔向国王报告染坊落成,只缺资本购备器材的消息。国王慨然解囊,说道:"给你四千金币,拿去做本钱吧。现在我等着看你经营的结果呢。"

艾比·凯尔带着本钱,去到市中,见蓝颜料很多,价钱非常便宜。他收集各种染料、器材,配备成各种颜料,首先替国王染了五百尺各种颜色的布帛,晾在染坊门前。那是本地人从来没见过的奇迹,惹得过路人都挤在染坊门前参观,问道:"大师傅,告诉我们吧,这都是些什么颜色呀?"

"这是红色,这是黄色,这是绿色……"艾比·凯尔向观众解释。

于是送布帛、衣服来洗染的人,络绎不绝,大家都指着自己心爱的颜色对他说:"替我们染成这种颜色吧,要多少工资,我们都付给你。"

艾比·凯尔把染好的布帛送到宫中,国王看见各种鲜艳夺目的颜色,十分欢喜,加倍赏赐他。从此,所有的官宦人家都送衣服、布帛去洗染,嘱咐他:"照这种颜色给我们洗染吧。"

他根据各人爱好的颜色替他们洗染,博得大家的欢欣,都把金币、银圆扔给他。从此,他的名声一下子传开了,人们称他的染坊为"王家染坊"。于是他名利双收,一跃而成为名人,城中的染匠都没有资格同他交谈,大家卑躬屈膝、低声下气地巴结他,吻他的手,向他请罪,愿意听他使唤,异口同声地对他说:"收留我们做你的仆人吧!"他却不原谅他们,也不接受他们的请求,因为他赚了大钱,奴仆成群,已经成为大富翁了。

艾比·绥尔恢复健康

艾比·凯尔偷了艾比·绥尔的钱,锁上房门逃跑之后,艾比·绥尔被关在房中,昏迷不醒,整整躺了三天。门房打他房前经过,见房门锁着,到日落时候,还不见他们回来。他不了解个中情况,暗自说道:"也许他们不付店账就走了! 或者死了! 或者发生什么意外了!"他走到房门前,见门锁着,隐约听见房内理发师的呻吟声。他仔细察看,见钥匙挂在门闩上,便开门进去,见理发师卧病不起,觉得可怜,安慰道:"不要紧的,好生养病吧。你的伙伴呢?"

"指真主起誓,我病倒了,直至今天才清醒过来;我一直叫喊,却没有人应声。弟兄,我向你起誓,我饿极了;请把我枕头下面的钱袋拿出来,取两块半钱,给我买点饮食吃吧。"

门房把手伸到枕头下面取出钱袋,一看,里面空空如也,什么都没有。他对艾比·绥尔说:"钱袋空着哪,一文钱也没有。"

艾比·绥尔知道钱被艾比·凯尔偷走,问道:"你见我的伙伴没有?"

"整整三天不见他了;当初我还以为你们一同走了。"

"我们没有走,不过那个家伙贪财,他趁我病倒,把我的钱给偷了。"艾比·绥尔说着,呜呜地伤心哭泣起来。

"不要紧;他的这种坏行为,让真主去收拾他吧。"门房安慰他,赶忙煮一碗汤给他喝,并热情地服侍他,拿自己的钱买饮食供他吃喝。经过两个月的调养,他的健康才逐渐恢复。他能起床走动,满心欢喜,对门房说:"等我有力气的时候,我要报答你的恩情；不过你的恩情太重，只有真主才能报答你。"

"赞美真主！你痊愈了；我服侍你，是看真主的情面呢。"

艾比·绥尔去艾比·凯尔的染坊

理发师艾比·绥尔走出旅店，到大街上走走，无意间来到艾比·凯尔的染坊门前，抬头看见各种颜色的布帛，门前挤满了人。他向一个本地人打听消息，问道："这是什么地方？人们挤在这儿干什么？"

"这叫王家染坊，是国王替一个叫艾比·凯尔的外乡人建筑的。从开张以来，他每染出一种颜色，我们便来参观、欣赏。我们本地的染匠都不会染这些颜色，因此，他的身价就比一般染匠高出十倍……"那个本地人说着，还把艾比·凯尔同染匠们之间的商讨，向国王诉苦，国王替他建筑染坊的经过，供给他本钱等等，从头到尾，详细叙述一遍。艾比·绥尔听了，满心欢喜，悄悄地暗自说："赞美真主！是他替他开辟出路，使他成为大师傅呀。原谅他吧，也许他忙着洗染，才忘记你呢。他失业期间你帮助过他，并且非常尊敬他，因此，他什么时候碰见你，会感觉快乐，会尊敬你，报答你的恩情的。"

他挤到染坊门前，见艾比·凯尔坐在高柜台面前，身穿考究的宫服，好像一个有权势的宰相，又像一个骄傲的国王，正在那里指手画脚地发号施令。他身边有四个奴仆和四个听差，诚惶诚恐地伺候他，听他使唤。里面还有十个学会洗染的奴仆，正在忙着洗染。

艾比·凯尔打骂、驱逐艾比·绥尔

艾比·绥尔怀着满腔热情、希望，走进染坊，来到艾比·凯尔面前，以为艾比·凯尔见他时，一定感觉快乐，会问候他，尊敬他，关怀他。可是事情恰恰相反，当他们的视线碰在一起的时候，艾比·凯尔板着面孔，骂道："你这个肮脏家伙！我不是多少次警告你别到我柜台前来吗？你这个强盗！难道你要当众揭我的底吗？你们给我把他抓起来吧！"他骂完呼唤一声，奴仆们应声拥到艾比·绥尔面前，抓住他不放。艾比·凯尔这才慢吞吞地站了起来，拿着拐杖，吩咐道："把他摔倒！"

奴仆们遵从命令，摔倒艾比·绥尔。艾比·凯尔举起拐杖，在他背上一口气打了一百棍，然后吩咐奴仆，把他翻转过来，继续不停地在他肚子上打了一百棍，这才气势汹汹地骂道："你这个肮脏、愚昧的家伙！从今以后，你再到我染坊门前来，我立刻送你进宫，让国王命令省长杀死你。滚你的吧，真主不会给你好道路走的。"

艾比·绥尔挨了辱骂、鞭挞，感到万分伤心、痛苦，怀着悲痛的心情走出染坊。当时在场的人觉得奇怪，都向艾比·凯尔打听情况，问道："这个人到底是做什么的？"

"他是盗窃布帛的小偷，他多次偷我染坊中的布帛；我心软，看他穷苦，不肯追究，宁可替他赔偿，并好言劝诫他，可是他老不觉悟。以后他再来，我就不客气，要把他送进宫去，让国王杀掉他，免得别人受他的害。"

人们听了艾比·凯尔的解释，都咒骂艾比·绥尔。

艾比·绥尔觐见国王,请求建筑澡堂

艾比·绥尔一步一哼,回到旅店,想着艾比·凯尔残酷无情地对待他,愤恨到极点。他躲在店中,直到把伤养好,才走出店门,来到大街上,打算找澡堂洗澡。他向行人打听,问道:"弟兄,上澡堂洗澡怎么走?"

"什么叫澡堂呀?"行人不知澡堂,反而问他。

"那是为洗澡而设的建筑,让人到里面去洗掉身上的污垢,是讲究清洁卫生最好不过的方法呢。"

"那你应当到海里去洗。"

"我打算上澡堂去洗。"

"我们不懂澡堂是什么;我们都是去海里洗澡的,甚至于国王要洗澡,他也得到海里去洗。"

艾比·绥尔知道城中没有澡堂,本地人都不知道澡堂是什么,有什么用途,于是他上王宫去,求见国王,跪在国王面前,吻了地面,祝福、赞颂一番,然后说:"我是做澡堂工作的一个异乡人;我进城来,打算去澡堂洗澡,可是城中一座澡堂都没有。像这样美丽可爱的城市,怎么没有澡堂设备呢?何况洗澡是人生最舒服不过的享受呢!"

"澡堂到底是什么?"国王问他。

他向国王解说一番,接着说道:"没有澡堂设备,这座城市是不可能称为尽善尽美的。"

"欢迎你!"国王表示欢喜,赏他一套无比美好的宫服,一匹骏马和两个奴仆供他使唤,并给他收拾一幢宫室,打发四个婢女、两个男仆伺候他,对他尊敬备至,比对艾比·凯尔有过

之无不及。同时他还派建筑师随他去城中察看,吩咐他们:
"他看中什么地区,就在那儿替他建筑澡堂好了。"

艾比·绥尔和建筑师去城中察看,物色基地。他在适中地区看上一块地方,亲自指挥,建筑师遵照他的意旨,大兴土木,鸠工建成一幢无比壮观的澡堂,并照他的指示油漆、彩画得金碧辉煌,光彩夺目。建筑落成后,他谒见国王,报告情况,最后说道:"万事俱备,只欠内部陈设了。"

国王给他一万金币,他拿去购置摆设,把澡堂布置得堂皇富丽,洁白的浴巾一排排挂在绳上,紧张地准备开张、营业。当时所有打澡堂门前经过的人,看见内部的陈设、彩画,都感觉惊奇,人人称羡,于是一传十、十传百,人们争先恐后,前来参观他们生平没有见过的新奇事物,挤得水泄不通,大家都指着问:"这是什么?"

"这是澡堂。"艾比·绥尔告诉他们,并把热水放到浴池里,愈发吸引了观众。他还亲自动手替国王派给他的十个活泼、伶俐的年轻小伙子擦背、按摩,吩咐他们:"今后你们就这样替洗澡的人按摩吧。"

一切准备妥帖以后,艾比·绥尔烧了香炉,派人到城中去宣传,大声叫道:"王家澡堂开张了,恭请光临,都上那儿洗澡去吧!"

人们听了宣传,络绎不绝地上澡堂去洗澡。艾比·绥尔吩咐奴仆替他们擦背,让他们到热水浴池中去冲洗;洗毕,再替他们按摩。在开张的头三天内,免费招待客人洗澡,因而澡堂门庭若市,洗澡的人出出进进,车水马龙,空前热闹。

国王去澡堂洗澡，感到快乐兴奋

王家澡堂开张后的第四天，国王率领朝臣，骑马去澡堂洗澡。艾比·绥尔殷勤招待，亲手替国王擦背，把他身上的污秽一条条搓下来拿给他看，彻底清除他身上的积秽，一下子把他洗得光泽洁白。国王伸手一摸肚皮，便发出咯吱咯吱的响声，心中感到无限的乐趣。

擦洗毕，艾比·绥尔洒玫瑰水在浴池中，让国王下去泡洗一番，然后请他坐在堂屋里，吩咐奴仆替他按摩。这当儿，香炉中焚着沉香，室内充满芬芳气味，国王顿觉精神焕发，一身轻松愉快，抑制不住快慰心情，欣然问道："大师傅，这就是澡堂吗？"

"不错，这就是澡堂。"艾比·绥尔毕恭毕敬地回答。

"指我的头颅起誓，我这座城市，从有这所澡堂之后，才算真正成为一座城市呢。我来问你：今天你打算从洗澡的人头上收多少费用？"

"主上命我收多少，我便收多少吧。"

"好，凡来洗澡的，每人收他一千金好了。"

"饶恕我吧，主上！人们有穷有富，情况不同。如果我向每个洗澡的人收一千金，那会叫澡堂关门的；因为穷人出不起一千金，他们就不来洗澡了。"

"那你打算怎么办呢？"

"我要根据人们不同的情况分别收费，一切从实际出发，能出多少的，我就收多少；这样，人们不分穷富，都有机会来洗澡，穷人少收，富人多收；这种办法，可以保证天天有人来洗澡,川流不息,澡堂事业可以蒸蒸日上。至于收一千金的办法,那是王公大臣们的施舍方法,不是每个普通人可以做得到的。"

国王和朝臣赏赐艾比·绥尔

艾比·绥尔关于收费的办法,博得朝臣们的赞同、拥护,大家异口同声地向国王说:"主上,他的办法是正确可行的;莫非主上以为老百姓都像陛下这样豪富吗?"

"你们的话虽然不错,但这位异乡人的情况不好,我们应当尊敬他,因为他在我们城里创办了我们生平没见过的澡堂,给我们的城市带来光辉,这是一桩了不起的大事情,因此,我们用提高收费的办法来尊敬他,这不算过分嘛。"

"陛下要尊敬他,请拿自己的钱赏赐他吧。为了争取民众的拥护、爱戴,陛下救济穷人,向来不超过洗澡费嘛。至于一千金的收费规定,身为达官贵人的我们也不愿出,穷苦大众又怎么能出呢?"

"朝臣们,这次你们每人给他一百金,并送他男女奴仆各一人好吗?"

"我们可以给他这个数目;不过今后我们再来洗澡,那就按各人的意愿随便给他吧。"

"那没有关系。"国王同意他们的建议。

于是朝臣们纷纷解囊,每人给艾比·绥尔一百金,并男女奴仆各一人。当日随国王去澡堂洗澡的文武官员共计四百人,因而他们共给他四万金,奴婢各四百人。此外,国王本人又给他一百金,奴婢各十人。艾比·绥尔受宠若惊,怀着感激心情,跪在国王面前,吻了地面,说道:"英明、幸运的国王啊!我哪儿有这么宽的地方收容这许多奴婢呢?"

"我这样吩咐朝臣们,只希望凑笔大款给你。因为你是异乡人,也许你思恋家乡,惦念眷属,要回家乡去,那时节,你从敝国带一笔巨款回去,就可以过一辈子幸福生活了。"

"主上,愿真主关照陛下!这么多的奴婢,只有王公大臣才需要他们;如果陛下吩咐官员们赏我现款,那我得到的实惠,比给我这支部队就多得多了;因为他们需要穿、吃,我赚的钱是不够供养他们的。"

"指真主起誓,你说得对。"国王笑了一笑说,"他们的确够组成一支庞大的队伍了,你养不活他们。你愿意把他们每人以一百金币的代价转卖给我吗?"

"以这个价钱,我愿意转卖他们。"

国王派人到国库中,取来金币,兑给艾比·绥尔,然后把奴婢归还他们的主子,对官员们说:"这是我送给你们的礼物,凡认识自己奴婢的人,快来领取吧。"

文武官员遵命领回他们的奴婢,艾比·绥尔顿时觉得一身轻松,怀着十分感激的心情,说道:"主上,像陛下把我打这些嗷嗷待哺的奴婢群中解救出来那样,愿真主解救陛下。"

听了艾比·绥尔的感谢之言,国王大笑一阵,率领朝臣欣然归去。

王后、船长和普通人去澡堂中洗澡

艾比·绥尔数过国王和官员赏他的金币,小心封存起来,舒舒服服地过了一宿。第二天正式开张营业,派人到街上宣传,说道:"凡到澡堂中洗澡的人,可以根据自己的经济能力,随意交费。"于是人们相率去澡堂中洗澡,络绎不绝,每人都按照自己的经济能力自愿交费。艾比·绥尔坐在柜台上收钱,生意很好,还不到天黑,钱柜就装满了。

王后要去澡堂中洗澡,艾比·绥尔诚惶诚恐地准备欢迎,因而把洗澡时间分为两段:从黎明到正午招待男人,从正午至日落招待妇女。他认真训练女仆,使她们成为熟练的女招待员。王后来时,她们殷勤伺候。王后很感兴趣,慨然付出一千金的洗澡费。洗毕,她觉得心旷神怡,非常满意。从此,艾比·绥尔的声誉传遍全城。他本人和蔼可亲,去洗澡的人,无论贫富,备受尊敬,因而他不仅收入增加,而且交游日广,结识了很多官宦,彼此交情很好。每逢礼拜五,国王都上澡堂去洗澡,每次给他一千金,其余的日子,让官吏和老百姓去洗。艾比·绥尔极尽招待的能事,尽量使顾客满意、快乐。有一天,御船的船长上澡堂去洗澡,艾比·绥尔殷勤招待,亲自替他擦背,表示格外谦恭、友善,招待咖啡茶水,并拒收洗澡费。船长蒙他亲切优待,深受感动,非常感激,对他的为人,留下很好的印象。

艾比·凯尔上澡堂去洗澡及其阴谋

艾比·凯尔经常听到人们关于澡堂的谈论;朋友见面时,总要向对方说:"上澡堂是人间最大的享受;若是真主意愿,明天咱们弟兄约着上可贵的澡堂洗澡去。"听了人们的谈论,艾比·凯尔对自己说:"我得像别人那样,非去看看那所迷人的澡堂不可。"于是他穿上最华丽的服装,衣冠楚楚地骑着骡子,由八个奴仆簇拥着,上澡堂去。刚到澡堂门前,就闻到沉香的芬芳,看见人们出的出,进的进,澡堂中挤满了官宦和老百姓。他走进澡堂。艾比·绥尔一见他,便起身招呼,感觉愉快。

"难道你这是正人君子的本色吗?"他对艾比·绥尔说,"我开了一所染坊,我是城中闻名的大染师,我还结识了国王,自己管理洗染事业,唤奴使婢,丰衣足食,过幸福生活,你却不来看我,不问一问我的信息,也没打听一下知心伙伴流落到什么地方。我去找你,可是找不到;我打发奴仆上旅店和别的地方去找你,可是他们不知道你在什么地方。你的消息,半点也打听不到。"

"我没有找过你吗? 你不是当着众人的面把我当贼打骂吗?"

"你这是什么话呢?"艾比·凯尔装出惊惶、忧愁的神态,"莫非被我打骂的那个人就是你吗?"

"一点也不错;挨你打骂的就是我本人。"

艾比·凯尔唉声叹气,赌咒发誓,推说是误会,当时没有把他认清。他强调说:"有一个相貌像你的人,天天溜进我的染坊,偷窃人家送来洗染的布帛,因此我把你错看成小偷了。"他拍着手,表示十分悔恨,"全无办法,只盼伟大的真主挽救了! 我们亏待你,但愿当时你告诉我你是某人,那该有多好啊! 这桩事你应该负一部分责任,因为你没有对我说清楚你是谁,当时我忙得不可开交嘛。"

"弟兄,真主宽恕你了。这是生前注定的。来呀! 脱掉衣服,洗个澡,舒畅你的肌肉吧。"

"指真主起誓,老兄! 你饶恕我吗?"

"那是生前注定该我倒霉,因此真主宽恕你,勾销你的责任了。"

"你是怎样兴办这种事业的呢?"

"也是给你开路的那个人替我开辟的路子呀。这是我求见国王,陈述建设澡堂的必要,他就替我建筑了这座澡堂。"

"像你认识国王那样,我也是结识了他。若是真主意愿,我得请求国王看我的面子加倍爱护你、尊敬你,因为他还不知道你是我的伙伴呢。我要告诉他你是我的伙伴,还要把你托付给他呢。"

"用不着你托付了。我同国王之间感情很好,他和朝中的文武百官都关心我、照顾我,给过我许多赏赐。来吧!脱掉衣服,挂在柜台后面,进浴室洗澡去;我陪你一块儿到里面替你擦背。"

艾比·凯尔脱了衣服,艾比·绥尔陪他进浴室去,殷勤伺候,热情地替他擦背、冲洗。洗毕,又招待茶水、饭菜。他对朋友无上的敬意,使得顾客感觉惊奇、诧异。临了,艾比·凯尔预备给他洗澡费,他发誓拒收,说道:"这点小事情,你也要认真,劝你害臊些吧!我们是朋友,彼此之间没有什么分别嘛。"

"老兄!指真主起誓,这座澡堂伟大极了,可是还有美中不足的地方呢。"

"何以见得?"

"拿砒霜混石灰配制的药剂,是最好不过的拔毛药。你制成这种药剂,待国王来洗澡时,献给他,告诉他怎样拔毛,这会使他更加爱护你、尊敬你。"

"你说得对。若是真主意愿,我照配就是。"

艾比·凯尔在国王面前谗害艾比·绥尔

艾比·凯尔出了澡堂,骑骡径往王宫,谒见国王,对国王说:"主上,奴婢进忠言来了。"

"你有什么忠言可进的?"国王问。

"据说陛下建了一所澡堂,这是真事吗?"

"不错;有个异乡人来见我,我像替你建筑染坊那样,为他建筑了一所澡堂。那澡堂规模不小,非常富丽堂皇,给我的城市带来不少光彩呢。"他津津有味地叙述澡堂的好处。

"陛下去过澡堂没有?"

"去过。"

"赞美真主! 是他保佑陛下不受那个肮脏、叛教的澡堂主人的毒害啊。"

"他是干什么的?"

"你要知道,主上,要是今后你再去澡堂,那就非受害不可了。"

"为什么?"

"因为那个澡堂主人是你的仇敌,他是一个叛教徒。他求你给他建筑那座澡堂,目的是要在里面毒害你。他配一种毒药,等你上澡堂洗澡时拿给你用。他将对你说:'把它涂在腋下,最容易把毛拔掉。'其实那不是什么拔毛药,而是一种致人死命的毒素。因为基督教国王曾经应许那个卑鄙家伙,待他毒死陛下,便释放他的妻室儿女。原因是他的妻室儿女落在基督教国王手中,成为他的俘虏。当初我也跟他们在一起被俘。后来我开了染坊,替那些异教徒洗染,他们可怜我,替我说情,请求赦免。那国王问我:'你希望什么?'我求他恢复我的自由,因而获得释放,才流浪到这儿来的。那天我在澡堂中看见他,问道:'你是怎么恢复自由的?你的妻室儿女呢?''我和我的老婆儿女依然在做俘虏哪!'他说,'有一天基督教国王开堂审判,我和犯人在一起受审,听官员们谈论这个国家的时候,国王喟然长叹,说道:"世界上我只受那个国王的威胁了。如果有人能用计谋,杀掉那个国王,那他要什么我就赏他什么。"我趁机走到国王面前,说道:"如果我用计谋替陛下杀掉那个国王,陛下能释放我和我的妻室儿女、恢复我们的自由吗?""对;我会释放你们,而且你要什么我都给你。"国王说。我于是同意替他行刺,他才派船送我到这儿来。我见过国王,他替我建筑这所澡堂。现在万事俱备,只需杀掉这个国王,赶去求国王践约,恢复妻室儿女的自由,此外还要领取奖赏呢。'我问他:'你预备用什么计策谋害国王呢?'他说:'计策是最简单不过的;因为国王还要上澡堂来洗澡,我已经为他配了一种毒药,待他来时,我献给他,并对他说:"请用这种拔毛药吧,它的功效显著极了。"待他一涂抹,毒素渗入体内,发生变化,包管一昼夜内,毒素便浸入他的心脏。他一倒下,就万事大吉了。'听了他的谈话,我十分替陛下担忧。陛下待我太好,为了报答王恩,我才前来告密的呢。"

听了艾比·凯尔的谗言,国王非常生气,吩咐道:"你认真保守秘密吧!"于是命令侍从,陪他上澡堂去洗澡,打算亲身去体验一下,以便证实是否属实。

国王命船长淹死艾比·绥尔，艾比·绥尔获救

国王上澡堂去洗澡，艾比·绥尔殷勤招待，赶忙脱掉衣服，卖力替国王擦背，辛勤地替他冲洗，然后对他说："启禀主上，奴才配了一种拔毛药，专供陛下浴后去除腋毛之用。"

"好啊，给我拿来吧。"国王表示愿意试用。

艾比·绥尔诚诚恳恳地把拔毛药献给国王。国王一看，嗅到药中的气味，认定是毒药，因而大发雷霆，吼叫起来，吩咐侍从："快把他逮捕起来！"

侍从遵命，当场逮捕了艾比·绥尔。国王怒气冲冲，走出浴室，匆匆穿衣整冠，马上召集侍卫，发号施令，命带上艾比·绥尔。当时谁也不知道国王为什么生气，由于他过于愤怒，人们面面相觑，谁都不敢过问。直到艾比·绥尔被绑到他面前，他才吩咐唤来御船船长，对他说："给我把这个卑鄙、讨厌的家伙带去，拿个大麻袋，把他和二百磅石灰一齐装在袋中，扎起袋口，用小船运到宫殿下面，等候执行我的命令。你听到我的命令时，立刻把他抛到海里，活活地烧死他、淹死他。"

"听明白了，遵命就是。"船长应诺着带艾比·绥尔去到一个小岛上，对他说："喂！你这个人呀！我上你的澡堂去洗过一次澡，蒙你看重，殷勤厚待，极尽东道主之谊，并拒绝收费，使我感到无限愉快。从那时起我心里一直留下很好的印象，非常钦佩你的为人。告诉我吧，你和国王之间究竟发生了什么纠葛？你什么地方得罪了他，致使他恼恨你，并命我这样处置你？"

"指真主起誓，我什么也没有做，我也不知道我犯了什么

罪过应得这样的处分。"

"你在国王尊前有崇高的地位,这是前人从来没有过的。大凡受到恩赏的人,往往易遭他人嫉妒;国王给你的这种恩宠,也许惹人眼红,对你怀恨、嫉妒,进而造谣生事,在国王面前进谗中伤,才惹国王这么痛恨你。不过这种事无关紧要,我欢迎你,像你不认识我而尊敬我那样,我要援救你,让你跟我一起住在这个岛上,等有船只开往你的家乡,我再送你走。"

艾比·绥尔打鱼,获得国王的宝石戒指

艾比·绥尔受到船长的庇护,亲切地吻他的手,表示对他衷心感谢。船长为了交代差事,积极准备石灰,装在大麻袋中,同时把一块跟人体一般大的石头放在里面,自言自语地说道:"我托庇真主了!"他于是给艾比·绥尔一张网,吩咐道:"你拿去撒在海中,也许能打到鱼儿呢。告诉你吧,我负着打鱼供国王食用的职务,但今天为你遭遇祸事,我没有工夫去打鱼,惟恐到时候厨师派人来取鱼而没有鱼交给他们,那就糟了。如果你能打到鱼拿来应付他们,我就可以抽空去宫殿下面装装样子,表示把你抛在海中了。"

"那我去打鱼好了;你去吧,真主会援助你的。"

船长把装着石灰和石头的麻袋搬到小船中,划到宫殿附近,见国王坐在临海的宫窗前面。他高声问道:"主上!我该抛他了吗?"

"对,你抛吧!"国王吩咐,举起戴着宝石戒指的右手一挥,便有一道闪光从他的手指划到海面,他一怔,立刻把头缩进,呆然一动也不动。原来他挥手发号施令时,那个使他得到

统率三军的权威的宝石戒指已经脱指落到海中。他不能够宣布失落戒指的消息,怕军队起来反叛他而遭杀身之祸,只好默不作声。

艾比·绥尔遵从船长的指示,把网撒在海中,一下子就打到满满的一网鱼儿。继而他再接再厉,一而再,再而三,不停地张网打鱼,终于打了一大堆鱼摆在岸上。他望着那么多鱼,暗自说:"指真主起誓,好久我没尝到鱼味了。"于是他从鱼堆里挑了一尾又大又肥的,想道:"等船长回来,我叫他煎这尾鱼给我吃。"他思量着,抽刀插入腮帮子,剖开鱼腹,发现鱼肚里有个宝石戒指,便取出来,戴在右手的小拇指上。这就是国王的宝石戒指,当他挥手发号施令时,脱指落到海中,被那尾大鱼吞到肚里,漫游到海岛附近,最后落在艾比·绥尔的网中被捕。艾比·绥尔却茫然不知原委。恰巧这时候,有两个奴仆奉御用厨师的命令前来取鱼,一直走到艾比·绥尔面前,问道:"喂!请问船长上哪儿去了?"

"我不知道。"艾比·绥尔回答,并举手示意。

他刚举手示意的一刹那,那两个奴仆的脑袋顿时就离开脖子,落到地上。他看到那种情景,感到万分惊奇,喟然叹道:"哟!你瞧,是谁杀死了他们呢?"他陷于迷惘、困惑中,沉思默想,一直在寻思其中的秘密。

船长对艾比·绥尔解说戒指的特性

船长应付着完成了国王给他的任务,急急忙忙回到岛上,一眼看见岸上摆着大堆鱼儿,看见被杀的两具尸体,也看见艾比·绥尔手上戴着的宝石戒指,不禁大吃一惊,赶忙大声嘱咐艾比·绥尔:"老兄!你指上戴着戒指的那只尊手,千万别动。因为你一动,我的生命就完结了。"他边嘱咐,边走到艾比·绥尔面前,问道:"是谁杀死这两个奴仆的?"

"指真主起誓,弟兄,我一点也不知道。"

"你说得对;告诉我吧,你打哪儿弄来的这个宝石戒指?"

"打这尾大鱼肚中剖出来的。"

"你说得对;我曾见一件东西闪着亮光从王宫中一直落到海里,那是当我等待执行任务,国王在宫窗前命我:'抛下他吧。'并举手示意的时候,这戒指从他手上脱指落到海里,被这尾大鱼当食物吞掉,最后游到这儿落网,终于叫你把它打捞起来了。这是你的福分哪!可是你知道这个戒指的特性吗?"

"我不知道它有什么特性。"

"你要知道,我们国王能够统辖三军,军队之所以服从、效命于他,那全是慑于这个戒指的缘故。因为它受过魔法,能够大显神通。因此,当国王讨厌谁,存心要消灭他的时候,只需举手一指,被指者的脑袋马上就跟他的身体分家,因为戒指里闪出一股电光,光线射到被憎恨者的身上,对方立刻就被杀死。"

"那么请你带我进城去吧!"艾比·绥尔十分兴奋。

"好,我带你去,现在我没有什么可替你担心的了。因为你如果有意杀国王,只需举手一指,马上就可以消灭他。如果你存心杀死国王,消灭他的军队,你的愿望也可以马上实现,这是风雨无阻的。"

船长满足艾比·绥尔的要求,让他乘上小船,欣然划着送他进城。

艾比·绥尔带宝石戒指觐见国王

到了城中，艾比·绥尔进宫求见，见国王坐在宝座上，有朝臣伺候，警卫森严，只是国王本人因遗失宝石戒指，愁容满面，闷闷不乐，默然不语，不敢向任何人宣布遗失戒指的秘密。艾比·绥尔一直来到国王面前，国王抬头见他，大吃一惊，问道："你不是被我们抛在海里淹死了吗？你是怎么搞的？怎么又活回来了？"

"启禀主上，当陛下判我死刑的时候，船长带我去小岛上，向我打听陛下生气的原因，他说：'你什么地方得罪了他，致使他恼恨你，命我这样处置你？'我说：'指真主起誓，我什么也没有做，我也不知道我犯了什么罪过而应得这样的处分。'他说：'你在国王面前有崇高的地位，也许有谁嫉妒你，在国王面前进谗中伤，这才惹国王这么痛恨你。我上你澡堂去洗过澡，备受你的尊敬；为了报答你的恩情，我要解救你，想办法送你回家。'于是他拿跟我一般大的一块石头，装在麻袋中，做了我的替身，当陛下的面，在宫窗下投到海里。可是当陛下举手下令的时候，这个宝石戒指从陛下的手上脱指落到海中，被一尾大鱼吞掉。之后，我在岛上打鱼，那尾大鱼落网，跟其他的鱼一起被我打了起来。我选择那尾大鱼，预备洗了拿去煎吃。当我剖开鱼肚，发现这个宝石戒指，便取出来，戴在自己的手指上。其后，御用厨师的两个差役前来取鱼，我不明白戒指的特性，向他们举手示意，想不到两个差役竟活生生地被杀死。往后，船长回到岛上，发现我手上戴着的宝石戒指，给我讲明底细。由于陛下优待我，使我得到生平仅有的最好际遇,因此我戴戒指见你来了。喏,这是你的宝石戒指,请你收下吧。假若我有什么冒犯你的地方,罪不容诛,那么请陛下宣布我的罪状,然后执行王法,那是理所应当的,我自己毫无怨言。”

艾比·绥尔把宝石戒指从自己的手指上脱了下来,递给国王。国王看到艾比·绥尔做的好事,收下戒指,戴在自己的手指上,霎时恢复了神气,跳将起来,抱住艾比·绥尔不放,用感激涕零的口吻说:“你真是一位正人君子,我冤枉你了,请你原谅我,饶恕我吧。老实说,这个戒指如果落在别人手里,它一定不会再回到我手里来的。”

艾比·绥尔揭穿艾比·凯尔的阴谋

“主上,”艾比·绥尔对国王说,“你如果要我谅解,那么请把我触怒你而该处死的罪状告诉我吧。”

“指真主起誓!从你归还戒指这桩好事来看,我确信你是清白无罪的;可是事情弄得这么糟,那只是因为洗染匠对我说……”于是他把艾比·凯尔的谗言和盘托出,全都告诉了艾比·绥尔。

“指真主起誓!主上,我并不认识任何基督教国王;我生平没有到什么基督教国家去过;我压根儿没意识到要谋害陛下。可是那个洗染匠,他原是我的伙伴,在亚历山大城中我们彼此是邻居。只因那里生活萧条,没有生意,我们才约着一起离乡背井,出来谋生。当初我们一起朗诵《古兰经》开宗明义第一章,彼此约法三章,同意在旅行期间有事做的人,应照顾失业者的生活,彼此关怀,互助合作……”于是他不惜言辞,把他跟艾比·凯尔在一起的遭遇,钱被偷,被遗弃在旅店中,见艾比·凯尔在染坊中当老板,进染坊去问候艾比·凯尔,被他当小偷尽情打骂侮辱的经过等等,从头到尾,详细叙述一遍,最后说道:"主上,原是艾比·凯尔他向我建议说:'你配上一剂拔毛药,供国王使用吧。因为你的澡堂设备得非常齐备,只缺少拔毛药了,这是美中不足的地方哪。'主上,你要知道,拔毛药并不会伤人,在我们地方,它是澡堂中必不可少的设备,当初只怪我忘了这桩事情。后来是那个洗染匠上澡堂来洗澡,我尊重他,抬举他,他才提醒我的呢。现在恳求主上派人把旅店的门房和染坊中的仆役都找来,向他们打听情况,就明白我的遭遇了。"

国王生艾比·凯尔的气

国王果然派人唤来旅店的门房和染坊的仆役,仔细盘问,了解情况。结果,门房和仆役都照实招供,支持艾比·绥尔,证明他的遭遇都是事实。国王派人前去捉拿艾比·凯尔,吩咐说:"把他赤脚露头地绑来见我!"

当时,艾比·凯尔正因艾比·绥尔被害而幸灾乐祸,得意忘形的时候,国王的差役突然冲进屋去,出其不意地袭击他,打了他的脖子,再把他绑起来,枷锁锒铛地解到王宫。他见到艾比·绥尔坐在国王面前,旅店中的门房和他自己的仆役都站在他身旁,同时他听见门房指着艾比·绥尔问他:"这位不是你的伙伴吗?你不是偷了他的钱,把他一个生病的人扔在店中让我伺候他的吗?"接着他自己的仆役问道:"这不是你吩咐我们抓住他,把他打了一顿的那个人吗?"

听了门房和仆役们的质问,国王知道艾比·凯尔心术不正,品质太坏,应该受到严厉的处分,因而吩咐差役:"带他去游街示众,再把他和石灰装在麻袋中,投到海里烧死淹死他吧。"

"恳求主上,看我的情面饶恕他吧!"艾比·绥尔向国王替艾比·凯尔说情,"他对不住我的地方,我都原谅他了。"

"你固然有权利原谅他对不住你的地方,我可不能饶恕他作奸犯科的罪行。"国王说着,大声喝道:"快把他带走,照王法行事吧!"

差役遵命,把艾比·凯尔带到市中游街示众,然后把他和石灰一起装在大麻袋中,投在海里,使他活活地被石灰烧焦,被海水淹死。

事实证明艾比·绥尔是个好人,国王非常尊敬他,十分感激他,对他说:"艾比·绥尔,你希望我赏你什么?说吧!我都给你。"

"主上,我不打算再在这儿待下去了,望陛下送我回家去吧。"

国王挽留他,请他担任宰相职位,共谋国家大事,他却不愿意。不得已,国王赏他更多的财物和婢仆,装满了一大船,送他回家。他向国王告辞,带着财物和仆从,开航起程,满载而归。

船在无边际的海中航行了几昼夜,最后安全到达亚历山大。仆从忙着卸下财物,无意间发现岸边的沙滩上横陈着一个大麻袋,赶忙报告艾比·绥尔:"主人,海滨有个大麻袋,非常沉重,袋口被扎得紧紧的,里面装的什么东西,我们一点也不知道。"

艾比·绥尔随仆从来到麻袋所在地,打开麻袋一看,见里面装着艾比·凯尔的尸体,知道他被风吹浪打,最后漂流到故乡来了。艾比·绥尔不念旧恶,觉得可怜,发生恻隐之心,因而亲自替他料理善后,把他葬在附近,给他立了墓碑,建了祠堂,以供后人凭吊,还拨专款,作四时祭祀之用,并在祠堂门上刻了下面的诗句:

> 根据所作所为可看出人的原形,
> 嘉言懿行同一个人的品质没有差别。
> 别胡言乱语,
> 自身可以免遭诽谤。
> 好说流言蜚语,
> 别人许会提出同样的语汇。
> 必须戒避奸淫,
> 纵然出自谈笑也绝口莫提猥亵。
> 家犬要保全驯良的品性,
> 才博得主人的爱护、养育。
> 狮子一旦被人用锁链拴起,
> 证明是它过于呆愚。
> 汪洋大海只让腐尸、碎片浮上水面,
> 珍珠却被埋在海底的泥沙里。
> 麻雀要跟鹰隼争胜、抗礼,
> 说明是它无知愚昧。
> 从善如流者最后的好结局,
> 本是天经地义的规定。
> 别想从黄连中提取甜味,
> 因为食物的味道总不离开它的本源。

艾比·绥尔回到家乡,在亚历山大城中欢度晚年,过舒适、愉快的幸福生活,直至白发千古。

驼背的故事

古代,在中国的京城中,住着一个裁缝,为人达观快活,好娱乐嬉戏,经常带老婆出外散步消遣。有一天他们夫妇两人清晨出去,到日暮才倦游归来。在归途中,他们无意间碰到一个驼背;这是个滑稽人物,他的一举一动,一言一笑,能使忧愁苦闷的人忘掉忧愁苦闷而欢笑起来。裁缝夫妇见了,仔细打量一番,便约他一同回家去,陪他们夫妇吃喝玩乐。

驼背应邀去到裁缝家中,已经是天黑时候。裁缝往市中买了煎鱼、馍馍、柠檬和葡萄,摆出来招待驼背,一起享受,围着饮食,开怀大嚼。当时裁缝的老婆拿块鱼肉塞在驼背口里,然后捂着他的嘴,说道:"指真主起誓,你必须囫囵咽将下去,不许你嚼。"

驼背一咽,被一根带肉的大鱼刺钩住喉管,喘不过气来,马上鲠死了。裁缝眼看这种情景,叹道:"毫无办法,只盼伟大的真主拯救了! 这个可怜虫,他早不死,迟不死,却偏偏在这个时候,死在我们手里!"

"为什么慢吞吞地坐着不动呢?"老婆埋怨裁缝,"你这是等于坐在熊熊的火焰上,终究是要被烧死的。"

"这叫我怎么办呢?"

"来吧,把他抱在怀里,我给他盖上一张丝帕,然后我在前面走,你随我而来,趁黑夜里送他出去。行到街上,你一边走,一边说,孩子,这是你的妈妈,我们带你去看医生去。"

裁缝听从老婆的吩咐,果然抱着驼背,跟老婆出去。老婆走在前面,口里不住地嚷道:"哟! 我的儿呀,你快快好起来吧。真痛苦呀! 不碍事,这样的天花,是任何地方都难免的流行病哪。"

他们夫妇边走,边说,沿街打听医生的住处,致使街上的行人都认为他们是带孩子去看病的。最后他们终于找到了一家犹太医生。

医生的黑女仆听了敲门声,匆匆下楼开门,见裁缝夫妇抱着孩子站在门前,问道:"什么事情?"

"我们带孩子来请医生看病,"裁缝的老婆说,"这里有一枚四分之一的金币,拿给你的主人,请他下来看看我的孩子吧;这孩子的病严重着哪!"

女仆刚转身上楼,裁缝夫妇趁机闯了进去。"把驼背放在这里吧,"裁缝的老婆说,"好让我们快快脱身。"裁缝果然放下驼背,让他靠在楼梯上,两人便悄然溜之大吉。

女仆回到楼上,对医生说:"门前有一家夫妇带孩子来看病,教我把这个四分之一的金币给你,请你下去替他们的孩子看病。"

医生见了四分之一的金币,喜不自胜,立刻起身,摸索着匆匆下楼来看病人。他下楼时,一脚踩在死了的驼背身上,便跌了一跤。他站起来,叫道:"啊! 摩西与十诫哟! 亚伦与懒约书亚哟! 我好像踩在这个病人身上,他滚下去便跌死了。这叫我怎样把跌死在家中的尸体弄出去呢?"

医生把驼背掮到楼上,对老婆叙述刚才发生的事件。

"你怎么还不动呢?"老婆说,"你要是坐着不动,等到天亮,我们就完了,我和你的生命全都完蛋了!来呀,我们抬他上平台去,把他放到那个穆斯林家中去吧。"

原来医生的邻居,是皇宫里的厨役总管,经常带肉和脂肪到家中,不但猫和老鼠去偷吃,夜里他不在家的时候,连狗也会从墙头上爬下去吃,因此糟蹋了不少的肉和脂肪。那天夜里,医生夫妇两人,一个握着驼背的两手,一个抬着他的双脚,慢慢地把他沿墙放了下去,让他靠在屋角,然后销声匿迹,悄悄地躲在自己家里。

驼背刚被放了下去,那个总管也就回到家中。他开门持烛走了进去,发现有人站在屋角。"啊!指我的生命起誓,"他嚷起来,"好极了!原来偷东西的是人呀!你偷了我的肉和脂肪,我倒错怪了猫和狗,教我杀死巷中的许多猫和狗,干了冤枉罪孽,原来都是你从屋顶上爬下来偷窃的呀!"于是拿起一柄大锤,对准驼背的胸部打了几锤。

驼背倒在地上,登时断了气,总管这才惊慌失措,既忧愁又苦闷,叹道:"毫无办法,只望伟大的真主拯救了。"他想到事情与自己的性命攸关,骂道:"这些讨厌的肉和脂肪!愿真主诅咒它们。这个人的生命难道就这样断送在我手里不成?"他仔细一看,原来是个驼背。"你生为驼背还不够,"他说,"定要做贼来偷油偷肉吗?我的主宰呀!求您保佑我,掩盖我的罪孽吧。"于是他捎起驼背,黑夜里摸索着一直去到街头转弯的地方,把他放下来,让他靠在一家店铺门前,然后拔脚逃跑。

当时有一个基督教商人,喝得酩酊大醉,东倒西歪地要去澡堂洗澡,口中喃喃地说道:"快了!快到澡堂了!"他走着走着,毫不注意地一直走到驼背面前,坐下去解鞋带。他一抬头,看见身旁站着一个人影,便一骨碌站了起来,以为驼背要来偷他的缠头。原来昨天夜里,他的缠头被人扒走了,因此他捏起拳头,一拳打在驼背脖子上,把他打倒。由于他醉得厉害,便一面大声喊巡察来捉贼,一面扑在驼背身上,紧紧地捏着他的脖子不放。巡察闻声赶到,见基督教商人骑在伊斯兰教徒身上乱捶乱打。

"为什么打人?"巡察问。

"这个人要抓走我的缠头。"

"站起来!"

基督教商人站了起来,巡察走过去一看,见人已被打死了。"好了!"巡察说,"基督教徒打死伊斯兰教徒了。"于是绑起基督教徒,带往衙门去治罪。

"基督呀!圣母玛利亚呀!"基督教商人自言自语地嚷起来,"我怎么打死了这个人呢?才打了一拳他怎么就死了?他死得多快呀!"

之后基督教商人慢慢清醒过来,逐渐恢复理智,同驼背一块儿在监狱里过了一夜。

次日,法官要处决杀人犯,命令掌刑官宣布基督教商人的罪状,并预备了绞刑架,带他到绞刑架下,拿绞绳套在他的脖子上,快要行刑上绞的一刹那,那个厨役总管忽然赶到。他挤开人群,见基督教商人在绞刑架下,快要受刑了。他没命地推开人群,去到掌刑官面前自首,说道:"别绞他,是我杀的人。"

"你为什么杀人?"法官问。

"昨夜我回家时,发现他从屋顶上爬下来偷我的东西,我拿大铁锤打中他的胸部,他就立刻被打死。我捎起他,送到大街上,让他靠在一家铺子门前。难道我杀了一个伊斯兰教徒还不够,再要杀这个基督教徒不成?现在请你们拿我偿命,绞死我吧。"

听了总管的自首,法官宣布基督教商人无罪,释放了他。"绞这个自首的人吧。"他吩咐掌刑官。

掌刑官取下基督教商人脖子上的绞绳,套在总管脖子上,牵他到绞刑架下,快要动手开绞的时候,突然那个犹太医生挤开人群,叫喊着去到掌刑官面前,说道:"你别绞他,杀人的不是他,而是我。是这样的:昨天我在家中,有一男一女去敲门,身边带着这个病弱的驼背,教女仆把一个四分之一的金币给我,并讲明来意。那一男一女进入我家,让他靠在楼梯上便走了。黑夜里我摸索着下楼去看病人,不想一脚踩在他身上,他从楼梯上跌下去,立刻摔死了。老婆和我把尸体抬到平台上,设法将他放到总管家里,因为他是我们的邻居的缘故。总管回去发现驼背在他家中,认他为贼,用锤打他,他倒在地上,便认为是自己打死他的。难道我无意间杀死了一个伊斯兰教徒还不够,再要有意识地害另一个伊斯兰教徒的生命不成?"

听了犹太医生的自首,法官吩咐掌刑官:"放掉总管,绞犹太人偿命好了。"

掌刑官将绞绳套在犹太医生脖子上,刚要动手开绞的时候,那个裁缝挤开人群,奔到绞刑架下,对掌刑官说:"别绞他;杀人的不是他,而是我。是这样的:昨天清晨我出去散步消遣,午后回家,碰到这个驼背喝得醉醺醺的,手中敲着小鼓,口里哼着小调。我约他到家里去,买煎鱼招待他。我妻拿块鱼肉请他吃,塞在他嘴里,他一咽立刻便鲠死。我妻和我把他抱到犹太医生家里;他的女仆下来开门,我对她说:'告诉你的主人,我们带孩子来看病,请他快下来吧。'当时给她一枚四分之一的金币。她上楼去见主人的时候,我把驼背放在楼梯上,然后带着老婆悄悄地溜走。医生下来,踩在他身上,便认为是自己杀死的。"

"这是事实吧?"他问犹太医生。

"对,真是这样。"医生回答。

"放掉犹太人吧,"裁缝望着法官,"请绞我偿命好了。"

"这桩事情,应当记录下来作为史料。"法官听了裁缝的自首,对驼背的故事感到非常惊奇。随即吩咐掌刑官:"放掉犹太人,根据裁缝的自首,绞他好了。"

掌刑官拿绞绳套在裁缝脖子上,口出怨言,说道:"麻烦极了!一会儿教绞那个,一会儿又要绞这个,结果,谁也死不了!"

那个驼背,据说是皇帝养在宫里供逗笑取乐的一个侏儒,随时随地不离皇帝左右。那天他喝醉酒,溜出王宫,到次日不见回去,皇帝向左右的人打听他的下落。

"启禀主上,"左右的人说,"驼背的尸体被人送到衙门里,法官要惩办杀人犯。当宣布了罪状,快要行刑开绞犯人的时候,却接二连三地有人出来自首,承认是自己杀人,每人都讲了杀人的原因。"

听了报告,皇帝吩咐侍卫:"你快去法场传法官进宫,并将犯人全部解来见我。"

侍卫去到法场,见掌刑官准备妥帖,快就开绞裁缝了。"且慢!"他立刻制止掌刑官,并向法官传达了皇帝的意旨,随即命人抬着驼背,并将裁缝、犹太医生、基督教商人和总管一齐带进宫去。

法官去到皇帝面前,跪下去吻了地面,然后报告事件的经过。皇帝听了,既惊奇而又激动,对在场的人说:"你们听过比驼背的遭遇更稀奇的故事吗?"

"如果皇帝许可,"基督教商人说,"那么让我谈谈我亲身经历的一桩事情吧,它比驼背的遭遇更稀奇古怪呢。"

"那是怎么一回事情? 你说吧。"

基督教商人的故事

启禀主上——基督教商人说——我携带货物来到贵国经营生意,被命运驱使到这里来。我是埃及的科卜特人,从小生长在埃及。我父亲是个经纪人。我成年后,父亲过世了,我便继承他的职业,从事做掮客事务。有一天,一个漂亮的青年骑着驴子,穿着非常华丽的衣服去到我的铺中,向我问好,随即拿出一方手巾,里面包着胡麻,说道:"像这样的胡麻,每'艾尔得补'①值多少钱?"

"值一百元。"我说。

"带脚夫和量粮食的人到胜利门占瓦里店中来量吧。"

那青年放下手巾中的胡麻匆匆去了,我便四下寻找买主,言定每艾尔得补一百十元的价格;于是带领四个脚夫去到店中,当时青年已经等我多时了。他带我们到仓库里,量过胡麻,总数是五十艾尔得补,共五千元。当时青年对我说:"每艾尔得补你应得经纪费十元;其余四千五百元的售款,暂时托你保管,待我卖完货物便来取用。"

~~~~~~~~~~~~~~~~~

① 埃及的容量单位,等于 197.6 公升。

"可以。"我说,并吻他的手,随即和他分手。当天我得了一千元的收入。事后隔了一个月,那个青年去找我,问道:"我的货款呢?"我站起来,向他问好,说道:"你愿意在我这里吃点饮食吗?"他不肯吃,说道:"你把货款预备妥当,我去一会儿便来取。"

他匆匆去了。我弄好货款,等他来取。可是息了一个月他才转来,问道:"我的货款呢?"我起身迎接,向他问好,说道:"你愿意在我这里吃点饮食吗?"他不肯吃,说道:"请你预备货款,我去一会儿便来取。"

我即时预备货款,等他来兑取;可是始终不见他来,当时我说:"这个青年,为人大方极了!"一个月后他骑着骡子,衣冠楚楚,比过去穿戴得更豪华,玫瑰色的腮,发光的额头,脸上还镶着一颗龙涎香似的黑痣,满面春光,笑容可掬,实在令人敬佩。我迎接着,吻他的两手,替他祈福,问道:"先生,你怎么不来取款?""忙什么?"他说,"待我办完事情,自然会来取的。"他说着走了。我对自己说:"指真主起誓,下次他来,我非请他吃饭不可,我用他的存款做买卖,已经赚了不少的钱财了。"

年终,那青年穿着最华丽的衣服来找我,我向他起誓,殷勤地留他吃饭。他说:"除非你拿我的存款来付钱那才行。""可以。"我说,随即请他坐下,赶忙准备饭菜和其他的食品。等一切齐全,摆在他面前,便说:"请吧!"

我陪他一块儿吃喝,见他一直用左手取食物,心中奇怪。吃毕洗手,并给他手帕揩手;继而摆出糖果,一边吃,一边闲谈。"先生,"我说,"告诉我吧,你为什么老是用左手吃饭?也许你的右手有什么毛病吧?"

他把右手从袖管里伸出来；我一看，光秃秃的，原来手掌已经被割掉了，因此我感到惊诧。"我和你在一块儿用左手吃饭，"他说，"这是毫不足奇的事；不过手掌被割的原因，那倒是稀奇古怪的事哩。"

"那是怎么一回事情？"我问。于是他对我谈了下面的故事：

你要知道：我是巴格达人，我父亲是城中的大绅士。我成年后，常听一般旅行家和生意人叙谈埃及的情况，给我心中留下很好的印象。因此，父亲过世后，我便筹备很多的本钱，买了巴格达、卯隋里的布帛，然后动身起程，一帆风顺地来到贵国。

到了埃及，投宿在买斯鲁尔旅店中，卸下货物存在库里，并打开行李，给仆人几个钱替我们买吃的。饭后，我躺了一会儿，然后去格斯勒以尼兜了一个圈子，随即回到店中过夜。

次日清晨，我打开一包货物，暗自说："让我往市中走走，看看行情吧。"于是选了一些布帛，教仆人们带着随我去到盖谊撒律叶·贾尔者斯市场。我的货物博得一般经纪人的欢迎，纷纷向我取布去兜售，可是所出的价格，总是不够本钱。当时我莫名其妙，非常苦闷。后来捐客们的领袖对我说："先生，我告诉你一个情况，以便你借此获得利润。你经营生意，应当像其他商人那样，委托一个代笔人、一个证人、一个兑换银钱者，规定出赊欠的日期，将货物用记账的方式批发给一般坐商，你自己每逢星期一、四去市中收账，这样，你的货物便可一本二利了。此外，你还可以趁机会参观埃及的古迹，逛逛尼罗河的名胜。"

"这是正确的意见。"我说,于是领经纪人去到旅店中,将货物交给他们,拿往盖谊撒律叶市中批发,并出给他们委托书,同时与兑换银钱者互相签订契约,托他代为收账。从此我安安静静地住在旅店中,每餐必喝酒,吃羊肉和糕点糖果,过享乐生活,直到规定结账的日期,便在星期一、四去到市场,坐在商人们的铺中,让兑换银钱的和代笔人前往各商号收款,然后交我清点、封裹,带回旅店储存。

有一天,是星期一的日子,我由澡堂沐浴归来,喝了一杯酒,躺了一会儿,然后起床、梳洗、熏香,吃过鸡肉,前往一个叫白迪伦丁·补司塔尼的铺中结账。

白迪伦丁一见我便起身迎接,请我坐下,一块儿闲谈。到开市时,有一个女郎,斜戴着头巾,打扮得馨香扑鼻、袅袅娜娜、大摇大摆地来到铺里,向白迪伦丁打招呼,问道:"你铺里有用纯金线混织的上好衣料吗?"

白迪伦丁站起来和她交谈,拿向我购买的衣料给她看。她以一千二百元的价钱买了一份。

"衣料我先带走,"她对商人说,"缓一步着人送钱给你。"

"不行,太太;衣料是向这位赊购的,现在我需要将欠款兑给他呢。"他指着我对她说。

"该死的你呀!我一向买你的衣料,都是趸批付款,你要多少,总是多多余余地给你,从来不曾短少过。"

"不错;不过今天我急需现款应用,不便赊欠。"

"你们这种人简直分不清人品的高低!"她把衣料扔在商人胸前,回头便走。

当时我站起来,拦着她说:"太太,请相信我,劳驾转来吧。"她果然回到铺中,和我对面坐下,微笑着说:"看你的情面我才转来呢。"

"这衣料你多少钱卖给她的?"我问白迪伦丁。

"一千二百元。"他回答。

"算你有一百元的赚头;给我纸笔,让我出个单据,把货款算在我名下好了。"

我写了单据给商人,并由他手中接过衣料,原封递给那个女人,说:

"给你,拿去吧;你要是方便,把货款送来好了;如果你不嫌弃,这点衣料就算是送你的礼物吧。"

"愿真主报酬你,将我的财产赏与你,并让我成为你的妻室吧。"

"太太,暂时请将这份衣料带回去,以后我还要把同样的一份送给你呢。"

"先生,你别使我寂寞;今晚请到我们家里吃饭吧。"她说着匆匆去了。

我在商人铺中逗留到午后,并向他打听那个女人的情况。他说:"这是一位有钱人,是一个亲王的女儿。她父亲死后,留给她许多财产。如今她住在乃勾补大厦里。"

我告辞回到旅店,整理衣冠,雇匹驴子骑着,吩咐赶驴的:"带我往占巴尼叶去吧。"我们才行了一会儿,便去到一条叫蒙格律的巷口。我吩咐赶驴的:"你进巷去,问一问乃勾补在什么地方。"他去了一会儿转来对我说:"请下驴吧。"

"你向前走,带我去到大厦门前好吗?"我给了他一枚四分之一的金币。

到了门前,赶驴的欣然走了。我轻轻敲门,出来一个仆人,引我进去。我去到一间大厅里,那大厅有七道窗户,面临着一座花园,园中种着各式各样的花卉、果树,流着清泉,养着鸣禽;墙壁上用石膏刷得庄严整洁,可以照见人影;屋顶饰以金属,周围镶着绀青的花纹,灿烂夺目,煞是美丽;地板上铺着云石,中央有个喷水池,池的四角爬着四条金蛇,口中喷出珍珠般的清泉;大厅里铺着彩色的丝绒地毯。

我坐在大厅里,不觉之间,那个女人喜笑颜开地走了出来,头上戴着镶珍珠宝石的帽子。她一见我便微笑着说:"欢迎你!"于是坐下陪我谈心。继而摆出丰盛的筵席款待我,有犊肉、蔬菜、红烧鸡等各式各样可口的饮食。我和她开怀大嚼。吃饱之后,仆人便拿盆、壶来让我洗手,并洒玫瑰麝香水。继而我和她舒舒服服地坐着闲谈。她吟道:

> 倘若知道你要光临,
> 我们必须洒下心血和眼泪。
> 为了迎接你,且铺下我们的腮颊,
> 让你的尊足踩着我们的额角走过。

我们甜蜜地谈着,不觉之间已是天黑时候,仆人摆出饭菜、酒馔,我们便开怀畅饮。饭后,她派人请来证人,对他们说:"我和这个青年结婚,请你来证婚,替我们写下婚书吧。"当时我对证人们表明态度,愿意每天给她礼银五十金。证人替我们写了婚书,办完手续,带着他们的报酬去了。从此之后,我和她一块儿过美满快乐的夫妻生活,每天用手巾包五十金给她,天天如此。这样继续下去,一直到手中的金钱全部花光了,我才感觉空虚,自言自语地叹道:"这个全是欺人的事呀!"随即吟道:

> 落魄青年脸上的光辉日渐减退,

同落山时太阳的黄色没有区别。

他不在场的时候，

人们不再谈论他的尊贵。

他出现的时候，

人群中也没有立足的地位。

他躲躲闪闪走过街衢，

去到荒凉地方洒着清泪伤心哭泣。

指真主宣誓：

人到穷途末路的时候，

他在亲属中的地位，

跟异乡人没有差距。

我离开家，漫步在街上行走，人很多，挤得水泄不通。当时在命运的驱使下，我被人群推到一个骑兵面前，我的手无意间插进他的衣袋，将里面的一包东西掏了出来。可是立刻被骑兵发觉了，他伸手一摸，不见了钱包，回头看我一眼，举起木棒，一棒打在我头上。我昏迷过去，被人群围住。人们扯住骑兵的马缰，问道："因为拥挤，你便这样打人吗？""不，"骑兵说，"他是一个扒手呀！"

我慢慢苏醒过来，听见周围的人说："这个青年是好人，他不会偷东西吧。"当时人们议论纷纷，有的说我好，有的却不相信，有的人存心解救我。可是事情不凑巧，合该是命运注定了；正在那个紧急关头，省长和其他的官吏从那里经过，见人群围着骑兵和我，便停下来了解情况，问道："这是怎么一回事情？"

"指真主起誓，"骑兵说，"这是一个扒手。我袋里的钱包，里面有二十枚金币，他趁拥挤的时候，把钱包给偷了。"

"当时有人和你在一起吗?"

"没有。"

省长大声吩咐侍卫:"检查他吧。"侍卫抓住我一检查,从我的衣服里搜出那个钱袋,交给省长。省长接过去打开清点,里面果然有二十枚金币,与骑兵所说之数正相符合。于是他大发雷霆,教侍卫将我押到他面前,说道:"青年人,说实话吧:你偷这个钱袋了?"

我低头想道:如果说我没偷,可是钱袋已经从我身上搜出来;如果说我偷了,我便要跌在烦恼中。最后我抬起头来,说道:"不错,我偷了。"

省长听了,非常惊奇,随即唤证人来,让他们证明我的口供,然后命掌刑官按照法律割了我的右手。这桩事件是在宰位勒门前发生的。当时骑兵可怜我,替我说情,省长便撇下我,带着侍从去了,只剩下人群围着看热闹;有人发生怜悯心肠,给我一杯酒喝。同时骑兵把那个钱袋给我,说道:"你是个有为的青年,不应该偷东西呀。"我百感交集,吟道:

> 指真主起誓:
> 可靠的弟兄,
> 善良的人群!
> 我本来不是扒手,
> 也不是盗贼;
> 只为厄运突然袭击,
> 带给我忧虑、惶恐和贫困。
> 因为在我投射之前,
> 神明抢先射来一支冷箭,
> 把王冠从我头上夺去。

我撕块布包裹伤痕,将手缩进袖管,我的情况顿时改变了,面色苍白,精神困顿。我匆匆回到家中,支持不住,倒身睡在床上,不言不语。可是我的尴尬行动终于被我妻看见了。

"你哪里不舒服?"她问我,"我看你的行动怎么跟平时不一样呢?"

"我头痛,我不舒服!"

"我的主人哟!你别烧我的心吧,"她一时惊惶,惴惴不安,"你起来,抬头对我讲吧,今天你到底遇见什么?看你的脸色,知道是发生事情了。"

"走开吧,我不讲。"

"哟!我看你怎么反常了!"

她哭哭啼啼,向我说长道短,我却默然不答。夜里,她送饭菜给我,我若使用左手吃喝,怕被她发现秘密,因此只好拒绝说道:"现在我不想吃。"

"究竟发生了什么事?告诉我吧。你怎么这样忧愁苦闷?为什么这样急躁不安?"

"等一会儿我慢慢告诉你吧。"

"接着,喝了吧。"她斟一杯酒给我,"这个可以消愁解闷,必须喝掉它,然后将情况告诉我。"

"非告诉你不可吗?"

"对,非告诉我不可。"

"如果非告诉你不可,那么你喂我吧。"

我从她手里喝了第一杯,接着又喝第二杯。当她斟满第三杯的时候,我伸出左手接着,眼泪忍不住簌簌地从眼眶里流出来,吟道:

真主要使一个具备耳目和理性的人遭劫,

必先塞聋他的耳朵,

弄瞎他的心眼,

并且像脱发那样逐渐消除他的智慧。

直待意旨贯彻到底的时候,

才恢复他的理性,

教他从事件中吸取经验。

我吟罢,喝了手中的酒,忍不住伤心哭泣。她大叫一声,说道:"你为什么哭泣?你把我的心给燃烧起来了!你用左手持杯,这是为什么呢?"

"我手上生疮。"

"伸出来,我替你放脓。"

"还不到放脓的时候;你别纠缠我,目前我是不会伸出手来的。"

她斟酒给我,我继续不断地喝,直喝得酩酊大醉,昏昏沉沉,不省人事时,她才悄悄地窥探我这只没手掌的手,继而又检查我的身体,发现那个钱袋。她从此感到世人所不曾感受到的痛苦,整夜坐卧不安,为我而忧愁苦闷。

次日清晨,我从梦中醒来,我妻将预备好的饮食送到我面前,一看,是四只炖鸡和其他美好的酒殽。我开怀畅饮,待吃喝够了,这才放下钱袋,站了起来,预备出走。

"你上哪儿去?"她问我。

"上我要去的地方去。"我说。

"别去,坐下来吧。莫不是你的爱情已经达到花完金钱,牺牲手掌的程度了吗?我向你保证,真主也是我的保证人:我是不能离弃你的。过一会儿你便知道我所说的都是真情实话呢。"

她挽着我的手,带我去到一间密室里,打开一个大柜子说:"你看柜子里面的东西吧。"

我一看,满满的一柜子全是手巾。"这是我从你手中得到的金钱。"她说,"过去,每当你给我一方手巾的时候,我便将里面包着的五十金币卷结起来,投在这个柜子里。你拿去吧,现在该归还你了。今天你是最应该受到原谅的;为了我,你已经遭了患难,甚至于牺牲了一只手掌,这是我无法报答你的;在这种情况下,我自己即使付出生命也不能弥补这种缺憾的万分之一。来吧,把你的钱收起来吧。"

我听从她的嘱咐,将她的钱柜挪到我的钱柜面前,将我自己的钱和我给她的那些钱并在一起,感到无限的快慰,心中的忧愁苦闷,一朝烟消云散,并向她表示谢意。"为了爱我,你牺牲了一只手掌,"她说,"这叫我怎么能够报答你呢?我自己为爱你即使付出了生命,也是微不足道的,不能尽到我对你应尽的义务的。"于是她毅然决然见诸笔墨地立下字据,将她的服装、首饰和家产全部归属于我。

当天晚上,她为我而忧愁苦闷得整夜不能入睡。我被她的真诚所感动,因此不能再缄默下去,便将发生事件的经过向她叙谈。从此我们夫妻间的感情越加亲密。可是从不幸的事件发生之后还不到一个月的工夫,她的身体逐渐衰弱,病势有增无减,还未超过五十天,她便瞑目长逝,离开人间。

我替她治丧,埋葬了她的遗体,追悼她在天之灵,为她的灵魂广施博济。最后清理她的遗产,发现她还有许多现款、房屋和田地。我托你出卖的胡麻,便是她遗产的一部分。现在我之所以有空和你吃喝、闲谈,是因为贮藏室中的储存物品全都销售完了。我因为忙碌,一直没有工夫来取存在你处的货款。希望你别违反我对你所提出的那个条件吧,因为我既然吃了你的饮食,便该将胡麻的存款送给你。前面所谈的一切经过,便是我被割了手掌和使用左手吃饭的原因。

"你对我太好了,"我对那个没有手掌的青年说,"谢谢你的恩惠。"

"你愿意随我到我的家乡去吗?"没手掌的青年问我,"我已经收买开罗和亚历山大出产的货物,预备运去销售。你如果愿意,就陪我一块儿去好了。"

"好的,我愿意随你去。"

我跟那个青年约定月初启程,于是将自己的产业拍卖,并收买一批货物,随他离开家乡,一直旅行到贵国来。那个青年卖完货物,收购了本地的特产,然后转回埃及去了。我自己一个人留在这里经营生意,生活过得很好。可是却想不到,人在家中坐,祸从天上来,昨夜里居然发生了那样的事件。话又说回来:启禀主上,这个没手掌的青年的故事,难道不比驼背的故事更奇怪吗?

"不行!"皇帝说,"非把你们一个个绞死不可。"

"陛下如果许可,"总管走到皇帝面前说,"那么让我讲一讲我碰到这个驼背之前所看见的一桩事情吧;如果它比驼背的故事更稀奇,那么请陛下赦免我们的罪过好了。"

"可以,你讲吧。"皇帝说。

总管的故事

昨天夜里我参加一个朗诵《古兰经》的集会,到会的有一般法学家和其他阶层的人物。朗诵完毕,主人摆出筵席招待客人。摆出的饮食中,有一盘"滋尔巴者"①,我们都喜欢吃,只是有个青年例外,坚决拒绝。我们屡次邀请他,他却发誓不肯吃。他说:"你们别怨我;我生平吃过一次已经够呛的了。"

"指真主起誓! 我们问你,"我们说,"你不吃滋尔巴者的原因到底是什么?"

"如果非要我吃滋尔巴者不可,那么吃过以后,我必须用肥皂洗手四十次,用苏打洗四十次,用皂角洗四十次,总共要洗手一百二十次,非这样我是不吃的。"

主人吩咐给他预备了水和肥皂等洗手需要的东西,他才勉为其难,犹豫迟疑地伸手去取滋尔巴者,但他仍然显出厌恶的态度。他的手抖得好厉害,令人惊诧不已。当时我们仔细观察,见他仅用四个指头抓取食物,大拇指已经没有了。"指真主起誓,"我们说,"你的大拇指怎么会是这样? 先天便是这样吗,还是后天发生的事故?"

"弟兄们,"他说,"不仅这个大拇指如此,我左手上的大拇指和两只脚上的大脚趾也都是这样的。"

他伸出左手,大拇指果然和右手一模一样,两只脚上的大脚趾也不例外,都没有了。看了这种情景,我们越发感到惊奇,说道:"关于你的遭遇,我们急于要知道个中的原因。告

① "滋尔巴者",是阿拉伯一种加香料煮的肉食。

诉我们吧,你的大拇指为什么被割?你为什么要洗一百二十次手?"青年这才对我们谈了下面的故事:

你们要知道:我父亲是个富商,在哈里发哈伦·拉希德执政时代,他是巴格达城中数一数二的商界领袖。可是他生性好饮酒,爱到娱乐场所去听弹唱看舞蹈,过花天酒地的生活,挥金如土,因此到他过世的时候,财产已被他挥霍得所存无几。当时景况萧条,我给他预备善后,丧葬完毕,从事追悼、守孝,继而打开他的铺子,清理账目。铺中存货寥寥无几,兼之债台高筑,欠下很大的一笔债款。我好生应付,苦苦恳求债主宽限归偿时期,并安定他们的心。之后我振奋起来,勤勤恳恳,从事经营,买的买,卖的卖,一周一周,继续经营下去,逐步还清债款;最后除偿还债款之外,手中还剩下一笔本钱。

有一天我正在铺中做买卖,有一个我生平不曾见过的标致漂亮的女郎,戴着富丽的首饰,穿着华贵的衣服,骑着骡子,带着一个仆人一个奴隶到街口下马,东张西望。当时其他的商店还未开门,她便带着仆人来到我铺中,向我问好。她说话的声音,柔和美妙,是我生平不曾听过的。

"青年人,"她说,"你这儿有上好的衣料吗?"

"小姐,"我说,"对不起,我是小本营生;不过请你稍微忍耐一会儿,等其他商店开门时,你需要什么衣料,我可以帮忙采购。"

我陪她闲谈,直到商店开市,才替她采购她需要的衣料,总共赊了五千元的货物。她将货物交给仆人,然后走到街口,跨上骑骡,扬长而去。

她不曾告诉我她的住址,我自己也过于腼腆,不好意思问她;商人们向我索款,我只好权且做了五千元的债务人。过了一星期,商人来催款,我恳求他们再担待一星期。过了两周之后,她带着一个仆人和两个奴隶骑骡来到市中,向我问好,说道:"先生,我们把付款的时间给耽误了;现在请找个兑换银钱的人来,将货款收下吧。"

兑换银钱的人来了,仆人取出银钱,当面兑了货款,我便陪她闲谈。到开市时,她告诉我需要的货物,我便代她采办了一千金的货物。她不问一问价钱,便带走了货物。她走后,我才懊悔不已。当时我暗自想道:这算什么一回事呢?她交来五千元的货款,又带走一千金的货物,这样的结果,是要我破产了。我自言自语地说道:"个中的情形,商人们不知道,只是我自己清楚。这个女郎不是别的,一定是个骗子。她用姿色作为欺骗我的手段,见我年轻,便来作弄嬉戏我!"

由于我不曾问明她的住址,一直沉溺在惶惑不安的状态中。往后整整耽延了一个多月的工夫不见她转来,商人们来催款,追得很紧。他们逼得我准备变卖自己的产业,以便偿还债款,弄得我差一点倾家荡产。当我为这桩事沉思默想,焦急万状的时候,不知不觉之间,她又姗姗来到市场,走进我的铺中。这时候,我的混乱情绪一旦廓清了,过去所处的窘境也忘得一干二净。她用甜蜜的语言跟我交谈,说道:"找个兑换银钱的人来,把货款兑给你吧。"于是她把比欠款较多的数目兑给我,接着又跟我攀谈起来,问道:"你有妻室吗?"

"不,我从来还不认识一个妇女。"我一时感慨,忍不住流下眼泪。

"你为什么哭泣?"

"没有什么,我不过想起往事罢了。"

她起身走后，我赶紧送款赔还商人。他们都赚了钱，只是我自己落得两袖清风，由于她的消息断绝，只落得无限的苦恼。幸而过了没有几天，她的仆人来了，我殷勤招待，向他打听女郎的消息。

"她生病了。"仆人说。

"她的身世如何？告诉我吧。"

"她从小受哈里发哈伦·拉希德夫人祖白玉黛太太抚养，是她的使女，出入宫门，随时不离夫人的左右，非常受宠，至今已经成为她的管家了。她在太太面前提过你，恳求太太把她匹配给你为妻。太太说：我必须看看那个青年，如果他和你相称，我就同意你和他结婚。因此，我们打算带你进宫去。要是能够一帆风顺地去到宫里，就可达到和她匹配成婚的目的。万一不幸，事情被人发现，那么你的脑袋会被砍掉的。对这件事，你作何打算？"

"我愿意跟你去，你所说的我全都同意。"

"那么今夜里，你往底格里斯河畔祖白玉黛太太建筑的那座清真寺里去做礼拜，并在里面过夜。"

"好的，我按时去做礼拜就是。"

傍晚时候，我去到清真寺里，做了礼拜，并在里面过夜。黎明前，有两个仆人划着一只小船，带了几个空木箱，来到寺中，放下木箱，其中一人匆匆走了，其余的一人留在寺中。我走过去一看，原来是和女郎一块儿去过我铺中的那个仆人。他让我钻进一个木箱里，同时拿衣服什物装满其余的木箱，一同搬到船中，然后向祖白玉黛太太的宫殿划去。

我躲在木箱里，觉得危险，胡思乱想，百感交集，暗自想道："从此我完蛋了！"忍不住边哭泣，边恳求真主保佑，摆脱危险。

小船划到宫前,太监吩咐仆人搬箱子进宫。进门时,人声嘈杂,门吏蒙眬醒来,高声问道:"这些箱子里装的什么东西?"

"里面装着祖白玉黛太太的衣服什物。"太监回答。

"一个一个地打开来,让我看看,到底是些什么?"

"你教打开箱子,这是为什么?"

"别耽搁了!"主事的呼吼起来,"这些箱子非打开检查不可。"

门吏嚷着走到箱子面前。他最先要检查的便是装我的那个箱子,当时我吓得浑身发抖,昏昏然理智几乎全部不存在了。

"开了这些箱子,"太监对门吏说,"万一随便弄坏了里面价值万金的东西,那时节,你不单是坑害了我,而你自己也是要同归于尽的。里面装的全是最名贵的彩色衣料和顶贵重的香水等什物,万一打破一瓶,弄污衣料的颜色,那怎么得了?"

"既然如此,带走箱子,滚你妈的蛋吧。"

仆人们抬起箱子,急急忙忙正在搬运,我在箱中骤然听见有人说:"糟糕! 糟糕! 哈里发! 哈里发!"一听哈里发,我便吓呆了,说道:"毫无办法,只盼伟大的真主拯救了! 这种灾祸,是我自己寻找的呀。"之后,听见哈里发问道:"这些箱子里装的什么东西?"

"里面装着祖白玉黛太太的衣服什物。"

"打开让我看看吧。"

听了哈里发的吩咐,我一怔,吓得跟死人一般,想道:"这是我的末日到了! 我要是能够逃出此关,那用不着怀疑,自然是和她匹配成婚;可是此中秘密万一被人揭露,我的脑袋就和身子分家了。"继而听见太监对哈里发说:"这些箱子中装的全是祖白玉黛太太的衣服什物和化妆品,她不许我打开给别人看。"

"里面装的是什么东西,必须打开让我过目。"哈里发边说,边吩咐仆人们,"把箱子抬到我面前来。"

当时我相信自己是非死不可的了,吓得昏头昏脑,好像已经离开人世。仆人遵从命令,把箱子一个一个抬到哈里发面前,让他检查,只见里面装的全是化妆品、布帛和名贵的衣服等物。他们继续打开箱子,哈里发一一亲眼看过。最后他们伸手要开装我的那个箱子,太监赶忙奔到哈里发面前,说道:"这个箱子里装的纯是闺秀应用之物,因此只能当祖白玉黛太太的面开启。"

听了太监的陈述,哈里发便吩咐把箱子全都抬进内宫。这样我被抬到一间大厅里,和其他的箱子摆在一起。经过种种的折磨,太监把我弄出来的时候,我的口涎都干了。他安慰我说:"现在不要紧了,别害怕,你只管放心,安静下来,坐在这里等祖白玉黛太太来吧;也许这是你的造化呢。"

我在大厅里坐了一会儿,便有十个月儿般的宫娥走了进来,五人一行地排成两行,站在两边伺候;接着又有二十个同样美丽的彩女簇拥着祖白玉黛太太姗姗而来。由于她穿戴的宫服和首饰过于庄重、讲究,累得她几乎不能举步行动。她刚坐定,彩女们便散开,站在侧面待候。我走过去,跪在她面前,吻了地面,然后祝福她。她以手示意,让我坐在一旁,跟我谈话,问我的情况和家系。我的回答,博得她的欢心;她对女郎说:"小丫头,我们不曾白养你呀!"继而又对我说:"你要知道：这个姑娘在我们这里是当亲生儿女看待的；如今真主把她托付给你了。"我赶忙跪下去，吻了地面，说道："我愿意和她结为夫妻。"于是她命我住在宫里，等候十天。我遵命住下，在那个期间一直不见女郎的面，只是她的姊妹给我端茶送饭，受到殷勤的招待。

之后，祖白玉黛太太跟哈里发商议出嫁使女的问题，哈里发同意了，并给一万金币办妆奁。继而太太邀请法官和证人替我们订婚，写下婚书，接着准备筵席和喜果，宫里的人，全都参加宴会，连续热闹了十天。

从我去到宫中，前后耽延了二十天，才正式举行婚礼。宫娥彩女们陪新娘去澡堂沐浴，把她收拾打扮起来。那天仆人端给我的那桌筵席中，有一盘滋尔巴者，是用麝香水玫瑰汤混糖煮的，里面还有红烧鸡胸和其他惹人注目的美味。指真主起誓，当时别的饮食我不曾动，净吃那盘滋尔巴者，饱餐了一顿。吃毕，我不曾洗手，随便揩了一揩就算完事。

天黑了，宫中到处点上灯烛，歌女们奏着鼓乐围着新娘欢唱、狂舞，撒了喜钱，并拥着她转遍了整个宫殿，最后才送她进洞房，卸了宫服，尽欢而散。

新婚之夜，我们预备睡觉的时候，我妻闻到滋尔巴者的气味，便大叫起来。随着她的叫声，宫娥彩女们从四面八方赶来，问道："姊妹！你怎么了？"

"给我把这个疯子撵出去吧！"她说，"先前我认为他是一个有理性的人呢。"

我战战兢兢，不知发生了什么变故，问道："何以见得我是疯子？"

"疯子！"她说，"你吃了滋尔巴者，为什么不洗手？指真主起誓:这种行为,非处罚不可。像你这样的人,够得上和我一起过活吗?"

之后,她拿起鞭子,不住地在我背上鞭挞,打得我晕了过去。继而她对宫娥彩女们说:"把他送给巡察,砍掉他那只吃了滋尔巴者而不洗的手。"

听了她的吩咐,我莫名其妙地叹道:"毫无办法,只盼伟大的真主拯救了。吃了滋尔巴者不洗手,你便要砍我的手吗?"

"姊妹!"宫娥彩女们说,"姑念他第一次犯错误,饶了他吧。"

"不行,非把他的手足砍掉一部分不可。"她说着,怒气冲冲地拔脚走了。

她走了,我一直不见她的面。隔了十天,她才出现在我面前,说道:"你这黑人呀!我不适于匹配你吗?你吃了滋尔巴者,为什么不洗手呢?"于是她吩咐一声,宫娥彩女们就动手把我捆绑起来。她用锋利的剃头刀,割掉我手脚上的大拇指,如你们现在所见这样;当时我痛得昏迷不省人事。

她给我的伤口敷上药粉,血才止住。我慢慢苏醒过来,发誓说,从今以后我决不再吃滋尔巴者;如果吃了,必须用苏打洗手四十次,用皂角洗四十次,用肥皂洗四十次;同时我妻也教我向她赌咒:吃了滋尔巴者,必须洗手一百二十次。因为这个缘故,现在在席间看见滋尔巴者,我的脸色就变了,因为,这是我被割掉拇指的原因。你们让我吃,所以我说:"我必须履行誓约。"

我向妻子赌过咒,博得她的欢心,彼此在一块生活了一个时期。后来她对我说:"住在哈里发的宫廷里,我们不大方便,因为别人不能随便进宫来,你不得太太的允许也不能随便出宫去。"于是她给我五千金,说:"给你,拿去买所宽敞的房屋居住吧。"

我带钱出宫来,买了一所既宽敞又漂亮的屋子,把妻子的衣服财物和贵重的东西搬在新置的屋中,开始过自由快乐的生活。以上便是我被割掉拇指的经过。

我们听了青年的谈话,吃饱喝足,然后尽欢而散——总管说——我回到家中,发现驼背,便去打他,这就是我惹祸的经过;恳求主上饶恕吧。

"这个比驼背的故事差多了,"皇帝说,"还是驼背的故事稀奇有趣。我非把你们全都绞死不可。"

"主上,"犹太医生走到皇帝面前跪下,吻了地面说,"让我讲个故事给陛下听吧,它比驼背的故事更奇怪呢。"

"什么故事,你讲吧。"皇帝同意了。

犹太医生的故事

我年轻时在大马士革学医。在我实习的时候,曾经遇到一桩非常奇怪的事。事情是这样的:有一天我在家中,省长家里的一个仆人来找我,对我说:"我们主人有话对你说。"

我跟仆人去到省长家中,走进一间大厅,里面摆着一张镶金银的杜松床,床上躺着一个非常标致漂亮的年轻病人。我靠近他坐下,替他祈福,祝他恢复健康。他以眼色向我表示谢意。我对他说:"我的小主人,伸手给我吧。"

他伸出左手,使我惊奇不已,暗自说:"好奇怪的漂亮青年呀!虽然出身于官宦人家,却不懂礼节,这真是奇怪的事呢!"我替他诊脉,开给药方,并在十天内,经常去替他诊断,终于把他医好了。他父亲送我一套名贵的衣服,表示感谢,并派我为大马士革医院的主持人。

我陪那个青年去澡堂沐浴。仆人送衣服给他,并将脱下的衣服带了回去。换衣服时,我见他的右手掌已经被割掉,看来似乎是最近发生的事,也是他生病的原因。眼看这种情景,我心里吃惊,替他难过。我仔细打量,发现他身上遍体鳞伤,留下许多鞭挞的痕迹,还用药膏敷着。这时,我的惊诧表现在面目之间,被他看见了。他知道我的心事,便对我说:"你别惊诧,大夫,待出浴室后,我把情况告诉你好了。"

沐浴毕,我陪他一起回家;饭后,坐着休息。当时他对我说:"我们去花园里座谈,好吗?""很好。"我说。于是他吩咐仆人布置一番,并嘱咐他们预备烤羊肉和水果。我们边吃边谈,我说道:"谈谈你的际遇吧。"他便谈了下面的故事:

你要知道:我是卯隋里人。先祖父有十个儿子。我父亲排行第一,弟兄们成年后,娶了亲,各自成家立业。我父亲膝下只有我一个独生子,他的九个弟弟都不曾生育,因此叔父们格外爱我,在他们的抚养下,我逐渐长大成人。

有一天我们去卯隋里大寺中参加聚礼,那天是星期五,我父亲也在场。礼拜后,人们陆续散了,家父和叔父们坐在寺里闲谈,叙述各地方的奇观。谈到埃及的风光时,叔父们说:"一般旅行家都说,埃及和埃及的尼罗河是世界上最好不过的地方。"我听了此言,对埃及产生了无限的景仰和向往。

"不到埃及去的人，可以说是不曾见过世面。"我父亲说，"那里的土壤像金子，尼罗河发源于天上，景致异常美丽，建筑都是宫殿，气候温暖，到处泛着馨香，气味超过沉香。尤其傍晚太阳偏西时，尼罗河上映出倒影，景致之美，令人陶醉倾倒。"

　　他们叙述埃及的风光和尼罗河的景致，我听了这些赞美，对埃及无限的羡慕，心儿竟被它吸引住了。谈论毕，叔父们各自归去，我随父亲回到家中，从此一心向往埃及，茶不思，饭不想，对饮食已不感兴趣，当天夜里，辗转不能入睡。过了不久，叔父们预备往埃及去经商，我在家父面前哭哭啼啼地恳求准我随叔父们往埃及去。结果，他给我预备了货物，让我跟叔父们一块儿出门。当时他对叔父们说："让他在大马士革经营好了，不必带他往埃及去。"

　　我们开始踏上旅程。我辞别父母，离开卯隋里，继续在旅途中跋涉。到了候勒比，休息几天，然后启程，一直去到大马士革。

　　大马士革盛产水果，树林、河流、花卉、雀鸟将城市点缀成一座人间乐园。我们寄宿在旅店中，叔父们从事经营，买的买，卖的卖；我名下的货物也给他们销售了，赚了五倍的盈余，心中感到无限的快慰。

　　叔父们让我留在大马士革，他们动身往埃及去了。他们走后，我搬进一间美丽考究得非言语可以形容的大厅里居住，每月付两枚金币的租金。当时手中有的是钱，讲究吃喝、游玩，过着享乐生活。

　　有一天我坐在门前休息，看见几天前认识的两个朋友从那里经过，便约他们进来，办了丰盛的饮食、果品和各种必需的食物，尽东道之谊，在一块儿吃喝、谈笑、游玩；继而又畅饮，一直喝醉了。当时两个青年野性发作，互相争吵起来。他们酒后发疯，越闹越凶。我从中竭力劝解，并留他们住宿，随即熄灯入睡。

次日清晨，我从梦中醒来，唤身旁睡着的那个朋友，不见他回答，便扯着他的臂膀一摇，只见他的头从枕上滚了下来，继而又发现满床斑斑的血迹。我这一惊非同小可，理智不翼而飞，眼前一片黑暗。我找另外的那个朋友，却不见他的踪影，这才恍然知道是他因怀恨而杀人。当时我束手无策，叹道："毫无办法，只盼伟大的真主拯救了，这叫我怎么办呢！"

我考虑了一会儿，随即跳将起来，脱掉衣服，在室中掘个地坑，将死者的尸首挪在里面，用土埋起来，再盖上石板，然后洗手，换了干净衣服，带着剩余的钱，锁上房门，匆匆去见房主，鼓起勇气，缴了一年的租金，说道："我要往埃及找叔父去。"

我旅行到埃及，和叔叔们见面言欢，心中无限的快慰。

"你干吗来了？"他们问。

"因为想念你们。"我回答。

当时我没对他们说我身边还有钱，于是和他们生活在一起，参观埃及的名胜古迹，欣赏尼罗河的美丽景致，花着身边的钱财，尽情地吃喝、游玩，一直过了一个年头，到临近叔父们快要离开埃及的时候，才悄然躲起来，不见他们的面。他们到处寻找，却什么消息也得不到，因此他们说："他也许回大马士革去了。"于是动身离开埃及。

叔父们走后，我才露面，从此流落在埃及，过了三个寒暑，每年照例寄租金给大马士革的房主。可是三年后，我手头的钱已经挥霍殆尽,剩余的钱总共只够缴一年的租金了。埃及虽好,终非久居之地,最后不得不动身启程。

我离开埃及,回到大马士革,房东见我,非常喜欢,我租的那间大厅原封锁着。我开门进去,收检存在里面的衣服什物,发现床下有个镶宝石的金戒指。我捡起来,拭去上面的血迹,然后收藏起来,在寓所休息了两天。

第三天我去澡堂沐浴,并更换衣服。之后,我手中的钱逐渐花光,生活感到困难,这时候魔鬼便乘虚而入,为了要执行命运的决议才不断地扰乱我;因此我带着戒指,去到市中,交给经纪人,托他代为拍卖。

经纪人让我坐在他身旁,等开市时,便拿戒指去找买主;他用行话宣布,说些什么我听不懂。后来有人出一千金币,可是经纪人却来对我说:"这个戒指,先前我们认为是金的,其实是铜质的西欧镀金货。现在有人出一千元。""不错,"我说,"这原是铸来给妇女开玩笑的,后来叫我妻继承下来。现在要卖它,你拿去卖一千元好了。"

经纪人听了我的话,认为这种事情形迹可疑,马上去见商界的头目,将戒指交给他。头目拿戒指去见省长,说道:"这个戒指是我的,被人偷去。现在找到偷窃的人,他是打扮成商人模样的。"

不知不觉之间,人们已经把我包围,带我去见省长。他问我戒指的来历,我把对经纪人说的话向他重复了一遍。他笑一笑,说道:"此话不真。"随即吩咐手下的人脱掉我的衣服,重刑拷打,打得我忍受不住,便招认说:"是我偷的。"当时我暗想:"最好承认是自己偷的,不说戒指的主人在我房里被杀的事,免得他们拿我偿命。"

他们写下我的口供,定了案,照偷窃罪处罚,割了我的右手掌,将伤口在沸油中煎过。我痛得晕倒,他们拿酒灌我,才慢慢苏醒过来,带着被割的手掌回到寓所。

"既然发生这样的事件,"房东对我说,"请你搬家,到别地方去住吧,因为你是偷窃的嫌疑犯呀。"

"太太,"我说,"请你担待两三天,容我找别的住处吧。"

"好的,你去找吧。"

房东回答着走了。我躲在房里伤心哭泣,自言自语地叹道:"一只手掌被割了,怎么好意思回家去见人呢?我的清白,家里的人是不会知道的,今后看真主如何安排了。"我越想越伤心,那时候每见房东之面,便惭愧得无地自容,在凄惨、尴尬的情况下,混混沌沌地过了两天。

第三天,在不知不觉的情况下,房东突然带着官家的人和那个诬我偷窃戒指的商界头目一起闯进寓所。"什么事?"我惊奇地问。他们不容分说,马上动手捆起我的臂膀,把铁链套在我的脖子上,说道:"原先在你手中的那个戒指,是省长的所有物,他是大马士革的执政官。据他说那戒指是三年前和他儿子一块儿遗失的。"

听了他们的叙述,吓得我的心都跳出口来,暗自说:"这回,生命是完蛋了!指真主起誓,我非把情况向戒指的主人说清楚不可。说明白之后,任他处置好了,要么拿我去偿命,要么饶恕了我。"

我被带到省长面前。他转眼打量我一回,对逮我的人们说:"这个人很可怜,他无罪,你们为什么割他的手?你们割他的手是亏枉、作恶的行为呀。"

"指真主起誓,我的主人!"听了省长的话,我胆壮心喜地说，"我不是贼，他们却诬赖我偷窃，在市中用鞭子抽我，屈打成招，在威逼下，我欺骗自己，不得不承认是我偷窃，因此受到他们的裁判和处罚。其实偷窃案与我是毫不相干的。"

"与你无干。"省长说着，随即吩咐逮捕商界的头目，并对他说，"人家的手，你负责赔偿损失；否则，我绞死你，并没收你的全部财产。"

省长吩咐毕，喝了一声，人们拥过去，撵走了商人，同时吩咐解掉我的臂膊和脖子上的铁链，亲切地看我一眼，说道："孩子，对我说实话吧，这戒指是怎样落到你手里的？"

"我的主人哟！"我说，"我一定对你说实话。"于是我对他叙述我的遭遇以及事件的经过。他听了我的叙述，摇着头，用右手拍着左手，继而拿手巾捂着脸伤心哭泣，说道："我的孩子，你要知道：那个青年是我的儿子。你看，我的遭遇多惨痛啊！我的孩子，现在我有事跟你商量，希望你别违反我的意思。是这样的，我想把我的女儿配给你为妻室，不向你索取聘金，而且我要供养你们，将你当亲生的儿子看待。"

"很好，"我说，"对我这样的人说来，这是太幸运了。"

省长立刻邀请法官和证人，替我们订婚，写下婚书，并勒令商界的头目赔给我一笔损失费。我在省长面前，一变而为有地位有面子的人物。就在今年，我接到家父逝世的噩耗，并继承了他的遗产，过着幸福愉快的生活。以上便是我被割掉手掌的经过。

听了青年的叙谈——犹太医生说——我觉得非常奇怪。我在他家里住了三天，然后告辞，他给我许多金钱。

我在旅途中跋涉，最后来到贵国，过得很舒服。可是美中不足,昨天夜里却碰到驼背的不幸事件。

犹太医生谈罢,皇帝说:"你的故事不见得比驼背的故事稀奇,非绞死你们不可;不过那个祸首的裁缝还未谈。裁缝!"他接着喊道,"要是你能讲一个比驼背的故事更奇怪的故事给我听,我便饶恕你们。"

于是裁缝讲了下面的故事:

裁缝的故事

我生平听过最奇怪的事情是和驼背见面前,昨天清晨去赴朋友的宴会所听到的。参加宴会的约莫二十个本地人,其中有裁缝、装配玻璃者、木匠等手艺工人和其他行业人员。太阳出来时,主人摆出饮食招待我们。正在吃喝的时候,主人突然领了一个巴格达的漂亮青年入席。那青年衣冠楚楚,服饰非常考究,只是美中不足,他是个瘸腿。

那青年向我们打招呼,我们站起来,请他入席。可是当他看见我们中间有一个理发匠,便拒绝入座,拔脚要走;我们赶紧挽留,同时主人也拉着他不让走,向他赌咒说:"你刚来,怎么就要走?"

"指真主起誓,我的主人啊!你别阻拦我。我要走是为了坐在席间的那个丑恶的理发匠呀。"

主人听了青年的话,感到惊奇,说道:"一个巴格达青年人,对这个理发匠怎么恼恨到这步田地呢?"我们的视线都集中在那个青年身上,说道:"告诉我们吧,你生理发匠的气,到底是为什么呢?"

"诸位！"那青年说，"在我的家乡巴格达城里，我曾和这个理发匠打过一次交道，结果他使我变成了瘸腿。从那回以后，我赌咒不再和他来往，并且凡是他居留的城市，我就不在里面居住。因此我离乡背井，抛开巴格达，来到这个城市。不想在此又碰到这个家伙。今晚我不能在此过夜，非动身离开这个地方不可。"

"指真主起誓，"我们说，"把经过的情形从头讲给我们听吧。"

当时那个理发匠羞得脸色苍白，形迹狼狈。接着那青年对我们讲了下面的故事：

诸位！你们要知道，我父亲是巴格达商界的头目，膝下只有我一个独生子。我刚成年，他便过世了。他遗下财产和婢仆，因此我吃好的，穿好的，生活非常舒适，一切都好，只是对妇女不感兴趣，生性讨厌她们。

有一天我走在街上，碰着一群妇女迎面走来，我便逃进一条横街去躲避，靠在一家门前的台阶上休息。不一会儿，忽然听得一缕清脆的歌声，抑扬顿挫，那么动人，是我有生以来不曾听到的。我受了歌声的感染，一直听了下去，此身飘飘然好像已经离开宇宙，当时恨不得到歌唱者面前去倾听。可是好景不长，歌声突然中断，致使我感到无限的遗憾，像失了灵魂似的。接着巴格达的法官骑马而来，前面有奴隶开道，后面随着仆人，一块儿走进歌唱者的那所屋里去了。

我打听歌唱者的消息，一个老妇人对我说："孩子，唱歌的是巴格达法官的女儿。她爱好音乐，可是她父亲不许她唱，因此偷偷摸摸，趁她父亲去做聚礼的时候歌唱一会儿。我是经常和她见面的,如果你喜欢听她歌唱,那么星期五聚礼前到这儿来吧,我想法贿赂仆人,教他开门,带你进去,让你躲在僻静的地方,毫不困难地听她歌唱,然后在她父亲回家之前你悄悄地溜走吧。"

我听了老妇人的一席话,喜不自禁,送她一百金币,然后怀着甜蜜的希望回到家中,安心地期待着。好容易才盼到星期五。一清早我便整理衣冠,穿戴齐全,待人们去清真寺做礼拜时,便可前往幽会。这时候,那个老妇人突然来到我家,向我问好,并对我说:"现在时间还早,你要去澡堂洗个澡,并理理发,尤其需要修饰一下你的病容,这对你的健康是有好处的。"

"你的意见很正确,让我先理发,后洗澡吧。"于是打发仆人去请理发匠,嘱咐他,"你去街上找个理发匠来替我理发,拣个有理性而不饶舌得令我头痛的就可以。"

仆人出去的结果,找来了这个丑恶的老头子。他一进门就向我问好,我也回敬他一声;接着他说:"我看你瘦得很哪!"

"我刚害过病。"我说。

"愿真主消除你的忧愁苦闷,恢复你的健康。"

"愿你的祈祷被真主接受。"

"先生,你痊愈得了啦;现在你要理发呢,还是要放血?先贤伊本·阿拔斯说过,在礼拜五这天剃头的,真主使他避免七种疾病。他还说,在礼拜五放血的,可以避免害眼和其他的疾病。"

"我精神不大好,你别谈这些,快给我理发吧。"

他慢吞吞地打开一方手巾,拿出一具镶银片、分为七层的观象仪,去到院心里,抬头凝视太阳,左看、右看,耽搁了很长的时间,然后说:"你要知道,今天是回历六五三年二月十日,星期五,折合亚历山大历七三二〇年;根据历法的推算,系值木星,计八度六分,即水木二星会合之日。因此今天理发是再好不过的,这也象征着你要到一处吉利的地方去。不过事后要发生事件,这我可不能对你讲。"

"你扰乱我,使我局促不安,胡说八道地替我占卜起来,这是什么道理? 告诉你:我只要你来替我理发;你动手替我理发好了,别再喋喋不休吧。"

"假若你知道将来要发生在你头上的事件,那么你会按照我根据星象学指示你的方向,决不至于在今天随便轻举妄动的了。"

"除你之外,我向来不知道哪个理发匠会懂得天文学;但是你应该知道:你太迷信了! 我请你来理发,你却对我说这些无稽之谈。"

"你需要我详细解释吗? 像我这样一个理发匠,一个精通化学、天文、星象、语法、修辞、论理、数学、工程、法律学、圣训、经注等学理的人,前来服务你,劝告你,这是真主给予你的恩惠。我读书而深究其理;我努力钻研而了解各种事物的底蕴;我懂得学理而能充分应用;我学习手艺而能掌握技术;我分析各种事物而能驾驭自如。由于我不爱多说话,博得先父的称誉;因此种种缘故,我是适合于服务你的;我不是像你所说那样的话多,因此才得到'庄重的寡言者'的称号,可是你却嫌我话多。照理,你应当感谢真主,并且不该反对我,因为我关心你才向你进忠言的。我乐意忠诚老实地服务你,尽我的义务,在一年期内不向你索取分文的报酬。"

“无疑的,今天你算是把我给害死了。”

“我的领袖啊! 因为我话不多,比我那五个兄弟的话都少,所以人们才称我为'寡言者'。我的大兄弟名叫白格波格,二弟叫斐勾谷,三弟叫罕多鲁,四弟叫科祖·艾斯瓦尼,五弟叫奈沙尔。”

这个理发匠的话越说越多,令人讨厌极了,当时我的胆囊似乎也给他嚷破了。我对仆人说:“给他四分之一的金币,让他看在真主的情面,快快走吧;我不需要剃头了。”

“我的主人啊,这是什么话呢?”听了我吩咐仆人,理发匠说,“我要替你服务,不要分文的报酬;我必须替你服务,解决你的需求,这在我都是应当的;报酬不报酬,那我是不在乎的。你虽然不懂得我的分寸,我可知道你的身价。你父亲,愿真主慈悯他在天之灵,是个仁慈慷慨的人,对我们做过许多好事。曾经有一次,就像今天这样吉庆的日子,他请我替他放血。当时他家里还有一群宾客。他对我说:'替我放一放血吧。'我取出观象仪,替他测度一番,发现气象凶险,要是放血,凶多吉少。我向他报告情况,他接受我的建议,改了放血的时间,于是我吟诗赞道:

我来替主人放血,
发现这不是适于放血的时节。
我坐下去,
极其能事地歌颂赞誉,
并在他面前,
尽量表现自己的学行,
博得听众的称羡。

主人说:

'学问的库藏呀,

　　你已经超过知识的界线。'

　　我回道:

　　'主人呀!

　　若不是你的赐予和灌输,

　　我便成为不学无术。

　　你似乎是尊荣、慷慨和布施之父,

　　又像一座知识、学问与宽恕的宝库。'

　　"令尊受到感动,高兴快乐,对仆人说:'赏他一百零三枚金币和一套衣服吧。'仆人遵从命令,拿赏钱和衣服给我。继而吉利的时候一到,我便替他放血。当时他不但依从我的调度,而且向我表示谢意,在座的宾客也钦佩我。放血之后,我缄默不住,这才对他说:'指真主起誓,我的主人,你对仆人说给他一百零三枚金币这句话,到底是什么意思呢?'令尊说:'一枚是观象费,一枚是解释费,一枚是放血的手续费,其余的一百金和衣服,那是你对我歌功颂德的报酬。'"

　　当时我气极了,说道:"我父亲既然认识像你这样的人物,愿真主不要慈悯他!"这个理发匠听了我的愤慨语,张口大笑,说道:"真主是唯一的,穆罕默德是他的使徒;赞美清高伟大的主宰! 你这个孩子呀,过去我总以为你还不失为聪颖伶俐的人,可是如今你却给病魔弄昏了。《古兰经》说得好:'抑制情绪而善于容忍的人是应该获得善报的……'总而言之,我应当原谅你;不过我不明白,你究竟为什么这样急躁?你要知道:你父亲和你祖父,两位老人家每做一件事,必须和我商量。肯商量的人才不会吃亏;事情经过商量讨论,才能顺利进行。老话说得好:'若要好,问三老。'我的经验阅历并不亚于任何人;我不辞劳苦,不怕麻烦,甘心为你服务效劳,你为什么对我不耐烦呢? 老实说,我是为了报答令尊大人对我的恩情,才低声下气、非常耐心地劝诱你呢。"

"你这条驴子尾巴呀! 你喋喋不休,越说越多!"我生气了,"请你剃了头,快滚蛋吧。"

他开始弄湿我的头发,口中还是念念有词地说:"我知道你讨厌我,不过我不怪你,因为你年纪轻,头脑幼稚。在你孩提时代,我曾把你揹在背上,送你进学堂呢。"

"弟兄! 指真主起誓,对不住,劳你忍耐一时,我有事要处理,请走你的大路吧。"我说着发起脾气,扯破了衣服。他看见我的举动,这才慢条斯理地拿剃头刀去磨。他继续不断地磨着,耽搁了很长的时间,把我的理性都折磨光了,才动手剃头。他刚剃了几刀,便抬起手来,说道:"我的小主人呀,急躁是属于魔鬼的习性,稳重才是君子的品行。诗云:

沉着些,
别因某种企求过于匆忙。
你宽待人,
人家会报你以慈祥。
因为宇宙间但有一种权力,
真主的便在它之上;
但有一桩亏枉,
人家也给予同样的报偿。"

"我的小主人,你恐怕不知道我的身价吧。我的手跟王公大臣、绅士学者们的头颅经常是碰来碰去的。曾经有诗人吟诗夸赞我:

　　　　　所有的手艺像一串美丽的项链，
　　　　　这位理发匠是串在当中的独珠。
　　　　　他超然站在权威者之上，
　　　　　在他的手下垂着王公大人们的脑袋。"

　　"这些与你无关的事情你暂时搁下，别再唠叨了。我的心胸给你吵得收缩起来了，这颗心苦闷得快要炸开了！"

　　"我看你很忙吧？"

　　"是的，是的，我是很忙的！"

　　"你只管慢些，因为忙碌是魔鬼的行为，带给人类失望和懊悔。先知说：'最好的事是在稳健中做出来的。'便是这个意思。我不放心你，希望你把心事告诉我，这对你也许是有好处的。因为你要做的事，我怕其中有不适当的地方。现在还需等三个钟头才到做礼拜的时候呢。关于正确的礼拜时间，不可有丝毫的怀疑，必须清清楚楚地测度出来才对。因为猜测着说出来的话是有毛病的，尤其像我这样信用昭著的人，不能和那般普通的星相家同流合污，胡说八道。"

　　他说着，扔下剃头刀，拿起观象仪，去到院心里，站在太阳下面观测了好一阵，然后转到我面前，说道："现在离做礼拜的时间，不多也不少，恰恰还有三个钟头。"

　　"指真主起誓，我的肝胆全给你吵破啦！"我说，"闭着嘴，不准你再唠叨了。"

　　他拿起剃头刀，像头次那样一鐾再鐾，然后剃了几刀，随即说道："你的急躁使我忧愁苦闷；你要是把原因告诉我，对你只会有益无害。你要知道：从前你父亲和祖父，两位老人家每做一件事情，总要先和我商量呢。"

　　当时我被他缠得无从脱身，暗自说："做礼拜的时间快到

448

了,我必须在人们散拜前出去,要是耽误了时间,就听不到歌唱了。"于是我对他说:"撇开这些废话,不要再啰唆了。告诉你吧:我忙着要去找朋友,请人家来吃饭。"

听说请客的消息,他一声叫起来:"哈哈!今天的日子对我来说太吉利了!昨天我约几个朋友,叫他们今天去我家吃饭,可是忘了预备饭菜,现在我才想起来,这如何是好?怎么对得住朋友呢?"

"你既然知道我今天请人吃饭,就用不着顾虑了。你要是简单利落,很快地给我剃头,那么我家里的饭菜全都给你拿去待客好吗?"

"愿真主报答你。你要给我拿去待客的饭菜中,有些什么名堂,数数给我听吧。"

"五盘肉食,十个红烧鸡,一只烤羊羔。"

"请拿出来,让我亲眼看看吧。"

我将饭菜全部拿了出来,他看了一会儿,说道:"啊!这是天赐之物!你多么仁慈啊!这里只缺少香料了。"

我取出一个匣子,里面盛着沉香、麝香、龙涎香等各式各样的香料,共值五十金。当时时间不待,马上就是做礼拜的时候,我不耐其烦,局促不安,说道:"给你,收下吧。指穆罕默德的生活起誓,快给我剃头吧。"

"指真主起誓,这里面的东西,我要看个明白才肯收呢。"

我吩咐仆人打开匣子,理发匠便扔掉手中的剃头刀,席地坐下,翻着那些香料,左看右看,一直看个不休,那副吊儿郎当的样子,急得我满肚子气,喘都喘不过来。经我屡次催促,他才慢吞吞地站起来,随便剃了几刀,吟道:

小子像他父亲那样成长起来了,

幼苗原是从根底上长出来的。

吟罢,接着说道:"少爷,今天我请客用的饭菜全是你赏赐的,我不知道应当感谢你,还是感谢你父亲?其实我的客人中没有谁应该享受这样好的饮食。因为他们都是些可怜虫,譬如澡堂的看门人藏图帖、小贩撒里尔、卖豆的西览、杂货商尔克里舍、清道夫哈密德、驮夫塞欧德、脚夫苏彼德、烧水的艾博•买柯尔叔、更夫格西睦、马夫凯里睦等,都是好人,性格善良,不讨人厌。他们善于舞蹈,每个人都有一套,也会唱几句歌词。最值得夸奖的是他们都很沉默,话不多,好像都是你的奴仆。譬如那个看澡堂门的,他弹着一具古怪的乐器唱歌,有时情不自禁地且歌且舞,唱道:'我去汲水,装在土罐里……'那个小商贩,他懂得的东西比谁都多,经常边跳边唱道:'诺玉哈我亲爱的太太,请你……'啊唷唷,他唱起来,谁都被引得捧腹大笑。还有那个清道夫,他唱起歌来,空中的飞鸟也会停下来倾听。他边舞边唱道:'消息传到我妻的耳朵里,好像装在一个匣子里……'"

他喋喋不休,把每个人的性格、嗜好、特长详详细细无微不至地向我介绍一通,然后说道:"百闻不如一见;你如果去我那里看看,那对你和对我们都是再好不过的。你打消去找朋友的念头吧,因为你的健康还未完全恢复,说不定去了会碰着一群话多的人,说长道短,胡乱和你攀谈起来呢。你刚病好,需要休息,在这种情况下,如果碰着一个饶舌的人,那会使你头痛呢。"

"也许改一天我到你那儿去。"我怒火中烧,苦笑了一笑,"今天在真主的保佑下我要前去处理自己的事务。你的朋友想必早已等着你,你也该回家去了。"

"少爷,我只是要求你随我去和那些高尚活泼的朋友结交往来,他们都是沉默寡言的。我自己有生以来,一向不与一般说长道短、爱管闲事的人往来;我所结交的都是像我自己这样沉默寡言的人。你只消同他们见面谈一次,保证能使你跟你的老朋友息交绝游的。"

"愿真主保全你们之间的友谊和快乐;以后我必须找机会和他们见面。"

"今天你愿意去吗? 要是你决心去,那么我带着你赏赐的饮食一块儿到我家里去享受。如果今天你非去你自己的朋友那里不可,那么让我先把你赏赐的食物送回家去,摆起来给他们吃喝,吩咐他们不必等我,因为我们之间没有什么可客气的,他们不会怨我。然后我马上转来,陪你一块儿去拜访你的朋友;不管你到什么地方,我都愿意陪随你。"

"毫无办法,只盼伟大的真主拯救了。"我长叹着对他说,"去吧,你回去招待你的客人,我去拜访我的朋友。你既然请客,他们一定等着你呢。"

"我不让你一个人去,我放心不下。"

"我要去的那个地方,别人是轻易进不去的。"

"我想你今天一定是去会女人,否则为什么不能带我去呢? 我是最适于陪随你的,你要做什么我都能帮助你。我随时替你担忧着呢,因为巴格达城中有危险,尤其是像今天这样的日子。"

"你这个该死的老坏种! 滚你的吧! 你胡说八道,到底为了什么?"

"我的乖乖! 我不过愿意牺牲自己来协助你罢了。"

当时我过分激动,局促不安,没奈何,只好急在心里,一直不吭气。过了好一阵，已经是做礼拜的时候，头才算剃完。我对他说："先把这些饮食送回去招待你的朋友，然后快来陪我一块儿去，我等着你。"

我拿言语敷衍这个该死的家伙，打算骗走他。可是他对我说："你骗我，想一个人悄悄地去冒险，把自身投进不可挽救的灾难中。指真主起誓，你别走，必须待我转来陪随你，让我知道你的事情。"

"好的，"我说，"快去快来，别耽搁。"

他带走我给他的全部食品，雇个脚夫替他送回去，他本人却藏在巷里，窥探我的行踪。当时已经是招祷的时候，我匆匆整理衣冠，仓促离开家，跟跟跄跄一直奔进横街，去到前次听见里面唱歌的那间屋子门前，那个老太婆已经在门前等我多时，我随她进去，被安置在一间僻静的小室里。我刚躲定，接着主人也就礼拜回来。我由临街的窗户望出去，突然发现这个该死的理发匠坐在门前，我叹道："这个家伙怎么知道我在这里？"

事属巧遇。就在这个时候发生了一桩意外的事情，活该是真主有意识地要揭露我的秘密。事情是这样的：屋中的一个女仆犯了错误，被主人责罚，她哭喊着求救；一个男仆动了慈悲心肠，前去讲情，也被主人迁怒，打得叫苦连天。当时屋中一片哀哭嘈杂声，被门外这个该死的理发匠听见，认为是我挨打，便吼叫起来，撕破自己的衣服，抓土撒在自己头上，不住地呼吁求救，惹得无数的人围着他看热闹。

"我的主人在法官家里被人杀害了！"他一边说一边哀号啼哭，急急忙忙跑回去报信。他的哭喊声，引得无数的人跟着他乱跑。

我家里的人和婢仆听了噩耗,放声啼哭,撕破衣服,打散头发,跟着这个理发匠,哭哭啼啼大喊大叫地一直涌到法官门前,叫道:"打死人了!打死人了!"

房主人听了门前哀号呼唤的喧哗声,不知是何缘故,吩咐仆人:"你出去看看,那是怎么一回事?"

仆人遵从命令,出门看了一会儿,转回去对主人说:"报告主人,门前站着成千上万的人,其中有男人,有妇女,指着我们的屋子叫道:'打死人了!打死人了!'"

法官听了仆人的报告,以为发生大事,心中着急,亲自出去察看,见门前聚着人群,顿时被吓呆了,说道:"请问各位,这是什么事情?"

"你这个该死的瘟猪、癞狗!"仆婢们一齐叫喊起来,"是你杀害我们的主人哪!"

"诸位,你们的主人干了什么,我才要杀害他?这是我自己的屋子呀。"

"刚才你拿鞭子打他,"理发匠说,"我亲耳听见他的叫喊了。"

"他究竟干了什么,我才要来打他?是谁带他到我屋里来的?他由哪里来?他要到哪里去?"

"你别做老坏蛋了,"理发匠说,"这里面的情况我全都明白。你知道我的主人到你家里来,便教仆人打他。指真主起誓,现在只有两条路可走:或者我们向哈里发起诉,或者你快把人放出来交给我们,免得我进去搜出人来,你就没有脸面了。"

他的一席话说得法官莫名其妙,嗫嚅着讲不出话来,在群众面前感到无限的惭愧。最后他对理发匠说:"你要是真有把握，那么进去把他搜出来好了。"

　　理发匠果然冲进屋来，到处寻找。我看事情不妙，想逃避，可是无路可逃。我藏身的那个地方只有一个大木箱，我便钻了进去，拉盖子盖起来，憋着气躲在里面。他来到室里，一眼看见这个木箱，走了过来，左右前后打量一番，就将箱子顶在头上飞快地跑。我被吓得魂不附体，知道他不会停止，便挣扎着挤开箱盖，跃身跳了出来，结果跌在地上，摔坏了腿。当时法官的大门开着，门前挤满人群，我把带在身边的金钱向他们一撒，趁他们去抢钱不注意的时候溜出巷道，摆脱那个危险地区。可是这个该死的理发匠一直追随着我，我到哪里，他跟到哪里，而且大声说："他们折磨我的主人，使我悲哀痛苦。谢谢真主援助我，算是把我的主人从他们手中救出来了。"接着他对我说："你这样的行动，不顾自身的安全，真使我为难。要是真主不差遣我来保护你，你是摆脱不了灾难的；人家有意陷害你，是要把你置之死地的。历来我诚心诚意、忠心耿耿地要陪随你、保护你，你却自作主张干出这种事情来。当初你要一个人去找朋友，但是因为你年轻、幼稚，我才不放心呢。"

　　"你把我坑害到这步田地还不够吗？"我责问他，"现在你还跟着我在大街上喋喋不休地说这些无稽之谈干吗？"

　　我讨厌他到了极点，气得喘不过气来，几乎丧失生命。迫不得已，中途走进一家铺子，向织布匠求援，这个讨厌的理发匠才算被他撵走。

　　我坐在织布匠的贮藏室里，想道："我被这个该死的理发匠整天整夜追随着，这一辈子恐怕也难摆脱他了，我的生命恐怕也不会延长下去，能够看得见他的下场了。"于是差人邀请证人，写下遗嘱，分配了自己的财产，并把家人委托给一个保护人,请他代为拍卖产业,管理家务。从此离乡背井,漂泊在外,我的希望和目的也不过是想摆脱这个老鬼罢了。

我离开巴格达,流落到贵地,在这里生活下来,已经有很长的一段时间。今天应你们的约,前来赴会,不想在此碰到这个该驱逐的老鬼,见他坐在首席,回想过去,怎么叫我不伤心呢?他既纠缠过我,为了他我才摔坏了脚,变为瘸腿。在这种情况下,再和这个家伙同席,对我来说,这有什么可愉快的呢?

那个瘸腿青年始终拒绝入席——裁缝接着说——当时我们听了他的叙述,怀着好奇心理,对理发匠说:"这位青年所谈的关于他和你之间所发生的事件,真是这样的吗?"

"我替他奔走,为的是人道,是对他行好。"理发匠说,"假若没有我,他早就死了。他所以能够脱险,全是我的功劳。我虽然弄伤了他的一条腿,可是保全了他的生命,这是应当感谢真主的。假若我是个饶舌的人,那就不至于对他做好事了。好吧,现在我向诸位摆摆我自己的经历,让你们相信我自己是个沉默寡言的人,不像我的五个兄弟那么饶舌多话。"

理发匠本人的故事

哈里发穆斯堂隋尔·彼拉执政时期,我住在巴格达。他是个好人,一向关心爱护贫穷可怜的老百姓,同时也跟一般文人学士和洁身自好的廉洁者结交往来。有一天他想起十个流寇的案件还未解决,勃然大怒,勒令省长必须在节日逮捕匪徒归案。省长奉到命令,诚惶诚恐,出去缉捕。最后逮着他们,弄在一只船里,预备过渡。当时我认为他们集合在一起,是为寻乐作戏,打算在船中吃喝、饮宴,闹他一个整天罢了。这样的宴会,我不参加怎么成呢？于是凭着我的忠厚为人和正确的认识,毅然决然地跟上船去,和他们打成一片。可是船渡到对岸的时候,巡察已在那里等候着,拿链子拴住他们的脖子。我自己的脖子上,也同样给他们套上了一条链子。在这种情况下,我缄默着,一声不吭;这还不足以证明我是沉默寡言的人吗？

我们戴着枷锁,被押到哈里发穆斯堂隋尔·彼拉面前,结果被哈里发判处死刑,吩咐行刑官砍下十个匪徒的头颅示众。刽子手把我们布置在血皮面前,随即抽出宝剑,按着顺序一个一个地一直砍了十个头颅,到我面前却止住不砍了。哈里发看我一眼,对刽子手说:"才砍了九个,怎么就不砍了？"

"主上令我砍十个,"刽子手说,"我怎么敢只砍九个呢？"

"我认为你才砍了九个呢。你面前站着这个人,他是第十个呀。"

"指您的恩惠起誓,我已经砍掉十个了。"

"你们数数看吧。"

经过一数,果然砍了十个,一点不差。哈里发看我一眼,说道:"在这样危急的时候,你为什么还不吭气？你这个老头子,脑筋却这么简单！你干吗跟匪徒在一起？这是什么缘故？"

"启禀主上,我是个沉默的老人,本身具有许多经验阅历;说到我理智方面的严密,认识方面的卓越,言行方面的稳重,那更是没有止境的了。我是以理发为职业的,昨天清晨看见这十个人去乘船,我当他们是去开宴会的,便上船和他们一块儿过渡,不想到了对岸,巡察逮捕他们,同时也套一条链子在我脖子上，把我也逮捕在内。我为人过于忠厚老实，向来沉默寡言，因此不愿计较长短，不肯辩明是非，这都是我做人的本分。我们被押进宫来，在您面前受审，您下令处十个人死刑，我虽然跌在罗网中，站在刽子手面前，并未向你们辩护、解释，却免遭杀戮，这是我人格伟大的地方。像这样的事例多着呢。我一生替人奔走，做好事，结果却往往得到反面的报酬，落得一个罪名。”

哈里发听了我的叙述，知道我是有人格、性情沉默的人，并不像被我拯救过的这个青年所说的那样饶舌多话，便哈哈大笑，笑得差一点倒在地上。他对我说："寡言者，你有弟兄吗?”

"有五个兄弟，我们一共是弟兄六人。”

"你弟弟都像你这样沉默寡言、足智多谋吗?”

"主上这样说未免太侮辱我了。他们处世接物，一点也不像我。主上不该把他们拿来和我相提并论。他们最无人格，而且话多，因此一个个都变成了残废。他们中一个是驼背，一个是瞎子，一个是独眼，一个被割掉耳朵，一个被割掉嘴唇。他们都遭遇患难，给每个人带来终身的不幸。他们每人的经历，我必须向陛下谈一谈，和我对照一番，免得陛下认为我是饶舌的人。”

理发匠二兄弟的故事

我的二兄弟名白格波格，是个瘸子，以缝纫为业，在巴格达城中租一个富翁的一间铺子谋生。那间铺子的上面是房主人的住家，下面是他的磨房。有一天我的瘸子兄弟坐在铺中

457

缝纫,无意间抬头看见一个妇人站在屋子的阳台上观看过路的人。他从看见那个妇人之后,便撂下活计,呆呆地凝视着她。

次日清晨,他打开铺子,坐在铺中缝纫,可是心绪不宁,缝一针,便抬头向阳台上看一看,见妇人还是昨天的那个模样。第三天他坐在铺中,还是不停地抬头向阳台上窥探。这回他的情形被那个妇人看见,知道他已经成为自己的俘虏,便向他嫣然一笑,然后从容退进屋去,随即打发女仆拿包袱包一匹红色花绸送到他铺中,对他说:"我们太太问候你,请你用这份衣料替她缝一件衬衣,缝工要认真些。"

"听明白了,遵命就是。"他回答着立刻动手,剪裁之后,接着就缝,当天就缝好一件衣服。次日女仆一早去见他,对他说:"我们太太问候你,向你致意。"随即交给他一匹黄缎子,说道:"我们太太说,请你替她缝两条裤子,要你今天替她缝好。"

"听明白了,遵命就是。"他说,"代我向你们太太多多致意。"

他煞有介事地忙着剪,忙着缝,非常卖力地替她缝裤子。在缝纫期间,他曾见她出现在阳台上,喜笑颜开地用动作向他调情。当时他以为她是钟情于他了。下午女仆去到铺中,拿走了裤子。当天夜里他躺在床上,翻来覆去,直到天明还睡不着。

次日清晨他起床,刚打开铺子,女仆也就赶到,对他说:"我们老爷请你,有话对你说。"

听说老爷请,他吓了一跳。女仆见他畏缩,便安慰他:"不要紧,请你去有好事可做,不必害怕。太太对老爷说过你的好处了。"

他喜形于色,欣然随女仆去见她的主人,卑躬屈节地吻了地面,然后向他问好。主人回问一句,交给他许多衣料,说道:"替我缝几件衬衣吧。"

"听明白了,遵命就是。"他回答着马上动手剪裁,饿着肚子一直做到午饭时候,共裁为二十件衬衣。当时主人问他:

"该付你多少工资?"

"二十元。"他回答。

主人呼唤女仆,说道:"拿二十块钱来。"当时我弟弟不吭气,可是女主人却站在一旁用眉目向他传情,暗示他不要接受。因此,他便说:"指真主起誓,工钱我是不收的。"随即带着裁过的衣服回铺中去了。其实他的景况非常窘迫,是需要拿工钱来糊口的。尤其自从认识那个妇人之后,三天内只随便吃喝很有限的一点饮食,勉强撑持,整天忙忙碌碌地替她夫妇缝衣服。当天他回到铺中,仍然不辞劳苦地继续缝纫,待他赶完工作,女仆去铺中催促时,他说:"已经缝好了。"于是收存起来,带着衣服随女仆去见她的主人,亲手交代清楚,才空着手转回家去。其实,我弟弟的痴情和单相思的情况,早被妇人告诉了她的丈夫,他却茫然不知。因此他们夫妇约着开他的玩笑,利用他无偿地替他们缝衣服。

次日清晨,女仆去到铺中,对他说:"我们老爷唤你,有话对你说。"他毫不犹豫,随女仆去见她的主人。"我要你替我做五身长袍。"主人对他说。他马上替他剪裁,然后带到铺中,勤勤恳恳地忙着替他赶工作。

长袍缝好了,他送去的时候,主人很满意,夸赞他的手艺好,并给他几块手工钱。他刚伸手去接,妇人便从她丈夫的后面向他示意,教他别接受,于是他说:"别忙吧,先生,以后再给好了,日子长着呢。"他说罢告辞回家。当时他的情况狼狈不堪,尴尬得比驴子还卑贱。事实上,他已经被贫穷、饥饿、褴褛、疲惫所包围,但他却勉强撑持,甘愿供人家役使。

那家夫妇利用我弟弟替他们把衣服缝够了,便异想天开,用嫁婢女给他为妻的办法作弄他。当新婚之夜,便对他说:"今晚你去磨房里过夜,这对你的将来是再好不过的。"

他相信他们的说法,果然一个人去磨房里过夜。然而那个妇人的丈夫事先已经嘱咐磨面的人,教把他作为牲畜弄去推磨。当天半夜里,磨面的人走进磨房,自言自语地说:"这头牛太坏了,它站着不动,不肯继续推磨,尤其今晚该磨的麦子还多着呢。"于是他去到磨前,把麦子添满了漏斗,然后手持绳索,去到我兄弟面前,用绳套在他的脖子上,说道:"起来,跟我推磨去;你这个家伙,只想吃喝睡觉。"

他在磨面者的鞭打、督促下,哀哭、求救,却无人过问,只得硬着头皮推磨。黎明时,房主人去磨房里看看他脖上的轭,然后默然退了出去。清晨女仆去看他,说道:"你的遭遇使我难过极了;我和太太都同情你,为你担忧着呢。"

他被人打得疲劳不堪,死气沉沉,对女仆的慰问,默然无言回答,只好有气无力地回到自己铺中去将息。不想这时候,替他写婚书的一个老人前去向他贺喜,一见面便祝祷:"愿真主延长你的寿岁,使你的婚姻美满幸福……"

"真主不教说谎者平安无事!你这个坏种!这有什么美满幸福的?你知道吧:你到这里来,结果却教我代替牲畜磨了一整夜的面粉哪。"

"这是怎么一回事呀?告诉我吧。"老人莫名其妙。

我弟弟将夜里遭遇的折磨从头说了一遍。老人听了说："你和她的星宿不合，没有姻缘之分。你要是愿意，让我替你另物色一头亲事吧。"

　　"好的，劳你替我另说一头好了。"

　　老人走了。他坐在铺中，等着看有谁送活计来给他做，以便弄几个工钱维持生活。正当他走投无路的时候，想不到那个女仆又去到铺中，对他说："我们太太请你。"

　　"小姐！去你的吧。我和你的太太绝交了。"我弟弟表示不耐烦。

　　女仆匆匆回去，把情况一报告，不一会儿，太太便出现在阳台上，哭哭啼啼地对他说："究竟为了什么你才不让我们的交往继续保持下去呢？"

　　我弟弟不理会她，她便赌咒发誓，说所有在磨房中发生的事都不是她选择的，那一切的事与她无关。这样一来，他可乐了，接受她的道歉，并向她问好，以前所遭受的种种磨难都烟消云散，从此重理旧业，安心地做他的针线。

　　过了一晌，那家夫妇又要作弄我弟弟。男的对老婆说："你有什么方法骗他到这儿来吗？""有，"女的说，"让我用计策骗他，管教他恶名远扬，在城中出丑。"

　　圈套布置好了，这才打发女仆去唤他。"我们太太问候你，"女仆对他说，"请到我们家去，太太有话对你说。"

　　妇女的阴险毒辣手段，他一点也不知道，因此毫不怀疑，坦然随女仆前去。那妇人一见他，便喊道："我的人儿呀！我多想念你啊。"

　　"我也想念你呀……"他还没有说完，男人便从房中出来，骂道："岂有此理的家伙！胆敢到我家里来调戏我的妻室。指真主起誓,非把你交给警察治罪,我是不甘休的。"

他百般谦恭求饶,人家可不理会。结果被送到衙署,挨了一顿鞭挞,并让他骑着骆驼游街示众。当时人们喊道:"这是奸邪者的下场……"他从驼背上跌下,摔坏了腿,变成一个瘸子。

最后他被驱逐出境,走投无路。当时我不知道他会流落到什么地方,心中十分忧虑,悄悄地把他带到我家中,一直供养到现在。

哈里发穆斯堂隋尔·彼拉听了我的叙谈,哈哈大笑,说道:"寡言者,你谈得好。"于是吩咐赏赐我,赦我无罪。我说道:"我不接受您的赏赐,我只希望把剩下那几个弟弟的遭遇向您讲一讲,以便您认识我不是一个饶舌的人。"

理发匠三兄弟的故事

我的三兄弟名斐勾谷,是个盲人。有一天他被命运驱使到一幢大房屋门前,伸手敲门,一心希望跟主人谈话,向他要点布施。听了敲门,主人在里面问道:"谁呀?"他不作声。继而里面又大声问道:"你是谁?"他还是不作声。之后,他听见主人的脚步声,走到门前,开了门,问道:"你要什么?"

"看真主的情面,求你给点布施吧。"我弟弟说。

"你是瞎子吗?"

"不错,我眼睛不好。"

"伸手给我吧。"

我弟弟满以为主人要给他布施,果然伸出手来。主人拉着他的手,引他进去,接着带他登上楼梯,顺着梯子一级一级地一直去到楼头。当时他相信主人要给他一些食物,或者赏他几文钱。可是到了最高一层的时候,主人却开口问他:"瞎子,你要什么?"

"为了真主,你随便给吧。"我弟弟说。

"去吧,真主会给你开辟出路的。"

"在下面你怎么不这样对我说呢?"

"你这个恶徒! 当初我问你的时候,你为什么不回答我?"

"现在你打算怎样对待我?"

"我没有什么布施给你。"

"那么带我下去好了。"

"大路摆在你面前,你滚蛋吧。"

不得已,他只好自己摸索着下楼。他下着下着,到了离地面还剩二十级的地方,不幸脚一滑便跌倒,一直滚了下去,砸破了脑袋。

他哼唧着狼狈地走出那幢建筑物的大门,茫然不知该向哪里去,正在踟蹰、彷徨的时候,碰巧和他的两个盲伙伴邂逅。"今天你讨得些什么?"他们问他。他把刚才的遭遇谈了一遍,接着说:"弟兄们,今天我要把存款中我自己的那部分取点出来用。"

当时那个房主人悄悄地随在他的后面,偷听他的谈话;他自己却不知道,他的伙伴也不知道。就那么样他一直回到住处,房主人也随他溜了进去,他同样不知道。他坐着耐心地等到伙伴们讨饭回来,这才对他们说:"关起门来,仔细检查室内,别让生人闯进来。"

房主人听了我弟弟对伙伴们的谈话,便拉着一条系在屋顶上的绳索攀缘上去,腾在半空中,因此,他们搜索的时候,什么也没发现。于是他们把存款取出来,坐着清点,总共积蓄得一万二千多元,然后每人取出一些零用钱,其余的整数仍然埋在屋角。一切弄妥当了,这才摆出饭菜,大家一块儿围着吃喝。正在吃得有味的时候,我兄弟突然发觉他旁边有生人咀嚼的声响。"大事不好,有生人闯到我们屋里来了!"他一边对伙伴们说,一边伸手抓住那个房主人。于是几个盲人按住他打,一直打得精疲力竭,这才高声喊道:"穆斯林弟兄们!快来看,有贼来偷我们的钱了……"

随着他们的喊声,许多人都跑来看热闹。当时那个房主人闭起眼睛,装成瞎子,靠近几个盲人,也像他们一样地喊叫着,教人们看不出破绽:"穆斯林们!我求真主和国王保佑,我求真主和省长保佑……"

不一会儿,人越集越多,把几个盲人包围起来,并送他们到衙门去排解。

"这是怎么一回事情?"省长问。

"老爷请听我说,"那个房主人说,"我们之间的纠葛,非动刑法是弄不清楚的。现在请先处罚我,然后再处罚这个吧。"他用手指着我弟弟。

于是狱吏把那个房主人摔倒,重责了四百鞭。他支持不住,便睁开一只眼睛。待他们继续鞭挞的时候,他这才睁开另一只眼睛。省长见了,非常惊诧,问道:"该死的家伙,你这种行为,到底是什么意思?"

"望老爷宽恕,让我招认吧。"房主人回答,"我们四个人,扮成瞎子骗人,经常到人家里乞讨、行骗,侵犯别人的利益,做损人利己的勾当。因此我们先后积蓄了一笔巨款，总计一万二千元。今天我向他们索取我名下应得的三千元，他们不给我，反而合起伙来打我，强占了我的钱财。现在我向真主和省长老爷求救，应该把存款分给我一份。如果要证明我的诚实，老爷只消加倍地重刑拷打，他们自然就睁开眼睛了。"

当下省长吩咐狱吏用刑拷打，先从我弟弟开始，把他绑在一张梯子上拷打。"你们这些无赖家伙！"省长骂道，"否认真主给予的恩惠不去享受，却甘愿做瞎子！""真主！真主！真主！"我弟弟不息的呼号着，"指真主起誓，老爷，我们真是失明的盲人。"

他们继续不断地鞭挞，把他打得昏死过去，省长这才吩咐道："暂停一停吧，等他苏醒过来再打好了。"

继而省长吩咐给其余的瞎子受刑，每人挨了三百多鞭。当时那个房主人站在一旁，装模作样地喊道，"快睁开你们的眼睛吧，要不然，还得继续挨打呢。""这些家伙怕在人前丢脸，不肯睁眼，"他对省长说，"现在请派个人陪我去把那些存款取来证实好了。"

省长果然派人将存款取来，分三千元给那个房主人，其余的全部没收，并下令驱逐三个盲人出境。我奔到郊外，找到我弟弟，向他了解情况，悄悄地带他进城，把他藏在家里，好生供养。

哈里发穆斯堂隋尔·彼拉听了我的叙述，忍不住大笑起来。他命令左右的人："重重地赏赐他，让他走吧。"

"不，"我说，"我什么也不要，只希望向陛下谈谈我弟弟们的遭遇，俾您知道我是寡言的人罢了。"

理发匠四兄弟的故事

我的四兄弟名罕多鲁,瞎了一只眼睛。他原是个屠户,在巴格达城中开铺子卖羊肉谋生。当时城中官宦富贵人家的肉食都由他供应,生意好,赚了很多钱,因此广置房产,饲养大批牲畜,在富足的情况中,过了很长的年月。

有一天他照常在铺中经营,一个垂着长须的老头子递给他一块银币,说道:"要一块钱的羊肉。"

老头子拿着羊肉走了。他仔细打量那块银币,发现银色灿烂闪光,于是把它另外储存起来。从那回起,在五个月期内,那个老头经常向他买肉,他总是将钱收集在另外一个箱子里。之后,他预备买羊,打开箱子取钱,才发觉箱里全是剪碎了的纸片。当时他气得打自己的耳光,大声喊叫,引得人们跑去看热闹。经他叙述情况,人们都感到惊奇。

事后他照常经营。一天宰了一只绵羊挂在铺中,并卸下几块羊肉挂在铺外,暗自想道:今天老头也许会来买肉,他要是真来,我一定抓住他向他理论。果然不出他的意料,一会儿那个老头真的带着一块银币来了。他起身一把抓着老头子不放,同时高声喊道:"穆斯林弟兄们!来吧,你们都来听听我和这个老坏蛋的故事吧。"

"两个办法任你选择,"老头说,"要么你放手,离开我,要么我当众人的面揭你的底。"

"你揭我的什么底?"

"揭你挂羊头卖人肉的底。"

"该死的家伙!你造谣!"

"把人肉挂在铺中的人才是该死的家伙呢!"

"你说的要是真有其事,那么让你拿走我的钱财,并且就杀我也是应该的。"

"各位请听,"老头对观众说,"你们若要证明我所说的都是事实,请进他铺里去看一看就明白了。"

人们涌进铺里,看见先前宰的那只绵羊果然变成了一具人尸挂在里面。看了那种情景,大家怒火上冲,把他包围起来,骂道:"邪恶的恶毒的坏蛋呀……"甚至于向来对他最好的人也动手揍他,打他的耳光,问道:"你卖人肉给我们吃吗?"接着那个老头一拳打落了他的一个眼珠。后来人们带着那具尸体,押着他去见省长。

"报告老爷,"老头说,"这个屠户宰了人,并把他们的肉当羊肉卖给人吃。现在我们把他送到官厅,恳求老爷法办,按照法律判他应得的处分。"他辩护,省长不理会,打他五百大板,宣布没收他的财产,并驱逐出境。幸亏他有财产,否则,性命是难保全的。

他离开巴格达,走投无路,徘徊流浪。后来他去到一个大城市里,根据当时的情况,认为做个鞋匠倒是顶好的职业。于是他全力准备,开了一个铺子谋生。有一天他因事出街,听到马叫声,便向行人打听,知道是国王带领人马出猎,于是站在路旁看热闹。当人马经过时,国王一眼看见了他的眼睛,马上低头说:"今天兆头不好,愿真主保佑。"随即勒住马缰,打消出猎念头,率领人马回宫,同时命令仆从追了过来,抓住我弟弟,脚踢拳打,胡乱揍了一顿,差一点把他打死。

他莫名其妙地挨了一顿,不知是何缘故,死气沉沉地回到铺中养息。后来他把那天不幸的遭遇向国王的一个侍从叙述,侍从听了,笑得倒了下去,说道:"弟兄,你要知道:独眼龙是不能让国王看见的,尤其是瞎右眼的人,如果被他看见,就没有赦免的余地,非杀头不可。"

他听了侍从的叙述,感到恐怖,决心离开那座城市,另找安全的地方安身,于是毅然决然,动身起程,不辞劳苦跋涉,一直去到一座没有熟人的城市里,安居下来,在那里住了很久。有一天他出去散步消遣,忽然听到后面的马叫声,他一怔,说:"大事不好,真主的法令到了!"于是急急忙忙寻找一处躲避的地方。可是仓促之间,没有适当的地方,便推开人家的大门,闯到长廊下面躲藏;然而就在那个不知不觉的时候,蹦出两个大汉,对他说:"你这个真主的仇敌,算是跌在我们手中了;这应当感谢真主呢。你叫我们尝到死的滋味,整整三天三夜不让我们休息睡觉了。"

"人啊! 这是怎么一回事呀?"他说。

"你窥伺我们,要污辱我们,打算谋杀我们主人;你和你的同党弄得他倾家荡产,这还不够吗?每天夜里你用来威胁我们的那把刀在哪里?快交出来吧。"

他们说着,一检查,从他身上搜出一把刀子。当时他说:"人啊! 你们如此对待我,应当畏惧真主哪。你们要知道,我的故事奇怪着呢。"随即向他们叙述自己的遭遇,企图得到释放。可是人家不理会,不听他的,反而打他一顿,扯破他的衣服,又发觉他遍体鳞伤,骂道:"该死的家伙! 这是被鞭挞的痕迹呢。"于是送他去衙门治罪。当时他悲观厌世,叹道:"我跌在罪孽中了,除真主之外,别人是解救不了我的。"

"恶棍! 你闯到人家里去行凶,这种行为是谁主使你的?"省长审问他。

"老爷,"他说,"凭真主的名义,我恳求您听我申诉,别忙处罚我。"

"一个使人倾家荡产,遍体都是伤痕的匪徒,我们能听他申诉吗?你犯了大罪,人家才把你送来治罪的。"

省长宣布他的罪状,打他一百板,然后游街示众,驱逐出境。人们给他骑着骆驼,在城中游行,前面有人喊道:"入宅行凶的恶徒,如此对待他,这是最轻的处罚呀!"

不幸的消息传到我耳里,我忙打听清楚,奔去照拂,待人们释放了他,才悄悄地带他到巴格达城中,藏在家里,好生供养他。

理发匠五兄弟的故事

我的五兄弟名科祖·艾斯瓦尼,被人割掉两只耳朵。他的生活很苦,原是靠乞讨过活的,晚上讨了白天吃。先父是个长者,活了很高的寿岁。他死后遗下六百块钱,我们六弟兄每人分得一百元。我的五兄弟拿了他的一百块钱,感到迷惑,不知怎样处理才好。后来忽然想到贩卖玻璃器皿可以赚钱维持生活,便用一百块钱买了各式各样的玻璃器皿,装在一个箩筐中,拿到市上,摆在一处较高的地方贩卖。当时他靠在一堵墙上沉思默想,一时想入非非,自言自语地说:"我以一百元的本钱购买这些玻璃器皿,可以卖得二百元;再用二百元购买一批玻璃器皿,卖他四百元。然后再买再卖,如此循环买卖下去,直到积累得很多的本钱。到了那个地步,我掉换一下行业,从事贩卖珠宝、香料和其他各式各样的商品,赚他一笔大钱;那时节买所漂亮的屋子,买几个婢仆,并买匹骏马,配上金

469

鞍银镫,然后安居乐业,吃好的喝好的,穿好的戴好的;凡是城中著名的歌男舞女,谁都不放过,通通请到家里歌舞。我好生干下去,若是真主意愿,总共凑足十万块的本钱。"

他那么想象着自言自语的时候,那盘玻璃器皿,全都摆在他的面前。继而他说:"待我有了十万元的时候,便打发媒婆去向公主或公侯宰相的女儿求亲;据说当今宰相的千金小姐生得十全十美,我用一千金做聘礼,向他求亲;他若慨然允诺,那没有话说;若是不答应,我便强迫着娶她,丢一丢他的面子。

"娶了亲,我买十个使女伺候她,我自己也得买一套帝王将相们穿的宫服,替自己弄一副嵌珠宝玉石的金鞍,出入必须骑马,由奴婢簇拥着去城中周游,让人们见了向我问好,替我祈福。随后我去到相府,前后左右有奴婢簇拥着,派头很大,让宰相见了,立刻起身迎接,请我坐在他的交椅上;他已经是我的岳丈,所以自己坐在一旁。我身边有两个仆人,每人携带一个钱袋,每袋盛着一千金。一千金作为娶亲的聘礼,其余一千金当礼物送给宰相,表示我为人慷慨、慈祥,教他知道我的派头不小,钱财是不放在眼里的。他对我说十句话,我却漠然回他一两句,然后从容辞别回家。我妻要是打发人来看我,我一定赏赐使者金钱和衣服。如果是来送礼,我便断然拒绝,点滴不收,教他们知道知道我的人格伟大,除了重视千金小姐本人之外,其他一切都不在我意下。往后我跟他们商量结婚的办法,征求他们的同意,然后决定婚期,收拾布置。举行结婚仪式的时候,我身穿华服,洋洋得意地坐在铺丝垫的靠椅上,显出庄重大方的模样,连眼睛都不斜视一下。那时候我妻穿着华丽的衣服,戴着昂贵的首饰,打扮得花枝招展,月儿般站在我身边。我却不理会,任她站着,让客人们说:'喂!主人呀,你的妻室,你的奴婢站在你身边呢,抬头看她一眼,赏她脸吧,别叫她站坏了。'必须让他们向我下跪恳求多次,我才抬头看一眼,随即低下头,让他们领走她。往后我起身换一套更华丽的衣服,待新娘子第二次来见我的时候,我还是不理会,必须经他们屡次恳求,才抬头看她一眼,随即低头不语;我就这样摆着架子,直待婚礼完毕。

"我吩咐仆人预备五百金,盛在一个钱袋中,作喜钱送给侍候新娘的妇女们,教她们带新娘进洞房。在房中我不看她,也不跟她谈话,表示看不起,教人们知道我的派头很大。待她母亲过来讲情,吻我的头和手,说:'贤婿,可怜可怜你的奴婢吧。'我也不作声。这样,她会低声下气地跪下去一再吻我的脚,说:'贤婿,姑娘年轻,人又腼腆,娇养惯了,眼看你这样厌恶她,她的心会粉碎的,走过去和她谈谈吧。'她说着总要端酒给我喝,并使女儿把酒送到我面前侍候,我自己却傲然靠着,不理会她,任她站在一旁,教她知道我这是帝王派头。她说:'我的主人呀,我是你的奴婢。指真主起誓,你别拒绝,从奴婢手里喝这杯酒吧。'我不作声,她总会缠绵着把酒送到我的嘴边,说:'你必须喝掉它。'这时候我摆着手推开她,并举起脚来这样一脚踢过去。"

他想象着抬起脚来一比,结果踢中盛玻璃器皿的箩筐,箩筐翻倒,里面的玻璃器皿全部摔碎。他大声叫起来,说道:"这一切都是我高傲自大的结果呀!"他气得哭起来,打自己的耳光,撕身上的衣服,惹得过路的人都围着他看热闹。人们有的同情他,可怜他,有的漠不关心地走他们的路。

他既然损失了本钱和盈益,越想越气,待在那里伤心流泪。凑巧那天是礼拜五,去做聚礼的人当中,有个善良的妇女带着奴仆从那里经过,骑着一匹配金鞍银镫的骡子,身上泛着麝香的芬芳。她看见摔坏的玻璃器皿和我弟弟伤心哭泣的情景,发生怜悯心肠,便打听其中的缘故。有人对她说,他卖玻璃器皿谋生,箩筐中的玻璃器皿给摔碎了,所以他伤心哭泣。

"把你身边的钱送给这个可怜人吧!"那位妇女吩咐她的仆人。仆人给他一包东西,里面包着五百金。那份钱递在他手里,他喜欢得要命,忙向她表示谢意,替她祈祷、求福一番,然后带着钱欢天喜地地回到家中。他刚坐定,便听得敲门之声。他开门一看,原来是个素不相识的老太婆,对他说:"我的孩子,礼拜的时间快到了,我还未洗脸,望你给我腾出一个地方来洗脸,预备礼拜吧。""听明白了,遵命就是。"他应诺着让老太婆进屋去,弄一壶水给她去洗脸,自己却得意忘形地坐下,慢慢将钱装在钱袋中,收藏起来。

老太婆洗了脸,到他起坐的地方,做了礼拜,随即替他祈祷求福。他感激老妇,伸手掏出两枚金币,送给她,暗自说:"这是我给她的布施。"老妇却不接受,说道:"赞美真主! 哟! 你怎么把最爱你的人看作穷苦人呀? 我不需要钱,你收起来吧,我已经心领神会了。给你钱的那位妇女,她是我的朋友,你若打算同她结婚,我愿意帮忙。"

"老伯母,那该怎么办呢?"他问。

"孩子,她希望同一个有钱的人结婚,你把所有的钱带着随我来,该怎样办,我会指示你呢。你去到她家里,尽可能地说好听的话,显出活泼的态度,注意别露出丝毫缺点,这样你便可以达到目的了。那时候你要多少钱,她会给你呢。"

我弟弟相信那个老太婆,果然带着所有的钱随她出去,一直去到一幢大建筑物面前。她一敲门,一个希腊姑娘出来开门,于是老妇在前,他随在后面,去到一间陈设非常考究美观的宽敞大厅里。他坐下去,把钱放在身旁,脱下缠头,摆在膝盖上。就在那个不知不觉的时候,眼前突然闪出一个彪形黑奴,握着明晃晃的宝剑,对他说:"该死的家伙!是谁带你到这里来?你到这里来干什么?"

我弟弟看见那个黑奴,吓得目瞪口呆,一句话也说不出口。于是他被黑奴剥掉衣服,用宝剑砍得昏死过去。黑奴认为已经结果了他的性命,问道:"盐罐在哪里?"随着他的喊声,一个姑娘端出一个大盘,里面盛着许多盐巴。他拿盐巴塞在我弟弟的伤口上。他忍着疼痛,不敢动弹,怕黑奴知道他还活着,又遭杀戮。

那姑娘退了出去,黑奴接着一喊,老太婆便出现,走到我弟弟面前,扯着他的脚,拖了出去,扔在地窖里的一堆死尸上。他在地窖里待了整整两天两夜,伤口上的盐巴止了血流,变成救命的良药。经过两天的工夫,他的精神慢慢恢复过来,有力气可以动弹了,这才爬起来,心惊胆战地挣扎着弄开盖板,悄悄地趁黑夜溜到走廊下面躲着。

清晨,那个鬼鬼祟祟的老太婆开门出去猎取别人的时候,他偷偷摸摸地从她后面逃出虎口,回到家中,继续吃药医治创伤。在那个期间,他屡次发觉老太婆把人一个一个地诱往她家里去。他沉着气不说话,直到健康恢复,力气充沛的时候,才拿块破布缝个口袋,盛满碎玻璃,用线绑扎起来,然后穿上一身波斯服,化装成波斯人,衣服里面佩戴一柄宝剑,故意去碰那个老太婆,操着波斯语对她说:"老人家,我是外路人,今天刚到这个地方,没有认识的人;你有没有可以量九百金的秤?请替我称一称,我送给你一些金子。"

"我有个儿子是做兑换银钱生意的。"老太婆说,"他有各种戥秤,你跟我来,趁他离开寓所之前教他替你称好了。"

"好的,你在前带路吧。"

那个老太婆在前,他随在后面,一直去到那幢大建筑物面前。她一敲门,仍然是那个希腊姑娘出来开门。老太婆喜笑颜开地对她说:"今天给你们带肥肉来了。"于是姑娘牵着他,引他去到前次去过的那间大厅里,陪他坐了一会儿,然后起身说:"你坐着别动,我去一会儿就来。"

姑娘刚出去,那个黑奴霎时蹦到室中,握着明晃晃的宝剑,走过去站在他前面,说道:"倒霉的家伙,站起来!"他一边起身,一边趁黑奴措手不及的一刹那,抽出衣服下面的宝剑,一剑砍掉他的脑袋,并扯着脚把尸体拖往地窖,大声问道:"盐罐在哪里?"随着他的喊声,一个姑娘用托盘送盐进来,可是一见他便回头逃避。他跟踪追出去,结果了她的性命,接着喊道:"老人家在哪里?"

老太婆出来的时候,他问道:"老坏蛋!你认识我吗?"

"不,我的主人,我不认识你。"

"我是那份钱财的主人呀!你曾去我家里洗脸,礼拜,并且用阴谋诡计对付我,把我引诱到这个地方来危害我。"

"畏惧真主吧!关于我的事情,请你仔细弄个清楚明白吧。"

他不理会,举剑杀了老妇,把她的尸体砍成四块,这才去找那个希腊姑娘。她见我弟弟手里握着宝剑,吓得魂不附体,向他乞怜求饶,说道:"饶恕我吧。"

"你为什么会落在这个黑奴手里?"他问。

"我原是一个商人的女儿,那时候这个老太婆经常去看

474

我，日子久了，彼此感情好，我自己也获得了一些慰藉。有一天她对我说：'我们举行一个空前的盛会，希望你前去参加。''听明白了，遵命就是。'我回答着起身整装，穿起华丽的衣服，戴上昂贵的首饰，取一百金盛在钱袋里带在身边，随她前去赴会。结果却被她带到这个地方来。我从跨进这道大门，就被黑奴操纵着，在该死的老太婆主使下干这种勾当，已经三年多了。"

"这屋里有什么东西吗？"

"里面东西很多，要是你能够搬动，你就把它搬走吧。"

她带他去察看，打开一个箱子，里面净是钱囊，储藏着无数的金银，使他望着那些财物发愣。她对他说："我在这里等你，快去找人来搬吧。"

他出去雇了十个脚夫转来搬东西的时候，看见大门洞开，不见那个姑娘的踪影，而且连盛金银的那些钱袋也不翼而飞。他仔细检查，屋中只剩了些简单的布匹等物。这时候他才知道自己受骗，懊悔已不济事，只好收拾残存的钱财，并将贮藏室中剩余的东西一样不留地搬走。

当天他感到无限的快慰，安逸甜蜜地过了一夜。可是次日清晨，想不到大祸也就临头，他发现门前有二十个士兵等着拘捕他，对他说："我们奉省长的命令来逮捕你。"一边说一边就动手绑他。他好言交涉，请他们进屋去协商，人家不肯；他愿意把所有的金钱送给他们，人家也不接受，结果被牢牢地绑起来押走。

在解往衙门的途中，他碰着一个朋友，就扯着人家的衣角求救。那个朋友站着向士兵们打听他的情况。他们说："奉省长的命令逮捕他，现在解往衙门去审讯。"

那个朋友从中调停,出五百金贿赂他们,说道:"放了他吧,你们回到衙门回复老爷,说不曾碰到犯人不就完事了吗?"可是人家不听他的,拒绝贿赂,终于把他拖运衙门。

"你的那些钱财和布匹是哪里来的?"省长一见他便问。

"请老爷先赦免我吧。"他要求。

省长给他一方手巾,作为赦免的标志,他这才把受老太婆欺骗的情况,他向她报复的经过,希腊女子逃走的始末,从头到尾详细叙述一遍,然后接着说:"我获得的那些财物,老爷要什么,尽管去取,只望老爷给我留下必需的生活费就感激不尽了。"

省长把他的钱财和布匹全部没收,但是又怕消息传到国王耳中,自己会受处分,为了消灭口实,便对他说:"你赶快离开这个城市,否则我就吊死你。"

"听明白了,遵命就是。"他回答着,诚惶诚恐地出走,打算逃往别个城镇去找生活出路。可是祸不单行,途中遇着强盗,衣服被剥掉,身体被打伤,甚至两只耳朵也被割掉。噩耗传来,我匆匆送衣服去给他穿,悄悄地带他回城,好生供养他。

理发匠六兄弟的故事

我的六兄弟名奈沙尔,被人割掉嘴唇。原来他很穷,生活困难,被饥饿逼迫,有一天不得已才出去乞讨,希望得到一点食物充饥。他行在街上,从一幢巍峨的建筑物前面经过,从堂皇的大门看进去,见广阔深邃的走廊直通到里面,门前的仆人在那里发号施令,神气十足。他向附近的人打听,知道那幢屋子是白拉密克后裔的居室。他走过去,向守门的乞食。他们对他说:"进屋去吧! 你需要什么,我们主人会给你的。"

他听从他们的指使,走进大门,在走廊中行了一会儿,发现那是一幢非常美观整洁的屋子,中央有个无比美好的花园,室内的地上铺着云石,门窗上挂着窗帘。面对那种情景,他感到惊愕,不知该向哪里去。之后,他鼓起勇气,一直走到堂屋里,看见一个容貌清秀、须髯美丽的男人。

那个男人一见他,便起身迎接,问他的情况。他把需要救济的意思陈述一番,主人听了,立刻显出十分忧愤的神情,伸手撕破自己的衣服,说道:"我在城中的时候,难道你还陷在饥饿之中吗? 指真主起誓,这种情况我是不能容忍的。"于是答应满足他的需要,并且说:"今天你必须同我一块儿吃喝。""我的主人啊,"我弟弟说,"现在我饿得要命,已经不能支持了。"

"喂,叫仆人快把盆、壶拿来。"他吩咐一声,接着便对我弟弟说:"客人! 请去洗手用饭吧。"

他站起来,预备去洗手,可是不见盆、壶,便比着姿势,好像洗手似的敷衍了一番。"上菜吧!"主人唤了一声,随即对他说:"请了,随意吃吧,不必客气。"

但是面前什么饮食也没有。他举手做出姿势,好像进餐似的敷衍着。"奇怪得很!"主人说,"你吃这么一点点! 不要吃假饭才对。我知道你饿了,快吃吧。你看这些面饼,多白呀!"

他继续举手做出吃喝的姿势,想道:"此公喜欢开别人的玩笑!"于是他开口说:"先生,面饼真是白极了,这是我生平没见过的,它的味道也是顶好的。"

"这是一个使女烤的,"主人说,"我买这个女仆,花了五百金呢。"于是接着喊道："仆人！端'黑律塞'①来吧，多加点油。"他又对我弟弟说："客人，指真主起誓，你见过比这盘黑律塞更美味的饮食吗？指我的生命起誓，你吃吧，别害羞。"他又呼唤仆人："仆人！给我们上烩肥松鸡的'西克巴芷'②来吧。"他接着对我弟弟说，"客人，吃吧，你饿了，需要多吃点。"

他摆动着嘴巴，大嚼特嚼。主人却不息地喊出各种名堂的菜肴，左一样，右一样，只顾唤仆人上菜，事实上却空空如也，什么饮食也不见端出来摆在桌上；相反地，他却尽量地请我弟弟吃喝。继而他喊道："仆人，上红烧鸡吧。"接着他又对我弟弟说，"我的客人，指你的生命起誓，这种烧鸡是用阿月浑子填肥的，你从来不曾尝过这样的味道，吃吧，你应该多吃点。"他说着伸手向前抓一抓，然后举起来送到我弟弟的嘴面前，像取食物喂他似的。

"不错，我的主人，这个实在好极了。"我弟弟口里如此回答主人，可是他听了主人数出的那些个可口的菜肴，却越发馋涎欲滴，饿得更厉害了。在这种情况下，他只希望能有几块大麦饼充饥，也够心满意足了。

"你见过比这个更滋补的饮食吗？"主人问。

"不，我的主人，我从来不曾见过。"

"那么努力吃吧，不要害羞。"

"谢谢主人，我吃够了。"

"快来收拾杯盘，"主人呼唤仆人，"将甜食摆出来吧。"他

---

① 一种小麦面混肉煮的食物。

② 加醋煮的肉汤。

接着对我弟弟说:"这种甜食真好,吃吧,你尝这种蜜饯;指我的生命起誓,吃这块;快! 别教蜜流了。"

"好的,"我弟弟回答,"不过我不能剥夺你自己的一份。现在我来问你,我的弟兄呀,蜜饯里为什么放这许多麝香呢?"

"哟,这是我的习惯。他们给我做蜜饯,总得放一砝码①麝香和半砝码龙涎香在里面调味。"

当主人夸夸其谈的时候,我弟弟摇着头,抿着嘴,动着嘴巴,好像吃喝得很起劲的样子。主人让他,说道:"吃吧,你尝一尝这种杏仁,不必客气。"

"够了,先生;我吃得过多,什么也咽不下去了。"他回答主人。

"弟兄,如果你要吃,那么其他的饮食你都吃一点,尝一尝好了。指真主起誓,应当老实些,不要饿肚子才对。"

"我的主人啊,吃了这许多,哪里还有吃不饱的道理?"

这时候,他暗自想道:此人讨厌极了,我得想法对付他,教他以后不要再干这种勾当。继而他听见主人喊道:"斟酒来。"接着仆人们在空中比了手势,好像斟酒似的;同时主人伸手接过一杯,递给他,说道:"喝这杯吧! 如果合你的口味,请告诉我好了。"

"我的主人啊,气味是顶好的,"他说,"不过我习惯喝那种糟过二十年的老酒。"

"你不能喝到比这个更好的酒了,你尝一尝这杯吧。"

"看你的面子,我喝就是。"随即举手比个干杯的姿势。

---

① 1砝码等于4.68克。

"祝你身体健康。"主人也比出干杯的姿势。之后我弟弟又斟了第二杯,一饮而尽。接着他醉眼蒙眬,显出酩酊大醉的姿态,高高地抬起手来,照准主人的脖子一巴掌打了下去,打得脆响;接着他用另一种方式满口奉承、夸赞主人。

"坏种!你这是怎么着?"主人问。

"我的主人啊,奴婢蒙主人款待,准我到府中来叨扰,吃了菜饭,又赏老酒喝。我贪馋喝醉了,坏脾气发作,终于冒犯了主人。想主人这样德高望重,不至于因我的无知愚妄而责备我吧。"

主人听了他的应答,哈哈大笑起来,说道:"多少年来,我作践人们,惯于戏弄朋友,在长久的过程中一直没有发现一个有见识有作为的人。凡是到我家里来的人,对于我的玩弄,谁也不曾应对到底,你真是例外了。现在我原谅你,愿你在实际的吃喝方面,做我的一个陪随吧。从此你和我一起过活,天长地久,我们永不分离。"于是吩咐仆人把刚才数过的菜肴摆出来,两人一块儿吃饱喝足,然后移到喝酒的地方,一边听姑娘们歌唱,看她们跳舞,一边尽情地纵饮,喝得酩酊大醉。

从那回以后,主人留他为食客,待他如手足,供给穿的吃的,对他无上的优待和敬爱。他感到无限的慰藉,终日讲究吃喝、寻乐,二十年如一日。后来主人过世,官家清理他的财产,我弟弟多年积蓄的一些财物也在没收之列,从此他无依无靠,一贫如洗,没有谋生的办法,只好离开城市,奔往他乡去找生路。但不幸途中遇匪,被掳到匪窟去受到残酷的蹂躏。

"赶快拿钱来赎身吧,否则我就杀死你。"匪首向他勒索。

"我穷得一无所有,我既然做了你的俘虏,要怎么办,你就怎么办好了。"他哭泣着说。

匪徒抽出腰刀,割掉他的嘴唇,更进一步残暴地向他索取赎身银子。最后逼不出钱来,这才用骆驼把他驮到野外,抛在山中。旅客由那里经过,给他饮食吃喝,救活了他,并将消息告诉我。我匆匆溜出去找到他,背他进城,藏在家中,好生供养。

　　关于这些事件,过去我一直隐藏着,不曾向陛下呈报,这是我的过错,到如今才公开出来,罪该万死。现在家中虽然有五个残废的弟弟,嗷嗷待哺,靠我养活他们;但不得主上的指示,我是再也不敢回去的,请陛下发落好了。

　　哈里发穆斯堂隋尔·彼拉听了我自己的故事,以及我所叙述关于我弟弟们的故事,忍不住大笑起来。他说:"寡言者,你说实话了。你真是个沉默寡言的人物。不过从现在起,你赶快离开这座城市,往别个地方找出路去吧。"他下令驱逐我出境。

　　我被人家驱逐,只好离开巴格达,开始过流浪生活,走遍了天涯海角,最后听得哈里发穆斯堂隋尔·彼拉归天,别人继承帝位,我才敢卷土重来,回到巴格达。那时候我的几个弟弟,一个个都过世了。后来我认识这个青年,和他在一起过活,忠心服侍他,给他做了许多好事。假若没有我,他早被人杀害了。可是他反而误解我,嫌疑我。各位听众,人们诬蔑我话多饶舌,那全是莫须有的事。为了这个青年,曾经累我奔波跋涉,跑了许多地方,最后我流落到这里来,才跟各位见面认识呢。各位仁人君子! 这难道不是我的人格吗?

我们听了理发匠的故事——裁缝说——知道他饶舌、话多，认为是他亏枉那个青年，因此大家激于义愤，干脆把他禁闭起来，然后安安静静地吃喝。待大家吃饱喝足，尽欢而散的时候，已经是下午招祷的时候了。我回家去，我妻哭丧着脸对我说："今天你很幸运，玩耍够了，只是该我倒霉，整天忧愁苦闷。现在你要是不趁剩余的这点时间带我出去散步消遣，那就完了，从此断绝关系，这就是我们离婚的原因了。"

不得已，我陪老婆出去散步消遣，玩到日暮。后来在回家的途中，我碰到这个驼背，当时他喝成一个彻头彻尾的醉汉，醉醺醺地唱道：

> 杯亮酒清，
> 两者相似得无从分辨；
> 这好像是酒不是杯，
> 又似乎是杯而不是酒。

为了取乐，我约他到我家去，买了煎鱼招待他，陪他吃喝。我妻让他吃，弄块鱼肉塞在他嘴里，他一咽便鲠死了。别无办法，我只得设计将他抱到犹太医生家里，嫁祸给医生；医生又设法把他弄到总管家里；总管又把他捎到大街上嫁祸给基督教商人。这是我的故事，也是我所碰到的情况；这个难题不比驼背的故事更稀奇古怪吗？

中国皇帝听了裁缝的故事，点点头，表示满意，说道："这个瘸腿青年和理发匠的故事，的确比驼背的故事稀奇古怪。"接着他吩咐侍从："你们随裁缝去把那个被禁闭的理发匠带来见我，让我亲自听他讲述，然后埋葬驼背，替他修建坟墓。

那个理发匠,也许他是你们的救星呢。"

侍从随裁缝去到禁闭理发匠的地方,释放了他,并带他进宫。皇帝一见,仔细打量一番,见他须眉皆白,黧黑的脸庞上配着一根大鼻子、一双小耳朵,是个年逾耄期的老头子,已经九十多岁了。皇帝望着他笑一笑,说道:"沉默的人,把你的故事讲给我听吧。"

"主上!"理发匠说,"为什么这个基督教商人、犹太医生、穆斯林和死了的驼背都在这儿呢?他们全都聚在这里,这是怎么一回事呀?"

"为什么你问这个?"

"我问它的目的,是希望陛下知道我不是饶舌的人;他们误解我,嫌我多言,这个与我无干。人们都称我为寡言者,我是配得上这个称号的。"

"来吧,你们把驼背昨天吃晚饭时的情形,以及基督教商人、犹太医生、总管和裁缝所谈的关于他们与他发生纠纷的经过,全都讲给理发匠听吧。"

"这是奇事中最奇怪的了!"听了他们的叙述,理发匠摇着头说,"让我看一看驼背吧。"于是他靠近驼背的头坐了下去,把他的头挪在他自己的大腿上,仔细打量一番,便哈哈大笑,笑得差一点倒在地上。他说:"每个人的死亡都有个原因的,而驼背之死,尤其值得用金墨记载下来呢。"

他的论调惹得在场的人莫名其妙,皇帝同样也感到奇怪,问道:"你怎么着,寡言者?告诉我们吧。"

"主上,指你的恩惠起誓,这个驼背不曾死定,他还喘着气呢。"他说着伸手从腰里掏出一个罐子,打开取出一个眼药瓶,拿瓶中的油质抹在驼背脖子上,继而掏出一个铁钳子,伸进驼背的喉管,夹出一块裹满了血丝而带骨片的鱼肉,驼背就打了一个喷嚏,一骨碌爬将起来,神气十足地举手抹一抹嘴脸,说道:"真主是唯一的主宰,穆罕默德是他的使徒。"

这种情况使得皇帝和在场的人都感到惊奇,继而他们全都笑得死去活来。"指真主起誓,"皇帝说,"这桩事奇怪极了,我从来不曾见过比这个更稀奇的事。穆民们,"他接着说,"全体官兵们,你们生平见过一个人死了又活回来吗?倘若真主不造化这个理发匠,那么驼背这回一定是死定的了。""指真主起誓,"人们齐声说,"这真算得是奇事中最奇怪的了。"

皇帝这才一方面吩咐宫中的人记录驼背的故事,预备保存在宫中作为历史文献,一方面赏赐犹太医生、基督教商人和总管每人一套名贵衣服,然后打发他们回家。他同样赏给裁缝、驼背和理发匠每人一套名贵衣服,并且任命裁缝在宫中服务,做缝纫工作,按月领取薪俸。驼背仍然奉陪皇帝,任谈笑取乐的职务,享受很高的俸禄。委理发匠为随身的陪侍,替皇帝理发。这样他们各司其事,过舒适愉快的生活,直至白发千古。

偷金盘者的故事

从前有一个人,欠人家的钱太多,债台高筑,无法归还,累得疲惫不堪,情况非常窘迫、恶劣。为了逃避债主的催逼,他不得已扔下家人,背井离乡,企图逃往他乡寻找生路。

他在途中茫然不知所向地继续跋涉了一段时间,终于去到一座城墙高耸、建筑巍峨的大城市里。当时他风尘仆仆,饥饿、疲惫不堪,形状异常卑贱、凄凉。他正在走投无路,在街头踟蹰徘徊的时候,只见一群人从街前经过,他便趁机追随他们,一直去到一处似乎是一座王府的地方,随他们走进屋去,直到堂内。堂上坐着一个相貌堂堂,威风凛凛的非凡人物,周围站满了婢仆,看样子好像是王孙公子之辈。

威严的主人起身迎接贵宾,请他们一一坐下;其中只有那位不速之客,见了富丽堂皇的建筑,和高朋满座、婢仆成群的景象,惟恐遭逢不测,因此陷于彷徨、迷离状态,悄然离开人群,退到人后无人注意的地方坐下。

他刚坐下,便有人牵出几只身披绸缎、脖子戴金圈银链的猎犬来到他附近,把它们顺序分别拴起来,并端来盛满丰富饮食的金盘,每只狗前放下一盘,然后转身而去。他眼看金盘中的食物,饥肠辘辘,馋涎欲滴,打算过去和狗一块儿吃喝;可是一种无名的恐惧,使他不敢动手。这时候,有一只猎犬似乎知道他的饥饿情况,向后退了几步。他饥不择食,趁机走过去,端起盘子,大吃大嚼,饱餐一顿,然后放下盘子,拔脚要走。这时猎犬却抬起脚来一招,似乎是教他带走金盘。他果然顺手偷了金盘,揣在怀里,悄然溜了出去。因为他的行动无人知晓,所以能够从容脱身。

他把金盘带往别的城市变卖,买了其他货物,运到家乡贩卖,赚了大钱,除还清债务,手中还有余钱。他便从事经营生意,越赚越多,一变而为富翁,过着舒适幸福生活。

日子过得很快,不知不觉,转眼就过了几个年头。他饮水思源,私下想道:"我非往金盘主人的家乡去旅行一趟不可;我要携带几样贵重的礼物送给他,并把猎犬送我的那个金盘的代价还给他。"

他打定主意,选了几件适当的礼物,并携带一笔钱,这才动身起程。他继续不停地跋涉了几昼夜,一直去到那座城市里。他急于要见金盘的主人,便穿过大街小巷,急急忙忙,找到那幢建筑的所在,抬头一看,眼前净是断檐残壁,原来堂皇巍峨的高楼大厦,如今一变而为鸦雀盘踞的废墟。一片破败零落的凄凉景象,使他骇然震惊;面对这种破垣残壁,不须解说,便悟到沧桑世变的可畏,因而不胜今昔之感。

他转着眼珠,凭吊这种凄凉的残迹余痕,无意间发现一个孤人,那副凄凉、可怜的状态,令人不寒而栗;即使铁石心肠的人见了也会发生恻隐之心。他怀着感慨、悲哀的心情,走过去说道:"请问你:这儿发生过什么天灾人祸?这家主人遭了什么患难?先前赫赫不可一世、门庭之光有如日月星辰的那位房主人哪儿去了?房屋怎么会遭逢变故?为什么只剩下断墙残壁?"

"你眼前这个可怜的人,原来就是这所屋子的主人。我固然痛恨灾祸,但你也要知道,圣人为了安慰遭灾难的人曾经说过:'真主创造的一切,真主有权利把它们从地面上收回去。'这是金玉良言,我们后人应当引以为戒。如果你要追问这桩事件的原因,我告诉你吧:沧海桑田,不足为奇。我是这所屋子的主人,屋子是我一手建筑起来的。在我的经营管理下,我掌握着雄厚的资财,车马婢仆成群,威名显赫,盛极一时;可是到了现在,世道变化,轮到我头上来,妻财子奴,荣华富贵,一切全都完了,最后变成这个孤苦伶仃的穷汉。我觉得你既然来问我,其中必有原因;你且撇开惊奇的念头,把情况告诉我吧。"

　　听了房主人的谈话,他感到忧愁、苦闷,随即把过去发生的事情,毫不隐瞒地叙述一遍,最后说道:"现在我给你带来一份厚礼,也许它能使你欢喜。从前我从你这儿拿走的那个金盘的代价,也同样带来偿还你。我必须这样做,因为那个金盘是我恢复财富、转忧为喜的原因,也是我起家立业的依据,因此我必须向你表示感谢。"

　　房主人听了他的谈话,摇摇头,凄然伤心、叹息,说道:"你这人呀! 我怀疑你是个疯子。你的这种馈赠,凡是有理智的人,谁也不愿接受的。我的猎狗送你一个金盘,我有什么理由要收回它呢。我的处境虽然窘迫、穷困,可是收回猎狗送出去的东西,这也不失为奇耻大辱。指真主起誓,你要送我的那些礼物,在我看来,并不比剪下的一片指甲更值钱。你从哪儿来,请你从哪儿归去吧,愿你一路平安。"

　　他听了房主人坚定的言谈,对他能屈能伸的抱负和刚强的气节,衷心钦佩、赞叹;最后只得和他握手作别,临行吟道:

人去了，
狗也去了，
全都去了；
但愿去了的人和狗，
一路伴着福星。

亚历山大省长和窃贼的故事

相传从前霍萨懋丁在亚历山大任省长职务期间,有一天深夜里,一个当兵的闯进他的办公室,向他伸冤诉苦,说道:"报告省长大人,我是今天下午来到亚历山大的,住在一家旅店中。睡到二更时候,从梦中醒来,发觉我的被袋被人割破,装在里面的一千金币叫人给偷了。因此我前来伸冤诉苦,恳求大人做主,替我找回这笔失款。"

省长听了当兵的报告,立刻下令,吩咐他的人马,即时去到旅店中,把住在里面的人,不分青红皂白,通通逮捕起来,拘禁在监狱中,等待明天审讯。

次日清晨,省长升堂判案,先准备好刑具,然后吩咐把昨夜从旅店中逮捕的嫌疑犯和失款的士兵一齐带到堂上,刚要开始拷打、审问的时候,忽然有个男人奔到大堂上,挤开人群,走到省长和原告的士兵面前,说道:"报告省长大人,我前来自首认罪,这件盗窃案同这些人无关,他们都是无辜而受冤枉的人,快释放他们吧!因为这位士兵的钱是我偷的。喏!钱在这儿呢。"他说着从衣袖里掏出一袋钱来,放在省长和士兵面前。

省长指着钱袋对士兵说:"把你的钱拿走吧!事情已经清楚明白了,现在你该没有理由嫌疑旅店中这些人偷你的钱了吧！"

当时被拘捕的嫌疑犯免受拷打、审讯之苦，大家都感激、钦佩那个偷钱的人，异口同声地称赞他的义气和大胆。

继而那个偷钱的人还天不怕地不怕地跟省长攀谈起来，当众人的面夸口说："报告省长大人，我前来自首，把偷到手的这袋金钱拿来归还原主，我这样做还算不得是能干；要是我第二次从这位士兵手中拿走这袋金钱，那才真够得上是有本领呢。"

"你这个骗子手！当初你是怎样把钱偷到手的？你谈谈吧！"省长对偷窃行为似乎颇感兴趣。

"回禀大人：那天在开罗城中的一家钱庄里，我见这位士兵向钱商交易，把兑出来的钱装在这个钱袋里。当时我见财起意，打定偷窃主意，便寸步不离地跟随着他，从大街追到小巷，可一直没有下手的机会。往后他从开罗动身起程，我仍然不抛弃偷窃念头，一直跟随着他，从一个城市到另一个城市。沿途之上，我想方设法，总没能够把钱偷到手。最后来到亚历山大，随他下在同一旅店中，住在他的间壁，仔细窥探他的行止，直至他睡熟，发出鼾声，我才蹑手蹑脚、偷偷摸摸地溜进他的房间，拿刀割破钱袋，就这样把这袋钱拿到手了。"他边叙述，边比手画脚地伸手把摆在省长和士兵面前的钱袋拿起来，然后从容退到省长和士兵后面。

当时在场的人都聚精会神地倾听他叙述偷窃的情形，眼看他拿起钱袋朝后退，满以为他是表演偷窃时的动作给他们看。殊不知事实竟然出人意料之外。那个骗子趁人听得出神而不提防的时候，趁机逃跑，纵身跳入大堂后面的池塘中。

"追贼呀！你们跟踪跳下去捉住他吧！"省长惊慌失措，

大声疾呼,喝令当差的追赶贼人。

当差的闻声奔到池边,赶忙脱衣服,然后沿石级而下至池塘中,但为时已晚,贼人早已逃得无影无踪。省长即时派人跟踪追捕。无奈亚力山大城中的街巷四通八达,奉命追捕的人尽管卖力、奔走,结果还是空手而回,终于没有抓到窃贼。

省长眼看骗子在大庭广众中,当他的面抢走金钱,逃之大吉,逍遥法外,心中非常难过、害羞。没办法,他只好用半责备半安慰的话对士兵说:"你知道是谁偷你的钱了,现在你没有理由责备别人了吧。我把你遗失了的钱给找回来了,只怪你自己不好生保管它呀!"

士兵听了省长之言,啼笑皆非,大失所望,没奈何,只好垂头丧气地离开大堂。同时那些因嫌疑而被拘禁的各色人等,也因为那个骗子、窃贼敢作敢为的大无畏的表演行为,终于摆脱了偷钱的嫌疑。

三个省长的故事

　　相传从前国王纳肃尔执政期间，他经常召集地方官，跟他们聊天、闲谈，借此了解各地区的情况。有一天他召集开罗、布拉格和密斯鲁三个地方的省长进宫，对他们说："诸位负责地方行政，经历自然是很丰富的，今天我希望你们每人把到任以来所碰到的事物中，认为最奇怪的各说一件给我听听。"

　　"听明白了，遵命就是。"三个省长听了国王的吩咐，齐声回答。于是他们顺序谈了下面的故事：

开罗省长的故事

　　我从到开罗任职以来，奇奇怪怪的事件差不多是经常遇到的，其中最奇怪的是：在城中有两个以当证人为职业的人，为人倒也公允、正直，民间每逢发生械斗、杀伤等案情，他俩都到场调查，作证，对职务倒也称职，人们也都信任他俩；只是美中不足，他俩向来好色，爱酗酒，时常做出有伤风化的丑事，我屡加训诫都不生效。我打算重重地处罚他俩，以儆效尤，可是拿不着错头。由于想不出更好更有效的办法，我只得暗中找卖酒的、卖糖果的、卖水果的、卖蜡烛的生意人做我的耳目，暗中替我监视、调查他俩的举止行动，凡见他俩独酌或共饮，或遇他俩个别或合伙前来向他们沽酒或购买其他下酒食用物品的时候,马上给我递个信,好让我处置他俩。他们都乐意帮助我,异口同声地说:"听明白了,遵命就是。"

有一天夜里,忽然有人来报信,告诉我那两个证人正在朋友家中聚饮,已经喝得酩酊大醉,人事不知。我打听清楚他俩聚饮的地方,便微服出去查访,身边只带一个童仆。我一口气奔到他俩聚饮的地方,把门一敲,一个侍女闻声出来开门,问道:"你是谁?"

我不理睬,一直冲进屋去,只见那两个证人和房主人围桌吃喝得正高兴,不但桌上摆着各式各样丰富可口的酒肴果品,而且身边还有坏女人陪伴、劝酒。

他们一见我便站起来打招呼,非常谦逊地让我坐在首席,说道:"竭诚欢迎你,你是一位贵客、上宾,也是最称心的同饮者。"他们殷勤招待我,一个个态度爽直,举止大方,没有丝毫勉强、畏惧气色。主人陪我坐了一会儿,然后退席。一会儿他又出现在席间,随身带来三百金币,不慌不忙,从容说道:"省长大人精明强悍,对我们的不法行为,大人的权能是足够制止、惩罚我们的。不过为了这些枝节、无聊事情,大人必须劳心役形,多伤脑筋,这何苦来呢?今奴婢等备有区区薄礼,伏乞大人高抬贵手,赏个脸,慨然饶恕我们的罪行,那么大人的阴功,真主冥冥中会回赐你呢,因为真主对人们是掩其恶而扬其善的。能掩蔽别人丑恶的人,是会受到真主嘉奖的。"

当时我听了他的花言巧语,觉得不无道理,暗自想道:"倒不如收下这笔现款,权且姑容他们一次,等下次他们跌在我手里,再报复、惩罚他们不迟。"由于我贪财而不择手段,果然接受了他们的贿赂,而不追究他们,只顾拿着金币,欣然转回省府,且喜无人知道其中秘密。殊不知事情竟然出乎我的意料。因为第二天,法官的差人前来传我,说道:"报告省长大人,小人奉法官之命,前来请大人去法院里走走,因为法官有公事和大人商量。"

我莫名其妙,不知到底有什么公事好商议的,只得随差人上法院去一趟。我去到法院里,只见那两个证人和昨夜拿三百金贿赂我的那个房主人都跟法官坐在一起。彼此见面之后,那个房主人站起来,向法官起诉,呈上状纸,告我勒索他三百金币。当时我别无办法,只好断然否认事实,可是举不出确凿的人证物证。相反,原告却有那两个公正的证人支持,下死力替他证明。结果法官根据证人的证明作出判决,着我退还三百金币。官司宣告失败,我无法抵赖,承认赔还三百金币。在那种情况下,我既害羞又着急,悔恨当初不处罚他们为失计;结果怀着报复心情闷闷不乐地退出法院。

布拉格省长的故事

我到布拉格任职以来,所经历的事件无奇不有,但比较奇怪的是:自我投身官场之后,交游日广,开支日益增加,入不敷出,因而债台高筑,日积月累,不到几年工夫,所欠之债款,已达三十万金币之多。每逢想到债务问题,总是惶恐不安,终日闷闷不乐。为解决债务问题,我变卖产业,以便一劳永逸地还清债款,然后息交绝游,安安逸逸地过太平日子。然而我自己的产业和手边的什物都很有限,通通变卖了,所得不超过十万金币,不够赔还债款,债务问题解决不了,其他妥善办法没有,因而如坐针毡,忧心如焚。在这样的情况下过日子,真是度日如年。

有一天夜里，我正感觉忧愁苦闷的时候，忽然听见敲门声，便吩咐仆人："你出去看！是谁敲门？"仆人去了一会儿，然后惊惶失色、颤巍巍地回到我身边。我问他："你怎么了？"

"门前有个身披皮衣、赤胸露肚的彪形大汉，手里握着宝剑，腰中仗着长刀，声称要见老爷。他身边还带着几个喽啰，他们的装束、打扮，跟他一模一样。"

我抽出宝剑，鼓起勇气，出门去看到底是怎么一回事情。到门前一看，见那伙人的装束、情况，跟仆人所说的没有两样。我壮着胆问道："诸位找我，请问有何公干？"

"我们是一伙绿林，"他们中为首的大汉说，"今夜里我们打劫得一批横财，这宗生意我们是特意为你做的。据说你欠债累累，害得你坐卧不宁，我们很同情你，为帮助你解决困难问题，我们才给你弄来这批横财，好让你拿去还债。"

"横财在哪里？"我急于要知道其中秘密。

经我一问，他们七手八脚地抬来一个沉甸甸的大木箱，里面装满了金银器皿。我眼看那么多的金银器皿，不禁喜出望外，暗自说："用这批横财还债足够而有余，从此债务问题迎刃而解，我可以高枕无忧了。"因而我不跟他们讲客气，接受了他们送到门上的那箱横财，心安理得地好生收藏起来。临了我忽然想道："做人应该礼尚往来。如果我一毛不拔，而让这群绿林英雄空手而归，这不是做人的道理。"想到这里，我便毅然决然把为还债而变卖产业、什物所得的十万金币拿出来，作为酬劳，全部送给他们，并一再感谢他们的好心肠。他们收下金币，在黑夜里悄然归去，我可是一个也不认识他们。

次日清晨，我怀着满腔的热情和希望，打开木箱看看那些金银器皿,准备拿去变卖,好筹款还债。我仔细一看,这才认识清楚,原来箱中的器皿,全是些铜制镀金镀锡的假家伙,总值不过五百块钱。

我手中的十万金币全丢了,换得一箱无用的破铜烂铁,真是偷鸡不着蚀了一把米。想到这里,我大失所望,气得发抖,忧愁苦恼情绪日益加剧,差一点为这桩事而丧命。

密斯鲁省长的故事

我到密斯鲁任职以来,所经历的案件中,最奇怪的是:有一次我判处十名罪大恶极的强盗绞刑,执法后,吩咐当差的将每具尸体摆在一块木板上,好生看守,不准发生盗尸等事件。

次日,我亲身到法场视察执法情况,见一块木板上摆着两具尸体,显然是当差的违法乱纪,不照规矩办事,因而我追究责任,问当差的:"是谁这样做的?一块木板哪儿去了?"

当差的支支吾吾,一个个不肯承认事实。我感到其中必有缘故,要拷打他们,他们这才从实招认,说道:"报告省长大人,昨夜奴婢们大意失职,都睡熟了。到深夜我们从梦中醒来,才发现被处死刑的强盗中,有一具尸体连同木板,叫人给偷走了。发生这样失职事件,无法交差,知道要受处分,因而我们担惊受怕。正当大伙面面相觑,无法可施之际,恰巧有个出远门的乡下人,牵着一匹驴子打这儿路过。我们不管三七二十一,胡乱把他捉来吊死他,再把他的尸首跟一具强盗的尸体摆在一起,作为补偿遗失了的尸体,勉强凑足数目,企图敷衍塞责,逃避处分。这便是缺了一块木板的前因后果。奴婢等从实招认,伏乞大人从宽发落。"

"那乡下人身边带的什么东西呀?"我盘问当差的。

"他的驴背上驮着一个鞍袋。"

"里面装的什么东西呢?"我进一步追问。

"不知道。"

"给我拿鞍袋来!"我吩咐他们。

当差的果然拿来鞍袋。我叫他们打开检查。他们打开鞍袋一看,里面没有衣物,却是血淋淋被割得肢体破裂的一具男人尸首。我眼看那种情形,不胜惊讶、感慨之至,暗自叹道:"赞美真主! 这个乡下人中途被杀,并非无因,原来他是个杀人犯嘛。古人说得好,杀人者人恒杀之。被他杀害之人的血迹未干,而他也就死在别人手里,这就是现世现报呀!"

"外国文学名著丛书"书目

第 一 辑

书 名	作 者	译 者
伊索寓言	〔古希腊〕伊索	周作人
源氏物语	〔日〕紫式部	丰子恺
堂吉诃德	〔西班牙〕塞万提斯	杨 绛
泰戈尔诗选	〔印度〕泰戈尔	冰 心 石 真
坎特伯雷故事	〔英〕杰弗雷·乔叟	方 重
失乐园	〔英〕约翰·弥尔顿	朱维之
格列佛游记	〔英〕斯威夫特	张 健
傲慢与偏见	〔英〕简·奥斯丁	王科一
雪莱抒情诗选	〔英〕雪莱	查良铮
瓦尔登湖	〔美〕亨利·戴维·梭罗	徐 迟
欧·亨利短篇小说选	〔美〕欧·亨利	王永年
特利斯当与伊瑟	〔法〕贝迪耶	罗新璋
巨人传	〔法〕拉伯雷	鲍文蔚
忏悔录	〔法〕卢梭	范希衡 等
欧也妮·葛朗台 高老头	〔法〕巴尔扎克	傅 雷
雨果诗选	〔法〕雨果	程曾厚
巴黎圣母院	〔法〕雨果	陈敬容
包法利夫人	〔法〕福楼拜	李健吾
叶甫盖尼·奥涅金	〔俄〕普希金	智 量
死魂灵	〔俄〕果戈理	满 涛 许庆道

1

书　名	作　者	译　者
当代英雄	〔俄〕莱蒙托夫	草　婴
猎人笔记	〔俄〕屠格涅夫	丰子恺
白痴	〔俄〕陀思妥耶夫斯基	南　江
列夫·托尔斯泰中短篇小说选	〔俄〕列夫·托尔斯泰	草　婴
怎么办？	〔俄〕车尔尼雪夫斯基	蒋　路
高尔基短篇小说选	〔苏联〕高尔基	巴　金　等
浮士德	〔德〕歌德	绿　原
易卜生戏剧四种	〔挪〕易卜生	潘家洵
鲵鱼之乱	〔捷〕卡·恰佩克	贝　京
金人	〔匈〕约卡伊·莫尔	柯　青

第 二 辑

荷马史诗·伊利亚特	〔古希腊〕荷马	罗念生　王焕生
荷马史诗·奥德赛	〔古希腊〕荷马	王焕生
十日谈	〔意大利〕薄伽丘	王永年
莎士比亚悲剧五种	〔英〕威廉·莎士比亚	朱生豪
多情客游记	〔英〕劳伦斯·斯特恩	石永礼
唐璜	〔英〕拜伦	查良铮
大卫·科波菲尔	〔英〕查尔斯·狄更斯	庄绎传
简·爱	〔英〕夏洛蒂·勃朗特	吴钧燮
呼啸山庄	〔英〕爱米丽·勃朗特	张　玲　张　扬
德伯家的苔丝	〔英〕托马斯·哈代	张谷若
海浪　达洛维太太	〔英〕弗吉尼亚·吴尔夫	吴钧燮　谷启楠
哈克贝利·费恩历险记	〔美〕马克·吐温	张友松
一位女士的画像	〔美〕亨利·詹姆斯	项星耀
喧哗与骚动	〔美〕威廉·福克纳	李文俊
永别了武器	〔美〕欧内斯特·海明威	于晓红

书　名	作　者	译　者
彭斯诗选	〔英〕彭斯	王佐良
艾凡赫	〔英〕沃尔特·司各特	项星耀
名利场	〔英〕萨克雷	杨　必
人性的枷锁	〔英〕威廉·萨默塞特·毛姆	叶　尊
儿子与情人	〔英〕D.H.劳伦斯	陈良廷　刘文澜
杰克·伦敦小说选	〔美〕杰克·伦敦	万　紫　等
了不起的盖茨比	〔美〕菲茨杰拉德	姚乃强
木工小史	〔法〕乔治·桑	齐　香
恶之花　巴黎的忧郁	〔法〕波德莱尔	钱春绮
萌芽	〔法〕左拉	黎　柯
前夜　父与子	〔俄〕屠格涅夫	丽　尼　巴　金
卡拉马佐夫兄弟	〔俄〕陀思妥耶夫斯基	耿济之
安娜·卡列宁娜	〔俄〕列夫·托尔斯泰	周　扬　谢素台
茨维塔耶娃诗选	〔俄〕茨维塔耶娃	刘文飞
德国诗选	〔德〕歌德　等	钱春绮
安徒生童话选	〔丹麦〕安徒生	叶君健
外祖母	〔捷〕鲍·聂姆佐娃	吴　琦
好兵帅克历险记	〔捷〕雅·哈谢克	星　灿
我是猫	〔日〕夏目漱石	阎小妹
罗生门	〔日〕芥川龙之介	文洁若

第　四　辑

一千零一夜		纳　训
培根随笔集	〔英〕培根	曹明伦
拜伦诗选	〔英〕拜伦	查良铮
黑暗的心　吉姆爷	〔英〕约瑟夫·康拉德	黄雨石　熊　蕾
福尔赛世家	〔英〕高尔斯华绥	周煦良

书　名	作　者	译　者
月亮与六便士	〔英〕威廉·萨默塞特·毛姆	谷启楠
萧伯纳戏剧三种	〔爱尔兰〕萧伯纳	潘家洵 等
红字　七个尖角顶的宅第	〔美〕纳撒尼尔·霍桑	胡允桓
汤姆叔叔的小屋	〔美〕斯陀夫人	王家湘
白鲸	〔美〕赫尔曼·梅尔维尔	成　时
马克·吐温中短篇小说选	〔美〕马克·吐温	叶冬心
老人与海	〔美〕欧内斯特·海明威	陈良廷 等
愤怒的葡萄	〔美〕约翰·斯坦贝克	胡仲持
蒙田随笔集	〔法〕蒙田	梁宗岱　黄建华
悲惨世界	〔法〕雨果	李　丹　方　于
九三年	〔法〕雨果	郑永慧
梅里美中短篇小说选	〔法〕梅里美	张冠尧
情感教育	〔法〕福楼拜	王文融
茶花女	〔法〕小仲马	王振孙
都德小说选	〔法〕都德	刘　方　陆秉慧
一生	〔法〕莫泊桑	盛澄华
普希金诗选	〔俄〕普希金	高　莽 等
莱蒙托夫诗选	〔俄〕莱蒙托夫	余　振　顾蕴璞
罗亭　贵族之家	〔俄〕屠格涅夫	陆　蠡　丽　尼
日瓦戈医生	〔苏联〕帕斯捷尔纳克	张秉衡
大师和玛格丽特	〔苏联〕布尔加科夫	钱　诚
茨威格中短篇小说选	〔奥地利〕斯·茨威格	张玉书 等
玩偶	〔波兰〕普鲁斯	张振辉
万叶集精选	〔日〕大伴家持	钱稻孙
人间失格	〔日〕太宰治	魏大海

第 五 辑